1984

옮긴이 이정아

숭실대학교 영어영문학과를 졸업하고, 동 대학원에서 영어영문학과 석사과정을 마쳤다.
현재 번역 에이전시 엔터스코리아에서 출판기획 및 전문번역가로 활동 중이다.
주요 역서로는 『핫하우스 플라워』『마더 테레사의 하느님께 아름다운 일』『중세의 하늘을 디자인하다』『촘스키의 아나키즘』『최고를 이기는 긍정의 기술』『안데스 내 영혼의 지도』『정직한 글쓰기』『굿바이 화』『똑똑한 여자의 똑소리 나는 자산관리법』『엄마의 카리스마』『쉰둘 빌 게이츠처럼』『책은 죽었다』『시도하지 않으면 기회도 없다』『자발적 탄소 시장』『쌀의 여신』 등 다수가 있다.

1984

―

1판 1쇄 2013년 3월 20일
2판 1쇄 2014년 7월 1일
3판 1쇄 2017년 7월 17일
3판 2쇄 2020년 6월 17일
지은이   조지 오웰
옮긴이   이정아
펴낸이   김영재
펴낸곳   책만드는집

―

주소   서울 마포구 양화로3길 99, 4층 (04022)
전화   3142-1585·6
팩스   336-8908
전자우편   chaekjip@naver.com
출판등록   1994년 1월 13일 제10-927호

* 잘못 만들어진 책은 구입하신 서점에서 바꾸어 드립니다.

―

ISBN 978-89-7944-602-9 (04800)
ISBN 978-89-7944-591-6 (세트)

1984

조지 오웰 지음 | 이정아 옮김

책만드는집

| 차례 |

1부 · 7
2부 · 137
3부 · 289

부록 | 신어의 원리 · 387

1부

1

맑고 쌀쌀한 4월의 어느 날이었다. 시계는 13시를 알리고 있었다. 윈스턴 스미스는 고약한 바람을 피하기 위해 턱을 가슴팍에 쑤셔 박고 승리勝利맨션의 유리문을 잽싸게 열고 들어갔다. 하지만 휘몰아치는 모래바람이 따라 들어오는 것까지 막을 수는 없었다.

복도에서는 삶은 양배추와 누더기나 다름없는 낡아빠진 깔개 냄새가 훅 끼쳐왔다. 복도의 한쪽 끝 벽에는 실내 전시용이라기에는 너무 크다 싶은 컬러 포스터 한 장이 압정으로 고정되어 붙어 있었다. 그 포스터에는 폭이 1미터가 넘는 거대한 얼굴만 덩그러니 그려져 있을 뿐이었다. 텁수룩한 콧수염에 부리부리한 것이 마흔대여섯 살쯤 먹어 보이는 잘생긴 남자의 얼굴이었다. 윈스턴은 계단쪽으로 갔다. 승강기 쪽은 가봤자 헛수고였다. 경기가 좋을 때에도 승강기는 좀처럼 작동되지 않았다. 더구나 요즘에는 낮이 되면 전기가 들어오지 않았다. 증오주간憎惡週間에 대비한 절약 운동의 일환으로 내려진 정전 조치 때문이었다. 윈스턴의 방은 7층이었다. 서른아홉의 그는 오른쪽 발목 위쪽으로 정맥류성 궤양을 앓는 탓에 중간중간 여러 차례 쉬어가면서 천천히 올라가야 했다. 한 층 한 층 올라갈 때마다 승강기 반대편 벽에서 포스터의 거대한 얼굴이 빤히 쳐다봤다. 아주 교묘하게 그려놓은 얼굴이라서 사람이 움직이는 대로 눈동자는 그 사람을 따라다녔다. 그 얼굴 아래에는 "빅 브라더Big Brother가 당신을 지켜보고 있다"라는 글귀가 씌어 있었다.

집 안에서는 낭랑한 목소리가 무쇠 생산과 관련된 숫자들을 읽어 내려가고 있었다. 그 목소리는 뿌연 거울처럼 오른쪽 벽면의 일부를 차지하는 사각형 금속판에서 흘러나왔다. 윈스턴이 스위치를 돌리자 음량만 약간 작아졌을 뿐 그 내용은 여전히 또렷하게 들렸다. (텔레스크린이라 불리는) 그 기기는 소리를 낮출 수는 있으나 완전히 꺼버릴 방법은 없었다. 윈스턴은 창가로 걸어갔다. 그렇지 않아도 자그마하고 허약한 체구인 그가 당원복인 푸른색 작업복까지 입고 있으니 한층 부실해 보였다. 그의 머리칼은 완전 금발이었고 얼굴색은 태어날 때부터 불그레했다. 질 나쁜 비누와 무딘 면도날, 그리고 이제 막 물러간 겨울 추위 탓에 피부는 거칠었다.

굳게 닫힌 창문 밖의 세상도 추워 보였다. 거리 저편에서는 작은 회오리바람이 일면서 먼지와 찢어진 종이들을 휘몰고 다녔다. 햇살이 반짝이고 하늘은 푸르디푸르렀지만, 사방에 덕지덕지 붙어 있는 포스터들만 예외일 뿐 어디에도 색깔이란 것이 없는 것 같았다. 흰히 보이는 모퉁이마다 어김없이 검은 콧수염의 얼굴이 내려다보고 있었다. 바로 맞은편 집 정면에도 그 얼굴이 있었다. "빅 브라더가 당신을 지켜보고 있다"라는 글귀에 걸맞게 검은 눈동자가 윈스턴의 눈을 뚫어질 듯 바라보고 있었다. 맞은편 건물 1층에 붙어 있는 또 다른 포스터는 한쪽 귀퉁이가 찢어진 채 바람에 못 이겨 변덕스럽게 펄럭거렸는데 그때마다 '영사INGSOC[1]'라는 단어가 보였다 안 보였다 했다. 저 멀리에서 헬기 한 대가 지붕 사이로 스치듯 내려와 금파리처럼 잠시 맴돌더니 곡선 비행으로 쏜살같이 되돌아갔다. 창틈으로 사람들을 염탐하는 순찰기였다. 그러나 순찰기는 아무것도 아니었다. 문제는 바로 사상경찰이었다.

윈스턴의 등 뒤에서는 텔레스크린의 그 목소리가 무쇠 생산량과

---

[1] 영국사회주의(English Socialism)의 약어. —역주

제9차 3개년 계획의 조기 달성과 관련해 여전히 어쩌고저쩌고 지껄여대고 있었다. 텔레스크린은 수신하면서 동시에 송신했다. 윈스턴이 아주 작게 소곤거리지 않는 한 그가 내는 소리는 무엇이든 텔레스크린에 잡히게 되어 있었다. 게다가 윈스턴이 그 금속판의 감시 범위에 있는 한 그가 내는 소리뿐만 아니라 그의 모습까지 고스란히 찍힐 수 있었다. 물론 언제 감시당하는지는 누구도 알지 못했다. 사상경찰이 얼마나 자주, 누구를, 어떻게 감시하는지는 그저 짐작만 할 뿐이었다. 어쩌면 모든 사람이 항상 감시당하는지도 모를 일이었다. 어쨌든 사상경찰은 필요하면 언제든 사람들을 감시할 수 있다는 것만은 분명했다. 사람들은 자기가 내는 모든 소리가 도청당하며 캄캄할 때만 빼고는 동작 하나하나까지 감시당한다고 생각하며 살아가야 했다. 더 정확히 말하자면, 이제 본능처럼 습관적으로 그렇게들 살아갔다.

윈스턴은 여전히 텔레스크린을 등지고 있었다. 그래봤자 감시의 눈을 피할 수 없다는 것을 그도 잘 알고 있었지만 등지는 편이 아무래도 더 안전하다 싶었다. 1킬로미터가량 떨어진 곳에는 그의 일터인 진리부Ministry of Truth가 우중충한 풍경 위로 거대하고 새하얀 외관을 뽐내며 우뚝 솟아 있었다. 윈스턴은 이곳이 '제1공대Airstrip One'의 중심 도시이자 오세아니아에서 세 번째로 인구가 많은 지역으로 꼽히는 런던이라고 생각하니 왠지 모르게 정나미가 떨어졌다. 그는 런던이 예전에도 그랬던가 싶어 어릴 적 기억을 억지로 떠올려 봤다. 언제나 그렇게 폭삭 주저앉을 것 같은 19세기 가옥들, 그러니까 들보로 떠받쳐 놓은 벽면이나 판지로 땜질한 창문들, 골함석 지붕들, 그리고 금방이라도 무너질 듯 곳곳이 내려앉은 울타리들이 즐비한 풍경이었나? 폭격당한 자리마다 석회 먼지가 풀풀 날리고 돌무더기 위로 분홍바늘꽃이 제멋대로 자라고 폭탄이 휩쓸고 간 드넓은 터에 닭장 같은 판잣집이 속속 생겨나 지저분한 판자촌을 이루고 있었나? 하지만 아무리 더듬어보아도 생각이 나지 않았다. 어릴 적 기억이라고는 잇따라 환하게 빛나던 광경이 전부인데, 이마저도 전후 사정 없이 떠오르거나 대부분 이해할 수 없는 것들이었다.

신어[2]로는 '진부'로 불리는 진리부는 단연 눈에 띄었다. 번쩍거리는 하얀색 콘크리트로 지은 거대한 피라미드 형태의 구조물인 진리부 청사는 층층이 쌓아 올려 하늘 높이 3백 미터나 우뚝 솟아 있었다. 윈스턴이 서 있는 곳에서도 진리부의 하얀색 벽면에 멋들어진 필체로 새겨 넣은 당의 세 가지 구호를 똑똑히 읽을 수 있었다.

전쟁은 평화
자유는 속박
무지는 힘

진리부의 지상에는 3천 개의 방이 있으며 지하에도 같은 수의 방이 있다고 했다. 런던에는 외관과 크기가 이와 비슷한 건물들이 정확히 세 동 더 있었다. 이들 건물 탓에 주변의 다른 건물들은 형편없이 작아 보였다. 승리맨션의 지붕에 올라가면 이 네 건물을 동시에 볼 수 있었다. 이 건물들은 다름 아닌 네 개 부처의 청사인데 정부 기구 전체가 이 네 개 부처로 나뉘어 있었다. 먼저 진리부

---

2) Newspeak, 오세아니아의 공용어. 그 구조와 어원에 관해서는 부록을 참조.

는 뉴스와 연예, 그리고 교육과 예술을 관장했고, 평화부Ministry of Peace는 전쟁을 관할했으며, 애정부Ministry of Love는 법과 질서를 유지했다. 마지막으로 풍요부Ministry of Plenty는 경제 전반을 책임졌다. 이 부처들은 신어新語로 각각 '진부', '평부', '애부', '풍부'라고 불렸다.

애정부는 정말이지 무시무시한 곳이었다. 애정부 청사에는 창문이 하나도 없었다. 윈스턴은 애정부 청사 안에 들어가 보기는커녕 그 근방에서 얼쩡대본 적도 없었다. 공무가 아니면 들어갈 수 없는 곳인 데다 일단 들어가서도 미로 같은 가시철조망과 철문은 물론 숨어 있는 기관총 진지까지 통과해야 했다. 심지어 건물의 바깥쪽 방벽과 이어지는 길거리에까지 검은 제복을 입고 조립식 경찰봉으로 무장한 고릴라같이 생긴 보초병들이 어슬렁거렸다.

윈스턴이 불쑥 돌아봤다. 어느새 그는 무사태평한 표정을 짓고 있었다. 텔레스크린을 마주 볼 때는 그런 표정을 짓는 것이 상책이었다. 윈스턴은 방을 지나 비좁은 부엌으로 들어갔다. 그 시간에 진리부를 나서는 바람에 구내식당에서 점심을 찾아 먹지 못했기 때문이다. 그러나 그도 알다시피 부엌에 음식이라고는 다음 날 아침에 먹으려고 남겨둔 흑빵 한 덩이가 전부였다. 윈스턴은 찬장에서 순백색 상표에 '승리주'라고 표시된 무색의 술 한 병을 꺼냈다. 그 술에서는 중국식 곡주穀酒처럼 기름에 전 듯한 역겨운 냄새가 진동했다. 윈스턴은 찻잔에 거의 한가득 술을 따르고 바짝 긴장한 채 마치 약을 삼키듯 꿀꺽 마셔버렸다.

금세 그의 얼굴이 불콰해졌고 눈물까지 찔끔 났다. 그 술은 마치 질산 같았는데, 특히 삼키는 순간 고무 곤봉으로 뒤통수를 얻어맞는 느낌이었다. 그러나 곧이어 배 속이 타들듯 화끈거리는 통증이 잦아들면 적당히 술기운이 돌면서 기분이 좋아졌다. 윈스턴은 '승리담배'라고 표시된 구겨진 담뱃갑에서 담배 한 개비를 꺼냈다. 하지만 조심성 없이 담배를 곧추 드는 바람에 담뱃가루가 바닥에 우수수 떨어지고 말았다. 두 번째 담배를 뽑아들 때는 같은 실수를 저지르지 않았다. 윈스턴은 거실로 돌아가 텔레스크린 왼편에 있는 자그마한 책상 앞에 앉았다. 그러고는 책상 서랍에서 펜대와 잉크병에 이어 뒤표지는 붉은색이고 앞표지에는 대리석 무늬가 들어간 두툼한 4절 공책을 꺼냈다.

무슨 이유에서인지 거실에 설치된 텔레스크린의 위치가 특이했다. 일반적이라면 거실 전체를 바라볼 수 있도록 벽 끝에 있어야 할 텔레스크린이 창문 맞은편의 긴 쪽 벽에 설치돼 있었다. 더구나 그 벽의 한쪽 면은 얕은 벽감으로 처리돼 있었는데 윈스턴이 앉아 있는 곳이 바로 그 자리였다. 아마도 집을 지을 당시 책장을 놓기 위해 일부러 그렇게 만들었지 싶었다. 윈스턴은 그 벽감에 앉아 몸을 잘 숨기고 있으면 텔레스크린의 감시망에 걸려들지 않을 수 있었다. 물론 감청당하는 것까지 막을 수는 없었지만 그가 현재 위치에 가만히 있는 한 감시의 눈은 피할 수 있었다. 윈스턴이 이제부터 하려고 하는 일에도 바로 이런 특이한 거실 구조가 한몫을 했다.

그러나 서랍에서 막 꺼낸 그 공책이야말로 결정적인 동기가 되었다. 묘한 멋이 풍기는 공책이었다. 반질반질한 크림색 종이가 오래된 탓에 약간 누레지긴 했지만 이런 공책은 적어도 지난 40년 동안 생산된 적이 없었다. 윈스턴이 보기에 그 공책은 그보다 훨씬 오래된 것 같았다. 시내 빈민가(정확히 어느 지역이었는지는 기억나지 않았다)를 지나다가 곰팡내가 풀풀 풍기는 좁아터진 고물상의 진열장에서 그 공책을 본 순간 그는 가지고 싶어 미칠 것 같았다. 당원들은 일반 가게를 이용(이른바 '자유 시장 거래 행위')하지 못하게 돼 있었지만 그 규칙을 엄격하게 지키지는 않았다. 구두끈이나 면도날 같은 다양한 물품은 일반 가게 외에는 달리 구할 방법이 없었기 때문이다. 윈스턴은 길거리를 이쪽저쪽 재빨리 훑어보고 가게 안으로 쓱 들어가 2달러 50센트를 주고 그 공책을 샀다. 그때만 해도 무슨 특별한 목적이 있어서 그 공책을 갖고 싶었던 것은 아니었다. 그는 서류 가방에 공책을 넣고서 죄지은 사람처럼 조마조마한 마음으로 집에 돌아왔다. 그 안에 아무것도 쓰지 않았어도 그 공책을 갖고 있다는 것만으로도 의심을 살 수 있었다.

윈스턴은 이제부터 그 공책에 일기를 쓸 참이었다. 일기를 쓰는 것이 불법은 아니었다(더 이상 법이란 것이 없으니 불법이 있을 리 없었다). 그러나 발각되면 사형을 당하거나 최소한 25년 강제노동형을 받을 것이 뻔했다. 윈스턴은 펜대에 펜촉을 끼우고, 기름기를 없애려고 펜 끝을 핥았다. 그 무렵 펜은 서명할 때도 거의 쓰지 않는 구식 필기구가 되어 있었다. 그런데도 윈스턴은 남의 눈을 피해 어렵사리 펜 하나를 구했다. 그 멋진 크림색 종이에는 볼펜으로 휘갈겨 쓰기보다 진짜 펜촉으로 써야 제격일 것 같다는 생각이 들어서였다. 그러나 생각과 달리 실제로는 손으로 쓰는 일이 그에게 익숙지 않았다. 보통은 아주 짧은 메모를 제외하고는 글이란 글은 전부 구술기록기에 말로 기록했기 때문이다. 하지만 지금 그가 하려는 일을 위해서는 그럴 수 없었다. 윈스턴은 펜촉을 잉크에 살짝 적신 다음 잠시 머뭇거렸다. 몸속으로 짜릿한 전율이 흘렀다. 그 종이에 글씨를 쓰려면 결단력이 필요했다. 그는 작고 서툰 글씨로 다음과 같이 썼다.

1984년 4월 4일

 그는 의자 깊숙이 앉았다. 지독한 무력감이 밀려왔다. 막상 시작하려니 올해가 1984년이 맞는지조차 확실하지 않았다. 자신의 나이가 서른아홉인 것은 틀림없는 사실이고, 자신이 알기에는 태어난 해가 1944년 아니면 1945년이니까 당연히 그쯤일 것이었다. 하지만 요즈음에는 1, 2년 내의 어떤 날짜도 정확히 단정할 수가 없었다.

 윈스턴은 문득 의문이 들었다. 자신은 누구를 위해 이 일기를 쓰려는 걸까? 그것은 바로 미래를 위해서, 후세를 위해서였다. 확실하지 않은 날짜를 써놓고 심란해하던 것도 잠시, 곧이어 '이중사고 二重思考'라는 신어가 퍼뜩 떠올랐다. 처음으로 자신이 맡은 임무가 얼마나 막중한지 깨달았다. 미래와 어떻게 소통한단 말인가? 본질적으로 불가능한 일이었다. 미래도 현재와 별반 다르지 않다면 그의 말을 귀담아들을 형편이 안 될 테고, 만약 미래가 현재와 다르다면 곤경에 처한 그의 이야기는 아무런 의미가 없을 테니까.

 한동안 윈스턴은 날짜가 적힌 그 페이지만 멍하니 바라봤다. 텔레스크린에서는 이제 귀에 거슬리는 군악이 흘러나왔다. 참 희한하게도 그는 자신의 생각을 표현하는 힘을 잃어버렸을 뿐만 아니라 애초에 무슨 말을 하려고 했는지조차 잊어버린 것 같았다. 지난 몇 주 동안 바로 이 순간을 준비해온 터라 용기 외에 더 필요한 것이 있으리라고는 생각하지 않았다. 실제로 쓰는 것 자체는 어렵지 않을 것이었다. 말 그대로 수년 동안 그의 머릿속을 끊임없이 맴돌고 있는 기나긴 독백을 종이에 옮겨 적기만 하면 될 일이었다. 그러나 막상 쓰려는 순간 그 독백조차 뚝 끊겨버렸다. 설상가상으로 그의 정맥류성 궤양까지 참을 수 없이 근질거리기 시작했다. 긁었다가는 어김없이 염증이 생기기 때문에 그는 긁을 엄두조차 내지 못했다. 시간은 계속 흘러갔다. 그의 의식 속에는 자기 앞에 놓인 빈 종이와 발목 위쪽 살갗의 가려움, 그리고 크게 울려 퍼지는 군악 소리와 승리주가 선사한 약간의 취기밖에 없었다.

갑자기 윈스턴은 극심한 공포에 휩싸여 쓰기 시작했다. 그러나 그는 자신이 무엇을 써 내려가고 있는지 제대로 알지 못했다. 윈스턴은 작지만 어린애 같은 글씨체로 빈 종이를 채워나갔다. 처음에는 대문자 표기법을 무시하더니 끝에 가서는 마침표 찍는 것까지 빼먹어버렸다.

1984년 4월 4일. 어젯밤 영화를 보러 갔다. 죄다 전쟁 영화였다. 피난민이 가득 타고 있던 배가 지중해 모처에서 폭격당하는 장면이 그중 볼 만했다. 관객들은 엄청나게 뚱뚱한 사내가 헤엄쳐 도망가려 하자 헬기가 그를 뒤쫓는 장면을 특히 재미있어했다. 처음에 그 사내는 돌고래처럼 허우적거리며 헤엄쳤지만 곧이어 헬리콥터 기관총의 조준기에 잡혔고, 순간 그의 몸이 벌집이 되면서 주변 바닷물이 붉게 변했다. 그리고 그 벌집으로 물이 들어찬 듯 순식간에 그의 몸은 가라앉아 버렸다. 관객들은 그가 그렇게 가라앉을 때 큰 소리로 웃었다. 그다음 장면에서는 아이들이 가득 탄 구명정 위로 헬기 한 대가 맴돌았다. 뱃머리에 유대인인 듯한 중년의 여자가 세 살가량의 남자아이를 안고 앉아 있었다. 그 어린아이는 무서워 울부짖으면서 엄마의 품속으로 파고들려는 듯 그녀의 젖가슴 사이에 머리를 묻었다. 그러자 여자는 자신도 놀라 새파랗게 질려 있으면서도 양팔로 아이를 감싸 안고 달래며 자기 팔로 총알을 막을 수 있다고 생각하는지 줄곧 아이를 최대한 꼭 감싸고 있었다. 이윽고 헬기가 그들 한가운데로 20킬로그램짜리 폭탄을 떨어뜨리자 엄청난 섬광과 함께 그 구명정은 산산조각이 났다. 곧이어 어린아이의 팔 한 짝이 하늘 높이 솟구쳐 올랐다 기수에 카메라가 장착된 헬기가 촬영한 것이 틀림없는 이 기막힌 장면이 등장하자 당원석에서 우레와 같은 박수가 터져 나왔다 그러나 무산계급석에 앉아 있던 어떤 여자가 갑자기 소란을 피우며 "이런 장면을 아이들에게 보여줘서는 안 된다" "아이들에게 이런 영화를 보여주는 건 옳지 않다"라고 소리쳤다 경찰이 나타나 그녀를 밖으로 끌어내고서야 사태가 수습됐다 그녀는 별일 없을 것이다 무산계급이 무슨 말을 하건 아무도 신경 쓰지 않기 때문이다 전형적인 무산계급의 반응 따위에 당은 결코……

윈스턴은 여기까지 쓰다가 멈췄다. 손가락에 쥐가 난 탓도 있었다. 무엇 때문에 이런 시답지 않은 이야기를 털어놓고 있는지 그 자신도 몰랐다. 그러나 신기하게도 그렇게 시시걸렁한 이야기들을 쓰고 있자니 완전히 다른 기억까지 마치 현재 그 이야기를 기록하는 것처럼 아주 선명하게 떠올랐다. 윈스턴은 자신이 뜬금없이 오늘 집에 와 일기를 쓰기로 작정한 이유가 바로 그 사건 때문임을 그제야 깨달았다.

썩 분명치 않은 사건이라서 일어났다고 말할 수 있을는지 모르겠지만, 그 사건은 그날 아침 진리부에서 일어났다.

오전 11시가 다 됐을 무렵, 윈스턴이 근무하는 기록국에서는 '2분 증오'를 준비하느라 직원들이 사무실에서 의자들을 끌어내 대형 텔레스크린을 마주 보고 앉도록 강당 중앙에 배열하고 있었다. 윈스턴이 가운데 줄에 있는 자기 자리에 앉으려는 순간 그와 안면만 있을 뿐 한 번도 말을 튼 적이 없는 두 사람이 뜻밖에도 강당 안으로 들어섰다. 그중 한 명은 윈스턴이 종종 복도에서 마주쳤던 젊은 여자였다. 그녀의 이름은 몰랐지만 창작국에서 근무한다는 것까지는 알고 있었다. 이따금 기름투성이 손으로 스패너를 들고 있는 모습으로 보아 아마도 그녀는 소설 제작기 중 하나를 정비하는 일을 하고 있지 않을까 싶었다. 스물일곱쯤 됐을 법한 대담해 보이는 아가씨였다. 머리칼은 검고 숱이 많았으며 얼굴은 주근깨투성이였고 몸놀림은 날쌔고 다부졌다. 작업복 허리에 '청년반성연맹青年反性聯盟'의 휘장인 폭이 좁은 진홍색 띠를 단단히 여러 번 감아 매서 그런지 그녀의 엉덩이 곡선이 돋보였다. 윈스턴은 처음 본 순간부터 그녀가 싫었다. 그는 그 이유를 알고 있었다. 그 여자에게서 하키장과 냉수욕은 물론 단체 행군과 건전한 정신 따위의 분위기가 풍겼기 때문이다. 윈스턴은 여자라면 거의 질색을 했는데 젊고 예쁜 여자들에 대해서는 특히 더 그랬다. 당의 가장 충실한 추종자나 구호를 곧이곧대로 받아들이는 자, 또는 어설픈 스파이나 황당한 밀고자는 백이면 백 여자, 특히 젊은 여자였다. 그런데 윈스턴이 볼 때 그 유별난 여자야말로 누구보다 가장 위험한 존재 같았다. 언젠가 복도에서 마주친 그녀가 잽싸게 곁눈질했을 때 윈스턴은 자신의 속마음을 들킨 것 같아 잠깐이지만 두려워 눈앞이 캄캄했었다. 그녀가 사상경찰이 아닐까 하는 생각마저 들었지만 사실 그럴 가능성은 거의 없었다. 그런데도 이상한 불안감이 가시지 않아 그녀가 근처에 있기만 하면 적개심을 넘어 두려움까지 밀려왔다.

나머지 한 사람은 오브라이언이라는 남자였다. 내부 당원인 그는 굉장히 중요하고 좀처럼 범접할 수 없는 직책을 맡고 있어서 윈스턴은 그저 높은 직책이겠거니 짐작만 할 뿐이었다. 검은 작업복을 입은 내부 당원들이 다가오자 의자 주변에 모여 있던 사람들 사이로 일순간 정적이 흘렀다. 오브라이언은 덩치가 크고 건장한 남자로 목이 굵었으며 거친 얼굴은 익살스러우면서도 험상궂었다. 생김새는 무시무시했지만 그의 태도에는 분명히 매력적인 구석이 있었다. 버릇처럼 안경을 콧잔등 위로 올리는 모습이 이상하게도 상대방의 경계심을 풀어줬는데, 콕 집어 설명할 수는 없지만 몹시 세련돼 보였다. 아직 이런 방식으로 표현할 사람이 있을지 모르겠지만 마치 18세기 귀족이 코담뱃갑을 내밀어 담배를 권하는 모습을 연상시키는 태도였다. 윈스턴은 10여 년 동안 오브라이언을 여남은 번 봤다. 그는 오브라이언에게 깊이 끌렸는데, 단지 그의 프로 권투 선수 같은 체격과 상반되는 세련된 태도 때문만은 아니었다. 그보다 오브라이언의 정치적 신조가 완벽하지 않으리라는 신념—혹은 신념이랄 수도 없는 단순한 희망—을 남몰래 품어왔던 것이 더 큰 이유였다. 그의 얼굴을 보면 왠지 그런 생각을 안 할 수가 없었다. 물론 그의 얼굴에서 간파한 것이 반동심과는 전혀 거리가 먼 단순한 지성일 수도 있었다. 그러나 어쨌든 그는 텔레스크린을 따돌리고 단둘이 만날 수만 있다면 어쩐지 말이 통할 것처럼 보였다. 윈스턴은 짐작이 맞는지 확인해보려는 노력은 눈곱만큼도 한 적이 없었다. 정말이지 해보고 싶어도 방법이 전혀 없었다. 바로 그때 오브라이언이 손목시계를 힐끔 보았다. 11시가 다 됐다는 것을 알고 '2분 증오'가 끝날 때까지 기록국에 머물기로 작정한 모양이었다. 그는 윈스턴과 같은 줄에서 두 자리 떨어진 곳에 자리를 잡고 앉았다. 옆 사무실에 근무하는 아담한 체구의 엷은 갈색 머리 여자가 그들 사이에 앉았다. 검은 머리의 여자는 그녀의 바로 뒤에 앉았다.

다음 순간 강당 끝에 설치된 대형 스크린에서 마치 기름을 치지 않은 거대한 기계가 돌아가는 것처럼 소름 끼칠 정도로 귀에 거슬리는 쇳소리가 울려 나왔다. 저절로 이가 악물어지고 목덜미 털이 쭈뼛 곤두설 정도로 듣기 싫은 소리였다. '증오'가 시작된 것이다.

여느 때처럼 인민의 적인 이매뉴얼 골드스타인의 얼굴이 화면에 나타났다. 청중석 여기저기서 야유가 터져 나왔다. 아담한 체구의 연갈색 머리 여자는 두려움과 혐오감이 뒤섞인 비명을 질러댔다. 골드스타인은 오래전에(얼마나 오래전인지 정확히 기억하는 사람은 아무도 없지만) 빅 브라더에 버금갈 만한 당의 거물급 인사였지만, 이후 반혁명 활동에 가담해 사형선고를 받았는데 감쪽같이 탈출해서 종적을 감춘 변절자이자 반동분자였다. '2분 증오' 프로그램의 내용은 날마다 달랐지만 증오의 대상은 언제나 골드스타인이었다. 그는 최초의 반역자이자 가장 먼저 당의 순수성을 더럽힌 자였다. 이후 일어난 모든 반反당적 범죄와 반역 행위는 물론 파괴 공작과 이단과 이탈 행동까지 모두 그가 직접 사주한 것이었다. 그는 아직도 어디선가 살아남아 음모를 꾸미고 있었다. 아마도 외국 어딘가에서 그의 외국인 재무관들의 보호를 받고 있거나 이따금 들리는 말처럼 여기 오세아니아의 어느 은신처에 숨어 있을 터였다.

윈스턴은 숨쉬기가 불편했다. 그는 골드스타인의 얼굴을 볼 때마다 괴로울 정도로 마음이 복잡했다. 아주 곱슬곱슬한 흰 머리칼이 후광처럼 붙어 있는 데다 조그맣게 염소수염까지 기른 그 여윈 유대계 얼굴은 영리해 보이기는 했으나 어쩐지 본질적으로 비열한 구석이 있어 보였다. 더구나 끄트머리에 안경을 걸친 길쭉하고 가느다란 코에서는 망령 든 노인네의 어리석음 같은 것이 풍겼다. 또 얼굴이 양을 닮기도 했는데, 아니나 다를까 목소리 역시 양과 비슷한 음색이었다. 골드스타인은 여느 때처럼 악의에 차서 당의 강령을 공격하고 있었다. 그가 퍼붓는 독설은 심하게 과장되고 삐딱해 어린아이라도 그 속을 훤히 꿰뚫어 볼 수 있었다. 그럼에도 잔뜩 겁을 줄 만큼 그럴듯한 데가 있어서 분별력이 평균 이하인 사람들은 속아 넘어갈지도 모를 일이었다. 그는 빅 브라더를 욕했고, 당의 독재를 비난했으며, 유라시아와의 즉각적인 평화 협정 체결을 요구했다. 언론·출판·집회·사상의 자유를 부르짖었으며, 혁명이 배반당했다며 이성을 잃은 듯 울부짖었다. 그는 시종일관 당의 연설가들이 으레 쓰는 수법을 비꼬아서 흉내 내듯 다음절어多音節語를 사용해 연설조로 빠르게 말하는가 하면 신어까지 구사했다. 정말이지 당원들이 보통 실제 생활에서 쓰는 것보다 더 많은 신어를 사용했다. 그러다 보니 혹시라도 골드스타인의 그럴듯한 사탕발림 속에 진실이 숨어 있는 것이 아닐까 하고 의심하는 사람이 나오지 않도록 텔레스크린 속 그의 머리 뒤로는 유라시아 군대가 끊임없이 행진하는 모습이 펼쳐졌다. 줄지어 대열을 갖춘, 무표정한 아시아계 얼굴 덕에 다부져 보이는 남자들이 차례차례 화면 가득 클로즈업되었다가 사라졌다. 양 울음 같은 골드스타인의 목소리에 군인들의 둔탁하고 규칙적인 군화 소리가 배경음악처럼 깔렸다.

'증오'가 시작된 지 30초도 지나지 않아 강당 안에 있던 사람들의 절반이 주체할 수 없는 분노의 함성을 질러댔다. 자기만족에 도취한 화면 속 양의 얼굴과 그 뒤로 비치는 유라시아 군대의 무시무시한 서슬은 참아내기가 버거웠다. 게다가 골드스타인을 볼 때는 물론 그를 생각만 해도 두려움과 화가 저절로 솟구쳤다. 그는 유라시아나 동아시아보다 더 지속적인 증오의 대상이었다. 왜냐하면 오세아니아는 그 두 강대국 가운데 어느 한쪽과 전쟁 중일 때는 보통 나머지 한쪽과 평화롭게 지냈기 때문이다. 그러나 이상하게도 그렇게 모두 골드스타인을 증오하고 경멸하고, 매일도 모자라 하루에 수천 번씩 연단이나 텔레스크린에서, 또 신문이나 책에서 그의 이론들이 반박당하고 처참히 깨지며 비웃음을 사고 한심하기 짝이 없는 헛소리 취급을 받는데도 그의 영향력은 결코 줄어드는 것 같지 않았다. 언제나 그의 공작에 넘어가는 얼간이들이 새로이 등장했다. 하루가 멀다 하고 사상경찰이 골드스타인의 지령을 받고 활동하는 간첩들과 파괴 공작원들을 적발해냈다. 그는 정체불명의 거대한 집단이자 지하조직으로 국가 전복을 꾀하는 자들의 수장이었다. 그 조직을 '형제단'이라고 부르는 것 같았다. 또 골드스타인이 이설異說들을 전부 요약해놓은 무시무시한 책이 여기저기서 은밀히 나돈다는 소문도 있었다. 그 책은 제목도 없었다. 사람들은 그냥 '그 책'이라고 불렀다. 하지만 이런 사정들도 오직 막연히 소문을 통해서 알 뿐이었다. 일반 당원들은 될 수 있으면 '형제단'이나 '그 책'이라는 말을 입에 올리지 않았다.

2분이 지나자 '증오'는 광란 상태에 도달했다. 사람들은 화면에서 흘러나오는 그 미칠 것 같은 양 목소리를 듣지 않으려고 자기 자리에서 날뛰며 고래고래 소리를 질러댔다. 아담한 체구의 갈색 머리 여자는 얼굴까지 발개진 채 낚인 물고기처럼 입을 벌렸다 오므렸다 했다. 오브라이언의 음울한 얼굴마저 벌게졌다. 그는 의자에 아주 꼿꼿이 앉아 있었는데, 마치 거세게 밀려오는 파도에 맞서기라도 하는 듯 튼실한 가슴을 크게 부풀린 채 가늘게 떨고 있었다. 윈스턴의 뒷자리에 앉아 있던 검은 머리 여자는 "돼지 새끼, 돼지 새끼, 돼지 새끼야!"라고 부르짖기 시작하더니 갑자기 두툼한 신어사전을 집어 화면을 향해 냅다 던졌다. 신어사전은 골드스타인의 코를 강타한 뒤 툭 떨어졌다. 하지만 텔레스크린 속 그 목소리는 거침없이 계속 울려 퍼졌다. 문득 정신을 차려보니 윈스턴 역시 다른 사람들과 마찬가지로 고래고래 소리를 지르며 의자 가로대를 뒤꿈치로 세차게 차고 있었다. '2분 증오'가 진짜 무시무시한 이유는 어쩔 수 없이 참여해야 한다는 것이 아니라 참여하지 않고는 못 배긴다는 점이었다. 넉넉잡아 30초만 지나면 언제나 참여하는 척 꾸밀 필요도 없었다. 두려움과 복수심에 섬뜩할 정도로 도취해 마치 죽이고 고문하고 큰 망치로 얼굴을 으깨버리고 싶은 욕구가 모든 사람에게 전류처럼 흐르는 듯, 아무리 그러지 않으려고 해도 얼굴을 일그러뜨린 채 괴성을 질러대는 미친 사람으로 변하곤 했다. 그런데도 사람들이 느끼는 분노는 추상적이고 목표가 불분명했기 때문에 분노의 대상은 가스 발염기의 불꽃처럼 언제든 바뀔 수 있었다. 어느 순간에 윈스턴의 증오 대상도 골드스타인이 아니라 그의 반대편인 빅 브라더와 당과 사상경찰로 바뀌었다. 그리고 그때마다 화면에 등장해 홀로 조롱받는 이단자이자 거짓이 판치는 세상에서 유일하게 진실을 말하며 온전한 정신을 유지하고 있는 그 인물에 마음이 쓰였다. 그러나 바로 다음 순간 윈스턴은 주변 사람들과 한 덩어리가 됐기 때문에 골드스타인을 두고 이러니저러니 하는 말을 모두 사실처럼 곧이듣게 되었다. 그럴 때면 그가 빅 브라더를 향해 은밀히 품고 있던 혐오감은 숭배로 바뀌었고, 그 결과 빅 브라더는 아시아 무리에 맞서 바위처럼 위풍당당하게 서 있는 천하무적의 막강한 보호자로 여겨졌다. 반면에 골드스타인은 홀로 고립된 무기력한 존재이며 생존 자체마저 의심스러운 상황에서도 목소리의 위력만으로 문명 구조를 무너뜨릴 수 있는 사악한 마법사나 다름없었다.

때에 따라서는 자발적으로 증오의 대상을 이리저리 바꿀 수도 있었다. 마치 악몽에 시달리는 자신을 억지로 깨어나게 할 때처럼 맹렬히 애쓴 덕분에 윈스턴은 느닷없이 증오의 대상을 화면에 비친 그 얼굴에서 뒷자리의 검은 머리 여자로 바꿀 수 있었다. 그러자 생생하면서도 아름다운 환영들이 쏜살같이 머릿속을 스쳐 갔다. 그는 그 여자를 경찰봉으로 죽도록 때려주고 싶었다. 그녀를 성 세바스티아누스[3]처럼 발가벗겨 말뚝에 묶어놓고 화살을 마구 쏘아대고 싶었다. 또 그녀를 겁탈해서 절정의 순간에 숨통을 끊어놓고 싶었다. 게다가 이전과 달리 자신이 그녀를 증오하는 '이유'를 더욱 확실히 알게 됐다. 그 여자가 젊고 예쁘장한 데다 성적 매력이 없었기 때문에 싫었고, 같이 자고 싶은 마음은 굴뚝같지만 윈스턴 자신이 결코 그럴 일은 벌이지 않을 것이기에 그녀를 증오했으며, 마치 팔로 감싸달라고 애원하는 것 같은 그녀의 야들야들하고 나긋나긋한 허리를 정조의 공격적 상징물인 그 밉살스러운 진홍색 장식 띠가 다 차지하고 있기 때문에 혐오스러웠다.

'증오'는 절정으로 치달았다. 골드스타인의 목소리가 진짜 양의 울음소리로 들리는가 싶더니 곧바로 그 얼굴까지 양의 얼굴로 변했다. 곧이어 양의 얼굴은 흔적도 없이 사라지고 유라시아 병사의 모습이 나타났는데, 거대하고 무시무시하게 생긴 그 병사가 기관

---

[3] Saint Sebastianus, 독실한 그리스도교도였던 세바스티아누스는 로마 황제 디오클레티아누스의 근위병이라는 자신의 지위를 이용해 감옥에 자유롭게 드나들며 수감되어 있던 그리스도교 신자들을 보살펴 주다가 발각되었다. 그리스도교를 탄압한 황제의 명에 따라 광장에서 발가벗겨진 채 기둥에 묶여 화살에 맞아 죽는 형벌을 받았다. 구사일생으로 살아났지만 결국 몽둥이에 맞아 순교했다. -역주

총을 쏘아대며 점점 다가오는 형국이 금방이라도 화면 밖으로 튀어나올 것만 같았다. 그러자 앞줄에 있던 사람들 가운데 몇몇은 실제로 움찔하며 몸을 뒤로 뺐다. 그러나 바로 그 순간 모두 깊은 안도의 한숨을 내쉬었다. 그 적군의 얼굴이 사라지고 검은 머리에 검은 콧수염을 기른, 힘이 넘치고 불가사의할 정도로 침착해 보이는 빅 브라더의 얼굴이 화면을 거의 꽉 채우며 나타난 덕분이었다. 그러나 정작 빅 브라더의 말에 귀를 기울이는 이는 아무도 없었다. 전쟁의 폭음 속에서 들리는 말처럼 무슨 내용인지 알아들을 수 없지만 그런 상황에서 어떤 말을 해주고 있다는 사실만으로 신뢰를 되살려주는 격려사 몇 마디에 불과했기 때문이다. 이윽고 빅 브라더의 얼굴이 다시 사라지고 당의 세 가지 구호가 굵은 대문자 활자체로 화면에 나타났다.

전쟁은 평화
자유는 속박
무지는 힘

그러나 빅 브라더의 얼굴이 사람들의 눈에 너무나 강렬히 박힌 탓에 곧바로 지워버릴 수 없기라도 한 듯 몇 초 동안은 화면에 그의 얼굴이 그대로 남아 있는 것 같았다. 갈색 머리의 자그마한 여자가 갑자기 자기 앞에 있던 의자 등받이에 엎드렸다. 그러더니 떨리는 목소리로 "나의 구세주여!" 같은 말을 중얼거리면서 화면을 향해 양팔을 뻗었다. 곧이어 그녀는 두 손에 얼굴을 묻었다. 기도하는 것이 분명했다.

바로 그때 강당에 있던 모든 사람이 굵은 목소리로 나직하면서도 천천히 박자를 맞춰가며 "빅─브라더! …… 빅─브라더! …… 빅─브라더!"를 연호했다. '빅'과 '브라더' 사이를 길게 띄우며 아주 느리게 외쳐서 그런지 웅얼웅얼 묵직하게 울려 퍼지는 소리가 왠지 이상야릇하게 야만스러운 것이, 마치 뒤에서 맨발로 땅을 구르고 둥둥 북을 치는 소리가 들리는 것 같았다. 사람들의 연호는 얼추 30초 동안이나 계속됐다. "빅─브라더"는 감정을 주체할 수 없을 때 자주 읊조리는 후렴구였다. 그것은 빅 브라더의 지혜와 존엄을 칭송하는 찬가의 의미이기도 했지만, 그보다는 리듬감 강한 소음을 이용해서 일부러 무의식에 빠뜨리는 자기최면 행위에 훨씬 가까웠다. 윈스턴은 간담이 서늘해졌다. '2분 증오' 때마다 그는 어쩔 수 없이 다른 이들을 따라 광란 상태에 동참하긴 했지만 그렇게 인간답지 못하게 "빅─브라더! …… 빅─브라더!"를 연호할 때면 언제나 온몸에 소름이 끼쳤다. 물론 윈스턴 역시 다른 사람들과 함께 '빅─브라더'를 연호했다. 달리 방법이 없었다. 사람들은 본능적으로 속마음을 숨기고 표정 관리를 하며 다른 사람들이 하는 대로 따라 하게 마련이다. 그러나 자칫 2초 동안에라도 눈을 통해 자신의 속마음이 노출되지 않으리라는 법도 없다. 그런데 정말로 사건이라면 사건이랄 수도 있는 의미심장한 일이 바로 그 순간에 일어나고 말았다.

잠시 잠깐 윈스턴과 오브라이언의 눈이 마주친 것이다. 오브라이언이 일어서면서 안경을 벗었다가 특유의 손짓으로 다시 안경을 쓰려는 순간, 그들의 눈이 서로 마주쳤다. 비록 순식간이었지만 윈스턴은 오브라이언이 자신과 똑같은 생각을 하고 있음을 알아챘다. 정말이지 확실했다! 서로 마음이 통한 것이 틀림없었다. 두 사람이 마음을 열고 눈으로 서로에게 자신의 생각을 전달했다고나 할까. 오브라이언이 그에게 다음과 같이 말하는 것 같았다. '난 자네 편이네. 자네가 어떻게 느끼는지 정확히 알고 있지. 자네가 경멸하고 증오하고 역겨워하는 걸 전부 알고 있네. 허나 걱정 말게. 난 자네 편이니까!' 하지만 지성이 번뜩였던 그 순간이 곧 사라지고 오브라이언은 다른 이들과 마찬가지로 속을 알 수 없는 얼굴로 돌아갔다.

그게 전부였다. 그래서인지 윈스턴은 그런 일이 정말로 있었는지도 벌써 헷갈렸다. 그 사건이 일어나고 나서 결코 어떤 뒷일도 발생하지 않았다. 다만 윈스턴은 그 사건을 통해 자신 말고도 당의 적이 또 있다는 믿음 혹은 희망을 버리지 않게 됐을 뿐이다. 어쩌면 거대한 지하조직이 있다는 소문이 결국 사실일지도 모를 일이었다. 그렇다면 형제단이 정말로 존재할 수도 있었다! 체포와 자백과 처형이 끊일 날이 없긴 하지만 형제단이 그저 지어낸 이야기라고 확신할 수는 없었다. 윈스턴도 어느 날은 믿었다가 어느 날은 믿지 않았다. 이렇다 할 증거가 없었기 때문이다. 언뜻 어렴풋하게나마 증거 비슷한 것들을 보았댔자 아무런 의미가 없기 일쑤였다. 무심코 엿듣게 된 몇 마디 대화나 화장실 벽에 있는 희미한 낙서가 고작이었다. 심지어 한번은 낯선 두 사람이 만났을 때 그들이 취하는 사소한 손동작이 마치 서로 알고 있다는 신호처럼 보인 적도 있었다. 이런 것들은 전부 어림짐작이거나 그의 상상의 산물일 가능성이 컸다. 그는 오브라이언을 다시 쳐다보지 않고 자기 사무실로 돌아갔다. 윈스턴은 오브라이언과 순간적으로 나눈 교감을 더 진전시켜보겠다는 생각 같은 것은 하지 않았다. 그가 진전시킬 방법을 알고 있다 해도 그런 일은 상상할 수 없을 만큼 위험한 것이었다. 교감이래 봐야 1, 2초 동안 두 사람이 알쏭달쏭한 눈빛을 주고

받은 것이 전부였다. 하지만 철저히 외롭게 살아야 하는 사람에게는 그마저도 기억할 만한 사건이었다.

윈스턴은 마음을 추스르고 똑바로 앉았다. 그러자 트림이 나왔다. 아까 마신 술이 신물처럼 올라왔다.

윈스턴은 다시 일기장에 시선을 고정했다. 보아하니 속절없이 앉아서 생각에 잠겨 있는 동안에도 습관처럼 글을 쓰고 있었던 모양이다. 그런데 처음과 달리 읽기 어려운 서툰 글씨체가 아니었다. 그가 잡은 펜은 매끄러운 종이 위에 크고 단정한 글씨를 관능미가 넘칠 정도로 미끄러지듯 써 내려갔다.

빅 브라더를 타도하라
빅 브라더를 타도하라
빅 브라더를 타도하라
빅 브라더를 타도하라

그렇게 같은 말을 쓰고 또 써 페이지의 반을 채웠다.

극심한 공포감이 밀려들었다. 애초에 일기를 쓰기 시작한 일에 비하면 그런 특정한 단어를 쓴 것은 위험한 축에도 끼지 못하기에 생뚱맞은 반응이 아닐 수 없었다. 그래도 잠시나마 윈스턴은 망쳐버린 페이지들을 찢어버리고 일기고 뭐고 전부 없던 일로 하고 싶었다.

그러나 그는 그렇게 하지 못했다. 그래봤자 아무 소용 없다는 것을 잘 알고 있었기 때문이다. 그가 "빅 브라더를 타도하라"라고 쓰든 안 쓰든 매한가지였다. 마찬가지로 그가 일기를 계속 쓰든 안 쓰든 달라질 것이 없었다. 이러나저러나 사상경찰의 손아귀를 벗어나지 못할 것이 뻔했다. 그는 그 자체만으로 다른 범죄까지 모두 아우르는 본질적인 범죄를 저지르고 말았다. 설령 그가 종이에 글씨를 쓴 일이 결코 없다고 하더라도 범죄를 저질렀다는 사실은 변하지 않았다. 그것은 이른바 사상범죄였다. 사상범죄는 영원히 감출 수 있는 성질의 것이 아니었다. 한동안이나 몇 년까지는 무사히 요리조리 빠져나갈 수 있을지 몰라도 결국엔 잡히기 마련이었다.

언제나 밤에 일이 터졌다. 다시 말하면, 체포는 으레 밤에 일어났다. 느닷없이 자는 사람을 깨워 억센 손으로 어깨를 흔들고 눈에 불빛을 들이대며 험악한 표정의 얼굴들이 침대를 에워쌌다. 이런 경우 대개는 재판도 없고 체포 보고서도 없었다. 사람들은 그저 쥐도 새도 모르게 사라졌다. 그것도 언제나 밤사이에. 체포된 사람의 이름은 각종 등록부에서 삭제됐고 그의 지난 행적을 담은 기록은 전부 말소됐으며 그가 한때 존재했다는 사실마저 부인되면서 결국 잊혔다. 그 사람은 폐기되고 완전히 소멸되는 셈이었다. 시쳇말로 '증발했다'고 했다.

잠시 신경질이 났다. 그는 서둘러 아무렇게나 휘갈겨 썼다.

그들이 날 쏘건 말건 관심 없다 내 목덜미를 쏠 테면 쏘라지 빅 브라더를 타도하라 그들은 항상 목덜미를 쏘지 알게 뭐가 빅 브라더를 타도하라……

윈스턴은 살짝 창피한 마음에 허리를 펴고 펜을 내려놓았다. 다음 순간 그는 까무러치게 놀랐다. 누군가가 문을 두드리고 있었다. 벌써! 그는 누가 됐든 딱 한 번만 두드리고 가버리지 않을까, 하는 헛된 희망을 품고 생쥐처럼 꼼짝 않고 앉아 있었다. 그러나 희망대로 되지 않았다. 재차 문을 두드리는 소리가 들렸다. 시간을 끌었다가는 최악의 결과를 면치 못할 터였다. 심장이 북을 치듯 쿵쿵거렸다. 하지만 오랜 습관 덕분에 무표정한 얼굴로 나설 수 있으리라. 그는 자리에서 일어나 무거운 걸음을 이끌고 문으로 갔다.

2

윈스턴은 문고리를 잡고 나서야 책상 위에 일기장을 그대로 펼쳐놓았다는 것을 알았다. 해당 페이지는 "빅 브라더를 타도하라"로 도배돼 있었는데 글씨가 큼지막해 방 반대편에서도 훤히 알아볼 수 있었다. 어쩌다 그렇게 어리석은 일을 벌였는지 상상이 안 갔다. 그러나 당황한 와중에도 잉크가 덜 마른 상태에서 공책을 덮어 크림색 종이를 얼룩지게 하는 것은 내키지 않았다.

윈스턴은 심호흡을 하고 나서 문을 열었다. 순간 온몸에 푸근한 안도감이 감돌았다. 성긴 머리칼과 주름이 자글자글한 얼굴에 낯빛까지 해쓱한 쭈그렁 여인네가 문밖에 서 있었다.

그녀는 음울하면서도 징징대는 것 같은 목소리로 말문을 열었다.

"아이고, 동무. 내 동무가 들어오는 소리를 들은 것 같아서 와봤어요. 다른 게 아니고, 우리 집에 건너와 부엌 싱크대 좀 봐줄 수 있을까요? 꽉 막혀버렸는지, 원······."

같은 층의 이웃집 아낙인 파슨스 부인이었다. (당에서는 '부인'이라는 말을 다소 탐탁지 않아 했다. 누구나 '동무'로 부르게 되어 있었다.

하지만 어떤 여자들에게는 자기도 모르게 '부인'이라는 말이 나왔다.) 그녀는 서른 남짓한 나이에 비해 무척 늙어 보였다. 어찌 보면 얼굴의 주름마다 때가 낀 것 같기도 했다. 윈스턴은 그녀를 따라 복도로 나섰다. 이렇게 아마추어 수리공이 필요한 상황은 짜증이 날 만큼 거의 날마다 발생했다. 승리맨션은 1930년경에 지은 낡은 공동주택으로 다 허물어져 가고 있었다. 천장과 벽에서는 회반죽이 계속해서 벗겨졌고 혹한이 닥칠 때마다 수도관이 동파했으며 눈만 오면 어김없이 지붕이 샜고 난방장치는 완전히 꺼져 있거나 보통은 에너지 절약 차원에서 스팀이 절반만 들어왔다. 자력으로 고칠 수 있는 경우를 빼고는 수리할 때마다 멀리 떨어져 있는 위원회를 찾아다니며 허가를 받아야 했기 때문에 창틀 하나 고치는 데만도 2년씩 걸리기 십상이었다.

"남편까지 집에 없어서 어쩔 수 없이……."

파슨스 부인이 말끝을 흐렸다.

파슨스네는 윈스턴의 방보다 크긴 했지만 왠지 우중충했다. 조금 전에 덩치 큰 맹수라도 다녀간 듯 모든 것이 부서지고 짓밟힌 모양새였다. 마룻바닥에는 하키 스틱, 권투 장갑, 터진 축구공, 뒤집어 벗어놓은 땀투성이 반바지 같은 운동 용품들이 너저분하게 널려 있었고 식탁 위에는 더러운 접시와 모서리가 접힌 운동 서적들이 흐트러져 있었다. 벽에는 청년연맹과 첩보단의 붉은 깃발과 빅 브라더의 대형 포스터가 붙어 있었다. 승리맨션에 들어서면 어디에서나 그렇듯 이 집에서도 삶은 양배추 냄새가 진동했으나 코를 찌르는 땀내가 더 지독한 악취를 풍겼다. 어떤 냄새인지 명쾌하게 설명하기는 어렵지만, 누구든 한 번만 맡아보면 금방 알 수 있는 그것은 지금 그 자리에 없는 어떤 사람의 땀 냄새였다. 다른 방에서는 누군가가 머리빗과 두루마리 휴지 뜯은 것을 들고 텔레스크린에서 여전히 흘러나오는 군악에 애써 장단을 맞추고 있었다.

"애들이에요."

파슨스 부인은 조금 걱정스러운지 방을 흘긋 쳐다보며 말했다.

"오늘 밖에 나가질 못해서요. 그러니 저렇게……."

그녀는 말끝을 흐리는 버릇이 있었다. 부엌 싱크대는 양배추 냄새보다 지독한 악취가 나는 푸르스름한 더러운 물로 거의 넘칠 지경이었다. 윈스턴은 무릎을 꿇고 배관의 각진 이음매를 살폈다. 그는 손 쓰는 일을 싫어하는 데다 어김없이 기침이 터지기 일쑤라 몸을 굽히는 것을 질색했다. 파슨스 부인은 속절없이 윈스턴을 지켜봤다. 그러고는 한마디 했다.

"그이가 있었더라면 금방 고쳤을 거예요. 이런 일이라면 좋아라 하거든요. 손재주가 여간 아니에요."

파슨스는 진리부에서 함께 일하는 윈스턴의 동료 직원이었다. 그는 뚱뚱했지만 활동적인 데다 손쓸 수 없을 만큼 멍청하고 어리석은 열정으로 똘똘 뭉친 사람이었다. 한마디로 당을 위해서라면 아무리 고된 일도 마다하지 않는 맹목적인 충성파였다. 사실 당의 안정에는 사상경찰보다 이런 사람들이 훨씬 큰 영향을 미쳤다. 파슨스는 서른다섯 살 때 본의 아니게 청년연맹에서 제명당했는데, 청년연맹에 가입하기 전에도 법정 연령을 넘기면서까지 1년 동안 어렵사리 첩보단 활동을 했다. 진리부에서 그는 머리를 쓸 필요가 없는 하급직에 있었다. 반면에 체육위원회를 비롯해 단체 행군이나 자발적 시위 또는 저축 운동이나 이런저런 자원 활동들을 조직하는 일과 관련된 여러 다양한 위원회에서는 중책을 맡았다. 그는 종종 담배 연기를 내뿜으며 자신이 지난 4년 동안 매일 저녁 주민회관에 나갔다는 사실을 은근히 뽐냈다. 얼마나 열심히 사는지 은연중에 증명이라도 하듯 그가 어디를 가든지 아주 심한 땀 냄새가 따라다녔고 그가 자리를 뜨고 나서도 그 냄새는 쉽사리 사라지지 않았다.

"스패너 있죠?"

윈스턴이 각진 이음매에 붙은 나사를 만지작거리면서 물었다.

"스패너요?"

파슨스 부인은 어물거렸다.

"있나 없나 모르겠는데. 혹시 애들이 알려나……."

쿵쿵거리는 발소리와 머리빗을 불어대는 소리가 들리는가 싶더니 아이들이 거실로 몰려나왔다. 파슨스 부인이 스패너를 가져다줬다. 윈스턴은 물을 뺀 다음 욕지기를 참으며 배관을 막고 있던 머리카락 덩어리를 빼냈다. 그는 수돗물을 틀어 최대한 깨끗하게 손을 씻고 거실로 나왔다.

"손 들어!"

사나운 목소리가 소리쳤다.

잘생기고 튼튼해 뵈는 아홉 살 남자아이가 식탁 뒤에서 튀어나와 장난감 자동 권총으로 윈스턴을 위협하는 사이 두 살 아래의 여자아이도 나무때기를 들고 제 오빠를 똑같이 따라 했다. 두 아이 모두 첩보단 제복 차림으로 파란색 반바지와 회색 셔츠를 입고 목에 붉은 천을 두르고 있었다. 윈스턴은 손을 머리 위로 올리긴 했지만 남자아이의 태도가 워낙 살기등등해서 백 퍼센트 장난은 아닌 것 같아 거북살스러웠다.

"넌 반역자다!"

남자아이가 또 소리쳤다.

"넌 사상범이다! 넌 유라시아 간첩이다! 난 널 쏠 거다, 널 증발시켜버릴 테다, 소금 광산으로 보내버릴 테다!"

갑자기 두 아이 모두 폴짝폴짝 뛰면서 윈스턴 주위를 맴돌며 "반역자!", "사상범!" 하고 외쳐댔는데 여자아이는 제 오빠가 하는 짓은 뭐든 그대로 따라 했다. 어쩐지 조만간 자라면 사람을 잡아먹을 호랑이 새끼의 재롱을 보는 것 같아 살짝 소름이 끼쳤다. 남자아이의 눈에서 약삭빠른 잔인함 같은 것이 비쳤다. 윈스턴을 때리거나 발길질하고 싶은 열망은 물론 그렇게 할 수 있을 만큼 거의 다 컸음을 스스로 잘 알고 있다는 것까지 아주 훤히 드러났다. 윈스턴은 속으로 그 아이가 들고 있는 것이 진짜 총이 아니어서 천만다행이라고 생각했다.

파슨스 부인은 안절부절못하며 윈스턴과 아이들의 눈치를 살폈다. 불빛이 좀 더 밝은 거실에서 보니 흥미롭게도 그녀의 얼굴 주름살마다 정말로 때가 끼어 있었다.

"애들이 이렇게 시끄럽다니까요. 교수형 구경을 못 가서 실망해 저런답니다. 저는 눈코 뜰 새 없이 바빠 데려갈 수 없는데 애들 아빠도 그 시간에 맞춰 퇴근하지는 못하니까요."

부인이 말했다.

"우리도 교수형 구경 가면 안 돼요?"

남자아이가 집안이 떠나가도록 소리쳤다.

"교수형 보고 싶어요! 교수형 보고 싶어요!"

여자아이는 여전히 폴짝폴짝 뛰면서 졸라댔다.

그제야 윈스턴도 전쟁범 판결을 받은 유라시아 죄수 몇이 그날 저녁 공원에서 교수형을 당한다고 했던 것이 생각났다. 그와 같은 공개 처형은 한 달에 한 번 정도 있는 일로 인기 있는 구경거리였다. 아이들은 언제나 구경 나가자고 아우성이었다. 윈스턴은 파슨스 부인에게 인사하고 그 집을 나섰다. 그런데 복도에서 채 여섯 걸음도 못 가 목덜미에 무언가를 맞아 참을 수 없을 만큼 아팠다. 벌겋게 달군 철사에 푹 찔린 느낌이었다. 그가 휙 돌아본 찰나에 파슨스 부인이 아들을 현관 안으로 끌고 들어갔고, 그 와중에 녀석은 고무줄 새총을 호주머니에 쑤셔 넣고 있었다.

문이 닫히자 그 남자아이가 "골드스타인!" 하고 고함을 질렀다. 그러나 정작 윈스턴이 크게 놀란 것은 파슨스 부인의 우중충한 얼굴에 드러난 속수무책의 공포감이었다.

집에 돌아온 윈스턴은 재빨리 텔레스크린을 지나 다시 탁자 앞에 앉았다. 그때까지도 그는 목덜미를 문지르고 있었다. 텔레스크린에서는 더 이상 음악이 흘러나오지 않았다. 대신에 딱딱 끊어지는 군대식 말투에 어쩐지 무자비한 분위기를 풍기는 목소리가 아이슬란드와 페로제도 사이에 정박해 있는 새로운 부동浮動 요새의 군사력을 또박또박 설명하고 있었다.

윈스턴은 그런 아이들 때문에 그 가엾은 여인네는 공포에 떨며 살 수밖에 없으리라 생각했다. 1, 2년만 지나면 그 아이들은 이단의 징후를 찾아 제 어미를 밤낮으로 감시할 터였다. 요즈음 아이들은 거의 다 섬뜩할 정도로 무서웠다. 무엇보다 소름 끼치는 것은 첩보단 같은 단체들을 통해 아이들이 조직적으로 통제 불능의 어린 야만인들로 변하는 한편, 이들에게서 어떤 식으로든 당의 규율에 반발하는 성향은 전혀 발견되지 않는다는 점이었다. 오히려 이 어린 야만인들은 당은 물론이고 당과 관련된 것이라면 전부 받들어 모셨다. 노래, 행진, 깃발, 등산, 모의 총 훈련, 구호 외치기, 빅 브라더 숭배 등등이 아이들에게는 영예로운 놀이나 다름없었다. 아이들의 잔인한 습성은 국가의 적과 외국인, 반역자, 파괴 공작원, 그리고 사상범을 적대시하는 데에만 발휘됐다. 서른 살이 넘은 부모들은 대부분 자기 자식을 두려워했다. 그러는 데에는 그만한 이유가 있었다. 《타임스》에 일주일이 멀다 하고 실리는 기사에는 어린 밀고자―흔히 '꼬마 영웅'이라는 표현을 썼다―가 어떻게 부모의 불미스러운 발언을 엿듣고 사상경찰에 제 부모를 고발했는지 자세히 소개되었다.

새총에 맞아 얼얼했던 곳이 괜찮아졌다. 윈스턴은 건성으로 펜을 집으면서 일기에 더 쓸 만한 것이 없을까 생각했다. 그러자 느닷없이 오브라이언이 다시 떠올랐다.

몇 년 전―그때가 언제더라? 분명히 7년 전이었을 거다―그는 꿈에서 아주 캄캄한 방을 헤매고 있었다. 한쪽에 앉아 있던 누군가가 윈스턴이 그쪽을 지나갈 때 "우리는 어둠이 없는 곳에서 만나게 될 거요."라고 말했다. 아주 조용히, 그것도 거의 무심코 뱉은 말이었지 명령은 아니었다. 윈스턴은 멈추지 않고 계속 걸어갔다. 이상하게도 꿈꿀 당시에는 그 말을 크게 새겨듣지 않았다. 시간이 흐른 뒤에야 점차 그 말이 의미심장하게 다가왔다. 지금은 자신이 처음 오브라이언을 봤을 때가 그 꿈을 꾸기 전이었는지 후였는지 정확히 말할 수가 없었다. 마찬가지로 그 목소리가 오브라이언의 목소리인 줄 처음 알았던 것이 언제였는지도 기억나지 않았다. 하지만 그 목소리의 주인공이 누구인지는 또렷이 기억하고 있다. 어둠 속에서 그에게 그 말을 했던 사람은 바로 오브라이언이었다.

윈스턴은 오브라이언이 동지인지 적인지 단 한 번도 확신할 수 없었다. 오늘 아침 그렇게 눈이 마주친 후에도 확신할 수 없기는 마찬가지였다. 그뿐만 아니라 동지냐 적이냐가 그렇게 중대한 문제 같지도 않았다. 두 사람을 이어주는 끈은 호의나 동지애보다 한층 중요한, 서로 이해하고 있다는 인식이었다. "우리는 어둠이 없는 곳에서 만나게 될 거요"라고 그가 말했었다. 윈스턴은 그 말이 무슨 뜻인지는 몰랐지만 어떻게든 그런 날이 오리라는 것만큼은 알고 있었다.

텔레스크린에서 흘러나오던 목소리가 잠시 그쳤다. 맑고 아름다운 나팔 소리가 착 가라앉아 있던 공기를 가르며 울려 퍼졌다. 뒤이어 귀에 거슬리는 목소리가 흘러나왔다.

"알려드립니다! 잠시 알려드립니다! 말라바르 전선에서 지금 막 들어온 속보입니다. 남인도에서 우리 군이 영광스러운 승리를 거뒀답니다. 당은 이번 승전보로 머지않아 전쟁이 끝날 것으로 전망하고 있습니다. 자세한 내용은 다음과 같습니다……."

윈스턴은 안 좋은 소식이 이어지겠거니 생각했다. 아니나 다를까, 적군의 엄청난 전사자 수와 포로 수를 열거하며 유라시아 군대를 섬멸한 피비린내 나는 과정을 자세히 설명하더니, 다음 주부터는 초콜릿 배급량이 30그램에서 20그램으로 줄어들 것이라는 소식을 전했다.

윈스턴은 또 트림을 했다. 술이 깨면서 울적한 기분이 들었다. 텔레스크린에서는 승전을 축하하려고 그러는지 아니면 줄어든 초콜릿 생각을 그만하게 하려고 그러는지 난데없이 〈오세아니아를 그대에게〉가 요란하게 울려 퍼졌다. 이 노래가 나오면 차렷 자세로 서 있어야 했다. 하지만 윈스턴은 현재 텔레스크린의 감시망에서 벗어난 위치에 있었다.

〈오세아니아를 그대에게〉가 끝나고 경음악이 흘러나왔다. 윈스턴은 여전히 텔레스크린을 등진 채 창가로 걸어갔다. 날씨는 변함없이 쌀쌀하고 맑았다. 저 멀리 어딘가에서 로켓 폭탄이 터지며 둔탁한 굉음이 울려 퍼졌다. 그즈음 런던에는 일주일에 2, 30개씩 폭탄이 떨어지고 있었다.

거리에서는 바람이 불어 찢어진 포스터가 펄럭거릴 때마다 '영사'라는 글자가 보였다 안 보였다 했다. '영사(영국사회주의)'. '영사'의 신성한 원리. 신어, 이중사고, 변하기 쉬운 과거의 속성. 윈스턴은 마치 해저의 숲을 헤매는 사람처럼 기괴한 세계에서 자신 역시 괴물이 되어 길을 잃은 기분이었다. 그는 혼자였다. 과거는 죽어버렸고 미래는 상상할 수 없었다. 지금 살아 있는 사람 가운데 그의 편이 단 한 명이라도 있을까? 당의 지배가 영원히 지속될지 알아낼 방법이 있을까? 이런 물음에 답해주기라도 하듯 진리부의 흰색 벽면에 새겨진 세 가지 구호가 눈에 들어왔다.

전쟁은 평화
자유는 속박
무지는 힘

윈스턴은 호주머니에서 25센트 동전 한 닢을 꺼냈다. 그 동전에도 역시나 같은 구호가 작지만 또렷하게 새겨져 있었다. 동전을 뒤집어 보니 빅 브라더의 얼굴이 나왔다. 동전에 새겨진 빅 브라더마저 감시의 눈길을 거두지 않았다. 동전은 물론 우표, 책 표지, 깃발, 포스터, 그리고 담뱃갑에 이르기까지 그의 눈은 어디에나 있었다. 항상 그 눈이 사람들을 감시했고 그 목소리가 사람들을 에워쌌다. 잘 때든 깨어 있을 때든, 일할 때든 먹을 때든, 집 안에서나 집

밖에서나, 욕실에서나 침대에서나, 언제 어디서나 피할 길이 없었다. 자기 머릿속의 몇 세제곱센티미터에 불과한 공간을 제외하고는 그 어디에도 나만의 세계란 없었다.

해가 이동하면서 수많은 창문에 더 이상 햇살이 비치지 않자 진리부 건물은 총구멍이 숭숭 난 요새처럼 으스스해졌다. 윈스턴은 피라미드처럼 생긴 그 거대한 건물 앞에 서면 심장이 오그라들었다. 워낙 튼튼하게 지어서 폭풍에도 끄떡없을 것 같았다. 로켓 폭탄을 천 개나 떨어뜨려도 부서지지 않을 터였다. 윈스턴은 자신이 누구를 위해 일기를 쓰는 걸까 하고 다시 헤아려봤다. 미래를 위해서, 아니면 과거를 위해서? 그것도 아니면 상상 속에서만 존재할지도 모르는 시대를 위해? 그런데 윈스턴의 앞에 있는 것은 죽음이 아니라 소멸이었다. 일기는 재가 될 테고 그 역시 증발될 터였다. 오직 사상경찰만이 그가 쓴 글들을 읽어볼 것이다. 그 일기의 존재는 물론 그것이 존재했다는 사실조차 완전히 없애버리기 전에 말이다. 자기 자신의 존재는 물론 종이에 끼적거린 익명의 글조차 물리적으로 그 흔적을 남길 수 없는데 어떻게 미래에 호소할 수 있단 말인가?

텔레스크린이 14시를 알렸다. 윈스턴은 10분 후에 집을 나서야 했다. 14시 30분까지는 사무실에 다시 들어가야 했다.

신기하게도 시간을 알리는 종소리를 들으니 가슴이 탁 트이는 것 같았다. 윈스턴은 아무도 귀담아듣지 않을 진실을 전하는 고독한 유령이었다. 그러나 그가 그렇게 진실을 말하는 것을 멈추지 않는 한, 희미하게나마 어떻게든 그 일은 유지될 것이다. 인류의 유산을 이어가려면 자신의 생각을 들려주는 것보다는 온전한 정신 상태를 유지하는 것이 더 중요했다. 그는 다시 탁자 앞으로 가서 펜에 잉크를 묻혀 다음과 같이 썼다.

    미래가 될지 과거가 될지 모르지만, 자유롭게 생각할 수 있고 사람들은 저마다 다른 존재이며 혼자서는 살 수 없는 시대이자 진실이 존재하고 이미 일어난 일은 돌이킬 수 없는 시대에게
    획일성의 시대이자 고독의 시대이며 빅 브라더의 시대이자 이중사고의 시대로부터—안녕하세요!

윈스턴은 자신이 이미 죽은 사람이나 마찬가지라고 생각했다. 자신의 생각을 구체적으로 표현하기 시작했으니 이제야 비로소 결정적인 한 걸음을 내디딘 것 같았다. 모든 행동의 결과는 그 행동 자체에 포함되어 있는 법이다. 그는 이렇게 썼다.

    사상범죄에 죽음이 뒤따르는 것이 아니다. 사상범죄가 곧 죽음이다.

자신이 죽은 목숨이나 마찬가지라고 생각한 이상 최대한 오래 사는 것이 지상 과제가 됐다. 오른손 손가락 두 개에 잉크 얼룩이 남았다. 바로 그런 사소한 흔적 때문에 정체가 탄로 날 수도 있었다. 진리부에서 일하며 냄새를 잘 맡는 열성분자(아마도 여자일 것이다. 자그마한 그 연한 갈색 머리 여자나 창작국 소속의 검은 머리 여자 같은 부류 말이다)라면 윈스턴이 왜 점심시간에 빠져나가 글을 썼을까, 더군다나 왜 구식 펜으로 썼을까, 그리고 도대체 '무엇'을 썼을까 궁금해할 테고 그러다 보면 결국 해당 부서에 넌지시 일러바칠지도 모를 일이었다. 윈스턴은 욕실로 가서 꺼끌꺼끌한 흑갈색 비누로 잉크 자국을 꼼꼼히 지웠다. 비누가 사포처럼 거칠어 살갗이 긁히

는 점 때문에 그 비누야말로 잉크 자국을 지우는 데 제격이었다.

  윈스턴은 일기장을 서랍에 넣었다. 그래봤자 숨기는 것은 어림없겠지만 적어도 일기장의 존재가 발각됐는지 안 됐는지는 확인할 수 있을 터였다. 그렇다고 방금 쓴 페이지 끝에 머리카락 한 올을 넣어두는 것은 너무 속 보이는 방법이었다. 윈스턴은 알아볼 만한 크기의 희끄무레한 가루를 손가락 끝으로 집어 일기장 표지 귀퉁이에 올려놓았다. 누군가가 일기장을 움직이면 그 가루는 떨어질 것이다.

3

  윈스턴은 어머니 꿈을 꾸었다.

  그의 기억이 틀림없다면 어머니가 사라진 것은 그가 열 살인가 열한 살 때였다. 그의 어머니는 키가 컸고 균형 잡힌 몸매에 다소 곧한 행동과 아름다운 금발이 돋보이는 조용한 여자였다. 어머니보다 가물가물하지만 가무잡잡한 피부에 말랐던 것으로 기억되는 그의 아버지는 항상 짙은 색 양복을 말쑥하게 차려입고 다녔고(윈스턴은 특히 아버지의 아주 얇은 구두창이 떠올랐다) 안경을 썼었다. 두 사람 모두 50년대의 1차 대숙청 때 희생된 것이 틀림없었다.

  꿈속에서 어머니는 윈스턴이 앉아 있는 곳에서 한참 아래쪽인 어느 곳에서 누이동생을 껴안고 앉아 있었다. 누이동생과 관련된 기억이라고는 언제나 조용하면서도 경계심에 가득 차 커다란 눈망울을 굴리던 조그맣고 가냘픈 아기였다는 것이 전부였다. 꿈속의 어머니와 여동생은 그를 올려다보고 있었다. 두 사람이 내려가 있는 곳은 우물이나 아주 깊은 무덤의 바닥처럼 지하에 있는 장소였다. 이미 윈스턴이 내려갈 수 없을 만큼 굉장히 깊은데도 그곳은 자꾸만 더 아래로 내려가고 있었다. 어머니와 누이동생은 가라앉고 있는 배의 일등 선실에서 시커먼 물 너머로 그를 올려다보고 있었다. 선실 안에 아직 공기가 남아 있어 어머니와 누이동생은 그를 볼 수 있었고 그 역시 두 사람을 볼 수 있었지만 두 사람은 점점 깊이 가라앉고 있었기 때문에 한순간 시퍼런 물에 잠겨 영원히 시야에서 사라질 터였다. 윈스턴이 물 밖에서 빛과 공기를 쐬는 동안 어머니와 누이동생은 물속으로 가라앉아 죽어가고 있었다. 그런데 두 사람이 그렇게 물 아래로 가라앉는 이유는 그가 물 위로 올라온 탓이었다. 윈스턴도 그 사실을 알고 있고 두 사람도 알고 있었다. 윈스턴은 두 사람의 얼굴에서 그들이 알고 있다는 것을 읽을 수 있었다. 하지만 어머니와 누이동생의 얼굴이나 마음속에서 그 어떤 원망의 빛도 찾아볼 수 없었다. 그들은 다만 윈스턴을 살리려면 자신들이 죽어야 하며, 또한 그렇게 하는 것이 피할 수 없는 세상 이치의 일부임을 잘 알고 있을 뿐이었다.

윈스턴은 실제로 무슨 일이 있었는지는 기억할 수 없었다. 하지만 그는 그 꿈을 통해 어떤 식으로든 어머니와 누이동생이 자기를 살리기 위해 목숨을 희생했다는 것을 알았다. 그의 꿈은 꿈 특유의 풍경을 담고 있긴 하지만 계속해서 논리적으로 생각하고 판단하게 해주는 터라, 나중에 깨어난 후에도 변함없이 새롭고 가치 있는 사실과 생각들을 일깨워 주었다. 이제야 갑자기 윈스턴에게 떠오른 것은 거의 30년 전 일인 어머니의 죽음이 어떻게 그럴 수 있었을까 싶을 만큼 비극적이고 슬픈 사건이었다는 사실이었다. 그가 알기로 비극은 그 옛날, 그러니까 아직 사생활과 사랑과 우정이 존재하며 부모 형제가 이유를 불문하고 서로 든든히 지켜주던 시대에 나 있던 일이었다. 윈스턴은 어머니를 떠올릴 때마다 가슴이 찢어질 듯 아팠다. 어머니는 죽는 순간까지 그를 사랑했으나 그는 너무 어리고 이기적이어서 어머니를 그만큼 사랑하지 못했다. 게다가 어떻게 된 일인지 정확히 기억하지는 못하지만 어쨌든 그의 어머니는 자식이라는 한 개인을 향한 불변의 사랑을 지키기 위해 자신을 희생했다. 그런 희생은 그때나 가능했던 일이다. 오늘날에는 공포와 증오와 고통만 있을 뿐 감정의 존엄이나 깊고 복잡한 슬픔 따위는 존재하지 않는다. 수백 길 깊이의 시퍼런 물속으로 계속 가라앉으면서도 윈스턴을 올려다보던 어머니와 누이동생의 커다란 눈망울이 그렇게 말하는 것 같았다.

별안간 꿈속 장면이 바뀌어 윈스턴은 짧게 깎은 푹신한 잔디밭에 서 있었다. 저무는 햇살이 대지에 어른거리는 어느 여름날 저녁이었다. 눈앞에 펼쳐진 풍경은 꿈에 너무도 자주 등장해 마치 그가 현실 세계에서도 본 풍경이 아닐까 하고 헷갈릴 정도였다. 그는 그 꿈을 꾸다가 깨어난 뒤부터 그곳을 '희망의 나라'라고 불렀다. 토끼들이 풀을 뜯어 먹은 오래된 목초지인 그곳에는 구불구불 오솔길이 나 있고 군데군데 두더지 굴도 눈에 띄었다. 들판 맞은편의 너덜너덜한 울타리 너머에서는 느릅나무 잔가지들이 한들거렸고 잎사귀들은 숱 많은 여인네의 머리칼처럼 나부꼈다. 보이진 않지만 근처 어딘가에서 맑은 시냇물이 천천히 흐르고 있었고 버드나무 아래 연못에서는 황어 떼가 헤엄치고 있었다.

검은 머리의 그 여자가 들판을 지나 그가 있는 쪽으로 오고 있었다. 그녀는 단 한 번의 동작으로 옷을 훌러덩 벗어서 도도하게 옆으로 휙 던져버렸다. 그녀의 몸은 희고 매끄러웠지만 그는 욕정을 느끼기는커녕 그녀에게 눈길도 주지 않았다. 그 순간 그가 넋 놓고 감탄한 대상은 옷을 한 번에 벗어서 던져버린 몸짓이었다. 우아하면서도 전혀 개의치 않는 그 몸짓이야말로 모든 문화와 사상 체계를 한 방에 깨뜨리는 것 같았다. 마치 단 한 번의 멋진 팔 동작으로 빅 브라더와 당과 사상경찰까지 흔적도 없이 사라지게 할 수 있을 것 같았다. 그것 역시 그 옛날에나 가능했던 몸짓이었다. 윈스턴은 잠에서 깨면서 "셰익스피어"라고 웅얼거렸다.

텔레스크린에서 귀청이 찢어질 것 같은 호각 소리가 30초 동안이나 같은 음으로 계속 흘러나왔다. 7시 15분. 청사에서 일하는 사람들이 일어나야 할 시간이었다. 윈스턴은 억지로 침대에서 일어났다. 외부 당원은 1년에 겨우 3천 점의 의복 배급권을 할당받는데, 잠옷 한 벌에 6백 점이다 보니 벌거벗고 잘 수밖에 없었다. 그는 의자에 걸쳐뒀던 더러운 내의와 바지를 주섬주섬 입기 시작했다. 3분 후면 체조가 시작될 터였다. 옷을 입던 중 갑자기 맹렬하게 기침이 터져 나오는 통에 허리를 펴지 못했다. 거의 매일 아침 일어나자마자 그런 기침이 터졌다. 기침이 어찌나 지독한지 허파가 완전히 텅 빈 것 같아서 등을 대고 누워 가쁘게 헐떡거리고 나서야 다시 숨을 쉴 수 있었다. 게다가 기침하면서 힘이 들어간 탓에 혈관이 팽창했는지 정맥류성 궤양이 근질거리기 시작했다.

"3, 40대 그룹!"

귀청을 찢는 여자 목소리가 시끄럽게 울려 퍼졌다.

"3, 40대 그룹! 각자 제자리에 서세요. 3, 40대 그룹!"

윈스턴은 벌떡 일어나 텔레스크린 앞에서 차려 자세를 취했다. 화면에는 어느새 빼빼 말랐지만 근육질인 젊은 여자가 운동복과 운동화 차림으로 나와 있었다.

"양팔 들어 구부렸다 펴기!"

여자가 큰 소리로 구령을 외쳤다.

"구령에 맞춰 하낫, 둘, 셋, 넷! 자, 동무들, 좀 더 힘차게! 하낫, 둘, 셋, 넷! 하낫, 둘, 셋, 넷……!"

구령에 맞춰 체조를 따라 하다 보니 기침 발작으로 고통스러워하면서도 완전히 잊어버릴 수 없던 꿈속의 감명이 살그머니 되살아났다. 그는 체조 시간에 어울릴 법한 진지하면서도 유쾌한 표정을 억지로 지은 채 기계적으로 양팔을 앞뒤로 뻗으면서 희미한 어린 시절의 기억을 더듬어보려고 애썼다. 하지만 엄청나게 어려운 일이었다. 50년대 말 이전의 일은 모두 기억에서 사라져버렸다. 참고할 수 있는 외부 기록마저 없으면 자기 생애의 중요한 일들조차 또렷하게 기억하지 못했다. 사람들은 실제로 일어나지 않았을 가능성이 큰 엄청난 사건들을 기억하는가 하면 어떤 사건들은 세세한 부분까지 기억하면서도 정작 당시의 주변 정황들은 생각해내지 못했다. 그뿐만 아니라 기억 자체가 아예 없는 긴 공백기도 있었다. 50년대 말 이전 시대에는 모든 것이 지금과 달랐다. 각국의 명칭은 물론 지도 모양도 달랐다. 가령 '제1공대'도 그 시절에는 다르게 불렸다. 런던은 그때도 지금처럼 런던으로 불린 것이 확실한 듯하지만 '제1공대'는 '잉글랜드' 또는 '브리튼'으로 불렸다.

윈스턴의 기억에 자기 나라가 전쟁을 하지 않은 시절이 있었는지는 확실하지 않았다. 하지만 그의 어릴 적 기억 가운데 한 차례 공습을 받았을 때 모두 깜짝 놀랐던 일이 생각나는 것을 보면 그 시절에 꽤 오랫동안 평화를 누렸던 게 틀림없다. 아마도 그 공습이 일어났던 때는 콜체스터에 원자폭탄이 떨어졌던 날일 것이다. 윈스턴이 기억하는 것은 정작 공습 자체가 아니라 아버지가 자기 손을 꼭 잡고 급히 땅속 깊이 어딘가로 한없이 내려가던 장면이었다. 발아래로 뱅글뱅글 원을 그리는 나선형 계단을 돌고 또 돌며 내려가다가 결국 다리가 너무 아파서 윈스턴이 칭얼대기 시작했기 때문에 아버지는 잠시 멈춰 쉬어야만 했다. 윈스턴의 어머니는 꿈속에서 헤매듯 느린 걸음으로 한참 뒤처져서 그들을 따라왔다. 어머니는 젖먹이 누이동생을 안고 있었다. 아니, 어쩌면 어머니가 안고 있던 것은 그저 담요 뭉치였는지도 모르겠다. 누이동생이 그때 태어났는지 어땠는지는 정확히 기억나지 않는다. 마침내 그들은 소란스럽고 사람들로 북적거리는 장소에 들어섰다. 알고 보니 그곳은 지하철역이었다.

사람들이 돌이 깔린 바닥 곳곳에 앉아 있었고 쇠로 만든 2단 침대에도 사람들이 빽빽이 붙어 앉아 있었다. 윈스턴은 부모님과 함께 바닥에 자리를 잡았는데 그 근처에는 할아버지 한 분과 할머니 한 분이 나란히 침대에 앉아 있었다. 백발의 할아버지는 검은색 양복을 말쑥하게 차려입고 검은색 납작모자를 눌러쓰고 있었다. 그는 낯빛이 벌건 데다 푸른 눈에는 눈물이 그렁그렁했으며 술 냄새까지 훅 끼쳐 왔다. 그 냄새가 마치 땀구멍에서 새어 나오는 것 같아서 그랬는지 눈에 고인 눈물이 진짜 술일 수도 있겠다 싶었다. 그러나 그 할아버지는 약간 취해 있긴 했어도 술 탓만이 아니라 진짜 견딜 수 없을 만큼 큰 슬픔에 빠져서 그러고 있었다. 어린 윈스턴이 보기에도 도저히 용서할 수 없고 결코 치유될 수도 없는 끔찍한 일이 벌어진 것이 틀림없었다. 아울러 윈스턴은 그것이 무슨 일인지도 알 것 같았다. 가령 어린 손녀딸처럼 그 할아버지가 사랑하는 누군가가 죽은 것이다. 할아버지는 몇 분이 멀다 하고 이렇게 되뇌었다.

"그자들을 믿지 말았어야 했어. 여보, 내가 그렇게 말하지 않았소? 그자들을 믿으면 이 꼴이 날 거라고. 내가 노상 그랬잖소. 그 놈들을 믿지 말았어야 했는데."

그러나 윈스턴이 지금 기억하는 것은 그 말뿐, 그들이 믿지 말았어야 했다던 그자들이 과연 누구였는지는 알 수 없었다.

바로 그 무렵부터 전쟁은 말 그대로 한시도 끊이지 않았다. 물론 엄밀히 말하면 항상 같은 전쟁은 아니었지만 말이다. 그가 어릴 적에도 다름 아닌 런던에서 몇 달 동안이나 정체를 알 수 없는 시가전이 벌어졌었다. 그중 몇몇 전투는 윈스턴도 생생하게 기억했다. 그러나 정확히 언제 누가 누구와 싸웠는지 말할 수 있을 정도로 그 시기 전체의 역사를 알아내기란 전적으로 불가능했다. 문헌은 물론 사람들의 일상 대화에서도 오직 기존의 동맹이나 적대 관계에 대해서만 말하기 때문이었다. 일례로 (지금이 1984년인 것이 맞다면) 1984년 현재 오세아니아는 유라시아와 전쟁 중인 반면에 동아시아와는 동맹 관계다. 요즘에는 공적인 글에서든 사적인 말에서든 이 세 강대국이 몇 년도 어느 시기에는 지금과 다른 양상으로 편이 갈려 있었다는 것을 인정하는 법이 없었다. 윈스턴도 잘 알고 있듯이, 사실 4년 전만 해도 오세아니아는 동아시아와 전쟁 중이었고 유라시아와 동맹 관계였다. 그러나 이런 사실은 당이 윈스턴의 기억력을 만족스러울 만큼 완전히 통제하지 못했기 때문에 그가 우연히 기억해서 남몰래 쌓아둔 한 토막의 지식에 불과했다. 그러니까 공식적으로는 동맹국이 한 번도 바뀐 적이 없는 셈이었다. 현재 오세아니아는 유라시아와 전쟁을 벌이고 있으므로 오세아니아는 항상 유라시아와 전쟁 중이었던 것이 된다. 현재의 적은 언제나 철천지원수였으므로 과거에나 미래에나 적과의 타협이란 당연히 있을 수 없었다.

윈스턴은 아플 정도로 어깨를 힘껏 뒤로 젖히면서(양손을 엉덩이에 대고 상체를 돌리는 운동인데 등 근육에 좋다고 했다) 수천 번 생각하고 또 생각해봐도 무섭기만 했다. 전부 진짜일지 모른다고 생각하니 소름이 끼쳤다. 정말로 당이 과거까지 쥐락펴락하며 이런저런 사건에 대해 "그런 일은 절대 일어나지 않았다"라고 말할 수 있을 정도라면, 이것이야말로 고문이나 죽음과는 비교도 안 될 만큼 무시무시한 일이 아니겠는가?

당은 오세아니아가 한 번도 유라시아와 동맹을 맺은 적이 없다고 말했다. 윈스턴 스미스는 불과 4년 전인 멀지 않은 과거에 오세아니아가 유라시아와 동맹 관계였다는 것을 알고 있었다. 그러나 그가 알고 있는 이 사실은 어디에 존재한단 말인가? 오직 그의 의식 속에서만 존재할 뿐인데, 이 의식이란 것도 어차피 곧 소멸할 것이 뻔했다. 그러니 남들이 전부 당의 일방적인 거짓말을 곧이곧대로 받아들인다면—그리고 모든 문헌까지 같은 이야기를 전한다면—결국 그 거짓말이 역사가 되면서 진실로 굳어질 것이다.

당의 강령에도 "과거를 지배하는 자가 미래를 지배하고, 현재를 지배하는 자가 과거를 지배한다"라고 나와 있었다. 그렇지만 과거는 본질적으로 변경 가능한 것임에도 결코 변경된 적이 없었다. 무엇이든 지금 진실한 것이면 영원히 진실한 것이었다. 방법은 아주 간단했다. 당은 그저 사람들 각자의 기억을 끊임없이 없애버리기만 하면 될 일이었다. 이를 일러 '현실 통제'라고 했고, 신어로는 '이중사고'라고 불렀다.

"편히 쉬어!"

여자 체조 강사가 약간 부드러워진 목소리로 소리쳤다.

윈스턴은 양팔을 축 늘어뜨리고 천천히 숨을 들이마셨다. 생각은 어느새 이중사고라는 미궁 속에 빠져 있었다. 알면서도 모르는 척하는 것, 완전무결한 진실을 알고 있으면서 빈틈없이 꾸민 거짓을 말하는 것, 두 견해가 서로 모순된다는 것을 알고 있으면서 그 두 가지를 모두 믿으며 맞비기는 두 가지 견해를 동시에 주장하는 것, 논리를 이용해 논리에 맞서고 도덕성을 자처하면서 도덕성을 거부하는 것, 현 체제에서는 민주주의가 불가능하다고 생각하면서도 당이 민주주의의 수호자라고 믿는 것, 잊어야 하는 것은 뭐든 잊고 필요할 때 기억해냈다가 곧바로 다시 잊어버리는 것, 그리고 무엇보다 일련의 과정에 그와 똑같은 과정을 적용하는 것. 미묘함의 극치가 아닐 수 없었다. 의식적으로 무의식을 유도하고 또다시 자신이 벌인 최면 행위를 알지 못하게 되니까 말이다. 심지어 '이중사고'가 판치는 세상을 이해하려면 이중사고를 해야 했다.

체조 강사는 다시 차렷을 외치고 열띤 목소리로 말했다.

"이제 발끝에 손 닿기를 해봅시다! 허리를 굽혀요, 동무들! 하낫ー둘! 하낫ー둘!"

윈스턴은 이 체조 동작을 질색했다. 그 동작만 하면 뒤꿈치부터 엉덩이까지 안 당기는 데가 없이 쑤시고 아픈 데다 결국 기침까지 터져 나올 때가 많았다. 골똘히 생각에 잠겨 얼마간 즐거웠는데 그런 기분마저 싹 가셨다. 생각해보니 과거는 단순히 변경된 차원을 넘어 사실상 파괴되어버린 것이나 다름없었다. 사람들 각자의 기억을 제외하고는 아무런 기록도 존재하지 않는데 가장 명백한 사실이라도 어떻게 그것이 사실임을 입증할 수 있겠는가? 윈스턴은 빅 브라더 이야기를 처음으로 들은 때가 몇 년도였는지 떠올려 보려고 했다. 그가 생각하기에 60년대 언제쯤이 틀림없는 것 같은데 확신할 수는 없었다. 물론 당사黨史에는 빅 브라더가 혁명의 극히 초기부터 혁명 지도자요, 수호자였다고 기록되어 있다. 빅 브라더가 세운 공적의 시대적 배경은 점차 더 과거로 거슬러 올라가 이미 30년대와 40년대처럼 전설이 되어버린 시대로까지 확장되었다. 30년대와 40년대로 말할 것 같으면, 묘한 원통형 모자를 쓴 자본가들이 크고 번쩍거리는 자동차나 양옆에 유리창이 달린 마차를 타고 런던 거리를 달리던 시절이었다. 이런 영웅담이 과연 어디까지가 사실이고 어디까지가 조작된 것인지 알 도리는 없었다. 윈스턴은 당이란 것이 언제 생겼는지조차 기억해낼 수가 없었다. 1960년 이전까지는 '영사'라는 말을 들어본 적 없는 것이 확실한 것 같았지만 구어舊語식 표현, 즉 '영국사회주의'라는 말은 그 이전부터 통용되었다고 볼 수 있었다. 그야말로 모든 것이 오리무중이었다. 물론 가끔은 명백한 거짓말이라고 자신 있게 지적할 수 있는 것들도 있었다. 가령 당사에는 당이 비행기를 발명했다고 기록되어 있는데, 이는 결코 사실이 아니었다. 윈스턴은 아주 어릴 때부터 비행기가 있던 것을 똑똑히 기억했다. 그러나 아무것도 증명할 수 없다는 것이 문제였다. 티끌만큼의 증거도 없었다. 윈스턴은 평생 꼭 한 번 역사적 사실이 날조되었다는 것을 입증해주는 확실한 문서를 손에 넣은 적이 있었다. 그런데 그때…….

"스미스!"

텔레스크린에서 날카로운 목소리가 째질 듯이 불렀다.

"6079 스미스 W! 그래, 당신! 좀 더 굽혀요! 더 굽힐 수 있는데 하려고 하질 않아서 그래요! 좀 더 아래로요! 그래요, 잘했어요, 동무. 자 이제 여러분, 쉬어 자세로 날 봐요."

갑자기 윈스턴의 온몸에서 땀이 비 오듯 흘렀다. 그의 표정은 여전히 전혀 헤아릴 수 없었다. 암담한 표정을 지어서는 안 돼! 적의를 드러내서도 안 돼! 단 한 번이라도 눈빛이 흔들렸다가는 정체가 드러날 수 있었다. 윈스턴은 체조 강사가 두 팔을 머리 위로 올렸다가―우아하다고는 할 수 없지만 놀랄 만큼 반듯하고 능숙하게―허리를 굽혀 손가락의 첫 번째 관절을 발가락 밑에 끼우는 동안 가만히 서서 그 동작을 지켜봤다.

"자자, 동무들! 바로 이렇게 하는 겁니다. 다시 한 번 보여줄게요. 난 서른아홉에 애가 넷이나 됩니다. 지금부터 잘 봐요."

그녀가 다시 허리를 굽혔다. 그러고는 상체를 들어 똑바로 서면서 이렇게 덧붙였다.

"보았다시피 나는 무릎을 구부리지 않았답니다. 마음만 먹으면 동무들도 충분히 할 수 있습니다. 마흔다섯 살 아래면 누구나 발가락에 손을 댈 수 있어요. 우리 모두 전선에 나가 싸울 수 있는 특권을 누리지는 못하지만 적어도 건강만큼은 잘 지켜야 합니다. 말라바르 전선에 있는 우리 병사들을 떠올려 봅시다! 부동 요새의 수병들도요! 그들이 얼마나 고생할지 생각 좀 해봐요. 자, 이제 다시 한 번 해봅시다. 거봐요, 동무, 훨씬 잘되잖아요."

윈스턴이 있는 힘껏 몸을 늘렸더니 몇 년 만에 처음으로 무릎을 쭉 편 상태에서도 손가락이 발가락에 닿았다. 그러자 체조 강사가 격려의 말을 해주었다.

4

업무를 시작하려는 찰나, 윈스턴은 텔레스크린이 가까이 있는데도 무의식중에 깊은 한숨을 내쉬고 말았다. 그는 얼른 구술기록기를 몸 쪽으로 바짝 끌어당겨 입김을 불어서 송화구에 쌓인 먼지를 털어내고 안경을 썼다. 곧이어 책상 오른편에 설치된 기송관氣送管을 통해 벌써 도착해 있던 돌돌 말린 네 개의 서류를 펴서 철해놓았다.

사무실 벽에는 구멍이 세 개나 있었다. 구술기록기 오른편의 작은 구멍에서는 업무 지시문이 나왔고 좀 더 큰 왼편의 구멍에서는 신문이 나왔다. 그리고 윈스턴이 팔을 뻗으면 넉넉하게 닿을 만한 옆 벽에는 쇠창살로 보호 장치를 해놓은 커다란 직사각형의 구멍이 있었다. 이 마지막 구멍은 휴지를 버리는 곳이었다. 진리부 건물의 각 사무실뿐만 아니라 모든 복도에도 이와 똑같은 구멍이 수천 개, 아니 수만 개나 있었다. 어떤 까닭인지 이것들은 '기억구멍'이라는 별칭으로 불렸다. 누구나 파기해야 할 문서가 있거나 심지어 아무 데나 굴러다니는 휴지 조각을 발견하기만 해도 자동으로 가장 가까운 기억구멍의 덮개를 들어 그 속에 집어넣었다. 그러면 그 문서나 휴지들은 온풍에 실려 건물 깊숙한 곳에 감춰져 있는 거대한 소각로로 들어갔다.

윈스턴은 방금 펼쳐놓은 서류들을 살펴봤다. 서류라고 해봐야 진리부 내부 업무용인 수수께끼 같은 약어—사실상 신어가 아니라 신어가 주를 이루는 약어—로 된 한두 줄의 지시문이 전부였다. 그 내용은 다음과 같았다.

《타임스》 84. 3. 17, 빅 브라더 아프리카 연설 오보 정정.

《타임스》 83. 12. 19, 3개년 계획 83년 4사분기 예보 인쇄 오류 확인 최근 호.

《타임스》 84. 2. 14, 풍부豊部 초콜릿 인용 오류 정정.

《타임스》 83. 12. 3, 빅 브라더 일일 명령 극불만 무인無人 언급 전문 개정 철綴 전 상부 제출.

윈스턴은 어렴풋하게나마 만족한 기분으로 네 번째 지시문을 옆으로 밀어놓았다. 복잡한 데다 책임까지 져야 하는 일이니 맨 나중에 처리하는 것이 좋을 듯싶었다. 두 번째 지시 사항은 도표를 뒤져봐야 하니 약간 지루할 것 같긴 했지만 그래도 나머지 세 가지는 늘 해오던 일이었다.

윈스턴은 텔레스크린에 붙어 있는 다이얼을 '지난 호'에 맞춰 해당 일자의 《타임스》를 청했다. 겨우 2, 3분쯤 지났나 싶었을 때 요청한 《타임스》가 기송관에서 스르륵 빠져나왔다. 그가 받은 지시문에는 이런저런 이유로 수정, 즉 공식 용어로 정정이 필요하다고 생각되는 기사 내용이나 기사 항목이 제시되어 있었다. 이를테면 3월 17일자 《타임스》에는 빅 브라더가 그 전날 연설에서 남인도 전선에는 별일 없겠지만 북아프리카에서는 곧 유라시아가 공격을 개시할 것으로 예측된다고 했다는 기사가 실렸다. 그러나 공교롭게도 유라시아군의 최고 사령부는 남인도에서 공격을 개시했고 북아프리카는 건드리지 않았다. 사정이 이렇다 보니 빅 브라더가 연설에서 예견한 내용을 실제 벌어진 상황에 맞게 고칠 필요가 있었다. 마찬가지로 12월 19일자 《타임스》에는 제9차 3개년 계획의 여섯 번째 분기이기도 한 1983년 4사분기의 각종 소비품 생산량이 실렸다. 그런데 오늘 날짜 신문에 발표된 실제 생산량을 보면 하나부터 열까지 엄청난 차이가 있었다. 처음에 발표된 수치를 나중에 보도된 실제 수치와 들어맞도록 수정하는 것이 윈스턴이 할 일이었다. 세 번째 지시문은 2, 3분이면 수정할 수 있는 아주 간단한 오류였다. 불과 얼마 전인 2월에 풍요부는 1984년 중에는 초콜릿 배급량을 줄이지 않겠다고 약속(공식 용어로는 '절대적 서약')했었다. 그런데 실상은 윈스턴도 알다시피 이번 주말부터 초콜릿 배급량이 30그램에서 20그램으로 줄어들기로 되어 있었다. 따라서 처음에 했던 약속을 빼고 4월쯤에는 불가피하게 배급량을 줄이게 될지도 모른다는 경고성 전망을 실으면 그만이었다.

윈스턴은 각각의 지시문을 알맞게 처리하자마자 구술기록기로 정정한 내용을 해당 날짜의 《타임스》에 철한 다음 기송관에 밀어 넣었다. 그러고 나서 거의 무의식적인 동작으로 지시문 원본과 자신이 끄적거린 메모지들을 구겨서 화염이 삼키도록 기억구멍에 떨어뜨렸다.

윈스턴은 기송관들의 최종 종착지인 그 보이지 않는 미궁 속에서 어떤 일들이 벌어지는지 세세하게까지는 몰랐지만 대강은 알고 있었다. 어느 일자의 《타임스》이든 불가피하게 수정을 거친 내용이 있으면 수정된 내용을 전부 모아서 대조 분석한 뒤 곧바로 해당 일자의 신문을 다시 인쇄했다. 그런 다음 처음 신문을 폐기하고 새로 인쇄한 신문을 철해두었다. 신문뿐만 아니라 책이나 정기간행물, 소책자, 포스터, 전단지, 영화용 필름, 녹음테이프, 만화, 사진 등 정치적으로나 사상적으로 조금이라도 중요하다고 생각되는 인쇄물과 문헌은 종류를 불문하고 모두 이러한 끊임없는 수정 과정을 거쳤다. 매일, 거의 매 순간 과거는 새롭게 거듭났다. 이런 식으로 당의 예언은 증거 서류를 통해 전부 옳았다는 것이 입증되었다. 반면에 현재의 조건과 어긋나는 기사나 의견은 결코 기록으로 남겨놓지 않았다. 모든 역사는 필요하면 언제든지 깨끗이 지워버렸다가 다시 적어 넣을 수 있는 양피지인 셈이었다. 일단 그렇게 감쪽같이 수정되고 나면 어떤 경우에도 위조 여부를 증명할 도리가 없었다. 윈스턴이 근무하는 부서보다 훨씬 큰 규모이면서 기록국에서도 가장 큰 부서로 꼽히는 곳이 있는데, 바로 이 부서에서 교체되어 폐기 대상이 된 책과 신문과 기타 문서를 색출하고 수집하는 일을 전담했다. 그 부서의 신문철에는 정치 판도가 바뀌거나 빅 브라더가 공표한 예언이 들어맞지 않은 탓에 열두 번이나 수정을 거친 《타임스》 여러 부가 출간 날짜별로 꽂혀 있었다. 따라서 이 신문들과 내용이 어긋나는 다른 판의 신문이란 존재하지 않았다. 책 역시 늘 그렇듯이 회수해서 몇 번이고 다시 고쳐 쓴 뒤 개정판이라는 말 한 마디 없이 재출간했다. 심지어 윈스턴이 업무 문서로 받아 처리하자마자 폐기해버린 그 지시문조차 결코 위조를 감행하라고 명시하기는커녕 암시하는 법도 없었다. 언제나 정확성을 높이기 위해 반드시 바로잡아야 하는 탈자, 오자, 오식誤植, 틀린 인용 등을 지적할 뿐이었다.

윈스턴은 풍요부에서 발표한 수치를 재조정하면서 사실상 그 짓은 위조라고 할 만한 것도 못 된다고 생각했다. 그래봤자 하나의 허튼소리를 또 다른 허튼소리로 바꿔놓는 짓에 불과했기 때문이다. 사람들이 처리하는 자료 대부분은 현실 세계와 아무런 관계가 없는 것들이었다. 하다못해 뻔뻔스러운 거짓말에 들어 있게 마련인 일말의 관련성조차 없었다. 통계 자료는 원래의 자료든 수정된 자료든 공상의 산물이기는 매한가지였다. 대개 사람들은 자기 생각으로 통계 자료를 만들기 마련이었다. 예를 들면 풍요부의 4사분기 장화 생산량은 1억 4천5백만 켤레로 추정된다고 예보했다. 그런데 실제 생산량은 6천2백만 켤레였다. 그러나 윈스턴은 예측 자료를 수정할 때 언제나 그렇듯 책임량을 초과 달성했다고 떠들어댈 수 있도록 예상 생산량을 5천7백만 켤레로 줄여버렸다. 어차피 6천2백만 켤레도 진실에 가깝지 않은 것으로 치면 5천7백만 켤레나 1억 4천5백만 켤레나 오십보백보였다. 어쩌면 장화 같은 것은 아예 생산되지 않았는지도 모를 일이었다. 아니, 아무도 정확한 장화 생산량을 모를뿐더러 아예 알려고도 하지 않는다는 것이 더 정확한 표현일 수도 있다. 사람들이 아는 것이라고는 분기마다 천문학적인 양의 장화가 생산되는데도 오세아니아 인구의 절반가량이나 맨발로 다닌다는 사실뿐이었다. 이것이 바로 중대하건 사소하건 그 등급에 상관없이 모든 기록된 사실의 실상이었다. 결국에는 지금이 몇 년 몇 월 며칠인지도 불확실해진 그림자 세계 속으로 모든 것이 사라져버렸다.

윈스턴은 사무실을 슬쩍 둘러봤다. 맞은편 책상에서는 왜소한 체구에 거뭇하게 턱수염을 기른 고지식해 보이는 사내가 열심히 일하고 있었다. 이름이 틸로슨인 그 사내는 무릎에 접은 신문을 올려놓은 채 구술기록기의 송화구에 입을 바짝 대고 무언가를 말하고 있었다. 분위기로 보아 그는 자신이 말하는 내용을 텔레스크린만 들을 수 있도록 애쓰는 것 같았다. 그가 얼굴을 드는가 싶더니 안경 너머로 적의에 찬 눈초리가 윈스턴 쪽을 힐끗 쏘아봤다.

윈스턴은 틸로슨에 대해 아는 것이 거의 없어 그가 무슨 업무를 하는지도 몰랐다. 기록국 직원들은 자신의 업무와 관련된 이야기는 도통 하려고 들지 않았다. 창문이 없는 기다란 사무실에는 칸막이 책상들이 두 줄로 늘어서 있었고 그 안에서는 종이 부스럭거리는 소리와 구술기록기 송화기에 중얼거리는 소리들이 쉴 새 없이 이어졌다. 같은 부서 직원이라 날마다 급히 복도를 오가다 마주치거나 '2분 증오' 때마다 함께 흥분한 몸짓을 보는데도 윈스턴은 이름조차 모르는 이들이 열두 명이나 있었다. 윈스턴은 바로 옆 칸막이에서 자그마한 그 갈색 머리 여자가 일한다는 것을 알고 있었다. 그녀는 날마다 이제는 증발되어 그전까지 결코 존재한 적도 없는 것으로 간주되는 사람들의 이름을 출판물에서 찾아내 삭제하는 일을 하고 있었다. 다름 아닌 자기 남편이 2년 전에 증발됐기 때문에 그녀야말로 그 일의 적임자였다. 또 칸막이 한두 개 너머에는 앰플포스라는 온순하고 무능한 공상가 친구가 있었다. 귀에 털이 아주 많고 운율 맞추기에 비상한 재주가 있는 그는 사상적으로 불온한 것이 되어버렸지만 이런저런 이유로 시집에 남겨둬야 하는 시들을 손질해 이른바 결정판을 출간하는 일에 몸담고 있었다. 그런데 부서 직원 수가 쉰 명가량 되는 그 사무실은 엄청나게 복잡한 기록국의 하위 분과, 즉 일개 지부에 불과했다. 그 사무실의 상하좌우에 즐비한 다른 사무실들에도 상상할 수 없을 만큼 아주 다양한 업무에 종사하는 직원들이 바글댔다. 가령 편집 요원과 인쇄 기술자는 물론 사진 변조용 장비들을 고루 갖춘 스튜디오까지 딸린 어마어마한 인쇄소가 있었다. 또 기술진과 제작자를 비롯해 특별히 성대모사 재주가 뛰어나 선발된 배우들이 근무하는 텔레스크린 프로그램 제작부도 있었다. 그 밖에도 하는 일이래야 회수해야 할 정기간행물이나 책의 목록을 작성하는 것이 고작인 참고 문헌 사서들도 엄청 많았다. 아울러 수정된 문서를 보관하는 방대한 보관소가 있는가 하면 원본을 폐기하는 곳인 비밀

소각장도 있었다. 그리고 철저히 익명을 지키는 탓에 정확한 장소는 모르지만 건물 내 어딘가에 전체 업무를 지휘·감독하고 정책 노선을 결정하는 수뇌부가 있었다. 수뇌부에서 결정한 정책 노선에 따라 과거사가 보존될 부분과 위조될 부분, 그리고 완전히 말소될 부분이 각각 나뉘었다.

결국 기록국도 진리부의 일개 부서에 불과했다. 기록국의 주된 업무는 과거를 재건하는 것이 아니라 오세아니아 시민들에게 신문, 영화, 교과서, 텔레스크린 프로그램, 연극, 소설 등을, 다시 말하면 동상銅像에서 구호에 이르기까지, 서정시에서 생물학 논문에 이르기까지, 어린이용 글씨 교본에서 신어사전에 이르기까지 상상할 수 있는 모든 종류의 정보와 교육과 오락을 제공하는 것이었다. 따라서 진리부는 당이 제시하는 가지각색의 요구를 충족시켜야 할 뿐만 아니라 시행 중인 사업 전체를 수준만 낮추어 무산계급에 다시 한 번 시행해야 했다. 그렇다 보니 무산계급을 위해 그들의 문학, 음악, 연극, 오락 등을 전담하는 부서들까지 갖추고 있었다. 이 부서들에서는 스포츠, 범죄, 점성술 외에는 내용이 거의 없는 시시한 신문, 선정적인 싸구려 삼류 소설, 섹스 장면으로 도배한 영화, 그리고 특수한 종류의 만화경 같은 일명 작시기作詩機를 이용함으로써 처음부터 끝까지 기계가 작사한 것이나 다름없는 노래를 만들었다. 심지어 가장 저속한 포르노를 제작하는 업무를 전담하는 하위 부서(신어로는 '포르노과')까지 있었다. 그런데 이 부서에서 제작한 포르노는 모두 밀봉한 상태로 배포됐기 때문에 담당 직원을 제외하고는 그 누구도 볼 수가 없었고 당원도 예외가 아니었다.

윈스턴이 일하는 사이에 기송관에서 미끄러지듯 내려온 지시문이 세 개나 됐다. 하지만 지시 사항들이 간단히 처리할 수 있는 문제들이었기 때문에 '2분 증오'가 시작되기 전에 처리해버렸다. '2분 증오'가 끝나자 그는 자기 자리로 돌아와 책장에서 신어사전을 꺼내놓았다. 그러고는 구술기록기를 한쪽으로 치워놓은 뒤 안경을 닦고 그날 아침에 해야 할 주요 업무를 시작했다.

윈스턴은 하루 중 일할 때가 가장 즐거웠다. 물론 일이라고 해봐야 대부분이 매일 되풀이되는 지루한 것이었지만, 개중에는 아주 복잡하고 어려운 나머지 고난도의 수학 문제를 풀 때처럼 몰두할 수 있는 일도 있었다. 그 대표적인 예가 세심한 주의를 요하는 위조 건이었다. 이런 성향의 위조 작업에는 자기가 알고 있는 수준의 '영사' 원칙들과 당이 자신에게 무엇을 요구하는지를 자기 나름대로 판단하는 것 외에는 아무런 지침도 없었다. 가끔이긴 하지만 처음부터 끝까지 신어로 쓰인 《타임스》 사설을 수정하는 일을 할 때도 있었다. 윈스턴은 앞서 제쳐놓았던 그 네 번째 지시문을 펼쳐보았다. 내용은 다음과 같았다.

《타임스》 83. 12. 3. 빅 브라더 일일 명령 극불만 무인無人 언급 전문 개정 철綴 전 상부 제출.

이것을 구어(또는 표준영어)로 옮기면 다음과 같을 것이다.

1983년 12월 3일자 《타임스》에 실린 빅 브라더의 일일 명령과 관련된 기사 내용은 극히 불만스러운 것으로, 있지도 않은 사람들을 언급해놓았다. 전부 다시 쓴 뒤 철하기 전에 상부에 제출하라.

윈스턴은 문제의 그 기사를 꼼꼼히 읽어봤다. 빅 브라더의 '일일 명령'은 부동 요새에 복무하는 수병들에게 담배 같은 편의 물품을 공급하는 FFCC라는 단체의 활동을 치하하는 내용인 것 같았다. 게다가 내부당의 고위 인사인 위더스 동무라는 사람을 특별 표창 대상으로 지목해 2급 공로 훈장을 하사했다는 내용도 들어 있었다.

그런데 석 달 뒤 FFCC는 아무런 해명도 없이 돌연 해체되었다. 추측건대 위더스와 그의 측근들이 당의 눈 밖에 났을 가능성이 컸지만, 신문이나 텔레스크린에서는 그와 관련해 아무런 보도도 하지 않았다. 그도 그럴 것이 정치범이 재판을 받거나 공개 비판을 받는 것은 극히 드문 일이었다. 관련자만 해도 수천 명에 이르고 공개재판을 통해 반역자와 사상범들이 비굴하게 자신의 죄상을 낱낱이 고백한 후 처형당하는 이른바 대숙청은 2년에 한 번 있을까 말까 한 특별한 볼거리였다. 따라서 이런 대숙청보다는 당의 눈 밖에 난 사람들이 그저 사라져버리고 두 번 다시 그들의 소식을 들을 수 없는 경우가 더 많았다. 그렇게 사라져버리고 나면 그들에게 무슨 일이 있었는지 전혀 감조차 잡을 수 없었다. 경우에 따라서는 그렇게 사라진 사람들이 죽은 게 아닐 수도 있었다. 윈스턴이 개인적으로 알고 지냈던 사람들 중에서도 부모님을 제외하고도 그런 식으로 사라진 사람들이 서른 명은 되지 싶었다.

윈스턴은 클립으로 콧등을 톡톡 쳤다. 맞은편 칸막이에서는 틸로슨 동무가 여전히 비밀 이야기라도 하듯 몸을 잔뜩 웅크린 채 구술기록기에 대고 말하고 있었다. 그가 잠깐 고개를 들었다. 또다시 안경 너머로 적의에 찬 눈초리를 보냈다. 윈스턴은 틸로슨 동무도 자기와 똑같은 일을 하는 것이 아닐까 생각했다. 충분히 그럴 수 있었다. 그렇게 까다로운 업무를 단 한 사람에게만 맡길 리가 없었다. 그렇다고 그런 업무를 위원회에 넘긴다면 위조 행위가 자행된다는 것을 대놓고 인정하는 꼴이 될 터였다. 지금 아마 10여 명쯤 되는 사람들이 빅 브라더가 실제로 했던 말들을 현재 상황에 맞게 고친 나름의 수정본을 열심히 만들고 있을 것이다. 그리고 곧 내부 당의 수뇌부가 적당한 수정본을 골라 재편집하고 필요하다면 복잡한 상호 참조 과정까지 거치게 할 것이다. 이렇게 되면 채택된 거짓말은 기록으로 남아 영구히 진실이 될 것이다.

윈스턴은 위더스가 왜 당의 눈 밖에 났는지 알지 못했다. 어쩌면 부정부패를 저질렀거나 무능했기 때문일지도 모른다. 아니면 날로 커지는 부하의 인기 때문에 빅 브라더가 그냥 제거한 것일 수도 있었다. 또는 위더스 본인이나 그의 측근 가운데 누군가가 이단적 성향자라는 혐의를 받았을 수도 있다. 혹은 가장 가능성이 커 보이는 예로, 숙청과 증발이 현 체제를 유지하는 데 필요한 통치 방식의 하나이기 때문에 그렇게 됐을 수도 있다. 위더스가 이미 죽었음을 알려주는 유일한 단서는 '무인 언급'이라는 말에 있었다. 누가 체포됐다고 해서 반드시 죽었다고 가정할 수는 없었다. 때때로 체포됐다가 풀려나 1, 2년씩 자유를 누린 뒤 처형되는 일도 있었다. 또 아주 가끔이긴 하지만 오래전에 죽었다고 생각했던 사람이 어느 날 공개재판에 귀신처럼 나타나 증언을 통해 수백 명을 범인으로 엮어 넣고는 영원히 사라져버리기도 했다. 그러나 위더스는 이미 '무인'이었다. 그는 현재 존재하지 않기 때문에 과거에도 존재한 적이 없는 사람이 되어버렸다. 윈스턴은 단순히 빅 브라더의 연설을 바꾸는 것만으로는 충분하지 않다고 판단했다. 아무래도 원래의 연설 주제와 전혀 관련이 없는 내용으로 바꾸는 것이 더 나을 듯싶었다.

물론 빅 브라더의 연설문을 반역자나 사상범들을 비난하는 흔한 내용으로 바꿀 수도 있지만 그렇게 하면 왠지 너무 속 보이는 연설문이 될 것 같았다. 그렇다고 전선에서 승리를 거뒀다거나 제9차 3개년 계획에서 초과 달성의 쾌거를 이뤘다고 꾸며대려면 기록 작업이 지나치게 복잡해질 수 있었다. 순도 높은 공상의 산물이 필요했다. 그러자 마치 기다렸다는 듯 오길비 동무의 이미지가 퍼뜩 떠올랐다. 그는 최근에 전투에서 영웅처럼 싸우다가 전사한 사람이었다. 가끔이긴 하지만 빅 브라더는 '일일 명령'을 통해 모두 본받을 만한 일생을 살다가 죽은 어느 미천한 평당원의 명예를 기렸다. 그러니 오늘은 오길비 동무를 기리기로 했다. 사실 오길비 동무 같은 사람은 없었지만 글 몇 줄과 변조 사진 두어 장만 있으면 그는 곧바로 현존하는 사람이 될 수 있었다.

윈스턴은 잠시 생각에 잠겼다가 구술기록기를 끌어다 앞에 놓고 빅 브라더가 즐겨 쓰는 말투로 말하기 시작했다. 빅 브라더는 군대식 말투를 쓰면서 현학적으로 말하는 것을 좋아할 뿐만 아니라 질문을 던지고 곧바로 자신이 대답하는 수법(가령 "동무들, 우리는 이 사실에서 어떤 교훈을 얻을 수 있겠습니까? 그건 '영사'의 기본 원칙 중 하나이기도 한, 이러저러한 교훈입니다" 같은 식이다)을 썼기 때문에 흉내 내기가 쉬웠다.

오길비 동무는 세 살 때 북과 기관단총, 그리고 모형 헬리콥터만 가지고 놀았을 뿐 그 외의 다른 장난감들은 거들떠보지도 않았다. 여섯 살 때 당의 특별한 배려 덕분에 규정보다 1년이나 빨리 첩보단에 가입한 그는 아홉 살 때 분대장이 되었다. 열한 살 때는 사상적으로 불온해 보이는 삼촌의 대화를 엿듣고 사상경찰에 삼촌을 고발했다. 그리고 열일곱 살에는 '청년반성연맹'의 지역 조직책이 됐다. 열아홉 살 때 그는 수류탄을 만들었는데, 평화부가 그의 수류탄을 채택해 첫 실험에서 한 방을 터뜨려봤더니 유라시아 포로가 서른한 명이나 죽었다. 그런 그가 스물세 살 때 전사했다. 그는 중요한 공문서를 급송하기 위해 인도양을 비행하던 중에 적군의 제트기들이 추격해 오자 자기 몸에 기관총을 매달아 무게를 늘리고 공문서들을 모두 가지고서 헬리콥터에서 바다로 뛰어내렸다. 빅 브라더는 오길비의 이런 죽음을 두고 생각할수록 부럽기만 한 최후라고 말했다. 아울러 오길비 동무의 더없이 순수하고 성실한 생애에 대해서도 한두 마디 덧붙였다. 오길비는 철저한 금주가이자 비흡연자였으며 체육관에서 매일 한 시간씩 운동하는 것 외에는 어떤 오락도 즐기지 않았다. 게다가 결혼해서 가족이 생기면 하루 스물네 시간을 전부 당에 바칠 수 없다고 생각해 평생 독신으로 살기로 맹세했다. 그의 대화 주제는 오직 '영사'의 원칙밖에 없었으며 그의 삶의 목표는 오직 적국 유라시아를 섬멸하고 간첩, 파괴 공작원, 사상범, 반역자를 전부 잡아 없애는 것이었다.

윈스턴은 오길비 동무에게 공로 훈장을 수여하면 어떨까 고심했다. 그러나 그러려면 불필요한 상호 참조를 해야 할 것이기에 그러지 않기로 했다.

윈스턴은 다시 한 번 맞은편 칸막이에 있는 자신의 경쟁자를 힐끗 바라봤다. 틸로슨도 자신과 똑같은 일을 하느라 바쁜 것이 틀림없어 보였다. 결국 누구의 수정본이 채택될지 알 도리는 없지만, 윈스턴은 꼭 자기 것이 채택되리라 확신했다. 한 시간 전만 해도 생각지도 못한 오길비 동무의 존재가 이제는 기정사실이 됐다. 죽은 사람은 만들어낼 수 있지만 산 사람은 만들어낼 수 없다니 기이하다는 생각이 들었다. 그전까지 결코 존재한 적도 없는 오길비 동무가 이제 과거 속에 존재하게 되었다. 더구나 그의 이야기가 날조됐다는 사실만 잊히면 그는 샤를마뉴나 율리우스 카이사르처럼 그 증거가 엄연히 남아 있는 확실한 역사 속 인물로 존재하게 될 것이다.

5

지하 깊숙한 곳에 자리한, 천장이 낮은 구내식당에서 점심을 먹으려고 줄을 서서 기다리는 사람들이 천천히 앞으로 나아갔다. 식당 안은 벌써 초만원인 데다 귀가 먹먹할 정도로 시끄러웠다. 주방 조리대에서는 스튜가 끓는지 창살문으로 김이 펄펄 흘러나오면서 시큼한 쇳내가 진동했다. 그렇다고 승리주 냄새까지 완전히 압도한 것은 아니었다. 식당 한쪽 끝에 그야말로 코딱지만 한 작은 바가 있었는데, 그곳에서 10센트만 내면 큰 잔에 담긴 승리주를 마실 수 있었다.

"어디 있나 했더니 바로 여기 있었군."

누군가 뒤에서 윈스턴을 보고 말했다.

윈스턴은 고개를 돌렸다. 조사국에서 일하는 친구 사임이었다. 어쩌면 '친구'라는 말은 정확한 표현이 아닐지도 모른다. 요즘에는 친구는 없고 동무만 있기 때문이다. 하지만 같이 있으면 유독 더 기분이 좋아지는 동무들이 있기 마련이다. 사임은 언어학자로, 신어 전문가였다. 사실 그는 현재 제11판 신어사전을 편찬하는 일에 몸담고 있는 거대한 전문가단의 일원이었다. 그의 체구는 왜소해 윈스턴보다 작았고 머리칼은 검은색이었다. 그의 커다란 퉁방울눈은 슬퍼 보이는 동시에 비웃는 것처럼 보여 그와 이야기를 나누다 보면 마치 코앞에서 표정을 탐색당하는 듯한 기분이 들었다.

"자네한테 면도날 좀 있나 물어보려고 찾아다녔지."

사임이 말했다.

"하나도 없는데!"

윈스턴은 죄라도 지은 사람처럼 서둘러 대답했다.

"백방으로 구해봤지만 도통 없지 뭔가."

보는 사람마다 너 나 할 것 없이 면도날 타령이었다. 사실 윈스턴에게는 쓰지 않고 감춰둔 면도날이 두 개나 있었다. 지난 몇 달 동안 면도날은 품귀 상태였다. 가끔씩 당이 직영하는 가게에서도 구할 수 없는 생필품이 있었다. 언제는 단추가 없었고 언제는 털실이 없었으며 또 언젠가는 구두끈이 없었는데, 지금은 면도날이 없었다. 따라서 요즘에는 몰래 '자유' 시장을 뒤지고 다녀야 면도날을 겨우 구할 수 있을 정도였다.

"난 같은 면도날을 6주째 쓰고 있네."

윈스턴이 또다시 둘러댔다.

늘어선 줄이 한 번 더 주춤주춤 앞으로 나아갔다. 줄의 움직임이 멈추자 윈스턴은 다시 돌아서 사임과 마주 섰다. 두 사람은 각자 배식대 끝에 쌓아둔 식판 더미에서 기름투성이 식판을 하나씩 집어 들었다.

"어제 포로들 교수형 당하는 거 보러 갔었나?"

사임이 윈스턴에게 물었다.

"일하고 있었네. 영화로 보면 되지, 뭘."

윈스턴이 대수롭지 않게 대답했다.

"실제로 보는 거랑 영화로 보는 거는 천지 차이지."

사임이 말했다.

비웃는 것 같은 그의 눈이 윈스턴의 얼굴을 두루 살폈다. 두 눈이 '난 널 알지'라고 말하는 것 같았다. '네 속이 훤히 들여다보여. 네가 왜 포로들이 교수형 당하는 걸 보러 가지 않았는지 내가 잘 알아.' 사임은 사상적으로 악의에 찬 정통파였다. 그는 헬리콥터가 적국의 민가들을 공습한 일이나 사상범의 재판과 자백 또는 애정부 감방에서 이루어지는 처형 등을 화제로 삼을 때면 상대방이 불쾌해질 정도로 흡족한 마음을 드러냈다. 따라서 그와 이야기를 나눌 때는 될 수 있으면 그런 주제에서 벗어나 그가 권위도 세우고 흥미도 느낄 수 있는 신어와 관련된 학술적 대화를 나누는 것이 상책이었다. 윈스턴은 자신을 찬찬히 뜯어보는 것 같은 그의 커다란 검은 눈을 피하기 위해 고개를 조금 옆으로 돌렸다.

"꽤 볼 만한 교수형이었지."

사임이 회상하듯 말했다.

"포로들의 두 발을 묶어버리면 영 볼 맛이 안 나. 발버둥을 쳐야 제맛이거든. 하지만 뭐니 뭐니 해도 마지막에 혓바닥을 빼무는 게 압권이지. 그 시퍼런 혓바닥이라니. 난 그런 게 좋단 말이야."

"다음 분!"

흰 앞치마를 두른 무산계급이 국자를 든 채 소리쳤다.

윈스턴과 사임은 창살문 밑으로 식판을 내밀었다. 각자의 식판에 신속하게 점심 정식―철제 접시에 담긴 희부연 스튜, 빵 한 덩이, 치즈 한 조각, 우유를 타지 않은 승리커피 한 잔, 사카린 정제 한 알―이 담겼다.

"저기 텔레스크린 밑에 빈자리가 있군. 가는 길에 술 한 잔씩 가져가세."

사임이 말했다.

술은 손잡이가 없는 사기沙器 잔에 나왔다. 두 사람은 인파를 헤치고 빈자리로 가서 금속 상판을 씌운 테이블에 식판을 내려놓았다. 그런데 누군가 테이블 한구석에 스튜 국물을 쏟았는지 흥건한 게 마치 토사물처럼 더러워 보였다. 윈스턴은 술잔을 들고 잠시 마음의 준비를 하기 위해 숨을 고른 뒤 그 기름내 나는 술을 단숨에 꿀꺽 삼켜버렸다. 찔끔 새어 나온 눈물을 감추려고 눈을 깜박거리자 갑자기 허기가 느껴졌다. 그는 스튜를 담뿍담뿍 떠먹기 시작했다. 멀건 국물이 대부분이었는데 그래도 간간이 작은 구멍이 숭숭 난 각설탕 같은 분홍색 건더기가 보이는 게 고기라도 조리해 넣은 모양이었다. 스튜 접시를 비울 때까지 두 사람 모두 말이 없었다. 윈스턴의 왼편으로 약간 뒤쪽에 있는 테이블에서는 어떤 사람이 쉴 새 없이 빠르게 떠들어대고 있었는데 오리가 꽥꽥거리는 것처럼 어찌나 귀에 거슬리는지 식당의 소음보다 훨씬 시끄러웠다.

"사전은 잘돼가나?"

윈스턴이 그 시끄러운 소리 때문에 큰 소리로 말했다.

"쉬엄쉬엄하고 있지. 난 형용사 담당인데 이게 아주 재밌거든."

사임은 신어 이야기가 나오자 금세 화색이 돌았다. 그는 스튜 접시를 옆으로 밀어놓더니 섬세한 한쪽 손에는 빵 덩이를 들고 다른 한 손에는 치즈를 든 채 큰 소리를 내지 않게 테이블에 바싹 붙어 앉았다.

"제11판이 결정판이야."

그가 말했다.

"우린 신어를 최종적으로 정리하고 있는 걸세. 다른 언어를 쓰지 않아도 되게 만드는 거지. 이번 정리가 끝나면 자네 같은 사람들은 신어를 처음부터 다시 배워야 할 거야. 자네는 분명히 우리가 주로 하는 일이 새로운 단어들을 만들어내는 건 줄 알 테지. 하지만 천만의 말씀! 우리는 단어들을 부수고 있는 거라네. 그것도 매일 수십, 수백 개씩이나. 한마디로 신어를 자르고 잘라 뼈대만 남겨놓는 셈이지. 제11판에는 2050년 이전에 폐어가 될 단어는 단 한 개도 들어가지 않을 걸세."

그는 허기진 듯 빵을 베어 물어 두어 번만 씹고 삼켜버린 뒤 마치 현학자처럼 열정적으로 말을 이어갔다. 가무잡잡하고 여윈 그의 얼굴에는 생기가 돌았고 눈빛은 조롱기가 사라져 거의 감미로울 정도였다.

"단어를 못 쓰게 만든다는 건 근사한 일이야. 물론 못 쓰게 될 단어들은 동사와 형용사에 아주 많지만, 명사도 수백 개나 돼. 폐기될 단어에는 동의어뿐만 아니라 반의어도 있지. 단지 다른 단어의 반의어로만 존재하는 단어를 대관절 무슨 명분으로 남겨두겠나? 한 단어에는 본래 그 반의어가 포함돼 있거든. '좋다good'라는 단어를 예로 들어보세. '좋다'라는 단어가 있는데 굳이 '나쁘다bad'라는 단어가 무엇 때문에 필요하겠나? '안 좋다ungood'라고 하면 되는데 말이지. 아니, 오히려 '나쁘다'보다 정확한 반대말이니까 더 낫다고 해야지. 마찬가지로 '좋다'라는 뜻을 더 강조해서 표현하고 싶을 때 '탁월하다excellent'나 '훌륭하다splendid' 따위의 모호하고 쓸모없는 단어들이 줄줄이 있어봐야 뭔 의미가 있겠나? 그냥 '더욱 좋다plusgood'라고 해도 뜻이 다 통하는데 말이야. 만약 이보다 훨씬 더 강조하고 싶으면 '더욱더 좋다doubleplusgood'라고 하면 되잖아. 물론 우리는 벌써 이런 형태의 단어들을 쓰고 있지. 하지만 이번 신어사전의 결정판에는 '좋다'라는 단어 하나만 수록할 거라네. 결국 좋고 나쁘다는 개념은 여섯 단어로 말할 수 있지만, 실제로는 단 한 단어로 표현하는 거지. 어때, 정말 근사하지 않은가, 윈스턴? 물론 이런 아이디어를 처음 낸 사람은 빅 브라더지."

사임은 뒤늦게 생각났는지 빅 브라더 이야기를 덧붙였다.

'빅 브라더'라는 말을 듣는 순간 윈스턴은 김샌 표정을 지었다가 얼른 수습했다. 그러나 사임은 곧바로 윈스턴이 신어에 별 흥미가 없다는 것을 간파했다.

"윈스턴, 자넨 신어의 진가를 모르고 있군."

사임이 애석하다는 듯 말했다.

"자네는 신어로 글을 쓸 때조차 생각은 여전히 구어에 머물러 있더군. 자네가 《타임스》에 쓴 기사들을 가끔 봤네. 아주 좋긴 하지만 어디까지나 번역문이더군. 자넨 마음속으로 구어를 더 쓰고 싶어 하네. 말뜻이 모호할뿐더러 쓸데없이 미묘한 차이까지 나는 그런 언어인데도 말이지. 단어를 파괴하는 게 얼마나 멋진 건지 몰라서 그래. 자넨 매년 어휘가 점점 줄어드는 언어는 전 세계에서 신어가 유일하다는 걸 알고 있나?"

윈스턴은 물론 알고 있었다. 그는 공감의 뜻으로 비치길 바라면서 대답 대신 빙긋이 웃어줬다. 사임은 거무튀튀한 빵을 또 한 입 베어 물고 잠시 씹은 다음 말을 이어갔다.

"자네는 신어의 온전한 목적이 사고의 폭을 좁히려는 거라는 걸 모르겠나? 결국 사상범죄라는 단어도 말 그대로 말할 수 없게 돼버릴 거네. 왜냐, 사상범죄를 뜻하는 단어들이 없어질 테니까 말이야. 앞으로 필요한 모든 개념은 정확히 한 가지 단어로만 표현될 걸세. 단어의 뜻을 엄격하게 제한하고 부수적인 뜻들은 모조리 지워 없애서 아예 기억에서 사라지게 할 거란 말일세. 이미 우리는 제11판에서 그런 경지에 가까이 다가갔네. 하지만 완전히 그런 경지에 도달하려면 자네와 내가 죽고 난 후에도 계속해서 이런 작업이 진행돼야 할 거야. 해가 갈수록 단어 수는 줄어들고 그러면 의식의 폭도 따라서 조금씩 좁아지는 거지. 물론 지금도 사상죄를 범할 만한 아무런 이유나 구실이 없긴 하지. 사상죄는 순전히 자기수양이나 현실 통제의 문제니까. 그러나 결국 이런 자기수양조차 조금도 필요 없게 될 걸세. 신어가 완성될 때 혁명이 완수되지. 신어는 '영사'고 '영사'가 곧 신어니까."

사임은 신비라도 발견한 듯 만족해하며 이렇게 덧붙였다.

"윈스턴, 늦어도 2050년 무렵이면 지금 우리가 나누고 있는 이런 대화를 이해할 수 있는 사람이 단 한 명도 남아 있지 않을 거라는 생각을 해본 적 없나?"

"무······."

윈스턴은 뭔가 말하려다 그만뒀다.

'무산계급을 제외하고는'이라는 말이 혀끝까지 나왔지만 그렇게 말했다가는 왠지 당의 노선을 거스르는 반동으로 비치지 않을까 싶어 꾹 참았다. 그러나 사임은 윈스턴이 무슨 말을 하려 했는지 귀신같이 알아챘다.

"무산계급은 인간이 아니지."

그는 아무렇게나 지껄였다.

"2050년, 어쩌면 그 전이 될 수도 있고, 하여튼 그때쯤이면 구어와 관련해 우리가 알고 있는 모든 게 사라져버릴 걸세. 과거의 문학도 전부 사라져 없어질 테고 말이지. 초서, 셰익스피어, 밀턴, 바이런 같은 대문호들도 오직 신어로 번역된 작품으로만 존재하게 될 거야. 신어로 번역되면 작품 분위기가 달라지는 차원을 넘어서 사실상 원작과 정반대의 작품으로 바뀌게 되겠지. 당의 문학도 변하기는 마찬가지지. 구호까지도 변할 테지. '자유'라는 개념이 사라진 마당에 '자유는 속박' 같은 구호가 어떻게 남아 있을 수 있겠나? 사고의 풍토가 완전히 달라질 거라네. 사실상 지금 우리가 이해하고 있는 '사고'라는 게 존재하지 않게 되겠지. 정설定說이란 말은 '생각하지 않는다'는 뜻이자 더 나아가 '생각할 필요가 없다'는 뜻이라네. 한마디로 정설은 무의식이라는 거지."

윈스턴은 문득 머지않아 사임도 증발되리라고 확신했다. 그는 지나치게 총명한 사람이었다. 지나치리만치 정확하게 꿰뚫어 보고 지나치리만치 있는 그대로 말했다. 당은 사임 같은 사람을 좋아하지 않는다. 언젠가 그도 사라질 것이다. 그의 얼굴에 그렇게 쓰여 있었다.

윈스턴은 자기 몫의 빵과 치즈를 다 먹어치웠다. 그러고는 의자에 약간 비껴 앉아 커피를 마셨다. 왼편 테이블에서 거슬리는 목소리로 말하던 그 남자는 아직도 막무가내로 떠들어대고 있었다. 윈스턴과 등지고 앉아 있는 젊은 여자는 그의 비서가 아닐까 싶었다. 그녀는 그 남자의 말을 들어주면서 그가 하는 말마다 열심히 맞장구를 쳐주는 것 같았다. 간간이 젊고 다소 어리숭한 여자 목소리로 "지당하신 말씀이에요. 저도 정말 그렇게 생각해요"라고 말하는 게 들렸다. 그러나 그 남자는 여자가 그런 말을 할 때조차 말을 멈추지 않을 만큼 계속해서 떠들어댔다. 윈스턴은 그 남자가 창작국의 요직에 있다는 것 외에는 그와 관련해 아는 게 없었지만 안면은 있는 사이였다. 나이는 서른 살쯤 됐을까 싶은데 목은 땡땡했고 큼지막한 입은 쉴 새 없이 움직였다. 그는 고개를 약간 뒤로 젖히고 있었는데, 그가 앉아 있는 각도 때문에 그의 안경이 빛을 받아 윈스턴이 앉은 자리에서는 그의 눈이 두 개의 텅 빈 원판처럼 보였다. 게다가 그의 입에서 말소리가 폭포수처럼 끊임없이 쏟아지는데도 정작 단 한마디도 무슨 말인지 알아들을 수 없으니 살짝 소름이 끼쳤다. 그러다가 윈스턴은 딱 한 번 "골드스타인주의의 완전한 제거"라는 구절을 알아들었다. 비록 알아듣긴 했지만 이 구절 역시 속사포같이 빠르게 내뱉어대니 마치 활자주조기로 척척 찍어내는 것 같았다. 그 외의 나머지 소리들은 오리의 꽥꽥거리는 울음소리처럼 그저 소음이나 다름없었다. 그러나 사실상 그 남자가 하는 말을 알아들을 수는 없어도 대체로 무슨 내용인지 알 수는 있었다. 골드스타인을 비난하고 사상범과 파괴 공작원에게 더 단호한 조치를 내려야 한다고 주장하는 것 같았다. 아니면 유라시아 군대의 잔학성을 맹렬히 비난하고 있거나 빅 브라더 혹은 말라바르 전선의 영웅들을 칭송하고 있을 수도 있었다. 뭐가 됐든 다를 게 없었다. 그 내용이야 무엇이든 간에 구구절절 순수한 당의 정설이자 순수한 '영사'임에 틀림없었다. 윈스턴은 눈은 없는데 턱만 위아래로 빠르게 움직이는 것 같은 그의 얼굴을 찬찬히 바라보았다. 그러자 기이하게도 그가 진짜 사람이 아니라 마네킹 같다는 생각이 들었다. 머리로 생각해서 말하는 게 아니라 발성기관에서 말이 흘러나오는 것 같았다. 그가 내뱉고 있는 것들은 단어로 이루어지긴 했지만 진정한 의미의 말은 아니었다. 오리가 꽥꽥거리는 소리처럼 무의식적으로 내뱉는 소음에 불과했다.

사임은 잠시 말없이 앉아서 숟가락 손잡이로 테이블에 고여 있는 스튜 국물에 이런저런 무늬를 그렸다. 왼편 테이블의 그 남자는 여전히 정신없이 떠들어대고 있었는데, 목소리가 하도 커서 주변이 시끄러운데도 잘 들렸다.

"신어에는 이런 단어가 있지."

사임이 말했다.

"자네도 아는지 모르겠네만, '오리말duckspeak'이란 오리처럼 시끄럽게 떠들어댄다는 뜻이지. 두 가지 상반된 뜻의 재미있는 단어들이 있는데 이 단어도 그중 하나라네. 자신과 대립하는 적에게 쓰면 욕이지만 생각이 같은 동지에게 쓰면 칭찬이지."

틀림없이 사임은 증발될 것이라고 윈스턴은 다시금 생각했다. 그는 사임이 자신을 경멸하다 못해 약간 싫어하는 탓에 꼬투리를 잡으면 자신을 사상범으로 고발하고도 남을 사람임을 잘 알고 있었다. 그런데도 그가 증발될 것이라고 생각하니 애처로운 마음이 들었다. 물론 사임에게 나쁜 구석이 없는 것은 아니었다. 그에게는 신중함, 초연함, 손해 보지 않을 정도의 우둔함이 부족했다. 그는 반동분자가 아니었다. '영사'의 원칙들을 신봉했고 빅 브라더를 숭배했으며 승전 소식에 기뻐했고 이단자들을 증오했다. 그것도 진심으로, 그리고 끊임없는 열정과 함께. 일반 당원들은 접근하지 못하는 최신 정보까지 갖추어 당에 충성했다. 그러나 그는 늘 아슬아슬할 정도로 악평의 소지를 달고 다녔다. 하지 않았으면 좋았을 말을 했으며 지나치게 많은 책을 읽었고 화가와 음악가들의 소굴인 '체스넛트리 카페'를 제집 드나들듯 했다. 성문법으로든 불문법으로든 그 카페에 드나들지 못하게 하지는 않았지만 왠지 모르게 그곳은 불길한 장소로 통했다. 당에서 불신임된 노쇠한 지도자들이 마지막으로 숙청당하기 전에 종종 그 카페에 모였던 것이다. 게다가 수년 혹은 수십 년 전에는 다름 아닌 골드스타인이 이따금 그 카페에 드나들었었다는 소문까지 있었다. 사임의 운명이 어찌 될지 예견하기는 어렵지 않았다. 그러나 사실상 사임은 단 3초 동안이라도 윈스턴의 성향, 즉 윈스턴이 남몰래 품고 있는 생각을 알아챈다면 그 즉시 윈스턴을 사상경찰에 밀고해버릴 사람이었다. 물론 사상범죄에 관한 한 다른 사람들도 똑같이 반응하겠지만 사임을 따라갈 자는 없었다. 열의만 있다고 되는 게 아니었다. 정설은 무의식이니까.

"파슨스가 오는군."

사임이 건너다보며 말했다.

왠지 그의 말 뒤에 '그 멍청이 말이야'라는 말이 숨어 있는 듯했다. 승리맨션에서 윈스턴의 이웃집에 사는 파슨스가 정말로 인파를 헤치고 그들 쪽으로 오고 있었다. 파슨스는 금발에 얼굴은 개구리처럼 생긴 중키의 땅딸막한 남자였다. 서른다섯 살에 벌써 목과 허리에 살이 겹겹이 붙어 있었지만 몸놀림은 날래고 팔팔했다.

외모만 보면 그는 덩치 큰 남자아이 같았다. 그래서 그런지 정복 차림인데도 파란색 반바지에 회색 셔츠를 입고 첩보단의 빨간색 머플러를 두른 그의 모습을 상상하지 않을 수 없었다. 그를 떠올릴 때면 보조개처럼 움푹 들어간 무릎과 통통한 팔뚝까지 소매를 걷어 올린 모습이 연상됐다. 정말이지 파슨스는 단체 행군이나 그 밖의 다른 육체 활동 때 적당한 구실만 생기면 언제나 반바지로 갈아입었다. 그는 윈스턴과 사임에게 "어이, 안녕들 하신가!" 하고 유쾌하게 인사를 건네고 두 사람과 같은 테이블에 자리를 잡았다. 파슨스에게서 지독한 땀 냄새가 풀풀 풍겼다. 불그름한 얼굴에는 온통 땀방울이 송골송골 돋아나 있었다. 그는 유독 땀을 많이 흘렸다. 주민센터에서는 땀으로 축축해진 라켓 손잡이를 통해 그가 언제 탁구를 하고 갔는지 알 수 있을 정도였다. 사임은 볼펜을 쥔 채 아까 꺼내놓았던 글씨가 빽빽하게 적힌 종이쪽지를 열심히 들여다보고 있었다.

"점심시간에도 일하는 저 꼴 좀 보게나."

파슨스가 팔꿈치로 윈스턴을 쿡 찌르면서 말했다.

"열심이네그려. 여보게, 뭘 그렇게 하시나? 나 같은 사람이 봐봐야 골치만 아픈 일이겠지, 뭐. 여보게, 스미스, 내가 왜 자넬 찾아다녔는지 아나? 자네가 기부금 내는 걸 잊어서 그렇다네."

"무슨 기부금?"

윈스턴은 자동적으로 돈이 있는지 뒤지면서 이렇게 물었다. 월급의 4분의 1가량을 자발적 기부금으로 내야 했는데 가짓수가 워낙 많아 일일이 기억할 수가 없었다.

"'증오주간'용 기부금 말이야. 거 있잖아, 집집마다 내는 거. 내가 우리 단지 수금 담당자잖나. 우린 최선을 다하고 있지. 아니, 엄청나게 잘해내고 있다네. 미리 말해두지만, 오랜 전통을 자랑하는 승리맨션이 동네에서 가장 큰 깃발 장식을 차지하지 못한대도 내 탓은 아니라네. 자넨 2달러 내겠다고 했었지?"

윈스턴이 꼬깃꼬깃하고 더러운 지폐 두 장을 찾아 건네주자 파슨스는 누가 무식꾼 아니랄까 봐 조그만 수첩에다 '윈스턴 2달러'라고 또박또박 써 넣었다.

"그런데 여보게."

파슨스가 윈스턴에게 말했다.

"내 들으니까 어제 우리 집 꼬마 녀석이 자네한테 새총을 쐈다며? 내가 아주 혼구멍을 내줬네. 다시 또 그랬다가는 아예 새총을 압수해버리겠다고 했지."

"교수형 구경을 못 가 심통이 났나 보더군."

윈스턴이 말했다.

"그랬을 테지. 정신은 옳게 박혀 있는 애들이거든. 안 그런가? 두 아이 다 못 말리는 말썽꾸러기이긴 한데 예리하기가 말도 못하네! 당연히 걔네 머릿속에는 첩보단과 전쟁밖에 없지. 지난 토요일에 우리 집 딸내미가 단원들과 버크햄스테드로 행군 나갔을 때 어쨌는지 아나? 글쎄 다른 계집애 둘과 짜고 몰래 행군을 빠져나와 오후 내내 수상한 사람을 뒤쫓아 갔다지 뭔가. 장장 두 시간 동안이나 그자의 뒤를 계속 밟았다더군. 숲으로 들어가는 것도 마다하지 않고 말이야. 그러다가 애머샴에 도착하자 순찰대에 그자를 넘겼다는 거야."

"아니, 뭣 때문에 그랬대?"

윈스턴이 약간 놀란 듯 물었다.

파슨스는 의기양양해져서 계속 말했다.

"우리 딸내미가 보기에 적의 간첩인 게 확실하더래. 낙하산을 타고 침투한 걸 수도 있으니까. 그런데 여보게, 진짜 중요한 건 따로 있어. 처음에 우리 딸내미가 왜 그자를 의심했는지 아나? 그자가 신고 있던 웃기게 생긴 신발이 눈에 띄었던 거야. 우리 딸내미는 그런 구두를 신은 사람은 한 번도 본 적이 없었다네. 그래서 그자가 외국인인 걸 알아챘던 거지. 어때, 일곱 살짜리 코흘리개치고는 꽤 똑똑하지?"

"그자는 어떻게 됐대?"

윈스턴이 물었다.

"어, 그건 당연히 나도 모르지. 하지만 이렇게 됐대도 전혀 놀랄 건 없지."

파슨스가 총을 겨누는 시늉을 한 채 혀로 발사하는 소리를 냈다.

"잘됐군."

사임이 여전히 시선은 종이쪽지에 둔 채 건성으로 말했다.

"당연히 우리한테는 그런 기회가 안 오겠지."

윈스턴이 예의상 맞장구쳤다.

"내 말의 요지는 지금은 전쟁 중이라는 거야."

파슨스가 말했다.

마치 그 말을 확인시켜주기라도 하듯 그들의 머리 바로 위에 있는 텔레스크린에서 나팔 소리가 울려 나왔다. 그러나 이번에는 승전보를 알리는 것이 아니라 단순히 평화부가 전하는 공지사항이었다.

"동무들!"

열혈 청년의 목소리가 외쳤다.

"잘 들으시오, 동무들! 지금부터 영광스런 소식을 전하겠습니다. 우리가 생산 투쟁에서 승리했습니다! 방금 각종 소비재의 생산량을 따져 통계표를 완성한 결과 지난 한 해 동안 생활수준이 20퍼센트 이상 향상되었다고 합니다. 오늘 아침에는 오세아니아 전역에서 자발적인 집회가 걷잡을 수 없이 일어났습니다. 노동자들이 공장과 사무실에서 쏟아져 나와 현명한 영도력으로 우리에게 새로이 행복한 삶을 선사해준 빅 브라더에게 감사의 뜻을 전하는 깃발을 들고 거리를 행진했습니다. 작성이 끝난 통계 수치를 몇 가지 말씀드리자면 다음과 같습니다. 식량······."

'우리에게 새로이 행복한 삶'이라는 구절이 몇 번이나 반복됐다.

최근에 풍요부가 즐겨 쓰는 표현이었다. 나팔 소리에 정신을 팔고 있던 파슨스는 지루해서 하품이 나올 것 같았지만 훈련받은 대로 엄숙하게 경청했다. 그는 텔레스크린에서 불러주는 통계 수치를 이해하지 못했지만 어떤 식으로든 만족할 만한 상황이라는 것쯤은 알 수 있었다. 그는 이미 까맣게 탄 담배를 반쯤 채워둔 큼지막하고 더러운 파이프를 꺼냈다. 담배가 일주일에 백 그램씩 배급되는데 파이프를 가득 채워 피울 수는 없었다. 윈스턴은 승리담배를 기울어지지 않게 조심히 잡고 피웠다. 내일이나 돼야 새로 담배를 배급받는데 네 개비밖에 남아 있지 않았다. 잠시 그는 좀 더 떨어진 곳에서 나는 소리에는 애써 귀를 닫고 텔레스크린에서 나오는 소리에 집중했다. 초콜릿 배급량을 일주일에 20그램으로 올려준 것 때문에 빅 브라더에게 감사의 뜻을 전하는 집회가 있었던 모양이다. 생각해보니 초콜릿 배급량을 일주일에 20그램으로 줄이겠다고 발표한 게 바로 어제였다. 겨우 24시간이 지났을 뿐인데 사람들이 이런 발표를 곧이듣는단 말인가? 그렇다. 사람들은 그 발표를 곧이곧대로 믿었다. 파슨스는 덮어놓고 믿었다. 짐승처럼 아둔하게도 말이다.

왼편 테이블의 그 눈 없는 남자는 광적으로 열렬히 그 발표를 믿었다. 그래서 지난주에 배급량이 30그램이었다는 사실을 입에 올리는 자가 있다면 누구든 즉시 색출해 고발해서 증발시켜버리고 말겠다는 의지로 불타 있었다. 이중사고가 끼어들다 보니 파슨스보다는 좀 더 복잡한 방식이라는 것만 다를 뿐 사임 역시 그 발표를 믿었다. 그렇다면 윈스턴 혼자만 어제의 발표 내용을 기억하고 있단 말인가?

황당무계한 통계 수치가 텔레스크린에서 연이어 쏟아져 나왔다.

작년보다 식량, 의복, 주택, 가구, 냄비, 연료, 배, 헬리콥터, 책, 그리고 아기에 이르기까지 모두 늘었다고 했다. 한마디로 질병과 범죄와 정신이상을 제외하고 모든 게 작년보다 늘었다는 것이었다. 매년 매 순간 사람이든 물건이든 가릴 것 없이 모두가 급속히 늘어나고 있었다. 윈스턴은 아까 사임이 했듯이 숟가락을 쥐고 테이블 여기저기에 질질 흘려놓은 희부연 국물을 찍어 긴 줄을 그리다가 무늬를 만들었다. 그는 부아가 치밀어 삶의 물리적 질감을 곰곰이 생각해보았다. 늘 이 모양 이 꼴이었던가? 음식 맛이 늘 이랬나? 그는 식당 안을 둘러봤다. 낮은 천장, 사람들로 바글거리는 홀, 수많은 사람의 손때로 더러워진 벽, 너무 바짝 붙어 있어서 서로 팔꿈치가 닿기 십상인 쭈그러진 철제 테이블과 의자들, 구부러진 숟가락, 찌그러진 쟁반, 조잡한 하얀색 사기 잔. 표면이란 표면은 온통 기름때로 미끈거렸고 틈새란 틈새에는 때가 덕지덕지 껴 있었다. 또한 싸구려 술과 싸구려 커피 향내는 물론 쇳내 나는 스튜와 더러운 옷에서 나는 악취가 뒤엉켜 시금털털하면서도 복잡 미묘한 냄새가 진동했다. 그렇다 보니 위장과 피부는 언제나 일종의 항의 표시를 했다. 그것은 사람이면 마땅히 누려야 할 무언가를 사기당해 빼앗겨 버렸다는 반감의 표시이기도 했다. 그러나 예전이라고 해서 지금과 크게 달랐던 것 같지는 않았다. 그가 정확히 기억할 수 있는 시절에는 그게 언제가 됐든 부족한 먹을거리, 구멍 난 양말과 내복, 부서지고 삐걱거리는 가구, 난방이 덜 된 방, 만원 지하철, 허물어져 가는 집, 거무죽죽한 빵, 구경하기 어려운 홍차, 맛이 형편없는 커피, 그리고 모자란 담배는 일상이나 다름없었다. 한마디로 혼합주인 승리주를 빼고는 값이 싸거나 풍족한 물건이 하나도 없었다. 사람의 몸이란 나이가 들수록 점점 쇠약해지기 마련이다. 하지만 불편과 불결과 궁핍은 물론 끝없이 계속되는 겨울, 끈적끈적한 양말, 결코 작동하는 법이 없는 엘리베이터, 차가운 물, 거칠거칠한 비누, 부스러지는 담배, 이상하고 고약한 맛의 음식 따위로 마음이 병들어간다면 이런 경우도 자연의 섭리라 할 수 있을까?

윈스턴은 다시금 식당 안을 둘러봤다. 거의 모두가 보기 흉했다. 제복인 푸른 작업복 대신에 다른 옷을 입었더라도 보기 흉하기는 마찬가지였을 것이다. 식당 한쪽 끝에는 희한하게도 딱정벌레처럼 생긴 자그마한 남자가 테이블에 홀로 앉아 커피를 마시면서 작은 눈으로 수상쩍을 만큼 이쪽저쪽을 흘깃거리고 있었다. 사람들이 자기처럼 주위를 둘러보지 않는다면 당이 이상형으로 설정한 신체 조건—총각은 큰 키에다 근육질이어야 하고 처녀는 금발에다 활달하고 명랑하며 적당히 그을린 피부에 풍만한 가슴을 지녀야 한다—을 갖춘 사람들이 굉장히 많은 줄로 착각하고도 남을 것이라고 윈스턴은 생각했다. 실제로는 그렇지 않은데도 말이다. 윈스턴이 판단하기에 대다수의 제1공대 사람들은 체격이 왜소한 데다 피부가 검고 못생겼다. 공공기관마다 그 딱정벌레 같은 인간형은 신기할 만큼 자꾸만 늘어갔다. 아주 어릴 때부터 몸이 불어 땅딸막한 체구, 움직일 때마다 재빠르게 종종걸음 쳐야 하는 짧은 다리, 표정을 읽을 수 없는 투덕투덕한 얼굴, 그리고 아주 작은 눈을 가진 딱정벌레 인간형. 당이 지배하는 지금은 바로 이런 유형의 인간이 가장 잘 번성하는 것 같았다.

또다시 나팔 소리가 울리자 풍요부 발표가 끝나고 양철통 두드리는 것 같은 음악이 흘러나왔다. 퍼붓듯 발표된 통계 수치에 막연하게나마 열광했던지 파슨스가 물고 있던 파이프를 빼며 말했다.

"풍요부가 확실히 올해 잘했네그려."

그는 잘 안다는 듯 고개까지 끄덕거리며 말했다.

"그건 그렇고 여보게, 스미스, 혹시 면도날 좀 있으면 하나 빌려주겠나?"

"하나도 없는데 어쩌지. 나도 면도날 하나로 6주나 쓰고 있거든."

윈스턴이 말했다.

"아, 그렇군. 혹시나 싶어서 물어봤네."

"미안하게 됐네."

윈스턴이 말했다.

풍요부가 발표하는 동안에는 잠시 조용해졌나 싶었던 옆 테이블의 그 꽥꽥거리는 목소리가 변함없이 시끄럽게 떠들어대기 시작했다. 별안간 무슨 이유에선지 윈스턴은 머리숱이 적고 얼굴 주름마다 때가 끼어 있던 파슨스 부인을 떠올렸다. 2년 내에 그녀의 아이들은 제 어미를 사상경찰에 고발할 것이다. 그러면 파슨스 부인은 증발될 것이다. 사임도 증발될 터였다. 윈스턴 역시 증발될 테고 오브라이언도 증발될 것이다. 그러나 파슨스는 결코 증발되지 않으리라. 꽥꽥거리는 목소리의 그 눈 없는 남자도 결코 증발되지 않을 것이다. 청사의 미로 같은 복도를 종종걸음으로 재게 오가는 그 작은 딱정벌레 같은 남자들 역시 결코 증발되지 않을 것이다. 또한 창작국의 검은 머리 여자도 결코 증발되지 않을 것이다. 윈스턴은 그 이유를 정확히 설명하기는 어려웠지만 누가 살아남고 누가 사라질지 본능적으로 알 것 같았다.

생각이 여기까지 미치는 순간 그는 화들짝 놀라며 공상에서 깨어났다. 옆 테이블에 앉아 있던 아가씨가 몸을 반쯤 돌린 채 그를 쳐다보고 있었다. 그녀는 바로 그 검은 머리 여자였다. 그 여자는 곁눈질이지만 호기심이 불타는 눈초리로 그를 쳐다보고 있었다. 그러다가 윈스턴과 눈이 마주치자 곧바로 고개를 돌렸다.

윈스턴의 등골에 식은땀이 솟았다. 소름끼치는 공포감에 온몸이 찌릿했다. 공포감은 이내 사라졌지만 불안감은 좀처럼 누그러지지 않았다. 그 여자는 왜 그를 지켜보고 있었을까? 왜 계속해서 그를 따라다니는 것일까? 유감스럽게도 윈스턴은 식당에 들어왔을 때 그 여자가 이미 그 안에 있었는지 아니면 나중에 들어왔는지 기억해낼 수가 없었다. 하지만 어쨌든 어제 '2분 증오' 때도 그녀는 딱히 그럴 필요가 없는데도 윈스턴의 바로 뒷자리에 앉았었다. 아마도 그의 말을 엿듣고 그가 충분히 큰 소리로 외치고 있는지 확인하려는 게 그녀의 진짜 속셈이었는지도 모른다.

문득 지난번에 했던 생각이 되살아났다. 그때 생각대로 그녀가 사상경찰은 아닐지 몰라도 가장 위험한 대상인 아마추어 정보원일 가능성이 컸다. 윈스턴은 그 여자가 얼마 동안이나 자신을 쳐다봤는지 알 수 없었지만 아마 5분은 족히 될 것 같았다. 그 정도 시간이라면 단 한순간도 흐트러짐 없이 표정 관리가 됐으리란 보장이 없다. 공공장소나 텔레스크린의 사정권 안에서 생각이 산만해지게 놔두는 것은 지극히 위험한 노릇이었다. 아주 사소한 것으로도 정체가 드러날 수 있었다. 안면 경련, 무의식적으로 짓는 불안한 표정, 혼자 중얼거리는 버릇 등 조금이라도 비정상적으로 보이거나 무언가를 감추는 것 같은 인상을 주는 것은 무엇이든 위험했다. 어떤 경우라도 온당치 못한 표정(가령 승전보를 전할 때 못 미더운 표정을 짓는 것처럼)을 지으면 그 자체만으로도 처벌감이었다. 오죽하면 신어에 '안면범죄'라는 단어까지 있었다.

그 여자는 다시 그를 등지고 앉았다. 어쩌면 그녀가 그를 따라다니는 것이 아닐지도 모른다. 이틀 연속으로 그와 가까이 앉은 것은 단순한 우연일 수도 있었다. 담배의 불이 꺼지자 윈스턴은 조심조심 그 담배를 테이블 가장자리에 놓았다. 담뱃가루를 쏟지만 않는다면 일을 다 마친 후에 마저 피울 수 있을 것이다. 옆 테이블에 있는 그 사람은 사상경찰의 정보원일 가능성이 크니 윈스턴은 사흘 안에 애정부의 지하실로 끌려가기 쉬웠다. 하지만 담배꽁초만큼은 버릴 수 없었다. 사임은 들여다보던 종이쪽지를 접어 호주머니에 집어넣었다. 파슨스가 다시 이야기를 늘어놓기 시작했다.

"여보게, 내가 그 얘기 했던가?"

그는 파이프 설대를 만지작거리며 킬킬댔다.

"우리 집 두 꼬맹이가 시장에서 어떤 늙은 여자가 빅 브라더 포스터로 소시지를 싸는 걸 보고 그 여편네 치맛자락에 불을 붙였다는 거 말일세. 뒤로 살금살금 다가가 성냥불을 그었다나 봐. 아주 심하게 데었을 걸세. 정말 못 말리는 녀석들 아닌가? 하지만 그 열의 하나는 대단하지! 요즘 첩보단에서 받는다던 일급훈련이 바로 그거래. 확실히 나 때보다 나아. 바로 얼마 전에 첩보단에서 뭘 나눠줬는지 아나? 열쇠 구멍으로 엿듣는 데 쓰는 보청기라네! 우리 집 딸내미가 요 전날 밤에 집으로 하나 가져와서 집 거실 문에서 시험을 해보니까 그냥 듣는 것보다 두 배는 크게 들린다더군. 물론 자네도 알다시피 어디까지나 장난감이지. 하지만 기발한 아이디어지, 안 그런가?"

바로 그때 텔레스크린에서 귀를 찢는 호각 소리가 터져 나왔다. 일터로 돌아가라는 신호였다. 세 사람 모두 벌떡 일어나 승강기 쪽으로 우르르 몰려가는 사람들 틈에 끼었다. 그러는 사이 윈스턴의 담배에 남아 있던 가루들이 우수수 쏟아졌다.

6

윈스턴은 일기를 쓰고 있었다.

3년 전이었다. 어두운 밤, 큰 기차역 근처의 좁은 골목길에서였다. 그녀는 불빛도 가물가물한 가로등 아래, 문가에 서 있었다. 앳된 얼굴인데 화장이 짙었다. 가면처럼 분을 새하얗게 바른 얼굴과 립스틱을 새빨갛게 칠한 입술, 난 그렇게 화장한 게 정말 좋았다. 여성 당원들은 화장하는 법이 없다. 거리에는 그녀 말고 아무도 없었으며 텔레스크린도 없었다. 그녀는 2달러를 불렀다. 나는…….

여기까지 쓰고 나자 더 이상 쓸 수 없었다. 그는 눈을 감고 손가락으로 눈두덩을 꾹꾹 눌렀다. 자꾸만 떠오르는 그때의 광경을 지우고 싶었다. 목청껏 욕이라도 퍼붓고 싶은 마음이 간절했다. 아니면 벽을 머리로 들이받거나 탁자를 발로 걷어차거나 잉크병을 냅다 창밖으로 던져버리고 싶었다. 자신을 괴롭히는 그 기억에서 벗어날 수만 있다면 난폭하든 시끄럽든 어디를 다치든 간에 뭐든 하고 싶었다.

가장 무서운 적은 바로 자신의 신경조직이라고 윈스턴은 생각했다. 마음속 긴장감은 언제든 눈에 보이는 증상으로 나타나기 쉬웠다. 그는 2, 3주 전에 길거리에서 지나쳤던 남자를 떠올렸다. 지극히 평범하게 생긴 얼굴에 당원이었고 나이는 서른다섯에서 마흔 살쯤으로 보였다. 키가 크고 마른 그 남자는 서류가방을 들고 있었다. 그런데 윈스턴이 몇 미터 앞으로 다가갔을 때 갑자기 경련이 이는지 그 남자의 왼쪽 얼굴이 실룩거렸다. 두 사람이 서로 스쳐 지나갈 때도 역시 마찬가지였다. 그것은 찰칵하고 카메라 셔터가 눌릴 때처럼 순식간에 일어나는 단순한 실룩거림이자 떨림이었지만 버릇인 게 분명했다. 당시 윈스턴은 '저 불쌍한 친구도 이제 끝이군' 하고 생각했다. 그런데 정작 무서운 사실은 그런 행동이 거의 무의식적으로 일어난다는 것이었다. 그런 점에서 잠꼬대가 가장 치명적이었다. 아무리 생각해도 자기도 모르게 나오는 잠꼬대를 막을 도리가 없었다.

그는 숨을 한 번 크게 쉬고 마저 쓰기 시작했다.

나는 그녀와 함께 문 안으로 들어가서 뒤뜰을 지나 지하실 주방으로 갔다. 벽 가까이 침대가 있고 탁자 위에는 불꽃을 아주 희미하게 낮춰 놓은 램프가 하나 있었다. 그녀는……

윈스턴은 이를 악물었다. 그러지 않으면 침을 뱉을 것 같았다. 지하실 주방의 그 여자를 떠올리기 무섭게 아내 캐서린이 생각났다. 윈스턴은 유부남이었다. 여하튼 결혼한 몸인 것은 사실이었다. 아내가 죽지 않았다고 알고 있는 이상 아직 유부남인 셈이었다. 지하실 주방의 후텁지근한 기운이 다시 느껴지는 것 같았다. 빈대와 더러운 옷가지 냄새에다 싸구려 향수까지 뒤섞여 숨이 막힐 지경이었지만 그런 냄새마저 매혹적이었다. 여성 당원은 누구 하나 향수를 뿌리지 않았고 그럴 생각조차 하지 못했기 때문이다. 오직 무산계급만이 향수를 뿌렸다. 윈스턴의 마음속에서 향수 냄새와 간음은 떼려야 뗄 수 없는 관계였다.

그 여자와 잔 것은 2년여 만에 처음 저질러보는 일탈 행위였다. 물론 창녀와 자는 것은 금지되어 있었지만 가끔 마음 한번 크게 먹으면 어길 수 있는 규칙에 속했다. 위험하긴 했지만 생사가 걸린 정도는 아니었다. 창녀와 있다가 발각되면 5년짜리 강제노동형을 받을 것이다. 다시 말해 다른 죄를 저지르지 않는다면 그 이상의 처벌은 없었다. 따라서 현장을 들키지 않을 수만 있다면 아주 쉬운 일이었다. 빈민가마다 몸을 팔려는 여자들이 줄을 설 정도로 널려 있었다. 어떤 여자들은 무산계급은 마실 권한이 없는 승리주한 병으로도 살 수 있었다. 당은 완전히 억누를 수 없는 본능의 배출구로서 매춘을 넌지시 장려하는 듯했다. 단순한 일탈 행위는 눈에 띄지만 않는다면, 욕구 해소 차원에서 극빈층으로 천대받는 여자들만 상대한다면 크게 문제 될 것이 없었다. 용서할 수 없는 죄는 당원들 사이의 난잡한 육체관계였다. 대숙청 때 피고인들이 너 나 할 것 없이 그러한 죄도 지었노라고 자백하긴 했지만 당원들 간에 난잡한 육체관계가 실제로 일어나고 있다고 상상하기는 어려웠다.

당은 단순히 통제할 수 없을까 봐 남녀가 정분이 나는 것을 막으려는 것이 아니었다. 드러내지는 못하지만, 진짜 속셈은 성행위에서 오는 모든 쾌락을 아예 누리지 못하게 하려는 데 있었다. 당의 입장에서는 기혼이든 미혼이든 사랑보다 성욕이 더 무서운 적이었다. 당원끼리 결혼하려면 누구나 담당 위원회의 승인을 받아야 했다. 명문화하지는 않았지만 남녀가 서로 육체적으로 끌려서 하려는 결혼 같으면 그 결혼을 절대 허락하지 않는 것이 원칙이었다.

당에서 유일하게 내세우는 결혼의 목적은 당에 봉사할 자녀를 생산하는 것이었다. 성교는 마치 관장처럼 약간 역겹지만 해야 하는 행위 정도로 간주됐다. 이런 태도 역시 대놓고 강요하지는 않았으나 간접적인 방법을 동원해 어릴 때부터 모든 당원에게 주입해왔다. 그러다 보니 남녀 모두 완전한 독신주의를 주창하는 청년반성연맹 같은 단체들까지 조직됐다. 아이들은 모두 인공수정(신어로는 '인수')으로 낳고 양육은 공공기관이 맡기로 되어 있었다. 윈스턴이 보기에 당이 이런 방침을 전적으로 시행할 것 같지는 않았지만 어쨌든 당의 이념과 딱 들어맞는 방침인 것만은 분명했다. 당은 성 본능을 억압하거나, 완전히 억압할 수 없다면 왜곡하고 더럽히려고 안간힘을 쓰고 있었다. 윈스턴은 왜 그렇게까지 하는지 이유는 알 수 없었지만 그러는 게 당연한 것 같기도 했다. 어쨌든 여자들만 놓고 볼 때는 당의 노력이 큰 성과를 본 셈이었다.

윈스턴은 다시 캐서린을 생각했다. 기억이 틀림없다면 그녀와 헤어진 지 9년을 넘어 10년, 아니 11년이 다 되었다. 그가 어떻게 그녀를 거의 생각하지 않고 지냈는지 신기할 따름이었다. 어떤 때는 며칠 동안이나 자신이 결혼한 사람이라는 것까지 까맣게 잊고 지낸 적도 있었다. 윈스턴과 캐서린은 겨우 열다섯 달 남짓 함께 지냈을 뿐이었다. 당은 이혼을 허가하지 않는 대신 자녀가 없는 부부에게는 오히려 별거를 권장했다.

캐서린은 키가 크고 금발인 데다 몸놀림이 우아하고 아주 반듯한 여자였다. 더구나 이목구비가 또렷하고 독수리같이 생겨, 그녀의 본모습을 알기 전까지는 고상해 보인다 할 만했다. 신혼 초부터 윈스턴은 그녀의 본모습을 간파했다. 물론 다른 사람들보다 더 가까운 사이가 되어 알게 된 것일 수도 있지만, 그녀는 그가 지금까지 만나본 사람 가운데 단연코 가장 멍청하고 상스럽고 얼빠진 여자였다. 그녀의 머릿속에는 오직 당의 구호밖에 없었다. 당이 어떤 바보짓을 하고 얼토당토않은 말을 하건 그녀는 곧이곧대로 받아들였다. 오죽하면 그가 속으로 '인간 녹음기'라고 불렀겠는가. 그러나 윈스턴은 잠자리라는 단 한 가지 문제만 없었더라도 어떻게든 참고 그녀와 살았을 것이다.

그녀는 윈스턴이 손만 대도 움츠리고 딱딱하게 굳어버렸다. 그녀를 끌어안을 때면 나무로 만든 인형을 안는 것 같았다. 게다가 이상하게도 그녀가 자신을 껴안고 있을 때조차도 어쩐지 그녀가 온 힘을 다해 자신을 밀어내는 듯한 기분이 들었다. 그녀의 근육이 경직되어 있는 탓에 그런 느낌이 들었을 수도 있다. 그녀는 눈을 꼭 감고 반항하지도, 그렇다고 동조하지도 않으면서 그저 순순히 따르겠다는 태도로 가만히 누워 있었다. 그럴 때마다 윈스턴은 굉장히 무안하다가 급기야는 소름이 끼쳤다. 그러나 아무리 그랬더라도 만약 그들이 독신처럼 부부관계를 하지 않는 데 합의했다면 그냥 그렇게 계속 살았을 수도 있다. 하지만 정말 희한하게도 그런 결혼 생활을 거부한 쪽은 캐서린이었다. 그녀는 불임이 아닌 이상 반드시 아이를 낳아야 한다고 말했다. 그래서 불가피한 사정이 없는 한 규칙적으로 일주일에 한 번씩 잠자리를 했다. 그녀는 심지어 밤에 해야 할 일이 있으니 잊지 말라며 그날 아침부터 미리 알려주기도 했다. 그녀는 그 일을 두 가지로 칭했다. 하나는 '아기 만들기'였고 나머지 하나는 '당에 대한 의무'였다. 정말이지 한 자도 틀리지 않고 그렇게 불렀다. 윈스턴은 문제의 그날이 다가올 때면 극심한 공포감에 시달렸다. 그러나 다행히도 아이가 생기지 않자 결국 그녀도 그만 포기하기로 합의했고, 곧바로 두 사람은 헤어졌다.

윈스턴은 들릴 듯 말 듯 한숨을 내쉬었다. 그리고 펜을 들어 다시 쓰기 시작했다.

그녀는 침대에 몸을 던졌다. 그러고는 사전 절차 같은 것도 없이 곧바로, 더없이 상스럽고 정떨어지게 치마를 추켜올렸다. 나는······.

윈스턴은 희미한 전등 불빛 아래서 빈대와 싸구려 향수 냄새를 맡으며 그곳에 우두커니 서 있던 때를 떠올렸다. 그 순간에도 그는 최면술에 넘어가 영원히 얼어붙어 버린 캐서린의 흰 몸뚱이가 떠올라 좌절감과 분한 마음을 떨칠 수 없었다. 왜 늘 이래야만 할까? 왜 몇 년에 한 번씩 이런 추잡한 씨름을 하는 대신에 자기 여자를 가질 수 없는 걸까? 그러나 진정한 정사情事는 상상도 할 수 없었다. 여성 당원들은 모두 마찬가지였다. 그들에게 순결은 곧 당에 대한 충성이라는 생각이 깊이 박혀 있었다. 세심한 조기 교육, 운동 시합과 냉수욕, 학교와 첩보단과 청년연맹에서 주입하는 쓰레기 같은 생각들, 강의, 행진, 노래, 구호, 그리고 군가 등으로 인간의 자연스러운 감정이 그녀들에게서 빠져나갔다. 머리에서는 틀림없이 예외가 있다는 확신이 들었지만 마음속으로는 그럴 리 없다고 생각했다. 그녀들은 당이 의도한 대로 전혀 흔들리지 않았다. 그가 사랑받는 것보다 훨씬 더 간절히 바라는 게 있다면 평생 딱 한 번이라도 좋으니 그런 순결의 장벽을 무너뜨리는 것이었다. 성공적으로 치른 성행위는 반역이었다. 욕정은 사상죄에 속했다. 따라서 그가 만약 잠자는 캐서린을 깨워서 부부관계를 맺었다면 아무리 그녀가 그의 아내라 해도 그것은 부녀자 유혹죄에 해당했을 것이다.

어쨌든 윈스턴은 나머지 이야기를 마저 써야 했다. 그는 다음과 같이 썼다.

나는 등불의 심지를 돋웠다. 환한 상태에서 그녀를 보니…….

어둠이 깔린 뒤라서 희미한 등유 램프의 불빛도 아주 밝아 보였다. 처음으로 윈스턴은 그 여자를 제대로 볼 수 있었다. 그는 여자에게 한 걸음 다가가다가 정욕과 공포에 짓눌려 멈칫했다. 그제야 그곳에 간 것이 얼마나 위험한 일인지 뼈아프게 깨달았다. 나가다가 순찰대에 붙잡히기 딱 좋았다. 바로 그 순간 그를 붙잡으려고 순찰대가 문밖에서 기다리고 있을지도 모를 일이었다. 그렇다고 여기까지 와서 목적도 이루지 못하고 나간다면……!

계속해서 써야 했다. 그 뒤에 어떻게 됐는지 다 털어놓아야 했다. 그가 불빛 아래서 느닷없이 보게 된 여자는 노파였다. 얼굴에 분칠을 얼마나 두껍게 했는지 마치 마분지로 만든 가면처럼 갈라질 것 같았다. 머리칼도 희끗희끗했다. 그러나 정말 무시무시한 것은 그 여자의 입안에 있었다. 그녀가 입을 약간 벌리자 그 안은 동굴 속처럼 캄캄할 뿐 아무것도 보이지 않았다. 이가 하나도 남아 있지 않았던 것이다.

그는 서둘러 괴발개발 써 내려갔다.

불빛에서 보니 그녀는 적어도 쉰 살은 되어 보이는 아주 나이 많은 여자였다. 하지만 난 개의치 않고 예정대로 그 일을 해치워 버렸다.

그는 다시 손가락으로 눈자위를 꾹꾹 눌렀다. 마침내 다 쓰긴 했지만 달라진 것은 없었다. 치료법이 효과가 없었다. 목청껏 욕이나 퍼붓고 싶은 충동은 조금도 수그러들지 않았다.

7

희망이 있다면 그것은 무산계급에 있다.

라고 윈스턴은 썼다.

희망이 있다면 그것은 반드시 무산계급에 있을 것이었다. 오직 그들, 즉 오세아니아 인구의 85퍼센트를 차지하는 그 무수한 천대받는 민중에게서만 당을 파괴할 수 있는 힘이 나오기 때문이다. 당은 내부로부터 전복될 수 있는 것이 아니었다. 설사 당의 적이 있다 한들 그들은 한데 모이거나 서로 같은 편임을 알아볼 수도 없었다. 심지어 소문대로 전설적인 형제단이 존재한다고 하더라도 두세 명은 몰라도 그 이상으로 많은 사람이 모이기는 불가능해 보였다. 눈빛이 수상하거나 목소리가 변하는 것만으로도 반란을 의심받았으며 귓속말은 더더욱 그러한 조짐으로 간주됐다. 그러나 무산계급이 자신들의 힘이 얼마나 위협적인지를 알게 된다면 따로 음모를 꾸밀 필요도 없을 터였다. 그들은 그저 들고일어나서 쇠파리를 쫓을 때처럼 몸을 흔들기만 하면 될 것이다. 그들이 작정하기만 하면 내일 아침에라도 당을 산산조각 내버릴 수 있을 것이다. 반드시 조만간에 무산계급이 일어나야 할 텐데. 그러나 아직은……!

한번은 이런 일이 있었다. 윈스턴이 사람들로 북적거리는 거리를 걸어가고 있는데 조금 앞서 보이는 골목길에서 수백 명, 그것도 여자들의 어마어마한 함성이 터져 나왔다. "우—우—우—우—우!" 하는 분노와 절망이 뒤섞인 무시무시한 절규가 마치 종소리가 퍼져 나가듯 깊고 크게 울려 퍼졌다. 순간 '터졌구나!' 하는 생각이 들면서 가슴이 뛰었다. '폭동이다! 무산계급이 드디어 떨쳐 일어났구나!' 싶었다. 그가 문제의 장소에 가보니 2, 3백 명의 여자들이 마치 가라앉는 배에 탄 불운한 승객들처럼 비통한 얼굴을 한 채 시장통 가게 주변에 몰려 있었다. 그러다 별안간 너 나 할 것 없이 절망감에 빠져 있던 여인네들이 앞다투어 싸움을 벌였다. 한 가게에서 양은 냄비를 파는 모양이었다. 그래봐야 형편없는 저질 제품들이었지만 취사도구는 종류를 불문하고 구하기 어려웠다. 그런데 이제는 그나마 있던 보급량마저 다 떨어져 버린 터였다. 용케도 냄비를 산 여자들은 다른 여자들에게 떠밀리고 부딪쳐 가면서 냄비를 챙겨 서둘러 그 자리를 떠나려고 안간힘을 썼다. 그 사이 냄비를 차지하지 못한 여자들 수십 명이 가게 주변에 모여 가게 주인이 자기 맘에 드는 사람에게만 냄비를 팔았다는 둥 남겨둔 물건이 더 있을 거라는 둥 큰 소리로 욕을 해대고 있었다. 그때 어디선가 또 악을 쓰는 소리가 터져 나왔다. 극성스러운 두 여자가 냄비 하나를 서로 차지하겠다고 어찌나 악다구니를 부리는지 한 여자는 머리까지 풀어 헤쳐진 모양새였다. 그렇게 두 여자가 냄비 양쪽을 세게 잡아당기는가 싶더니 어느 순간 손잡이가 떨어져 나갔다. 그런 모습을 지켜보고 있자니 윈스턴은 넌덜머리가 났다. 그러나 아주 잠시였지만 고작 수백 명의 절규만으로도 간담이 서늘해지는구나, 하고 감탄했다. 그런데 그들은 왜 정작 중요한 일에는 그런 식으로 아우성치지 못하는 걸까?

윈스턴은 다음과 같이 썼다.

> 그들은 스스로 깨닫기 전에는 결코 반란을 일으키지 않을 것이다. 하지만 그들은 반란을 일으키기 전에는 스스로 깨닫지 못할 것이다.

이렇게 써놓고 보니 혹시 당의 교과서에서 봤던 내용을 베낀 게 아닌가 싶었다. 물론 당은 무산계급을 굴종에서 해방시켰노라고 주장했다. 당의 주장에 따르면, 혁명 전까지 무산계급은 자본가들에게 무참히 짓밟히면서 굶주려 가며 노역에 시달렸다. 부녀자들도 탄광에서 강제노동을 했고(사실 여자들은 지금도 탄광에서 일한다), 아이들은 여섯 살 나이에 공장으로 팔려 갔다. 그러나 이와 동시에 당은 이중사고의 원칙에 따라, 무산계급은 태어날 때부터 열등한 족속이라서 짐승처럼 두세 가지 간단한 규칙을 적용해 계속 종속시켜야 한다고 가르쳤다. 실제로 무산계급과 관련해 알려진 것은 거의 없었다. 많이 알아야 할 필요가 없었기 때문이다. 무산계급이 계속해서 노동하고 아이를 낳는 한 그들의 다른 활동은 관심 대상이 아니었다. 마치 아르헨티나의 초원에 소 떼를 풀어놓고 기르듯 그냥 내버려 두면 그들은 조상으로부터 물려받은 대로 자신들에게 어울리는 생활 방식을 찾아갔다. 그들은 빈민굴에서 태어나 자라다가 열두 살이 되면 노동을 시작했다. 그러다가 잠시 더없이 아름답고 성욕으로 충만한 청춘기를 누리고 나면 스무 살에 결혼했고 서른 살에 중년이 됐으며 대부분 예순 살에 죽었다. 그들의 정신세계는 버거운 육체노동, 가정과 자녀 돌보기, 이웃과의 사소한 다툼들, 영화, 축구, 맥주, 그리고 특히 노름 등으로 가득 차 있었다. 따라서 그들을 통제하기는 어렵지 않았다. 사상경찰이 무산계급에 심어놓은 두세 명의 정보원은 유언비어를 퍼뜨리는 것은 물론 위험한 존재가 될 소지가 큰 인물들을 점찍어두었다가 여차하면 없애버렸다. 그러나 무산계급에 당의 이념을 주입하려는 시도는 전혀 없었다. 무산계급의 정치의식이 강해지는 것은 바람직하지 않았기 때문이다. 당이 그들에게 요구하는 것은 필요에 따라 노동 시간을 늘리거나 배급량을 줄여야 할 때 고분고분 따르도록 호소할 수 있는 원시적인 애국심뿐이었다. 그렇다 보니 무산계급이 불만을 품는 일은 심심찮게 일어나는데도 결국에는 헛일로 끝나고 말았다. 그들에게 보편적 사상이 없으니 불만이 생기면 그저 사소한 불평을 늘어놓는 것밖에 달리 할 수 있는 일이 없었던 탓이다. 당은 더 나쁜 짓을 저지를 때면 언제나 무산계급 몰래 그 일을 해치워 버렸다. 대부분의 무산계급 가정에는 텔레스크린이 없었다. 시민을 지킨다는 경찰조차도 무산계급의 일에는 거의 끼어들지 않았다. 런던에는 범죄가 창궐했다. 절도, 강도, 매음, 마약 밀매, 그리고 각종 공갈과 사기가 판을 쳤지만 가해자나 피해자 모두 무산계급이었기 때문에 당에는 전혀 문제 될 것이 없었다. 도덕과 관련된 모든 문제 역시 무산계급은 조상 대대로 내려오는 관례를 따르게 돼 있었다. 성과 관련해서도 당은 그들에게 금욕주의를 강요하지 않았다. 혼음混淫도 처벌 대상이 아니었고 이혼도 허용됐다. 만약 무산계급에 종교가 필요하다고 생각되거나 그들이 직접 그것을 요구했다면 종교도 허용했을 것이다. "무산계급과 동물은 자유다"라는 당의 구호처럼 그들은 관심의 대상이 아니었다.

윈스턴은 팔을 뻗어 정맥류성 궤양 부위를 살살 긁었다. 또 근질

거리기 시작했다. 혁명 이전의 삶이 실제로 어땠는지 아무리 생각해봐도 결론은 늘 똑같았다. 전혀 알 수가 없었다. 그는 서랍에서 파슨스 부인에게서 빌려다 놓았던 아동용 역사 교과서를 꺼내 그 책의 한 구절을 일기에 옮겨 쓰기 시작했다.

그 옛날, 그러니까 영광스런 혁명이 일어나기 이전의 런던은 오늘날 우리가 알고 있는 아름다운 도시 런던이 아니었다. 거의 모두가 배고픔에 시달렸으며 수많은 가난한 사람들이 신발이 없어 맨발로 다녔고 마땅히 잠을 잘 집조차 없었던, 어둡고 더럽고 비참한 곳이었다. 여러분 또래의 아이들은 피도 눈물도 없는 주인을 위해 하루에 열두 시간씩 일해야 했으며 일하는 게 너무 느리다 싶으면 채찍으로 맞았고 얻어먹는 음식이라고는 썩은 빵 쪼가리와 물이 전부였다. 그러나 모두가 이처럼 지독한 가난에 허덕이는 환경에서도 으리으리하게 크고 아름다운 집들이 몇 채 있었는데, 이들 집에는 부자들이 30명이나 되는 하인들의 시중을 받으며 살고 있었다. 사람들은 이들을 가리켜 자본가라고 불렀다. 이들은 옆 페이지의 그림 속에 등장하는 사람처럼 뚱뚱하고 보기 흉한 데다 심술궂게 생겼다. 또 그림과 같이 '프록코트'라는 긴 검은색 코트를 입고 '실크해트'라 불리는 난로 연통 모양의 괴상하고 번쩍거리는 모자를 썼다. 이런 복장은 자본가들의 제복이라서 그들 외에는 누구도 그런 옷을 입을 수 없었다. 자본가들은 세상 모든 것의 주인이었기에 다른 사람들은 모두 그들의 노예였다. 그들은 모든 땅과 모든 집, 그리고 모든 공장과 모든 돈의 주인이었다. 따라서 누구든지 그들 말을 따르지 않으면 감옥에 처넣거나 일자리를 빼앗아 굶어 죽게 만들 수 있었다. 보통 사람은 누구나 자본가에게 말을 할 때 굽실거리며 절을 해야 했고 모자를 벗고서 '나리'라 불러야 했다. 모든 자본가의 우두머리는 왕이라 불렸는데······.

　나머지 내용은 보지 않아도 훤했다. 얇은 평직의 면포로 만든 소매가 달린 옷을 입은 주교들, 담비 모피로 만든 법의를 입은 법관들, 죄인의 목과 손목에 씌우는 칼, 죄인의 발목에 채우는 족쇄, 발로 밟아 돌리는 바퀴, 아홉 개의 끈이 달린 채찍, 시장이 베푸는 연회, 그리고 교황의 발에 입을 맞추는 관습 등이 언급돼 있을 것이다. 그 외에도 아동용 교과서에는 어울리지 않을 법한 이른바 '초야권初夜權'이라는 것까지 기술돼 있었다. 초야권이란 모든 자본가가 자기 소유의 공장에서 일하는 여성이면 누구와도 동침할 수 있는 권리를 법으로 보장해준 것이었다.
　이들 내용 중 어디까지가 참이고 거짓인지 사람들이 어떻게 알 수 있겠는가? 어쩌면 보통 사람들의 형편은 혁명 이전보다 지금이 더 낫다는 게 참말일지도 모른다. 그렇지 않다는 유일한 증거는 뼛속 깊은 곳에서 전하는 무언의 항변, 즉 현재의 생활환경은 도저히 참을 수 없는 수준이며 과거의 언젠가는 틀림없이 현재와 달랐을 것이라는 본능적인 느낌뿐이었다. 윈스턴은 현대 생활의 진정한 특징은 잔인성과 불안전성이 아니라 그저 생활 자체의 적나라함과 추악함, 그리고 무관심이라는 생각이 들었다. 주변을 둘러보더라도 사람들의 생활은 텔레스크린에서 흘러나오는 거짓말은 물론이고 당이 이룩하려고 하는 이상과도 전혀 딴판이었다. 심지어 당원들의 생활까지도 중립적이고 비정치적인 것들이 대부분을 차지했다. 이를테면 따분한 일을 꾸역꾸역 하거나, 지하철에서 자리다툼을 벌이거나, 구멍 난 양말을 꿰매거나, 사카린 한 알을 구걸하거나, 또는 담배꽁초를 모아두는 등의 일들 말이다. 당이 내건 이상은 거대하고 엄청나며 휘황찬란한 것으로서 괴물 같은 기계와 무시무시한 무기가 지배하는 강철과 콘크리트의 세계였다. 또 3억의 인민이 모두 똑같은 얼굴을 하고서 완전히 혼연일체가 되어 행군하고, 똑같은 생각을 하며, 똑같은 구호를 외치고, 끊임없이 일하고 싸우며 승리하고 박해하는, 전사와 광신자들의 나라였다. 그러나 현실은 영양실조에 걸린 사람들이 물이 새는 신발을 신고 휘청대며 오가고, 누덕누덕 땜질한 19세기풍 집에서는 늘 양배추 삶는 냄새와 화장실 악취가 진동하는, 쇠락해가는 우중충한 도시들뿐이었다.

윈스턴은 백만 개의 쓰레기통으로 뒤덮인 광활하고 황폐한 런던이라는 도시가 눈앞에 펼쳐지는 것 같았다. 아울러 그런 도시의 풍경에 겹쳐 주름진 얼굴에 머리칼이 듬성듬성 난 파슨스 부인이 어쩔 줄 몰라 하며 막힌 배수관을 만지작거리는 모습도 보이는 듯했다.

그는 아래로 팔을 뻗어 다시 발목을 긁었다. 텔레스크린은 밤낮으로 귀가 따갑도록 이런저런 통계 수치를 떠들어댔다. 그것들은 지금의 인민들이 50년 전 사람들보다 더 잘 먹고, 더 잘 입고, 더 좋은 집에서 살며, 더 많은 오락거리를 즐기는 데다 더 오래 살고, 더 적게 일하며, 더 체구가 크고, 더 힘이 세며, 더 행복하고, 더 총명하며, 더 좋은 교육을 받고 있다는 것을 말해주고 있었다. 그런데 이들 통계 수치를 증명하거나 논박하는 내용은 단 한마디도 없었다. 가령 당은 지금의 성인 무산계급 가운데 40퍼센트가 글을 읽고 쓸 줄 아는 데 비해 혁명 이전에는 그 수가 고작 15퍼센트에 불과했다고 주장했다. 또 유아 사망률이 지금은 천 명당 160명에 불과한 반면에 혁명 전에는 그 수치가 3백 명에 달했다고 주장했다. 모든 게 이런 식이었다. 이런 주장은 미지수가 두 개나 들어 있는 단일방정식 같았다. 말 그대로 역사책에 적힌 모든 기록은 물론 그런 기록을 전혀 의심하지 않고 곧이곧대로 받아들이는 것 또한 순전히 공상일 수 있었다. 윈스턴이 알고 있는 것과 달리 실제로는 '초야권' 같은 법이나 자본가 같은 족속 또는 '실크해트' 같은 모자 따위는 전혀 존재하지 않았을 수도 있다.

모든 게 짙은 안개에 가린 것처럼 알 길이 없었다. 과거는 지워졌고 지워졌다는 사실마저 잊은 지 오래되다 보니 거짓말이 진실이 되어버렸다. 윈스턴은 평생 딱 한 번—그 사건 이후였는데, 이 '이후'라는 것이 중요했다—구체적이고 확실한 날조 행위의 증거를 소지한 적이 있었다. 그는 그 증거를 30초 동안이나 손에 쥐고 있었다. 때는 틀림없이 1973년이었을 텐데, 아무튼 윈스턴과 캐서린이 헤어질 무렵이었다. 그러나 실제로 그 일과 관련된 날짜는 그보다 7, 8년 전이었다.

이야기가 시작된 것은 혁명을 이끈 초창기 지도자들이 완전히 제거됐던 대숙청기인 60년대였다. 1970년에 이르자 초창기 지도자들 가운데 남은 사람은 빅 브라더 한 사람뿐이었다. 그 무렵까지 남아 있던 지도자들은 전부 반역자나 반혁명분자로 몰린 상태였다. 골드스타인은 도망쳐 아무도 모르는 곳에 숨어버린 가운데 나머지 사람 중 두서너 명은 그대로 사라진 반면 대다수는 세기의 공개재판에서 자신들의 죄를 자백한 뒤 처형됐다. 마지막까지 살아남은 사람들 가운데 존스와 에런슨, 그리고 러더포드라는 사람이 있었다. 이들 세 사람이 체포된 것은 1965년이 틀림없을 것이다. 다른 사람들처럼 이들 또한 1년 남짓 죽었는지 살았는지 아무도 모를 정도로 사라졌다가 어느 날 느닷없이 만인 앞에 끌려나와 늘 그렇듯 죄를 뒤집어썼다. 이들은 자신들이 적(당시의 적도 유라시아였다)과 내통했고, 공금을 횡령했으며, 신임받는 여러 당원을 살해했고, 혁명 이전부터 빅 브라더의 영도력에 반대하는 음모를 꾸몄으며, 수십만 명의 목숨을 앗아 간 파괴 공작을 일삼았다고 자백했다. 이런 죄상들을 고백한 후 세 사람은 모두 사면받고 당적을 회복했으며 사실상 한직이지만 중요해 보이는 보직을 받았다. 그리고 이들 세 사람은 모두 《타임스》에 구구한 변명을 담은 장문의 글을 기고했는데, 이들은 그 글을 통해 자신들이 변절하게 된 원인을 분석하고 사면에 보답할 것을 약속했다.

그들이 석방되고 얼마 지나지 않았을 때 윈스턴은 '체스넛트리 카페'에 갔다가 실제로 세 사람을 전부 보았다. 당시 그는 두려움 반 호기심 반으로 그들을 곁눈질로 지켜봤다. 윈스턴보다 훨씬 나이가 많았던 그들은 고대의 유물 같은 존재이자 영웅다웠던 당의 초창기 세대 가운데 마지막으로 남은 인물들이나 다름없었다. 그들에게는 지하투쟁과 내전을 이끌었던 사람들 특유의 매력이 희미하게나마 아직 남아 있었다. 당시에도 이미 그들에 관한 정보가 정확하지 않았지만, 윈스턴은 왠지 빅 브라더를 알기 수년 전부터 그들의 명성을 알고 있었던 것 같았다. 그러나 또한 그들은 범법자이자 적이며 가까이할 수 없는 존재로서 1, 2년 내에 사라질 운명임이 아주 확실한 사람들이었다. 일단 사상경찰의 손아귀에 걸려들고 나면 그 누구도 무사하지 못했다. 그들은 무덤으로 되돌려 보내질 때를 기다리는 시체 신세였다.

그들과 가까운 테이블은 전부 빈자리였다. 보는 눈이 많은 데서 그런 사람들과 가까이 앉는 것은 현명한 처사가 아니었다. 세 사람은 그 카페의 특제품인 정향나무 향내가 나는 진 잔을 앞에 놓고 말없이 앉아 있었다. 그중에서도 러더포드의 모습이 가장 인상 깊었다. 그는 한때 풍자 만화가로 이름을 날린 사람이었다. 잔인하리만치 냉혹하게 현실을 풍자한 그의 만화들은 혁명 이전과 혁명 기간에 여론을 부채질하는 데 큰 보탬이 됐다.

뜸하긴 하지만 요즘에도 《타임스》에서 그의 만화를 볼 수 있었다. 그런데 그것들은 단순히 그의 초기 수법을 그대로 흉내 내는 데 불과해 이상할 정도로 활기도 없고 설득력도 떨어졌다. 가만 보면 그의 요즘 만화들은 항상 아주 오래된 시절의 주제를 재탕했다. 그는 끝없이 빈민굴과 굶주리는 아이들, 시가전, 실크해트를 쓴 자본가들—그의 만화 속 자본가들은 바리케이드에서도 끝끝내 실크해트를 벗지 않는 것 같았다—을 주제로 만화를 그렸는데, 이는 옛날로 돌아가려는 끝없는 집착이자 헛된 노력이었다. 카페에서 본 러더포드는 마치 사자 갈기 같은 기름기 많은 은발에 얼굴은 눈 밑 살이 처지고 잔뜩 주름진 데다 입술은 흑인처럼 두툼해서 그런지 괴물 같았다. 한때는 그도 틀림없이 아주 건장했을 것이다. 그러나 지금은 몸집만 컸지 여기저기 처지고 늘어지고 부푸는 등 사방이 무너져 내리고 있었다. 마치 거대한 산이 무너질 때처럼 눈앞에서 허물어지고 있는 것 같았다.

시간은 15시라서 한적했다. 윈스턴은 그런 시간에 어째서 자기가 그 카페에 있었는지 지금도 모를 일이다. 카페는 거의 텅 비어 있었다. 텔레스크린에서 양철통을 두드리는 것 같은 음악이 흘러나왔다. 그 세 사람은 구석 자리에 가만히 앉아서 입도 뻥긋하지 않고 있었다. 주문을 하지 않았는데도 웨이터가 진 석 잔을 새로 가져왔다. 그들 옆 테이블에는 체스판이 있었는데, 누군가 말을 늘어놓은 모양이었지만 게임을 하는 사람은 없었다. 그런데 그때 전부 합쳐봐야 30초나 될까 싶은 시간 동안 텔레스크린에 심상치 않은 일이 일어났다. 곡목이 바뀌는가 싶더니 음색까지 달라졌다. 콕 집어 설명하기 어려운 음악이 흘러나왔다. 무언가 깨는 소리 같기도 하고 당나귀의 시끄러운 울음소리 같기도 하며 야유 같기도 한 게, 한마디로 기이했다. 윈스턴은 속으로 선정적인 선율이라고 생각했다. 이윽고 텔레스크린에서 노래가 나왔다.

우거진 밤나무 아래서
나는 그대를 팔고 그대는 나를 팔았네
저기엔 그들이 누웠고, 여기엔 우리가 누웠네
우거진 밤나무 아래서

그 세 사람은 조금도 동요하지 않았다. 그러나 윈스턴이 다시 러더포드의 허물어지는 얼굴을 힐끗 봤을 때 그의 두 눈에는 눈물이 그렁했다. 그리고 그들을 본 후 처음으로 에런슨과 러더포드 모두 코뼈가 부러진 상태라는 것을 알아챘다. 그 순간 윈스턴은 속이 덜덜 떨리는 것 같았지만 무엇이 무서워 그렇게 떨리는지는 알지 못했다.

얼마 있다가 세 사람은 다시 체포되었다. 먼젓번에 석방되던 순간부터 이런저런 새로운 음모에 가담한 모양이었다. 그들은 두 번째 재판에서 지난날에 지은 죄를 처음부터 다시 모조리 자백한 다음 새로운 죄까지 낱낱이 털어놓았다. 결국 그들은 처형당했고 그들의 비극적인 죽음은 후세에 전하는 경고의 차원에서 당사黨史에 기록되었다. 그로부터 약 5년이 흐른 1973년 어느 날이었다. 윈스턴은 기송관에서 방금 책상으로 떨어진 문서 다발을 풀다가 우연히 종이쪽지 하나를 발견했다. 누군가 다른 문서 사이에 그것을 끼워놓았다가 까맣게 잊은 것이 분명했다. 쪽지를 펴본 순간 윈스턴은 그것이 얼마나 의미심장한 쪽지인지 알아챘다. 그것은 10년 전쯤—위쪽 부분이었기 때문에 날짜가 나와 있었다—의 《타임스》에서 찢어낸 반쪽짜리 신문 쪼가리였는데, 거기에는 뉴욕에서 열린 당 행사에 참석한 대표들의 사진이 실려 있었다. 그 대표들 한가운데 눈에 띄는 인물들이 있었으니 바로 존스와 에런슨, 그리고 러더포드였다. 틀림없이 그들이었다. 게다가 사진 밑에 붙은 설명에도 세 사람의 이름이 들어가 있었다.

이 대목에서 중요한 것은 두 번의 재판에서 세 사람 모두 그 날짜에 자신들이 유라시아 영토에 있었다고 자백했다는 점이다. 그들은 캐나다의 비밀 비행장에서 시베리아 모처로 날아가 유라시아군 참모본부의 장교들과 회합하고 그 자리에서 그들에게 중요한 군사기밀을 팔아넘겼다고 털어놓았다. 그날이 마침 세례자 요한 축일이었기 때문에 윈스턴은 똑똑히 기억하고 있었다. 그러나 윈스턴의 기억 말고도 해당 사건의 자초지종은 다른 수많은 문서나 책에 틀림없이 기록돼 있었다. 그렇다면 가능한 결론은 단 한 가지였다. 바로 그들의 자백 내용이 거짓이라는 사실이었다.

물론 이런 사실 자체는 새로울 게 없었다. 당시에도 윈스턴은 숙청된 사람들이 기소 내용대로 실제 그런 범죄를 저질렀다고는 생각하지 않았다. 그러나 그 신문 쪼가리는 구체적인 증거였다. 그것은 마치 전혀 다른 지층에서 나타난 통에 기존의 지질학 이론을 쓸모없게 만들어버린 화석처럼 완전히 없어진 과거의 한 조각인 셈이었다. 따라서 어떻게든 이것을 세상에 널리 발표해 그 존재 의미를 사람들에게 알리기만 한다면 당은 한순간에 무너지고 말 터였다.

 그는 흐트러짐 없이 하던 일을 계속했다. 그 사진의 정체와 의미를 알아차리자마자 다른 종이로 덮어버렸다. 다행히 그 쪽지를 폈을 때 텔레스크린 쪽에는 뒷면만 비쳤다.

 윈스턴은 메모장을 무릎에 올려놓고 의자를 뒤로 밀어서 가능한 한 텔레스크린에서 멀리 떨어졌다. 무표정한 얼굴쯤이야 어렵지 않게 꾸밀 수 있었고 호흡도 애쓰면 조절할 수 있었다. 그러나 두근거리는 심장 소리는 어떻게 해볼 도리가 없었다. 더구나 텔레스크린은 보통 예민한 게 아니어서 그런 소리를 기가 막히게 잡아냈다. 윈스턴은 10분쯤 됐을까 싶은 시간이 흐르는 동안 혹시라도 어떤 사고—이를테면 갑자기 책상 위로 바람이 휙 분다거나—가 생겨 들통이 나지나 않을까 조마조마했다. 그러고 나서 다시 한 번 펴보지도 않은 채 그 쪽지를 다른 휴지와 함께 기억구멍에 넣어버렸다. 아마 1, 2분 내로 그 쪽지는 재가 될 것이었다.

 그때가 10년, 혹은 11년 전이다. 아마 지금이라면 윈스턴은 그 사진을 보관했을 것이다. 그 사진을 잠깐이나마 손에 들고 있었다는 사실이, 사진 자체는 물론 사진이 말해준 그 사건도 단지 기억으로만 남아 있는 지금까지도 그렇게 중요하게 느껴진다는 게 신기할 따름이었다. 윈스턴은 이제 더 이상 존재하지 않는 한 조각의 증거가 한때 존재했다고 해서 과거를 장악하고 있는 당의 힘이 과연 약해질까, 하는 의문이 들었다.

 당장 그 사진이 잿더미에서 되살아난다고 해도 요즘 같으면 증거 축에 들지 못할 수도 있었다. 윈스턴이 그 사진을 발견했을 당시에 이미 오세아니아와 유라시아는 전쟁하는 사이가 아니었다. 따라서 죽은 세 사람이 동아시아의 정보원에게 제 나라를 팔아먹은 것은 틀림없는 사실처럼 굳어진 상태였다. 더구나 그때 이후로 국제 정세에 몇 번의 변화가 있었는데, 두 번이었는지 세 번이었는지는 윈스턴도 기억할 수 없었다. 자백서는 당에서 몇 번이고 고쳐 썼을 가능성이 많기 때문에 원래의 사실이나 날짜는 아무런 의미가 없었다. 과거는 그저 바뀐 걸로 끝난 게 아니라 끊임없이 바뀌고 있었다. 윈스턴이 악몽에 시달리는 것처럼 가장 괴로운 부분은 당이 그런 거대한 사기극을 펼치는 이유를 한 번도 정확히 이해한 적이 없다는 점이었다. 과거를 왜곡하면 당에 직접적으로 어떤 득이 될지는 훤히 알겠는데 그 궁극적인 동기는 도무지 알 수가 없었다. 윈스턴은 다시 펜을 들어 다음과 같이 썼다.

나는 '어떻게'인지는 알겠다. 그러나 '왜'인지는 모르겠다.

윈스턴은 전에도 여러 번 그랬는데, 혹시 자기가 미친 게 아닐까 하고 생각했다. 어쩌면 미치광이라는 것은 단 한 사람뿐인 소수파에 불과한 건지도 모른다. 한때는 지구가 태양 주위를 돈다고 믿으면 미치광이 취급을 받았다. 그러나 오늘날에는 과거를 변경할 수 없다고 믿는 사람이 미치광이다. 어쩌면 윈스턴 혼자만 과거를 변경할 수 없다고 믿는지도 모른다. 만약 그렇게 믿는 사람이 그 혼자뿐이라면 그는 정말 미치광이인 셈이다. 그러나 윈스턴은 자신이 미치광이일까 아닐까 생각하느라 그토록 괴로운 것이 아니었다. 그를 두렵게 하는 것은 자신 역시 잘못 알고 있을지도 모른다는 생각이었다.

그는 아동용 역사 교과서를 집어 들어 책머리에 실린 빅 브라더의 초상화를 들여다보았다. 빅 브라더의 두 눈이 최면을 걸듯 윈스턴의 눈을 뚫어지게 쳐다봤다. 마치 어떤 거대한 힘이 짓누르는 것 같았다. 무언가가 두개골 속으로 뚫고 들어와 머릿속을 계속 두들겨대면서 신념을 버리라고 위협하면서, 깨달아 얻은 증거를 부인하라고 설득하는 것 같았다. 당은 결국 둘에 둘을 보태면 다섯이 된다고 발표할 테고 사람들은 그 말을 믿어야만 할 것이다. 당이 조만간 그런 주장을 할 게 뻔했다. 당의 현재 입장에서는 그렇게 하는 것이 당연했다. 당의 철학은 경험의 유효성뿐만 아니라 외적 현실의 존재까지도 감쪽같이 부인했다. 당의 입장에서 가장 위험한 이단은 바로 상식이었다. 그런데 정작 무서운 것은 당과 다르게 생각하는 사람들을 죽이는 게 아니라 당의 말이 옳을지도 모른다는 점이었다. 결국 둘에 둘을 보태면 넷이 된다는 것을 사람들은 알 도리가 없으니 말이다. 이와 마찬가지로 중력이 작용한다는 것은 어떻게 알 것이며 과거는 변경될 수 없다는 것을 어떻게 알겠는가? 더구나 과거와 외적 세계는 모두 마음속에만 존재하는데 그 마음속을 통제할 수 있다면, 그다음에는 어떻게 되는 건가?

그러나 그렇지 않다! 윈스턴은 갑자기 자기도 모르게 용기가 불끈 솟는 것 같았다. 딱히 그럴 만한 생각을 한 것도 아닌데 오브라이언의 얼굴이 떠올랐다. 윈스턴은 오브라이언이 자신과 같은 편임을 전보다 더 확신하게 되었다. 그는 오브라이언을 위해, 아니 더 정확히 말하자면 오브라이언에게 보여주기 위해 일기를 쓰고 있었던 셈이다. 그러니까 그 일기는 결코 누구도 읽지 못할 테지만 특정인을 수취인으로 정해놓고 마치 그 사람에게 말하듯 끝없이 써 내려가는 편지나 다름없었다.

당은 사람들에게 직접 보고 들은 증거를 믿지 말라고 말했다. 이는 당의 최종 명령이자 당의 생사와 직결된 명령이었다. 윈스턴은 자신이 어마어마한 권력과 맞서고 있다고 생각하자 맥이 쑥 빠졌다. 당내 지식인이라면 누구라도 말만 토론이지 실상은 그가 대답은커녕 이해조차 할 수 없는 난해한 논쟁을 통해 그를 쉽게 처부술 터였다. 하지만 윈스턴은 옳았다! 당은 틀렸고 그가 옳았다. 명백한 것, 단순한 것, 진실한 것은 지켜줘야 한다. 자명한 것들은 진실하니, 그것들을 끝까지 지키라! 견고한 세계는 존재하며, 그런 세계의 법칙은 변하지 않는다. 돌은 딱딱하고, 물은 축축하며, 떠받쳐 주지 않으면 물체는 지구의 중심을 향해 떨어진다. 윈스턴은 오브라이언에게 말하는 기분으로, 그리고 중요하고 명백한 이치를 들려주는 심정으로 다음과 같이 썼다.

둘에 둘을 보태면 넷이 된다고 말할 수 있는 자유, 그것이 자유다. 이런 자유가 허용된다면 다른 모든 자유도 뒤따르게 마련이다.

8

저 아래쪽 어느 집에선가 커피―승리커피가 아니라 진짜 커피― 볶는 냄새가 거리로 풍겨왔다. 윈스턴은 자기도 모르게 걸음을 멈췄다. 아주 잠시 동안 그는 반쯤 잊어버린 어린 시절로 돌아갔다. 그러나 문이 쾅 하고 닫히는 순간 그 냄새는 갑자기 소리가 멎듯 싹 사라져버렸다.

몇 킬로미터나 길을 걸었더니 정맥류성 궤양이 욱신거렸다. 이번까지 합치면 3주 동안 두 번이나 주민센터에서 열리는 저녁 모임에 빠진 셈이었다. 주민센터 모임에 몇 번이나 참석했는지 꼼꼼하게 점검할 게 확실한 터에 두 번이나 빠진 것은 무모한 짓이었다. 원칙상 당원은 여가를 즐겨도 안 되고 잠잘 때를 제외하고는 절대 혼자 있으면 안 되었다. 일하거나 밥을 먹거나 잘 때가 아니면 단체 오락 활동 같은 것에 참여해야 했다. 고독을 즐기는 사람처럼 보이게 만드는 행위는 뭐가 됐든, 설령 그것이 혼자 산책하는 것이더라도 항상 약간의 위험이 따랐다. 신어에도 고독을 좋아하는 성향을 가리키는 단어가 있었으니, 바로 개인주의와 기이한 버릇이라는 뜻의 '독생獨生'이었다. 그러나 윈스턴은 오늘 저녁 진리부를 나서다가 대기에 퍼진 4월의 그윽한 향기에 이끌리고 말았다. 더구나 그렇게 따스하게 푸른 하늘은 올해 처음 보았다. 문득 주민센터에서 길게 이어지는 시끄러운 저녁 모임, 지루한 데다 진을 다 빼놓는 게임, 강연, 그리고 술기운을 빌려 유지되는 삐걱거리는 동지애 따위를 도저히 참을 수 없을 것 같았다. 윈스턴은 충동적으로 버스 정류장에서 발길을 돌려 미로같이 복잡한 런던을 돌아다녔다. 처음에는 남쪽으로 갔다가 그다음에는 동쪽으로, 그리고 다시 북쪽으로 가다가 나중에는 이름도 모르는 거리에서 헤매기도 했지만 어느 방향으로 가는지 신경 쓰지 않고 발길 닿는 대로 돌아다녔다.

"희망이 있다면 그것은 무산계급에 있다"라고 일기장에 썼던 말이 신비로운 진실과 명백한 부조리를 전해주듯 그의 머릿속에 떠올랐다. 어느새 그는 한때 세인트 팬크러스 역이 있었던 북동쪽의 희미하게 갈색빛이 도는 빈민가에 와 있었다. 그는 작은 이층집들이 죽 늘어선 자갈길을 걸어 올라갔다. 집집마다 낡아빠진 현관문이 곧장 길 쪽으로 나 있었는데, 왠지 쥐구멍이 떠올랐다. 자갈길에는 군데군데 더러운 물이 고여 있었다. 어두침침한 출입문 안팎은 물론 양쪽으로 뻗어 내려간 비좁은 골목길 아래에는 믿기 어려울 만큼 많은 사람이 있었다. 촌스럽게 립스틱을 바른 한창때의 아가씨들, 그들의 꽁무니를 쫓아다니는 청년들, 10년 후면 그 아가씨들도 이렇게 되리라는 것을 보여주듯 어기적어기적 걷는 뚱뚱한 아낙네들, 밭장다리로 발을 질질 끌며 걷는 구부정한 노인들, 누더기를 입고 맨발로 웅덩이에서 놀다가 제 어미의 성난 고함에 뿔뿔이 흩어지는 아이들까지 그야말로 바글바글했다. 그 동네 창문의 4분의 1가량은 깨져서 판자를 덧대놓은 것 같았다. 두어 사람만이 윈스턴을 경계심 반 호기심 반인 시선으로 쳐다볼 뿐 대부분의 사람은 그를 본체만체했다. 몸집이 거대한 아낙네 둘이 벽돌처럼 붉은 팔을 앞치마 앞에 포갠 채 현관 앞에서 수다를 떨고 있었다. 그 곁을 지나던 윈스턴은 그들이 하고 있던 이야기를 몇 마디 주워들을 수 있었다.

"내가 그 여편네에게 '그래, 그거 아주 잘됐구나'라고 말해줬지. 그러고는 이렇게 쏘아줬어. '하지만 너도 내 입장이었으면 나랑 똑같이 했을걸. 남 흉보긴 쉽지, 허나 자기 일 아니라고 그러는 거 아니지'라고 말이야."

"암, 그렇지. 그렇고말고."

다른 아낙네가 맞장구를 쳐주었다.

순간 귀에 거슬리던 그 목소리가 딱 멈췄다. 그가 지나가자 그녀들이 적의에 찬 시선으로 말없이 그를 지켜봤다. 정확히 말하자면 그것은 적의가 아니었다. 낯선 동물이 지나갈 때 보이는 일종의 경계심이자 순간적인 긴장에 따른 반응이었다. 그런 동네에서 당의 제복인 푸른 작업복을 보기란 좀처럼 드문 일이었다. 정말이지 특별한 볼일도 없이 그런 곳에서 남의 눈에 띄는 것은 현명하지 못한 행동이었다. 우연히 순찰대라도 만난다면 그들이 불러 세울 수도 있었다. "동무, 신분증 좀 봅시다. 여기서 뭐 하는 거요? 몇 시에 퇴근했소? 늘 이 길로 집에 가는 거요?" 등등의 질문을 받을지도 몰랐다. 집에 갈 때 평소와 다른 길로 걸어가면 안 된다는 규칙은 없었지만 사상경찰이 알게 된다면 괜한 주목을 받기에 충분했다.

갑자기 온 동네가 술렁거렸다. 사방에서 조심하라고 소리쳤다. 사람들이 놀란 토끼처럼 집 안으로 뛰어 들어갔다. 한 젊은 여자가 윈스턴의 조금 앞에 있는 현관에서 뛰쳐나오더니 놀고 있던 꼬마를 잡아채 앞치마로 감싸 안고는 순식간에 다시 집으로 뛰어 들어갔다. 바로 그때 옆 골목에서 튀어나온 검은 양복 차림의 남자가 윈스턴 앞으로 달려와 손으로 하늘을 마구 찔러댔다.

"스티머steamer요. 조심하쇼, 나리! 머리 위에서 펑 터질 거요. 어서 엎드려요!"

'스티머'란 몇 가지 이유로 무산계급이 로켓 폭탄에 붙인 별명이었다. 윈스턴은 잽싸게 엎드렸다. 무산계급이 이런 식의 경고를 해줄 때는 거의 틀림없었다. 로켓탄의 속도는 음속보다 빠르지만 무산계급에는 로켓탄이 덮치기 수 초 전에 그것을 감지할 수 있는 본능 같은 게 있는 것 같았다. 윈스턴은 두 팔로 머리를 감쌌다. 땅을 솟아오르게 할 것 같은 굉음이 들리더니 가벼운 물체들이 소나기처럼 그의 등에 쏟아졌다. 몸을 일으키고 나서야 근처 창문이 부서지면서 날아온 유리 파편인 것을 알았다.

그는 계속 걸었다. 2백 미터 앞선 지점에 옹기종기 모여 있던 집들은 폭탄에 맞아 폭삭 무너지고 말았다. 검은 연기가 하늘로 치솟고 그 아래로는 석회 먼지가 뭉게뭉게 피어오르는 가운데 사람들은 벌써 폐허 주변으로 몰려들고 있었다. 윈스턴 앞쪽 길 위에도 작은 석회 더미가 있었다. 그런데 그 한가운데에 선홍색 나무토막 같은 게 있어 가까이 다가가 보니 손목이 잘려 나간 사람의 손이었다. 피범벅이 된 부분만 빼면 어찌나 새하얀지 마치 석고상 같았다.

그는 그것을 시궁창으로 차버린 뒤 몰려 있는 사람들을 피해 오른쪽 골목으로 방향을 틀었다. 몇 분 지나지 않아 폭탄이 떨어졌던 지역을 벗어나자 마치 아무 일도 없었던 것처럼 그 동네의 더럽고 시끌벅적한 삶이 이어졌다. 20시가 거의 다 돼서 그런지 무산계급이 자주 드나드는 술집(그들은 '펍'이라 불렀다)은 손님들로 미어터졌다. 끊임없이 열렸다 닫혔다 하는 기름때 묻은 문 사이로 지린내와 톱밥 냄새, 그리고 시큼한 맥주 냄새가 풍겼다. 앞면이 툭 튀어나온 어느 집 모퉁이에는 세 남자가 아주 바짝 붙어 서 있었는데, 그중 가운데 사람은 신문을 펴 들고 있고 나머지 두 사람은 양쪽에서 어깨너머로 그것을 들여다보고 있었다. 표정까지 알아볼 수 있을 만큼 가까이 가지 않아도 여러 가지 모양새로 보아 그들이 얼마나 신문에 열중해 있는지 알 수 있었다. 심각한 뉴스를 읽고 있는 것이 분명했다. 윈스턴이 두세 걸음 앞까지 갔을 때 그들 중 두 사람이 느닷없이 심한 언쟁을 벌이기 시작했다. 금방이라도 주먹다짐을 할 것 같았다.

"내 말을 어디로 들은 거야? 최근 14개월 동안 7로 끝나는 번호는 당첨된 적이 한 번도 없었다니까!"

"아냐, 있었어!"

"아니라니까 그러네! 지난 2년 동안 당첨된 번호를 전부 적어둔 종이가 집에 있어. 시계처럼 꼬박꼬박 적었다고. 7로 끝나는 숫자는 하나도 없었어."

"아냐, 7도 있었어! 그때 당첨된 번호가 거의 확실하게 기억난단 말이야. 4, 0, 7, 그래 끝 번호가 7이었어. 2월이야, 2월 둘째 주."

"2월이라니, 말도 안 돼! 내가 똑똑히 적어놨는데 그런 번호는 없……."

"이제 그만 좀 하지!"

세 번째 남자가 말했다.

그들은 복권 이야기를 하고 있었다. 윈스턴은 30미터쯤 지나와서 뒤를 돌아봤다. 그들은 여전히 열을 올리며 다투고 있었다. 매주 엄청난 당첨금이 내걸리는 복권은 무산계급이 비상한 관심을 쏟는 단 하나뿐인 공식 행사였다. 수백만의 무산계급에 복권은 아마도 살아가는 유일한 이유는 아닐지라도 가장 중요한 이유는 될 터였다. 복권은 그들의 기쁨이자 그들을 바보로 만드는 것이며 진통제이자 지적인 자극제였다. 간신히 까막눈만 면한 사람조차 복권과 관련된 것이라면 복잡한 계산도 하고 깜짝 놀랄 만큼의 기억력도 발휘하는 것 같았다. 심지어 당첨법이나 예상 번호 또는 행운의 부적 등을 팔아서 먹고사는 족속까지 있었다. 복권은 풍요부 관할이어서 윈스턴은 복권 운영과 무관했지만 당첨금 액수가 실제와 크게 다르다는 것쯤은 알고 있었다(사실 당원들은 전부 알고 있었다). 단지 소액일 경우에만 당첨금을 지급했으며 큰 액수의 당첨금을 받아 간 사람들은 실제로 존재하지 않는 인물들이었다. 오세아니아에서는 실질적으로 지역 간에 상호 왕래가 일절 없었기 때문에 그 정도의 조작은 식은 죽 먹기였다.

그러나 희망이 있다면 그것은 무산계급에 있다. 이 말을 끝까지 믿어야 했다. 이렇게 글로 써놓으면 그럴듯하게 들릴 뿐이지만, 거리를 오가는 사람들을 보고 있노라면 확신할 수 있었다. 윈스턴이 접어든 길은 내리막이었다. 전에 그 근방에서 살았던 사람인 양 가까운 곳에 큰길이 있을 것 같은 예감이 들었다. 앞쪽 어딘가에서 외치는 소리가 희미하게 들려왔다. 급하게 꺾인 길을 돌아 나오자 밑으로 내려가는 계단이 나왔다. 그 계단 아래 골목에서는 몇몇 노점상이 시들어 보이는 채소를 팔고 있었다. 윈스턴은 그제야 그곳이 어딘지 기억났다. 그 골목을 지나면 큰길이 나오고 다음 모퉁이를 돌아 넉넉잡고 5분 정도 걸으면 그가 지금의 일기장을 산 고물상이 나온다. 그리고 멀지 않은 곳에 그가 잉크와 펜대를 산 작은 문방구가 하나 있다.

그는 계단 꼭대기에서 잠시 그대로 서 있었다. 골목 맞은편에는 창문에 성에가 낀 것처럼 보이지만 사실은 먼지로 뒤덮인 작고 우중충한 선술집이 있었다. 콧수염이 새우수염처럼 앞으로 곤두선 노인이 문을 밀고 술집 안으로 들어갔다. 그는 나이가 아주 많아 허리는 굽었지만 정정해 보였다. 선 채로 그런 모습을 지켜보던 윈스턴은 적어도 여든 살은 먹었을 그 노인이 혁명이 일어났을 때는 중년의 나이였겠다고 생각했다. 이제 몇 명 남지 않았을 그 노인 세대는 사라져버린 자본주의 세계와 현재의 세계를 이어주는 마지막 연결 고리였다. 당내에는 혁명 이전에 형성된 사상을 가진 이들이 많이 남아 있지 않았다. 그런 구세대는 50년대와 60년대의 대숙청 때 대부분 제거된 데다 간신히 목숨을 부지한 몇몇 사람도 오래전에 겁에 질려 정신적으로 완전히 굴복해버렸다. 설령 금세기 초반의 사회상을 사실대로 말해줄 수 있는 사람이 아직 살아 있다 한들 무산계급에밖에 없었다. 불쑥 요전에 역사책에서 일기장에 옮겨 적은 그 구절이 떠오르자 윈스턴은 해서는 안 될 짓을 해보고 싶은 충동에 사로잡혔다. 선술집에 들어가 어떻게든 그 노인과 사귀어서 이렇게 물어보고 싶었다.

"어르신의 소년 시절 이야기 좀 들려주시죠. 그땐 어땠습니까? 지금보다 좋았나요, 나빴나요?"

윈스턴은 지레 겁먹고 포기해버릴 틈을 만들지 않기 위해 부리나케 계단을 내려가서 좁은 길을 건넜다. 물론 그것은 미친 짓이었다. 늘 그렇듯, 무산계급에게 말을 걸면 안 된다거나 그들이 이용하는 선술집에 드나들지 말라는 규칙 따위는 없었다. 하지만 워낙 튀는 행동이라서 남의 눈에 띄기 십상이었다. 순찰대라도 마주치게 된다면 갑자기 현기증이 나서 그랬다고 사정할 수도 있겠지만 그들이 그런 말에 쉽사리 넘어갈 리가 없었다. 윈스턴은 술집 문을 열었다. 퀴퀴한 치즈 향처럼 시금털털한 맥주 냄새가 확 끼쳐왔다. 그가 안으로 들어서자 시끄럽게 떠드는 소리가 반쯤 잦아들었다. 자신의 푸른색 작업복에 사람들의 시선이 일제히 꽂히는 걸 느낄 수 있었다. 저 한쪽 구석에서 벌어지고 있던 다트 게임마저 중단되었다. 앞서 들어온 그 노인은 바에 서서 남자 바텐더와 입씨름을 벌이는 중이었다. 바텐더는 덩치가 크고 튼실한 데다 매부리코에 엄청나게 굵은 팔뚝을 자랑하는 젊은이였다. 술잔을 든 사람들이 둘러서서 그런 그들을 지켜보고 있었다.

"내가 좋은 말로 물어보잖아? 그런데 이놈의 술집엔 1파인트짜리 술이 없다는 게야?"

노인이 당장에라도 달려들 듯이 어깨를 꼿꼿이 펴며 말했다.

"도대체 파인트라는 게 뭔데요?"

바텐더가 손가락으로 바를 짚고 몸을 앞으로 내밀면서 물었다.

"이런 답답한 놈을 봤나! 명색이 바텐더라는 녀석이 파인트를 모르다니! 1파인트는 1쿼트의 반이고 4쿼트는 1갤런이잖아? 이것 참, ABC부터 가르쳐줘야 할 판이군."

"그런 건 모른다니까요. 리터와 반 리터, 우린 그거밖에 없어요. 영감님 앞 선반에 있는 게 다라고요."

점원이 말했다.

"난 파인트 잔이 좋아. 그냥 1파인트짜리 잔에 가져다주면 될 것을. 내가 젊었을 땐 그놈의 리턴지 뭔지가 없었다고."

노인이 고집스레 말했다.

"영감님 젊었을 때면 호랑이 담배 피우던 시절이니까요."

바텐더가 다른 손님들을 흘끗 쳐다보며 비아냥거렸다.

한바탕 웃음이 터지면서 윈스턴의 출현으로 왠지 어색해졌던 분위기도 한결 풀어진 것 같았다. 흰 수염이 꺼칠하게 자란 노인의 얼굴이 벌겋게 달아올랐다. 그는 혼잣말로 투덜거리며 돌아서다 윈스턴과 마주쳤다.

"제가 한잔 사드려도 될까요?"

윈스턴이 살며시 노인의 팔을 잡으며 말했다.

"댁이 신사로구먼."

노인이 다시 한 번 어깨를 쭉 펴며 말했다. 그는 윈스턴의 푸른 작업복을 못 알아본 모양이었다.

"파인트! 파인트로 한 잔!"

노인은 바텐더에게 싸움을 걸듯 소리쳤다.

바텐더는 바 아래에 있는 물통에 헹군 유리잔 두 개에 암갈색 맥주를 따랐다. 맥주는 무산계급이 드나드는 선술집에서 마실 수 있는 유일한 술이었다. 무산계급도 실제로는 진을 쉽게 구할 수 있었지만 원칙적으로는 진을 마시지 못하게 되어 있었다. 다트 게임은 다시 진행되었고 바에 둘러서 있던 사람들은 복권 이야기를 하기 시작했다. 다들 한동안 윈스턴의 존재는 까맣게 잊은 듯했다. 두 사람은 누가 엿들을까 걱정할 필요 없이 이야기를 나누기 위해 창문 아래 전나무 탁자에 자리를 잡았다. 굉장히 위험한 행동이긴 했지만 다행히 술집 안에는 텔레스크린이 없었다. 윈스턴은 안에 들어서자마자 그것부터 확인했다.

"그렇게 파인트로 달라고 했건만."

노인이 편한 자세로 앉아 술잔을 앞에 두고 투덜거렸다.

"반 리터는 모자라. 양이 안 차서 말이야. 그렇다고 1리터를 마시자니 너무 많고. 오줌보가 터질 것 같거든. 비싼 건 두말하면 잔소리고."

"영감님 젊었을 때에 비하면 세상이 참 많이 변했죠?"

윈스턴이 은근슬쩍 물었다.

노인의 파르무레한 눈이 다트판에서 바로, 그리고 바에서 다시 남자 화장실의 문 쪽으로 옮겨 갔다. 마치 술집에 뭔가 바뀐 게 있기를 기대하는 사람처럼 보였다.

이윽고 노인이 대답했다.

"맥주 맛이 좋았지. 값도 싸고! 내가 젊었을 땐 우리가 '월럽 wallop'이라 부르던 순한 맥주가 있었는데 말이야. 그게 1파인트에 4페니였지. 물론 전쟁 전 이야기네만."

"전쟁이라면, 어떤 전쟁을 말씀하시는 건지……."

윈스턴이 물었다.

"어떤 전쟁이라고 할 게 뭐 있나. 전부 다지."

노인이 애매하게 대답했다. 그런 다음 술잔을 치켜들고 다시 어깨를 쫙 폈다.

"자, 자네 건강을 위해 건배!"

그의 여윈 목에 툭 튀어나온 목울대가 놀라우리만치 빠르게 위아래로 움직이는가 싶더니 어느새 노인은 맥주를 싹 비웠다. 윈스턴은 바로 가서 반 리터짜리 두 잔을 더 가져왔다. 노인은 1리터를 다 마시기는 싫다고 했던 말을 어느새 잊은 모양이었다.

"영감님은 저보다 연배가 훨씬 높으시죠."

윈스턴이 말했다.

"제가 태어나기도 전에 벌써 어른이셨을 테니까요. 그러니 영감님께서는 그 옛날, 그러니까 혁명 전에 세상이 어땠는지 잘 아실 겁니다. 사실 제 동년배들은 정말이지 그 시절에 대해서는 아는 게 하나도 없거든요. 책에서 읽은 게 전부인데 그마저도 다 사실인지 어쩐지도 모르겠고요. 그래서 영감님께 그때 이야기를 좀 듣고 싶습니다. 역사책들을 보면 하나같이 혁명 이전 시기의 생활은 지금과 완전히 달랐다고 하더군요. 억압과 불평등과 가난이 우리가 상상도 할 수 없을 만큼 극심했다고요. 여기 런던만 하더라도 인민의 태반이 태어나서 죽을 때까지 한 번도 배를 곯지 않은 적이 없을 정도였고 인민의 절반은 신발조차 없어 맨발로 다녔다더군요. 게다가 하루 열두 시간씩 노동을 해야 했고 아홉 살까지만 학교에 다녔으며 한 방에서 열 명씩 자야 했다고 합니다. 사정이 이 지경인데 다른 한쪽, 그러니까 단지 2, 3천밖에 안 되는 극소수의 사람들은 떵떵거리고 살면서 온갖 권세를 다 누렸다죠. 이른바 자본가들이라 불렸던 그자들이 가질 수 있는 것은 뭐든 다 갖고 있었다면서요. 그자들은 으리으리한 저택에서 서른 명의 하인을 거느리고 살면서 자동차와 사두마차를 타고 샴페인을 마시고 실크해트를 썼다고 해요……."

 노인의 얼굴이 갑자기 환해졌다.

 "실크해트!"

 노인이 말했다.

 "댁 같은 양반한테 그런 말을 들으니 재밌군그래. 그렇잖아도 어제 나도 똑같은 생각을 했지. 왜 그랬는지는 모르겠지만 말이야. 그냥 생각이 났나 봐. 어쨌든 수년간 영 실크해트를 못 봤네. 이젠 완전히 사라져버린 거겠지. 나도 우리 형수님 장례식 때 쓴 게 마지막이었다네. 그때가 그러니까 확실히는 모르겠네만 50년이 넘은 것만은 틀림없다네. 물론 그날도 빌려 쓴 거였지."

 "실크해트는 그리 중요한 게 아닙니다."

 윈스턴이 참을성 있게 말했다.

 "제가 말하고자 하는 건 그 자본가들과 그들에게 빌붙어 살던 소수의 법률가와 사제 같은 사람들이 세상의 주인 노릇을 했다는 겁니다. 모든 게 그들의 이익을 위해 존재했던 거죠. 영감님 같은 평민과 노동자들은 그들의 노예였고요. 그러니 그들이 마음대로 부릴 수 있었지요. 가축처럼 배에 실어 캐나다로 보낼 수도 있었고, 작정만 하면 그 딸들을 데려가 동침도 할 수 있었고요. 또 그들이 명령만 하면 평민들은 이른바 '아홉 꼬리 고양이'라고 부르는 채찍으로 맞기도 했다더군요. 평민들이 자본가들 옆을 지나갈 때는 모자를 벗어 예를 갖춰야만 했대요. 게다가 자본가들은 너 나 할 것 없이 똘마니들을 떼로 대동하고 다니면서……."

 노인의 얼굴이 다시 환해졌다.

 "똘마니라!"

 노인이 말했다.

"거참, 정말 오랜만에 그 말을 들어보는군. 똘마니라! 듣고 보니 옛날 생각이 나는구먼. 진짜 오래전 일인데 말이야, 기억이 나네그려. 일요일 오후면 그 사람들 연설을 들으러 가끔 하이드파크에 갔었지. 구세군, 가톨릭교도, 유대인, 인도인 등등 별의별 놈들이 다 있었어. 그런데 그중 한 사람이, 이름이 기억 안 나네, 아무튼 연설 한번 기가 막히게 했지. 그 사람이 '똘마니들! 부르주아의 똘마니들! 지배계급의 아첨꾼들!'이라고 말했지. 또 다른 말로 기생충이라고도 했네. 그리고 하이에나, 그래 분명 하이에나라고도 했지. 물론 그건 자네도 알겠지만 노동당을 두고 한 말이었네."

윈스턴은 어쩐지 노인과 동문서답을 주고받는 것 같았다.

"제가 진짜 알고 싶은 건 그게 아니에요. 영감님께서는 옛날보다 지금 더 많은 자유를 누리고 있다고 생각하시느냐는 겁니다. 옛날보다 지금 더 인간 대접을 잘 받고 있느냐고요. 그리고 옛날에 부자들, 그러니까 상류층 사람들이……."

"상원의원들 말이구먼."

노인이 추억에 잠겨 말했다.

"그게 좋으시면 상원의원들이라 치죠. 어쨌든 제가 여쭤보려는 건 그 사람들이 영감님 같은 사람들을 가난하다는 이유만으로 업신여길 수 있었냐는 겁니다. 이를테면 영감님 같은 사람들이 그들을 '나리'라고 불러야 했다거나 그들 곁을 지날 때 모자를 벗어야 했다거나, 뭐 이런 것 말이죠."

노인은 깊이 생각에 잠긴 듯했다. 마침내 맥주를 4분의 1가량 마신 그가 대답했다.

"그랬지. 그들은 우리가 자기네들 앞에서 모자를 살짝 들어주는 걸 좋아했지. 존경의 표시랄까, 뭐 그랬으니까. 내키진 않았지만

나도 아주 자주 했었네. 자네가 말한 대로 그래야만 했으니까."

"그리고 역사책을 읽어보면 그들과 그들의 하인들이 멀쩡히 길 가던 사람을 시궁창으로 떠미는 게 흔한 일이었다던데, 사실인가요?"

"나도 한 번 떠밀린 적이 있었지. 바로 어제 일처럼 생생하게 기억나는군. 보트 경기가 있던 날 밤이었네. 보트 경기가 있는 날 밤이면 놈들이 아주 난폭해지곤 했지. 하여간 그날 밤 섀프츠베리가 街에서 어떤 젊은 놈과 부딪쳤지 뭔가. 그놈은 꽤 신사 티가 났지. 실크해트에 셔츠와 검은 코트까지 걸치고 있었거든. 그놈이 길을 갈지자걸음으로 걸어오다가 나랑 부딪친 거야. 그런데 놈이 '똑바로 보고 다녀야 할 거 아냐?'라고 말하더군. 그래서 내가 그랬지. '네놈이 이 길바닥을 전세라도 냈냐?' 그랬더니 그놈이 '내게 함부로 굴면 모가지를 비틀어버릴 테다'라고 하더군. 나도 질세라 '술 취한 놈이 큰소리는. 그러기 전에 내가 먼저 경찰에 신고해버릴 테다'라고 했지. 아, 그랬더니 놈이 말이야, 손을 뻗어 내 가슴팍을 확 밀치지 뭔가. 그러는 바람에 하마터면 버스 바퀴 밑에 깔릴 뻔했네. 나도 그땐 팔팔할 때라 한 방 먹여주려고 했는데……."

윈스턴은 허탈감에 빠졌다. 노인의 기억이란 자질구레한 쓰레기 더미에 불과했다. 종일 붙잡고 물어봐야 실질적인 정보는 하나도 건질 수 없을 것 같았다. 당의 역사는 어느 정도 사실인지도 몰랐다. 아니, 어쩌면 전부 사실일 수도 있었다. 그는 마지막으로 한 번 더 물어보기로 했다.

"아무래도 제 설명이 부족했나 봅니다. 제가 말씀드리고자 하는 건 이렇습니다. 영감님은 아주 오래 사신 분이지 않습니까? 반평생을 혁명 이전 시대에 사신 거잖아요. 1925년에 영감님은 이미 어른이셨으니 말이죠. 그렇다면 영감님이 기억하기에 1925년의 생활이 지금보다 더 좋았는지 아니면 더 나빴는지 말씀해주실 수 있을 것 같아서요. 영감님에게 좋은 쪽을 선택하라고 한다면 그때와 지금 중 어느 쪽을 선택하시겠습니까?"

노인은 골똘히 생각에 잠겨 다트판을 바라봤다. 그러고는 조금 전보다 천천히 맥주잔을 비웠다. 이윽고 맥주 덕에 원숙해지기라도 한 듯, 노인은 너그럽고 철학적인 태도로 이렇게 말했다.

"자네가 무슨 얘기를 듣고 싶은 건지 안다네. 내가 다시 젊어졌으면 좋겠다고 말하길 바랄 테지. 다른 사람들한테 물어봐도 대부분이 젊어졌으면 좋겠다고 말할 거야. 젊으면 건강하고 힘도 세니까. 내 나이가 되면 성한 데가 하나도 없지. 발이 아파 늘 고생이고 오줌통도 시원치가 않아. 그래서 하룻밤에도 예닐곱 번은 자다 깨거든. 하지만 늙어서 좋은 점도 있다네. 젊을 때처럼 걱정을 끼고 살진 않지. 여자 문제로 골치 썩을 일이 없는 것도 아주 편하고 말이야. 자네가 믿을는지 모르겠지만 난 여잘 가까이하지 않은 지가 어언 30년은 됐다네. 더 이상 그럴 마음마저도 생기질 않아."

윈스턴은 창틀에 기댄 채 편히 앉았다. 계속해봐야 부질없는 일이었다. 그가 맥주를 더 사려는데 노인이 불쑥 일어나더니 비척거리며 악취가 진동하는 화장실로 걸어갔다. 자신의 정량보다 반 리터를 더 마신 게 벌써 반응이 오는 모양이었다. 윈스턴은 1, 2분 동안 빈 잔을 빤히 바라보다가 자기도 모르게 자리에서 일어나 다시 거리로 나왔다. 윈스턴 생각에 "혁명 이전의 삶이 지금보다 좋았는가?"라는 거창하면서도 간단한 이 질문은 앞으로 20년도 못 가서 영원히 대답할 수 없는 질문이 돼버리고 말 것 같았다. 사실상 20년 후까지 갈 것도 없이 지금도 답을 들을 수 없었다. 옛날 세상을 살아본 산증인들이 있긴 하지만 그들은 수도 적고 여기저기 흩어져 사는 데다 저 노인처럼 한 시대와 다른 시대를 비교할 수 있는 능력을 잃어버렸기 때문이다. 그들은 쓸모없는 것들만 백만 가지씩 기억하고 있었다. 이를테면 직장 동료와 싸웠던 일, 잃어버린 자전거펌프를 찾아다녔던 일, 오래전에 죽은 누이의 표정, 70년 전 어느 바람 부는 아침의 먼지 회오리바람 같은 것들 말이다. 그러나 정작 이런 것들과 관련된 진실들은 관심 밖이었다. 그들은 큰 것은 못 보고 작은 것만 볼 수 있는 개미나 다름없었다. 따라서 더 이상 그 시대를 기억할 수 없게 되고 글로 남긴 기록들이 날조될 때, 인민의 생활환경이 더 좋아졌다는 당의 주장을 곧이곧대로 믿게 될 수밖에 없다. 이런 주장의 진위를 가릴 수 있는 기준 자체가 지금은 더 이상 존재하지 않는 데다 앞으로도 두 번 다시 존재하지 않을 것이기 때문이다.

바로 그때 꼬리를 물듯 이어지던 그의 생각이 뚝 멈춰버렸다. 윈스턴은 걸음을 멈추고 주변을 둘러보았다. 그는 주택들 사이로 약간 어두침침한 작은 가게들이 군데군데 들어서 있는 비좁은 길에 서 있었다. 머리 바로 위로는 한때 도금한 것인 듯 금빛이 바래버린 금속 공이 세 개나 매달려 있었다. 윈스턴은 그곳이 어디인지 알 것 같았다. 당연했다! 그가 서 있는 곳은 일기장을 샀던 그 고물상 앞이었다.

순간 두려움에 숨이 막힐 것 같았다. 그는 애초에 공책을 산 게 섣부른 짓인 줄 잘 알고 있었기 때문에 두 번 다시 그 근처에는 얼씬도 하지 않았다. 그런데 생각에 잠겨 정처 없이 걷다 보니 자기도 모르게 여기까지 온 것이다. 그가 일기를 쓰기 시작한 것도 바로 이런 자멸적인 충동을 억제해 스스로를 지키기 위함이었다. 가만 보니 21시가 다 되어가는데도 그 고물상의 문은 아직 열려 있었다. 그 앞에서 그렇게 머뭇거리느니 가게 안에 들어가 있는 게 의심을 덜 살 것 같아 문을 열고 안으로 들어갔다. 누군가 물어보면 면도날을 사러 왔다고 하면 된다.

주인장이 마침 달아놓은 등에 불을 붙인 터라 매캐하지만 정겨운 냄새가 퍼졌다. 예순 살쯤 되어 보이는 주인장은 노쇠하여 허리까지 굽어 있었다. 하지만 기다란 코는 인자한 인상을 풍겼고 도수 높은 안경 때문에 눈이 뒤틀려 보이긴 했으나 눈빛은 순해 보였다. 그의 머리칼은 거의 백발이었지만 눈썹만큼은 숱도 많고 여전히 검었다. 안경을 낀 채 점잖으면서도 아주 세밀하게 움직이는 데다 검은색의 낡은 벨벳 재킷까지 걸치고 있어서 그런지 막연하게나마 문학가나 음악가 같은 지성적인 분위기가 느껴졌다. 그의 목소리 또한 또렷하진 않았지만 부드러웠고 억양은 대다수 무산계급과 달리 천박하지 않았다.

"선생이 요 앞에 서 있을 때부터 알아봤답니다."

주인장이 기다렸다는 듯이 말했다.

"숙녀들이 쓰는 선물용 장식 노트를 사 갔던 그 신사분이시죠? 종이 질이 참 좋은 건데. 예전에는 그걸 크림 바른 종이라고 부르곤 했죠. 그런 재질의 종이를 못 본 지 아마 50년은 됐을 겁니다."

노인은 안경 너머로 윈스턴을 찬찬히 들여다보았다.

"특별히 찾으시는 거라도 있나요? 아니면 그냥 둘러보시겠어요?"

노인이 물었다.

"그냥 지나는 길에 들러본 겁니다. 특별히 필요한 건 없고요."

윈스턴이 얼버무리듯 말했다.

"차라리 잘됐습니다. 어차피 선생이 좋아할 만한 물건은 없을 테니까요."

노인은 미안하다는 듯 부드러운 손바닥을 펴 보였다.

"보시다시피 텅 비었다고 해도 틀린 말이 아니지요. 선생이니까 하는 말이지만, 골동품 매매는 이제 끝난 거나 다름없답니다. 더 이상 사려는 사람도 없거니와 팔 것도 없지요. 가구며 사기그릇이나 유리그릇은 죄 조금씩 깨져 있어요. 쇠붙이로 만든 것들은 대부분 녹슬어버렸고요. 나도 수년간 놋쇠 촛대는 구경도 못 했답니다."

그렇지 않아도 비좁은 가게 안이 돌아보기도 불편할 만큼 물건들로 가득했지만 값나갈 만한 것은 하나도 없는 듯했다. 사방 벽마다 먼지가 수북한 액자들을 잔뜩 쌓아놓았기 때문에 바닥 공간도 아주 조금밖에 남아 있지 않았다. 창가에는 너트와 볼트, 닳아빠진 끌, 날이 부러진 주머니칼, 제 기능을 못 할 것 같은 시계, 그리고 그 밖의 가지각색 잡동사니를 넣어둔 상자들이 놓여 있었다. 그나마 구석에 있는 작은 탁자 위에는 옻칠한 코담뱃갑이며 마노瑪瑙 브로치처럼 자질구레하지만 흥미를 끌 만한 것들이 있었다. 어슬렁거리며 탁자 쪽으로 걸어가던 윈스턴은 등불 아래서 은은히 빛나는 둥글고 반들반들한 물건을 발견하고는 그것을 얼른 집어 들었다.

그것은 한쪽 면은 둥글고 다른 한쪽은 평평한, 반구 형태에 가까운 묵직한 유리 덩어리였다. 색깔은 물론 결까지 빗방울처럼 유난히 보드라웠다. 또 둥근 표면 때문에 확대되어 보이는 유리 덩어리 속 한가운데에는 분홍빛이 감도는 소용돌이 모양의 이상한 물체가 들어 있었는데, 보기에 따라서는 장미꽃이나 말미잘 같았다.

"저게 뭐죠?"

윈스턴이 넋을 놓고 바라보며 물었다.

"산호랍니다."

노인이 말했다.

"틀림없이 인도양에서 나온 걸 거예요. 그쪽에서는 산호를 유리 속에 박아두곤 했죠. 적어도 백 년은 되었을 겁니다. 생긴 것으로 봐서는 더 오래됐을지도 모르고요."

"아름답군요."

윈스턴이 말했다.

"아름답다마다요."

노인이 음미하듯 말했다.

"하지만 요즘에는 그렇게 말할 줄 아는 사람도 많지 않지요."

노인이 기침하느라 잠시 멈췄다가 다시 말을 이었다.

"혹시라도 선생이 사겠다면 4달러에 드리겠습니다. 내 장담하건 대 옛날 같으면 이런 물건은 8파운드는 내야 했을 거예요. 8파운드 라…… 계산은 잘 안 되지만 여하튼 큰돈이지요. 하지만 요즘에 누가 진짜 골동품에 관심을 갖겠어요? 뭐, 남아 있는 것도 별로 없긴 하지만요."

윈스턴은 그 자리에서 바로 4달러를 건네주고 그 탐나는 물건을 호주머니에 넣었다. 그가 그 유리 덩어리를 마음에 들어 한 이유는 아름다워서가 아니라 지금과는 완전히 다른 시대의 물건인 것 같은 분위기가 깃들어 있기 때문이었다. 그렇게 표면이 보드랍고 빗방울처럼 생긴 유리는 지금껏 한 번도 본 적이 없었다. 옛날에는 틀림없이 서진書鎭으로 쓰였으리라 추측되는데, 지금은 누가 봐도 쓸모가 없다는 점에 더욱 큰 매력을 느꼈다. 호주머니에 넣자 아주 묵직한 것이 그대로 느껴졌지만 다행히 심하게 불룩 튀어나오지는 않았다. 당원이 그런 물건을 가지고 다녔다가는 이상하게 보이는 차원을 넘어 의심을 사기에 충분했다. 옛 물건이나 아름다운 물건은 무엇이든 왠지 모르게 의심을 샀다. 노인은 4달러를 받아 든 뒤부터 눈에 띄게 기분이 좋아 보였다. 윈스턴은 그제야 노인이 3달러는 물론 2달러를 준다고 했어도 그 물건을 팔았을 것임을 깨달았다.

"위층에도 선생이 관심 있어 할 물건들이 있을 것 같군요. 많지는 않고 그저 두세 개 정도이지만요. 올라가 보실 거면 등을 가져다 드리지요."

노인이 말했다.

그는 등을 켜 들고 허리를 잔뜩 구부린 채 가파르고 낡은 계단을 천천히 올라갔다. 그러고 나서 비좁은 통로를 따라 어느 방으로 들어갔다. 그 방은 거리 쪽에 있는 게 아니라서 자갈이 깔린 마당과 굴뚝 숲이 내다보였다. 방 안의 가구는 누가 살고 있기라도 한 듯 잘 정돈돼 있었다. 바닥에는 카펫이 깔려 있고 벽에는 한두 점의 그림이 걸려 있었으며 벽난로 앞에는 깔끔하지는 않지만 푹신해 보이는 안락의자가 놓여 있었다. 열두 시간으로 표시된 구식 유리 벽시계가 벽난로 선반 위에서 째깍째깍 소리를 내며 움직이고 있었다. 창문 아래에는 방 면적의 거의 4분의 1을 차지하는 거대한 침대가 있고 그 위에는 매트리스가 깔려 있었다.

"아내가 죽기 전까지는 여기가 부부 방이었지요."

노인이 변명하듯 말했다.

"이 방의 가구들을 조금씩 팔아치우고 있답니다. 저기 저건 멋진 마호가니 침대지요. 물론 빈대를 다 잡아 없앤다면 그렇단 말입니다. 하지만 빈대 잡는 건 여간 성가신 게 아니죠."

노인은 등을 높이 쳐들어 방 전체를 환하게 비추었다. 희미하면서도 따스한 불빛 아래서 보니 방이 신기할 정도로 멋져 보였다. 윈스턴의 마음속에 위험을 무릅쓰기만 한다면 일주일에 몇 달러만 줘도 이 방을 쉽게 빌릴 수 있겠다는 생각이 스쳤다. 물론 무모한데다 실현 가능성도 없는 일이라 곧바로 포기해버렸다. 하지만 윈스턴에게 이 방은 일종의 향수랄지 혹은 조상 대대로 물려받은 기억 같은 것을 일깨워 주었다. 이런 방에서 벽난로에 불을 피워놓고 그 옆 안락의자에 앉아 난롯가에 발을 뻗고 석쇠 위에는 주전자를 올려놓은 채 혼자서 아주 편안하게, 누구의 감시도 받지 않고 뒤쫓는 목소리도 전혀 없이, 오직 주전자의 물 끓는 소리와 다정하게 째깍거리는 시계 소리만 들으며 가만히 있는 기분이 어떨지 정확하게 알 것 같았다.

"텔레스크린이 없군요!"

윈스턴이 자기도 모르게 중얼거렸다.

"아, 그런 물건은 가져본 적도 없답니다."

노인이 말했다.

"너무 비싸서요. 게다가 그런 게 필요하다고 생각해본 적도 없고요. 저쪽 구석에 괜찮은 접이식 탁자가 있습니다. 물론 접었다 폈다 하려면 경첩을 새로 달아야 하지만요."

윈스턴의 마음은 이미 다른 쪽 구석에 있는 작은 책장에 가 있었다. 책장이라지만 책은 없고 잡동사니만 쌓여 있었다. 무산계급 구역에서도 다른 지역들과 마찬가지로 책이란 책은 끝까지 찾아내 철저하게 없애버린 모양이었다. 오세아니아의 어느 곳을 뒤져봐도 1960년 이전에 발간된 책은 단 한 권도 찾기 어려울 것 같았다. 노인은 여전히 등을 든 채 침대 맞은편 방향인 벽난로의 다른 한쪽 벽에 걸려 있는 자단목紫檀木 액자 앞에 서 있었다.

"저, 혹시 선생께서 옛날 그림에 조금이라도 관심이 있다면……."

노인이 조심스럽게 말을 꺼냈다.

윈스턴은 그쪽으로 다가가 그림을 찬찬히 살펴봤다. 그것은 직사각형 창문이 붙어 있고 앞쪽으로는 작은 탑이 있는 타원형 건물을 표현한 강판화鋼版畵였다. 건물 둘레로는 철책이 둘려 있고 뒤편에는 동상 같은 게 서 있었다. 윈스턴은 동상에서 한동안 눈을 떼지 못했다. 기억엔 없지만 어렴풋하게나마 낯익은 동상 같았다.

"액자는 벽에 고정되어 있어요. 하지만 사시겠다면 떼어드리지요."

노인이 말했다.

"저 건물을 알아요."

마침내 윈스턴이 입을 열었다.

"지금은 폐허가 됐지만, 정의궁正義宮 바깥쪽의 거리 한가운데에 있었지요."

"맞아요. 법원 바깥쪽에 있었지만 폭격을 당했지요. 아, 벌써 수년 전 일이군요. 한때는 교회였지요. 교회 이름은 '성 클레멘트 데인'이었답니다."

노인은 약간 우스꽝스런 말을 할 참이라서 민망한 듯 겸연쩍게 웃으며 이렇게 덧붙였다.

"오렌지와 레몬이여, 성 클레멘트의 종이 말하네!"

"그게 무슨 말입니까?"

윈스턴이 물었다.

"아, '오렌지와 레몬이여, 성 클레멘트의 종이 말하네', 이거요? 제가 어렸을 때 부르던 노래지요. 그다음 부분은 어떻게 되는지 기억나지 않지만 끝 소절은 생각나는군요. '그대를 침대로 안내해줄 촛불이 오네, 그대 목을 자를 도끼가 오네'. 이 노래는 일종의 춤곡이었어요. 사람들이 서로 손을 잡은 채 팔을 벌리면 그 밑으로 다른 사람들이 지나가면서 부르는 노래지요. 그렇게들 지나가다가 '그대 목을 자를 도끼가 오네'라는 대목이 나오면 팔을 내려 지나가던 사람을 붙잡는 겁니다. 노래 가사는 교회 이름들을 죽 나열한 거였어요. 런던의 중요한 교회 이름은 모두 나오는 셈이죠."

윈스턴은 '성 클레멘트 데인'이라는 교회는 몇 세기에 지어진 것일까, 하고 막연하게 생각해보았다. 런던에 있는 건물들의 정확한 연수를 알기란 늘 쉽지가 않았다. 당에서는 크고 인상적인 건물은 무엇이든, 제법 새것 같아 보이기만 하면 무조건 혁명 이후에 지어진 건물이라고 주장했다. 반면에 어느 모로 보나 옛날 건물이 분명한 것들은 언제인지도 가물가물한 시대인 중세의 건물로 뭉뚱그려 버렸다. 그뿐만 아니라 몇 세기가 됐든 자본주의 시대에는 조금이라도 가치 있는 것이라고는 아무것도 생산되지 않았다고 못 박았다. 따라서 책에서 역사를 배울 수 없듯 건축물에서도 제대로 된 역사를 배울 수 없었다. 동상, 비문, 기념비, 거리 이름 등 과거를 비춰줄 만한 것은 무엇이든 조직적으로 변조되었다.

"저 건물이 교회였다는 건 전혀 몰랐습니다."

윈스턴이 말했다.

"사실 다른 용도로 쓰고 있어서 그렇지 남아 있는 교회 건물들도 많답니다."

노인이 말했다.

"가만, 그 가사가 어떻게 되더라? 아, 이제야 알겠네!"

오렌지와 레몬이여, 성 클레멘트의 종이 말하네

그대는 내게 3파딩을 빚졌네, 성 마틴의 종이 말하네

"여기까지밖에 생각이 안 나는군요. '파딩'이라는 건 조그만 구리 동전인데 1센트짜리처럼 생겼지요."

"성 마틴 교회는 어디에 있었죠?"

윈스턴이 물었다.

"성 마틴 교회요? 아직 그대로 있답니다. 승리광장의 미술관 옆에요. 삼각형 모양의 현관에 전면에는 기둥들이 받치고 있고 큰 계단까지 있는 건물이지요."

윈스턴은 그 건물을 잘 알고 있었다. 그곳은 지금 각종 선전물을 전시하는 박물관으로 쓰이고 있었다. 그곳의 전시물 중에는 로켓탄과 부동 요새의 축소 모형은 물론 적의 잔악성을 보여주기 위해 실물처럼 만들어놓은 밀랍 인형들도 있었다.

"한때는 '들판의 성 마틴 교회'라고들 불렀죠. 그 근방에 들판이 있었는지는 잘 생각이 안 나지만요."

노인이 보충 설명을 해주었다.

윈스턴은 그 그림을 사지 않았다. 가지고 있어봤자 유리 서진보다도 훨씬 쓸모가 없을 것 같은 데다 액자에서 따로 떼어내지 않는 한 집에 가져갈 수도 없었기 때문이다. 그러나 윈스턴은 몇 분 정도 시간을 더 끌면서 노인과 이야기를 나누었다. 알고 보니 노인의 이름은 상점 간판을 보고 나름대로 추측했던 위크스가 아니라 채링턴이었다. 채링턴 씨는 예순세 살의 홀아비로, 그 가게에서 30년이나 산 모양이었다. 그동안 간판 이름을 바꾸려는 생각은 늘 있었지만 결국 실행에 옮기지는 못했다고 했다. 그와 이런저런 이야기를 하는 동안에도 그가 절반밖에 기억하지 못한다던 그 노래가 윈스턴의 뇌리에서 계속 맴돌았다. '오렌지와 레몬이여, 성 클레멘트의 종이 말하네! 그대는 내게 3파딩을 빚졌네, 성 마틴의 종이 말하네!' 정말이지 이상야릇한 노래였다. 하지만 혼자서 그 노래를 흥얼거리다 보면, 모습이 변해서 사람들이 잊었을 뿐이지 지금도 어딘가에 아직 그대로 남아 있는 잃어버린 런던의 종소리가 실제로 들리는 듯한 착각이 들었다. 여기저기에 유령처럼 솟아 있는 첨탑에서 울리는 종소리들이 귓가에 들리는 것 같았다. 그러나 윈스턴이 기억하기로 실제로 교회 종소리를 들어본 적은 한 번도 없었다.

윈스턴은 채링턴 씨와 작별 인사를 나눈 뒤 혼자서 계단을 내려왔다. 가게를 나서기 전에 거리를 살피는 모습을 채링턴 씨에게 들키고 싶지 않았기 때문이다. 그는 적당한 시기, 말하자면 한 달 후쯤에 위험을 무릅쓰고라도 다시 이 가게를 찾겠노라고 이미 마음을 굳혔다. 아무렴 주민센터의 저녁 모임에 빠지는 것보다는 덜 위험하겠다 싶었다. 정말로 위험하고 어리석은 짓은 일기장을 산 뒤 주인장이 믿을 만한 사람인지 아닌지도 모른 채 덜컥 그 가게를 다시 찾은 일이었다. 그러나……!

그래, 꼭 다시 와야겠다고 윈스턴은 또 한 번 다짐했다. 다음에 오면 그 멋진 잡동사니들을 좀 더 사리라고 마음먹었다. 성 클레멘트 데인의 판화를 사서 액자에서 떼어내 작업복 상의에 숨겨 집에 가져가면 될 것이다. 또 채링턴 씨의 기억에서 그 노래의 나머지 구절을 끌어내리라 생각했다. 2층의 그 방에 세 들어 살겠다는 정신 나간 계획조차 잠깐이나마 다시 머릿속을 헤집어놓았다. 그렇게 5초쯤 들떠 있던 탓에 방심한 윈스턴은 미리 살펴보지도 않고 거리로 나섰다. 게다가 즉흥적으로 떠오른 가락에 맞춰 콧노래까지 부르기 시작했다.

오렌지와 레몬이여, 성 클레멘트의 종이 말하네
그대는 내게 3파딩을 빚졌네……

갑자기 그는 심장이 얼어붙고 내장이 물처럼 녹아내리는 것 같았다. 푸른 작업복을 입은 사람이 채 10미터도 안 되는 저 앞에서 걸어오고 있었다. 바로 창작국의 그 검은 머리 여자였다. 해가 지고 있었지만 그 여자라는 것을 쉽게 알아볼 수 있었다. 그녀는 윈스턴의 얼굴을 정면으로 바라보았으나 그를 못 본 것처럼 재빨리 지나가 버렸다.

몇 초 동안 윈스턴은 몸이 마비돼버린 듯 꼼짝도 할 수 없었다. 이윽고 오른쪽으로 돌아선 그는 엉뚱한 방향으로 가고 있다는 것도 모른 채 무거운 발걸음을 옮겼다. 어쨌든 한 가지 의문은 풀린 셈이었다. 그 여자가 자신을 감시하고 있다는 것이 이제 분명해졌다. 그녀는 그의 뒤를 밟아 그곳까지 온 게 틀림없다. 당원들의 거주 지역에서 수 킬로미터나 떨어진 그런 곳에서, 그것도 같은 날 저녁에 똑같이 어두컴컴한 골목길을 걷다 그렇게 만난다는 것은 있을 수 없는 일이었다. 우연의 일치라고는 도저히 생각할 수 없었다. 그녀가 진짜 사상경찰의 정보원이든 단지 주제넘게 참견하려고 혼자서 그러고 다니는 풋내기 첩보원이든 그것은 별로 중요하지 않았다. 그녀가 그를 감시하고 있다는 것만으로도 충분히 위험한 상황이었다. 아마도 그녀는 그가 선술집에 들어가는 것까지도 봤을 터였다.

걷기가 힘들었다. 호주머니에 넣어둔 유리 덩어리가 걸을 때마다 허벅지를 때리는 통에 꺼내서 던져버릴까 하는 생각마저 들었다. 게다가 당장 화장실에 가지 않으면 죽을 것같이 배가 아팠다. 그러나 무산계급 구역에 공중화장실이 있을 리 없었다. 다행히 조금 있으려니 창자가 꼬일 듯한 심한 통증은 지나가고 무지근하게 아프기만 했다.

어느새 막다른 골목이었다. 윈스턴은 걸음을 멈춘 채 어찌할 바를 몰라 잠시 서 있다가 뒤돌아서 왔던 길로 되돌아갔다. 길을 돌아서면서 문득 그녀가 자신을 지나쳐 간 지 3분밖에 지나지 않았으니 지금 뛰어가면 그녀를 따라잡을 수 있으리란 생각이 들었다. 그녀의 뒤를 밟다가 으슥한 곳이 나오면 돌멩이로 머리통을 박살낼 수도 있을 터였다. 호주머니에 든 유리 덩어리도 묵직하니까 돌멩이 대신 써도 충분하리라 싶었다. 그러나 그는 곧바로 단념해버리고 말았다. 애써 육체를 움직이는 일은 생각하는 것만으로도 참을 수 없었다. 그는 뛸 수도 없고 한 대 칠 수도 없었다. 게다가 그녀는 젊고 튼튼하기 때문에 제 몸 하나는 지킬 수 있을 것이었다. 그는 서둘러 주민센터로 가서 문을 닫을 때까지 그곳에 머물러 있으면 그날 저녁의 알리바이를 일부나마 만들어놓을 수 있지 않을까 생각해보기도 했다. 그러나 그 역시도 불가능했다. 죽을 것같이 노곤했다. 빨리 집에 가서 조용히 쉬고 싶은 마음밖에 없었다.

윈스턴은 22시가 넘어서야 집으로 돌아왔다. 23시 30분이 되면 본선本線에서 전깃불을 끌 것이다. 그는 부엌으로 들어가 승리주를 찻잔에 거의 가득 따라서 마셔버렸다. 그러고 나서 벽감 탁자로 가서 자리를 잡고 앉은 뒤 서랍에서 일기장을 꺼냈다. 그러나 곧바로 일기장을 펴지는 못했다. 텔레스크린에서는 어떤 여자가 귀에 거슬리는 목소리로 애국적인 내용의 노래를 부르고 있었다. 그는 대리석 무늬의 일기장 표지를 뚫어지게 쳐다보면서 그 목소리를 의식하지 않으려고 안간힘을 썼으나 허사였다.

 그들이 사람들을 잡으러 오는 때는 밤이었다. 언제나 밤에 들이닥쳤다. 그들에게 잡혀가기 전에 자살하는 편이 옳았다. 분명히 그렇게 하는 사람들도 있었다. 행방불명된 사람들 가운데는 실제로 자살자들이 많았다. 그러나 총기류나 효과가 빠르고 확실한 독약을 전혀 구할 수 없는 세상에서 자살을 하려면 필사적인 용기가 필요했다. 윈스턴은 고통과 공포가 생물학적으로 아무런 도움이 되지 않는다고 생각하며 놀라움을 금치 못했다. 사람의 몸이 특별한 노력이 필요한 바로 그 순간에 언제나 얼어붙어 무력해지니 그야말로 인체의 배신이 아닐 수 없었다. 그가 재빨리 행동에 나섰다면 그 검은 머리 여자의 입을 닫아버릴 수 있었을지도 모른다. 그러나 그는 극도로 위험한 처지였기 때문에 행동에 나설 힘을 잃고 말았다. 사람은 위기의 순간에 외부의 적과 싸우는 것이 아니라 자신의 육체와 싸운다는 생각이 퍼뜩 들었다. 술을 마셨는데도 아직 배가 무지근하게 아픈 탓에 논리적으로 이어서 생각할 수가 없었다. 윈스턴은 상황이 영웅적이든 비극적이든 겉으로 보기에는 다 같다는 것을 알게 되었다. 전쟁터에서나 고문실에서나 가라앉는 배에서나 사람들은 자신이 그 순간 어떤 문제로 고군분투하고 있는지를 늘 잊어버린다. 왜냐하면 육체가 우주를 가득 채울 때까지 부풀어 오르고 극심한 공포로 몸이 마비되거나 고통으로 비명을 지르고 있을 때가 아니더라도 삶이란 배고픔이나 추위, 수면 부족, 그리고 위산 과다나 치통에 맞서 순간순간 싸우는 것이기 때문이다.

 윈스턴은 일기장을 폈다. 무슨 말이든 써두는 게 중요했다. 텔레스크린 속 여자가 새로운 노래를 부르기 시작했다. 그녀의 목소리는 삐죽삐죽한 유리 조각처럼 그의 머릿속에 콕콕 박히는 것 같았다. 그는 애써 오브라이언을 떠올리려고 했다. 일기는 그를 위해 쓰는 글이자 그에게 보내는 편지나 다름없었으므로. 하지만 마음과 달리 자신이 사상경찰에게 끌려간 후 당하게 될 일들이 떠올랐다. 그들이 곧바로 죽인다 해도 상관없었다. 처형은 당연한 것이니까. 하지만 처형당하기 전에(아무도 그런 것에 대해 말하지 않았지만 모두 알고 있었다) 정해진 자백 과정을 거쳐야만 했다. 바닥을 기어 다니며 살려달라고 울부짖고, 뼈가 우두둑 부러지고, 이가 으스러지고, 머리카락에는 피가 엉겨 붙을 터였다. 그런다고 결말이 달라지는 것도 아닌데 무엇 때문에 그런 고통을 견뎌야 할까? 왜 며칠이나 몇 주 빨리 죽을 수 없는 걸까? 이제까지 수사를 피해 간 사람도 없었고 자백하지 않은 사람도 없었다. 일단 사상범으로 걸려들고 나면 정해진 날짜까지는 틀림없이 죽게 돼 있었다. 그렇다면 왜 빨리 죽이지 않고 그런 공포를 경험하게 하는 걸까? 공포를 느낀다고 해서 변하는 것은 아무것도 없을 텐데 말이다.

그는 애쓴 끝에 아까보다 좀 더 확실하게 오브라이언의 이미지를 떠올렸다. 오브라이언은 윈스턴에게 "우리는 어둠이 없는 곳에서 만나게 될 거요"라고 말했었다. 윈스턴은 그 말이 무슨 뜻인지 알았다. 아니, 정확하게 말하자면 자신이 안다고 생각했다. 어둠이 없는 곳은 상상 속의 미래였다. 상상 속의 미래는 사람들이 눈으로는 결코 볼 수 없을 테지만 선견先見을 발휘하면 신비한 경험을 하듯 함께 누릴 수 있는 세계였다. 그러나 텔레스크린에서 흘러나오는 소리 때문에 귀가 따가워 더 이상 생각을 이어갈 수가 없었다. 그는 담배를 입에 물었다. 담배 가루가 금세 반이나 혓바닥으로 쏟아졌다. 가루가 너무 써서 뱉어내려 했지만 쉽지 않았다. 오브라이언의 얼굴 대신 빅 브라더의 얼굴이 쑥 떠올랐다. 윈스턴은 며칠 전에 그랬던 것처럼 호주머니에서 슬그머니 동전을 꺼내 자세히 들여다보았다. 동전 속 얼굴이 엄숙하고 차분하게, 그리고 보호해 줄 듯한 표정으로 그를 가만히 올려다보고 있었다. 하지만 검은 콧수염 밑으로는 어떤 미소를 감추고 있을까? 음울하고 불길한 징조처럼 당의 구호들이 떠올랐다.

전쟁은 평화
자유는 속박
무지는 힘

2부

1

오전에 윈스턴은 화장실에 가려고 사무실을 나왔다.

환하게 불이 켜진 기다란 복도 끝에서 한 사람이 그를 향해 다가오고 있었다. 검은 머리의 그 여자였다. 그날 저녁 고물상 앞에서 마주친 뒤 나흘 만이었다. 그 여자가 가까이 왔을 때 보니 오른쪽 팔에 붕대를 감고 있었다. 붕대의 색깔이 작업복과 같아서 멀리서는 보이지 않았던 것이다. 아마 소설의 줄거리를 '개략적으로 써주는' 커다란 만화경을 돌리다가 손이 끼어 눌린 모양이었다. 그런 일은 창작국에서 흔히 일어나는 사고였다.

두 사람 사이의 거리가 4미터가량으로 가까워졌을 때 그 여자가 비틀거리는가 싶더니 엎어지고 말았다. 그녀는 아픈지 날카로운 소리를 내질렀다. 다친 팔 쪽으로 넘어진 게 틀림없었다. 윈스턴은 그 자리에 딱 서고 말았다. 여자가 무릎을 딛고 일어섰다. 낯빛이 누르무레해서 입술이 유난히 더 붉어 보였다. 그녀는 아픈 게 아니라 두려운 듯 애원하는 눈빛으로 그를 뚫어지게 쳐다봤다.

윈스턴의 가슴속에서 묘한 감정이 끓어올랐다. 눈앞에 있는 그녀는 자신을 죽이려 하는 적인 동시에 아파하는 데다 뼈까지 부러졌을지 모르는 한 인간이었다. 몸은 이미 본능적으로 그녀를 도와주려고 앞으로 나선 상태였다. 윈스턴은 그녀가 붕대를 감은 팔 쪽으로 엎어지는 순간 자기 몸이 아픈 것처럼 신경이 쓰였다.

"다쳤습니까?"

그가 물었다.

"별것 아니에요. 팔 때문에 그래요. 좀 있으면 괜찮아질 거예요."

여자가 가슴이 두근거리는지 떨리는 목소리로 말했다. 그녀의 낯빛도 아주 창백하게 변해 있었다.

"어디 부러진 거 아닙니까?"

"아뇨, 괜찮아요. 잠깐 아팠던 것뿐이에요."

여자가 성한 팔을 내밀자 윈스턴이 그 손을 잡아 일으켜주었다. 안색이 다소 정상으로 돌아왔는지 조금 전보다 한결 좋아 보였다.

"정말 괜찮아요."

여자가 퉁명스럽게 다시 한 번 말했다.

"손목이 좀 눌렸던 것뿐이에요. 고마웠어요, 동무!"

그녀는 정말이지 아무것도 아니라는 듯 가던 길로 씩씩하게 걸어갔다. 그 모든 일이 벌어진 시간은 불과 30초도 안 되었을 것이다. 얼굴에 감정을 내비치지 않는 것은 거의 본능에 버금갈 만큼 습관으로 굳어진 터라 그 일이 일어났을 때도 그들은 텔레스크린 앞에 흐트러짐 없이 똑바로 서 있을 수 있었다. 그럼에도 불구하고 그가 여자의 손을 잡아 일으켜주는 사이 그녀가 그의 손에 무언가를 슬그머니 쥐여주던 2, 3초 동안 순간적으로 놀란 마음은 달래기가 무척 어려웠다. 그녀는 의도적으로 그런 행동을 한 게 틀림없었다. 쥐여준 물건은 작고 납작했다. 윈스턴은 화장실 문을 열고 들어가면서 그것을 호주머니에 집어넣어 손가락 끝으로 만져보았다. 네모나게 접은 종이쪽지였다.

윈스턴은 소변기 앞에 선 채로 손가락을 놀려 가까스로 그 종이를 폈다. 보나 마나 쪽지에는 그에게 전하는 말이 들어 있을 것이었다. 잠깐이긴 하지만 대변기가 있는 칸막이 안으로 들어가서 당장 읽어볼까도 싶었다. 하지만 그게 얼마나 어리석은 짓인지 잘 알고 있었다. 대변기가 있는 칸막이 안이야말로 텔레스크린을 통한 감시가 한시도 끊이지 않는 곳이었다.

윈스턴은 사무실로 돌아와 자기 자리에 앉은 뒤 그 종이쪽지를 아무렇지 않은 듯 책상 위의 다른 종이들 틈에 툭 던져놓았다. 그러고는 안경을 끼고 구술기록기를 자기 앞으로 끌어당겼다. '5분이야, 5분만 기다리자.' 속으로는 그렇게 중얼거렸지만 쿵쾅대는 소리가 들릴까 봐 겁이 날 정도로 심장이 마구 뛰었다. 다행히 그가 하고 있던 일은 긴 숫자표를 수정하는 단순한 작업이라서 세심한 주의를 기울일 필요는 없었다.

쪽지에 어떤 말이 적혀 있건 정치적 의미가 담긴 것만은 틀림없어 보였다. 윈스턴은 나름대로 두 가지 가능성을 예상했다. 먼저 가능성이 훨씬 큰 것부터 말하자면, 그 여자가 그가 우려했던 대로 사상경찰의 정보원일 경우였다. 윈스턴 입장에서는 사상경찰이 왜 그런 식으로 그네들의 메시지를 전달했는지 모르겠지만 그럴 만한 이유가 있겠다 싶었다. 그 쪽지에 적힌 것은 협박성 글이거나 소환장이나 자살명령서일 수도 있었고 아니면 또 다른 함정일지도 몰랐다. 그러나 터무니없어 아무리 무시하려 해도 자꾸만 떠오르는 또 하나의 가능성이 있었다. 그것은 바로 그 메시지를 사상경찰이 아니라 지하단체 같은 곳에서 보냈을지도 모른다는 것이었다. 그렇다면 형제단이 진짜 존재한다는 말이 아닌가! 그 여자는 형제단의 일원일 테고! 하지만 말도 안 되는 생각이었다. 그럼에도 윈스턴은 그 쪽지를 받아 든 순간 그 생각부터 퍼뜩 들었다. 그러다가 2분 정도가 지나자 비로소 좀 더 그럴듯한 다른 가능성을 떠올린 것이다. 그는 머리로는 그 메시지가 죽음을 뜻할 가능성이 크다고 생각하면서도 마음속으로는 아직 그렇게 믿지 않았다. 그러다 보니 터무니없는 희망을 버리지 못했고 혹시나 하는 마음이 들 때마다 심장이 쿵쾅댔다. 윈스턴은 구술기록기에 대고 작은 소리로 숫자를 읽어가는 동안 목소리를 떨지 않기 위해 안간힘을 썼다.

그는 작업을 마친 서류들을 돌돌 말아 기송관에 밀어 넣었다. 8분이 흘렀다. 윈스턴은 콧잔등을 만져 안경을 고쳐 쓴 다음 한숨을 내쉬었다. 그리고 다음 작업에 들어갈 서류들을 자기 앞으로 끌어당겼다. 그 서류들 맨 위에 바로 그 쪽지가 있었다. 그는 그것을 판판하게 폈다. 쪽지에는 커다랗고 투박한 글씨로 다음과 같이 쓰여 있었다.

당신을 사랑합니다.

몇 초 동안 그는 기절할 만큼 놀란 나머지 범죄 증거나 다름없는 그 쪽지를 기억구멍에 던져 넣을 생각도 하지 못했다. 서류든 뭐든 지나치게 관심을 보이면 위험하다는 것을 잘 알고 있으면서도 기억구멍에 던져 넣을 때 그 쪽지를 다시 한 번 읽고 말았다. 그 말이 정말 거기에 적혀 있는지, 자신이 잘못 본 것은 아닌지 확인하지 않을 수 없었다.

남은 오전 시간 내내 일이 손에 잡히지 않아 애를 먹었다. 연이어 처리해야 할 잔일에 집중하기도 쉽지 않았지만 텔레스크린에 감정의 동요를 들키지 않도록 하는 것이 가장 힘들었다. 마치 배 속에서 불이 활활 타오르고 있는 것 같았다. 무덥고 사람들로 바글대는 데다 시끄러운 소리로 가득한 구내식당에서 점심을 먹는 것도 고역이었다. 점심시간에 잠깐이라도 혼자 있고 싶었다. 그러나 재수 없게도 천치 같은 파슨스가 그의 옆자리를 털썩 꿰차고 앉아 솟내 나는 스튜도 못 당할 만큼 지독한 땀 냄새를 풍기며 '증오주간' 준비에 대해 쉴 새 없이 지껄여댔다. 파슨스는 특히 폭이 2미터나 된다는, 종이 반죽으로 만든 빅 브라더의 두상을 이야기하면서 열을 올렸다. 아니나 다를까, 자기 딸이 소속된 첩보단이 증오주간 행사 때 쓰려고 그 두상을 만들고 있다고 했다. 그런데 정작 짜증 났던 것은 주위가 워낙 시끄럽다 보니 파슨스의 말을 알아들을 수 없어 그 얼빠진 이야기를 자꾸만 다시 해달라고 부탁해야 했던 점이다. 윈스턴은 식당에서 딱 한 번 검은 머리 여자를 얼핏 보았다. 그녀는 식당 한쪽 끝에서 다른 두 여자와 함께 앉아 있었는데 그를 보지는 못한 것 같았다. 그 후 윈스턴은 두 번 다시 그쪽을 쳐다보지 않았다.

오후는 한결 견딜 만했다. 점심시간이 끝나기 무섭게 복잡하고 어려운 일거리가 도착했다. 몇 시간은 족히 걸릴 일이라서 다른 일들은 모두 나중으로 미뤄야만 했다. 일의 내용은 현재 의심을 받고 있는 어느 고위급 내부 당원의 명성에 흠집을 내기 위해 2년 전에 작성한 생산량 보고서를 변조하는 작업이었다. 윈스턴은 그런 일에 능한 터라 두 시간 넘게 작업에 몰두하면서 그 여자 생각을 효과적으로 차단할 수 있었다. 그러나 일을 끝내고 나자 그녀의 얼굴이 다시 떠오르면서 더 이상 참을 수 없을 만큼 혼자 있고 싶은 마음이 간절해졌다. 혼자 있어야만 이 새로운 사태를 어찌 풀어갈지 생각해볼 수 있을 터였다. 그러나 하필 오늘 밤에는 주민센터에서 여러 가지 야간 모임이 있었다. 그는 구내식당에서 또 한 번 맛없는 식사를 정신없이 퍼먹고 서둘러 주민센터로 달려가 '토론회'라는 근엄하지만 바보 같은 모임에 참여한 뒤 탁구를 두 게임이나 치고 승리주를 몇 잔 마신 다음 30분 동안이나 앉아서 '체스와 영사의 관계'라는 제목의 강연을 들었다. 그러는 내내 영혼이 몸부림칠 정도로 지루해 죽을 지경이었지만 다른 때와 달리 그날만은 주민센터의 야간 모임에 빠지고 싶은 충동에 시달리지 않았다. "당신을 사랑합니다"란 글을 본 순간부터 살아남고 싶다는 열망이 솟아나면서 갑자기 아무리 사소하더라도 위험을 무릅쓰는 행동은 어리석은 짓이란 생각이 들었다. 결국 23시가 되고 나서야 윈스턴은 집에 돌아와 침대에 누웠다. 어둠 속에서 조용히 있기만 하면 제아무리 텔레스크린이라도 어찌하지 못했기 때문에 그는 방해받지 않고 안전하게 생각에 잠길 수 있었다.

우선 실질적인 문제부터 해결해야 했다. 어떻게 그 여자와 접촉해 만날 약속을 잡을 것인가. 윈스턴은 그녀가 자신에게 함정을 팠을 가능성은 더 이상 고려하지 않았다. 그는 자신에게 쪽지를 건네줄 때 그녀의 황망해하는 모습을 틀림없이 보았기 때문에 함정이 아니라는 것을 알았다. 분명히 그녀는 몹시 당황하고 있었다. 그렇게 당황하는 것도 무리가 아니었다. 따라서 그녀가 더 적극적으로 나오더라도 거절할 생각은 전혀 없었다. 불과 닷새 전만 해도 윈스턴은 그녀의 머리통을 돌멩이로 박살 낼 생각을 했었다. 하지만 이제는 상관없는 일이었다. 그는 꿈속에서 봤던 대로 벌거벗은 그녀의 젊은 육체를 그려봤다. 그는 그녀가 여느 사람들이나 마찬가지로 바보인 데다 머릿속은 거짓말과 증오로 가득 차 있고 뱃속은 차가운 얼음 덩어리만 가득한 여자라고 착각하고 있었다. 자칫하면 그녀를 잃을지도 모르며 희고 생기 넘치는 육체가 그에게서 떠나버릴지도 모른다고 생각하자 온몸이 열병에 휩싸이는 것 같았다. 무엇보다 그가 빨리 연락을 취하지 않아 그녀가 마음을 바꿀까 봐 몹시 두려웠다. 그러나 만날 약속을 잡는 일은 물리적으로 엄청나게 어려운 문제였다. 체스에 비유하자면 이미 외통수에 걸린 판에서 말을 움직이려는 것과 같았다. 어느 쪽으로 몸을 돌리든 항상 텔레스크린과 마주쳤다. 사실 윈스턴은 그 쪽지를 읽고 나서 채 5분도 지나지 않아 그녀와 연락할 방법을 닥치는 대로 떠올려 보았다. 하지만 이제 생각할 시간이 있는 만큼 그는 탁자 위에 기구들을 죽 늘어놓고 쓸 만한 것을 고르듯 그 방법들을 하나하나 검토해나갔다.

아무리 생각해보아도 오늘 아침과 같은 우연한 만남은 두 번 다시 일어날 것 같지 않았다. 그녀가 기록국에서 일한다면 접촉할 방법은 비교적 간단할 테지만 그는 창작국이 청사 건물의 어디쯤에 입주해 있는지도 아주 막연히 알고 있는 데다 설령 찾아낸다 해도 그곳에 들어갈 그럴싸한 핑계를 전혀 댈 수 없는 처지였다. 만약 그녀가 어디에 살며 몇 시에 퇴근하는지 알면 집으로 가는 길에 적당한 장소에서 만날 방법을 짜낼 수 있을 터였다. 하지만 그녀를 집까지 뒤따라가는 방법은 안전하지 않았다. 그러려면 진리부 청사 밖에서 얼쩡거려야 할 텐데 그것이야말로 남의 눈에 띄기 십상이었다. 우편으로 편지를 보내는 방법은 아예 고려할 가치도 없었다. 모든 편지는 배달 중에 개봉되는 게 공공연한 관례였다. 그렇다 보니 실제로 편지를 쓰는 사람은 거의 없었다. 이따금 꼭 전해야 할 소식이 있을 때는 갖가지 문구가 길게 인쇄된 엽서를 구해서 관계없는 구절들을 지운 뒤 보내곤 했다. 어차피 그는 그녀의 집 주소는 고사하고 그녀의 이름도 모르고 있었다. 결국 그는 가장 안전한 장소는 구내식당밖에 없다고 결론을 내렸다. 그녀가 텔레스크린에서 가깝지 않은 식당 한가운데에 혼자 앉아 있을 때 그녀에게 다가갈 수만 있다면 사방에서 시끄럽게 떠드는 소리를 방패 삼아 30초 정도라도 그녀와 몇 마디 말을 주고받을 수 있을 터였다.

그 후 일주일 동안은 뒤숭숭한 꿈속에서 사는 것 같았다. 다음 날 그녀가 식당에 나타났을 때는 이미 호각 소리가 울려 그가 식당을 나서는 중이었다. 아무래도 그녀의 근무 시간이 야간으로 바뀐 모양이었다. 두 사람은 서로 눈길 한 번 주지 않고 지나쳤다. 그다음 날에는 그녀가 평소 시간에 맞춰 식당에 나타났지만 다른 여자 셋과 함께 있는 데다 텔레스크린 바로 밑에 앉아 있었다. 이후 사흘 동안은 그녀가 전혀 모습을 보이지 않아 끔찍한 나날을 보냈다. 윈스턴의 몸과 마음은 견디기 어려울 정도로 예민해져 모든 동작, 모든 소리, 모든 접촉, 그리고 그가 하거나 들어야 하는 모든 말이 고통 그 자체로 다가왔다. 심지어 잘 때도 그녀의 환영에서 완전히 벗어날 수가 없었다. 그러는 동안 윈스턴은 일기장을 건드리지도 않았다. 그나마 위안이 되는 것이 있다면 그가 하는 일이었다. 일하다 보면 10분 동안은 자기 자신마저 잊을 수 있었다. 윈스턴은 그녀에게 무슨 일이 일어났는지 전혀 감조차 잡을 수 없었다. 그렇다고 수소문할 수도 없는 노릇이었다. 어쩌면 그녀가 증발됐을지도 몰랐다. 아니면 자살했거나 오세아니아의 정반대 지역으로 전출당했을 수도 있었다. 그러나 최악이자 가장 그럴듯한 가능성은 그녀가 그냥 마음을 바꿔 그를 피하기로 작정했을지도 모른다는 것이었다.

다음 날 그녀가 다시 나타났다. 팔을 감고 있던 붕대 대신 손목에 반창고를 붙인 모습이었다. 그녀를 다시 보자 어찌나 안심이 되던지 30초 동안이나 그녀를 뚫어지게 쳐다봤다. 그다음 날에는 윈스턴이 그녀에게 거의 말을 걸 수 있을 뻔했다. 그가 구내식당에 들어섰을 때 그녀는 벽에서 한참 떨어진 테이블에 혼자 앉아 있었다. 아직 이른 시간이라 식당 안은 별로 붐비지 않았다. 배식을 기다리는 줄이 점점 줄어들어 윈스턴 차례가 거의 다 되었을 때 앞에 있던 어떤 사람이 사카린 정제를 안 받았다고 불평하는 바람에 2분이나 더 기다려야 했다. 윈스턴이 식판을 받자마자 그녀가 앉아 있는 테이블 쪽으로 갈 때까지도 그녀는 여전히 혼자였다. 그는 아무렇지 않게 그녀 쪽으로 걸어가면서 눈으로는 그녀 건너편 쪽 테이블에 자리가 있는지 찾는 척했다. 그녀와의 거리가 3미터 정도로 좁혀졌다. 2초만 더 가면 성공이라고 생각하는 찰나 등 뒤에서 "스미스!" 하고 부르는 소리가 들렸다. 그는 못 들은 척했다. 그러자 문제의 그 목소리가 이번에는 더 크게 "스미스!" 하고 다시 불렀다. 윈스턴은 별수 없이 돌아봤다. 금발에 멍청하게 생긴 윌셔라는 청년이 웃으면서 자기가 앉아 있는 테이블의 비어 있는 자리를 권하고 있었다. 사실 윈스턴은 그 청년의 이름도 간신히 기억해냈을 정도로 둘은 그다지 친한 사이가 아니었다. 하지만 거절했다가는 위험해질 수 있었다. 이미 서로 알아본 이상 그쪽으로 가지 않고 동행이 없는 여자와 한 테이블에 앉을 수는 없었다. 지나치게 이목을 끌 것이 분명했다. 그는 반가운 척 미소까지 지으며 윌셔가 권한 자리에 앉았다. 멍청하게 생긴 금발의 얼굴이 환하게 웃었다. 윈스턴은 그 얼굴 한가운데를 곡괭이로 내리찍는 환각에 시달렸다. 몇 분 뒤 그 여자의 테이블도 사람들로 꽉 찼다.

틀림없이 그녀는 윈스턴이 자기 쪽으로 걸어오는 것을 봤을 것이다. 따라서 어쩌면 눈치를 챘을지도 모른다. 다음 날 윈스턴은 신경 써서 일찍 식당에 들어섰다. 아니나 다를까 그녀가 어제와 거의 같은 위치에 자리를 잡고 혼자 앉아 있었다. 배식을 기다리는 줄에서 윈스턴 바로 앞에 체구가 작고 행동이 잰 데다 얼굴이 납작하고 작은 눈에 의심이 가득한 딱정벌레 같은 사내가 서 있었다. 윈스턴이 배식대에서 식판을 받고 돌아서서 보니 그 작은 체구의 사내가 그녀의 테이블 쪽으로 곧장 걸어가고 있었다. 윈스턴의 희망은 또다시 꺾였다. 그러나 조금 더 가면 빈자리가 있었다. 왠지 그 사내는 편한 것을 고려해 아무래도 가장 빈자리가 많은 테이블로 갈 것 같았다. 윈스턴은 조마조마한 마음으로 그의 뒤를 따라갔다. 그 여자가 혼자 있어야지 다른 사람이 있으면 같은 테이블에 앉아봐야 소용이 없었다. 그런데 바로 그 순간 엄청나게 요란한 소리가 났다. 작은 체구의 남자가 대자로 넘어지면서 그의 식판은 어디론가 날아가 버리고 바닥에는 수프와 커피가 엎질러졌다. 남자가 벌떡 일어서더니 윈스턴을 악의 가득한 눈으로 쏘아봤다. 윈스턴이 발을 걸어 자기를 넘어뜨렸다고 생각하는 모양이었다. 하지만 그러거나 말거나 상관없었다. 5초 후 윈스턴은 두근거리는 가슴을 안고 그 여자와 테이블을 마주하고 앉았다.

그는 그녀를 쳐다보지 않았다. 식판을 내려놓고 곧바로 먹기 시작했다. 다른 사람이 오기 전에 얼른 이야기를 꺼내야 했지만 막상 그러고 있자니 두렵기만 했다. 그녀가 처음 접근한 이후로 일주일이나 지나가 버렸다. 그 사이 그녀가 마음을 바꾸었을지도 모를 일이었다. 아니 틀림없이 마음을 바꾸었을 것이다! 그런 식으로 연애가 성사될 리 없었다. 그와 같은 일들은 현실에서 일어나지 않는다. 바로 그때 귀에 솜털이 무성한 시인 앰플포스가 앉을 자리를 찾아 식판을 들고 식당 안을 서성거리는 모습을 보지 않았다면, 윈스턴은 끝까지 아무 말도 못 하고 말았을지도 모른다. 분명하게 드러내지는 않았지만 앰플포스는 윈스턴을 좋아했다. 따라서 윈스턴을 보면 그쪽으로 와서 앉을 게 뻔했다. 이제 1분 정도밖에 없었다. 그 안에 행동에 나서야 했다. 윈스턴과 여자는 착실히 먹기만 했다. 그들이 먹는 음식은 강낭콩으로 만든 멀건 스튜였지만 사실상 수프나 다름없었다. 윈스턴이 나직하게 말하기 시작했다. 두 사람은 모두 고개를 들지 않았다. 그저 한결같이 물 같은 스튜를 떠먹으면서 중간중간 낮고 감정이 실리지 않은 목소리로 꼭 필요한 두세 마디 말만 주고받았다.

"몇 시에 퇴근합니까?"

"18시 30분요."

"어디서 만날까요?"

"승리광장, 기념비 근처요."

"텔레스크린이 쫙 깔려 있을 텐데요."

"사람들로 바글대니까 괜찮아요."

"무슨 신호라도?"

"아뇨. 제가 사람들 틈에 섞일 때까지 가까이 오지 마세요. 절쳐다보지도 말고요. 그냥 제 근처에 있기만 해주세요."

"그럼 몇 시에?"

"19시."

"알았어요."

앰플포스는 윈스턴을 보지 못해 다른 테이블에 앉았다. 윈스턴과 그녀는 더 이상 아무 말도 하지 않았다. 또한 같은 테이블에서 마주 앉아 있는 두 사람이 할 수 있는 최대한 서로를 쳐다보지 않았다. 이윽고 여자가 재빨리 식사를 끝낸 뒤 자리를 떴고 윈스턴은 그대로 앉아 담배를 피웠다.

윈스턴은 약속 시간보다 일찍 승리광장에 나갔다. 그는 세로로 홈이 새겨진 거대한 기둥의 받침돌 주위를 거닐었다. 기둥 꼭대기에는 빅 브라더의 동상이 남쪽 하늘을 바라보며 서 있었다. 남쪽 하늘은 빅 브라더가 제1공대 전투에서 유라시아 비행대(몇 년 전에는 동아시아 비행대였다)를 격추한 곳이었다. 빅 브라더의 동상 앞쪽 거리에는 올리버 크롬웰을 재현한 것 같은 말 탄 남자의 동상이 있었다. 약속 시간이 5분이나 지났는데도 여자는 아직 보이지 않았다. 윈스턴은 또다시 두려워지기 시작했다. 그녀가 오지 않을 것만 같았다. 그녀는 마음을 바꾼 것인가! 윈스턴은 천천히 광장 북쪽으로 걸어 올라갔다. 종을 치면 "그대는 내게 3파딩을 빚졌네"라고 울렸다던 성 마틴 교회를 바라보자 어두웠던 마음이 그나마 풀어졌다. 바로 그때 윈스턴은 그 기념비의 받침돌 앞에 서 있는 그 여자를 발견했다. 그녀는 기둥에 나선형으로 붙여놓은 포스터를 읽고 있었는데 어쩌면 그냥 읽는 척하고 있었는지도 모른다. 사람들이 더 많이 모일 때까지는 그녀 곁에 가지 않는 편이 안전했다. 박공[1]의 모든 각도에 텔레스크린이 설치돼 있었다. 어느 순간 날카롭게 외치는 소리와 더불어 육중한 차량이 붕 하고 지나가는 소리가 왼쪽 어디쯤에서 들려왔다. 별안간 사람들이 광장을 지나 소리 나는 쪽으로 뛰어갔다. 여자도 기념비 받침돌의 사자상을 돌아 군중 틈으로 뛰어 들어갔다. 윈스턴도 뒤를 따랐다. 뛰어가면서 일부 군중이 소리치는 것을 들어보니 유라시아 포로 수송차가 지나가고 있는 모양이었다.

벌써 수많은 사람이 광장 남쪽을 막고 있었다. 평소 같으면 그렇게 밀고 당기는 소동이 있을 때마다 바깥으로 밀려나기만 하던 윈스턴이었지만 이번만큼은 밀치고 헤집고 몸을 뒤틀어가며 군중 속으로 파고들었다. 곧 그녀에게 팔만 뻗으면 닿을 거리까지 다가갔다. 하지만 윈스턴과 여자 사이에는 엄청나게 몸집이 큰 노동자와

---

[1] 고대 그리스·로마 시대 건축에서 건물 입구 위쪽의 삼각형 부분.—역주

마찬가지로 엄청난 몸집을 자랑하는, 그의 아내로 보이는 여자가 도저히 뚫고 나갈 수 없는 육체의 장벽처럼 떡하니 가로막고 있었다. 윈스턴은 몸을 옆으로 비틀어서 맹렬하게 돌진해 가까스로 한쪽 어깨를 그들 사이로 밀어 넣었다. 잠시 두 개의 억센 엉덩이에 끼여 창자가 터질 것 같았지만 땀을 흘리며 겨우 그 사이를 빠져나왔다. 이제 그는 그녀 옆에까지 왔다. 두 사람은 어깨를 나란히 하고 앞쪽만 뚫어지게 쳐다보았다.

기다란 트럭 행렬이 천천히 거리를 지나가고 있었다. 각 트럭의 네 모서리마다 기관총으로 무장한 무표정한 감시병들이 꼿꼿이 서 있고, 트럭 안에는 누더기나 다름없는 푸르스름한 제복을 입은 왜소한 황인종들이 빽빽하게 쪼그려 앉아 있었다. 처량한 얼굴의 그 몽골족들은 트럭 난간 사이로 보이는 밖을 그저 멍하니 바라보고 있었다. 이따금 트럭이 흔들릴 때마다 철커덕하고 쇠 부딪는 소리가 났다. 포로들은 모두 발목에 쇠고랑을 차고 있었다. 처량한 얼굴들로 가득한 트럭들이 연이어 지나갔다. 윈스턴은 트럭에 포로들이 타고 있다는 것을 알았지만 그들을 그저 간간이 쳐다볼 뿐이었다. 여자의 오른쪽 어깨부터 팔꿈치까지가 윈스턴의 몸에 바짝 닿아 있었다. 그녀의 뺨은 온기가 느껴질 만큼 그의 뺨과 거의 닿을 듯 말 듯 했다. 그녀는 지난번 식당에서도 그랬듯 지체 없이 상황 정리에 나섰다. 전과 같이 감정이 전혀 실리지 않은 목소리로 입술만 달싹거려 말하기 시작했다. 그러나 사람들의 웅성거리는 소리와 트럭의 덜커덩거리는 소리 때문에 그녀의 말은 알아듣기 쉽지 않았다.

"제 말 들려요?"

"네, 들려요."

"일요일 오후에 쉬나요?"

"네."

"그럼 잘 듣고 기억해두세요. 패딩턴 역으로 가서……."

그녀는 놀랄 만큼 정확하게 군대식으로 찾아갈 길을 설명해주었다. 기차를 타고 30분을 간 다음, 역에서 나와 왼쪽으로 돌아 2킬로미터가량 걷다 보면 빗장을 없앤 문이 나오는데, 그 문을 지나면 들판을 가로지르는 길이 나오고, 그 길을 따라 걷다 보면 풀이 무성한 오솔길이 나온다. 그 오솔길을 따라가다 보면 덤불 숲 사이로 샛길이 보이고, 그 샛길로 가면 이끼 낀 죽은 나무 한 그루가 보인다. 그녀의 머릿속에는 지도가 있는 것 같았다.

"전부 기억할 수 있겠어요?"

그녀가 마지막으로 나지막이 물었다.

"네."

"왼쪽으로 돌아서 가다가 오른쪽으로 돌고 그런 다음에 다시 왼쪽으로 돌아요. 그럼 빗장 없는 문이 나와요."

"알았어요. 시간은?"

"15시쯤요. 기다려야 할지도 몰라요. 전 다른 길로 갈 거니까요. 정말 다 기억할 수 있죠?"

"그럼요."

"그럼 이제 빨리 제 곁을 떠나세요."

굳이 그 말까지 할 필요는 없었다. 그러나 당장은 두 사람 모두 군중에 막혀 그곳을 빠져나갈 수 없었다. 트럭 행렬은 아직도 이어지고 있었고 사람들은 질리지도 않는지 여전히 넋 놓고 그 모습을 바라보고 있었다. 처음에는 드문드문 거센 야유 소리가 들리기도 했지만 군중 틈에 섞여 있는 당원들만 그러는 데다 그마저도 곧 그쳤다. 대부분은 그저 호기심에 이끌려 구경하고 있었다. 유라시아 출신이든 동아시아 출신이든 외국인은 처음 보는 동물과 같았다. 사람들은 포로로 끌려온 이들 말고는 외국인을 말 그대로 한 번도 본 적이 없는 데다 볼 기회가 있다 해도 그런 식으로 잠깐 스치듯 보는 게 고작이었다. 더구나 그들 가운데 몇 명만 전범으로 교수형에 처해진다는 것 외에 나머지 포로들이 어떻게 되는지 아는 사람은 아무도 없었다. 포로들은 그저 사라져버리는데, 아마 강제노동 수용소로 가겠거니 짐작만 할 뿐이었다. 둥글넓적한 얼굴의 몽골족 다음으로는 턱수염이 덥수룩하니 지저분하고 지쳐 있는 데다 좀 더 유럽인에 가까운 얼굴의 포로들이 지나갔다. 광대뼈만 툭 불거진 수염투성이 얼굴들이 때때로 이상하리만치 강렬하게 윈스턴을 쏘아보는 듯하다가 지나갔다. 호송 행렬이 거의 막바지에 이른 것 같았다. 윈스턴은 마지막 트럭에서 노인 한 명을 보았다. 얼굴에 반백의 수염이 무성하게 자란 그 노인은 손목을 하나로 묶이는 일에 이골이 난 사람처럼 꽁꽁 묶인 두 손을 앞으로 내민 채 꼿꼿하게 서 있었다. 윈스턴은 여자와 그쯤에서 헤어져야 했다. 그러나 헤어지려는 찰나, 두 사람은 여전히 사람들에 둘러싸여 있었는데, 여자의 손이 윈스턴의 손에 닿는가 싶더니 순식간에 그의 손을 꽉 쥐었다가 놓아주었다.

10초도 안 되는 짧은 순간이었지만 두 사람은 오랫동안 손을 맞잡은 것만 같았다. 윈스턴은 그녀의 손을 세세한 부분까지 전부 느낄 수 있었다. 그녀의 손가락은 길었고 손톱은 뾰족했으며 손바닥에는 일로 인한 굳은살이 박여 있었고 손목 아래의 살은 보드라웠다. 그렇게 만지는 것만으로도 눈으로 보는 것처럼 훤히 알 것 같았다. 바로 그 순간 윈스턴은 그녀의 눈동자가 어떤 색인지 궁금해졌다. 갈색일 수도 있지만 머리칼이 검은 사람이 눈동자가 파란 경우도 더러 있었다. 고개를 돌려 그녀를 쳐다보면 알겠지만 그렇게 위험한 짓을 할 수는 없었다. 두 사람은 서로 몸을 밀착한 채 눈에 띄지 않게 손을 꼭 맞잡고 줄곧 앞쪽만 쳐다봤다. 여자의 눈 대신 늙은 포로의 눈이 헝클어진 머리칼 사이로 애처롭게 윈스턴을 바라보았다.

2

윈스턴은 햇빛과 그늘이 번갈아 드리우는 좁은 오솔길을 조심조심 걸어갔다. 나뭇가지가 벌어진 곳이 나올 때마다 햇살이 쏟아져 황금빛 연못을 걷는 듯했다. 왼편 나무들 밑에는 파란색 초롱꽃들이 안개처럼 잔뜩 피어 있었다. 향긋한 공기가 살갗에 입을 맞추는 것 같았다. 바야흐로 5월 2일이었다. 깊은 숲 속 어딘가에서 산비둘기 우는 소리가 들렸다.

그가 조금 일찍 도착한 모양이었다. 찾아오는 길도 어렵지 않고 여자가 훤히 알고 있는 곳인 것 같아 평소와 달리 그렇게 겁나지 않았다. 아마도 틀림없이 그녀가 안전한 장소를 찾아놓았을 것이다. 시골이라고 해서 런던보다 안전하리란 보장은 없었다. 물론 텔레스크린은 없지만 도청 장치가 설치돼 있어 목소리를 통해 신분이 드러날 위험은 늘 있었다. 게다가 혼자 거기까지 오는 동안 남의 눈에 띄지 않기란 쉽지 않았다. 백 킬로미터 이내의 거리는 여행증명서를 가지고 다닐 필요가 없었으나 간혹 기차역 근처에서 검문하는 순찰대에 걸리면 지위고하를 막론하고 누구나 당원증을 조사받고 껄끄러운 질문을 받아야 했다. 그러나 순찰대는 나타나지 않았고 역에서 걸어오는 도중에도 조심스럽게 뒤를 살폈지만 확실히 미행하는 자도 없었다. 기차는 여름 같은 날씨 덕에 휴일 기분을 만끽하려는 무산계급들로 만원이었다. 그가 타고 온 열차 칸은 의자가 나무로 되어 있었는데, 이가 다 빠져버린 증조할머니부터 갓 백일을 지난 아기에 이르기까지 4대로 구성된 거대한 일가족으로 발 디딜 틈이 없었다. 그들은 시골에 사는 친척들도 만나고 암시장에서 버터도 살 겸 한나절 나들이를 가는 것이라고 윈스턴에게 거리낌 없이 설명했다.

좁았던 길이 넓어지는가 싶더니 1분 정도 더 가자 그녀가 말해준 대로 소들이 밟아서 생긴 것 같은, 덤불 숲 사이에 뚫린 오솔길이 나타났다. 윈스턴은 시계가 없었지만 아직 15시가 안 되었으리라 확신했다. 발밑으로 초롱꽃들이 워낙 빽빽하게 피어 있어서 꽃을 밟지 않고는 지나갈 수가 없었다. 그는 꿇어앉아 꽃을 꺾기 시작했다. 시간도 보낼 겸 꽃다발을 만들어 그녀에게 주면 어떨까 하는 생각이 들었기 때문이다. 그렇게 그가 제법 큼지막한 꽃다발을 만들어 은은한 꽃향기를 맡고 있을 때였다. 등 뒤에서 우지직 소리가 들렸다. 틀림없이 나뭇가지를 밟는 소리였다. 순간 오싹했지만, 그는 계속해서 초롱꽃을 꺾었다. 그 상황에서는 그러는 게 최선이었다. 그녀가 온 것일지도 모르지만 누군가 그를 미행했을 수도 있었다. 그렇다면 돌아봤다가는 죄를 시인하는 꼴이 되고 말 터였다. 그는 한 송이, 또 한 송이 꽃을 꺾었다. 그때 누군가 그의 어깨에 살그머니 손을 얹었다.

그가 올려다봤다. 그 여자였다. 그녀는 고개를 저어 윈스턴에게 계속 그렇게 아무 말도 하지 말라고 경고하고는 덤불숲을 헤치고 숲으로 이어지는 비좁은 오솔길로 재빨리 앞장서 걸어갔다. 보아하니 그녀는 전에도 이 길에 온 적이 있는 모양이었다. 늘 해온 듯 수렁이 있는 곳을 요리조리 피해 갔다. 윈스턴은 꽃다발을 꼭 쥔 채 그녀를 따라갔다. 그녀를 봤을 때 우선 안도감부터 들었다. 그러나 진홍색 허리띠를 단단히 졸라매 엉덩이 곡선을 선명하게 드러낸 채 앞서 걷는 그녀의 탄탄하고 날씬한 몸을 보고 있자니 심한 열등감이 밀려왔다. 지금이라도 그녀가 돌아서서 자신을 보면 결국 뒷걸음질을 칠 것만 같았다. 달착지근한 공기와 파릇파릇한 잎사귀들까지도 그의 기를 죽였다. 역에서 걸어오는 동안에도 5월의 햇살을 받고 있자니 스스로가 피부의 모공마다 런던의 시커먼 먼지가 끼어 있어 더럽고 실내에서만 생활해 창백한 별 볼 일 없는 인간이라고 느껴졌다. 문득 그녀가 이렇게 훤한 대낮에 밖에서 그를 보는 것은 이번이 처음이라는 생각이 들었다. 두 사람은 그녀가 전에 말했던 죽은 나무가 쓰러져 있는 곳에 도착했다. 여자는 그 나무를 폴짝 뛰어넘더니 공터라고는 없을 것 같은 덤불 속을 꾸역꾸역 헤집고 들어갔다. 윈스턴도 그녀를 뒤따라갔다. 이윽고 그들은 자연적으로 형성된 빈터에 들어섰다. 그곳은 둔덕에 잔풀이 깔려 있고 그 주위로 키가 큰 어린나무들이 에워싸고 있어 완전히 격리된 공간이었다. 여자는 걸음을 멈추고 돌아섰다.

"다 왔어요."

그녀가 말했다.

그는 몇 발자국 떨어진 곳에서 그녀와 마주 보고 있었다. 아직도 그녀에게 가까이 다가갈 용기가 나지 않았다.

"아까 그 길에서는 아무 말도 하고 싶지 않았어요."

그녀가 계속해서 말했다.

"마이크가 숨겨져 있을지도 모르니까요. 그런 데에 있을 것 같지는 않지만 혹시 모르는 일이잖아요. 그 돼지 같은 놈들 중 하나가 당신 목소리를 알아차릴 가능성은 언제나 있으니까요. 여기라면 괜찮아요."

그는 여전히 그녀에게 다가가지 못했다.

"여기는 괜찮다고요?"

그는 얼간이같이 되물었다.

"그럼요. 저 나무들을 보세요."

작은 물푸레나무들이었다. 게다가 언젠가 벌목을 했는지 싹이 새로 돋아나 나무숲을 이루고 있긴 했지만 나무 굵기가 모두 사람의 팔목만 했다.

"마이크를 숨길 만큼 큰 나무가 하나도 없잖아요. 게다가 전 예전에도 여기 와본 적이 있어요."

그들은 그저 대화만 나누고 있었다. 윈스턴은 이제 그녀에게 좀더 다가갈 수 있었다. 그녀는 그가 왜 그렇게 굼뜨게 행동하는지 모르겠다는 듯 약간 얄궂은 표정으로 미소까지 띤 채 윈스턴 앞에 아주 꼿꼿하게 섰다. 초롱꽃들이 땅바닥에 우수수 떨어졌다. 꽃들이 스스로 떨어져 주는 것 같았다. 윈스턴이 여자의 손을 잡았다.

"지금 이 순간까지도 당신의 눈이 무슨 색인지 몰랐다면 믿겠어요?"

윈스턴은 이렇게 말하고 그녀의 눈을 들여다봤다. 갈색 눈동자가 거기 있었다. 그녀의 눈동자는 엷은 갈색이고 속눈썹은 검은색이었다.

"당신은 이제 내가 실제로 어떻게 생겼는지 봤어요. 그래도 계속 나랑 있을 수 있겠습니까?"

"네, 물론이죠."

"내 나이는 서른아홉입니다. 그리고 벗어날 수 없는 아내도 있지요. 정맥류성 궤양을 앓고 있고 의치도 다섯 개나 된답니다."

"상관없어요."

여자가 말했다.

다음 순간 누가 먼저랄 것도 없이 두 사람은 서로를 끌어안았다. 윈스턴은 처음에 그저 꿈인지 생시인지 믿기지 않을 뿐이었다. 젊은 육체가 그의 품에 꼭 안겨 있었고 풍성한 검은 머리칼이 그의 얼굴 앞에 있었다. 꿈이 아니었다! 정말로 그녀가 그를 올려다보고 있었고 그가 벌어진 붉은 입술에 키스하고 있었다. 그녀는 그의 목에 팔을 감고서 '자기', '소중한 사람', '사랑하는 이'라고 불렀다. 그는 그녀를 바닥에 눕혔다. 그녀는 저항하지 않았다. 그는 그녀와 하고 싶었던 것을 할 수 있었다. 그러나 실제로는 그녀와 그렇게 몸을 맞대고 있는 것 말고는 육체적으로 더 이상 흥분되지 않았다. 그는 단지 그녀와 있다는 것이 꿈만 같고 자랑스러울 따름이었다. 함께 있어서 기뻤지만 욕정은 일지 않았다. 너무 이른 감이 있어서 그런 건지, 아니면 젊고 아름다운 그녀를 보니 덜컥 겁이 나서 그런 건지, 그도 아니면 여자를 멀리한 지가 너무 오래돼서 그런 건지 딱히 알 수가 없었다. 여자가 일어나 자기 머리에 붙은 초롱꽃을 떼어냈다. 그러고는 그에게 기대앉아 그의 허리에 팔을 둘렀다.

"마음 쓰지 마세요. 천천히 하면 되죠. 오후 내내 여기 있을 거니까요. 정말 근사한 은신처 아닌가요? 단체 행군 나왔다가 길을 잃었을 때 발견한 곳이에요. 설령 누가 온대도 백 미터 밖에서 나는 소리도 들을 수 있어요."

"이름이 어떻게 되죠?"

윈스턴이 물었다.

"줄리아요. 당신 이름은 알아요. 윈스턴이죠? 윈스턴 스미스."

"그걸 어떻게 알았어요?"

"아마 뭐든 알아내는 데는 제가 당신보다 한 수 위일걸요. 그건 그렇고, 이제 그 얘기 좀 해봐요. 제가 쪽지 주기 전까지 절 어떻게 생각하고 있었어요?"

그는 그녀에게 거짓말하고 싶은 생각이 조금도 없었다. 연애를 시작하기에 앞서 가장 기분 나쁜 이야기를 해버리는 게 일종의 액땜이 될 수도 있었다.

"당신을 정말 싫어했습니다."

윈스턴이 말했다.

"당신을 강간한 다음 죽이고 싶었어요. 2주 전에는 돌멩이로 머리통을 박살 낼까도 심각하게 생각해봤죠. 사실을 말하자면 난 당신이 사상경찰과 관련이 있을 줄 알았거든요."

여자가 즐겁게 깔깔거리며 웃었다. 아무래도 자신의 위장술이 수준급이었다는 찬사로 받아들인 모양이었다.

"사상경찰이라니, 말도 안 돼! 정말 그렇게 생각했어요?"

"글쎄, 그게 꼭 그런 건 아니지만 어쨌든 당신의 전반적인 모습, 그러니까 그저 당신이 젊고 생기 있고 건강하니까…… 내 말 무슨 뜻인지 알 거예요. 그러니까 나는 아마도 당신이……."

"제가 모범 당원이라고 생각한 거군요. 말과 행동이 무결한 그런 사람이라고요. 깃발, 행진, 구호, 게임, 단체 행군 같은 것들은 정말 다 잘하긴 하죠. 그래서 제가 기회만 있으면 당신을 사상범으로 고발해서 죽게 할 거라고 생각한 거군요?"

"맞아요. 그렇게 생각했어요. 당신도 알다시피 젊은 여자들이 대부분 그렇잖아요."

"이 망할 놈의 것 때문에 그런 거예요."

그녀가 청년반성연맹의 진홍색 허리띠를 풀어 나뭇가지에 걸면서 말했다. 그런 다음 허리를 만지다가 갑자기 무언가 떠오른 사람처럼 작업복 주머니를 뒤지더니 조그만 초콜릿 조각을 꺼냈다. 그녀는 그것을 반으로 쪼개어 한쪽 조각을 윈스턴에게 주었다. 그는 그것을 받아 들기 전에 이미 냄새로 그것이 보통 초콜릿이 아니라는 것을 알았다. 색깔이 검고 반들반들 윤기가 나는 데다 은박지로 포장돼 있었다. 보통 초콜릿은 연갈색에 잘 부서졌으며, 맛은 어떤가 하면 쓰레기 태우는 냄새 같다고 표현하는 게 가장 적절하다 할 정도였다. 그러나 윈스턴도 언젠가 지금 그녀가 준 것과 똑같은 초콜릿을 맛본 적이 있었다. 그 초콜릿 냄새를 맡자마자 딱 꼬집어 말할 수는 없지만 강렬하면서도 고통스러운 어떤 기억이 떠올랐다.

"이건 어디서 구했어요?"

윈스턴이 물었다.

"암시장에서요."

그녀가 예사롭게 대답했다.

"보시다시피 원래 전 이런 여자예요. 게임도 곧잘 하고 첩보단 분대장도 해봤죠. 일주일에 사흘 저녁은 청년반성연맹에서 자원봉사도 해요. 몇 시간이고 런던 구석구석을 돌아다니며 그들의 빌어먹을 선전문을 붙여요. 행진 때는 항상 깃발 한쪽을 들고요. 전 언제나 명랑해 보이고 무슨 일에든 몸을 사리는 법이 없죠. 군중과 함께 고함을 질러대는 것도 잘하고요. 안전하게 살려면 그 수밖에 없어요."

초콜릿이 윈스턴의 혀에서 사르르 녹았다. 기분이 좋아지는 맛이었다. 그러나 초콜릿에 얽힌 추억은 여전히 의식의 언저리에서 맴돌 뿐 떠오르지가 않았다. 느낌은 강하게 남아 있었지만 곁눈질로 사물을 쳐다볼 때처럼 그 실체가 명확하게 잡히지 않았다. 그는 그 추억을 마음속에서 밀어내 버렸다. 이제 그는 그것이 없던 일로 하고 싶었지만 그럴 수 없었던 행동과 연관된 추억이라는 점만 알고 있었다.

"당신은 아주 젊어요."

윈스턴이 말했다.

"나보다 열 살이나 열다섯 살쯤 어린 것 같군요. 그런데 나 같은 남자를 뭘 보고 좋아한 겁니까?"

"당신 얼굴에서 남다른 걸 봤어요. 그래서 모험하는 셈 치고 한번 해보자 싶었죠. 전 마음이 딴 데 가 있는 사람들을 알아맞히는 재주가 있거든요. 당신을 보자마자 '그들'에게 넘어가지 않았다는 것을 알았죠."

'그들'이란 당원, 특히 내부 당원을 뜻하는 것 같았다. 그녀가 그들 이야기를 하면서 대놓고 조롱하고 증오하는 통에 윈스턴은 안절부절못했다. 그곳이 안전하다고는 하나 과연 지금 세상에 정말로 안전한 곳이 있을까 싶었다. 사실 그는 그녀의 거친 말투에 적잖이 놀랐다. 당원은 욕을 못 하게 되어 있을뿐더러 윈스턴 본인은 여간해서는 남이 들릴 정도로 욕하는 일이 거의 없었다. 그러나 줄리아는 당, 특히 내부당을 입에 올릴 때는 뒷골목 담벼락에나 휘갈겨 쓸 법한 상스러운 말들을 안 쓰고는 못 배겼다. 그는 그런 게 싫지 않았다. 그런 말투는 그녀가 당과 당이 하는 모든 일에 반감을 가지고 있음을 드러내는 하나의 징후였기 때문이다. 이것은 말이 고약한 건초 냄새를 맡으면 재채기를 하는 것처럼 어느 정도 당연하고 건강한 반응 같았다. 그들은 빈터를 나와 시시각각 그늘이 모양을 바꾸는 숲 속을 다시 거닐었다. 그러면서 두 사람이 나란히 걸을 수 있을 만큼 넓은 길이 나올 때마다 서로의 허리를 껴안았다. 허리띠를 풀어서 그런지 그녀의 허리는 훨씬 더 나긋해진 것 같았다. 두 사람은 귓속말을 하듯 아주 작게 말했다. 빈터를 벗어나자 줄리아가 조용히 걷는 게 좋겠다고 말했기 때문이다. 이내 두 사람은 어린나무들이 에워싼 숲 가장자리에 이르렀다. 그녀가 그를 멈춰 세웠다.

"숲 밖으로는 나가지 마세요. 누군가 지켜보고 있을지도 몰라요. 나뭇가지 뒤에만 있으면 우린 괜찮아요."

그들은 우거진 개암나무 그늘에 서 있었다. 수많은 잎사귀 사이로 내리쬐는 햇볕은 여전히 뜨거웠다. 윈스턴은 저 멀리 들판을 유유히 내다보다가 이상하게도 어디서 본 것 같은 느낌이 들어 소스라치게 놀랐다. 그 풍경이 눈에 익었다. 오래된 목초지, 그곳에 구불구불 나 있는 오솔길, 군데군데 보이는 두더지 굴, 들판 맞은편의 너덜너덜한 울타리 너머에서는 느릅나무 잔가지들이 한들거렸고, 잎사귀들은 숱 많은 여인네의 머리칼처럼 나부꼈다. 보이진 않지만 근처 어딘가에서 맑은 시냇물이 천천히 흐르고 있고, 버드나무 아래 연못에서는 황어 떼가 헤엄치고 있을 터였다.

"이 근처 어딘가에 시냇물이 흐르지 않나요?"

그가 속삭이듯 물었다.

"맞아요, 저쪽 들판 끝에 시냇물이 있어요. 물고기도 사는걸요. 아주 큰 물고기들이요. 버드나무 아래를 내려다보면 연못 속에서 물고기들이 꼬리를 흔들며 가만히 노니는 게 보여요."

"황금빛 나라로군."

그가 중얼거렸다.

"황금빛 나라요?"

"아뇨, 아무것도 아니에요. 가끔 꿈에서 보는 풍경이라서."

"저기 좀 봐요!"

줄리아가 속삭였다.

5미터도 안 되는 거리에 있는, 그들의 얼굴 높이밖에 안 되는 나뭇가지에 개똥지빠귀 한 마리가 앉아 있었다. 개똥지빠귀는 두 사람을 보지 못한 모양이었다. 새는 햇볕 속에 있었고 그들은 그늘 속에 있었다. 개똥지빠귀가 날개를 폈다가 다시 접더니 마치 해를 보고 절을 하듯 잠시 머리를 숙였다 들고는 이내 노래를 쏟아내기 시작했다. 오후의 고요를 뚫고 들려오는 새소리는 놀라 움찔할 만큼 컸다. 윈스턴과 줄리아는 서로에게 홀린 듯 꼭 껴안고 있었다. 새는 마치 자신의 음악적 기교를 뽐내기라도 하듯 매번 다른 소리로 변화를 주면서 몇 분 동안이나 계속 지저귀었다. 이따금씩 노래를 멈출 때마다 날개를 폈다가 다시 접었고 반점이 있는 가슴을 둥 그렇게 부풀리는가 싶으면 다시 노래를 불러댔다. 윈스턴은 그런 모습을 지켜보면서 막연하게나마 경이감을 느꼈다. 새는 누구를 위해, 그리고 무엇을 위해 저렇게 노래하는 걸까? 봐주는 친구도 없고 같은 재주를 뽐내는 경쟁자도 없는데 말이다. 무엇 때문에 저렇게 외톨이처럼 서 있는 나무 끝에 앉아 허공에 대고 노래를 불러대는 걸까? 그는 문득 가까운 어딘가에 마이크가 숨겨져 있는 게 아닐까 생각했다. 그와 줄리아는 속삭이듯 작게 말했으니 설령 마이크가 있다 하더라도 그들이 나눈 말들은 잡아내지 못했을 것이다. 하지만 지빠귀의 노랫소리는 잡아낼 것이다. 어쩌면 마이크 저쪽 끝에 있을 도청실에서 딱정벌레처럼 생긴 작은 체구의 그 남자가 열심히 저 노랫소리를 듣고 있을지도 몰랐다. 그러나 새소리가 홍수처럼 점점 거세지자 윈스턴은 더 이상 이런저런 생각을 할 수가 없었다. 그 소리는 마치 액체처럼 쏟아져 그의 온몸을 흠뻑 적시고 나뭇잎 사이로 비쳐드는 햇살과 뒤섞였다. 그는 생각을 멈추고 그저 느낌에만 집중했다. 팔로 감싸 안은 여자의 허리가 부드럽고 따뜻했다. 그는 서로의 가슴이 맞닿도록 그녀의 허리를 바짝 끌어당겼다. 그녀의 육체가 그의 몸속으로 녹아드는 것 같았다. 그의 손길이 닿는 곳마다 그녀의 육체는 물처럼 더없이 나긋나긋해졌다. 그들은 깊게 입을 맞췄다. 앞서 나눴던 딱딱한 입맞춤과는 전혀 달랐다. 두 사람은 다시 얼굴을 떼어내면서 깊은 한숨을 내쉬었다. 지빠귀가 놀랐는지 날개를 퍼덕이며 날아갔다.

윈스턴은 그녀의 귀에 입술을 가져다 대며 속삭였다.

"이제……."

"여기선 안 돼요. 아까 그곳으로 가요. 거기가 안전해요."

그녀 역시 속삭이듯 말했다.

두 사람은 간간이 나뭇가지를 우지직 소리가 나게 밟아가며 빠르게 예의 빈터를 향해 걸어갔다. 이윽고 어린나무들로 둘러싸인 그 둔덕으로 들어서자 그녀가 돌아서서 그를 쳐다보았다. 두 사람 모두 가쁜 숨을 내쉬고 있었지만 그녀의 입가에 다시 은은한 미소가 번졌다. 그녀는 잠시 그대로 서서 그를 쳐다보더니 곧이어 자신의 작업복 지퍼를 더듬어 찾았다. 아, 정말이었다! 꿈에서 본 그대로였다. 그가 상상했던 대로 재빠르게 그녀가 옷을 벗었다. 그리고 문명 전체를 송두리째 파괴할 때나 나올 것 같은 근사한 몸짓으로 그 옷들을 내던졌다. 그녀의 육체가 햇살을 받아 하얗게 빛났다. 그러나 잠시 동안 윈스턴은 그녀의 육체를 쳐다보지 못했다. 이윽고 그의 눈길이 엷은 듯 대담한 미소를 머금은 주근깨투성이 얼굴에 한참을 머물렀다. 그는 그녀 앞에 무릎을 꿇고 그녀의 손을 잡았다.

"전에도 이런 거 해봤어요?"

"물론이죠. 수백 번, 아니 수십 번은 해봤을걸요."

"당원들하고요?"

"네, 언제나 당원들하고만요."

"내부 당원들하고도?"

"그럴 리가요. 그런 돼지 같은 놈들하고는 안 했죠. 기회만 준다면야 너도나도 하려고 하겠지만요. 알려진 것처럼 그렇게 점잖은 놈들이 아니에요."

윈스턴은 가슴이 뛰었다. 그녀가 수십 번이나 이런 짓을 했다니. 마음 같아서는 수백 번이었으면 더 좋았을 뻔했다. 부패를 암시하는 것이라면 무엇이든 그를 터무니없는 희망으로 들뜨게 했다. 어쩌면 당이 속에서부터 썩고 있는지도 모를 일이었다. 당이 당원들의 불굴의 노력과 자기부정을 그렇게까지 예찬하는 것도 죄악을 감추기 위한 속임수에 불과할 수도 있었다. 만약에 그가 수많은 당원에게 문둥병이나 매독을 퍼뜨릴 수 있다면 아주 기쁜 마음으로 그렇게 했을 것이다. 당을 썩히고 약하게 만들고 위태롭게 하는 일이라면 뭐든지 하리라! 그는 그녀를 아래로 끌어당겨 무릎을 맞대고 마주 앉았다.

"잘 들어요. 난 말이죠, 당신이 남자를 많이 겪을수록 당신을 더욱 사랑할 겁니다. 무슨 말인지 알겠어요?"

"그럼요, 알고말고요."

"난 순결도 선량함도 증오해요. 그 어디에도 미덕이라는 게 없었으면 좋겠어요. 모든 사람이 뼛속까지 썩었으면 좋겠다고요."

"그럼 제가 당신한테 딱 맞는 여자네요. 난 뼛속까지 썩었거든요."

"정말 그걸 좋아하는 겁니까? 꼭 나여서가 아니라, 상대가 누구든 상관없을 만큼 그 일 자체를 좋아하느냐는 뜻입니다."

"아주 좋아해요."

윈스턴이 가장 듣고 싶던 대답이었다. 단지 어떤 한 사람을 사랑하는 것이 아니라 동물적 본능, 즉 단순하고 무차별적인 욕망만이 당을 완전히 무너뜨릴 수 있는 힘이었다. 그는 초롱꽃이 떨어져 있는 풀밭에 그녀를 눕혔다. 이번에는 전혀 어렵지 않았다. 이윽고 헐떡거리는 심장이 천천히 정상으로 돌아오자 두 사람은 일종의 기분 좋은 무력감에 취해 서로의 몸에서 떨어졌다. 햇볕은 더 뜨거워진 것 같았다. 두 사람 다 졸음이 쏟아졌다. 윈스턴은 아무렇게나 던져놓았던 작업복을 끌어당겨 그녀의 몸을 덮어주었다. 그리고 거의 순식간에 곯아떨어진 두 사람은 30분가량 잠을 잤다.

윈스턴이 먼저 깨어났다. 그는 일어나 앉아 제 팔을 베개 삼은 채 아직 평화롭게 자고 있는 그 주근깨투성이의 얼굴을 가만히 바라보았다. 입을 빼고는 미녀로 보기 어려운 얼굴이었다. 가까이서 보니 눈가에 주름도 한두 개 있었다. 짧게 자른 검은 머리는 유난히 숱이 많고 보드라웠다. 문득 그는 아직 그녀의 성姓은 물론 그녀가 어디에 사는지도 모르고 있다는 것이 생각났다.

젊고 튼튼한 육체가 그렇게 무방비 상태로 자고 있는 모습을 보고 있자니 연민의 감정과 함께 보호 본능이 일었다. 그러나 개암나무 아래서 개똥지빠귀의 노래를 들을 때 아무 생각 없이 들었던 연애 감정은 되살아나지 않았다. 그는 그녀에게 덮어줬던 작업복을 치운 뒤 희고 매끈한 그녀의 옆구리를 자세히 들여다보았다. 생각해보면 옛날에는 한 남자가 한 여자의 몸을 보고 성적 매력을 느끼면 그것으로 족했다. 그러나 요즘에는 순수한 사랑을 할 수도, 순수한 욕정을 느낄 수도 없었다. 모든 게 두려움과 증오로 뒤얽혀 있어 어떤 감정도 순수하지 못했다. 따라서 윈스턴과 줄리아가 서로 부둥켜안은 행위는 전투였고 그들이 느낀 절정은 곧 승리였다. 그들이 나눈 사랑은 당에 저항하는 행위, 즉 정치적 행위였던 것이다.

3

"여기는 한 번 더 와도 돼요. 어떤 비밀 장소든 대개 두 번까지는 안전해요. 물론 한두 달 있다가 와야 하지만요."

줄리아가 말했다.

그녀는 잠에서 깨자마자 태도를 바꿨다. 짐짓 민첩하고 사무적인 태도로 옷을 입고 진홍색 허리띠를 동여매고는 집으로 돌아갈 계획을 세세하게 짜기 시작했다. 그녀가 하는 대로 따라가는 게 당연하다 싶었다. 확실히 그녀에게는 윈스턴과 달리 현실적으로 약삭빠른 데가 있었다. 게다가 단체 행군을 수도 없이 다녀 런던 근방의 시골 지리를 훤히 꿰뚫고 있는 것 같았다. 그녀가 가르쳐준 길은 올 때 왔던 길과 전혀 달라 기차역도 달랐다.

"왔던 길로 돌아가면 절대 안 돼요."

그녀는 중요한 일반 원칙이라도 일러주듯이 말했다.

그녀가 먼저 출발하고 윈스턴은 30분쯤 기다렸다가 뒤따라가기로 했다.

줄리아는 나흘 뒤 두 사람이 퇴근 후에 만날 장소를 가르쳐주었다. 빈민가에 있는 거리로, 늘 사람들이 북적대는 시끄러운 공개 시장이 있는 곳이었다. 그녀는 구두끈이나 바느질실을 찾는 척하며 가게 앞에서 서성거리겠다고 했다. 그리고 그가 가까이 왔을 때 주위에 감시의 눈이 없다고 판단되면 코를 풀 것이니 그녀가 가만히 있으면 아는 체하지 말고 그냥 지나가라고 했다. 재수가 좋아 북적거리는 사람들 틈에 섞이게 되면 15분 정도 안전하게 이야기를 나누고 다시 만날 약속을 잡을 수 있을 터였다.

"이제 가봐야겠어요."

그에게 지시 사항을 빈틈없이 일러주기 무섭게 그녀가 말했다.

"19시 30분까지 돌아가야 해요. 청년반성연맹에 들러 두 시간 동안 전단지 같은 걸 나눠주는 일을 해야 해서요. 지랄 같죠? 옷에 묻은 먼지 좀 털어주세요. 혹시 머리에 검불 같은 거 안 붙었어요? 정말 없어요? 그럼 이제 갈게요. 안녕, 내 사랑!"

그녀가 그의 품에 뛰어들더니 거칠다 싶을 만큼 진하게 입을 맞췄다. 그리고 잠시 후 어린나무들을 헤치고 소리 없이 숲으로 사라졌다. 그는 아직도 그녀의 성이나 주소를 알아내지 못했다. 그러나 알든 모르든 마찬가지였다. 어차피 집에서 만나거나 편지 따위를 주고받는 것은 상상도 할 수 없었기 때문이다.

그 후 두 사람은 숲 속의 그 빈터에 두 번 다시 가지 못했다. 5월 한 달 동안 그들은 단 한 번밖에 사랑을 나누지 못했다. 줄리아는 또 다른 비밀 장소를 알고 있었다. 그곳은 30년 전에 원자탄이 떨어져 인적이 끊기다시피 한 어느 시골 마을의 폐허나 다름없는 교회의 종탑이었다. 그 종탑은 일단 그 안에 들어가기만 하면 더할 나위 없는 비밀 장소였지만 거기까지 가는 게 아주 위험했다. 그곳을 제외하고 그들이 만날 수 있는 데라고는 길거리밖에 없었다. 그것도 매일 저녁 다른 장소에서 만나야 했고 한 번에 30분을 넘기지 못했다. 그래도 길거리에서 만나면 대개 어느 정도 이야기를 나눌 수 있었다. 북적대는 사람들과 자연스레 휩쓸려 인도를 걸어가되 서로 나란히 서거나 마주 보는 일 없이 몇 초에 한 번씩 반짝이는 등대 불빛처럼 이어졌다 끊어졌다 하는 별난 대화를 나누어야 했다. 가령 제복을 입은 당원이 가까이 오거나 텔레스크린이 있는 곳에 이르면 갑자기 입을 다물었다가 몇 분 후에 아까 하던 말을 재개했다. 그러다가 미리 정해놓은 지점에 도착하면 얼른 대화를 중단한 뒤 헤어졌다가 다음 날 만나서 거두절미하고 그 전날 중단된 부분부터 다시 대화를 이어나갔다. 줄리아는 그런 식의 대화에 꽤 익숙한 듯, 이를 '분할대화'라고 불렀다. 그뿐만 아니라 그녀는 입술을 움직이지 않고 말하는 데에도 놀라운 재주가 있었다. 거의 한 달 동안 매일 밤 만나면서 그들은 딱 한 번 입맞춤을 할 수 있었다. 어느 날 두 사람이 말없이 골목으로 걸어가고 있을 때였다(줄리아는 큰길을 벗어나면 말을 하는 법이 없었다). 갑자기 귀청이 터질 듯한 굉음이 들리더니 땅이 흔들리고 사방이 캄캄해졌다. 윈스턴은 어느새 상처를 입은 채 겁에 질려 옆으로 누워 있었다. 로켓 폭탄이 꽤 가까운 곳에 떨어진 것이 틀림없었다. 별안간 그는 몇 센티미터 떨어진 곳에 보이는, 송장처럼 창백하다 못해 석회처럼 새하얀 줄리아의 얼굴을 알아보았다. 그녀는 입술까지 하얗게 변해 있었다. 그녀가 죽었구나 싶었다. 그는 허겁지겁 다가가 그녀를 꼭 껴안았다. 정신을 차려보니 자신이 그녀의 얼굴에 입을 맞추고 있었다. 얼굴이 따뜻한 것으로 보아 그녀는 살아 있었다. 그는 자신의 입술에 무엇인가 묻은 게 느껴졌다. 가만 보니 두 사람은 얼굴에 횟가루를 뒤집어쓰고 있었다.

때로는 두 사람이 만나기로 약속한 장소에서 만났는데도 신호가 없어 서로 그냥 지나쳐 가야 했던 적도 있었다. 순찰병이 모퉁이를 돌아서 오고 있거나 머리 위쪽에서 헬리콥터가 빙빙 맴돌고 있을 때는 그럴 수밖에 없었다. 이처럼 만남 자체가 위험하기도 했지만 만날 시간을 내는 것도 어렵기는 마찬가지였다. 윈스턴의 주당 근무 시간은 60시간이었고 줄리아의 근무 시간은 그보다 훨씬 길었다. 그런 데다 업무량의 많고 적음에 따라 쉬는 날도 매번 다르다 보니 서로 시간을 맞추기가 쉽지 않았다. 더구나 줄리아는 저녁 시간에도 완전히 쉬는 경우가 거의 없었다. 강의와 시위에 참가하고, 청년반성연맹을 위해 인쇄물을 배포하며, 증오주간을 위해 깃발을 준비하고, 절약운동을 위한 모금에 나서는 등 각종 활동에 믿기 어려울 만큼 많은 시간을 쏟았다. 그녀는 그 덕분에 완벽한 위장이 가능하다고 말했다. 작은 규칙들을 지키다 보면 큰 규칙을 깰 수 있다는 지론이었다. 그녀는 심지어 윈스턴이 하루 저녁이라도 시간을 내어, 열성 당원들이 자발적으로 참여하는 시간제 군수품 제조 노동에 지원하도록 유도하기까지 했다. 윈스턴은 결국 일주일에 하루 저녁씩, 그것도 네 시간이나 조명도 흐린 데다 망치 두들기는 소리와 텔레스크린의 음악이 뒤섞여 황량하기 이를 데 없는 공장에서 폭탄 뇌관의 부속품인 조그만 쇳조각을 나사못으로 조이는 단조로운 일을 하느라 따분한 시간을 견뎌야 했다.

윈스턴과 줄리아는 교회 종탑에서 만나 분할대화에서 못다 한 이야기들을 나눴다. 타는 듯이 더운 오후였다. 종탑 위의 작고 네모난 방 안은 덥고 공기가 탁한 데다 비둘기 똥 냄새까지 코를 찔렀다. 두 사람은 먼지가 수북하고 나무 잔가지들이 흩어져 있는 바닥에 앉아 몇 시간 동안 이야기를 나눴다. 그 와중에 가끔 두 사람이 번갈아 일어나 좁은 틈으로 밖을 내다보며 누가 오지는 않는지 살폈다.

줄리아는 스물여섯 살이었다. 그리고 서른 명의 다른 여자들과 함께 합숙소에 살고 있으며(그녀는 "밤낮 여자들의 악취 속에서 살아요! 여자들이 죽도록 싫어요!"라고 말했다), 짐작했던 대로 창작국의 소설 제작기 파트에서 일하고 있었다. 그녀는 성능이 뛰어나지만 다루기 까다로운 전기모터를 작동시키고 수리하는 자신의 일을 좋아했다. 줄리아는 '영리하지는 않지만' 손을 쓰는 일을 좋아했고 기계류에 익숙했다. 또한 그녀는 기획위원회에서 내려오는 전체적인 지시 사항들에서부터 수정반Rewrite Squad의 최종 손질에 이르기까지 한 편의 소설이 창작되는 전 과정을 술술 설명할 수 있었다. 그러나 완성품에는 흥미가 없었다. 그녀는 독서엔 그다지 관심이 없다고 말했다. 책은 잼이나 구두끈처럼 생산해야 하는 하나의 상품에 불과하다는 것이었다.

줄리아는 60년대 초반 이전의 일들은 전혀 기억하지 못했다. 그녀에게 혁명 이전의 시절에 대해 자주 이야기를 해주었던 사람은 그녀가 여덟 살 때 행방불명된 할아버지 한 분밖에 없었다. 학창 시절에 그녀는 하키 팀 주장이었고 2년 연속으로 체육상도 받았다. 또 그녀는 첩보단 분대장이었고 청년반성연맹에 입단하기 전에는 청년연맹의 지부장을 맡기도 했다. 그녀는 언제나 우수한 인재로 꼽혔다. 그 덕에 포르노과로 특채되기도 했다(이는 그녀가 아주 높게 평가받고 있다는 증거였다). 포르노과는 싸구려 포르노물을 제작해 무산계급에 배포하는 창작국의 한 부서였는데, 줄리아의 말에 따르면 여기서 일하는 사람들은 자기네 부서를 '거름집'이라는 별명으로 불렀다고 했다. 그녀는 포르노과에서 1년 동안 근무하며 '화끈한 이야기'나 '여학교에서의 하룻밤'과 같은 제목의 소책자들을 생산하는 일을 거들었다. 이런 책들은 몇 권씩 묶음으로 밀봉해서 판매했는데, 무산계급의 젊은이들은 무슨 불온서적이라도 사듯 몰래 이 책들을 구입했다.

"그런 책들은 내용이 어떻게 되나?"

윈스턴이 호기심에서 물었다.

"그야 완전 쓰레기 같은 내용이죠. 엄청 지루하고요. 여섯 개밖에 안 되는 이야기를 가지고 내용을 조금씩만 바꾸는 거거든요. 물론 난 만화경만 맡았어요. 수정반 일은 한 번도 해본 적 없어요. 문학적 소질이 없어서 그쪽 일엔 맞지 않아요."

윈스턴은 포르노과에서 일하는 사람들은 부서장만 빼고 전부 여자라는 말을 듣고 깜짝 놀랐다. 여자들이 남자들보다 성적 본능을 잘 억제하기 때문에 그들이 다루는 음란물에 의해 타락할 위험성이 그만큼 적다는 학설에 따라 내려진 조치라고 했다.

"거기서는 결혼한 여자도 좋아하지 않아요."

그녀가 덧붙였다.

"여자는 자고로 순결해야 한다는 거죠. 그렇지 않은 여자가 여기 한 명 있는데 말이에요."

줄리아는 열여섯 살 때 예순 살의 당원과 첫 경험을 치렀는데 그 사람은 나중에 체포당하지 않으려고 자살했다고 했다.

"그러길 잘했지요."

줄리아가 말했다.

"안 그랬으면 그 사람이 자백할 때 내 이름이 나왔을 테니까요."

그 후로는 여러 남자와 관계를 맺었다. 그녀가 인생을 보는 관점은 지극히 단순했다. 사람들은 즐기며 살기를 원한다. 그러나 그들, 즉 당은 그렇게 살지 못하게 한다. 그렇다면 당이 정한 규칙들을 최대한 어기며 살면 된다. 그녀는 사람들이 그들에게 잡혀 살지 않으려고 하는 게 당연한 것처럼 '그들'이 사람들에게서 즐거움을 빼앗으려고 하는 게 당연하다고 생각하는 것 같았다. 본인 스스로 가장 원색적인 표현으로 그렇게 말했듯이 그녀는 당을 증오하긴 했지만 당을 전체적으로 비판하는 일은 없었다. 자신의 사생활이 간섭받는 부분을 제외하고는 당의 노선에 관심이 없었다. 윈스턴은 그녀가 일상용어 외에는 신어를 전혀 쓰지 않는다는 것을 알아챘다. 게다가 형제단 이야기는 들어본 적도 없거니와 그런 조직이 존재한다는 사실 자체도 믿으려 하지 않았다. 조직적으로 당에 저항하는 어떤 반란도 실패할 수밖에 없기 때문에 그런 시도는 어리석은 짓이라고 생각하는 듯했다. 따라서 당의 규칙을 어겨가면서 그럭저럭 살아남는 게 현명한 처사라고 했다. 그런 그녀를 보면서 윈스턴은 막연하게나마 젊은 세대 가운데 그녀와 같은 사람이 얼마나 많을까 생각해보았다. 혁명의 세상에서 자라나 그 밖의 것은 전혀 모른 채 당을 마치 하늘처럼 영원히 바꿀 수 없는 것으로 받아들여 당의 권위에 저항하지 않고 토끼가 개를 피하듯 그저 적당히 피해 가기만 하는 사람들 말이다.

윈스턴과 줄리아는 결혼의 가능성을 놓고 상의하는 일 따위는 하지 않았다. 워낙 가능성이 희박한 일이라서 생각하고 자시고 할 가치조차 없었다. 설령 윈스턴이 아내인 캐서린을 어떻게든 완전히 떼어낸다 하더라도 위원회가 그들의 결혼을 허가해주리라는 것은 상상도 할 수 없었다. 백일몽 속에서도 전혀 가망 없는 일이었다.

"당신 아내는 어떤 사람이었나요?"

줄리아가 물었다.

"그녀는 그러니까……, 혹시 신어 가운데 '선사善思로운'이라는 말 알아? 선천적으로 정통파라서 나쁜 생각은 아예 할 수가 없다는 뜻인데."

"그런 단어가 있는 줄은 몰랐지만 어떤 사람을 말하는지는 알 것 같아요."

윈스턴은 줄리아에게 결혼 생활에 대해 풀어놓기 시작했다. 그런데 신기하게도 줄리아는 이미 핵심적인 부분을 훤히 꿰뚫고 있는 것 같았다. 그녀는 마치 그의 결혼 생활을 실제로 목격했거나 어느 정도 감지하고 있던 사람처럼 그가 캐서린의 몸에 손을 대기만 하면 뻣뻣해졌던 일이나, 그를 꼭 껴안고 있을 때마저도 힘껏 밀어내는 것 같았던 태도 따위를 술술 설명해주었다. 윈스턴은 줄리아와 그런 이야기를 나누는 게 조금도 불편하지 않았다. 어쨌든 오래전에는 캐서린과의 일이 고통스러운 기억이었지만 이제는 그저 불쾌한 기억에 지나지 않았다.

"아무리 그래도 한 가지 일만 아니었다면 그럭저럭 참고 살 수 있었을 거야."

윈스턴은 캐서린이 매주 같은 날 밤에 강요했던 그 형식적인 작은 의식에 대해 말해주었다.

"그 여자는 그 짓을 싫어하면서도 끝까지 그만둘 생각을 않더군. 그 여자가 그걸 뭐라고 불렀는지, 당신은 아마 상상도 못할걸."

"당에 대한 우리의 의무."

줄리아가 지체 없이 말했다.

"그걸 어떻게 알았어?"

"나도 학교에 다녔으니까요. 열여섯 살이 넘으면 한 달에 한 번 섹스 간담회라는 게 있었어요. '청년운동' 때도 있었고요. 그렇게 수년 동안 그런 인식을 머릿속에 주입하는 거죠. 그럼 상당한 효과가 있겠죠. 하지만 물론 모두에게 효과가 있다고 장담할 수는 없어요. 사람들이란 워낙에 위선자니까요."

줄리아는 그 문제를 좀 더 확대해서 말했다. 그녀는 어떤 주제로 이야기를 하든 그녀 자신의 성생활과 직결시켰다. 그러다 보니 어떤 식으로든 섹스 이야기가 화제에 오르면 대단할 만큼 예리하게 파고들 수 있었다. 윈스턴과 달리 그녀는 성적 엄숙주의를 강요하는 당의 속내를 꿰뚫고 있었다. 그녀의 설명으로는, 성 본능이 만들어낸 세계는 당의 통제권에서 벗어나 있기 때문에 당의 입장에서는 가능하면 이런 세계를 파괴하려는 게 당연하다고 했다. 그러나 이보다 더욱 중요한 속내는 따로 있었다. 성 본능을 억압하면 히스테리가 유발되는데, 이런 히스테리는 전쟁 열기와 지도자 숭배로 변형될 수 있기 때문에 당에는 여러모로 바람직한 일이라는 것이었다. 그녀는 다음과 같이 설명했다.

"섹스를 하면 에너지를 다 써버리는 데다 끝나고 나면 행복감에 젖어 아예 아무 생각도 안 나잖아요. 당은 사람들이 그런 기분에 빠져드는 걸 용납할 수 없는 거예요. 사람들이 항상 에너지로 충만하길 원하죠. 행진을 하거나 만세를 부르고 깃발을 흔드는 것은 전부 섹스가 변질된 것들에 불과해요. 사람들이 속으로 진짜 행복하다면 '빅 브라더'니 '3개년 계획'이니 '2분 증오' 같은 빌어먹을 헛짓거리에 뭣 때문에 그렇게 흥분하겠어요?"

윈스턴이 생각하기에도 구구절절 옳은 말이었다. 순결과 정치적 정설은 직접적이고도 밀접하게 연결돼 있었다. 성욕처럼 강력한 본능을 억눌러 그것을 당의 원동력으로 이용하지 않는다면, 과연 어떻게 당이 체제 유지를 위해 필요한 당원들의 공포심과 증오심과 광적 맹신을 적정 수준으로 유지해나갈 수 있을까? 당은 성 충동이 자신들에게 위험하기 때문에 이 점을 역이용한 셈이었다. 당은 자식을 향한 부모의 본능도 이와 비슷한 수법으로 이용해왔다. 현실적으로 가족 자체를 없애기는 불가능하니까 사람들에게 옛날 방식 그대로 자녀를 사랑하도록 권장한 반면, 아이들에게는 어릴 때부터 체계적인 교육을 통해 부모를 등지게 함으로써 부모를 감시하고 부모의 일탈 행위를 고발하도록 가르친 것이다. 사실상 가족은 사상경찰의 연장선 안에 놓이게 되었다. 한마디로 모든 사람이 밤낮으로 자기를 잘 아는 밀고자들에게 둘러싸여 살게 하려고 짜낸 계략이나 다름없었다.

느닷없이 캐서린이 다시 떠올랐다. 캐서린은 그렇게 둔한 사람이 아니라서 윈스턴의 이단적 관점을 눈치챘더라면 틀림없이 그를 사상경찰에 밀고했을 것이다. 그러나 그 순간 윈스턴이 캐서린을 떠올린 진짜 이유는 이마에서 땀방울이 솟을 만큼 숨 막히는 오후의 더위 때문이었다. 윈스턴은 줄리아에게 11년 전 어느 무더운 여름날 오후에 일어났던, 아니 일어날 뻔했다가 불발로 끝나버린 일을 이야기하기 시작했다.

윈스턴과 캐서린이 결혼하고 3, 4개월이 지났을 무렵이었다. 단체 행군에 참가했다가 켄트의 어느 지역에선가 길을 잃었다. 일행보다 1, 2분 정도 뒤처졌을 뿐인데 옆길로 잘못 들어선 탓에 오래된 석회 채석장 끝에 이르고 말았다. 그곳은 높이가 1, 20미터나 되는 깎아지른 낭떠러지로 밑바닥은 자갈투성이였다. 길을 물어볼 사람도 없었다. 캐서린은 길을 잃었다는 것을 알아차린 순간부터 안절부절못했다. 시끌벅적한 행군 무리에서 잠시 벗어난 것만으로도 자기가 무슨 부정행위를 저지른 기분이 드는 모양이었다. 그녀는 서둘러 왔던 길로 되돌아가 다른 방향으로 일행을 찾아 나서고 싶어 했다. 그러나 그 순간 윈스턴은 바로 아래 절벽 틈에 수북이 피어 있는 부처꽃을 발견했다. 겉보기에는 한뿌리에서 자란 한 무더기 같은데 꽃 색깔은 자홍색과 붉은 벽돌색 두 가지였다. 그는 그런 꽃을 난생처음 본 터라 캐서린에게도 보여줘야겠다 싶어 그녀를 불렀다.

"캐서린, 저기 좀 봐! 저 꽃들 좀 보라고. 저 밑바닥 근처 절벽 틈에 난 거 말이야. 한 무더긴데 두 가지 색깔로 핀 거 보여?"

그녀는 왔던 길로 되돌아가려고 이미 돌아선 상태였지만 약간 초조해하면서도 잠시 그가 있는 쪽으로 돌아왔다. 그러더니 그가 가리키는 곳을 보려고 절벽 아래로 몸을 숙였다. 그는 조금 뒤에 서서 떨어지지 않도록 그녀의 허리를 잡아주었다. 그런데 그때 갑자기 그곳에 그와 캐서린 단둘뿐이라는 게 생각났다. 사방 어디에도 사람이라고는 눈 씻고 찾아봐도 없는 데다 나뭇잎 하나 흔들리지 않았고 새소리조차 들리지 않았다. 그런 장소에 마이크가 숨겨져 있을 가능성도 거의 없을뿐더러 설령 어딘가에 숨겨져 있다 해도 그것은 소리만 잡아낼 수 있을 것이었다. 바야흐로 가장 덥고 가장 졸린 오후 시간이었다. 그들 머리 위로는 태양이 이글이글 타올랐고 그의 얼굴은 땀으로 번들거렸다. 그리고 그에게 문득 드는 생각이······.

"확 밀어버리지 그랬어요? 나 같으면 그랬을 텐데."

줄리아가 말했다.

"그랬겠지, 당신 같으면 밀었을 거야. 나도 지금의 나라면 밀었겠지. 아마도 나는…… 실은 나도 확실히 모르겠어."

"그러지 못한 게 못내 아쉬워요?"

"그렇긴 해. 그러지 못한 게 아쉬워."

윈스턴과 줄리아는 먼지가 수북한 바닥에 나란히 앉았다. 윈스턴이 그녀를 가까이 끌어당겼다. 그녀가 그의 어깨에 머리를 기대자 기분 좋은 냄새가 퍼져 비둘기 똥 냄새 따위는 잊혔다. 윈스턴은 그녀가 아주 젊은 만큼 인생에서 무언가를 기대하고 있으며, 그래서 그런지 귀찮은 사람 하나를 절벽 아래로 밀어버린다고 해서 아무것도 해결되지 않는다는 것을 이해하지 못한다고 생각했다.

"실제로 그렇게 해봐야 달라질 건 없어."

윈스턴이 말했다.

"그럼 왜 밀지 못한 걸 아쉬워해요?"

"그건 단지 내가 '아니다'보다 '그렇다'라고 대답하는 걸 좋아하기 때문에 그런 것뿐이야. 우리가 지금 벌이고 있는 게임에서 우리는 이길 수가 없어. 종류에 따라서 더 나은 패배와 더 나쁜 패배만 있을 뿐이지."

그의 말에 동의할 수 없다는 듯 줄리아가 어깨를 흔들었다. 그가 이와 같은 이야기들을 할 때면 그녀는 늘 반박했다. 개인은 언제나 패배하기 마련이라는 자연의 법칙을 인정하려 들지 않았다. 한편으로 그녀는 조만간 자신이 사상경찰에 잡혀가 처형당할 운명임을 깨닫고 있으면서도 다른 한편으로는 자신이 선택한 대로 살아갈 수 있는 은밀한 세계를 어떻게든 만들어갈 수 있으리라 내심 믿고 있었다. 따라서 운과 교활함, 그리고 대담함만 있으면 걱정 없다고 생각하는 것 같았다. 그녀는 이 세상에 행복 따위는 없고, 단 한 번 맛볼 수 있는 승리는 자신들이 죽고 난 후에도 한참이 지난 먼 미래에나 있는 것이며, 당을 향해 전쟁을 선포한 순간부터 죽은 목숨이나 다름없다는 것을 이해하지 못했다.

"우린 죽은 목숨이야."

윈스턴이 말했다.

"우린 아직 안 죽었어요."

줄리아가 건조하게 대꾸했다.

"육체적으로는 안 죽었지. 6개월, 1년, 아니면 아마 5년까지는 목숨이 붙어 있겠지. 난 죽는 게 두려워. 당신은 젊으니까 나보다 두렵겠지. 분명히 우리는 최대한 죽는 걸 미루려 할 거야. 하지만 인간이 인간으로 남아 있는 이상 삶과 죽음은 하나야."

"어우, 말도 안 돼! 당신은 지금 당장 나랑 해골 가운데 누구랑 잘 건데요? 살아 있어서 즐겁지 않나요? 이게 나고, 이게 내 손이고, 이게 내 다리라고 느끼는 게 좋지 않아요? 난 이렇게 실제로 존재하는 살과 뼈로 이루어진 살아 있는 사람이라고요! 당신은 이런 게 좋지 않아서 그래요?"

그녀는 몸을 틀어 가슴을 그의 몸에 대고 지그시 눌렀다. 그녀의 작업복을 통해 풍만하면서도 단단한 젖가슴이 느껴졌다. 그녀의 육체에 깃든 젊음과 활기의 일부가 그의 몸으로 쏟아져 들어오는 것 같았다.

"아니, 좋아."

윈스턴이 말했다.

"그럼 죽는다는 얘기는 그만둬요. 그리고 이젠 내 말 좀 들어봐요. 다음번 만날 약속을 해야 하잖아요. 숲 속 그 장소로 다시 가는 게 좋을 듯싶어요. 오랫동안 안 갔으니까요. 하지만 이번에 갈 때는 다른 길로 가야 해요. 내가 이미 계획을 다 짜놓았어요. 당신은 그러니까 기차를 타고, 아니다, 내가 그냥 약도를 그려줄게요."

그녀는 야무지게 먼지를 쓸어 모아 네모나게 만들고 비둘기 둥지에서 잔가지 하나를 빼 와 먼지 더미 위에 지도를 그리기 시작했다.

4

윈스턴은 채링턴 씨의 가게 위층에 있는 그 작고 추레한 방을 둘러보았다. 창가에 엄청나게 큰 침대가 있고 그 위에는 누더기 같은 담요와 덮개를 씌우지 않은 베개가 놓여 있었다. 열두 시간짜리 문자판이 붙어 있는 옛날식 시계가 벽난로 위에서 째깍거리고 있었다. 구석에 있는 접이식 탁자 위에서는 그가 지난번에 왔을 때 산 유리 서진이 어슴푸레한 방 안에서 은은하게 빛났다.

벽난로의 난로망에는 채링턴 씨가 마련해준 낡은 양철 석유난로 하나와 스튜 냄비 하나, 그리고 컵 두 개가 있었다. 윈스턴은 석유난로에 불을 붙인 뒤 그 위에 주전자를 올려 물을 끓였다. 그는 승리커피 한 봉지와 사카린 몇 조각을 가져왔던 것이다. 시곗바늘은 7시 20분을 가리키고 있었다. 실제로는 19시 20분이었다. 줄리아는 19시 30분에 오기로 되어 있었다.

'멍청한 짓이야. 어리석은 짓거리라고.' 그의 마음속에서는 계속해서 이렇게 말하고 있었다. 고의적이고 엉뚱하며 자멸을 불러올 멍청한 짓이라고 말이다. 당원이 저지를 수 있는 모든 범죄를 통틀어 그가 지금 벌이고 있는 짓이야말로 감추기가 가장 어려운 것이었다. 실제로 그런 짓을 벌이겠다는 생각을 하게 된 것은 접이식 탁자의 표면에 비친 유리 서진이 언뜻 떠오르면서부터였다. 예상대로 채링턴 씨는 흔쾌히 방을 빌려주었다. 방세로 다만 몇 달러라도 받게 돼 기쁜 모양이었다. 윈스턴이 그 방을 밀회 장소로 쓰려 한다는 것을 알고 나서도 깜짝 놀라기는커녕 거북하게 알은체하는 일도 없었다. 대신 먼 산을 바라보며 일반론적인 이야기를 툭툭 던질 뿐이었는데, 그 태도가 자신을 보이지 않는 사람 취급해도 좋다는 인상을 줄 정도로 자상했다.

"사생활은 아주 소중한 거지요."

채링턴 씨가 말했다.

"누구나 가끔 혼자 있을 수 있는 장소를 원해요. 그리고 누군가 그런 장소를 갖게 되면 그 사실을 아는 사람은 자기만 알고 있고 그것을 누설하지 않는 게 그 사람에 대한 최소한의 예의지요."

채링턴 씨는 그 집에 출입구가 두 개 있으며 그중 하나는 뒤뜰을 통해 뒷골목으로 빠지게 되어 있다는 말까지 덧붙였는데, 이 말을 할 때는 점점 희미해져 어디론가 사라져버릴 것 같았다.

창문 아래쪽에서는 누군가 노래를 부르고 있었다. 윈스턴은 모슬린 커튼 뒤로 몸을 숨긴 채 몰래 밖을 내다보았다. 6월의 태양은 아직도 하늘 높이 떠 있는 가운데 햇살 가득한 마당에서 노르만 건축 양식의 기둥처럼 체격이 건장한 아낙네가 허리에는 자루 같은 앞치마를 두르고 불그죽죽하고 억센 팔뚝을 드러낸 채 빨래통과 빨랫줄 사이를 오가며 갓난아기의 기저귀가 분명한 희고 네모난 천을 널고 있었다. 그녀가 빨래집게를 입에 물고 있다가 빼낼 때면 어김없이 우렁찬 콘트랄토의 노랫소리가 울려 퍼졌다.

  그저 부질없는 꿈이었지
  4월을 물들였던 빛깔처럼 사라져버렸지
  눈빛과 말과 꿈들을 휘저어놓고
  내 마음을 앗아가 버렸지

 그것은 지난 몇 주 동안 런던 어디에서나 들을 수 있었던 노래로 음악국의 소속 부서에서 무산계급을 위해 발표한 수많은 노래 가운데 하나였다. 이런 노래들의 가사는 사람이 직접 쓰는 것이 아니라 이른바 '작시기'라는 기계로 만들어졌다. 그러나 그 아낙네가 어찌나 맛깔스럽게 부르던지 그렇게 형편없이 만든 쓰레기 같은 노래가 기분 좋게 들렸다. 윈스턴은 아낙네의 노랫소리뿐만 아니라 판석을 스치는 아낙네의 신발 소리와 거리에서 뛰노는 아이들 소리, 그리고 저 먼 곳 어디쯤에서 아련하게 들려오는 자동차 소리까지 들을 수 있었다. 그러나 방 안은 텔레스크린이 없어서 그런지 이상하리만치 조용했다.
 '멍청한 짓이야, 어리석은 짓이야.' 윈스턴은 또다시 생각했다. 두 사람이 붙잡히지 않고 2, 3주 이상 그곳에 드나들 수 있으리라고는 상상도 할 수 없었다. 그러나 두 사람 모두 가까운 곳 실내에 그들만의 진정한 은신처를 갖고 싶다는 마음이 아주 간절했다. 그들은 교회 종탑에 다녀온 후 한동안 만날 약속을 정할 수가 없었다. 증오주간을 준비하느라 근무 시간이 대폭 늘어났기 때문이다. 증오주간까지 아직 한 달 넘게 남았는데도 준비 작업의 규모가 워낙 큰 데다 복잡해 모든 직원이 특근을 할 수밖에 없었다. 마침내 줄리아와 윈스턴은 같은 날 오후에 가까스로 쉴 수 있게 되었다. 그래서 두 사람은 숲 속 빈터에 다시 가기로 약속했었다. 그리고 그 전날 밤 거리에서 잠깐 만나기도 했다. 늘 그렇듯 두 사람은 바글거리는 사람들 틈에 섞여 이리저리 떠밀려 다녔고 윈스턴은 줄리아를 좀처럼 쳐다보지 못했다. 하지만 잠깐 힐끗 쳐다봤을 때 그녀는 보통 때보다 안색이 창백해 보였다.

"글렀어요, 내일 만나기로 한 거 말이에요."

말을 해도 안전하다는 판단이 들자마자 줄리아가 서둘러 속삭였다.

"뭐라고?"

"내일 오후요. 난 못 가요."

"왜?"

"늘 같은 이유죠, 뭐. 이번엔 좀 일찍 시작했어요."

순간 윈스턴은 불같이 화가 났다. 그녀와 알고 지낸 한 달 동안 그가 그녀를 향해 품은 욕망의 성질 자체가 변해버렸다. 처음에는 진정한 욕정 같은 게 일지 않았다. 그들의 첫 육체관계는 단순히 의지에서 비롯된 행위에 불과했다. 그러나 두 번째 관계를 갖고 나서부터는 달라졌다. 그녀의 머리칼에서 풍기는 냄새, 그녀의 혀에서 느껴지는 맛, 그리고 살결의 촉감까지 그의 몸속에 배어들고 그를 둘러싼 공기 속으로 퍼지는 것 같았다. 그녀는 이제 그의 육체에 반드시 필요한 존재로서 그가 원할 뿐만 아니라 그가 소유할 권리가 있다고 생각하는 대상이 되었다. 따라서 그는 줄리아가 갈 수 없다고 말했을 때 그녀가 자신을 속이는 것 같은 느낌이 들었다. 그러나 바로 그때 북적이는 사람들에게 두 사람이 함께 떠밀리면서 우연히 서로의 손이 맞닿았다. 그 순간 줄리아는 재빨리 그의 손가락 끝을 꽉 쥐었는데, 그것은 욕정이 아니라 애정을 청하는 몸짓 같았다. 그는 문득 남자가 여자하고 살다 보면 이와 같은 개개의 일들에 실망하는 것이 보통이며, 반복해서 그런 실망을 느끼게 될 것이 틀림없겠다는 생각이 들었다. 그러면서 그녀에게 전에는 느껴보지 못했던 깊은 애정이 별안간 솟구쳤다. 그는 그녀와 10년간을 함께 산 부부 사이라면 좋겠다고 생각했다. 더도 덜도 말고 딱 지금처럼 함께 거리를 거닐되 두려움 없이 떳떳하게 자잘한 이야기들을 나누면서 살림에 필요한 잡다한 물건들을 사러 다닌다면 얼마나 좋을까. 무엇보다도 만날 때마다 사랑을 나누어야 한다는 의무감에 시달리지 않아도 되도록 둘만이 함께할 수 있는 장소가 있었으면 싶었다. 채링턴 씨의 방을 빌려야겠다는 생각은 그다음 날 어느 순간 불쑥 떠올랐다. 윈스턴이 줄리아에게 그런 생각을 말했더니 그녀는 의외로 선뜻 찬성했다. 두 사람 모두 미친 짓이라는 것을 알고 있었다. 그런 일을 벌이는 것은 일부러 제 무덤을 파는 격이나 마찬가지였다. 윈스턴은 침대 끝에 걸터앉아 그녀를 기다리면서 또다시 애정부의 지하실을 떠올렸다. 그곳에 끌려갈 운명인 양 그렇게 수시로 공포를 느낀다는 게 이상하게 여겨졌다. 99 다음에는 확실히 100인 것처럼 그런 공포 다음에는 죽음이 예정돼 있기 마련이었다. 죽음을 피할 수는 없지만 조금 늦출 수는 있을 터였다. 그러나 가끔은 이와 반대로 의식적이고 의도적인 행위를 저질러 죽음을 앞당기는 사람들도 있었다.

그때 계단을 빠르게 올라오는 소리가 들렸다. 줄리아가 방으로 뛰어 들어왔다. 그녀는 갈색의 거친 천으로 만든 연장 가방을 들고 있었다. 진리부 청사에서도 그 가방을 들고 왔다 갔다 하는 그녀를 가끔 본 적이 있었다. 윈스턴이 다가가 껴안자 그녀는 서둘러 몸을 뺐다. 연장 가방을 그대로 들고 있는 탓에 그런 것 같았다.

"잠깐만요, 내가 뭘 가져왔는지 보여줄게요."

그녀가 말했다.

"당신 그 지독하게 맛없는 승리커피를 가져왔죠? 내 그럴 줄 알았어요. 이제 그런 건 필요 없으니까 버려도 돼요. 이리 와 이것 좀 봐요."

그녀는 무릎을 꿇고 앉아 가방을 열더니 맨 윗자리를 차지하고 있던 스패너와 드라이버 같은 연장들을 꺼냈다. 아래쪽 자리에는 깔끔한 종이 봉지가 여러 개 들어 있었다. 줄리아가 윈스턴에게 건네준 첫 번째 종이 봉지는 처음 보는 것인데도 어딘지 모르게 낯이 익었다. 묵직한 데다 손으로 만지는 곳마다 쑥쑥 들어가는 모양새로 보아 모래 같은 게 가득 들어 있는 것 같았다.

"이거 설탕 아닌가?"

"진짜 설탕이에요. 사카린이 아니라 진짜 설탕. 여기 빵도 한 덩이 가져왔어요. 우리가 매일 먹는 그 지랄 같은 빵이 아니라 진짜로 하얀 빵 말이에요. 그리고 작지만 잼도 한 통 있어요. 여기 우유도 한 통 있고요. 하지만 봐요, 내가 정말로 자랑하고 싶은 건 이거예요. 어쩔 수 없이 삼베로 싸야 했어요. 왜냐하면······."

그러나 그 이유를 듣지 않아도 알 것 같았다. 냄새가 벌써 방 안 가득 퍼지고 있었다. 윈스턴이 아주 어릴 때 맡아본 것 같지만 지금도 가끔 남의 집 현관문이 활짝 열리는 순간 풍기고, 이상하게도 사람들로 북적이는 거리에 퍼져 있어 잠시 코끝을 스치는가 싶다가 금세 다시 사라지는 진한 향내였다.

"커피군, 진짜 커피야."

그가 낮게 읊조렸다.

"내부 당원용 커피예요. 1킬로그램짜리죠."

그녀가 말했다.

"이런 걸 전부 어떻게 구했지?"

"모두 내부 당원용 물품이죠. 그 돼지 같은 놈들은 없는 게 없어요. 물론 웨이터나 하인들도 슬쩍 챙기곤 하죠. 봐요, 이 작은 봉지는 홍차예요."

윈스턴도 그녀 옆에 쭈그리고 앉았다. 그는 홍차 봉지의 한 귀퉁이를 찢어보았다.

"진짜 홍차로군. 검은 딸기 이파리가 아니야."

"최근에 부쩍 홍차가 많아졌어요. 인도라나 뭐라나 하는 나라를 점령했다나 봐요."

줄리아가 정확히는 모르겠다는 듯 말했다.

"그런데 있죠, 3분 동안만 뒤돌아 있어줄래요? 침대 저쪽으로 가서 앉아 있어봐요. 그렇다고 창가로 바짝 가지는 말고요. 내가 됐다고 할 때까지 뒤돌아보지 마세요."

윈스턴은 모슬린 커튼 사이로 멍하니 밖을 내다보았다. 뒤뜰에서는 그 불그죽죽한 팔뚝의 아낙네가 여전히 빨래통과 빨랫줄 사이를 오가고 있었다. 이윽고 아낙네는 입에 물고 있던 빨래집게를 두 개 더 빼내고 나서야 감정을 가득 실어 노래를 불렀다.

> 세월이 약이라지만
> 언제나 잊게 마련이라지만
> 그 미소와 눈물은 세월이 흘러도
> 내 마음을 쥐어짜는구나!

그녀는 그 실없는 노래를 전부 외우고 있는 모양이었다. 그녀의 목소리가 상큼한 여름 공기를 타고 아주 구성지게 울려 퍼지면서 구슬프지만 왠지 모르게 마음이 편안해졌다. 6월의 저녁이 끝없이 이어지고 빨랫감만 끊이지 않는다면 그 아낙네는 천 년이라도 그 자리에서 기저귀를 널고 노래를 부르면서 더할 나위 없이 만족스럽게 살아갈 것 같았다. 그러고 보니 윈스턴은 이제까지 당원이 혼자서 자발적으로 노래 부르는 모습을 단 한 번도 본 적이 없었다. 기이한 일이 아닐 수 없었다. 하지만 그렇게 혼자 노래를 불렀다가는 조금은 이단적으로 비치는 데다 혼잣말을 하는 것처럼 위험하고 기이한 행동으로 보일 것이다. 어쩌면 사람들이 굶어 죽을 지경에 이르렀을 때야 비로소 부를 노래가 생기는 것인지도 몰랐다.

"이젠 돌아봐도 돼요."

줄리아가 말했다.

윈스턴은 돌아서고 나서 잠시이긴 하지만 그녀를 거의 못 알아볼 뻔했다. 그가 실제로 기대했던 모습은 줄리아가 알몸으로 서 있는 것이었다. 그러나 그녀는 알몸이 아니었다. 알몸보다 훨씬 더 놀라운 모습으로 변해 있었다. 그녀가 화장을 한 것이다.

무산계급 구역에 있는 가게에 몰래 들어가 화장품 한 세트를 사온 게 틀림없었다. 줄리아는 입술에 붉은 립스틱을 짙게 칠하고 뺨에는 연지를 발랐으며 코에 분을 발랐다. 그뿐만 아니라 눈을 더 빛나게 하려고 눈 밑에까지 뭔가를 바른 상태였다. 썩 잘된 화장은 아니었지만 이 방면에 대한 윈스턴의 안목 역시 높지 않았다. 그는 여태껏 얼굴에 화장한 여성 당원을 보기는커녕 상상해본 적도 없었다. 화장을 한 줄리아의 모습은 놀랄 만큼 근사해 보였다. 최소한의 색조 화장만 했을 뿐인데도 그녀는 훨씬 더 예뻐졌을 뿐만 아니라 무엇보다도 훨씬 여성스러워 보였다. 짧은 머리와 남자 옷 같은 작업복은 여성스러움을 더욱 돋보이게 해줄 뿐이었다. 윈스턴이 두 팔로 그녀를 껴안자 제비꽃 향기가 물씬 풍겼다. 그러자 언젠가 갔던 지하실의 어두컴컴한 부엌과 늙은 여자의 굴속 같던 입이 떠올랐다. 줄리아의 향수에서 그 여자가 뿌렸던 것과 똑같은 향기가 났다. 하지만 그 순간에 그런 것은 문제 될 게 없었다.

"향수도 뿌렸군!"

"네, 뿌렸어요. 다음번엔 내가 뭘 할지 알아요? 어디서든 진짜 여자 옷을 구해서 이 빌어먹을 바지 대신에 그걸 입을 거예요. 그리고 실크 스타킹과 하이힐도 신을 거예요! 이 방에서 난 당원 동무가 아닌 여자가 될 거예요."

두 사람은 옷을 훌훌 벗어 던지고 거대한 마호가니 침대로 올라갔다. 줄리아 앞에서 알몸을 보인 것은 그때가 처음이었다. 그전까지 윈스턴은 자신의 몸이 창백하고 빈약한 데다 정맥류성 궤양 때문에 혈관이 장딴지 위로 튀어나오고 발목에는 보기 흉한 점까지 있어 너무 창피한 나머지 알몸을 보여주지 못했었다. 침대에 시트는 없었으나 그들이 깔고 누운 담요는 낡고 해어져서 보드라운 데다 침대가 널찍하고 폭신폭신해 두 사람 모두 깜짝 놀랐다.

"보나 마나 빈대가 우글거리겠지만 아무렴 어때요?"

줄리아가 말했다.

요즘에는 무산계급 가정이 아니면 더블베드를 구경할 수 없었다. 윈스턴은 어릴 때 가끔 더블베드에서 잔 적이 있었다. 반면에 줄리아는 더블베드에서 자본 기억이 전혀 없었다.

이내 곯아떨어진 두 사람은 잠깐 단잠을 잤다. 윈스턴이 깨어났을 때 시곗바늘은 거의 9시를 가리키고 있었다. 줄리아가 그의 팔을 벤 채 잠들어 있었기 때문에 그는 움직이지 않았다. 얼굴에 바른 화장품이 어느새 그의 얼굴과 베개에 묻어나 대부분 지워진 상태였지만 아직도 연하게 볼연지가 남아 있는 광대뼈는 눈부시게 아름다웠다. 석양의 노란 한 줄기 빛이 침대 발치에서 부서지듯 퍼지면서 벽난로를 환히 비추었고, 벽난로 위의 냄비에서는 물이 부글부글 끓고 있었다. 뒤뜰에서 들리던 그 아낙네의 노랫소리는 그쳤지만 거리에서 아이들이 뛰노는 소리가 희미하게 들려왔다. 윈스턴은 막연히 궁금한 생각이 들었다. 지워진 과거에는 사람들이 지금처럼 시원한 여름날 밤에 남녀가 알몸으로 침대에 누워 원할 때마다 사랑을 나누고, 하고 싶은 이야기를 맘껏 나누며, 일어나야겠다는 생각도 전혀 하지 않은 채, 그냥 그대로 누워 바깥에서 들려오는 평화로운 소리에 가만히 귀를 기울이는 그런 경험을 해보았을까? 설마 이런 일들이 일상적이었던 시절이 있었던 것은 아니겠지? 줄리아가 잠에서 깨어나 눈을 비비더니 팔꿈치를 짚어 석유난로 쪽을 쳐다보았다.

"물이 반으로 졸아들었네요."

그녀가 말했다.

"일어나서 금방 커피를 타줄게요. 한 시간 정도는 여유가 있어요. 당신 아파트에선 몇 시에 불을 끄죠?"

"23시 30분에."

윈스턴이 말했다.

"우리 숙소는 23시에 꺼요. 하지만 당신은 그보다 더 일찍 들어가야 해요. 왜냐하면……, 야! 저리 안 가? 이 더러운 놈아!"

그녀가 갑자기 몸을 비틀어 침대 아래로 손을 뻗더니 바닥에서 신발 한 짝을 집어 방구석에다 홱 던져버렸다. 사내아이 같은 그 모습은 지난번 아침 '2분 증오' 시간에 골드스타인에게 사전을 집어 던지던 때와 똑같았다.

"뭔데 그래?"

그가 놀라 물었다.

"쥐예요. 저기 벽판에서 징그럽게 콧등을 내밀지 뭐예요. 벽판 아래쪽에 구멍이 있나 봐요. 어쨌든 나 때문에 놀라서 벌벌 떨고 있을걸요."

"쥐라고! 이 방 안에!"

윈스턴이 중얼거렸다.

"쥐야 사방에 있죠."

줄리아가 다시 누우며 대수롭지 않게 말했다.

"합숙소 부엌에도 있는걸요. 런던의 일부 지역은 쥐새끼들 천지예요. 쥐가 아이들한테 달려든다는 거 알아요? 글쎄 그렇다네요. 그래서 그런 지역에 사는 엄마들은 한시도 아기를 혼자 놔두지 못한대요. 주로 엄청나게 큰 갈색 쥐들이 달려든대요. 끔찍하게도 그 징그러운 놈들은 항상……."

"그만!"

윈스턴이 눈을 질끈 감은 채 소리쳤다.

"어머, 얼굴이 새파래졌어요. 왜 그래요? 어디 아파요?"

"세상에서 가장 무서운 게 바로 쥐야!"

줄리아는 몸의 온기로 그를 안심시키려는 듯 그의 몸에 단단히 붙어 팔다리로 그를 꼭 감쌌다. 윈스턴은 곧바로 눈을 뜨지 못했다. 한동안 그는 지금껏 살아오면서 이따금 되살아나곤 했던 악몽을 다시 꾸는 것 같은 느낌이 들었다. 그 악몽은 언제나 아주 똑같았다. 그가 캄캄한 벽 앞에 서 있고 그 벽 반대편에는 도저히 참을 수 없고 너무 무서워 쳐다볼 수가 없는 무언가가 있었다. 꿈을 꾸면서도 언제나 마음속 깊이 자신을 속이고 있다는 생각이 들었다. 사실 그는 캄캄한 벽 뒤편에 무엇이 있는지 알고 있었기 때문이다. 만약 그가 뇌 조직의 일부를 떼어낼 만큼 죽을힘을 다해 노력한다면 그것의 정체를 밝혀낼 수 있었을 것이다. 그러나 항상 그 정체를 밝히지 못한 채 꿈에서 깼다. 그런데 그것은 그가 중간에 끊어버렸던 줄리아의 말과 어떤 관련이 있을 것 같았다.

"미안해. 별건 아니야. 그저 내가 쥐를 싫어해서 그래."

윈스턴이 말했다.

"걱정 마세요. 이제 그 징그러운 놈들은 여기 얼씬도 못 할 테니까요. 가기 전에 내가 삼베 조각으로 구멍을 메울게요. 그리고 다음에 올 때는 석회를 가져와 제대로 막아버리면 되고요."

이미 극심한 공포로 눈앞이 캄캄하던 순간은 어느 정도 잊은 터였다. 윈스턴은 살짝 창피한 생각이 들어 일어나서 침대 머리 판자에 기대어 앉았다. 줄리아는 어느새 침대를 빠져나가 작업복을 입고 커피를 탔다. 냄비에서 퍼져 나오는 냄새가 워낙 강렬하고 자극적인 나머지 밖에서 누군가 냄새를 맡고 캐물으러 올까 봐 창문을 닫았다. 커피 맛도 좋았지만 입안에서 느껴지는 설탕이 들어간 커피의 그 비단결 같은 질감이야말로 최고였다. 수년 동안 사카린을 타서 먹어온 윈스턴은 그 질감을 거의 잊고 있었다. 줄리아는 한 손을 주머니에 넣고 다른 한 손에 잼을 바른 빵을 든 채 방 안을 어슬렁거렸다. 그러면서 무심한 눈길로 책장을 훑어봤고, 접이식 탁자를 고치는 가장 좋은 방법을 가르쳐주었으며, 너덜너덜해진 안락의자가 편안한지 앉아보기도 하고, 열두 시간짜리 문자판이 붙어 있는 시계를 재미있다는 듯 찬찬히 살펴보기도 했다. 또 유리 서진을 좀 더 밝은 데서 보려는지 그것을 들고 침대 쪽으로 다가왔다. 윈스턴은 그녀의 손에서 유리 서진을 낚아채다시피 해 언제나처럼 그 유리의 보드랍고 빗방울 같은 모양을 홀린 듯 바라보았다.

"당신은 이게 무엇인 것 같아요?"

줄리아가 물었다.

"별거 아닌 것 같아. 그러니까 내 말은 어떤 특별한 용도가 있는 것 같지는 않다는 거야. 난 그래서 이게 좋아. 그들이 까맣게 잊고 미처 바꾸지 못한 역사의 한 토막이라고나 할까. 어떻게 읽는지 아는 사람만 있다면 이것은 백 년 전에 보낸 메시지인 셈이야."

"그럼 저기 걸려 있는 그림은요? 저것도 백 년 된 걸까요?"

그녀가 맞은편 벽에 걸려 있는 판화를 고갯짓으로 가리키며 물었다.

"더 됐을걸. 아마 2백 년쯤? 정확하게는 아무도 모르겠지만 말이야. 요즘에는 뭐든 정확한 연대를 맞출 수가 없으니까."

그녀는 가까이 다가가 그 판화를 살펴봤다.

"여기가 바로 그 징그러운 쥐새끼가 코를 내밀던 데군요."

줄리아가 그림 바로 아래의 벽판을 차면서 말했다.

"여기가 어디죠? 전에 어디서 본 것 같은데."

"교회야. 아니, 더 정확히 말하면 한때는 교회였던 곳이지. 교회 이름은 성 클레멘트 데인이고."

채링턴 씨가 가르쳐준 노래의 한 구절이 다시 떠올랐다. 윈스턴은 얼마간 향수에 젖어 노래를 읊조렸다.

"오렌지와 레몬이여, 성 클레멘트의 종이 말하네!"

그런데 줄리아가 그 뒤를 이어 부르는 바람에 윈스턴은 깜짝 놀랐다.

그대는 내게 3파딩을 빚졌네, 성 마틴의 종이 말하네
그대는 언제 그 빚을 갚으려나? 올드 베일리의 종이 말하네……

"그다음은 어떻게 되는지 잊어버렸어요. 하지만 끝 부분은 기억이 나요. '그대를 침대로 안내해줄 촛불이 오네, 그대 목을 자를 도끼가 오네'."

그것은 마치 반쪽짜리 두 개의 암호 같았다. 그러나 '올드 베일리의 종' 다음에 틀림없이 한 줄이 더 있을 것 같았다. 어쩌면 채링턴 씨가 살살 떠올려 보면 그 부분을 기억해낼 수 있을지도 몰랐다.

"누구한테 배운 거지?"

윈스턴이 물었다.

"우리 할아버지한테서요. 내가 아주 어렸을 때 할아버지가 종종 이 노래를 불러주셨어요. 할아버지는 내가 여덟 살 때 증발, 아니…… 하여튼 사라지셨어요. 그런데 레몬이 뭔지 모르겠어요."

그녀가 대답 끝에 생뚱맞게 레몬 이야기를 꺼냈다.

"오렌지는 본 적이 있거든요. 껍질이 두껍고 둥근 모양에다 색깔은 노란색이었던 것 같은데."

"난 레몬을 잘 알지. 50년대에 아주 흔한 과일이었거든. 어찌나 신맛이 강한지 냄새만 맡아도 입안에 침이 고일 정도였지."

윈스턴이 말했다.

"분명히 저 그림 뒤에 빈대가 우글거릴 거예요. 언젠가 꼭 저 그림을 떼어서 아주 깨끗하게 닦아야겠어요. 그건 그렇고 이제 갈 시간이 다 된 것 같은데요. 난 화장부터 지워야겠어요. 에이, 성가셔! 좀 있다 당신 얼굴에 묻은 립스틱도 지워줄게요."

윈스턴은 잠시 더 누워 있었다. 방 안이 차츰 어두워졌다. 그는 밝은 데로 돌아누워 유리 서진을 가만히 들여다보았다. 아무리 봐도 산호 조각보다는 유리 내부가 신기할 따름이었다. 그렇게 깊은 데도 공기처럼 투명했다. 마치 유리 표면이 조그만 세계를 대기로 완전히 감싸고 있는 하늘의 아치처럼 보였다. 윈스턴은 유리 안에 자신도 들어갈 수 있을 것만 같았다. 한술 더 떠 자신은 물론 마호가니 침대, 접이식 탁자, 시계, 판화, 그리고 서진까지 실제로 그 안에 들어가 있는 듯한 기분이었다. 서진은 그가 들어와 있는 방이고 산호 조각은 유리 안 깊은 곳에 영원히 박혀 있는 줄리아와 자신의 생명처럼 느껴졌다.

5

사임이 사라졌다. 어느 날 아침 그는 일하러 나오지 않았다. 생각이 모자란 몇몇 사람이 그의 결근을 두고 이런저런 말들을 해댔다. 다음 날에는 누구도 그의 이야기를 하지 않았다. 3일째 되던 날 윈스턴은 기록국의 대기실에 들어가 게시판을 봤다. 게시물 가운데 사임이 속해 있던 체스위원회의 회원 명부도 붙어 있었다. 줄을 그어 이름을 지운 흔적도 없어 예전 명부와 거의 똑같아 보였지만 이름 하나가 빠져 있었다. 그것으로 충분히 알 수 있었다. 사임은 더 이상 존재하지 않는 것을 넘어 아예 존재한 적이 없는 사람이 되어버렸다.

날은 찌는 듯이 더웠다. 미로 같은 진리부 청사의 창 없는 방들은 에어컨이 설치되어 적정 온도를 유지하고 있었지만 밖은 보도를 밟기만 해도 발이 타버릴 것만 같았고 출퇴근 시간대의 지하철 안은 악취가 진동해 그야말로 끔찍했다. 증오주간 준비가 한창이라서 모든 부서의 전 직원이 초과근무를 하고 있었다. 행진, 회합, 군대 사열식, 강연, 밀랍인형 전시회, 영화 상영, 그리고 텔레스크린 프로그램에 이르기까지 모든 것을 빈틈없이 준비해야 했다. 사열대를 세우고, 초상肖像을 만들고, 구호를 짜내고, 노래를 짓고, 유언비어를 퍼뜨리고, 사진을 위조해야만 했다. 창작국에 소속된 줄리아의 부서는 소설 제작을 잠시 중단한 채 잔혹한 내용의 소책자들을 연이어 찍어내고 있었다. 윈스턴은 정규 업무 외에도 날마다 장시간에 걸쳐 지난 호의 《타임스》를 뒤져서 연설에 인용될 기사들을 고치거나 삭제하는 일을 했다. 늦은 밤 소란스러운 무산계급들이 우르르 거리로 쏟아져 나올 때면 도시는 이상야릇한 열기에 휩싸였다. 그래서 그런지 로켓 폭탄은 어느 때보다도 자주 터졌고 때때로 아주 먼 곳에서 거대한 폭발음까지 들렸는데 누구 하나 그 이유를 속 시원히 설명해주는 이가 없어 소문만 무성했다.

증오주간의 주제가(이른바 〈증오가〉)로 쓰일 새로운 노래는 벌써 작곡이 끝난 터라 텔레스크린에서 끊임없이 흘러나왔다. 그것은 정확히 말해 음악이라기보다는 그저 북을 두드리는 것처럼 리듬이 야만스러워 짐승이 짖어대는 듯했다. 수백 명이 행군하는 발소리에 맞춰 그 노래를 목이 터져라 불러대면 그야말로 등골이 오싹해졌다. 무산계급이 그 노래를 좋아해 한밤중에 거리에 나가보면 그 노래와, 여전히 인기를 끌고 있는 〈그저 부질없는 꿈이었지〉가 경쟁하듯 번갈아 울려 퍼졌다. 파슨스네 아이들도 밤낮으로 머리빗이나 종이 쪼가리로 장단을 맞추며 진저리가 나도록 불러댔다. 윈스턴도 저녁이면 전에 없이 바빠졌다. 파슨스가 조직한 자원봉사단은 증오주간 동안 거리 꾸미기에 나섰다. 그들은 깃발을 만들고, 포스터를 그렸으며, 지붕마다 깃대를 세웠고, 거리 곳곳에 장식 리본을 달 줄을 매는 위험한 일까지 했다. 파슨스는 길이가 4백 미터나 되는 장식 깃발을 내건 곳은 승리맨션밖에 없을 것이라고 으스댔다. 그는 천성적으로 그런 일이 좋은지 종달새처럼 행복해 보였다. 그는 저녁마다 더위와 육체노동을 핑계로 반바지를 입고 셔츠를 풀어 헤치고 다녔다. 그는 온갖 곳에 나타나 밀고, 당기고, 톱질하고, 망치질하고, 즉석에서 뭐든 뚝딱 만들어냈으며, 모두에게 동지애에서 우러난 충고를 하는 동시에 치켜세우는 것도 잊지 않았다. 그러는 동안 그의 몸 구석구석에서는 땀이 비 오듯 쏟아지며 시큼한 냄새가 진동했다.

어느 날 갑자기 런던 전역에 새로운 포스터가 나붙었다. 아무런 설명도 없이 괴물처럼 생긴 유라시아 군인의 모습만 달랑 그려진 포스터였다. 포스터 속에서 키가 3, 4미터나 되는 그 군인은 무표정한 몽골인의 얼굴로 거대한 군화를 신고 허리춤에 기관총을 찬 채 전진하고 있었다. 그런데 그 포스터는 어떤 각도에서 보든 원근법으로 확대된 총구가 보는 사람을 정면에서 겨냥하는 것 같았다. 벽마다 빈 곳에는 온통 그 포스터가 붙어 있어 빅 브라더의 초상화보다 많았다. 상황이 이렇다 보니 보통은 전쟁에 무관심하기 마련인 무산계급도 정기적으로 찾아오는 애국주의 광풍에 휩싸였다. 이와 같은 전반적인 분위기에 장단이라도 맞추듯 로켓 폭탄이 평소보다도 많이 사람들의 목숨을 앗아 갔다. 한번은 사람들로 북적대던 스테프니의 한 극장에 폭탄이 떨어져 수백 명이 폐허 속에 묻히고 말았다. 죽은 이들의 이웃 주민들이 긴 조문 행렬을 이루면서 희생자들의 장례식이 장시간 진행되다가 결국에는 항의 집회로 변하기도 했다. 또 다른 폭탄은 운동장으로 쓰이는 공터에 떨어져 아이들이 수십 명이나 무참히 희생됐다. 그러자 더욱 성난 사람들이 격렬한 시위를 벌이며 골드스타인의 인형을 불태우고 유라시아 군대의 포스터를 수백 장이나 찢어내 태워버렸고 그 과정에서 혼란을 틈타 많은 상점이 약탈당했다. 뒤이어 간첩들이 무선으로 로켓 폭탄을 터뜨릴 장소를 지시하고 있다는 소문이 나돌면서 외국계로 의심받던 노부부의 집에 누군가 불을 질러 그들 부부가 질식사하는 일까지 발생했다.

윈스턴과 줄리아는 여건이 돼 채링턴 씨 가게의 위층 방에 들어서는 날이면 더위를 식히기 위해 창문을 연 뒤 벌거벗은 채 낡은 침대 위에 나란히 누웠다. 쥐는 두 번 다시 나타나지 않았으나 빈대는 더위 때문인지 굉장히 많아졌다. 그러나 그런 것은 별로 중요하지 않았다. 더럽든 깨끗하든 그들에게 그 방은 낙원이었다. 그들은 방에 들어서자마자 암시장에서 사 온 후추를 사방에 뿌리고 옷을 훌훌 벗어 던진 뒤 땀이 흥건한 몸으로 사랑을 나눴다. 이후 곧바로 곯아떨어졌던 두 사람이 깨어보면 빈대가 다시 대열을 갖추고 반격하러 몰려들었다.

그들은 6월 한 달 동안 네 번, 다섯 번, 여섯 번, 아니 일곱 번이나 만났다. 윈스턴은 밤이고 낮이고 술을 마시던 버릇을 끊어버렸다. 술을 마실 필요가 없어진 것 같았다. 그러자 살이 올랐고 정맥류성 궤양은 가라앉아 이제 발목 위쪽 살갗에 갈색 반점만 남아 있을 뿐이었다. 또 이른 아침이면 터져 나오던 기침 발작도 멈췄다. 하루하루의 삶도 견딜 만해졌고 텔레스크린을 향해 얼굴을 찌푸리거나 고래고래 욕설을 퍼붓고 싶은 충동도 더 이상 일지 않았다. 이제 거의 둘만의 가정을 꾸린 것이나 다름없이 안전한 은신처가 생겼기 때문에 어쩌다 한 번 만나 두 시간 정도밖에 함께 있지 못해도 힘들다는 생각이 들지 않았다. 중요한 것은 고물상 위층의 그 방이 반드시 존재해야 한다는 사실이었다. 그 방이 누구의 손도 타지 않은 채 거기 그대로 있다는 것을 알고 있는 것만으로도 그 방에 들어가 있는 것 같은 기분을 느꼈다. 그 방은 하나의 세계이자 멸종 동물들이 걸어 다닐 수 있는 과거라는 고립지대였다. 윈스턴이 생각하기에 채링턴 씨도 또 하나의 멸종 동물이었다. 윈스턴은 대개 위층으로 올라가는 길에 잠시 멈춰 채링턴 씨와 이야기를 나눴다. 그 노인은 문밖으로 거의, 혹은 한 번도 나가지 않는 것 같았다. 그렇다고 누가 찾아오는 것 같지도 않았다. 그는 비좁고 어두운 가게와 코딱지만 한 부엌 사이만 왔다 갔다 하는 유령 같은 삶을 살고 있었다. 그가 끼니를 해 먹는 부엌은 가게보다 훨씬 더 비좁았는데, 그곳에는 커다란 나팔이 달린 믿을 수 없을 만큼 오래된 축음기가 있었다. 노인은 이야기를 나눌 사람이 생겨 기쁜 모양이었다. 기다란 코에 도수 높은 안경을 쓰고 구부정한 어깨에 벨벳 재킷을 걸친 채 하찮은 물건들 사이를 어슬렁거리는 그를 볼 때면 언제나 막연하게나마 장사꾼이라기보다는 수집가 같은 분위기가 풍겼다. 그는 열정이 시든 모습으로 사기 재질의 병마개, 부서진 코담뱃갑의 색칠된 뚜껑, 오래전에 죽은 아이의 머리칼 한 올이 들어 있는 합금 상자 등 이런저런 잡동사니들을 만지작거리곤 했다. 하지만 윈스턴에게 그것들을 사라고 요구하는 법은 없었고 다만 그것들의 가치를 알아주기만을 바랐다. 노인과 이야기를 나누고 있노라면 낡아빠진 오르골 소리를 듣고 있는 것 같았다. 채링턴 씨는 기억 저편을 더듬어 잊어버렸던 몇 소절을 더 생각해냈다. 한 소절은 스물네 마리의 지빠귀에 대한 것이고, 또 한 소절은 뿔이 뒤틀린 소에 관한 것이었으며, 또 다른 한 소절은 가련한 울새 수컷의 죽음에 관한 내용이었다.

"문득 선생이 재밌어할지도 모르겠다는 생각이 들더군요."

그는 새로운 소절을 들려줄 때마다 애원하듯 슬쩍 웃으면서 그렇게 말하곤 했다. 그러나 어떤 노래건 한두 구절밖에 기억해내지 못했다.

윈스턴과 줄리아는 현재 그들이 누리고 있는 생활이 오래가지 못하리라는 것을 잘 알고 있었다. 어떤 면에서는 한시도 그런 생각을 안 해본 적이 없었다. 때때로 죽음이 곧 닥치리라는 사실은 그들이 누워 있는 침대만큼이나 분명해 보였고 그럴 때면 마치 지옥에 떨어질 영혼이 죽기 직전에 마지막 쾌락의 순간을 붙잡는 것처럼 절망에서 비롯된 육욕을 채우려 서로를 껴안았다. 그러나 한편으로는 자신들이 안전할 뿐만 아니라 영원히 그렇게 함께할 수 있으리라는 환상을 품을 때도 있었다. 두 사람 모두 그 방에 실제로 그렇게 함께 있는 한 자신들에게 해로운 일이란 생길 수 없을 것 같았다. 그곳에 오기까지가 어렵고 위험해서 그렇지 그 방 자체는 성소나 다름없었다. 윈스턴이 유리 서진의 심장부를 들여다볼 때 그 유리로 된 세상에 들어갈 수 있을 것 같고 일단 그 안에 들어가 있으면 시간도 멈출 것 같다고 느낄 때처럼 말이다. 종종 두 사람은 도피를 꿈꾸기도 했다. 가령 자신들은 언제까지나 운이 좋아 남은 인생도 지금과 같이 밀애를 즐기며 살아가리라. 아니면 캐서린이 죽고 윈스턴과 줄리아가 묘책을 찾아 결혼에 골인하리라. 아니면 함께 자살을 하리라. 그것도 아니면 함께 종적을 감춰 사람들이 알아보지 못하도록 신분을 바꾼 뒤 무산계급의 말투를 익혀 공장에 취직하고 뒷골목에서 아무도 모르게 살아가리라. 그러나 두 사람 모두 잘 알고 있듯이 전부 터무니없는 꿈에 불과했다. 실제로 도피란 있을 수 없었다. 다만 동반 자살은 유일하게 실행 가능한 계획이긴 했지만 두 사람은 그 계획을 추진할 의향이 없었다. 공기가 있는 한 사람의 허파는 계속해서 숨을 쉬는 것과 마찬가지로 하루하루, 그리고 한 주, 한 주를 버텨가면서 미래가 없는 현재를 그냥저냥 살아가는 게 극복할 수 없는 본능인 것 같았다.

물론 때때로 당에 반대하는 적극적인 저항 운동에 가담해보자는 이야기도 하긴 하지만 어디서부터 어떻게 시작해야 하는지 감도 잡히지 않았다. 전설적인 형제단이 실제로 존재한다 하더라도 그 단체에 가입할 방법을 찾는 것 또한 만만치 않았다. 윈스턴은 줄리아에게 자신과 오브라이언 사이에 기묘한 친밀감이 있었던, 아니 있었던 것 같다는 이야기는 물론 때때로 오브라이언에게 곧장 걸어가 자신이 당의 적이며 그의 도움이 필요하다고 당당하게 밝히고 싶은 충동에 시달린다는 이야기를 해주었다. 그런데 아주 신기하게도 줄리아는 그의 그런 태도나 충동을 어처구니없어 하거나 경솔하다고 생각하지 않았다. 그녀는 언제나 얼굴을 보고 사람들을 판단하곤 했는데, 그래서 그런지 윈스턴이 단 한 번의 눈 맞춤으로 오브라이언을 믿을 만한 사람으로 여기는 게 당연하다고 보는 것 같았다. 더구나 그녀는 모두가, 아니 거의 모든 사람이 당을 남몰래 증오하고 있으며 안전만 보장된다면 사람들은 당연히 당의 규칙을 깰 것이라고 생각했다. 그러나 그녀는 광범위하고 조직적인 반대파가 존재하거나 언제든 존재할 수 있다는 이야기는 좀처럼 믿으려 들지 않았다. 골드스타인과 그의 지하 군대 이야기도 당이 필요해서 꾸며낸 헛소리일 뿐이며 사람들도 겉으로만 믿는 척할 뿐이라고 말했다. 그녀는 이제까지 수많은 당 주도의 집회와 자발적인 시위에 참여해 목이 터져라 그 사람들을 처형하라고 소리치긴 했지만 그들의 이름을 한 번도 들어본 적도 없거니와 그들이 진짜 죄를 지었으리라고는 눈곱만큼도 믿지 않는다는 것이었다. 더구나 공개재판이 열릴 때면 아침부터 밤까지 재판정을 에워싼 청년연맹의 파견대 속에 끼여 이따금 "반역자에게 죽음을!"이라고 외쳤으며, '2분 증오' 때는 언제나 누구보다도 거세게 골드스타인에게 욕설을 퍼부었으나 그녀는 골드스타인이 누구이며 그가 어떤 주의를 내걸고 있는지는 거의 모르는 것이나 마찬가지였다. 그녀는 혁명 이후에 자란 세대라서 50년대와 60년대의 이념 투쟁을 기억할 수 없었다. 그녀는 독자적인 정치 운동을 벌인다는 것은 상상도 못 했다. 어쨌든 그녀가 볼 때 당은 아무도 꺾을 수 없는 대상이었다. 당은 언제나 존재할 것이며 항상 그 모습 그대로일 것이라고 생각했다. 따라서 사람들이 당에 저항할 수 있는 유일한 방법은 남몰래 규칙을 어기거나, 혹은 누군가를 죽이거나 무언가를 폭파하는 것처럼 산발적인 폭력 행위밖에는 없다고 믿고 있었다.

어떤 면에서는 줄리아가 윈스턴보다 훨씬 예리해서 당의 선전 선동에 쉽게 넘어가지 않는 편이었다. 한번은 윈스턴이 무슨 말인가를 하다가 우연히 유라시아와의 전쟁 이야기를 꺼내자 줄리아가 문득 자기는 전쟁이 일어난 게 아니라고 본다고 말해 그는 깜짝 놀랐었다. 런던에 매일같이 떨어지는 로켓 폭탄은 어쩌면 '자국민들을 겁주려고' 오세아니아 정부가 쏜 것일지도 모른다고 했다. 윈스턴은 정말이지 그런 생각을 한 번도 해본 적이 없었다. 또 그녀가 '2분 증오' 시간에 웃음보가 터지는 것을 참느라 무진 애를 먹었다고 말할 때는 부러움마저 느꼈다. 그러나 그녀는 당의 가르침이 어떤 식으로든 자신의 사생활을 건드릴 때만 의문을 제기했다. 또 그녀는 진실과 거짓의 차이가 자신에게 크게 영향을 미치지 않는 한 당이 공식적으로 발표하는 근거 없는 신화들도 곧이곧대로 받아들일 때가 많았다. 일례로 그녀는 학교에서 배운 대로 당이 비행기를 발명했다고 믿고 있었다. (윈스턴이 학교에 다닐 때, 그러니까 50년대 말까지만 해도 당이 발명했다고 주장한 것은 헬리콥터 하나밖에 없었다. 그런데 12년 후 줄리아가 학교에 다닐 때는 당이 비행기를 발명했다고 주장한 모양이다. 그렇다면 한 세대 후에는 당이 증기기관차까지 발명했다고 떠들 것이다.) 그래서 윈스턴이 줄리아에게 비행기는 그가 태어나기 전, 그러니까 혁명이 일어나기 한참 전에도 있었던 것이라고 말해주었다. 그러나 그녀는 그러거나 말거나 전혀 관심을 보이지 않았다. 누가 비행기를 발명했든 그게 무슨 상관이냐는 반응이었다. 더욱 충격적인 것은 4년 전에 오세아니아가 동아시아와 전쟁 중이었고 유라시아와는 평화적인 관계를 맺고 있었다는 사실조차 그녀가 기억하지 못한다는 사실이었다. 그녀는 모든 전쟁을 속임수로 간주하고 있긴 했지만 보아하니 적의 이름이 그때그때 바뀌어왔다는 사실은 전혀 알아채지 못하고 있었다. 오죽하면 그녀가 "난 우리가 항상 유라시아와 전쟁 중인 줄 알았어요"라고 멍하니 말했겠는가. 그 말을 들었을 때 윈스턴은 놀라움을 넘어서 약간 무섭기까지 했다. 비행기의 발명은 그녀가 태어나기 오래전의 일이라지만 전쟁 중인 적국이 바뀐 것은 불과 4년 전으로, 그녀가 성인이 된 후에 일어난 일이었다. 윈스턴은 그 문제를 놓고 15분가량 그녀와 언쟁을 벌였다. 결국 그녀는 윈스턴의 성화에 못 이겨 한때는 유라시아가 아닌 동아시아가 적국이었다는 사실을 희미하게나마 생각해냈다. 그러나 그 문제는 여전히 그녀에게 별로 중요하지 않았다.

"알게 뭐람. 지랄 같은 전쟁이야 늘 있는 일인 데다 이러니저러니 떠들어대는 소식들도 결국 다 거짓말이라는 거 아는데요, 뭘."

그녀는 참다못해 그렇게 말했다.

때때로 윈스턴은 그녀에게 기록국과 그곳에서 자행되는 뻔뻔스러운 날조 행위에 대해 이야기해줬다. 그런데 그녀에게는 그런 일들도 그다지 충격적이지 않은 모양이었다. 그녀는 거짓말이 진실이 되고 있다고 생각해도 무섭거나 절망스럽지 않은 것 같았다. 그는 그녀에게 존스와 에런슨과 러더포드 이야기와 함께 자기 손을 잠시 거쳐 간 그 종이쪽지에 대해서도 말해줬다. 하지만 그런 이야기에도 별 흥미가 없기는 마찬가지였다. 그도 그럴 것이 처음에는 이야기의 핵심조차 파악하지 못하는 눈치였다.

"그 사람들이 당신 친구였어요?"

"아니, 서로 알지도 못하는 사이야. 그 사람들은 내부 당원이었거든. 게다가 나보다 나이도 훨씬 많았고. 혁명 이전의 구세대 사람들이야. 눈앞에서 보고도 겨우 알아봤는걸."

"그렇담 뭐가 걱정이에요? 인민들이야 날마다 죽어나가고 있잖아요, 안 그래요?"

윈스턴은 그렇게 말하는 그녀에게 알아듣도록 설명하려고 애썼다.

"이건 경우가 달라. 그저 누군가 죽어나가는 문제가 아니라고. 당신은 바로 어제도 포함되는 과거가 실제로는 완전히 지워져 버렸다는 걸 실감하겠어? 혹시 그런 과거가 조금이라도 남아 있는 무엇이 있다면 거기 보이는 유리 덩어리처럼 아무 말도 못 하는 단단한 물체뿐이라고. 이미 우리는 혁명기와 그 이전의 시대에 대해

말 그대로 아는 게 거의 없어. 모든 기록이 파기되거나 날조됐고 책은 전부 다시 쓰였으며, 그림도 모두 다시 그려졌고, 동상과 거리와 건물들도 모두 이름이 바뀌었어. 날짜까지도 전부 변경돼버렸지. 게다가 이런 과정은 매일 매 순간 계속되고 있어. 역사가 멈춰버린 셈이지. 당이 언제나 옳다고 떠드는 현재만 끝없이 이어질 뿐 그 어떤 시대도 존재하지 않는 거야. 물론 난 과거가 날조됐다는 걸 알고 있어. 하지만 내가 그 사실을 증명할 길은 전혀 없지. 내가 바로 그 날조 행위에 몸담고 있는데도 말이지. 날조가 끝나고 나면 이미 어떤 증거도 남아 있지 않으니까. 유일한 증거는 내 기억 속에 있을 뿐인데 나 말고 다른 사람들도 나처럼 이런 기억들을 가지고 있을지 어떨지는 확실히 모르겠어. 내 평생 그때 딱 한 번 그 사건 이후 몇 년이 지난 다음 구체적인 실제 증거를 가졌던 거지."

"그래서 그게 무슨 소용이 있었는데요?"

"아무 소용도 없었지, 몇 분 후에 버려버렸으니까. 하지만 오늘 그때와 똑같은 일이 일어난다면 꼭 가지고 있을 거야."

"글쎄요, 나라면 안 그럴 텐데! 언제든 위험을 무릅쓸 각오는 돼 있지만 꼭 그럴 만한 가치가 있는 것에만 그렇게 할 거예요. 그런 오래된 신문 쪼가리에는 아니에요. 당신이 설령 그것을 가지고 있었대도 뭘 할 수 있었겠어요?"

"아마 할 수 있는 건 별로 없었겠지. 하지만 그건 증거였어. 내가 위험을 무릅쓰고 누구한테든 그걸 보여줬다면 여기저기서 조금씩 사람들이 의심하기 시작했을 거야. 우리가 살아생전에 뭐라도 바꿀 수 있다고는 생각하지 않아. 하지만 여기저기서 조금씩 저항의 물꼬가 터지기 시작하는 건 충분히 생각해볼 만한 일이지. 사람들이 삼삼오오 모여 서로 뭉치고 점차 그 세력이 커져 몇몇 기록까지 남기게 된다면 우리 다음 세대는 우리가 못다 한 일을 해낼 수 있을 거야."

"난 다음 세대 따위엔 관심 없어요. 오직 지금의 우리한테만 관심 있을 뿐."

"당신은 허리 아래쪽으로만 반역자인 셈이군."

윈스턴의 이 말이 아주 재치 있다고 생각했는지 줄리아가 기쁜 얼굴로 그를 껴안았다.

줄리아는 당의 세부적인 정책 원리에 대해서는 최소한의 관심조차 없었다. 윈스턴이 '영사'의 원칙이나 이중사고, 과거 변조, 객관적 실체를 부정하는 일, 또는 신어 사용법 등을 말하려고 하면 그녀는 지루해하고 어리둥절해하면서 자신은 그따위 것들에 조금도 관심이 없다고 말했다. 전부 쓸데없는 소리로 알고 있는 것들을 뭐하러 고민하고 있느냐는 반응을 보였다. 그녀는 환호해야 할 때와 야유해야 할 때를 잘 알고 있으면 됐지 다른 게 뭐가 더 필요하냐는 식이었다. 그래도 윈스턴이 고집스럽게 그런 이야기를 계속하면 그녀는 어이없게도 곧바로 잠들어버렸다. 줄리아는 때와 장소를 가리지 않고 단잠을 잘 수 있는 여자였다. 윈스턴은 그녀와 이야기를 나누면서 정통파가 무슨 뜻인지도 전혀 모르면서 겉으로 정통파처럼 보이는 게 얼마나 쉬운 일인지 알게 됐다. 어떤 면에서는 당의 세계관을 도저히 이해할 수 없는 사람들이 정작 그 세계관을 가장 잘 흡수했다. 이들은 당이 자신들에게 얼마나 극악무도한 것들을 요구하는지 전혀 이해하지 못할뿐더러 공적인 사건에 별로 관심을 갖지 않는 탓에 무슨 일이 일어나고 있는지 알아채지 못하고 가장 극악한 현실 파괴 공작에도 순순히 따를 수 있었다. 한마디로 말하면, 세상 돌아가는 일을 제대로 이해하지 못하기 때문에 제정신으로 살아간다는 뜻이다. 그들은 그저 모든 것을 의심 없이 받아들였으며 그렇게 곧이곧대로 받아들여도 그들에게는 아무런 해가 되지 않았다. 마치 새가 먹은 곡식 한 알이 소화되지 않으면 그대로 몸 밖으로 나오는 것처럼 그들이 이해하지 못하는 한 아무런 찌꺼기도 남지 않기 때문이었다.

6

드디어 일이 터졌다. 기다리던 전갈이 왔다. 윈스턴은 자신이 평생 그 일이 일어나기만을 기다리고 있었던 것처럼 느껴졌다.

윈스턴은 진리부 청사의 긴 복도를 걸어가고 있었다. 그런데 줄리아가 그의 손에 쪽지를 건넸던 그 지점에 거의 다 왔을 무렵 자신보다 덩치가 큰 누군가가 바로 뒤에서 걸어오는 기척이 느껴졌다. 누군지는 모르겠지만 그 사람이 헛기침을 하는 것으로 보아 자기에게 말을 걸려는 게 분명했다. 윈스턴이 갑자기 멈춘 뒤 돌아섰다. 그는 오브라이언이었다.

마침내 그들이 얼굴을 마주 보게 됐지만 윈스턴은 왠지 도망가고 싶은 마음뿐이었다. 그의 심장이 세차게 뛰었다. 막상 말을 하고 싶어도 입이 떨어질 것 같지가 않았다. 그러나 오브라이언은 한 점 흐트러짐 없이 똑같은 자세로 걸어와 잠시 윈스턴의 팔을 다정스레 잡았다가 놓았다. 어느새 두 사람은 나란히 걷고 있었다. 오브라이언은 대다수 내부 당원들과 다르게 특유의 진지하고 정중한 태도로 말하기 시작했다.

"언제 한번 자네와 이야기를 나누고 싶었네. 일전에 《타임스》에서 자네가 쓴 신어 기사를 읽었다네. 내가 보기에 자네는 신어에 학문적 관심이 있는 것 같더군."

윈스턴은 어느 정도 냉정함을 되찾았다.

"학문적이랄 것까지는 없습니다. 그저 아마추어일 따름입니다. 제 전공 분야도 아닌걸요. 전 이제까지 실제로 신어를 만드는 일에 관계했던 적도 없습니다."

"하지만 신어를 아주 고상하게 쓰던걸."

오브라이언이 말했다.

"그렇게 생각하는 사람이 나뿐만이 아니던데. 최근에 신어 전문가가 분명한 자네 친구와 이야기를 나눴지. 그 친구 이름이 뭐였더라?"

다시 윈스턴의 심장이 고통스러울 만큼 벌떡거렸다. 그런 친구라면 사임밖에 없었다. 그러나 사임은 죽었을 뿐만 아니라 존재했던 사실마저 완전히 지워진 무인無人이었다. 따라서 어떤 식으로든 사임의 이야기를 꺼내는 것은 대단히 위험한 일이 될 터였다. 그런데 오브라이언이 그런 식으로 말했다면 분명히 어떤 신호나 암호를 보낼 의도로 그랬을 것이 틀림없었다. 함께 가벼운 사상범죄를 행함으로써 자신과 윈스턴을 공범자로 만든 것이다. 그들은 천천히 복도를 걸어갔다. 그러다 이번에는 오브라이언이 걸음을 멈췄다. 그는 언제나처럼 신기한 방법으로 상대방의 경계심을 풀어주려는 듯 한없이 다정한 몸짓으로 콧등에 걸친 안경을 고쳐 썼다. 그리고 계속해서 이렇게 말했다.

"자네에게 정작 하고 싶었던 말은 자네가 쓴 그 기사에 이미 폐기된 단어가 두 개나 들어 있었다는 것이네. 물론 아주 최근에 폐기된 단어들이긴 하지만. 자네 제10판 신어사전을 본 적이 있나?"

"아뇨, 못 봤습니다. 아직 발간되지 않은 걸로 알고 있는데요. 그래서 우리 기록국에서는 여전히 제9판을 쓰고 있습니다."

"제10판은 몇 달 있어야 나올 걸세. 하지만 견본이 몇 부 배포됐지. 나도 하나 가지고 있다네. 자네도 보면 흥미가 생길 걸세."

"저도 무척 보고 싶습니다."

윈스턴은 오브라이언의 말이 무슨 뜻인지 금방 알아채고는 그렇게 대답했다.

"새로 개발한 몇 가지는 아주 기발하더군. 특히 동사의 수를 줄인 것은 자네가 흥미 있어 할 것 같은데. 어디 보자, 내가 인편으로 그 사전을 보내줄까? 하지만 내가 그런 일들은 잘 잊어버려서 말이야. 혹시 자네가 편한 시간에 아무 때나 내 집에 들러 그걸 직접 가져갈 수 있겠나? 잠깐만, 내가 주소를 적어줌세."

그들은 텔레스크린 앞에 서 있었다. 오브라이언은 뭔가 넋 나간 사람처럼 양쪽 호주머니를 뒤지더니 가죽 표지의 작은 수첩과 금색 볼펜을 꺼냈다. 그런데 그들이 서 있는 곳은 텔레스크린 바로 아래라서 그 기계 너머에 그들을 감시하는 사람들이 있다면 오브라이언이 무엇을 쓰는지 훤히 볼 수 있을 터였다. 오브라이언은 보란 듯이 수첩에 자기 집 주소를 적더니 그 종이를 찢어 윈스턴에게 건넸다.

"저녁에는 대개 집에 있다네. 그래도 혹시 내가 없으면 우리 집 하인이 자네에게 그 사전을 줄 걸세."

오브라이언은 그렇게 말하고는 가버렸고 윈스턴은 종이쪽지를 움켜쥔 채 혼자 남았다. 이번에는 종이쪽지를 감출 필요가 없었지만 그래도 윈스턴은 쪽지에 적힌 주소를 신경 써서 외운 뒤 몇 시간 후에 다른 종이 뭉치들과 함께 그것을 기억구멍에 넣어버렸다.

두 사람이 이야기를 나눈 시간은 길어봐야 2분 정도밖에 되지 않았다. 그 짤막한 대화 장면에 담긴 의미는 아마 하나밖에 없을 것이다. 그 장면은 오브라이언이 윈스턴에게 주소를 알려주기 위해 일부러 연출한 것이었다. 상대가 누가 됐든 직접 물어보기 전에는 그 사람이 어디 사는지 알 도리가 없기 때문에 어쩔 수 없이 그런 방법을 쓴 것이다. 종류를 불문하고 주소록이라는 것 자체가 없었다. 오브라이언이 그에게 '자네가 날 만나고 싶다면 이리로 오게'라고 말한 셈이었다. 어쩌면 그 신어사전 어딘가에 전갈을 숨겨 놨을지도 모를 일이었다. 여하튼 한 가지는 분명했다. 윈스턴이 꿈꿔왔던 음모가 실제로 존재하며 드디어 그 음모의 실체를 그가 곧 알게 되리라는 점이었다.

윈스턴은 조만간 자신이 오브라이언의 부름에 응하리라는 것을 알고 있었다. 그게 내일이 될지, 아니면 한참 후가 될지는 그도 확실치 않았다. 앞으로 일어나게 될 일은 몇 년 전부터 시작된 과정의 마무리일 뿐이었다. 이 과정의 첫 번째 단계는 은밀하고 무의식적인 생각이었고, 두 번째 단계는 일기를 쓰기 시작한 것이었다. 생각을 글로 옮겼으니 이제는 글을 행동으로 옮길 차례였다. 그리고 마지막 단계는 애정부에서 일어나게 될 어떤 사건일 것이다. 그는 그 일을 기꺼이 받아들인 터였다. 끝은 시작할 때 이미 예고된 것이었다. 그러나 그 일을 겪게 될 것을 생각하면 무서웠다. 아니, 더 정확히 말하자면 죽음을 미리 맛보는 것 같았으며 수명이 단축되는 것 같았다. 심지어 그가 오브라이언과 이야기를 하는 동안, 오브라이언의 말이 무슨 뜻인지 이해했을 때조차도 등골이 오싹해지고 온몸이 덜덜 떨렸다. 어쩐지 축축한 무덤 속으로 걸어 들어가는 기분이었는데, 그 무덤이 그곳에서 그를 기다리고 있다는 것을 언제나 알고 있었기 때문인지 기분이 그리 좋지 않았다.

7

 윈스턴이 잠에서 깼을 때 그의 눈에는 눈물이 그렁했다. 줄리아는 잠이 덜 깬 듯 몸을 뒤척이며 뭐라고 중얼거렸는데 "왜 그래요?" 하고 묻는 것 같았다.
 "꿈을 꿨는데……."
 그는 말을 하려다가 이내 그만뒀다. 너무 복잡한 꿈이라 말로 설명할 수 없었다. 그리고 꿈도 꿈이지만 그 꿈과 관련된 어떤 기억이 잠을 깬 뒤에도 몇 초 동안이나 마음속에서 떠나지 않았다.
 그는 다시 누워 눈을 감고 꿈 기운에 흠뻑 젖어들었다. 그것은 마치 그의 전 생애가 비 온 뒤의 여름날 저녁 풍경처럼 눈앞에 펼쳐지는 것 같은 방대하고 빛나는 꿈이었다. 그 꿈은 전부 유리 서진의 내부에서 펼쳐졌지만 유리의 표면은 하늘의 둥근 천장이었고 그 천장 내부에서는 모든 것이 밝고 부드러운 빛에 휩싸여 있어 한없이 먼 곳까지 훤히 볼 수 있었다. 또 꿈에는 그의 어머니가 팔로 자신을 꼭 감싸던 장면도 등장했다. 정말이지 어떤 의미에서는 그 장면을 중심으로 구성된 꿈이라 해도 과언이 아니었다. 윈스턴은 어머니가 자식을 그렇게 팔로 감싸는 장면을 30년 후 영화에서 다시 한 번 보았다. 유대인 여성이 헬리콥터의 공격을 받아 산산조각이 나기 전에 총탄으로부터 어린 아들을 보호하기 위해 안간힘을 쓰던 바로 그 장면 말이다.

"그거 알아? 난 지금까지도 내가 어머니를 죽였다고 알고 있었어."

윈스턴이 말했다.

"어머니를 왜 죽였는데요?"

줄리아가 잠꼬대하듯 물었다.

"내가 죽인 게 아니야. 물리적으로는 내가 그런 게 아니라고."

꿈속에서 마지막으로 봤던 어머니의 모습이 떠올라서 그런지 잠에서 깨어나자마자 어머니의 마지막 모습과 관련된 자그마한 사건들이 술술 기억났다. 그 기억은 그가 여러 해를 거치면서 일부러 잊으려 했던 게 틀림없었다. 그 일이 일어났던 날짜까지는 확실하게 떠오르지 않았지만 아마도 그의 나이 열 살이나 열두 살 무렵이었을 것이다.

윈스턴의 아버지는 그 일이 일어나기 얼마 전에 이미 사라진 상태였지만 얼마나 오래전이었는지는 기억나지 않았다. 당시의 혼란스럽고 불안했던 상황만큼은 또렷하게 떠올랐다. 공습 때문에 주기적으로 공포에 떨었던 일, 지하철역에 있던 방공호, 사방에 깔린 자갈 더미, 길모퉁이마다 붙어 있던 난해한 성명서들, 모두 같은 색깔의 셔츠를 입은 청소년 패거리, 빵집 앞에 늘어선 어마어마하게 긴 줄, 멀리서 간간이 들려오던 기관총 소리 등등. 그러나 무엇보다도 가장 기억에 남는 것은 늘 굶주렸다는 사실이었다. 기나긴 오후마다 다른 사내 녀석들과 함께 쓰레기통과 쓰레기 더미를 뒤져 양배추 줄거리나 감자 껍질을 줍거나 가끔은 딱딱해진 빵 조각을 주워 까맣게 탄 부분만 조심스럽게 긁어내고 먹었던 기억이 났다. 또 가축의 사료를 싣고 일정한 길로 다니는 트럭이 지나가기를 기다렸다가 울퉁불퉁한 곳에서 덜커덩거릴 때 떨어지는 깻묵 몇 조각을 줍던 일도 떠올랐다.

윈스턴의 아버지가 사라졌을 때 어머니는 놀라거나 크게 슬퍼하지는 않았지만 갑자기 전혀 딴 사람으로 변해버렸다. 어머니는 삶의 의욕을 완전히 잃어버린 것 같았다. 윈스턴이 보기에 어머니는 스스로 불가피하다고 알고 있는 어떤 일이 터지기만을 기다리는 것이 분명했다. 어머니는 요리, 빨래, 옷가지 깁기, 잠자리 봐주기, 바닥 쓸기, 벽난로 청소 등 그녀의 손이 필요한 일은 어김없이 다 해냈다. 그러나 저절로 움직이는 화가의 인체모형처럼 언제나 아주 느리게 움직이는 데다 신기하리만치 불필요한 동작은 거의 하지 않았다. 크고 맵시 있는 그녀의 몸이 저절로 다시 굳어지는 것 같았다. 어머니는 한번 침대 머리맡에 앉았다 하면 거의 몇 시간씩 꼼짝도 않고 누이동생에게 젖을 물리곤 했다. 두어 살 된 그의 누이동생은 너무 말라서 얼굴이 원숭이 같았으며 몸집도 작고 병약한 데다 조용한 아기였다. 아주 가끔이긴 했지만 어머니는 윈스턴을 품에 꼭 껴안고서 한참 동안 아무 말 없이 있었다. 그는 자기밖에 모르는 어린 나이였음에도 어머니의 그런 행동에서 결코 입에 담을 수 없는 어떤 일이 곧 일어나리라는 것을 직감했다.

그는 식구들과 살았던 방을 떠올려 봤다. 어두컴컴하고 환기가 안 된 탓에 퀴퀴한 냄새가 나던 그 방에는 하얀 시트가 깔린 침대가 공간의 반을 차지한 채 떡 버티고 있었고 벽난로 앞에 놓인 난로망에는 가스풍로와 음식을 넣어두는 선반이 있었으며 문밖 층계참에는 여러 가구가 공동으로 쓰는 갈색의 토기 수채통이 있었다. 윈스턴은 가스풍로 위로 허리를 구부린 채 냄비 안의 무언가를 휘젓고 있던 어머니의 조각상 같은 모습을 떠올렸다. 특히 늘 배고팠던 시절이라 식사 때마다 아귀다툼하던 일이 기억났다. 그는 어머니에게 왜 먹을 것이 더 없냐고 자꾸만 졸라댔고, 어떤 때는 소리를 지르고 대들기까지 했다(변성기가 와서 갈라지기 시작한 데다 가끔 이상하게 울려대던 자신의 목소리마저 기억났다). 그뿐만 아니라 자기 몫보다 조금이라도 더 먹을 속셈으로 한껏 처량하게 훌쩍거리는 짓도 마다하지 않았다. 그럴 때면 어머니는 흔쾌히 자신의 몫을 그에게 덜어주었다. '사내아이'는 당연히 가장 많이 먹어야 한다는 게 어머니의 지론이었다. 그러나 어머니가 아무리 많이 덜어주어도 그는 늘 더 달라고 졸랐다. 식사 때마다 어머니는 그에게 너무 자기 배만 채우지 말라고 이르면서 어린 누이동생이 아프니 먹이기라도 해야 한다는 점을 잊지 말라고 애원하다시피 했지만 소용이 없었다. 그는 어머니가 더 주지 않으면 화를 내며 소리를 질러대는가 하면 어머니의 손에서 냄비와 국자를 빼앗았으며 누이동생의 몫까지 낚아채곤 했다. 윈스턴은 자기 때문에 어머니와 누이가 굶주리고 있다는 것을 알았지만 자기로서는 어쩔 수가 없었다. 심지어 그럴 권리가 있다고까지 생각했다. 배가 고파 시끄럽게 꼬르륵대는 소리가 그의 그런 입장을 정당화시켜주는 것 같았다. 식사 시간이 아닐 때도 어머니의 감시가 소홀한 틈을 타 찬장에 보관해둔 보잘것없는 음식들을 끊임없이 훔쳐 먹었다.

어느 날 초콜릿 배급이 나왔을 때였다. 실로 몇 주, 아니 몇 달 만에 배급되는 초콜릿이었다. 그는 그 귀한 초콜릿 조각을 아주 또렷하게 기억하고 있었다. 그날 세 식구 앞으로 배급된 초콜릿 양은 2온스(그 시절에는 아직도 '온스'라는 단위를 썼다)짜리 한 조각이었다. 따라서 세 식구가 먹으려면 당연히 세 조각으로 똑같이 나눠야 했다. 그러나 별안간 누군가가 윈스턴의 귀에 대고 그것을 그 혼자다 먹으라고 말하는 것 같았다. 크게 울려 퍼지는 그 목소리는 바로 자신의 내부에서 들리는 소리였다. 어머니는 그에게 욕심부리지 말라고 말했다. 오랫동안 소리치고 흐느끼고 눈물을 흘리고 타이르고 달래는 등의 실랑이가 계속됐다. 그러는 동안 그의 어린 누이동생은 새끼 원숭이처럼 양팔로 어머니의 목에 매달린 채 커다랗고 슬픈 눈을 굴리며 어머니의 어깨너머로 그를 쳐다보고 있었다. 어머니는 결국 초콜릿을 네 등분 해 세 조각을 윈스턴에게 주고 나머지 한 조각을 누이동생에게 주었다. 어린 누이동생은 초콜릿 조각을 받아 들고도 그게 무엇인지 모르는 사람처럼 그저 멍하니 바라보고만 있었다. 윈스턴은 그런 동생을 잠시 지켜보고 있다가 어느 순간 번개처럼 달려들어 초콜릿을 낚아챈 뒤 문밖으로 달아났다.

"윈스턴! 윈스턴! 돌아와! 동생한테 초콜릿을 돌려줘!"

어머니가 그의 등 뒤에서 소리쳤다.

그는 걸음을 멈췄으나 돌아가지는 않았다. 어머니가 걱정스러운 눈으로 그의 얼굴을 뚫어지게 바라보았다. 지금 생각해보아도 그 순간 무슨 일이 일어나고 있었는지는 알 수가 없다. 그제야 무언가 빼앗겼다는 것을 알아차린 누이동생이 가냘프게 칭얼대기 시작했다. 어머니가 그런 누이동생을 두 팔로 감싸 품 안에 꼭 끌어안았다. 윈스턴은 어머니의 몸짓에서 왠지 여동생이 죽어가고 있다는 느낌을 받았다. 그는 돌아서서 계단을 뛰어 내려갔다. 손에 들린 초콜릿이 찐득거렸다.

그 후로 윈스턴은 어머니를 두 번 다시 보지 못했다. 초콜릿을 다 먹어버린 다음에야 약간 창피한 생각이 들어 몇 시간 동안이나 거리를 쏘다녔다. 그러다가 배가 고파서야 겨우 집에 돌아왔다. 그런데 집에 와보니 어머니가 보이지 않았다. 당시에는 이미 그런 일이 흔했다. 어머니와 누이동생이 없어진 것 말고는 방은 나갈 때의 모습 그대로였다. 두 사람의 옷가지는 물론 어머니의 외투마저 그대로 있었다. 지금까지도 윈스턴은 어머니가 죽었는지 살아 있는지 확실히 알지 못한다. 어머니는 강제노동수용소로 압송됐을 가능성이 컸다. 그리고 누이동생은 윈스턴이 그랬던 것처럼 어머니에게서 강제로 떨어져 집 없는 아이들만을 따로 수용하는 시설(이른바 '교화센터')로 보내졌을지도 모른다. 그즈음 내란의 여파로 그런 시설들이 여기저기 생기고 있었다. 아니면 누이동생도 어머니와 같이 강제노동수용소로 갔거나 그도 아니면 어딘가에 남아서 살아 있거나 죽었을 것이다.

그 꿈은 지금도 선명하게 떠오르는데, 특히 누군가를 싸안고 보호하려는 것 같은 그 팔 동작에는 꿈의 전체적인 의미가 담겨 있는 것 같았다. 그래서 그런지 두 달 전에 꾸었던 또 다른 꿈이 생각났다. 어머니는 때가 타 더러워진 하얀 시트가 깔린 침대에 앉아 어린 누이동생을 꼭 껴안고 있을 때와 똑같은 모습으로, 자꾸만 가라앉고 있는 배 안에 앉은 채 위쪽에 있는 윈스턴과 거리가 점점 더 멀어지며 캄캄한 물속에서 그를 올려다보고 있었다.

그는 줄리아에게 어머니가 사라지던 날의 이야기를 들려줬다. 그녀는 눈도 뜨지 않고 몸을 뒤척이더니 좀 더 편안한 자세로 누웠다.

"그때는 당신도 고약한 돼지 새끼였나 보군요. 하기야 애들은 죄다 돼지니까."

그녀가 들릴 듯 말 듯 말했다.

"맞아, 그랬어. 하지만 이 이야기의 진짜 핵심은 말이지……."

숨소리를 들어보니 줄리아는 다시 잠들어버린 게 분명했다. 윈스턴은 어머니 이야기를 계속하고 싶었다. 그가 기억하는 한 어머니는 특출한 사람은 아니었고 지적인 사람은 더더욱 아니었다. 그러나 그의 어머니에게는 고상함과 순결함 같은 게 있었다. 그녀가 나름대로의 기준을 세워놓고 거기에 맞게 살았던 것만 봐도 그런 성향을 알 수 있다. 어머니의 감정은 오롯이 그녀만의 것이었기 때문에 외부의 영향을 전혀 받지 않았다. 또 그녀는 어떤 행동이 의도한 결과를 달성하지 못했다고 해서 그것을 무의미하다고 여기는 사람이 아니었다. 사람이 누군가를 사랑하면 그것으로 족하기 때문에 줄 게 아무것도 없어도 그 사람을 여전히 사랑할 수 있다고 생각했다. 초콜릿의 마지막 조각마저 사라졌을 때 그의 어머니는 누이동생을 품 안에 꼭 껴안았다. 그래봐야 아무 소용도 없고, 아무것도 변하지 않으며, 초콜릿이 어디서 더 생기지도 않고, 누이동생이나 어머니 자신이 죽음을 피해 갈 수 있는 것도 아니었다. 하지만 어머니에게는 그렇게 하는 것이 당연해 보였다. 보트에 타고 있던 그 피난민 여성도 종이 한 장으로 총탄을 막으려는 것이나 다름없는데도 팔로 어린 아들을 감싸 안았다. 당은 끔찍하게도 단순한 충동과 단순한 감정 따위는 보잘것없다고 사람들을 설득하는 동시에 그들에게서 물질세계를 지배하는 모든 힘을 앗아가 버렸다. 일단 당의 손아귀에 걸려든 사람은 그가 무엇을 느끼든 안 느끼든, 무엇을 하든 안 하든 그야말로 아무런 차이가 없어져 버렸다. 무슨 일이 일어나건 그 사람은 사라지고, 그러면 그 사람은 물론 그 사람이 했던 일들까지 영원히 잊히는 것이다. 한마디로 유유히 흐르는 역사 속에서 깨끗하게 제거돼버리는 셈이었다. 그러나 두 세대 전만 해도 사람들은 역사를 바꾸려 들지 않았기 때문에 그들에게는 이런 일이 그렇게까지 중요해 보이지 않았을 것이다. 그 세대 사람들은 어떤 행동을 할 때 개인적인 의리를 기준으로 삼았고 그러는 것을 당연하게 여겼다. 그들에게 중요한 것은 개인적인 인간관계였기 때문에 전혀 도움이 되지 않더라도 죽어가는 사람에게 건네는 몸짓이나 포옹, 또는 눈물 한 방울이나 말 한마디도 그 자체로 소중할 수 있었다. 이 대목에서 윈스턴은 문득 무산계급은 아직도 이런 환경에서 살고 있지 않을까, 하는 생각이 들었다. 그들은 당이나 국가나 사상 따위에 충성하는 것이 아니라 서로에게 의리를 지키며 살았다. 윈스턴은 난생처음으로 무산계급을 경멸하지 않게 되었다. 아울러 그들을 자력으로는 일어설 수 없어 어느 날 갑자기 누군가 생기를 불어넣어 줘야만 세상을 재건할 수 있는 세력으로 생각하던 태도도 바꿨다. 무산계급은 여전히 인간으로 남아 있었다. 그들의 내면은 냉혹해지지 않았다. 그들은 윈스턴 자신도 의식적인 노력을 통해 다시 익혀야만 하는 원시적인 감정을 잃지 않고 살아왔다. 생각이 여기까지 미치자 2, 3주 전에 길 위에 나뒹굴던 절단된 팔을 마치 양배추 줄거리라도 되는 양 시궁창 속으로 차버렸던 일이 떠올랐다.

"무산계급이야말로 인간이야. 우리는 인간이 아니야."

윈스턴이 큰 소리로 말했다.

"어째서요?"

또다시 자다 깬 줄리아가 말했다.

그는 잠시 생각에 잠겼다.

"당신은 그런 생각해본 적 있나?"

이윽고 윈스턴이 입을 열었다.

"너무 늦기 전에 여길 나가서 두 번 다시 만나지 않는 것만이 우리가 할 수 있는 최선이라고 말이야."

"물론 생각해봤죠, 그것도 여러 번이나. 하지만 난 그러지 않을 거예요."

"우린 지금까지 운이 좋았어. 하지만 언제까지나 운이 좋을 순 없지. 당신은 젊어. 더구나 지극히 정상적이고 순진해 보이기도 하고. 나 같은 사람과 깨끗이 헤어지기만 하면 앞으로 50년은 거뜬히 살 거야."

"아뇨, 나도 다 생각해봤어요. 당신이 하는 일이면 나도 할 거예요. 그러니 너무 낙담하지 마세요. 난 살아남는 데 도통했다고요."

"잘하면 6개월 정도, 어쩌면 1년까지는 만날 수 있겠지. 하지만 결국 우리는 헤어질 수밖에 없어. 헤어지게 되면 우리가 얼마나 외로워질지 생각해봤어? 그들에게 잡히고 나면 우리가 서로를 위해 해줄 수 있는 일은 아무것도 없어. 그야말로 전혀 없지. 내가 자백하면 그들이 당신을 총살할 테고 설사 내가 자백을 거부한다 해도 그들은 똑같이 총살하고 말 거야. 내가 무슨 짓을 하고 무슨 말을 하건, 아니면 내가 아무 말도 하지 않는다 해도 당신의 죽음을 단 5분도 연기시키지 못할 거야. 우리 둘 다 서로 살았는지 죽었는지조차 모를 거라고. 우린 완전히 무력한 존재가 될 거야. 중요한 것은 우리가 서로를 배신해서는 절대 안 된다는 거야. 그런다고 눈곱만큼도 달라질 건 없겠지만 말이야."

"자백이라는 말이 나와서 말인데요, 우린 틀림없이 자백하고 말 거예요. 모두들 결국엔 자백하잖아요. 당신도 자백하지 않고는 못 배길 거예요. 그들이 고문을 할 테니까요."

"자백을 말하는 게 아니야. 자백은 배신이 아니지. 당신이 무슨 말을 하고 어떤 행동을 하건 그런 건 중요하지 않아. 정말 중요한 건 감정이지. 그들 때문에 내가 더 이상 당신을 사랑하지 않게 된다면 그게 진짜 배신이야."

줄리아는 그 말을 곰곰이 생각해보는 것 같았다.

"그들이 그렇게는 못할걸요."

그녀가 생각 끝에 입을 열었다.

"그들도 할 수 없는 게 하나 있어요. 당신이 무슨 말이든 하게 할 수는 있지만 그 말을 믿게 할 수는 없을 거예요. 그들이 당신 마음속까지 지배할 수는 없을 테니까요."

"그래, 그렇겠지. 맞는 말이야. 그들이 마음속까지 지배할 수는 없을 테니까. 당신이 인간으로 남아 있는 게 가치 있는 일이라고 느낄 수 있다면, 그래봐야 달라지는 게 아무것도 없다 해도 당신은 그들을 이기게 되는 셈이지."

윈스턴은 결코 잠드는 일 없이 사람들의 말을 엿듣는 텔레스크린을 생각했다. 그것은 밤낮으로 사람들을 감시하지만 침착하게 대처하기만 하면 얼마든지 그것을 따돌릴 수 있었다. 그것이 아무리 영리하다 해도 사람들이 무슨 생각을 하고 있는지를 알아낼 비결만큼은 터득하지 못한 상태였다. 물론 그들의 손아귀에 실제로 걸려들었을 때는 사정이 조금 다를 것이다. 애정부 내부에서 무슨 일이 벌어지고 있는지는 아무도 몰랐지만 추측은 해볼 수 있었다. 고문, 마취제, 신경 반응을 기록하는 정밀한 기계, 수면 부족과 고독과 집요한 질문으로 나날이 지쳐가는 몸과 마음 등등. 그런 상황에서는 누구든 사실을 털어놓을 수밖에 없을 것이다. 그들은 심문을 통해 숨겨진 사실을 들추고 고문을 통해 감추고 있는 진실을 쥐어짜 낼 수 있을 터였다. 그러나 살아남는 게 아니라 인간답게 살다 죽는 게 목적이라면 결국 무엇이 어떻게 달라질까? 그들이 사람들의 감정까지 바꿀 수는 없을 것이다. 본인이 원한다고 해도 자기 마음대로 바꿀 수 없는 게 바로 감정이다. 그들이 제아무리 사람들의 행동이나 말, 생각마저 낱낱이 들추어낼 수 있다 하더라도 사람의 속마음만은 장악할 수 없을 것이다. 우리의 속마음은 이것이 어떤 작용을 하는지 우리 자신조차도 이해할 수 없을 만큼 신비로우니까 말이다.

8

그들은 일을 벌이고야 말았다. 마침내 저지르고야 말았다!

그들은 불빛이 은은하게 감도는 기다란 방 안에 서 있었다. 소리를 낮춘 텔레스크린은 나직하게 웅얼거렸다. 짙푸른 카펫이 마치 벨벳을 밟는 것처럼 폭신했다. 방 저쪽 끝의 책상 앞에 오브라이언이 앉아 있었다. 책상 위에는 초록색 갓을 씌운 전등이 있었고 그의 양옆에는 서류 더미가 잔뜩 쌓여 있었다. 하인이 줄리아와 윈스턴을 안으로 들였는데도 오브라이언은 쳐다보지도 않았다.

윈스턴은 너무나 가슴이 두근거려 제대로 말이나 할 수 있을지 걱정부터 앞섰다. 그들은 일을 벌이고야 말았다. 그들이 마침내 저지르고야 말았다. 더구나 몹시 어리석게도 둘이 함께 그 집을 찾았다. 실은 각자 다른 길로 와서 오브라이언의 집 앞에서 만난 것이지만 말이다. 그러나 그런 곳까지 걸어오는 것만으로도 여간 신경이 쓰이는 게 아니었다. 내부 당원의 숙소를 구경하는 것은 물론 그들의 거주 지구까지 들어오는 것 자체가 극히 드문 일이었다. 거대한 건물에서 풍기는 전체적인 분위기, 널찍한 공간과 호화로운 세간, 좋은 음식과 질 좋은 담배에서 나는 생소한 냄새, 조용하지만 빠르게 오르내리는 승강기, 하얀 재킷을 입고 바삐 오가는 하인들까지, 모든 것이 그들을 주눅 들게 했다. 비록 그곳에 올 만한 좋은 구실이 있다고는 하지만 갑자기 검은 제복을 입은 경호원이 모퉁이에서 나와 신분증을 제시하라고 한 뒤 쫓아내지나 않을까 하는 조마조마한 마음에 발이 잘 떨어지지 않았다. 그러나 오브라이언의 하인은 순순히 두 사람을 맞아들였다. 흰 재킷을 입은 하인은 체구가 작고 머리칼이 검은 남자였다. 다이아몬드처럼 생긴 그의 얼굴은 완전히 무표정했는데, 중국인의 얼굴이 그렇지 않을까 싶었다. 하인을 따라 들어간 복도에는 부드러운 카펫이 깔려 있었고 크림색 벽지를 바른 벽과 흰색 벽판은 더할 나위 없이 깨끗했다. 거기서도 역시나 주눅이 들었다. 윈스턴은 그때까지 사람들의 손때가 묻지 않은 복도를 본 적이 없었던 것이다.

　오브라이언은 손에 든 종이쪽지를 열심히 들여다보는 것 같았다. 그가 두툼한 얼굴을 숙이고 있어서 콧날만 볼 수 있었는데 강인하면서도 지적인 인상이었다. 그는 대략 20초 정도 꼼짝 않고 앉아 있었다. 그러고 나서 구술기록기를 자기 앞으로 끌어당기더니 각 부部의 혼성 전문용어로 이루어진 메시지를 큰소리로 읽어 나갔다.

　"항목 1 쉼표 5 쉼표 7 완전 승인 마침표 항목 6에 포함된 제안 극히 불합리 사상범죄에 가까움 취소 마침표 건설 중단 추가 견적서 사전 입수 기계류 공통경비 마침표 메시지 끝."

　오브라이언은 느긋하게 의자에서 일어나 소리 없이 카펫 위를 걸어 그들에게 다가왔다. 신어를 낭독할 때의 사무적인 분위기는 조금 사라진 것 같았지만 그의 표정은 방해받아 불쾌한 듯 평소보다 싸늘했다. 윈스턴은 별안간 당황하면서 이미 한 차례 느꼈던 공포감에 다시 휩싸였다. 어리석은 실수를 저지른 것만 같았다. 도대체 무슨 증거로 오브라이언이 정치적 공모자라고 철석같이 믿었을까? 딱 한 번 눈이 마주쳤고 모호한 말을 주고받은 것이 전부였다. 그 외에는 윈스턴이 꿈을 바탕으로 남몰래 상상한 것들뿐이었다. 그는 신어사전을 빌리러 온 척하며 꽁무니를 뺄 수도 없었다. 그러면 줄리아와 같이 온 이유를 설명할 수 없기 때문이다. 텔레스크린 앞을 지나던 오브라이언이 문득 생각난 게 있는지 걸음을 멈췄다. 그러고는 옆으로 돌아서는가 싶더니 벽에 있는 스위치를 눌렀다. 그러자 찰칵하고 날카로운 소리가 나면서 텔레스크린 속 목소리가 뚝 그쳤다.

줄리아가 놀라 작게 새된 소리를 냈다. 잔뜩 겁먹은 와중에도 윈스턴 역시 너무 놀라 입을 다물고 있을 수가 없었다.

"그걸 끌 수도 있군요!"

윈스턴이 말했다.

"그래, 우린 이걸 끌 수 있다네. 우리에게 그 정도 특권은 있지."

오브라이언이 말했다.

그는 이제 윈스턴과 줄리아를 마주 보고 서 있었다. 건장한 체구의 그는 여전히 속을 알 수 없는 표정으로 두 사람 앞에 떡 버티고 있었다. 그는 다소 엄격한 태도로 윈스턴이 말을 꺼내기만을 기다렸다. 그러나 무슨 이야기를 한단 말인가? 그때까지도 그는 바쁜 사람을 왜 찾아와서 방해하는지 모르겠다는 듯 짜증스러워하는 모습이 역력했다. 아무도 입을 열지 않았다. 텔레스크린까지 꺼진 터라 방 안은 쥐 죽은 듯 조용했다. 몇 초가 몇 년같이 길게 느껴졌다. 윈스턴은 간신히 피하지 않고 오브라이언을 똑바로 쳐다봤다. 그러자 싸늘하게 굳어 있던 그의 얼굴이 갑자기 허물어지면서 웃음기가 살짝 감도는 것 같았다. 오브라이언은 특유의 몸짓으로 콧잔등에 걸친 안경을 고쳐 썼다.

"내가 말할까, 아니면 자네가 먼저 하겠나?"

오브라이언이 말했다.

"제가 먼저 하겠습니다. 그런데 저거 진짜 꺼진 거 맞나요?"

윈스턴이 재빨리 말했다.

"그렇다네, 전부 꺼졌지. 이제 우리뿐이네."

"저희가 여기 왜 왔느냐면……."

윈스턴은 말을 하려다가 멈췄다. 처음으로 자신이 찾아온 동기가 모호하다는 것을 깨달은 것이다. 그는 사실 자신이 오브라이언에게서 어떤 도움을 기대하고 있는지 모르기 때문에 거기 온 이유를 설명하기가 쉽지 않았다. 그러나 윈스턴은 자신의 이야기가 설득력이 없고 허세를 부리는 것처럼 들릴 게 틀림없다는 것을 알면서도 말을 계속했다.

"저희는 당에 반대하는 어떤 음모가 있으며 저항운동을 벌이는 모종의 비밀단체가 있다고 생각합니다. 당신도 그 단체의 일원이라고 믿고 있고요. 저희도 그 단체에 가입해 저항운동을 펼치고 싶습니다. 저희는 영사의 원칙을 믿지 않습니다. 저희는 사상범입니다. 또한 간통자이기도 합니다. 제가 당신에게 이런 이야기를 하는 이유는 저희 운명을 당신에게 맡기고 싶기 때문입니다. 당신이 저희에게 그 밖에 다른 방법으로 죄를 범하라고 한다면 저흰 기꺼이 따를 겁니다."

윈스턴은 이렇게 말하고 오브라이언의 어깨 너머를 힐끗 쳐다봤다. 문이 열린 것 같아서였다. 아니나 다를까 자그마한 체구를 가진 누런 얼굴의 그 하인이 노크도 없이 들어와 있었다. 윈스턴이 보니 그가 와인병과 잔들을 쟁반에 담아 들고 있었다.

"마틴은 우리 편이네."

오브라이언이 태연스레 말했다.

"마틴, 마실 것들을 이리 가져와 그 둥근 탁자에 놓게나. 의자가 부족하지는 않나? 우리 앉아서 편하게 이야기하세. 마틴, 자네도 의자를 가지고 오지. 지금부터 10분 동안은 하인이 아닐세."

몸집이 작은 마틴도 아주 편안하게 자리를 잡고 앉았다. 그러나 그는 여전히 하인다운 분위기를 풍겼는데 마치 특권을 누리는 왕의 시종 같은 분위기였다. 윈스턴은 곁눈질로 그를 가만히 지켜봤다. 이 사람은 평생 남의 눈을 속이며 살고 있어 잠시라도 그 가면이 벗겨지면 위험하다고 생각하는 것 같았다. 오브라이언이 와인병을 들어 각자의 잔에 검붉은 술을 가득 따랐다. 윈스턴은 그의 그런 모습을 보고 있자니 오래전에 벽인가 광고판에선가 봤던, 네온사인처럼 전등으로 이루어진 거대한 술병이 어렴풋이 떠올랐다. 그것은 아래위로 움직이면서 유리잔에 술을 따르는 것처럼 보였었다. 유리잔 위에서 내려다보면 와인이 거의 검은색처럼 보였지만 병 속에 있을 때는 루비처럼 반짝였다. 그리고 시큼하면서도 달콤한 향기가 났다. 윈스턴이 가만 보니 줄리아는 술잔을 들고 신기한 듯 대놓고 킁킁거리며 냄새를 맡고 있었다.

"포도주라네."

오브라이언이 엷게 웃으며 말했다.

"분명히 책에서 읽어는 봤겠지. 아마 외부 당원은 구하기 어려울 걸세."

오브라이언이 다시 엄숙한 표정을 짓더니 잔을 들었다.

"자, 다 같이 건배부터 하고 마시지. 우리의 지도자, 이매뉴얼 골드스타인을 위해!"

윈스턴은 아주 열렬하게 잔을 치켜들었다. 포도주는 그가 책에서 읽고 상상만 해오던 것이었다. 유리 서진이나 채링턴 씨가 절반 정도만 기억하는 노래 가사처럼 포도주도 지금은 사라지고 없는 낭만적인 과거이자 그가 남몰래 즐겨 떠올리는 옛 시대의 것이었다. 딱히 이유는 모르겠지만 윈스턴은 항상 포도주란 블랙베리로 만든 잼처럼 아주 달콤한 맛이 나서 금방 취하게 하는 것이라고 생각해왔다. 그러나 실제로 마셔보니 그 맛이 여간 실망스러운 게 아니었다. 기실 수년 동안 승리주만 마셔왔으니 포도주의 맛을 제대로 알 리가 없었다. 그는 빈 잔을 내려놓았다.

"그런데 골드스타인이라는 사람이 정말 있는 건가요?"

윈스턴이 물었다.

"있다 뿐인가. 멀쩡히 살아 있는걸. 어디 있는지는 모르지만 말일세."

"그럼 그 음모와 비밀단체도요? 전부 사실인가요? 사상경찰이 지어낸 말이 아닙니까?"

"전부 사실이네. 우린 그 단체를 형제단이라 부르지. 하지만 자네는 형제단이 존재하며 자네도 그 단체의 일원이라는 것 말고는 더 이상 알 수 있는 게 없을 걸세. 머지않아 내 다시 이야기하지."

그는 자신의 손목시계를 들여다봤다.

"아무리 내부 당원이라도 30분 이상 텔레스크린을 꺼두는 건 어리석은 처사지. 오늘 자네들은 함께 이곳에 오는 게 아니었네. 그러니 갈 때는 따로 가게. 동무가 먼저 가게나."

오브라이언이 고갯짓으로 줄리아를 가리켰다.

"가기 전에 약 20분쯤 시간이 있네. 먼저 내가 몇 가지 질문을 할 테니 이해해주게. 대강 말해서 자네들은 어떤 일을 할 각오가 돼 있다는 건가?"

"저희가 할 수 있는 일이라면 뭐든지요."

윈스턴이 대답했다.

오브라이언은 의자에 앉은 채로 몸을 약간 돌려 윈스턴과 마주 보았다. 그는 윈스턴이 당연히 줄리아의 몫까지 말할 수 있다고 생각했는지 그녀를 거의 없는 사람 취급했다. 오브라이언이 잠시 눈을 감았다가 떴다. 이윽고 그가 나직하고 냉정한 목소리로 질문하기 시작했다. 그런데 마치 교리문답처럼 답의 대부분을 그는 이미 알고 있는 것 같았다.

"자네는 목숨을 바칠 각오가 돼 있나?"

"네."

"살인을 할 각오도 돼 있고?"

"네."

"수백 명의 무고한 인민을 죽일 수도 있는 파괴 공작도 펼칠 각오가 돼 있나?"

"네."

"조국을 외국에 팔아먹는 짓도 할 수 있겠군?"

"네."

"사기 치고, 날조하고, 공갈치고, 동심을 타락시키고, 습관성 마약을 살포하고, 매춘을 장려하고, 성병을 퍼뜨리는 등 퇴폐를 조장하고 당의 권력을 약화시키는 일이라면 뭐든지 할 각오가 돼 있나?"

"네."

"가령 어린아이의 얼굴에 황산을 뿌리는 게 우리의 이익에 어느 정도 도움이 된다면 그런 짓도 서슴지 않고 하겠나?"

"네."

"지금의 신원을 모두 버리고 여생을 웨이터나 부두 노동자로 살아갈 각오도 돼 있겠지?"

"네."

"우리가 명령하면 언제든 자살할 각오도 돼 있나?"

"네."

"자네들 두 사람이 헤어져서 두 번 다시 못 본대도 괜찮겠나?"

"그렇게는 못 해요!"

줄리아가 불쑥 끼어들어 소리쳤다.

윈스턴은 대답하기까지 한참 뜸을 들이는 듯 보였다. 잠시 말할 힘조차 없어진 것 같았다. 혀를 움직였지만 소리가 나오지 않았다. 힘겹게 혀를 굴려 한 음절 한 음절을 거듭 만들어낸 끝에 겨우 그 말을 내뱉을 때까지도 그는 자신이 무슨 말을 하려고 하는지 모르고 있었다.

"아뇨."

그가 마침내 입을 열었다.

"답변은 잘 들었네. 우린 모든 걸 알아야 하기 때문에 어쩔 수 없었네."

오브라이언이 말했다.

곧이어 오브라이언은 몸을 돌려 줄리아 쪽을 바라보며 좀 더 감정이 실린 목소리로 덧붙였다.

"설령 윈스턴이 살아남는다고 해도 전혀 다른 사람이 될지 모르는데, 이해할 수 있겠나? 그를 지금과는 완전히 다른 사람으로 만들어야만 할 거야. 그렇게 되면 그의 얼굴, 동작, 손 모양, 머리카락 색깔은 물론 그의 목소리까지 달라지겠지. 그리고 자네 역시 다른 사람이 될지도 모르네. 우리 쪽 외과 의사들은 사람들을 몰라보게 바꿔놓을 수 있거든. 때로는 그런 게 꼭 필요하니까 말이야. 경우에 따라서는 팔다리를 절단하기도 한다네."

이쯤 되자 윈스턴은 마틴의 몽골족 같은 얼굴을 또 한 번 곁눈질로 훑어볼 수밖에 없었다. 그에게는 아무런 흉터도 보이지 않았다. 줄리아의 낯빛이 약간 창백해지면서 주근깨가 도드라져 보였지만 그녀의 시선만큼은 대담하게 오브라이언을 똑바로 쳐다보고 있었다. 그녀는 동의한다는 듯 뭐라고 중얼거렸다.

"좋아. 그럼 다 결정된 거네."

탁자 위에는 은제 담뱃갑이 놓여 있었다. 오브라이언은 정신 나간 사람처럼 그들에게 담뱃갑을 밀어주고는 자신도 한 개비를 꺼냈다. 그러고 나서 자리에서 일어나 그래야만 생각이 더 잘 나는지 천천히 방 안을 서성거리기 시작했다. 담배는 무척 굵직한 데다 보기 드문 매끄러운 종이로 잘 말아놓은 게 질이 아주 좋아 보였다. 오브라이언이 다시 손목시계를 들여다봤다.

"마틴, 자네는 이제 주방으로 가 있게. 15분 후에 스위치를 켜겠네. 가기 전에 이 동무들의 얼굴을 잘 익혀두게. 자네가 다시 볼 사람들이니까. 나는 못 볼 것 같네만."

오브라이언이 말했다.

윈스턴과 줄리아를 현관에서 처음 봤을 때와 똑같이 마틴의 까만 눈이 그들의 얼굴을 재빨리 훑었다. 그의 태도에서 다정함 따위는 전혀 느껴지지 않았다. 그는 그들의 얼굴을 외우려는 것일 뿐 그들에게 관심이라고는 전혀 없거나 아예 생각 자체를 하지 않는 것 같았다. 윈스턴은 문득 그가 성형수술을 한 탓에 표정을 바꿀 수 없는지도 모른다고 생각했다. 아무런 말도 없고 이렇다 할 인사도 없이 마틴은 방을 나가 조용히 문을 닫았다. 오브라이언은 한 손은 검은 작업복의 주머니에 찔러 넣고 다른 한 손은 담배를 든 채 여전히 방 안을 서성거렸다.

"자네들은 어둠 속에서 투쟁해야 할 거라는 걸 알아두게. 늘 어둠 속에만 있게 될 거야. 지령이 떨어지면 이유 따윈 묻지 말고 무조건 그에 따라야 하네. 나중에 내가 책을 하나 보내줄 테니 그걸 읽고 우리가 살고 있는 이 사회의 진정한 본질을 파악하게. 그리고 어떻게 하면 이런 사회를 무너뜨릴 수 있을지 구체적인 전략들을 익히도록 하게. 그 책을 다 읽고 나면 그때 비로소 형제단의 정회원이 되는 거라네. 하지만 우리 조직의 전반적인 투쟁 목적과 그때 그때 필요한 과업 사이에서 자네들은 어떤 것도 알 수가 없을 거네. 형제단이 존재한다는 것까지는 말해줬지만 그 수가 백 명인지 천만 명인지는 말해줄 수 없네. 자네들이 개인적으로 알아본대도 열 명도 못 찾아낼 걸세. 자네들이 접촉하는 형제단원이래 봐야 서너 명에 불과할 텐데 그마저도 수시로 새로운 사람으로 바뀔 테니까 말이야. 자네들로서는 이번이 처음 접촉하는 걸 테니 이제부터 하는 말을 잘 들어두게. 자네들이 받는 지령은 전부 내가 내리는 것들일 걸세. 우리가 자네들과 연락해야 할 일이 생기면 마틴을 통해 전달할 것이네. 자네들이 결국 붙잡히고 만다면 자백할 수밖에 없을 거네. 그건 피할 수 없는 일이지. 하지만 자네들이 직접 벌인 활동 내용 외에는 자백할 것이 별로 없을 걸세. 자네들이 배반한다고 해봤자 중요하지 않은 몇몇 사람의 이름을 부는 게 전부일 테지. 아마 자네들은 내 이름을 불지도 못할 거야. 그때쯤이면 난 이미 죽었거나 얼굴을 바꾸고 완전히 다른 사람이 되어 살아가고 있을 테니까 말일세."

오브라이언은 계속해서 부드러운 카펫 위를 왔다 갔다 했다. 몸집이 거대한데도 동작은 무척이나 기품이 있었다. 그런 기품 있는 분위기는 주머니에 손을 찔러 넣고 있거나 담배를 다루는 태도에서도 풍겼다. 그는 기운이 세다기보다는 자신감이 있어 보였고 얄궂은 구석도 있으면서 이해심이 많아 보였다. 또 아무리 열의가 넘쳐도 광신자의 전유물인 외곬의 기질 같은 것은 전혀 내비치지 않았다. 그가 살인이니 자살이니 성병이니 절단된 사지니 얼굴 성형 따위를 입에 올릴 때는 익살스러운 분위기도 살짝 감돌았다. 그때 그의 목소리는 다음과 같이 말하고 있는 것 같았다. '그건 피할 수 없는 일이네. 우리가 단호하게 해야 할 일이란 말일세. 하지만 인생이 다시 살 만한 가치가 있게 됐을 때는 우리가 이런 일을 하고 있지는 않을 거네.' 윈스턴은 그런 오브라이언을 보며 감탄을 넘어 거의 숭배하는 마음까지 품게 됐다. 그 순간만큼은 어슴푸레한 인물인 골드스타인마저 까맣게 잊어버렸다. 오브라이언의 강인한 어깨와 못생겼지만 무척이나 세련된 그의 무뚝뚝한 얼굴을 보고 있노라면 그가 패배하리라는 생각은 꿈에도 들지 않았다. 그가 대처하지 못할 책략이나 예견할 수 없는 위험이란 없을 것 같았다. 줄리아조차도 오브라이언에게 깊은 인상을 받은 모양이었다. 그녀는 담뱃불이 꺼진 줄도 모르고 그의 말을 열심히 듣고 있었다. 오브라이언의 말은 계속됐다.

"자네들은 형제단의 존재 여부와 관련해 이런저런 소문들을 듣게 될 걸세. 물론 자네들 나름대로 대충 어떤 조직일지 생각해봤을 거야. 아마 음모를 꾸미는 자들이 거대한 규모의 지하조직을 꾸리고, 지하실 같은 데서 비밀리에 모이며, 벽마다 조직이 전하는 메시지를 휘갈겨 써놓고, 암호나 특수한 손동작 같은 걸로 형제단원임을 알아본다고 상상했겠지. 하지만 전혀 그렇지 않다네. 형제단의 단원들은 서로를 알아볼 방법도 없는 데다 누구든 신원을 알 수 있는 단원이래 봐야 고작 한두 명에 불과하지 그 이상은 알 수도 없다네. 천하의 골드스타인이 사상경찰에 붙잡힌다 해도 형제단의 전체 명단을 넘길 수도 없거니와 전체 명단을 입수할 만한 어떤 정보도 넘겨줄 수 없을 거네. 그런 명단 자체가 존재하지 않으니까 말이야. 형제단은 일반적인 의미의 조직이 아니기 때문에 완전히 소탕하기란 불가능하지. 형제단을 똘똘 뭉치게 하는 것은 도저히 파괴할 수 없는 이념 하나밖에 없네. 자네들도 오직 그 이념 하나로만 스스로를 지탱할 수 있을 걸세. 동지애나 격려 따위는 아예 없으니 기대도 하지 말게. 결국 자네들이 붙잡히게 되더라도 어떤 도움도 받지 못할 거네. 우리는 결코 단원들을 돕지 않는다네. 도움이라고 해봐야 입을 막지 않으면 큰일 날 누군가가 잡혔을 때 감방으로 그 사람에게 면도날을 넣어주는 게 전부라네. 자네들은 아무런 결과도 바랄 수 없고 아무런 희망도 품을 수 없는 삶에 익숙해져야만 할 걸세. 자네들은 얼마 동안 활동하다가 붙잡히게 될 테고 그러면 자백하고 나서 곧 죽게 될 테니까. 자네들은 죽을 때까지 오직 그 사실 하나만 알고 있을 뿐이라네. 우리 생전에 이렇다 할 변화가 일어날 가능성은 전혀 없네. 우리는 죽은 사람이나 마찬가지지. 우리의 진정한 삶은 오직 미래에만 있기 때문이네. 우리는 한 줌의 흙과 한 조각의 뼈로 미래에 동참하게 될 걸세. 그러나 이런 미래마저도 언제쯤 맞이하게 될지는 아무도 알 수 없지. 천 년 후가 될지 만 년 후가 될지 모른단 말일세. 현재 우리가 할 수 있는 일은 제정신을 차리고 사는 사람들의 수를 조금씩 늘려가는 것밖에 없다네. 우리는 집단적으로 행동할 수 없네. 오직 우리의 지식을 개인에서 개인으로, 한 세대에서 다음 세대로 널리 퍼뜨리는 일밖에 할 수가 없지. 사상경찰이 두 눈을 부릅뜨고 있는 한 다른 방법이 없네."

오브라이언은 여기까지 말한 뒤 또다시 손목시계를 들여다봤다. 벌써 세 번째였다.

"동무는 이제 갈 시간이 다 됐군."

그가 줄리아에게 말했다.

"잠깐. 이런, 술이 아직 반이나 남았군."

오브라이언은 모두의 잔에 포도주를 가득 따르고 자기 잔을 높이 들었다.

"이번에는 뭘 위해 건배할까? 사상경찰의 혼란을 위해? 빅 브라더의 죽음을 위해? 아니면 인간성을 위해? 미래를 위해?"

그가 여전히 얄궂게 말했다.

"과거를 위해."

윈스턴이 말했다.

"그렇지, 과거가 더 중요하지."

오브라이언이 사뭇 근엄한 표정으로 맞장구쳤다.

그들은 일제히 잔을 비웠다. 잠시 후에 줄리아가 가려고 일어섰다. 오브라이언이 캐비닛 꼭대기에서 상자 하나를 내리더니 납작하고 작은 알약 하나를 꺼내 줄리아에게 건네며 입에 넣으라고 했다. 그러면서 승강기 안내원들의 관찰력이 무척 예리하기 때문에 술 냄새를 풍기지 않고 나가야 한다고 말했다. 줄리아가 나가고 문이 닫히자마자 오브라이언은 그녀의 존재를 까맣게 잊은 것 같았다. 그는 한두 걸음 더 서성이다가 멈춰 섰다.

"몇 가지 세부 사항을 결정해야 하네. 자네들 은신처 같은 게 있는 것 같던데?"

오브라이언이 물었다.

윈스턴은 채링턴 씨의 가게 위층에 있는 그 방 이야기를 들려줬다.

"당분간은 그 방을 그대로 쓰게나. 나중에 우리가 다른 곳을 마련해주겠네. 은신처는 자주 바꿔줘야 한다네. 그 사이 내가 그 책을 한 권 보내주겠네."

오브라이언조차도 '그 책'이란 말을 힘주어 발음하는 것 같았다.

"자네도 알겠지만 골드스타인의 책 말일세. 가능한 한 빨리 보내겠네. 나도 그걸 구하려면 며칠 걸릴 거야. 자네도 짐작하겠지만 그렇게 부수가 많은 책이 아니라서 말이야. 우리가 찍어내는 족족 사상경찰이 찾아내서 없애버린다네. 그래봐야 달라질 건 없는데도 말이지. 그 책은 없앨 수 있는 게 아닐세. 최후의 한 권까지 없애버린다 해도 우리는 거의 한 단어도 빠뜨리지 않고 다시 발간할 수 있으니까. 자네 혹시 서류 가방 들고 다니나?"

"대개는 들고 다닙니다."

"어떻게 생긴 건가?"

"검은색인데 아주 낡았습니다. 끈이 두 개 달렸고요."

"검은색이고 끈이 두 개 달린 데다 아주 낡았다……. 좋네. 정확한 날짜까지는 얘기해줄 수 없지만 조만간 자네가 오전 업무로 받을 통신문 가운데 오자가 하나 있을 걸세. 그러면 자네는 그것을 다시 보내달라고 요청해야 할 거네. 다음 날 출근할 때는 서류 가방을 가져가지 말게. 그날 중으로 거리에서 어떤 남자가 자네 팔을 건드리면서 '가방을 떨어뜨렸네요'라고 말할 걸세. 그러면서 그 남자가 가방을 건네줄 텐데 그 안에 골드스타인의 책이 들어 있을 걸세. 그 책은 2주 내로 돌려줘야 하네."

그들 사이에 잠시 침묵이 흘렀다.

"이제 2분 후에는 자네도 가야겠군. 나중에 또 만나세. 다시 만날 수 있을지 모르겠지만 말이야."

오브라이언이 말했다.

윈스턴이 그를 올려다봤다.

"어둠이 없는 곳에서요?"

윈스턴이 머뭇거리다가 물었다.

오브라이언이 놀라는 기색도 없이 고개를 끄덕였다.

"어둠이 없는 곳에서."

오브라이언은 마치 그 말뜻을 알아들었다는 듯 대답했다.

"그런데 가기 전에 하고 싶은 말은 없나? 남기고 싶은 말이라든가, 아니면 질문이라도?"

오브라이언이 물었다.

윈스턴은 잠시 생각해보았다. 더 묻고 싶은 말은 없는 것 같았다. 그렇다고 거창한 일반론을 늘어놓고 싶은 마음은 더더욱 없었다. 문득 떠오르는 것들은 오브라이언이나 형제단과 직접 관련된 것이 아닌 전혀 엉뚱한 것들이었다. 어머니가 마지막 나날을 보낸 어두컴컴한 침실과 채링턴 씨의 가게 위층에 있는 작은 방과 유리 서진, 그리고 자단 액자 속에 들어 있는 강판화 같은 것이 떠올랐다. 윈스턴은 내키는 대로 말했다.

"혹시 '오렌지와 레몬이여, 성 클레멘트의 종이 말하네'로 시작되는 옛날 노래를 들어본 적 있으신가요?"

오브라이언이 다시 고개를 끄덕였다. 그는 짐짓 진지하면서도 공손하게 노랫말을 끝까지 읊어나갔다.

오렌지와 레몬이여, 성 클레멘트의 종이 말하네
그대는 내게 3파딩을 빚졌네, 성 마틴의 종이 말하네
그대는 언제 그 빚을 갚으려나? 올드 베일리의 종이 말하네
부자가 되면 갚지, 쇼어디치의 종이 말하네

"마지막 소절을 아시는군요!"
윈스턴이 놀라서 말했다.
"그렇네, 마지막 소절까지 알고 있다네. 그런데 이젠 자네가 정말로 가야 할 것 같군. 그 전에 잠깐, 자네도 이걸 먹는 게 좋겠네."

윈스턴이 일어서자 오브라이언이 손을 내밀었다. 그가 어찌나 힘껏 악수를 하던지 윈스턴은 손뼈가 으스러지는 줄 알았다. 문간에서 윈스턴이 뒤를 돌아보았지만 오브라이언은 벌써 그를 마음속에서 지워버리고 있는 것 같았다. 그는 텔레스크린의 조정 스위치에 손을 댄 채 기다리고 있었다. 그의 등 너머로 초록색 갓을 씌운 전등과 구술기록기가 놓인 책상과 서류가 수북이 쌓여 있는 철망 바구니가 보였다. 그 사건은 이제 끝났다. 이제 넉넉잡고 30초 후면 오브라이언은 다시 당원으로 돌아가 잠시 밀어두었던 중요한 일을 할 것이라고 윈스턴은 생각했다.

9

 윈스턴은 피곤해서 녹초가 됐다. '녹초'라는 말이 딱 맞는 표현이었다. 그 말이 자연스럽게 떠올랐다. 그의 몸뚱이는 젤리처럼 흐물흐물해져 속이 반쯤 훤히 보일 것만 같았다. 손을 들어 올리면 빛이 손을 뚫고 지나가는 것을 볼 수 있을 것 같았다. 얼마나 과로를 했는지 몸에서 피와 림프액이 바싹 말라 신경과 뼈와 피부만 남아 있는 느낌이었다. 모든 감각기능에 과부하가 걸린 듯했다. 작업복은 어깨를 짓누르고 보도를 걸을 때마다 발바닥이 따끔거렸으며 손을 쥐었다 폈다 하는 것도 손 마디마디가 욱신거릴 정도로 힘들었다.
 그는 닷새 동안 아흔 시간이 넘게 일했다. 다른 진리부 직원들도 마찬가지였다. 이제 모든 게 끝난 데다 당이 지시한 일도 전혀 없어 내일 아침까지는 말 그대로 완전히 자유였다. 그는 은신처에서 여섯 시간을 보낸 다음 집에 와서 나머지 아홉 시간을 잘 수 있었다. 윈스턴은 포근한 오후의 햇살을 받으며 천천히 거리를 지나 채링턴 씨의 가게 쪽으로 걸어갔다. 가는 내내 줄곧 순찰대를 만날까 봐 눈을 크게 뜨고 경계를 늦추지 않았지만 왠지 그날 오후만큼은 누구한테도 방해받지 않을 것 같다는 확신이 들었다. 손에 들린 묵직한 서류 가방이 걸을 때마다 무릎에 부딪쳐 살갗이 쓸리는지 다리 전체가 쓰라렸다. 가방 안에는 바로 '그 책'이 들어 있었다. 받은 지 엿새나 됐지만 펼쳐보기는커녕 쳐다보지도 않았다.
 증오주간의 엿새째 되던 날이었다. 행진, 연설, 함성, 합창, 깃발, 포스터, 영화, 밀랍인형, 둥둥 울리는 북소리, 길고 날카롭게 울려 퍼지는 나팔 소리, 저벅거리는 행군의 발소리, 탱크 바퀴가 굴러가는 소리, 비행편대의 굉음, 우레와 같은 포성 등에 파묻혀 엿새를 보내는 동안 집단적인 흥분 상태는 절정으로 치달았고 유라시아를 향한 증오심은 광란 상태로까지 끓어올랐다. 군중은 행진 마지막 날 공개 처형될 예정인 2천 명의 유라시아 전범들을 손으로 잡아채어 끌어 내릴 수만 있다면 갈기갈기 찢어 죽이고도 남을 기세였다. 그런데 바로 그때 당은 오세아니아와 유라시아가 더 이상 전쟁을 하지 않는다고 선포했다. 오세아니아는 동아시아와 전쟁을 시작했으며 이제 유라시아는 동맹국이라고 발표한 것이다.

물론 어떤 변화가 생겼다는 점은 인정하지 않았다. 그저 아닌 밤중에 홍두깨처럼 어느 날 갑자기 온 세상이 적은 이제 유라시아가 아니라 동아시아라고 알게 됐을 뿐이다. 발표가 나던 순간 윈스턴은 런던 중심부의 한 광장에서 열리고 있는 시위에 참가하고 있었다. 밤이라서 그런지 사람들의 하얀 얼굴과 주홍색 깃발이 투광 조명등 아래서 번쩍거렸다. 광장은 첩보단 제복을 입은 천여 명의 어린 학생들까지 포함해 수천 명의 인파로 발 디딜 틈이 없었다. 주홍색 휘장으로 장식된 연단에서는 어느 내부 당원이 연사로 나와 군중을 향해 열변을 토하고 있었다. 그 연사는 작고 깡마른 체격으로 팔이 유독 긴 데다 머리카락이 몇 가닥밖에 붙어 있지 않을 정도로 머리가 훤히 벗겨진 남자였다. 룸펠슈틸츠헨[2]처럼 생긴 그 작은 남자는 증오심으로 얼굴을 일그러뜨린 채 한 손으로는 마이크의 목 부분을 움켜잡고 야윈 팔목 때문에 엄청나게 커 보이는 다른 한 손은 머리 위로 치켜들어 연방 하늘을 할퀴어대고 있었다. 그의 목소리가 확성기를 통해 쇳소리를 내며 크게 울려 퍼졌다. 그

---

2) Rumpelstizchen, 독일 민화에 등장하는 난쟁이.—역주

는 잔학 행위, 대량 학살, 추방, 약탈, 강간, 포로 고문, 양민 폭격, 허위 선전, 불법 침공, 조약 위반 사례들을 끝없이 늘어놓았다. 그의 연설을 듣다 보면 점점 설득당하다가 나중에 가서는 광분하지 않을 수 없었다. 매 순간 군중의 분노가 끓어올랐고 수천 명이 걷잡을 수 없이 내지르는 함성 때문에 연사의 목소리가 들리지 않았다. 그중 가장 야만적인 함성은 학생들에게서 터져 나왔다. 연설이 20분가량 진행됐을 때 전령이 급히 단상으로 올라와 연사의 손에 종이쪽지 하나를 건넸다. 그는 연설을 멈추지 않고 쪽지만 펴서 눈으로 읽었다. 그 후로도 연설하는 그의 목소리나 태도는 물론 그 내용도 변함이 없었다. 하지만 느닷없이 몇 가지 이름이 달라졌다. 순간 아무 말도 들리지 않는 가운데 물결이 번지듯 모든 군중이 곧 사태를 파악하게 되었다. 오세아니아와 동아시아가 전쟁에 들어갔다! 다음 순간 엄청난 소동이 일어났다. 광장을 수놓은 깃발과 포스터가 모두 잘못돼 있었다! 거의 절반이나 잘못된 얼굴이 그려져 있었다! 이것은 파괴 공작이었다! 골드스타인의 첩자들이 활개를 치고 있었다! 폭동이라도 일어날 듯 소란스러운 사이 벽에서 포스터가 뜯겨 나갔고 깃발이 발기발기 찢겨 짓밟혔다. 첩보단은 지붕으로 기어 올라가 굴뚝에서 펄럭거리는 장식 리본을 잘라내는 등 경이로운 활약을 펼쳤다. 그러나 채 2, 3분도 지나지 않아 모든 소동이 끝나버렸다. 연단 위의 연사는 여전히 마이크를 움켜잡은 채 어깨를 앞으로 내밀고 한 손으로는 하늘을 찔러대면서 연설을 계속해나갔다. 1분가량이 흐르자 군중은 다시 야만스러운 함성을 질러댔다. 그날의 증오주간 행사는 증오의 대상만 바뀌었을 뿐 이전과 똑같이 진행되었다.

윈스턴이 이 일로 놀란 것은, 연사가 연설 도중에 글자를 몇 개

바꿔 말하면서도 연설을 중단하기는커녕 글의 짜임새 하나 망가뜨리지 않았다는 점이었다. 그러나 정작 그 순간에 윈스턴은 다른 데 정신이 팔려 있었다. 포스터가 찢겨 나가는 등 한창 혼란스러울 때 한 번도 본 적 없는 어떤 남자가 어깨를 두드리면서 "실례합니다만, 이 서류 가방을 떨어뜨린 것 같은데요"라고 말했다. 윈스턴은 아무 말도 못 하고 멍하니 그 가방을 받아 들었다. 그는 며칠간은 가방 속을 들여다볼 기회가 없으리라는 것을 알았다. 시간이 거의 23시가 되었는데도 그는 시위가 끝나자마자 곧장 진리부로 갔다. 진리부의 다른 직원들도 전부 마찬가지였다. 텔레스크린에서 이미 자기 자리로 돌아가라는 명령을 내보낸 터이기도 했지만 그러지 않아도 알아서들 청사로 돌아갔다.

오세아니아는 동아시아와 전쟁을 치르고 있었다. 오세아니아는 항상 동아시아와 전쟁 중이었다. 지난 5년 동안 발표된 정치 관련 문헌들은 이제 대부분 못 쓰게 되어버렸다. 각종 보고서와 신문, 책, 소책자, 영화, 녹음테이프, 그리고 사진까지 모두 재빨리 수정해야만 했다. 그 어떤 지시도 떨어지지 않았지만 각국의 국장들은 일주일 이내에 유라시아와 전쟁 중이라거나 동아시아와 동맹을 맺고 있다는 내용을 어디에서도 찾아볼 수 없도록 조치해야 한다는 사실을 인지하고 있었다. 이런 수정 작업은 분량 자체도 엄청났지만 작업 과정을 비공개로 해야 하기 때문에 몇 배로 더 힘들었다. 기록국의 직원은 너 나 할 것 없이 하루에 세 시간씩 두 번 눈을 붙이고 나머지 열여덟 시간을 수정 작업에 매달렸다. 잠자리는 지하실에서 매트리스를 가져다가 복도 여기저기에 깔아서 해결했다. 식사는 구내식당 종업원이 손수레에 실어 와 돌리는 샌드위치와 승리커피가 전부였다. 윈스턴은 쪽잠을 자러 갈 때마다 책상 위에 쌓인 일거리를 말끔히 처리해놓으려고 안간힘을 썼지만 쿡쿡 쑤시는 눈을 억지로 떠가며 다시 자리로 돌아와 보면 책상에 마치 눈이 쏟아져 내린 것처럼 서류 더미가 수북이 쌓여서 구술기록기가 반쯤 묻혀 있는 것도 모자라 바닥으로까지 넘쳐흘러 있었다. 따라서 자리로 돌아올 때마다 그가 제일 먼저 하는 일은 작업 공간을 확보하기 위해 그 서류들을 주워 모아 철해놓는 것이었다. 그러나 무엇보다도 가장 힘든 것은 작업이 결코 기계적으로 척척 진행되는 것만은 아니라는 점이었다. 종종 이름 하나를 다른 이름으로 바꾸기만 하면 끝나는 작업도 있었지만 어떤 사건을 세부적으로 다룬 보고서 같은 경우에는 세심한 주의와 상상력이 요구되었다. 또 전쟁 지역을 세계의 어느 곳에서 다른 곳으로 바꾸어놓으려면 지리에 관련된 지식도 상당한 수준이어야 했다.

사흘째가 되자 눈이 참을 수 없을 만큼 따끔거렸다. 안경도 수시로 닦아줘야 했다. 마치 하지 않아도 될 일을 끝내보고 싶은 마음에 신경을 볶아대면서까지 붙들고 씨름하느라 몸만 축내는 것 같은 기분이었다. 그가 기억하는 한 구술기록기에 대고 중얼거린 모든 말과 만년필로 쓴 모든 글이 고의적인 거짓말이라는 사실 때문에 마음이 괴롭거나 한 적은 없었다. 그는 다른 기록국 직원들과 마찬가지로 완벽하게 변조해야 하는데 그러지 못할까 봐 걱정했을 뿐이다. 엿새째가 되자 서류가 전달되는 속도가 눈에 띄게 느려졌다. 기송관에서 30분 동안이나 아무것도 나오지 않다가 하나 달랑 나온 뒤에 또다시 감감무소식이었다. 그 무렵 거의 동시에 모든 부서에서 일이 끝난 것이다. 기록국에서 깊은 안도의 한숨이 은밀히 새어 나왔다. 결코 입에 올릴 수 없는 엄청난 일이 마침내 완성되는 순간이었다. 이제는 어떤 사람도 문헌을 증거로 오세아니아가 유라시아와 전쟁을 치렀다는 것을 입증할 수 없게 되었다. 12시에 진리부 전 직원은 내일 아침까지 쉬라는 뜻밖의 지시가 떨어졌다. 윈스턴은 '그 책'이 들어 있는 서류 가방을 들고 집으로 향했다. 그는 그동안 일할 때는 발 사이에 두고 잘 때는 깔고 자면서 가방을 지켰다. 집에 돌아오자마자 윈스턴은 면도부터 마쳤다. 그는 욕조의 물이 미지근한데도 하마터면 욕조에서 잠들 뻔했다.

채링턴 씨의 가게 위층으로 이어지는 계단을 오르는 내내 윈스턴의 관절이 삐걱거렸는데 왠지 그 소리가 육감적으로 들렸다. 피곤했지만 더 이상 잠은 오지 않았다. 그는 창문을 열고 지저분한 석유난로에 불을 붙인 뒤 커피를 타기 위해 물을 끓였다. 줄리아가 곧 올 테니 그동안 '그 책'을 읽어볼 참이었다. 그는 더러운 안락의자에 앉아 서류가방의 끈을 풀었다.

검은색의 두툼한 책이었는데 장정도 허술한 데다 표지에는 책명도 저자명도 없었다. 인쇄 상태도 고르지 않았다. 책장마다 테두리가 닳아 있고 아무 데나 쉽게 펴지는 것으로 보아 여러 사람의 손을 거친 듯싶었다. 속표지에는 다음과 같이 적혀 있었다.

과두제 집산주의의 이론과 실제
이매뉴얼 골드스타인 지음

윈스턴은 읽기 시작했다.

제1장
무지는 힘

인류의 역사가 생긴 이래, 그러니까 아마 신석기 시대가 끝난 이후로 지구 상에는 '상', '중', '하'라는 세 부류의 인간이 살아왔다. 이들은 다시 여러 갈래로 나뉘었고, 저마다 다른 수많은 씨족을 낳았으며, 상호 간의 태도나 상대적인 수효는 시대에 따라 다양하게 변했으나 사회의 본질적 구조는 절대 달라지지 않았다. 엄청난 격변과 돌이킬 수 없어 보이는 변화들이 일어난 후에도, 마치 팽이를 이쪽저쪽으로 아무리 쳐대도 늘 균형을 되찾는 것처럼, 사회가 돌아가는 모습은 언제나 같았다.

이 세 집단의 목표는 서로 완전히 대립……

윈스턴은 자신이 그렇게 편안하고 안전하게 책을 읽고 있다는 사실이 믿기지 않는지 잠시 읽기를 멈추고 그 순간을 음미해보았다. 그는 오롯이 혼자였다. 텔레스크린도 없고 열쇠 구멍으로 엿듣는 귀도 없으니 신경이 곤두서서 등 뒤로 흘끗거리거나 손으로 책장을 가리는 일도 없었다. 상큼한 여름 공기가 그의 뺨을 어루만졌다. 저 멀리 어딘가에서 아이들이 뛰노는 소리가 희미하게 들려왔다. 방 안은 벌레 울음소리 같은 시계 소리만 들릴 뿐 조용했다. 그는 안락의자에 깊숙이 몸을 묻고 벽난로 앞의 난로망에 발을 올렸다. 더없이 행복했고 그 순간이 영원할 것만 같았다. 가끔 어떤 책을 읽다 보면 그 책을 끝까지 읽게 되리라는 것은 물론 단어 하나하나까지 다시 읽으리라는 것을 알게 될 때가 있다. 윈스턴 역시 이번 책이 그렇다는 것을 알았는지 갑자기 다른 페이지를 펼쳤고 그러자 제3장이 나왔다. 그는 계속 읽어 내려갔다.

제3장
전쟁은 평화

세계가 세 개의 초대형 국가로 분할되리라는 것은 충분히 있을 수 있는 일이었고 실제로도 20세기 중반 이전부터 예견됐던 것이다. 러시아가 유럽을, 미국이 대영제국을 흡수함으로써 현존하는 세 강대국 가운데 두 강대국인 유라시아와 오세아니아는 이미 사실상의 초대형 국가가 되었다. 세 번째 강대국인 동아시아만이 유일하게 10년간의 혼란스러운 전쟁을 또 한 번 치르고 난 뒤 다른 강대국들과는 완전히 다른 국가로 세계 무대에 등장했다. 이들 세 초대국 사이의 국경은 지역에 따라 제멋대로인 곳도 있고 전쟁의 결과에 따라 들쭉날쭉한 곳도 있지만 대체로 지리적 경계선을 따라 정해졌다. 유라시아는 포르투갈에서 베링 해협에 이르는 유럽과 아시아 대륙의 북부 지역 전체를 차지하고 있다. 오세아니아는 아메리카 대륙과 영국 및 오스트레일리아를 포함한 대서양 제도와 아프리카의 남부 지역으로 이루어져 있다. 앞의 두 초대국보다 영토도 작고 서쪽 지역 국경선이 명확하지 않은 동아시아는 중국과 그 남쪽에 자리한 국가들과 일본을 비롯해 넓긴 하지만 부침이 심한 만주와 몽골 및 티베트 지역으로 이루어져 있다.

이들 세 초대국은 지난 25년 동안 어떻게든 두 국가가 연합해 나머지 한 국가를 상대로 끊임없이 전쟁을 벌여왔고 지금도 여전히 전쟁 중이다. 그러나 이들 초대국이 벌이는 전쟁은 20세기 초엽처럼 그렇게 필사적이고 섬멸적인 성격의 전쟁이 아니다. 그저 교전국 간에 한정된 목표를 위해 벌이는 전쟁이다. 따라서 교전국들은 서로 상대국을 파괴할 수도 없고 싸움의 구체적인 명분도 없으며 진정한 이념적 차이로 분열되어 있는 것도 아니다. 그렇다고 해서 전쟁의 양상이나 전쟁을 대하는 전반적인 태도가 덜 잔학해졌거나 좀 더 정중해졌다는 말은 아니다. 오히려 모든 나라에서 전쟁에 광분하는 상태가 지속되고 보편화된 탓에 강간, 약탈, 아동 대량 학살, 전 국민의 노예화, 끓는 물에 넣어 죽이거나 생매장하는 등의 포로에 대한 보복 행위들이 당연한 처사로 간주되고 있다. 따라서 적국이 아닌 자기편이 이런 행위들을 저질렀을 때는 공을 세운 것으로 치하할 정도다. 그러나 실제로 전쟁에 투입되는 인민들은 극소수인 데다 대부분이 고도로 훈련된 전문가들이라서 사상자는 비교적 적은 편이다. 어떤 식으로든 전투가 벌어진다 해도 일반 사람들은 그저 추측만 할 수 있는 모호한 국경 근방이나 해상의 전략 지점을 지키는 부동 요새 부근에서 치러진다. 따라서 문명의 중심지에서 벌어지는 전쟁은 거듭되는 소비 물자의 부족을 야기하고 간혹 로켓 폭탄으로 인해 수십 명의 사상자가 나는 정도로 끝나지 더 크게 번지지는 않는다. 사실상 전쟁의 성격이 바뀐 셈이다. 좀 더 정확히 말하자면, 전쟁을 벌이는 이유의 중요도 순위가 바뀌었다. 20세기 초에 벌어진 세계대전에도 이미 등장하긴 했지만 그다지 중요하지 않았던 동기들이 이제는 가장 중요한 동기가 되면서 의식적으로 그 중요성을 인정하고 그에 맞게 행동하게 된 것이다.

동맹국과 적국의 관계가 몇 년마다 바뀌는데도 전쟁의 양상은 항상 똑같기 때문에 현재 벌어지는 전쟁의 성격을 이해하려면 먼저 지금의 전쟁이 결정적인 수단이 될 수 없다는 점부터 짚고 넘어가야 한다. 이들 세 초대국은 어느 나라가 됐든 두 나라가 아무리 연합해도 나머지 한 나라를 확실하게 정복할 수 없다. 이들 세 나라는 국력도 서로 비슷한 데다 자연적 방어기제 또한 똑같이 막강하다. 유라시아는 광활한 육지가, 오세아니아는 드넓은 대서양과 태평양이, 그리고 동아시아는 자국민의 다산력多産力과 근면성이 든든한 보호막 구실을 한다. 또 다른 성격은 더 이상 싸울 만한 구체적인 명분이 없다는 점이다. 자립경제체제가 확립되면서 생산과 소비가 서로 맞아떨어지게 됐기 때문에 이전 시대 전쟁의 주된 원인이었던 시장 쟁탈은 없어졌고 원자재 확보 경쟁은 더 이상 생사를 다투는 문제가 아닌 게 되어버렸다. 어쨌든 이들 세 초대국은 영토가 워낙 방대해 자국 내에서 필요한 물자를 거의 다 얻을 수 있다. 아직도 전쟁에 경제적인 목적이 직결돼 있는 부분이 있다면 그것은 노동력 확보일 것이다. 이들 세 초대국의 국경선 사이에 어느 한 국가가 영원히 소유할 수 없는, 탕헤르, 브라자빌, 다윈, 홍콩을 꼭짓점으로 하는 사각형의 완충지대가 있는데, 바로 이곳에 전 세계 인구의 약 5분의 1이 거주하고 있다. 이 세 초대국이 끊임없이 전쟁을 벌이는 이유는 인구밀도가 높은 이 지역과 북부의 만년설 지역을 차지하기 위해서다. 실제로는 지금까지 어느 한 나라도 이들 분쟁 지역을 통째로 차지한 적이 없었다. 그저 일부분만 차지했을 뿐인데 그것도 끊임없이 주인이 바뀌고 있는 실정이다. 세 국가 간에 연합 관계가 수시로 바뀌는 이유도 한 국가가 갑자기 배반하고 어느 지역을 기습적으로 점령하는 통에 빚어진 결과다.

이들 분쟁 지역 전역에는 귀중한 광물이 분포되어 있는데, 그 가운데 일부 지역에서는 한랭한 기후에서는 비교적 비용을 많이 들여 합성해야 하는 고무처럼 중요한 식물성 자원이 생산된다. 그러나 무엇보다도 이들 지역은 값싼 노동력을 무한정 보유하고 있다. 어느 국가든 아프리카 적도 지역, 중동의 여러 나라, 남인도, 또는 인도네시아 군도를 장악하기만 하면 저임금에 중노동을 시킬 수 있는 수억의 노동력을 확보할 수 있다. 이들 지역에 거주하는 이들은 거의 공공연하게 노예 신분으로 전락해 주인만 바뀔 뿐 끊임없이 정복자의 지배를 받는 터라 더 많은 무기를 생산해 더 넓은 영토를 확장하고 더 많은 노동력을 확보하는 결과를 가져온다. 그러면 다시 또 무기를 생산하고, 이런 끊임없는 경쟁 과정에서 이들은 석탄이나 석유처럼 소비되고 만다. 이 대목에서 반드시 짚고 넘어가야 할 것은 사실상 이들 분쟁 지역을 벗어나서는 전투가 벌어지지 않는다는 점이다. 유라시아의 국경은 콩고 분지와 지중해 북부 연안 사이에서 오락가락하는 상태다. 또 인도양과 태평양의 섬들은 오세아니아와 동아시아에 번갈아가며 점령당하고 있다. 몽골에서도 유라시아와 동아시아의 경계선이 불안정하기는 마찬가지다. 그뿐만 아니라 세 초대국은 사람들이 거의 살고 있지 않고 미개척지로 남아 있는 방대한 극지방을 둘러싸고도 서로 자기네 영토라고 주장하고 있다. 그러나 대충이라도 세 초대국이 고르게 힘의 균형을 유지하고 있기 때문에 각국의 중심부에 해당하는 영토들은 침범을 당하지 않아 언제나 그 상태 그대로다. 게다가 적도 부근에서 착취당하는 인민들의 노동력은 실제로 세계경제에 꼭 필요한 것은 아니다. 이들이 생산하는 것들은 무엇이든 전쟁에 이용되고 전쟁을 벌이는 목적은 항상 또 다른 전쟁을 치르기 위해 좀 더 유리한 입장에 서려는 것이기 때문에 이들의 노동력은 세계를 부유하게 하는 데 아무런 도움이 못 된다. 노예 신분으로 전락한 특정 지역의 주민들은 자신들의 노동력으로 끊임없이 벌어지고 있는 전쟁의 속도를 더욱 높인다. 그러나 이들이 존재하지 않는다고 하더라도 세계의 사회구조나 그 구조가 유지되는 과정 자체는 본질적으로 달라지지 않을 것이다.

현대에 벌어지는 전쟁의 주요 목적('이중사고'의 원칙에 따라 이 목적은 내부당을 이끌어가는 수뇌부들이 인정하기도 하고 인정하지 않기도 한다)은 전반적인 생활수준을 높이지 않으면서 기계 설비 제품들을 완전히 소비하는 데 있다. 19세기 말 이후로 잉여 소비재의 처리 문제는 산업사회에 잠재하는 골칫거리였다. 그러나 먹을거리가 충분하지 않은 현재 상황에서 이 문제는 분명히 시급한 사안이 아니기 때문에 설령 인위적으로 손을 써서 없애지 않는다 하더라도 그렇게 큰 문제가 되지는 않을 것이다. 오늘날의 세계는 1914년 이전에 존재했던 세계에 비해 헐벗고 굶주리며 황폐화되어 있는데 그 당시 사람들이 상상으로 그려본 미래의 모습에 비하면 그 정도는 더욱 심하다. 20세기 초반에 거의 모든 교육받은 사람들이 품고 있던 미래의 세계는 믿기 어려울 정도로 아주 부유하고 여가를 즐기며 질서정연하고 능률적인 사회로서, 유리와 강철과 눈처럼 하얀 콘크리트로 이루어진 휘황찬란하고 깨끗한 세계였다. 과학과 기술은 경이로운 속도로 발달하고 있었기 때문에 당연히 앞으로도 계속해서 발달할 것으로 보았다. 그러나 실제로는 그렇지 못했다. 한편으로는 오랫동안 연이어 일어난 전쟁과 혁명으로 빈곤에 허덕였고 다른 한편으로는 과학과 기술의 진보가 경험적 사고방식에 의존한 탓에 엄격한 통제 사회에서는 지속될 수 없었기 때문이다. 전반적으로 오늘날의 세계는 50년 전보다 원시적이다. 물론 뒤처졌던 몇몇 특정 영역은 발전했고 전쟁과 치안 관련 첩보 활동과 어떤 식으로든 항상 연관돼왔던 다양한 장치들은 발달했으나 실험과 발명은 크게 정체되었고 1950년대의 핵전쟁이 남긴 참해도 완전히 복구되지 않았다. 그럼에도 기계화에 내재한 위험성은 여전히 가시지 않고 있다. 맨 처음 기계가 등장했을 때 분별 있는 사람들은 너 나 할 것 없이 인간은 더 이상 고된 일을 할 필요가 없으니 인간 불평등의 요인도 대부분 없어질 것이라고 확신했다. 만약 기계를 그런 목적으로 신중하게 사용했다면 굶주림, 과로, 불결함, 문맹, 질병 따위는 몇 세대 지나지 않아 척결할 수 있었을 것이다. 그런데 사실 그런 목적으로 전혀 사용하지 않았는데도 때때로 저절로 분배되는 부를 창출하는 것처럼 일종의 자동적인 과정에 따라 기계는 19세기 말부터 20세기 초까지 약 50년간 인간의 생활수준을 엄청나게 향상시켰다.

그러나 여러 방면에서 부가 증가함에 따라 계급사회가 파괴—어떤 의미에서는 정말 파괴로 부를 만했다—될 위험에 처한 것 또한 분명한 사실이었다. 모든 사람이 짧은 시간만 일하고 충분히 먹으며 욕실과 냉장

고가 있는 집에서 살고 자동차나 심지어 비행기까지 소유하는 세상이 오면 가장 명백하고 또 어쩌면 가장 중요한 불평등의 형태는 이미 사라지고 없을 것이다. 일반적으로 누구나 부유한 사회에서는 부유함이 전혀 특별한 게 못 된다. 물론 개인적인 소유와 사치라는 의미에서 부가 공평하게 분배되는 반면 권력은 소수의 특권계층이 쥐고 있는 사회를 그려볼 수는 있다. 그러나 실제로 그런 사회는 오랫동안 안정세를 유지할 수 없다. 사회 구성원 모두가 똑같이 여가와 안전한 생활을 누리게 된다면 빈곤 때문에 정상적인 기능을 하지 못했던 대다수 민중이 교양을 쌓고 스스로 생각하는 법을 배우게 될 것이다. 그런데 일단 그렇게 되고 나면 조만간 대다수 민중은 소수의 특권계층이 아무런 기능을 못한다는 것을 깨닫고 그들을 권좌에서 쫓아낼 것이기 때문이다. 계급사회는 결국 빈곤과 무지가 바탕이 될 때만 가능한 사회다. 그렇다고 해서 20세기 초에 일부 사상가들이 꿈꿨던 것처럼 과거의 농경 시대로 되돌아가는 것은 실질적인 해결책이 못 된다. 그런 발상은 거의 전 세계에 걸쳐 사실상 본능이나 다름없어진 기계화 경향에도 역행하는 것인데다 산업화가 뒤처진 나라는 어느 곳이나 군사적으로 무력할 뿐만 아니라 직접적이든 간접적이든 좀 더 선진화된 경쟁국들에 지배받기 마련이기 때문이다.

　재화의 생산을 억제해 계속해서 일반 대중을 빈곤하게 하는 것 역시 만족스러운 해결책은 아니다. 그와 같은 방법은 대략 1920~1940년 사이 자본주의의 최종 단계 시절에 광범위하게 시행됐다. 그로 인해 여러 나라의 경제가 침체에 빠졌고, 토지는 경작되지 않았으며, 자본설비 또한 증가하지 않아 국민의 상당수를 차지하는 계층이 일할 기회를 얻지 못해 국가 구호금으로 근근이 연명하는 처지가 되고 말았다. 그러나 여기서 그치지 않고 군사력까지 약화된 게 문제였다. 군사력이 약화됐다고 해서 반드시 궁핍한 생활로 이어지는 것은 아니었고 오히려 불가피하게 그 반대의 상황이 연출됐기 때문이다. 따라서 어떻게 하면 세계가 실질적으로 더욱 부유해지지 않으면서 산업의 수레바퀴는 계속해서 돌아가게 하느냐가 문제의 핵심이었다. 한마디로 말해 재화는 생산되어야 하지만 분배되어서는 안 되는 것이었다. 결국 이런 목적을 달성할 유일한 방법은 끊임없는 전쟁뿐이었다.

전쟁의 본질적 행위는 파괴다. 그런데 그 파괴란 반드시 인간의 생명만을 파괴하는 것이 아니라 인간이 노동으로 이룩한 산물까지 파괴하는 것을 뜻한다. 전쟁은 일반 대중을 아주 편안하게 해줘 결국 아주 똑똑한 사람들로 만들어주는 데 사용될 물자를 박살 내거나 하늘로 날려버리거나 깊은 바다 속으로 빠뜨릴 수 있는 한 가지 수단인 셈이다. 전쟁에 사용되는 무기들이 실제로 파괴되지 않는 경우에도 여전히 무기 제조는 소비 물자를 전혀 생산하지 않고도 노동력을 소모시킬 수 있는 편리한 방법이다. 가령 한 곳의 부동 요새에는 수백 척의 화물선을 만들 노동력이 투입된다. 그러나 결국 그 부동 요새는 누구에게도 아무런 물질적 이익을 가져다주지 못한 채 폐기돼버리는데, 그러면 그보다 훨씬 더 많은 노동력을 들여 또 다른 부동 요새를 건설한다. 원칙적으로 전쟁을 수행할 때는 국민의 최소한의 욕구만을 충족시키고 잉여 물자는 전부 써버리도록 늘 계획을 철저히 세운다. 그런데 실제로 국민의 욕구는 언제나 과소평가되기 때문에 생활필수품의 절반가량은 만성적인 부족에 허덕인다. 하지만 이런 현상이 오히려 유리한 점으로 간주된다. 더구나 혜택을 받는 집단까지도 생활고에 시달리기 직전까지 몰아가는 것이 신중한 정책이다. 왜냐하면 사회 전체가 전반적으로 궁핍한 상태여야 소수 특권층의 중요성이 커지면서 결과적으로 집단 간의 차이도 더욱 뚜렷해지기 때문이다. 20세기 초와 비교하면 내부 당원조차도 검소

함이 몸에 배어 있을 정도로 힘들게 살아간다. 그럼에도 내부 당원들은 그들만이 누리는 몇 가지 사치―넓고 설비가 잘된 집, 질 좋은 옷과 음식, 술, 담배, 두세 명의 하인, 개인 소유의 자동차나 헬리콥터 등―덕분에 외부 당원과는 차원이 다른 세상에서 사는데, 외부 당원 또한 이른바 '무산계급'이라 부르는 극빈층과 비교하면 혜택을 누리고 사는 셈이다. 사회는 마치 적에게 포위당한 도시에서처럼 말고기 한 덩이를 갖고 있느냐 없느냐에 따라 부와 빈곤이 결정되는 그런 분위기다. 그뿐만 아니라 전쟁을 치르고 있어서 위험하다는 의식이 퍼져 있다 보니 모든 권력이 소수 특권층에게 이양되는 것이 당연하고 불가피한 생존 조건처럼 비친다.

두고 보면 전쟁이 꼭 필요한 파괴를 완수할 뿐만 아니라 심리적으로 수용할 만한 방식으로 그런 파괴를 완수한다는 사실을 알게 될 것이다. 원칙적으로는 사원과 피라미드를 건설하거나, 굴을 팠다가 다시 메우거나, 혹은 방대한 양의 재화를 생산했다가 그다음에는 그것들을 불 질러 버리는 방법을 통해 세계의 잉여 노동력을 허비해버리면 아주 간단할 것이다. 그러나 이런 방법은 계급사회에 경제적 기반은 제공해주겠지만 정서적 기반은 마련해주지 못할 것이다. 여기서 문제는 일반 대중의 근로 의욕이 아니다. 일반 대중이 계속해서 안정적으로 일하는 한 이들의 태도는 중요하지 않다. 정작 중요한 것은 당의 근로 의욕이다. 지위가 가장 낮은 당원조차도 유능하고 근면해야 하며 심지어 한정된 범위에서는 총명하기까지 해야 한다. 그러나 다른 한편으로는 이런 당원이 공포, 증오, 아첨, 그리고 흥청대는 승리감에 곧잘 빠져들어 잘 속아 넘어가는 무지한 광신자여야 한다. 다시 말하면 가장 지위가 낮은 당원도 전쟁 상태에 어울리는 정신 상태를 지녀야 한다는 뜻이다. 전쟁이 실제로 벌어지고 있는지 그렇지 않은지는 중요하지 않다. 또한 결정적인 승리란 있을 수 없기 때문에 전황이 좋든 나쁘든 상관이 없다. 오직 전쟁 상태가 지속돼야 한다는 것만이 가장 중요하다. 당이 당원들에게 요구하는 이런 지성의 분열은 전쟁 분위기에서 더욱 쉽게 이루어진다. 그리고 이와 같은 지성의 분열 현상은 이제 당원들 사이에 널리 퍼졌지만 당원의 지위가 높을수록 더욱 두드러지게 나타난다. 전쟁에 병적으로 흥분하고 적을 증오하는 성향이 가장 강한 이들이 바로 내부 당원이다. 관리자로서 내부 당원은 전쟁 관련 소식 가운데 어느 것이 거짓인지 반드시 알아야 할 때가 자주 있다. 그뿐만 아니라 전쟁 자체가 완전히 가짜거나 혹은 실제로 벌어지고 있는 게 아니거나 애초에 전쟁을 선포한 이유와 완전히 다른 목적으로 벌어지고 있다는 것을 종종 깨닫게 될지도 모른다. 하지만 이렇게 진실을 알게 된다 하더라도 '이중사고'의 기술에 힘입어 쉽게 진실을 외면할 수 있게 된다. 그러는 사이 모든 내부 당원은 초자연적이라 할 만큼 한 치의 흔들림도 없이, 전쟁은 실제 벌어지고 있으며 결국 승리로 끝나 오세아니아가 전 세계의 당당한 주인이 될 것이라고 굳게 믿게 된다.

내부 당원들은 하나같이 세계 정복이 멀지 않았음을 하나의 신조처럼 떠받든다. 이런 신조는 점점 더 많은 영토를 손에 넣음으로써 누구도 넘볼 수 없는 막강한 제국을 건설하거나 결정적인 몇몇 신무기를 개발함으로써 쉽게 달성된다. 그렇다 보니 지칠 줄 모르고 계속해서 신무기를 찾아 나서는데 결국 이런 신무기 개발이 얼마 남지 않은 창조적이고 사색적인 두뇌 활동의 분출구가 될 수 있다. 현재의 오세아니아에는 고전적인 의미의 '과학'은 거의 존재하지 않는다. 신어에는 '과학'을 뜻하는 단어 자체가 없다. 과거의 모든 과학적 업적의 기반이었던 경험적 사고방식은 '영사'의 가장 근본적인 원칙에 위배된다. 심지어 기술적인 진보도 그 생산물이 어떤 식으로든 인간의 자유를 감소시키는 데 이용될 수 있을 때에만 이루어진다. 모든 유용한 기술을 판단 기준으로 삼으면 세상은 여전히 정체돼 있거나 퇴보하고 있는 셈이다. 기계로 책을 쓰는 시대에 정작 밭을 갈 때는 말이 끄는 쟁기를 이용하고 있으니 말이다. 그러나 전쟁이나 치안 관련 첩보 활동처럼 대단히 중대한 분야에서는 여전히 경험적 접근법을 권장하거나 적어도 묵인해주는 편이다. 당의 양대 목표는 전 세계의 영토를 정복하고 독립적인 사고의 가능성을 완전히 없애버리는 것이다. 이를 위해서 당은 두 가지 커다란 문제를 해결해야 한다. 하나는 어떻게 하면 다른 사람이 무슨 생각을 하는지 알아내느냐 하는 것이고, 다른 하나는 어떻게 하면 사전 경고 없이 몇 초 안에 수억 명을 죽이느냐 하는 것이다. 과학적 연구가 여전히 계속되고 있는 한 이 문제는 주요 연구 과제가 될 것이다. 오늘날의 과학자는 사람의 표정, 몸짓, 말투 등에 담긴 의미를 아주 세밀하게 연구하고 약물, 충격요법, 최면술, 육체적 고문 등이 진실을 실토하게 하는 데 어떤 효과가 있는지 실험해보는 심리학자와 심문관의 혼합체거나, 아니면 자신의 전문 분야 가운데 유독 사람의 생명을 빼앗는 일과 관련된 연구에만 관여하는 화학자거나 물리학자거나 생물학자다. 평화부의 드넓은 연구실은 물론 브라질의 숲이나 오스트레일리아의 사막, 또는 남극 지방의 이름 없는 섬 등에 숨어 있는 비밀 연구소에서 분야별 전문가들이 줄기차게 연구 활동을 벌이고 있다. 이들은 맡은 분야에서 미래 전쟁의 병참을 계획하거나, 더 큰 로켓탄과 더욱 강력한 폭탄, 그리고 한층 더 뚫기 힘든 장갑판裝甲板을 고안하며, 더욱 치명적인 신형 독가스나 지구 상의 식물을 절멸시킬 수 있을 만큼 대량생산이 가능한 독극물 또는 모든 항체에 면역성을 갖게 될 병균을 배양하는 연구에 몰두하고 있다. 또한 물속의 잠수함처럼 땅 밑을 다닐 수 있는 차량은 물론 대형 범선처럼 기지에서 떨어져 독자적인 작전을 펼칠 수 있는 비행기를 생산하기 위해 힘쓰고 있으며, 수천 킬로미터 떨어진 공중에 렌즈를 매달아 태양광선을 모으거나 지구 중심부의 열에 자극을 주어 인공적인 지진과 해일을 일으킬 수 있는 방법을 궁구하는 등 가능성 면에서 굉장히 희박한 연구에도 매진하고 있다.

그러나 아직은 이런 연구들 가운데 실현 단계에 이른 것은 하나도 없으며 세 초대국 중 어느 한 나라도 뚜렷하게 다른 나라들을 앞지르지도 못하고 있다. 정작 놀랄 일은 세 나라 모두 현재의 연구 수준으로도 따라잡을 수 없을 만큼 아주 강력한 무기인 원자폭탄을 이미 가지고 있다는 사실이다. 당은 늘 그렇듯 자기네가 발명했다고 주장하지만, 원자폭탄은 이미 1940년대에 처음 등장했고 그로부터 약 10년 후에는 최초로 대규모로 사용됐다. 당시 수백 개의 원자탄이 주로 유럽 지역의 러시아와 서유럽, 그리고 북미 지역의 공업지대에 떨어졌다. 그 결과 모든 국가 통치자들은 원자탄 한두 개면 아무리 탄탄하게 조직된 사회라도 하루아침에 종말을 고할 수 있으며 결국 자신들의 권력도 끝나게 되리라는 것을 확실히 알게 됐다. 그러자 이후로는 공식적인 협정을 맺거나 그런 암시조차 전혀 없었는데도 더 이상의 원자폭탄 공격은 없었다. 세 초대국 모두 그저 원자폭탄을 계속해서 생산은 하되 저마다 굳게 믿고 있는 만큼 조만간 닥치게 될 결정적인 기회에 대비해 저장만 해두었다. 그러는 사이 전쟁 기술은 3, 40년 동안 거의 제자리걸음 상태를 유지했다. 헬리콥터는 이전보다 더 많이 이용됐고, 폭격기는 대부분 자체 추진 발사체로 대체되었으며, 파괴되기 쉬운 전함 대신 어떤 공격에도 웬만해선 가라앉지 않는 부동 요새가 등장했지만 그 밖에는 별다른 발전이 없었다. 탱크, 잠수함, 어뢰, 기관총, 심지어 소총과 수류탄까지도 그대로 사용되고 있다. 언론과 텔레스크린에서는 끊임없이 대량 학살을 보도하지만 단 몇 주 만에 수십, 수백만 명이 목숨을 잃곤 하던 이전 시대와 같은 참혹한 전투는 더 이상 되풀이되지 않고 있다.

아직 세 초대국 가운데 어느 나라도 심각한 패배를 감수해야 하는 술책은 쓰지 않는다. 부득이하게 대규모 작전을 펼치는 경우는 대개 동맹국을 기습 공격할 때다. 세 열강 모두 따르고 있거나 혹은 따르는 척하는 전략은 모두 같은 것이다. 내용은 다음과 같다. 그때그때 전투와 협상은 물론 시의적절한 배신까지 적절하게 활용해 두 경쟁국 중 어느 한 국가를 완전히 포위하는 고리 모양의 기지를 확보한 뒤 해당 경쟁국과 우호조약을 체결해 의심을 잠재울 때까지 몇 년 동안만 평화 관계를 유지한다. 이렇게 겉으로만 평화를 유지하는 동안 원자탄을 탑재한 로켓을 모든 전략적 요충지에 배치할 수 있다. 그러다가 마침내 발사할 순간이 오면 동시에 모든 로켓을 발사해 상대가 보복할 수도 없을 만큼 완전히 초토화한다. 그다음 단계는 남아 있는 다른 열강과 우호조약을 맺고 또 다른 공격을 준비하는 것이다. 그러나 이런 계책은 굳이 말할 필요도 없을 만큼 실현 불가능한 백일몽에 불과하다. 더구나 적도와 극지 부근의 분쟁 지역을 제외하고는 어디서도 전투가 벌어진 적이 없으며 적국의 영토를 침공한 적도 전혀 없다. 이런 사실에서 알 수 있듯이 일부 지역에서는 세 초대국 간의 국경도 제멋대로다. 일례로 유라시아는 지리적으로 유럽에 속하는 영국을 쉽게 정복할 수 있고 오세아니아는 라인 강이나 비스와 강까지 국경을 넓힐 수 있을 것이다. 그러나 그렇게 하면, 공식화되지는 않았으나 모든 나라가 지키고 있는 문화 보전의 원칙을 위반하는 게 되고 만다. 만약에 오세아니아가 예전에 프랑스와 독일로 불리던 지역을 정복한다면 반드시 해당 지역 주민을 전부 몰살해야 할 텐데 이는 물리적으로 엄청나게 힘든 일이다. 더구나 다른 묘안이래 봐야 1억 명에 가까운 인구를 대강이라도 오세아니아 수준에 이르도록 동화시켜야 한다는 것인데, 이 방법도 기술 발전이 계속된다는 전제가 붙어야 가능한 일이다. 이런 문제는 세 열강 모두가 똑같이 고심하는 부분이다. 세 나라 모두 현재와 같은 구조에서는 전쟁 포로나 유색인 노예처럼 제한된 수준의 접촉을 제외하고는 외국인들과 어떤 접촉도 못 하게 하는 것이 절대적으로 필요하다. 현재 공식적으로 동맹을 맺고 있는 국가조차도 언제나 가장 강한 의혹을 품고 주시해야 할 대상이다. 오세아니아의 일반 시민은 전쟁 포로를 제외하고는 유라시아나 동아시아의 시민들을 볼 기회가 전혀 없는 데다 외국어를 익히는 것조차 나라에서 금지하고 있다. 만약 자유롭게 외국인과 접촉하게 되면 그들도 자기네와 비슷한 인간이며 이제까지 그들에 관련해 들어왔던 말이 대부분 거짓이었음을 깨닫게 될 것이기 때문이다. 오세아니아 시민들이 살고 있는 봉쇄된 세계가 무너지면 그들의 의욕을 부채질하는 두려움과 증오와 독선은 연기처럼 사라지고 말 것이다. 그러므로 페르시아, 이집트, 자바, 실론[3] 등지에서 지배자가 바뀐다 하더라도 폭탄 말고는 그 어떤 것도 주요 국경선을 결코 침범해서는 안 된다는 것을 세 나라 모두 잘 알고 있다.

이런 상황에서 결코 공공연하게 입에 올리지는 않지만 암묵적으로 서로 양해할 뿐만 아니라 행동 지침으로 삼는 한 가지 사실이 있다. 그것은 바로 세 초대국의 생활 여건이 거의 같다는 것이다. 오세아니아에 널리 보급된 철학은 '영사'이고, 유라시아에는 '신新 볼셰비즘'이, 그리고 동아시아에서는 중국말로 '죽음 숭배'라 불리는 것이 유행이다. 대개 '죽음 숭배'로 번역되는 탓에 이렇게 썼지만 좀 더 정확하게 번역하자면 '자기 말살' 정도가 되지 않을까 싶다. 오세아니아 시민들은 다른 두 나라의 철학에 담긴 신조는 그 어떤 것도 알아서는 안 되는 상태에서

---

3) Ceylon. 스리랑카의 옛 이름.—역주

도덕과 상식에 어긋나는 야만적인 신조라며 그것들을 증오해야 한다고 교육받는다. 실제로 세 나라의 철학은 거의 구별이 안 될 정도로 서로 비슷해서 그들의 철학이 떠받치고 있는 사회체제 역시 아무런 차이가 없다. 어디나 똑같이 피라미드식 구조를 갖추고 있고, 똑같이 지도자를 거의 신처럼 숭배하며, 계속되는 전쟁에 의해 그리고 전쟁을 계속하기 위해 존재하는 경제 또한 똑같다. 그 결과 이들 세 초대국은 서로 상대국을 정복할 수도 없을뿐더러 정복해봤자 아무런 소득도 없다. 이와 반대로 서로 대립 관계를 유지하면 마치 세 다발의 옥수수 단처럼 서로를 지탱해준다. 또 늘 그렇듯 이들 세 열강의 지배계급은 자기들이 벌이고 있는 일의 진상을 알기도 하고 모르기도 한다. 지배자들은 세계 정복에 사활을 걸고 있지만 전쟁은 영원히, 그리고 누구의 승리도 없이 계속되어야 한다는 점도 잘 알고 있다. 한편 정복될 위험이 없다는 사실 때문에 '영사'나 경쟁국의 다른 두 사상 체계의 특징인 현실 부정이 가능해진다. 이 대목에서 앞서 말했던 한 가지 사실을 거듭 강조할 필요가 있다. 전쟁이 끊임없이 지속되면서 전쟁의 성격이 근본적으로 바뀌었다는 바로 그 사실 말이다.

과거에는 전쟁이라고 하면 조만간 끝나며 대부분 승패가 분명하게 갈리는 게 거의 당연시되었다. 또 과거의 전쟁은 인간 사회가 물리적 실체와 접촉하는 주요 수단 가운데 하나였다. 따라서 어느 시대에나 지배자들은 너 나 할 것 없이 백성에게 그릇된 세계관을 강요하려고 했지만 전투력을 약화시킬 소지가 있는 환상 같은 것들을 조장할 수는 없었다. 패배가 독립성의 상실이나 다른 바람직하지 않은 결과를 뜻하는 이상, 패배를 면하기 위한 예방책은 진지한 사안이 아닐 수 없었다. 물리적 사실들을 무시할 수 없었다. 철학이나 종교 또는 윤리나 정치 분야에서는 둘 더하기 둘이 다섯이 될 수도 있었지만 총이나 비행기를 설계할 때는 반드시 넷이 되어야 했다. 무능한 나라들은 언제나 오래가지 못하고 정복당했기 때문에 능력을 키우려는 각고의 노력에 환상은 오히려 해만 될 뿐이었다. 더구나 유능한 나라가 되려면 반드시 과거로부터 배울 수 있어야 했는데, 이는 과거에 일어났던 일들을 아주 정확하게 판단할 줄 알아야 한다는 뜻이었다. 물론 신문과 역사책은 언제나 왜곡되고 편견이 들어가 있기 마련이지만 오늘날 자행되는 수준의 날조는 불가능했다. 전쟁은 제정신을 지켜주는 확실한 보호막이었는데, 특히 지배계층에겐 전쟁이 가장 중요한 보호막이었을 것이다. 따라서 전쟁의 승패가 확실히 갈리던 시절에는 어떤 지배계급도 전쟁의 책임에서 완전히 벗어날 수 없었다.

그러나 전쟁이 말 그대로 끊이지 않고 지속되는 시대에는 전쟁의 위험성마저 사라지고 만다. 전쟁이 계속될 때 군대 필수품 같은 것들도 더 이상 존재하지 않는다. 그뿐만 아니라 기술적 진보도 멈추고 가장 뻔한 사실들도 부정되거나 무시될 수 있다. 앞서 살펴봤듯, 과학적이라고 할 수 있는 연구들은 전쟁의 용도로 여전히 진행되기는 하겠지만 그런 연구들은 본질적으로 백일몽이나 다름없기에 이렇다 할 결과를 내보이지 못해도 문제 될 게 없다. 능력, 심지어 군사적 능력까지도 더 이상 필요 없어진다. 오세아니아에서 사상경찰을 제외하고는 능력 있는 것은 어디서도 찾아볼 수 없다. 세 초대국은 서로 정복할 수 없기 때문에 사실상 각각 독립된 하나의 우주로 존재하는데, 이런 우주 안에서는 사상을 어떤 식으로든 마음대로 왜곡할 수 있다. 현실은 오직 일상의 욕구—먹고 마시고, 주거지와 옷을 갖고, 독약을 삼키지 않거나 꼭대기 층의 창문에서 발을 헛디디지 않으려는 욕구 같은—를 통해서 위력을 발휘할 뿐이다. 여전히 삶과 죽음이 나뉘고 육체적 쾌락과 고통이 구별되긴 하지만 그것으로 끝이다. 외부 세계는 물론 과거와도 접촉이 단절된 채 살아가는 오세아니아의 시민들은 마치 우주 공간에 사는 사람처럼 어느 쪽이 위고 어느 쪽이 아래인지 도저히 알 길이 없다. 이런 국가를 통치하는 지배자들은 파라오나 카이사르를 능가할 만큼 절대적인 권력을 지닌다. 이런 지배자들은 자신의 추종자들 가운데 곤란할 정도로 많은 이들이 굶어 죽지 않게 할 의무가 있으며 경쟁국들과 똑같이 낮은 수준의 군사기술을 유지할 의무가 있다. 그러나 일단 이런 최소한의 기준에 도달하고 나면 지배자들은 자신이 원하는 모양대로 얼마든지 현실을 왜곡할 수 있다.

따라서 이전 시대의 전쟁과 비교해 판단해볼 때 현재의 전쟁은 한낱 협잡에 불과하다. 마치 뿔이 서로를 해칠 수 없는 각도로 나 있는 반추동물 간의 싸움과 같다. 그러나 지금의 전쟁이 비현실적이라고 해서 무의미하다고는 볼 수 없다. 전쟁은 잉여 소비재를 소비하게 함으로써 계급사회에 필요한 특수한 정신적 분위기가 유지되도록 도와주기 때문이다. 나중에 분명히 알게 되겠지만, 전쟁은 이제 순전히 국내 문제일 뿐이다. 과거에는 모든 나라의 통치 집단이 공동의 이익을 인식해 전쟁의 파괴 규모를 제한하긴 했지만 그럼에도 서로 전쟁을 벌였고 승전국은 항상 패전국을 약탈했다. 그러나 지금 시대의 지배자들은 상대국과 전혀 싸우지 않는다. 지금의 전쟁은 각 나라의 지배계급이 자기 나라 백성을 상대로 벌이는 싸움이며 전쟁의 목적 또한 영토를 정복하거나 방어하는 것이 아니라 사회구조를 현 상태로 유지하는 데 있다. 따라서 '전쟁'이라는 단어 자체도 그르게 해석되고 있는 셈이다. 어쩌면 전쟁이 끊임없이 계속되는 이상 전쟁이란 더 이상 존재하지 않는다고 말하는 게 정확하지 않을까 싶다. 신석기 시대에서 20세기 초까지 전쟁이 인간에게 가한 그 특유의 압박은 사라진 것도 모자라 완전히 다른 것으로 대체돼버렸다. 설령 세 초대국이 서로 싸우는 대신 서로의 경계선을 침범하지 않고 각자의 영토 안에서 영원히 평화롭게 살자고 합의한다 하더라도 결과는 마찬가지일 것이다. 왜냐하면 그렇게 합의했을 경우 각각의 나라는 외부적 위험이라는, 정신을 번쩍 들게 하는 영향력에서 영원히 벗어난 채 여전히 독립된 우주로 남아 있게 될 것이기 때문이다. 진실로 영원히 지속되는 평화는 영원히 계속되는 전쟁과 같다. 당원 대다수가 그저 피상적으로 이해하고 있을 뿐이지만 이것이 바로 당에서 내세우는 "전쟁은 평화"라는 구호의 속뜻이다.

윈스턴은 여기까지 읽고 잠시 멈추었다. 어딘가 멀리서 로켓 폭탄이 터지는 소리가 들려왔다. 텔레스크린이 없는 방에 혼자 앉아서 금서를 읽고 있다는 행복감이 좀처럼 가시지 않았다. 나른한 몸으로 푹신한 의자에 앉아 있는 윈스턴의 뺨에 창밖에서 불어온 산들바람이 살그머니 스치자 고독과 평안이 온몸으로 느껴졌다. 윈스턴은 그 책에 매혹됐고 정확히는 그 책 덕분에 기운을 차렸다. 어찌 보면 그 책은 전혀 새로울 것이 없었으나 바로 그 점이 매력으로 다가왔다. 윈스턴이 간간이 생각해왔던 것들을 정리할 수만 있었다면 바로 그 책과 같은 내용을 썼을 것이다. 저자는 윈스턴과 비슷한 생각을 하고 있었는데, 그의 생각은 엄청나게 강력하고 훨씬 더 체계적이었으며 공포에 떠는 흔적도 훨씬 덜했다. 윈스턴이 생각하기에 최고의 책은 사람들이 이미 알고 있는 것을 말해주는 책이었다. 그가 막 제1장을 다시 펴는 순간 계단을 오르는 줄리아의 발소리가 들렸다. 그는 그녀를 맞이하기 위해 의자에서 일어났다. 그녀는 갈색 연장 가방을 방바닥에 내던지다시피 하고 그의 품에 덥석 안겼다. 서로 못 본 지 일주일도 넘은 터였다.
"그 책 받았어."
포옹을 풀면서 그가 말했다.

"그래요? 잘됐네요."

줄리아는 그다지 흥미가 없다는 듯 말하더니 석유난로 옆에 꿇어앉아 커피를 탔다.

두 사람은 침대로 들어가 30분이 지날 때까지 그 책을 다시 화제로 삼지 않았다. 저녁 공기는 침대의 덮개를 끌어다 덮어야 할 만큼 적당히 선선했다. 창가 아래쪽에서는 귀에 익은 노랫소리와 돌을 깐 마당에 끌리는 신발 소리가 들려왔다. 윈스턴이 그곳에 처음 왔을 때 봤던 적갈색 팔뚝의 건장한 아낙네는 마당의 터줏대감이나 다름없었다. 그녀는 햇빛이 비치는 동안에는 빨래통과 빨랫줄 사이를 왔다 갔다 하며 빨래집게를 입에 물고 있거나, 아니면 활기찬 노래를 부르면서 내내 그 마당에만 있는 것 같았다. 줄리아는 벌써 잠이 들락 말락 하는지 모로 누워 있었다. 그는 손을 뻗어 방바닥에 있던 책을 집어 든 뒤 침대 머리에 기대앉았다.

"이 책 꼭 읽어봐야 하는데. 당신도 읽어봐. 형제단의 모든 단원은 꼭 읽어야 해."

윈스턴이 말했다.

"당신이 읽어봐요, 큰 소리로. 그게 제일 좋겠어요. 읽으면서 나한테 설명도 해줄 수 있고요."

줄리아가 눈을 감은 채 말했다.

시곗바늘은 저녁 6시, 즉 18시를 가리키고 있었다. 두 사람은 서너 시간 더 같이 있을 수 있었다. 그는 무릎에 책을 올려놓고 읽기 시작했다.

제1장

무지는 힘

인류의 역사가 생긴 이래, 그러니까 아마 신석기 시대가 끝난 이후로 지구 상에는 '상', '중', '하'라는 세 부류의 인간이 살아왔다. 이들은 다시 여러 갈래로 나뉘었고, 저마다 다른 수많은 씨족을 낳았으며, 상호 간의 태도나 상대적인 수효는 시대에 따라 다양하게 변했으나 사회의 본질적 구조는 절대 달라지지 않았다. 엄청난 격변과 돌이킬 수 없어 보이는 변화들이 일어난 후에도, 마치 팽이를 이쪽저쪽으로 아무리 쳐대도 늘 균형을 되찾는 것처럼, 사회가 돌아가는 모습은 언제나 같았다.

"줄리아, 잠든 거야?"
윈스턴이 말했다.
"아뇨, 듣고 있어요. 계속해요. 아주 재밌네요."
그는 계속해서 읽어나갔다.

이 세 집단의 목표는 서로 완전히 대립된다. 상층계급의 목표는 현 상태를 그대로 유지하는 것이다. 중간계급의 목표는 상층계급과 자리를 바꾸는 것이다. 하층계급에도 목표라는 게 있다면—이들의 변함없는 특징은 고된 일에 너무 치여 살다 보니 일상생활 외의 다른 것들을 자각할 때가 많지 않다는 점이다—모든 차별을 철폐해 모든 인간이 평등한 사회를 만드는 것이다. 따라서 역사를 통틀어 주요 골자가 같은 투쟁이 끊임없이 되풀이된다. 오랜 기간 상층계급은 권력을 단단히 쥐고 있는 것 같지만 조만간 이들이 스스로를 믿는 마음이나 효율적인 통치 능력 가운데 한 가지를 잃거나 아니면 두 가지 모두 잃게 되는 순간이 닥친다. 그때가 되면 이들은 자유와 정의를 위해서 투쟁하는 척 꾸며 하층계급을 자기편으로 끌어들인 중간계급에 타도당한다. 그런데 중간계급은 자신들의 목적을 달성하자마자 하층계급을 옛날처럼 다시 노예 상태로 몰아넣고 자신들은 상층계급이 된다. 그러면 머지않아 상층계급이나 하층계급 가운데 한 곳이나 두 계급 모두에서 새로운 중간계급이 쪼개져 나오면서 앞서 말한 그 투쟁이 다시 시작된다. 세 계급 가운데 오직 하층계급만이 일시적으로도 자신들의 목표를 달성할 수 없다. 조금 과장해서 말하자면, 역사를 통틀어 물질적 발전은 전혀 없었던 셈이다. 쇠퇴기인 오늘날에도 보통 사람들은 물질적으로 수 세기 전보다 잘산다. 그러나 부가 늘어나고 생활양식이 유연해지고 개혁이나 혁명이 있었지만 그 어떤 것도 인간의 평등을 조금도 진전시키지 못했다. 하층계급의 입장에서 보면 역사적 변화는 그들을 지배하는 주인의 이름이 바뀐 것 이상의 의미는 없었다.

19세기 말에만 해도 이러한 양상이 되풀이되는 것이 뚜렷하게 관측되었다. 당시에는 역사를 순환과정으로 해석하고 불평등이 인간사의 불변의 법칙이라고 주장하는 사상가들이 나타났다. 물론 이런 학설에는 늘 지지자가 있게 마련이지만 오늘날 그 학설을 제기하는 방식은 의미심장하게 바뀌었다. 과거에는 계급적인 사회 형태가 필요하다고 주장하는 것은 특별히 상층계급만의 학설이었다. 이를 설파하는 집단이 왕과 귀족, 사제, 법률가, 그리고 이들에게 기생해서 살아가는 부류들이다 보니 일반적으로 죽은 뒤 저승에서 보상받을 것이라는 전망을 내세워 이런 학설은 보기 좋게 포장되었다. 중간계급은 권력을 잡는 것이 목표이기 때문에 언제나 자유와 정의와 동포애 같은 용어들을 이용했다. 그러나 이제 인류애라는 개념은 아직 지배계층에 오르지는 못했지만 머지않아 그렇게 되기를 바라는 사람들로부터 공격당하기 시작했다. 과거에 중간계급은 평등의 기치 아래 혁명을 일으켰고 구 독재체제가 전복되자마자 새로운 독재체제를 수립했다. 새롭게 등장한 중간계급은 사실상 독재를 하겠다고 미리 선포한 셈이었다. 19세기 초에 등장한 사회주의는 고대의 노예 반란까지 거슬러 올라가는 일련의 사상 체계에서 마지막 단계에 해당하는 이론으로서 여전히 과거 시대의 유토피아 사상으로부터 깊은 영향을 받았다. 그러나 1900년 무렵부터 등장한 각각의 사회주의 변종 이론은 자유와 평등의 수립이라는 목표를 점점 더 노골적으로 포기해버렸다. 오세아니아의 '영사'와 유라시아의 '신 볼셰비즘', 그리고 동아시아의 이른바 '죽음 숭배'처럼 20세기 중반에 등장한 새로운 운동은 속박과 불평등을 영속시키겠다는 의식적인 목표를 내걸고 있다. 물론 이런 새로운 운동도 과거의 운동에서 발전해 나와서 그런지 과거의 이름을 그대로 쓰는 것도 모자라 말뿐일지언정 과거의 이념을 치켜세우기 십상이다. 그러나 이와 같은 모든 새로운 운동의 목적은 필요한 순간에 발전을 막고 역사를 동결하려는 것이다. 우리에게 친숙한 시계추는 한 번 더 진동하고 멈추어버렸다. 늘 그렇듯 중간계급은 상층계급을 쫓아내고 스스로 상층계급이 되었다. 그러나 이제는 상층계급이 의식적인 전략을 통해 그들의 지위를 영원히 유지할 수 있을 것이다.

이런저런 주의들이 새롭게 생겨날 수 있었던 부분적인 이유는 역사 지식이 축적되고 19세기 이전까지는 거의 존재하지 않았던 역사의식이 성장한 덕분이었다. 이제는 역사의 순환운동을 이해할 수 있었다. 아니, 이해할 수 있는 것처럼 보였다. 만약 역사가 이해할 수 있는 것이라면 변경할 수도 있다는 뜻이다. 그러나 주요한 원인이자 근본적인 이유는 일찍이 20세기 초부터 인간 평등이 기술적으로 가능해졌다는 점이다. 사람마다 타고난 재능이 다르다는 것과 저마다 자신에게 유리한 분야로 직능이 전문화되어야 한다는 것 또한 여전한 사실이다. 그러나 더 이상 계급 차이나 현격한 빈부의 차이는 필요가 없어졌다. 옛날에는 계급의 차이가 불가피한 것을 넘어 바람직한 것으로 간주됐다. 또 불평등은 문명의 대가였다. 그러나 기계 생산이 발달하면서 상황은 변했다. 인간이 저마다 다른 종류의 일을 해야 하는 것은 전과 같지만 그렇다고 사회적 수준이나 경제적 수준까지 차이 나게 살아야 할 필요는 없는 것이다. 그러므로 바야흐로 권력을 잡으려는 새로운 집단의 관점에서 볼 때 인간 평등은 더 이상 애써 실현해야 할 이상이 아니라 막아야 할 위험이 돼버렸다. 더 먼 옛날에는 공평하고 평화로운 사회가 사실상 불가능한 시절이라서 그런지 인간 평등을 아주 쉽게 믿었다. 법이나 잔혹한 노동 없이 형제처럼 더불어 사는 지상낙원이라는 이상은 수천 년 동안 인간의 상상력을 자극해왔다. 또한 이런 미래상은 역사가 바뀔 때마다 실질적으로 이득을 보는 집단들에도 어느 정도 호응을 얻었다. 프랑스와 영국 그리고 미국의 혁명 계승자들도 인간의 권리나 언론의 자유 또는 법 앞의 평등 같은 것들과 관련해 그들 나름대로 내건 문구를 일부나마 믿었고 어느 정도까지는 그런 신념을 실천하기도 했다. 그러나 20세기 들어 1940년대에 와서는 정치사상의 주류가 전부 권위주의로 바뀌었다. 지상낙원은 그것이 실현될 수 있는 바로 그 순간에 불신을 당한 셈이다. 새로운 정치 이론이 나올 때마다 그 명칭이 무엇이든 계급제와 통제사회로 회귀하는 결과를 낳았다. 더구나 1930년경부터 사회가 전반적으로 경직되면서 재판 없는 구금, 전쟁 포로의 노예화, 공개 처형, 자백을 받아내기 위한 고문, 인질 이용, 강제 추방 등 수백 년 동안 실행되지 않았던 옛 관행들이 다시 보편화되었을 뿐만 아니라 문화인이며 진보적이라고 자처하는 사람들까지 그런 관행들을 용인하다 못해 옹호하고 나섰다.

'영사'와 그에 대항하는 주의들이 완전한 형태를 갖춘 정치 이론으로 등장했을 때는 세계 곳곳에서 전쟁과 내란 그리고 혁명과 반혁명이 일어났던 격동의 10년이 지난 후였다. 그러나 이런 이론들은 20세기 초에 등장해 일반적으로 전체주의라고 불렸던 다양한 체제들 속에서 이미 그

전조가 보였었다. 더구나 전 세계적으로 혼란스러웠던 당시의 상황을 미루어 볼 때 그런 이론들이 대세가 되리라는 것은 오래전부터 분명해 보였다. 또한 그런 이론들이 내세우는 세계를 지배할 사람들이 어떤 부류일지도 뻔했다. 새로운 귀족 정치의 구성원들은 대부분 관료, 과학자, 기술자, 노조 관계자, 광고 전문가, 사회학자, 교사, 언론인, 그리고 직업 정치인들이었다. 중산층 봉급생활자와 상급 노동자 출신인 이들은 독점 산업과 중앙집권적인 정부로 인해 세상이 척박해지자 한편이 돼서 하나의 세력을 형성했다. 이들은 과거의 지배계급에 비해 덜 탐욕스럽고 사치의 유혹에 덜 흔들리는 반면, 순수한 권력을 향한 갈망은 더욱 컸고 무엇보다도 자신들이 무엇을 하고 있는지 정확히 인식하고 반대 세력을 분쇄하는 데 더욱 몰두했다. 이 마지막 차이점이 중요하다. 현존하는 체제와 비교하면 과거의 모든 전제정치체제는 미온적이고 비효율적이었다. 지배계급은 늘 자유사상에 얼마쯤 물들어 있어서 그런지 일을 벌여놓기만 했지 제대로 마무리하지 못하기 일쑤였고 눈에 보이는 행위들만 주목한 나머지 백성이 무슨 생각을 하고 있는지는 관심 밖이었다. 중세 가톨릭교회도 현대의 기준으로 보면 관대한 편이었다. 그럴 수밖에 없었던 이유 가운데 한 가지를 들자면, 과거에는 자국의 시민들을 끊임없이 감시할 수 있는 힘 있는 정부가 없었기 때문이다. 그러나 인쇄술이 발명되면서 여론 조작이 한층 더 쉬워진 데다 영화와 라디오가 이런 과정을 더욱 진전시켰다. 텔레비전의 발달과 더불어 기술이 발전해 같은 기계로 동시에 송수신이 가능해지면서 사생활의 시대는 끝이 났다. 경찰은 모든 시민, 혹은 적어도 요주의 인물들을 하루 24시간 동안 감시할 수 있게 됐으며 정부 주도의 선전 외에 다른 모든 통신 경로는 폐쇄했다. 바야흐로 시민들이 국가의 의지에 완전히 복종하도록 강제할 뿐만 아니라 모든 사안에 대해 완전한 의견 일치를 끌어내도록 할 수 있는 가능성이 처음으로 엿보인 것이다.

50년대와 60년대의 혁명기를 거치면서 사회는 늘 그래왔듯 상·중·하의 세 계층으로 재편성되었다. 그러나 새롭게 등장한 상층계급은 앞선 모든 전임자들과 달리 본능에 따라 행동하는 것이 아니라 자신들의 입지를 지키려면 무엇이 필요한지 잘 알고 그에 맞춰 행동했다. 오래전부터 과두정치를 안전하게 받쳐주는 유일한 기반은 집산주의라는 것은 널리 알려진 사실이었다. 부와 특권은 같은 곳에 집중돼 있을 때 지키기가 가장 쉽다. 20세기 중반에 일어난 이른바 '사유재산 폐지'는 사실상 이전보다 훨씬 더 적은 수의 사람들에게 부가 집중되는 결과로 이어졌다. 그러나 이런 차이 때문에 새로운 소유주들은 개개인이 아닌 하나의 집단이었다. 당원들은 사소한 물품 이외에는 어떤 것도 개인적으로 소유하지 못한다. 당은 집단적인 차원에서 모든 것을 통제하고 생산물을 당의 뜻대로 분배하기 때문에 오세아니아에 있는 모든 것은 당의 소유물이다. 혁명 이후 수년이 지난 뒤 당은 거의 아무런 반대에 부딪히지 않고 이런 지배적인 위치에 오를 수 있었다. 그 모든 게 집산주의를 완성하는 과정으로 간주됐기 때문이다. 언제나 자본가 계급이 재산을 몰수당하면 사회주의가 뒤따를 것으로 추정되었다. 의심의 여지없이 자본가들은 재산을 몰수당하고 말았다. 공장, 광산, 토지, 주택, 운송 수단에 이르기까지 모든 것을 빼앗겼다. 이런 것들은 더 이상 사유재산이 아니기 때문에 공동재산이 되는 게 당연했다. 초기 사회주의 운동에서 성장하여 그 용어까지 그대로 이어받은 '영사'는 사실상 사회주의 강령의 주요 항목을 이행했고, 그 결과 예견하고 사전에 의도한 대로 경제적 불평등이 영원히 지속되도록 유도해왔다.

그러나 계급사회를 영속시키는 문제는 이보다 훨씬 더 복잡하다. 지배계급이 권력을 잃게 되는 경우는 오직 네 가지밖에 없다. 외부로부터 정복을 당하는 것, 무능하게 통치한 탓에 대중이 봉기하는 것, 중간계급이 강력한 힘을 지닌 불만 세력으로 부상하는 것, 마지막으로 지배계급 스스로 자신감과 통치 의욕을 잃는 경우다. 이 네 가지 원인은 단독으로 작용하는 것이 아니라 대체로 모두 어느 정도씩 존재하기 마련이다. 이 네 가지 원인을 전부 사전에 방지할 수 있는 지배계급은 영원히 권좌를 차지하게 될 것이다. 결국 지배계급이 권력을 잃느냐 마느냐를 결정짓는 요인은 지배계급 자신의 정신 자세인 셈이다.

20세기 중반 이후 첫 번째 위험은 사실상 사라져버렸다. 현재 세계를 분할 통치하는 세 열강 모두 실제로 정복하기란 불가능하다. 그래도 굳이 한 가지 방법을 꼽는다면 점차적인 인구 변화를 통해 정복할 수 있을 뿐인데, 이마저도 광범위한 권력을 지닌 정부는 쉽게 피해 갈 수 있다. 두 번째 위험 또한 이론에 그칠 뿐이다. 대중은 결코 자발적으로 반란을 일으키지 않기 때문에 압제를 받고 있다는 이유만으로 들고일어나는 법은 없다. 사실 민중에게 비교 기준을 허용하지 않는 한 그들은 자신들이 압제당하고 있다는 사실조차 깨닫지 못한다. 과거처럼 경제 위기를 거듭할 필요도 전혀 없으며 그렇게 되도록 놔두지도 않는다. 그러나 경제 위기와 비슷한 수준의 다른 커다란 혼란이 아무런 정치적 결과 없이 발생할 수 있으며 실제로 발생하기도 한다. 그 이유는 불만을 표출할 방법이 달리 없기 때문이다. 기계 기술이 발전한 이후 우리 사회에 잠복해왔던 과잉생산의 문제는 지속적인 전쟁이라는 장치를 통해 해결된다(제3장 참조). 그런데 지속적인 전쟁은 대중의 사기를 필요한 한도까지 높여주는 데에도 유용하다. 그러므로 현 지배계급의 관점에서 보면 단 하나밖에 없는 진짜 위험은, 낮은 직위의 유능한 사람들로 구성된 권력을 갈망하는 신진 집단이 부상함으로써 다름 아닌 지배계급 내에서 자유주의와 회의주의가 발달하는 것이다. 다시 말하면, 이 문제는 교육과 관련돼 있는 것이다. 따라서 문제의 핵심은 다음과 같다. 지시를 내리는 집단의 의식뿐만 아니라 그들 바로 밑에서 그 지시를 집행하는 더 방대한 집단의 의식까지 끊임없이 형성해가야 한다. 반면 일반 대중의 의식에는 소극적인 영향만 끼치면 된다.

이와 같은 배경만 알면 누구든지, 미처 이 사실을 모르고 있던 사람까지도 오세아니아 사회의 전반적인 구조를 추측할 수 있을 것이다. 피라미드 구조의 맨 꼭대기에는 빅 브라더가 있다. 빅 브라더는 완전무결하고 전능하다. 모든 성공, 모든 업적, 모든 승리, 모든 과학적 발견, 모든 지식, 모든 지혜, 모든 행복, 모든 미덕은 그의 영도력과 영감에서 직접 나오는 것이라 여겨진다. 그러나 아직 빅 브라더를 실제로 본 사람은 아무도 없다. 그의 얼굴은 광고 게시판에서만 볼 수 있고 그의 목소리는 텔레스크린을 통해서만 들을 수 있다. 그는 절대 죽지 않으리라고 확신하는 게 옳을 듯싶다. 이미 그가 언제 태어났는지는 상당히 불확실한 상태다. 빅 브라더는 세상에 드러난 당의 겉모습이다. 그는 조직보다는 개인을 상대할 때 좀 더 쉽게 느껴지는 감정인 사랑과 공포와 존경을 한곳으로 모으는 역할을 한다. 빅 브라더 아래에는 내부당이 있고 내부 당원의 수는 6백만 명으로 한정돼 있는데, 이는 오세아니아 인구의 2퍼센트에도 못 미치는 규모다. 내부당 아래에는 외부당이 있다. 내부당이 국가의 머리라면 외부당은 팔과 같다. 외부당 아래에는 관례상 '무산계급'이라 부르는 발언권이 없는 대중이 있는데, 이들은 대략 전 인구의 85퍼센트에 해당한다. 앞서 분류한 계급으로 표현하자면 무산계급은 하층계급이다. 주인만 바뀔 뿐 끊임없이 정복당하며 노예 상태로 살고 있는 적도 지역 주민들은 사회구조의 영속적이거나 필수적인 구성원이 아니다.

원칙적으로 이들 세 집단의 지위는 세습되지 않는다. 이론적으로는 내부 당원의 자녀라고 해서 날 때부터 내부 당원이 되는 것은 아니다. 내부 당원이나 외부 당원이 되려면 열여섯 살에 심사를 받아야 한다. 인종 차별이나 눈에 띄는 지역 차별 같은 것은 전혀 없다. 유대인과 흑인은 물론 순수한 인디언 혈통의 남아메리카인도 당의 최고위직에 앉을 수 있으며 어느 지역이든 지역 담당 행정관은 항상 해당 지역의 주민 가운데에서 선출된다. 오세아니아의 어떤 지역이든 주민들은 자기네가 멀리 떨어진 수도의 통치를 받는 식민지 국민이라는 생각 따위는 전혀 하지 않는다. 오세아니아에는 수도가 없어서 그런지 국민은 이름뿐인 지배자가 어디에 있는지조차 모른다. 오세아니아에는 영어가 제1의 공용어이고 신어가 관용어라는 점 외에는 어떤 식의 중앙집권적 요소도 없다. 각 지역의 통치자들은 혈연으로 이어진 것이 아니라 공통의 신조로 결속돼 있다. 사실 우리 사회는 첫눈에 세습사회처럼 보일 만큼 아주 엄격하게 계층화되어 있다. 지금은 자본주의 시대나 심지어 산업화 이전 시대에 비해서도 서로 다른 계층으로 이동하는 일이 훨씬 드물다. 내부당과 외부당 사이에서는 일정 정도 이동이 가능하다. 하지만 이것도 약골을 내부당에서 축출하는 경우거나 야심 찬 외부 당원을 내부 당원으로 승급시켜도 아무런 해가 되지 않을 때만 가능한 일이다. 실제로 무산계급은 당원이 될 수 없다. 무산계급 가운데 유능한 사람들은 불만의 씨가 될 수 있기 때문에 사상경찰이 적발해서 제거해버린다. 그러나 이런 현상은 반드시 영속적인 것이 아니며 원칙의 문제도 아니다. 옛날 말뜻대로라면 당은 계급이 아니다. 따라서 당의 목적은 권력을 자녀들에게 물려주는 것이 아니다. 만약 유능한 사람을 최고위층에 확보할 방법이 달리 없다면 무산계급 출신의 완전히 새로운 세대를 기꺼이 당원으로 받아들일 것이다. 고난을 겪던 시절에는 당이 세습체제가 아니라는 사실 덕분에 반대파를 무력화시킬 때 상당한 효과를 봤다. 이른바

'계급 특권'에 맞서 싸우도록 훈련받은 구시대의 사회주의자들은 세습되는 계급이 아니면 당연히 영속될 수 없다고 생각했다. 그들은 과두정치가 지속되는지의 여부가 반드시 물적 증거로 나타나는 것은 아니라는 점을 간과하지 못했다. 그뿐만 아니라 세습적인 귀족제도는 늘 단명했지만, 가톨릭교회처럼 임명하는 방식의 조직은 수백, 수천 년 동안 지속돼왔다는 사실도 간과했다. 과두제의 본질은 부자父子 세습이 아니라 죽은 사람들이 살아 있는 사람들에게 남긴 특정한 세계관과 특정한 생활 방식을 지속하는 것이다. 지배계급은 후계자를 지명할 수 있어야 계속해서 지배계급으로 남을 수 있다. 당의 관심사는 당의 혈통이 아닌 당 자체를 영속시키는 것이다. 따라서 계급 구조가 늘 같은 상태로 유지되는 한 누가 권력을 행사하느냐는 중요하지 않다.

지금 시대를 특징짓는 모든 신념, 습관, 취향, 감정, 정신 자세는 사실상 당이 계속해서 신비한 존재로 보이도록 함으로써 현 사회의 진정한 본질을 감지하지 못하도록 계획된 것들이다. 현재로서는 반란이나 반란을 일으키기 위한 사전 운동이 전혀 불가능하다. 따라서 무산계급은 조금도 두려워할 대상이 못 된다. 그냥 내버려 두면 그들은 한 세대에서 다음 세대로, 이번 세기에서 다음 세기로, 반란을 일으키려는 마음을 가지기는커녕 지금과는 다른 세상에서 살 수 있음을 의식할 기력도 없이 계속해서 일하고 자식을 낳고 기르다가 죽을 것이다. 무산계급이 위험한 존재가 될 수 있는 유일한 경우는 산업 기술이 발달하면서 그들이 불가피하게 고학력자가 될 때뿐이다. 그러나 군사적으로나 상업적으로 경쟁이 더 이상 중요하지 않기 때문에 보통교육의 수준이 사실상 낮아지고 있다. 그것이 무엇이든 일반 대중의 견해는 대수롭지 않게 취급된다. 일반 대중에게 지적 자유를 허용하는 이유는 그들에게 지성이 없기 때문이다. 이에 반해 당원의 경우에는 아무리 하찮은 사안이라도 당의 견해에서 조금이라도 벗어나는 것은 용납될 수 없다.

　당원은 태어나서 죽을 때까지 사상경찰의 감시를 받는다. 심지어 혼자 있을 때에도 당원은 정말 오롯이 혼자라고 할 수 없다. 그가 어디를 가든, 잠을 자든 깨어 있든, 일하든 쉬든, 욕실에 있든 침대에 있든 사전 경고가 없는 것은 물론 자신이 감시당하고 있다는 사실조차 모른 채 감시당할 수 있다. 당원의 일거수일투족이 관심의 대상이다. 친구 관계, 여가 활동, 아내와 자식들을 대하는 태도, 혼자 있을 때의 표정, 잠꼬대 내용, 심지어 특징적인 몸짓까지도 전부 빈틈없이 검사당한다. 실제로 저지른 비행뿐만 아니라 아주 사소한 기행, 습관의 변화, 내적 갈등의 징후일 가능성이 큰 신경질적인 말투나 태도까지도 반드시 탐지된다. 당원에게는 어떤 경우든 선택의 자유가 전혀 없다. 반면에 그의 행동은 법이나 그 밖의 명백하게 공식화된 행동 규약 같은 것으로 규제되지 않는다. 오세아니아에는 법이 없다. 들키면 곧 죽음이나 다름없는 생각과 행동도 공식적으로는 금지 대상이 아니라서 끝없는 숙청, 체포, 고문, 투옥, 증발 등도 실제로 저지른 범죄에 대한 처벌 조치가 아니라 언젠가 범죄를 저지를지도 모르는 사람들을 제거하는 조치일 뿐이다. 당원은 반드시 올바른 견해뿐만 아니라 올바른 본능까지 지니고 있어야 한다. 그러나 당원에게 어느 정도의 신념과 태도가 필요한지에 대해서는 공공연하게 말해진 바가 없다. 만약 그것을 대놓고 설명하려면 '영사'에 내재한 모순까지 훤히 드러내야 할 것이다. 타고날 때부터 정통파인 당원(신어로는 '선사자善思者')은 어떤 상황에서도 참된 신념이나 바람직한 감정이 무엇인지 굳이 생각해보지 않아도 잘 알 것이다. 하지만 어릴 때부터 '범죄중단', '흑백', '이중사고' 등의 신어들로 분류되는 정교한 정신 훈련을 받은 탓에 어떤 사안이든 깊이 생각할 의욕도 없고 그럴 수 있는 능력도 사라져버린다.

당원은 사사로운 감정을 가져서도 안 되고 열정이 식어서도 안 된다. 그는 살아가는 내내 국외의 적과 국내의 반역자들을 끊임없이 광적으로 증오해야 하며 승리에 의기양양해야 하고 당의 권력과 지혜 앞에 열등감을 느껴야 한다. 빠듯하고 만족스럽지 못한 생활 때문에 생긴 불만은 의도적으로 외부로 돌리거나 '2분 증오' 같은 장치를 통해 해소해야 하며, 회의적이거나 반항적인 태도를 유발할 수 있는 사색은 어릴 때 습득한 내면 훈련을 통해 사전에 없애야 한다. 이런 훈련에서 어린아이들에게도 가르칠 수 있을 만큼 가장 초보적이고 간단한 단계는 신어로 이른바 '범죄중단'이라는 것이다. '범죄중단'은 어떤 위험한 생각이든 막 떠오르려는 찰나 마치 본능처럼 그 생각을 뚝 멈출 수 있는 능력을 뜻한다. 이러한 능력에는 유사한 점들을 파악하지 못하고, 논리의 오차를 감지하지 못하며, '영사'에 해로운 것이라면 가장 단순한 주장조차도 오해하고, 이단적인 방향으로 이어질 수 있는 생각은 어떤 훈련을 통해서든 따분해하거나 물리치는 힘이 있다. 한마디로 '범죄중단'은 보호용 어리석음을 뜻한다. 그러나 어리석음만으로는 충분하지 않다. 이와 반대로 참다운 뜻의 정통파는 곡예사가 자기 몸을 자유자재로 움직이듯 자신의 심리 과정을 마음대로 조절할 수 있어야 한다. 오세아니아 사회는 궁극적으로 빅 브라더는 전능하며 당은 완전무결하다는 신념에 바탕을 두고 있다. 그러나 실제로는 빅 브라더가 전능하지 않고 당이 완전무결하지 않기 때문에 이런저런 사실들을 다룰 때 지치지 않고 끊임없이 융통성을 발휘해야 한다. 바로 이런 경우에 핵심이 되는 말이 '흑백'이다. 다른 여러 신어처럼 이 단어에도 두 가지의 서로 모순되는 뜻이 들어 있다. 반대편에게 적용될 때 이 말은 명백한 사실에 반대하여 뻔뻔스럽게도 흑을 백이라고 우기는 습성을 의미한다. 그러나 당원에게 적용될 때는 당의 규율이 정하면 기꺼이 흑을 백이라고 말할 수 있는 충성심을 뜻한다. 게다가 이 말은 또한 흑을 백이라고 믿을 수 있는 능력에서 더 나아가 흑이 백임을 알고 이제까지 그 반대로 믿고 있었다는 사실까지 완전히 잊어버릴 수 있는 능력을 뜻한다. '흑백'이라는 말은 과거를 계속해서 변조해나가기를 요구하는데, 그러려면 실제로 다른 모든 것을 수용하는 사고 체계를 통해야만 가능하다. 바로 이런 사고 체계를 신어로 '이중사고'라고 한다.

과거를 변조해야만 하는 이유에는 두 가지가 있다. 그중 하나는 부수적인 이유, 말하자면 예방 차원이다. 당원이 무산계급처럼 비교 기준이 없는 탓에 현재 상황을 견디고 있기 때문이다. 당원은 국외 나라들과 단절돼 있어야 하는 것과 마찬가지로 과거로부터도 단절돼 있어야 한다. 왜냐하면 자신이 선조보다 잘살고 있으며 물질적 안락함의 평균 수준도 계속해서 향상되고 있다고 믿어야 하기 때문이다. 그러나 과거를 재조정해야 하는 가장 큰 이유는 당의 완전무결함을 지켜야 하기 때문이다. 당의 예언이 어떤 경우에도 늘 옳았다는 것을 입증하려면 각종 연설과 통계 수치와 기록들을 현재 실정에 맞게 끊임없이 수정해야 한다. 그뿐만 아니라 당의 정책이나 정치적 노선에 변화가 있어서는 절대 안 된다. 왜냐하면 생각이나 정책을 바꾼다는 것은 나약함을 자백하는 꼴이기 때문이다. 가령 유라시아나 동아시아(어디가 됐든 상관없다)가 지금 오세아니아의 적국이라면 그 나라는 옛날부터 지금까지 늘 적국이어야만 한다. 따라서 만약 이런저런 자료에 남아 있는 사실들이 그렇지 않다고 말한다면 그런 사실들도 전부 바꿔줘야 한다. 이렇듯 역사를 끊임없이 다시 쓴다. 진리부가 매일매일 수행하는 날조 작업은 애정부가 수행하는 억압 및 첩보 활동과 마찬가지로 정권 안정화에 반드시 필요하다.

과거는 얼마든지 변할 수 있다는 것이 '영사'의 핵심 신조다. 어떤 주장에 따르면, 과거의 사건들은 객관적으로 존재하는 것이 아니라 오직 글로 쓴 기록과 인간의 기억을 통해서만 존재한다고 한다. 이런 기록과 기억이 일치하는 것이면 뭐든 다 과거다. 당은 모든 기록은 물론 당원들의 마음마저 완전히 통제하고 있기 때문에 과거를 마음대로 선택할 수 있다. 또 당연히 과거를 고칠 수 있다고 해서 구체적인 사례까지 고치는 것은 아니다. 왜냐하면 그 순간에 필요한 대로 어떤 형태로든 과거를 재창조하고 나면 이제 새롭게 재창조한 그것이 과거가 되므로 다른 과거란 영원히 존재할 수 없기 때문이다. 1년 중에도 동일한 사건을 알아볼 수 없을 만큼 여러 번 고쳐야 할 때가 종종 있는데, 이럴 때조차도 다른 과거란 영원히 존재할 수 없다. 항상 당은 절대적인 진리를 쥐고 있는데 분명히 이 절대적인 진리는 지금 진리인 것과 결코 다를 수 없다. 나중에 알게 되겠지만, 과거를 통제하느냐 못하느냐는 무엇보다도 기억을 어떻게 훈련하느냐에 달렸다. 글로 쓴 모든 기록을 당시의 정설과 확실하게 일치시키는 작업은 그저 기계적인 행위에 불과하다. 그러나 해당 사건들이 희망했던 방식대로 일어났다는 것 또한 반드시 기억할 필요가 있다. 만약 아무개의 기억을 재조정하거나 글로 쓴 기록들을 변조해야 한다면 그 당시 아무개가 어찌어찌했다는 것까지도 반드시 잊어야 한다. 이런 기술은 다른 정신 기술과 마찬가지로 습득할 수 있다. 당원 대다수는 물론 정통파인 데다 지적인 사람들도 전부 이 기술을 배운다. 구어로는 이 기술을 있는 그대로 '현실 통제'라고 부르며 신어로는 '이중사고'라 부른다. 물론 '이중사고'라는 단어는 그 외에도 다른 여러 가지 뜻을 담고 있다.

'이중사고'는 한 사람이 서로 대립하는 두 가지 신념을 동시에 간직하고 두 가지 모두를 받아들일 수 있는 능력을 뜻한다. 당내 지식층은 자신의 기억이 어느 방향으로 수정돼야 하는지 잘 안다. 따라서 그들은 자신이 현실을 농락하고 있다는 것도 알고 있다. 그러나 '이중사고'를 발휘해 현실을 거스르지 않고 있다고 만족해한다. 이런 사고 과정은 의식적이어야 한다. 그렇지 않으면 충분할 만큼 정확하게 수행되지 않는다. 또 무의식적이어야 한다. 그렇지 않으면 거짓이라는 느낌이 들어 결국 죄책감에 빠지게 된다. '이중사고'는 '영사'의 핵심이다. 왜냐하면 당의 본질적인 행위는 정직을 철저히 지키고 있다는 확고한 신념 속에서 의식적인 기만을 이용하여 행해지기 때문이다. 반드시 의도적으로 거짓말을 하면서 그 거짓말을 진짜로 믿어야 하며, 불편해진 사실들은 잊어버렸다가 필요해지면 망각 속에서 다시 꺼내 꼭 필요한 동안만 기억해야 하고, 객관적 현실을 부정하면서도 그렇게 부정한 현실을 고려해야 한다. '이중사고'라는 말을 쓸 때는 반드시 '이중사고'를 발휘해야 한다. 왜냐하면 이 말을 사용함으로써 현실을 농락하고 있다는 것을 인정하게 되고 그때 다시 새롭게 '이중사고'를 발휘하면 앞서 인정한 사실을 마음에서 지워버릴 수 있는데, 결국 이런 과정이 무한 반복됨으로써 거짓말이 항상 진실을 한 걸음 앞서게 되기 때문이다. 궁극적으로 당이 역사의 진행을 막을 수 있었던 것도 바로 이런 '이중사고' 덕분이었다. 아마도 우리 모두 알다시피 당은 앞으로도 수천 년 동안 계속해서 역사의 진행을 막을 수 있을 것이다.

과거의 모든 과두제는 지나치게 냉혹하거나 아니면 관대해진 탓에 권좌에서 밀려났다. 과두제의 권력자들은 어리석고 오만해져서 변화하는 환경에 적응하지 못해 결국 실각했다. 또 자유주의로 선회하면서 소심해져 무력을 행사해야만 하는 상황에서 양보함으로써 권력에서 밀려났다. 한마디로 과두제의 권력자들은 자기 꾀에 빠져 실각하거나 이유도 모른 채 쫓겨났던 셈이다. 이 두 가지 상황이 공존할 수 있는 사상 체계를 만들어낸 것이야말로 당의 업적이다. 이와 같은 사상 체계만 있으면 그 외의 다른 지적 바탕 없이도 당의 지배력은 영속화될 수 있다. 누구든 통치자가 되고 더 나아가 계속해서 통치를 하려면 현실감각을 어긋나게 할 수 있어야 한다. 왜냐하면 통치권의 비결은 권력자 스스로가 자신의 완전무결함을 확신하는 동시에 과거의 과오를 교훈으로 삼을 수 있는 능력까지 겸비하는 것이기 때문이다.

굳이 말할 필요도 없이, '이중사고'를 가장 교묘하게 실천하는 부류는 바로 '이중사고'를 만들어낸 사람들이며, 따라서 그들은 '이중사고'야말로 방대한 규모의 정신적 사기 체계임을 잘 알고 있다. 우리 사회에서 현재 무슨 일이 일어나고 있는지 가장 잘 아는 사람들이 세계에서 일어나고 있는 일들에 관해서는 가장 잘 모른다. 대체로 이해력이 높을수록 착각에 빠지기도 쉽고 똑똑할수록 분별력은 더 떨어진다. 사회적 지위가 올라갈수록 전쟁에 극도로 흥분하는 경우가 많다는 사실이 그 단적인 예다. 전쟁을 대하는 태도가 가장 이성적인 축에 드는 사람들은 바로 분쟁 지역에 사는 피지배자들이다. 이들에게 전쟁은 해일처럼 여기저기서 자신들을 덮쳐버리는 끊임없는 재앙에 불과하다. 따라서 어느 편이 이기느냐는 이들과 전혀 상관없는 문제다. 이들은 지배자가 바뀐다 해도 자신들이 하는 일이나 처우에는 변함이 없다는 것을 잘 알고 있다. 이들보다 처지가 약간 나은 축에 드는 이른바 무산계급은 이따금 전쟁을 의식할 뿐이다. 무산계급은 필요할 때면 언제든 공포와 증오심으로 미쳐 날뛰기도 하지만 자기네끼리 있을 때는 전쟁이 일어나고 있다는 사실마저 오랫동안 까맣게 잊고 지낼 수 있다. 진짜로 전쟁에 열광하는 부류는 당원들, 그중에서도 내부 당원이 으뜸이다. 내부 당원들은 세계 정복이 불가능하다는 것을 알고 있으면서도 세계를 정복할 날이 올 것이라고 굳게 믿고 있다. 이와 같은 상반된 태도의 독특한 조합 —가령 무식한 지식이나 광적인 냉소처럼—이야말로 오세아니아 사회의 가장 두드러진 특징 가운데 하나다. 실질적으로 전혀 그럴 만한 이유가 없는 당의 공식적인 이념조차 갖가지 모순으로 가득 차 있다. 그렇다 보니 당은 사회주의 운동이 애초부터 찬성한 모든 원칙을 거부하고 비방했다. 그런데 그런 거부와 비방을 사회주의라는 이름으로 자행했다. 당은 지난 몇 세기 동안 그 유례를 찾아볼 수 없을 만큼 노동자 계급을 경멸하도록 권유하면서도 한때 당원들에게 육체노동자들의 상징이나 다름없었다는 이유 때문에 그들이 입던 작업복을 당원의 제복으로 채택했다. 또한 당은 조직적으로 가족의 결속을 약화시키면서도 당의 지도자를 부를 때 돈독한 가족애에 직접 호소할 수 있는 호칭을 쓰도록 했다. 심지어 네 개의 부처마저도 뻔뻔스러울 만큼 일부러 사실과 반대되는 이름을 붙였다. 평화부는 전쟁을 담당하는 부서이고 진리부는 거짓말을, 애정부는 고문을, 그리고 풍요부는 굶주림을 담당하는 부서인 것이다. 이런 모순은 우연히 생긴 것도 아니며 일반적인 위선의 결과도 아니다. '이중사고'를 훈련시키기 위한 고의적인 발상에서 비롯된 것들이다. 왜냐하면 권력은 바로 그런 모순들을 조정해나갈 때 무한정 유지될 수 있기 때문이다. 그 외에 다른 어떤 방법으로도 과거에 권력이 되풀이해왔던 악순환을 끊을 수 없다. 만약 인간 평등을 영원히 막으려면, 또 이른바 상류층이 그들의 지위를 영원히 지키려면 당대의 지배적인 정신 상태가 광기 수준에서 벗어나지 않도록 통제해야만 한다.

그러나 지금 이 순간까지도 우리가 거의 무시하다시피 해온 한 가지 문제가 있다. 그것은 바로 도대체 왜 인간 평등을 막아야 하는가, 하는 문제다. 만약 인간 평등을 막는 과정의 역학을 제대로 설명했다고 가정했을 때는 또 다른 문제가 남는다. 그것은 바로 역사를 어느 특정한 순간에 붙박아놓으려고 이렇게까지 정밀하게 계획을 세우고 엄청난 노력을 기울이는 이유는 무엇일까, 하는 문제다.

여기서 우리는 가장 중요한 비밀을 알게 된다. 앞서 살펴봤듯 당, 그중에서도 특히 내부당의 신비한 매력은 '이중사고'에 달려 있다. 그러나 이보다 더 깊은 곳에 본래의 동기이자 결코 의심의 여지가 없는 본능이 있다. 이런 본능 덕분에 처음에는 권력을 잡을 수 있었고 나중에는 '이중사고', 사상경찰, 지속적인 전쟁, 그리고 그 밖에 필요한 다른 장치들이 생겨날 수 있었다. 실질적으로 이런 동기를 구성하고 있는 것들은……

윈스턴은 문득 새로운 소리에 귀가 쫑긋할 때처럼 갑자기 주위가 조용하다는 것을 깨달았다. 줄리아가 아까부터 가만히 있는 것 같았다. 그녀는 벌거벗은 상체를 드러낸 채 한 손을 베개 삼아 모로 누워 있었는데, 검은 머리카락 한 올이 그녀의 눈 위로 흘러내려 와 있었다. 그녀의 가슴이 규칙적으로 천천히 오르내렸다.

"줄리아."

대답이 없었다.

"줄리아, 자는 거야?"

역시 대답이 없었다. 그녀는 잠들어 있었다. 그는 책을 덮어 방바닥에 조심스럽게 내려놓은 뒤 침대에 누워 이불을 끌어당겨 줄리아와 같이 덮었다.

윈스턴은 자신이 아직 궁극적인 비밀은 알아내지 못했다고 생각했다. 어떻게 그런지는 이해했는데 왜 그런지는 이해하지 못했다. 제3장과 마찬가지로 제1장에도 사실상 그가 모르는 내용은 없었다. 제1장은 그저 그가 이미 아는 지식을 체계적으로 정리해놓았을 뿐이었다. 그러나 윈스턴은 그 책을 읽은 덕분에 자신이 미치지 않았음을 전보다 더욱 확실히 알게 됐다. 소수파, 그것도 단 한 명

뿐인 소수파라고 해서 그 사람을 미쳤다고 볼 수는 없다. 진실인 것과 진실이 아닌 것이 훤히 보이는 상황에서 세상 모두와 등지면서까지 진실을 고수한다고 해도 그 사람을 미쳤다고 할 수는 없다. 해가 뉘엿뉘엿 저물어가면서 창문으로 비쳐 들어온 노란 햇살이 베개 위에서 부서졌다. 그는 눈을 감았다. 햇살이 얼굴을 스치고 매끄러운 여자의 몸이 살갗에 닿자 졸음과 함께 강한 자신감이 솟구쳤다. 그는 안전했고 모든 게 순조로웠다.

"정신이 온전한지 아닌지는 통계로 가리는 게 아니야."

그는 심오한 지혜라도 담긴 말인 양 그렇게 중얼거리다가 잠들어버렸다.

10

잠에서 깨어났을 때, 윈스턴은 마치 오래 잔 것 같은 기분이 들었다. 그러나 구식 시계를 힐끗 보니 겨우 20시 30분이었다. 그는 잠시 몽롱한 상태로 누워 있었다. 곧이어 창문 아래 안마당에서 늘 듣던, 가슴 깊은 곳에서 터져 나오는 노랫소리가 울려 퍼졌다.

그저 부질없는 꿈이었지
4월을 물들였던 빛깔처럼 사라져버렸지
눈빛과 말과 꿈들을 휘저어놓고
내 마음을 앗아가 버렸지

그 유치한 노래가 여전히 인기를 끌고 있는 모양이었다. 지금까지도 어딜 가나 그 노래를 들을 수 있었다. 〈증오가〉보다 인기가 오래 지속되고 있었다. 줄리아도 노랫소리에 깼는지 늘어지게 기지개를 켠 뒤 침대에서 나왔다.

"아, 배고파라. 커피를 더 마셔야겠어요. 이런! 불이 꺼져서 물이 식어버렸네."

줄리아가 난로를 흔들어보았다.

"기름이 없나 봐요."

"채링턴 씨한테 조금 얻으면 되겠지."

"분명히 기름이 꽉 차 있었는데 이상하네요. 그럼 난 옷부터 입을게요. 아까보다 추워진 것 같아요."

줄리아가 말했다.

윈스턴도 일어나서 옷을 입었다. 그 목소리는 지치지도 않는지 계속해서 노래를 불렀다.

세월이 약이라지만
언제나 잊게 마련이라지만
그 미소와 눈물은 세월이 흘러도
내 마음을 쥐어짜는구나!

윈스턴은 작업복의 허리띠를 조이면서 한가로이 창가로 걸어갔다. 해는 집 뒤로 넘어간 게 틀림없었다. 안뜰에 더 이상 햇살이 비치지 않았다. 뜰에 깔린 자갈들은 방금 물로 씻은 듯 촉촉했다. 하늘 또한 물로 씻어낸 듯 굴뚝 사이로 보이는 파란 하늘이 아주 새뜻했다. 피곤한 기색도 없이 그 아낙네는 부지런히 오가며 빨래집게를 입에 물었다 뗐었다, 노래를 불렀다 그쳤다 하며 기저귀를 널고 또 널었다. 그녀가 빨래를 해서 먹고사는지, 아니면 그저 2, 30명쯤 되는 손자들 때문에 뼈 빠지게 일하는 것인지 알 길이 없었다. 줄리아가 윈스턴 곁으로 다가왔다. 두 사람은 함께 아래쪽에 있는 그 억센 아낙네를 홀린 듯 내려다봤다. 윈스턴은 빨랫줄에 굵은 팔뚝을 뻗치거나 암말처럼 튼실한 엉덩이를 뒤로 쑥 내미는 그녀 특유의 자세를 바라보며 처음으로 그녀가 아름답다는 생각이 들었다. 어린애를 낳느라 거대하게 불어났던 몸집이 그대로 굳어진 데다 일에 치인 탓에 억세져서 급기야는 너무 익다 못해 쉰 순무처럼 거죽이 질겨지고 거칠거칠해진 쉰 살 먹은 아낙네가 아름다워 보일 줄은 예전엔 미처 몰랐다. 그러나 그녀는 정말 아름다웠다. 그는 결국 그런 아낙네라고 해서 아름답지 말라는 법은 없다고 생각했다. 처녀의 몸이 장미라면, 화강암 덩어리처럼 딱딱하고 여체의 곡선이라고는 사라진 지 오래인 몸과 거칠고 불그죽죽한 살갗은 장미 열매에 비유할 만했다. 하지만 장미 열매라고 해서 꼭 장미꽃보다 볼품없을 것도 없지 않은가?

"아름답군."

그가 중얼거렸다.

"엉덩짝이 1미터는 되고도 남겠어요."

줄리아가 말했다.

"그게 저 여자의 아름다움이지."

그는 줄리아의 나긋나긋한 허리를 팔로 감싸 안았다. 엉덩이부터 무릎에 이르는 그녀의 측면이 그의 몸에 찰싹 붙었다. 그들의 몸에서 아이가 나올 일은 없을 터였다. 그 일만은 그들이 결코 할 수 없었다. 그들은 오직 입에서 입으로 그리고 마음에서 마음으로 그 비밀을 서로에게 전할 수 있었다. 저 아래에 보이는 아낙네에겐 생각 따위는 전혀 없고 오직 강한 팔뚝과 따뜻한 가슴과 다산하는 배가 있을 뿐이다. 문득 그녀가 자식을 몇 명이나 낳았을지 궁금했다. 모르긴 해도 열다섯 명은 족히 낳았을 듯싶었다. 그녀도 한때, 아마 1년 정도는 들장미처럼 아름답게 활짝 피어 있었을 것이다. 그러다가 갑자기 거름을 먹은 과일처럼 부풀어 올랐다가 점점 딱딱해지면서 붉고 거칠게 변했을 것이다. 그리고 그때부터 30년 동안 처음에는 자녀들을 위해 그리고 나중에는 손자들을 위해 하루도 쉬지 않고 빨래하고, 걸레질하고, 꿰매고, 밥 짓고, 쓸고, 닦고, 고치고, 또 빨래하면서 살아왔을 것이다. 그리고 일이 끝날 때쯤에는 그렇게 한결같이 노래를 부르는 것이리라. 이런 생각에 잠긴 채 굴뚝 뒤로 끝없이 펼쳐진 구름 한 점 없는 옅은 빛깔의 하늘을 보고 있노라니 윈스턴은 왠지 그녀에게 신비한 존경심마저 들었다. 그곳은 물론 유라시아나 동아시아에 사는 모든 사람에게도 그 하늘은 똑같이 보일 것이라고 생각하니 기분이 야릇했다. 그 하늘 아래 있는 사람들 또한 생각하는 법을 배운 적은 없으나 가슴속에 그리고 몸 구석구석에 언젠가 세상을 뒤엎을 힘을 차곡차곡 쌓아가고 있다. 사실 전 세계 모든 곳에 있는 수십억의 사람들이 지금은 서로의 존재도 모른 채 증오와 거짓의 장벽에 가로막혀 서로 떨어져 있지만 모두 똑같은 사람들인 것이다. 희망이 있다면 그것은 무산계급에 있다! 윈스턴은 '그 책'을 아직 끝까지 읽지는 않았지만 이것이야말로 골드스타인이 최종적으로 전하고자 하는 메시지라는 것을 알고 있었다. 미래의 주인은 무산계급이다. 그렇다면 마침내 그들의 시대가 왔을 때 그들이 건설한 세상은 윈스턴 스미스에게 당이 건설한 세상과 달리 확실히 생경하지 않을 수 있을까? 그렇다! 적어도 그들이 세운 세상은 온전한 정신의 세상일 테니까. 평등이 있는 곳에 온전한 정신이 있을 수 있다. 조만간 그런 세계가 건설되면 완력은 설 자리를 잃고 의식이 중요해질 것이다. 무산계급은 영원히 살아남을 것이다. 안마당의 저 씩씩한 아낙네를 봐도 확실히 알 수 있다. 결국 무산계급이 자각할 날이 올 것이다. 설령 천 년이 걸릴지라도 그날이 올 때까지 무산계급은 어떤 역경에도 굴하지 않고 살아남을 것이다. 당에는 없을뿐더러 아무리 당이라도 결코 말살할 수 없는 생명력을 마치 새들처럼 이 사람에게서 저 사람에게로 퍼뜨리면서 꿋꿋이 버틸 것이다.

"당신 그거 기억나?"

윈스턴이 말했다.

"우리가 처음 만난 날 나뭇가지 끝에 앉아 우리에게 노래를 불러 줬던 그 지빠귀 새 말이야."

"우리한테 불러준 게 아니잖아요. 자기가 좋아서 부른 거지. 아니, 그것도 아니네. 그냥 부른 거죠."

줄리아가 말했다.

새들은 노래를 부른다. 무산계급도 노래를 부른다. 하지만 당은 노래를 부르지 않는다. 런던, 뉴욕, 아프리카, 브라질, 국경선 너머에 있는 신비스러운 금단의 땅, 파리와 베를린의 거리, 끝없이 펼쳐진 러시아 대평원의 마을들, 중국과 일본의 시장에 이르기까지 온 세상에서 고된 일과 출산으로 거대해진 그 튼튼한 아낙네처럼 절대 정복당하지 않을 사람들이, 태어나서 죽을 때까지 일만 하면서도 여전히 노래를 부르고 있다. 틀림없이 그들의 튼실한 골반에서 언젠가 의식을 지닌 종족이 태어날 것이다. 당원들은 죽은 목숨이다. 반면에 미래는 무산계급의 것이다. 그러나 무산계급이 자신들의 몸을 끝까지 지키는 것처럼 당원들도 제정신을 지키고 둘 더하기 둘은 넷이라는 은밀한 교리를 전달한다면 무산계급과 미래를 함께할 수 있을 것이다.

"우리는 죽은 목숨이야."

윈스턴이 말했다.

"우리는 죽은 목숨이다……."

줄리아가 왠지 선선히 따라 했다.

"너희는 죽은 목숨이다."

그들 뒤에서 냉혹한 목소리가 말했다. 두 사람은 화들짝 놀라 서로에게서 떨어졌다. 윈스턴은 간담이 서늘해지는 것 같았다. 줄리아는 눈동자가 풀린 채 안색이 샛노랗게 변했다. 그때까지도 양쪽 뺨에 남아 있던 연지 자국이 마치 살갗과 분리된 듯 도드라져 보였다.

"너희는 죽은 목숨이다."

냉혹한 목소리가 되풀이했다.

"저 그림 뒤예요."

줄리아가 속삭였다.

"맞다, 그림 뒤에 있다."

그 목소리가 말했다.

"그 자리에 꼼짝 말고 있어라. 명령을 내릴 때까지 움직이지 마라."

올 것이 오고 말았다. 드디어 시작된 것이다! 그들은 서로 눈을 응시한 채 서 있을 뿐 아무것도 할 수 없었다. 살기 위해 도망친다거나 서둘러 그 집을 빠져나가야겠다는 생각조차 들지 않았다. 벽에서 흘러나오는 냉혹한 목소리의 명령을 따르지 않는다는 것은 생각할 수도 없는 일이었다. 걸쇠가 빠지는 듯한 소리가 들리더니 유리가 와장창 깨졌다. 그림이 바닥으로 떨어지면서 그 뒤에 있던 텔레스크린이 모습을 드러냈다.

"이제 저들이 우리를 볼 수 있겠네요."

줄리아가 말했다.

"이제 너희를 볼 수 있다."

그 목소리가 말했다.

"방 가운데로 와서 서로 등지고 서라. 머리 뒤로 두 손을 깍지 껴라. 서로 몸이 닿지 않게 해라."

두 사람의 몸이 닿지 않았지만 윈스턴은 줄리아의 몸이 떨리는 것을 느낄 수 있었다. 아니, 어쩌면 자신이 떨고 있는 것일 수도 있었다. 윈스턴은 이가 딱딱 마주치는 것만큼은 참을 수 있었지만 후들거리는 무릎은 어찌할 수가 없었다. 아래층에서 쿵쿵거리는 군홧발 소리가 집 안팎으로 울려 퍼졌다. 안마당에 사람들이 가득한 모양이었다. 자갈 위로 무언가를 질질 끌고 가는 소리가 들렸다. 아낙네의 노랫소리가 뚝 그쳤다. 누가 마당에 빨래통이라도 내동댕이쳤는지 한참이나 무언가가 시끄럽게 굴러가는 소리가 나더니 이윽고 성난 고함 소리가 뒤죽박죽 얽히다가 결국 고통스러운 비명으로 끝나버렸다.

"집이 포위됐군."

윈스턴이 말했다.

"집이 포위됐다."

그 목소리가 말했다.

줄리아가 이를 악물고 말했다.

"이제 작별 인사를 하는 게 좋겠어요."

"이제 작별 인사를 하는 게 좋아."

그 목소리가 말했다.

그런데 그때 전혀 다른 또 하나의 목소리가 들렸다. 가늘고 교양 있는 게 윈스턴이 전에 들어본 것 같은 목소리였다.

"그건 그렇고, 우리 하던 노래나 하지. '그대를 침대로 안내해줄 촛불이 오네, 그대 목을 자를 도끼가 오네'."

윈스턴의 등 뒤에서 무엇인가 침대로 와르르 부서지는 소리가 났다. 사다리의 머리 부분이 창문을 뚫고 불쑥 들어와 있었다. 누군가 사다리를 타고 창문 안으로 들어오고 있었다. 계단을 일제히 올라오는 군홧발 소리가 들렸다. 이윽고 방 안은 검은 제복을 입은 건장한 남자들로 가득 찼다. 그들은 모두 쇠 징이 박힌 구두를 신고 손에는 곤봉을 들고 있었다.

윈스턴은 더 이상 부들부들 떨지 않았다. 눈동자조차 거의 움직이지 않았다. 그는 오직 한 가지 생각만 했다. 움직이지 않을 것! 움직이지 않음으로 그들에게 때릴 구실을 주지 않을 것! 권투 선수처럼 턱이 매끈한 데다 입은 그저 가늘게 째진 틈처럼 보이는 한 남자가 윈스턴 앞을 떡하니 가로막았다. 그 남자는 엄지와 검지 사이에 곤봉을 반듯하게 놓고 골똘히 생각에 잠겨 있는 듯했다. 윈스턴과 그의 시선이 마주쳤다. 손을 머리 뒤에 놓은 채 얼굴과 몸을 전부 드러내 놓고 있었기 때문에 마치 발가벗은 느낌이 들어서 참을 수가 없었다. 그 남자는 허연 혓바닥을 내밀어 입술이 있어야 마땅한 부위를 핥더니 그대로 지나가 버렸다. 또다시 무언가 산산이 부서지는 요란한 소리가 났다. 누군가 책상 위에 있던 유리 서진을 벽난로의 받침돌에 집어 던져 박살을 낸 것이다.

산호 조각이 설탕으로 만든 장미 봉오리가 케이크에서 떨어진 것처럼 잘게 부서져 분홍색의 물결 모양 조각들이 깔개 위에 나뒹굴었다. '참으로 작구나, 늘 그렇게 작았지!'라고 윈스턴은 생각했다. 순간 뒤에서 숨을 헐떡거리면서 탁 하고 후려치는 소리가 들리는가 싶더니 누군가 그의 발목을 거세게 걷어차 하마터면 균형을 잃고 고꾸라질 뻔했다. 한 사내가 줄리아의 명치에 주먹을 날려 그녀가 휴대용 자처럼 몸을 바싹 구부리고 있었다. 줄리아는 바닥에 뒹굴면서 숨을 쉬려고 안간힘을 썼다. 윈스턴은 고개를 돌릴 엄두가 나지 않았지만 흙빛으로 변해 헐떡거리는 그녀의 얼굴을 언뜻 볼 수 있었다. 그는 공포에 질려 있으면서도 마치 자기 몸이 아픈 것처럼 죽을 것 같은 고통을 느꼈다. 그러나 숨을 쉬기 위해 사투를 벌이는 그녀의 고통만큼 다급하지는 않았다. 윈스턴은 그녀가 지금 어떨지 알고 있었다. 죽을 만큼 고통스럽지만 먼저 숨부터 쉬어야 하기에 아직 그 고통을 느낄 겨를이 없을 것이다. 곧이어 사내 둘이 그녀의 무릎과 어깨를 잡아서 들어 올리더니 마치 부대 자루를 나르듯 밖으로 들고 나갔다. 윈스턴은 실려 나가는 그녀의 얼굴을 힐끗 보았다. 거꾸로 보이는 그녀의 얼굴은 샛노래진 채 잔뜩 일그러져 있었고 눈은 이미 감겨 있었으며 양쪽 뺨에는 아직도 연지 자국이 남아 있었다. 그것이 그가 본 그녀의 마지막 모습이었다.

윈스턴은 죽은 듯 꼼짝 않고 서 있었다. 아직은 아무도 그를 때리지 않았다. 아무런 쓸모도 없는 생각들이 제멋대로 떠올랐다가 금세 사라졌다. 채링턴 씨도 잡혔을까? 저자들이 안마당에 있던 그 아낙네에게 무슨 짓을 한 걸까? 순간 오줌이 몹시 마려웠다. 화장실에 다녀온 지 불과 두서너 시간밖에 되지 않았는데 웬일인가 싶었다. 벽난로 선반에 있는 시계가 9시, 즉 21시를 가리키고 있었다. 그런데 아직도 햇볕이 아주 쨍쨍했다. 아무리 8월의 저녁이래도 21시면 어둑해져야 하는 게 아닌가? 윈스턴은 자기와 줄리아가 시간을 잘못 안 것이 아닌가 하고 생각했다. 시계가 한 바퀴 돌 때까지 자는 통에 실제로는 다음 날 아침 8시 30분인데 20시 30분으로 착각한 게 아닐까 싶었다. 그러나 그는 더 이상 생각하지 않았다. 아무래도 상관없었다.

복도에서 다시 가벼운 발소리가 들려왔다. 이윽고 채링턴 씨가 방 안으로 들어섰다. 검은 제복을 입은 사내들의 태도가 갑자기 고분고분해졌다. 그러고 보니 채링턴 씨의 외모가 조금 달라 보였다. 그의 시선이 유리 서진의 파편에 꽂혔다.

"저 파편들 치워."

그가 날카롭게 말했다.

한 사내가 허리를 굽혀 명령에 따랐다. 런던내기 특유의 사투리도 없어졌다. 윈스턴은 문득 몇 분 전에 텔레스크린에서 흘러나왔던 목소리가 누구의 목소리였는지 깨달았다. 채링턴 씨는 아직도 낡은 벨벳 재킷을 입고 있었지만 거의 백발이나 다름없던 머리칼은 검은색으로 변해 있었다. 안경도 쓰고 있지 않았다. 그는 윈스턴이 맞는지 확인하듯 날카로운 눈초리로 딱 한 번 힐끗 쳐다봤을 뿐 그에게는 두 번 다시 눈길도 주지 않았다. 그는 여전히 채링턴 씨였지만 더 이상 예전과 같은 사람이 아니었다. 몸이 꼿꼿해져서 그런지 좀 더 커 보였다. 얼굴은 변한 게 거의 없었지만 인상은 전혀 딴판이었다. 검은 눈썹은 숱이 조금 적어졌고 주름살은 없어졌으며 전체적인 얼굴선도 달라져 있었다. 심지어 길었던 코마저 짧아진 것 같았다. 한마디로 서른댓 살 먹은 남자의 빈틈없고 무정한 얼굴이었다. 윈스턴은 태어나서 처음으로 사상경찰을 눈앞에서, 그것도 누구인 줄 뻔히 알면서 보고 있구나, 하고 생각했다.

3부

1

그는 자기가 어디에 와 있는지 알지 못했다. 애정부 내부가 아닐까 싶었지만 확인할 도리가 없었다.

그는 천장은 높고 창문 하나 없는데 벽은 온통 번쩍거리는 하얀색 타일로 덮여 있는 감방 안에 있었다. 간접등의 차가운 불빛이 방 안을 가득 비추는 가운데 통풍구가 돌아가는지 낮게 윙윙거리는 소리가 끊임없이 들렸다. 문이 있는 쪽 벽만 제외하고 나머지 벽에는 한 사람이 겨우 앉을 만한 크기의 의자인지 선반인지가 죽 놓여 있고 문 맞은편 끝에는 나무 재질의 깔개도 없는 변기가 있었다. 그리고 벽마다 텔레스크린이 하나씩 설치돼 있었다.

윈스턴은 배가 무지근하게 아팠다. 그들이 지붕을 씌운 죄인 호송차에 짐짝처럼 던져 넣어 싣고 올 때부터 줄곧 그랬다. 그러나 배도 고픈 터라 허기진 배가 마치 속을 갉아 먹히는 것처럼 쓰렸다. 식사를 못 한 지 스물네 시간이나 서른여섯 시간쯤 됐지 싶었다. 그는 그때까지도 자신이 체포됐을 때가 아침이었는지 저녁이었는지 알 수가 없었다. 어쩌면 영원히 알 수 없을지도 모른다. 여하튼 체포된 이후 아무것도 먹지 못했다.

그는 비좁은 의자에 앉아 무릎에 손을 포개어 올려놓은 채 최대한 가만히 있었다. 그는 이미 가만히 앉아 있는 법을 터득한 터였다. 어쩌다가 무심코 움직일라치면 텔레스크린에서 가차 없이 고함이 터져 나왔다. 그러나 음식을 먹고 싶은 마음은 점점 커지기만 했다. 그 순간 그가 가장 갈망한 것은 한 조각의 빵이었다. 작업복 주머니에 빵 부스러기라도 조금 남아 있지 않을까 생각할 정도였다. 이따금 다리에 무언가 가볍게 닿는 것으로 보아 꽤 큰 빵 조각이 있을 것도 같았다. 결국 한번 뒤져보고 싶은 마음에 두려움도 무릅썼다. 그는 슬그머니 주머니에 손을 밀어 넣었다.

"스미스! 6079 스미스 W! 감방에서는 주머니에 손을 넣지 마라!"

텔레스크린의 목소리가 큰 소리로 윽박질렀다.

윈스턴은 다시 두 손을 무릎에 포개고 가만히 앉아 있었다. 그가 이곳으로 이감되기 전에 있었던 수용소는 일반 죄수들을 수감하는 곳이거나 순찰대가 사용하는 임시 유치장이었던 것 같다. 그는 자기가 그곳에 얼마나 있었는지 몰랐다. 어쨌든 몇 시간 정도는 있었을 것이다. 시계도 없고 햇빛도 들어오지 않는 곳이라 시간을 가늠하기가 어려웠다. 그곳은 시끄럽고 악취가 진동했다. 먼저 수감됐던 곳은 지금 있는 곳과 비슷했지만 지독하게 더러웠고 열 명에서 열다섯 명의 죄수들로 바글거렸다. 그들은 대부분 일반범이었지만 개중에는 정치범도 몇 있었다. 그는 더러운 몸뚱이들에 떠밀려 벽에 기댄 채 조용히 앉아 있었고 공포와 복통 때문에 주변을 신경 쓸 여유도 없었다. 그러나 그 와중에도 당원 죄수들과 일반인 죄수들이 뚜렷하게 차이가 난다는 것을 알아채고 깜짝 놀랐다. 당원 죄수들은 잔뜩 겁먹은 표정으로 조용히 있었으나 일반인 범죄자들은 누구에게든 관심이 전혀 없었다. 그들은 간수들에게 큰 소리로 욕을 하는가 하면, 소지품을 빼앗길 때 사납게 달려들어 대거리를 하기도 했고, 바닥에 음란한 낙서를 하기도 했으며, 옷 속에 감쪽같이 숨겨 가지고 온 음식들을 꺼내 먹기도 했다. 텔레스크린이 질서를 잡으려 하면 되레 더 큰 소리로 텔레스크린의 소리를 압도해버리기도 했다. 게다가 일부 죄수들은 간수들과 사이가 좋은 듯 그들을 별명으로 부르며 알랑거려 문에 달린 감시 구명을 통해 담배를 얻으려고도 했다. 간수들 또한 일반범들에게는 확실히 관대하게 대하는 면이 있어 거칠게 다뤄야 할 때도 적당히 넘어가곤 했다. 대부분의 죄수가 강제노동수용소로 이송될 예정이라서 그런지 감방 안에서도 강제노동수용소가 단연 화제의 중심이었다. 윈스턴이 그때 주워들은 정보에 따르면, 수용소에서도 인간관계를 잘 맺어 줄만 잘 잡으면 '지낼 만하다'고 했다. 그곳에도 뇌물과 특혜 그리고 온갖 종류의 공갈은 물론 동성애와 매춘도 있으며 심지어 감자로 빚은 밀주까지 있다고 했다. 수용소에서 책임 있는 지위는 오직 일반범들에게, 그중에서도 특히 강도범과 살인범들에게만 주어져 이들이 일종의 귀족 사회를 형성하고 있다고 했다. 반면에 온갖 더러운 일은 정치범들이 도맡아 한다고 했다.

가지각색의 죄수들이 끊임없이 들락거렸다. 마약상, 도둑, 강도, 암시장 상인, 주정뱅이, 그리고 매춘부까지 있었다. 일부 주정뱅이들은 어찌나 난폭하게 구는지 다른 죄수들이 모조리 달라붙어 제압해야만 했다. 한번은 예순 살쯤 됐을 법한 덩치 큰 여자가 형편없는 몰골로 네 명의 간수에게 팔다리를 잡힌 채 끌려 들어왔다. 어디서 싸움을 하다 왔는지 두툼하게 틀어 올렸던 흰 머리칼은 풀어 헤쳐져 봉두난발이 따로 없었고 끌려오면서 발버둥을 치고 악을 써댈 때마다 커다란 젖가슴이 출렁거렸다. 간수들이 자신들을 향해 줄곧 발길질을 해대는 그녀의 발에서 부츠를 비틀어 벗겨낸 다음 그녀를 패대기친 것이 그만 윈스턴의 무릎 위로 떨어져 윈스턴은 넓적다리뼈가 부러지는 듯한 아픔을 느꼈다. 여자는 몸을 일으켜 기어코 간수들에게 "야, 이 개새끼들아!"라고 욕을 퍼부었다. 그러고 나서야 울퉁불퉁한 곳에 앉아 있다는 것을 알아챘는지 윈스턴의 무릎에서 슬며시 내려와 의자에 앉았다.

"자기, 미안하게 됐수. 내가 일부러 자기 무릎에 앉으려고 한 게 아니라 저놈들이 거기다 놨지 뭐유. 저놈들은 숙녀를 어떻게 대해야 하는지 통 모른다니까. 안 그렇수?"

그녀는 거기까지 말한 다음 가슴을 두드리더니 트림을 했다.

"미안하우. 내가 상태가 좀 안 좋아서."

그녀는 몸을 앞으로 굽히더니 바닥에 잔뜩 토했다.

"이제 좀 살 것 같네."

그녀가 눈을 감고 상체를 뒤로 젖히며 말했다.

"속이 부대껴 혼났거든. 자기도 속이 안 좋을 땐 시원하게 토해버려."

여자는 이제 기운이 나는지 고개를 돌려 윈스턴을 다시 한 번 쳐다보았다. 아무래도 첫눈에 그가 마음에 든 모양이었다. 그녀는 거대한 팔로 윈스턴의 어깨를 감싸더니 자기 쪽으로 끌어당겼다. 그러고는 윈스턴의 얼굴에 술과 토사물 냄새를 훅 내뿜었다.

"자기 이름은 뭐지?"

그녀가 물었다.

"스미스입니다."

윈스턴이 대답했다.

"스미스? 웃기는군. 내 이름도 스미스인데. 내가 자기 엄마일지도 모르겠는걸!"

윈스턴은 그녀가 자신의 어머니일 수도 있겠다고 생각했다. 나이도 얼추 맞고 체격도 비슷하다. 강제노동수용소에서 20년을 지내면 그렇게 변할 수도 있겠다 싶었다.

그 여자 외에는 누구도 그에게 말을 걸지 않았다. 정말이지 일반 죄수들은 놀라우리만치 당원 죄수들을 무시했다. 그들은 당원 출신 죄수들을 안중에도 없다는 듯 경멸하는 투로 '정범政犯'이라 불렀다. 당원 출신 죄수들은 누구에게든 말 걸기를 겁냈으나 무엇보다도 자기들끼리 말하는 것을 제일 두려워하는 것 같았다. 윈스턴은 딱 한 번 두 명의 여자 당원이 의자에 꼭 붙어 앉아 다른 사람들이 시끄럽게 떠드는 틈을 타 급히 몇 마디 소곤거리는 것을 엿들은 적이 있었다. 그들은 특히 '101호실'에 관한 이야기를 했는데 당시에는 윈스턴도 그게 뭔지 몰랐다.

그가 지금의 감방으로 이감된 지 두세 시간쯤 지난 것 같았다. 배가 살살 아픈 것이 가라앉을 기미가 안 보였다. 조금 나아졌다가도 다시 아파지기를 반복할 때마다 그의 생각도 넓어졌다가 좁아지기를 되풀이했다. 고통이 심해지면 배가 아프다는 사실 자체와 음식이 먹고 싶다는 생각밖에 들지 않았다. 반면에 복통이 조금 가라앉으면 공포에 사로잡혔다. 앞으로 자신이 겪을 일들을 생각할 때마다 심장이 벌렁거리고 숨이 막혔다. 곤봉으로 팔꿈치를 맞고 징 박은 군화에 정강이를 차이는 기분이 들었다. 또 바닥을 데굴데굴 구르면서 부러진 이 사이로 살려달라고 비명을 지르는 자신의 모습이 보이는 것 같았다. 그러나 줄리아 생각은 거의 하지 않았다. 그녀에게 전념할 수가 없었다. 그는 그녀를 사랑했고 배신하지도 않을 터였다. 하지만 그것은 그가 알고 있는 수학 공식처럼 알려진 하나의 사실에 불과했다. 그녀를 사랑하는 마음이 전혀 느껴지지 않았다. 그래서 그런지 그녀가 무슨 일을 겪고 있을지 궁금한 생각마저 거의 들지 않았다. 오히려 한 줄기 남은 희망처럼 오브라이언이 더 많이 생각났다. 오브라이언은 틀림없이 그가 체포됐다는 것을 알고 있을 것이다. 오브라이언의 말에 따르면, 형제단은 단원들을 구하러 나서는 법이 없다고 했다. 그러나 면도날은 있었다. 형제단은 할 수만 있다면 면도날을 보내줄 것이다. 간수들이 감방 안으로 달려 들어오기 전에 5초 정도는 여유가 있으리라. 면도날이 화끈하면서도 서늘하게 그의 몸을 베고 나면 면도날을 집고 있던 손가락까지도 뼈마디가 잘려 나갈 것이다. 모든 게 그의 병든 몸에 달려 있었다. 그의 몸은 조금만 아파도 덜덜 떨며 움츠러들었기 때문이다. 설령 그에게 기회가 온다 해도 정말로 면도날을 사용할 수 있을지 확신할 수 없었다. 그의 몸 상태로는 순간순간을 버티며 사는 것이 더 자연스러울 듯싶었다. 비록 10분이 지나고 나면 고문을 받을 게 확실하다 해도 그 10분을 더 사는 쪽을 선택할 것 같았다.

때때로 그는 감방 벽의 타일 개수를 세어보려 했다. 그런 것쯤이야 당연히 식은 죽 먹기이지만 그는 번번이 어느 지점까지 가서 앞서 센 개수를 잊어버리곤 했다. 그는 현재 있는 곳이 어디이며 오늘이 며칠일까 생각해보는 일이 잦았다. 어느 순간에는 밖이 훤한 대낮이라고 확신하다가도 다시 또 깜깜한 밤일 것 같은 느낌이 들었다. 그는 본능적으로 지금 있는 감방에 전등불이 꺼지는 법은 결코 없으리라는 것을 알았다. 한마디로 이곳은 어둠이 없는 곳이었다. 그제야 오브라이언이 왜 어둠이 없는 곳에서 만나게 될 거라고 했는지 알 것 같았다. 애정부에는 창문이 하나도 없었다. 그가 갇혀 있는 감방은 애정부 건물의 중심부에 있거나 외벽에 접해 있을 것 같았다. 어쩌면 지하 10층이나 지상 30층일 수도 있다. 그는 머릿속으로 이곳저곳을 돌아다니며 몸의 느낌으로 자신이 공중에 높이 떠 있는지 아니면 땅속에 깊이 묻혀 있는지 알아내려 했다.

문밖에서 누군가를 끌고 오는 군홧발 소리가 들렸다. 곧이어 덜

컹하고 철문이 열렸다. 말쑥한 검은 제복 차림의 젊은 장교가 민첩하게 걸어 들어왔다. 윤이 나는 가죽 때문인지 그의 온몸은 번쩍거리는 것 같았고 파리한 낯빛의 무표정한 얼굴은 마치 밀랍으로 만든 가면처럼 보였다. 그는 밖에 있는 간수들에게 끌고 온 죄수를 들여보내라고 명령했다. 시인 앰플포스가 비트적거리며 감방 안으로 들어왔다. 문이 철커덩하고 다시 닫혔다.

앰플포스는 밖으로 나가는 문이 따로 있을 거라 생각했는지 머뭇거리며 이쪽저쪽 한두 번 살펴보더니 감방 안을 왔다 갔다 했다. 그는 아직 윈스턴이 있는 줄 모르는 것 같았다. 불안한 눈으로 윈스턴의 머리 위쪽으로 1미터가량 떨어진 벽면을 멀거니 쳐다보았다. 신발은 어디로 갔는지 구멍 난 양말 사이로 때 낀 커다란 발가락이 삐죽 나와 있었다. 그 역시 여러 날 면도를 못 한 모양이었다. 덥수룩한 턱수염이 광대뼈까지 뒤덮고 있는 탓에 흉악범 같은 인상을 풍겼는데, 허우대만 컸지 약해빠진 데다 초조해하는 몸짓과 이상하게도 어울렸다.

윈스턴은 무기력 상태에서 벗어나 조금 정신을 차렸다. 앰플포스에게 어떻게든 말을 걸어야만 했기에 텔레스크린에서 고함을 치든 말든 한번 부딪쳐 보기로 했다. 어쩌면 앰플포스가 면도날을 가지고 있을지도 모를 일이었다.

"앰플포스."

윈스턴이 불렀다.

텔레스크린에서는 아무런 소리도 나오지 않았다. 앰플포스가 약간 놀란 듯 멈칫했다. 그의 시선이 천천히 윈스턴에게 향했다.

"아, 스미스! 자네도!"

앰플포스가 말했다.

"자네가 어쩌다가 여기에 들어왔나?"

윈스턴이 물었다.

"사실, 그게 말이야……."

그가 윈스턴의 맞은편 의자에 앉으며 멋쩍은지 말끝을 흐렸다.

"죄래 봐야 한 가지밖에 더 있겠나?"

앰플포스가 말했다.

"그래서 자네가 그 죄를 범했다고?"

윈스턴이 물었다.

"아무래도 그런 것 같네."

앰플포스는 무언가 기억해내려는 듯 손을 이마에 갖다 대더니 잠시 관자놀이를 눌렀다.

"늘 있는 일이지."

그가 막연하게 운을 뗐다.

"한 가지 일이 생각나는데, 아무래도 그 일 때문인 것 같네. 분명히 경솔한 짓이었네. 우린 키플링의 시집 결정판을 제작 중이었지. 그런데 내가 한 행 끝에 'God(신)'이라는 말을 그대로 뒀거든. 그럴 수밖에 없었다네!"

그가 거의 분개한 표정으로 윈스턴을 올려다보며 덧붙였다.

"그 행을 바꿀 수는 없었네. 각운이 'rod(막대)'였거든. 모든 단어를 통틀어 'rod(막대)'에 각운이 맞는 단어가 열두 개밖에 없다는 거, 자네 아나? 며칠 동안 머리를 쥐어 싸매고 생각해봤지만 적당한 단어가 없더란 말일세."

그의 표정이 변했다. 괴로운 빛은 온데간데없고 잠시나마 기뻐 보이기까지 했다. 지적 흥분이랄까, 쓸데없는 사실을 알아낸 현학자의 환희로 더럽고 덥수룩한 수염에 뒤덮인 얼굴이 환히 빛났다.

"자네 그런 생각 해본 적 있나? 영국의 시문학사 전체가 영어에 동운어同韻語가 별로 없다는 사실에 좌우되어왔다는 것 말일세."

앰플포스가 물었다.

윈스턴은 그런 생각은 한 번도 해본 적이 없었다. 더구나 그런 상황에서 그게 그렇게 중요하거나 흥미롭게 생각되지도 않았다.

"자넨 지금 몇 시나 됐는지 아나?"

윈스턴이 물었다.

앰플포스는 다시 깜짝 놀란 표정을 지었다.

"그런 건 생각해보지 않았다네. 내가 체포된 게 그러니까 이틀 전이었나, 아니면 아마 사흘 전일 걸세."

앰플포스는 그렇게 대답한 뒤 어디에 창문이 하나쯤 있지 않을까 기대하는 눈빛으로 벽을 휙 훑어봤다.

"여기서는 밤낮의 차이가 없네. 시간을 어떻게 계산하는지도 모르겠어."

그들은 그런 식으로 몇 분 동안 잡담을 나눴는데, 별안간 이렇다 할 이유도 없이 텔레스크린이 조용히 하라며 소리쳤다. 윈스턴은 손을 포개고 조용히 앉아 있었다. 앰플포스는 체구가 커서 비좁은 의자에 편히 앉을 수가 없는지 몸을 이리저리 틀면서 안절부절못하며 가늘고 기다란 팔로 이쪽 무릎을 감쌌다 저쪽 무릎을 감쌌다 했다. 텔레스크린이 그에게 가만히 있으라며 고함쳤다. 그러는 사이 시간은 흘렀다. 20분이 지났는지 한 시간이 지났는지 가늠하기 어려웠다. 문밖에서 또다시 군홧발 소리가 들렸다. 윈스턴은 간이 쪼그라드는 것 같았다. 쿵쿵거리는 그 군홧발 소리가 머지않아, 이제 곧, 아마 5분 후면, 어쩌면 지금 그의 차례가 왔다고 알려주는 것 같았다.

문이 열렸다. 냉혹한 인상의 그 젊은 장교가 감방 안으로 들어왔다. 그는 다짜고짜 앰플포스를 가리켰다.

"101호실로."

앰플포스는 간수들 틈에 끼어 비틀거리며 걸어 나갔다. 표정이 어딘지 불안해 보였지만 상황 파악이 안 되는 모양이었다.

시간이 많이 흐른 것 같았다. 다시 배가 아팠다. 마치 같은 크기로 파인 연속된 홈을 따라 계속해서 떨어지는 공처럼 그의 생각은 힘없이 같은 궤도를 빙빙 맴돌았다. 오직 여섯 가지밖에 생각나지 않았다. 복통, 빵 한 조각, 피와 비명, 오브라이언, 줄리아, 면도날. 간이 또 한 번 쪼그라드는 것 같았다. 묵직한 군홧발 소리가 점점 가까이 들렸다. 이윽고 문이 열리자 뒤따라 들어온 바깥 공기를 타고 식은땀 냄새가 물씬 풍겨왔다. 파슨스가 감방 안으로 들어왔다. 그는 카키색 반바지와 운동복 셔츠를 입고 있었다.

이번에는 윈스턴이 깜짝 놀라 자기도 모르게 말이 튀어나왔다.

"자네까지 여기에!"

파슨스는 심드렁하게 놀라는 기색도 없이 고뇌에 가득 찬 시선으로 윈스턴을 힐끗 쳐다보았다. 그가 움죽거리며 이리저리 걷기 시작했는데, 아무래도 가만히 앉아 있는 게 불가능한 모양이었다. 그가 통통한 무릎을 쭉 펼 때마다 두 다리가 눈에 띄게 부들부들 떨렸다. 그는 중간쯤 떨어진 앞쪽에 저절로 시선이 가는 무언가가 있기라도 한 듯 두 눈을 동그랗게 뜨고 빤히 쳐다보았다.

"자넨 어쩌다 들어온 건가?"

윈스턴이 물었다.

"사상범죄!"

파슨스가 울먹이며 말했다. 그의 말투에서 자기 죄를 전적으로 인정하면서도 자신이 그런 죄목으로 붙잡혀 왔다는 게 믿기지 않는 듯한 공포가 담뿍 배어 나왔다. 그는 윈스턴 앞에 멈춰 서서 간절히 애원하기 시작했다.

"여보게, 그들이 날 총살하진 않겠지, 그렇지? 실제로 아무 짓도 안 한 사람을 총살하진 않을 거 아닌가. 생각만 한 것뿐인데 말이야. 생각이야 난들 어쩌겠는가? 항변할 기회를 줄 거야, 그렇고말고. 아, 정말 꼭 그렇게 해줄 거야! 그들도 내가 어떤 사람인지 알 테니까, 안 그런가? 자네도 내가 어떤 인간인지 알잖나. 나 같은 놈은 나쁜 짓 따윈 못 하지. 물론 머리가 잘 안 돌아가긴 하지만 열성적이지 않은가. 난 당을 위해 최선을 다했어. 5년만 살면 내보내 주지 않을까? 아니면 10년쯤? 나 같은 인간은 강제노동수용소에 가도 꽤 쓸모가 많을 거야. 딱 한 번 잘못했다고 날 총살하지야 않겠지."

"죄를 짓긴 한 건가?"

윈스턴이 물었다.

"물론 지었지! 당이 무고한 사람을 체포할 리가 없잖은가?"

파슨스는 비굴한 표정으로 텔레스크린을 힐끗 쳐다보며 말했다. 개구리같이 생긴 그의 얼굴이 점차 차분해지더니 급기야 도 닦는 사람 같은 표정이 되었다.

"여보게, 사상범죄란 무서운 걸세. 쥐도 새도 모르게 손을 뻗치지. 자기도 모르는 사이에 걸려들 수 있다네. 내가 어쩌다가 그 손아귀에 걸려든 줄 아나? 자다가 그랬지 뭔가! 정말이네, 진짜 그랬어. 나야 맡은 바를 다하려고 열심히 일했지. 속으로 불량한 생각을 할 줄은 꿈에도 몰랐다네. 그런데 내가 잠꼬대를 해대기 시작한 거야. 내가 뭐라고 한 줄 아나?"

그는 치료 때문에 어쩔 수 없이 외설스러운 말을 지껄여야 하는 사람처럼 잔뜩 소리 죽여 말했다.

"'빅 브라더를 타도하라!' 그래, 내가 그렇게 말했다네! 그것도 한두 번 한 게 아닌 모양이야. 여보게, 자네니까 하는 말인데 더 큰 죄를 짓기 전에 체포된 게 다행이다 싶다네. 내가 재판관 앞에 서면 뭐라고 할지 아나? '고맙습니다'라고 할 거라네. '너무 늦기 전에 저를 구해주셔서 고맙습니다'라고 말일세."

"자넬 고발한 사람은 누군가?"

윈스턴이 물었다.

"내 막내딸일세."

파슨스는 애써 비통한 표정을 감추며 자랑스레 말했다.

"열쇠 구멍으로 엿들었지. 내가 말하는 걸 듣고는 바로 다음 날 해가 뜨기 무섭게 순찰대에 달려갔다네. 일곱 살짜리 꼬맹이치고는 여간 똘똘한 게 아니지, 안 그런가? 신고했다고 해서 원망 같은 건 조금도 없다네. 사실 기특하지 뭔가. 하여간 내가 딸년 하나는 잘 키웠다니까."

그는 몇 차례 더 이리저리 움죽거리며 여러 번 변기 쪽을 애타게 쳐다봤다. 그러더니 갑자기 바지를 내렸다.

"미안하네, 친구. 어쩔 수가 없네. 많이 참아서 말이야."

그가 커다란 엉덩이를 드러낸 채 변기에 털썩 주저앉았다. 윈스턴은 두 손으로 얼굴을 가렸다.

"스미스! 6079 스미스 W! 얼굴에서 손을 떼라. 감방에서는 얼굴을 가리지 마라."

윈스턴은 얼굴에서 손을 뗐다. 파슨스가 요란스런 소리를 내며 푸지게 변을 보았다. 볼일을 다 끝내고 나니 물 내리는 장치가 말을 듣지 않았다. 그 후 몇 시간 동안 감방 안에는 지독한 악취가 진동했다.

파슨스도 나갔다. 이유는 알 수 없지만 이후로도 죄수들이 들락거렸다. 어느 여자 죄수는 101호실로 이감되었는데, 그녀는 '101호실'이란 말을 듣자 몸을 오그리면서 얼굴색이 변했다. 윈스턴이 감방에 들어온 때가 아침이었다면 지금은 오후일 테고 오후에 들어왔다면 한밤중일 터였다. 감방 안에는 남녀 여섯 명의 죄수가 있었다. 모두 아주 조용히 앉아 있었다. 윈스턴의 맞은편에는 턱 끝이 쑥 들어가고 이는 다 드러난, 덩치는 크지만 해롭지 않은 설치류처럼 생긴 남자가 앉아 있었다. 살찌고 얼룩덜룩한 볼의 아랫부분이 불룩한 게 마치 음식을 우물거리는 것 같았다. 그는 희끄무레한 눈으로 쭈뼛쭈뼛 이 사람 저 사람을 흘낏거리다가 막상 누구든 눈이 마주치면 재빨리 시선을 돌렸다.

문이 열리고 또 한 명의 죄수가 끌려 들어왔다. 윈스턴은 그의 외모를 보는 순간 오싹했다. 기술자였을 법한 그 남자는 사나운 인상이긴 하지만 평범하게 생긴 사람이었다. 그런데 얼굴이 깜짝 놀랄 정도로 수척했던 것이다. 해골이 따로 없었다. 너무 여윈 탓에 입과 눈은 생뚱맞게 커 보였는데, 특히 그의 두 눈은 누군가나 무언가를 향해 살기등등한 증오심으로 가득 차 있었다.

그 남자는 윈스턴이 앉은 자리에서 조금 떨어진 곳에 자리를 잡았다. 윈스턴은 그를 더 이상 쳐다보지 않았지만 고통에 찌든 그 해골 같은 얼굴이 바로 코앞에 있는 것처럼 생생하게 떠올랐다. 별안간 그 남자가 왜 그런 몰골인지 알 것 같았다. 그는 굶어 죽어가고 있는 것이다. 감방 안에 있던 다른 사람들도 거의 동시에 같은 생각을 한 모양이었다. 그 남자만 제외하고 감방 안이 약간 술렁거렸다. 턱 끝이 들어간 사내 역시 해골 같은 남자를 계속 흘끔거리다가 미안한지 고개를 돌렸다가도 어쩔 수 없는지 또다시 그 남자를 쳐다보았다. 그는 이내 안절부절못하기 시작했다. 마침내 그가 일어서서 어색하게 건너편으로 어기적어기적 걸어갔다. 그러고는 자기 작업복 호주머니에서 더러운 빵 한 조각을 꺼내 수줍게 그 해골 같은 남자에게 건넸다.

그때 갑자기 텔레스크린에서 귀청이 떨어질 듯한 고함이 터져나왔다. 턱 끝이 들어간 남자는 그 자리에서 움찔했다. 해골 같은 남자는 자기가 그 선물을 안 받았다는 것을 만천하에 보여주려는 듯 잽싸게 손을 등 뒤로 뺐다.

"범스테드! 2713 범스테드 J! 그 빵 조각을 버려라."

텔레스크린의 목소리가 윽박질렀다.

턱 끝이 들어간 남자가 빵 조각을 바닥에 떨어뜨렸다.

"그 자리에 그대로 서라. 문을 마주 보고 서. 더 이상 꼼짝 말고 있어."

텔레스크린의 목소리가 명령했다.

턱 끝이 들어간 남자가 명령에 따랐다. 그의 커다랗게 부푼 볼이 걷잡을 수 없이 흔들거렸다. 문이 철컹하고 열렸다. 젊은 장교가 감방 안에 들어와 옆으로 비켜서자 그 뒤에서 팔과 어깨가 엄청나게 큰 땅딸막한 남자가 나타났다. 그 남자는 턱 끝이 들어간 남자 앞에 떡 버티고 서더니 장교의 신호가 떨어지기 무섭게 온몸의 무게를 실어 그의 입을 무시무시하게 후려쳤다. 얼마나 세게 후려쳤는지 그의 몸이 바닥에 닿을 겨를도 없이 건너편으로 내던져져 변기 밑으로 툭 떨어졌다. 턱 끝이 들어간 남자는 기절했는지 잠시 그대로 누워 있었는데, 입과 코에서 검붉은 피가 흘러나왔다. 그에게서 저도 모르게 흐느낌인지 신음인지가 아주 희미하게 새어 나왔다. 이윽고 그가 몸을 뒤집더니 두 손과 두 무릎을 짚고 비틀거리며 일어났다. 그의 입에서 두 동강 난 의치가 피와 침에 섞여 떨어졌다.

죄수들은 무릎 위에 손을 포갠 채 쥐 죽은 듯 앉아 있었다. 턱 끝이 들어간 남자는 다시 자기 의자로 기어 올라갔다. 얼굴 한쪽이 시커멓게 멍들어 있었다. 그의 입은 부풀어 올라 가운데 검은 구멍이 있을 뿐 형체를 알아볼 수 없는 버찌 색깔의 덩어리처럼 보였다. 이따금 작업복 가슴께로 작은 핏방울이 톡 하고 떨어졌다. 그의 희끄무레한 눈은 여전히 이 사람 저 사람을 흘끗거렸다. 마치 망신을 당한 자신을 다른 사람들이 얼마나 깔보고 있는지 알아내려는 듯 조금 전보다 더 켕기는 표정으로 사람들 얼굴을 살폈다.

문이 열렸다. 그 젊은 장교가 간단한 손짓으로 해골 얼굴을 가리켰다.

"101호실로."

장교가 말했다.

윈스턴의 옆쪽에서 놀라 허둥대는 기척이 느껴졌다. 그 남자가 바닥에 무릎을 꿇고 두 손 모아 애원했다.

"동무! 장교 동무! 전 이제 안 가도 되잖아요. 이미 다 말했잖아요. 뭘 더 알고 싶은데요? 전부 다 자백했어요, 전부 다요! 뭐든 말만 해주세요. 그럼 곧장 자백할게요. 조서라도 쓰라면 쓸게요. 뭐든 다 할게요! 그러니 101호실만은 데려가지 마세요."

"101호실로."

장교가 다시 말했다.

이미 사색이 돼버린 그 남자의 얼굴이 어떻게 저런 색깔이 있을까 싶게 이상한 빛깔로 변했다. 그것은 분명히 초록색 계통의 색깔이었다.

"어디 마음대로 해봐."

그가 악을 쓰듯 외쳤다.

"당신들은 날 몇 주 동안이나 굶겼어. 이젠 그딴 짓 그만하고 그냥 죽여. 총살하란 말이야. 아니면 목을 매 죽이든가. 25년 형을 내리든지. 내가 불어줬으면 싶은 사람이 또 있나? 누군지 말만 해줘. 그럼 원하는 대로 다 말해줄게. 그게 누구든 당신들이 그 사람에게 뭔 짓을 하건 상관없어. 난 마누라에다 애가 셋이나 있어. 제일 큰놈이 여섯 살도 안 됐어. 그것들을 몽땅 잡아다가 내 눈앞에서 목을 따고 싶으면 그렇게 해. 난 옆에서 지켜볼 테니까. 하지만 101호실만은 안 돼!"

"101호실로."

장교가 또 한 번 말했다.

그 남자는 자기 대신 끌려갈 사람을 찾으면 된다고 생각한 듯 미친 듯이 다른 죄수들을 둘러보았다. 그러다 턱 끝이 들어간 남자의 뭉개진 얼굴에 시선이 멈췄다. 그는 깡마른 팔을 쑥 내밀며 소리쳤다.

"끌고 가야 할 사람은 내가 아니고 저 작자요! 얼굴을 얻어터진 다음에 저 작자가 뭐라고 말했는지 알아요? 나더러 말해보라고 하면 한 마디도 안 빼고 다 말할게요. 저자가 당에 반대하는 사람이에요, 내가 아니라."

간수들이 앞으로 나섰다. 그 남자가 새된 목소리로 외쳤다.

"저 사람이 뭐라 했는지 못 들어서 그래요! 텔레스크린이 고장났나 봐요. 당신들이 원하는 건 저 사람이에요. 저자를 데려가요,

나 말고!"

두 명의 건장한 간수가 그의 팔을 잡아 일으키려고 몸을 숙였다. 바로 그때 그가 건너편으로 몸을 날려 의자를 받치는 쇠다리를 꽉 움켜쥐었다. 그는 말 못 하는 짐승처럼 울부짖었다. 간수들이 그를 비틀어 떼어내려고 했지만 그는 엄청난 힘으로 그것을 붙들고 매달려 있었다. 아마 그렇게 20초가량 실랑이를 했을 것이다. 나머지 죄수들은 무릎에 손을 포갠 채 조용히 앉아 앞만 똑바로 쳐다보고 있었다. 이윽고 울부짖는 소리가 그쳤다. 남자는 오직 매달려만 있을 뿐 숨 쉴 힘마저 없어 보였다. 잠시 후 다른 종류의 울음소리가 터져 나왔다. 간수 하나가 구둣발로 그의 손가락을 밟아 부러뜨린 것이다. 간수들이 그의 발을 질질 끌어당겼다.

"101호실로."

장교가 명령했다.

그 남자는 머리를 푹 수그린 채 짓이겨진 손을 어루만지며 더 이상 싸울 의지도 없는 듯 비틀거리며 끌려 나갔다.

시간이 한참 흘렀다. 해골 같은 남자가 끌려 나간 때가 한밤중이었다면 아침이 되었을 테고, 그때가 아침이었다면 오후가 되었을 시간이었다. 윈스턴은 혼자 있었다. 벌써 몇 시간째 혼자였다. 비좁은 의자에 앉아 있느라 몸이 힘들어서 도저히 참을 수 없겠다 싶으면 간간이 일어나 감방 안을 이리저리 돌아다녔다. 텔레스크린은 아무런 질책도 하지 않았다. 턱 끝이 들어간 사내가 떨어뜨린 빵 조각은 아직도 그 자리에 그대로 있었다. 처음에는 그것을 쳐다보지 않으려고 갖은 애를 썼지만 이제는 배고픈 것도 잊을 만큼 목이 말랐다. 입안이 끈적거리고 몹시 텁텁했다. 윙윙거리는 소리와 변함없이 하얗게 빛나는 전등 때문에 기절했을 때처럼 머릿속이 텅 빈 것 같았다. 그는 뼈가 배겨 쿡쿡 쑤시는 게 도저히 견디기 어려워 일어나려 했지만 너무 어지러워서 제대로 서 있을 수가 없어 곧바로 주저앉곤 했다. 신체적 감각이 조금 돌아온다 싶으면 공포가 되살아났다. 그는 가끔 꺼져가는 희망을 부여잡고 오브라이언과 면도날을 생각했다. 먹을 것을 받게 된다면 그 안에 면도날이 숨겨져 있을 것이다. 아주 어렴풋이 줄리아 생각도 했다. 어딘가에서 자기보다 훨씬 심하게 고통받고 있을 것 같았다. 그녀는 이 순간 아파서 비명을 지르고 있을지도 몰랐다. 그는 다음과 같이 생각했다. '내가 두 배로 고통받는 대신 줄리아를 구할 수 있다면 선뜻 그렇게 할 것인가? 물론 그렇게 할 것이다.' 그러나 그것은 그저 그래야 한다고 알고 있기 때문에 내린 이성적인 결정일 뿐이었다. 실제로 그럴 것 같지는 않았다. 그곳에서는 고통과 고통이 있으리라는 예감만 느낄 수 있을 뿐이었다. 게다가 실제로 고통을 당하고 있는 마당에 무슨 이유로든 더 큰 고통을 달라고 바랄 수 있겠는가? 그 문제에 대해서는 아직 대답할 수가 없었다.

군홧발 소리가 다시 가까이 들렸다. 문이 열렸다. 오브라이언이 들어왔다.

순간 윈스턴은 벌떡 일어났다. 눈앞의 상황에 충격을 받은 나머지 조심해야 한다는 생각 따위는 까맣게 잊어버렸다. 실로 수년 만에 처음으로 텔레스크린의 존재를 깡그리 잊게 된 것이다.

"당신도 잡혔군요!"

"벌써 예전에 잡혔지."

오브라이언이 상냥하지만 애석한 듯 비꼬아 말했다. 그가 옆으로 비켜서자 뒤에서 어깨가 떡 벌어진 간수가 기다란 검은색 곤봉을 든 채 나타났다.

"윈스턴, 자넨 이렇게 될 줄 알고 있었네. 자신을 속이지 말게. 자넨 알고 있었어. 언제나 알고 있었던 거야."

오브라이언이 말했다.

그렇다. 윈스턴은 그제야 깨달았다. 자신은 항상 알고 있었던 것이다. 그러나 그 사실에 대해 생각해볼 시간이 없었다. 그의 눈에는 오직 간수가 들고 있는 곤봉만 보였다. 그 곤봉은 어디든 내려칠 터였다. 정수리든, 귓바퀴든, 팔이든, 팔꿈치든······.

결국 팔꿈치였다! 그는 마비된 듯 무릎을 꿇고 털썩 주저앉아 다른 한 손으로 팔꿈치를 움켜잡았다. 갑자기 눈앞이 노래졌다. 한 대 맞았다고 이렇게 아플 줄은 몰랐다! 눈앞이 다시 밝아지자 그를 내려다보는 두 사람이 보였다. 곤봉을 휘두른 간수는 그가 고통에 못 이겨 몸을 뒤트는 모습을 보며 킬킬 웃었다. 어쨌든 한 가지 질문에 대한 답은 나온 셈이었다. 천하에 어떤 이유로도 더 큰 고통을 받고 싶을 사람은 결코 없을 것이다. 고통과 관련해 딱 한 가지 바랄 게 있다면 그것은 고통이 멈췄으면 하는 것뿐이다. 세상에 육체적 고통보다 더 괴로운 것은 없다. 고통 앞에서는 영웅도 없다. 제아무리 영웅이라도 당해낼 재간이 없다. 윈스턴은 결딴나 버린 왼팔을 부질없이 움켜쥔 채 바닥에서 버르적거리며 그 생각을 하고 또 했다.

2

윈스턴은 야전침대 같은 곳에 누워 있었다. 그런데 침대치고는 좀 높았고 어떻게 했는지는 모르겠지만 몸을 꿈쩍도 못하게 단단히 고정해놓은 상태였다. 평소에 보던 것보다 훨씬 강렬한 불빛이 그의 얼굴을 줄기차게 비추는 가운데 오브라이언이 그의 한쪽 옆에 서서 그를 골똘히 내려다보고 있었다. 다른 쪽 옆에서는 흰 가운을 입은 남자가 피하 주사기를 들고 서 있었다.

눈을 뜬 후에도 주변을 알아보기까지 시간이 조금 걸렸다. 마치 해저 세계처럼 아주 다른 세상에서 그 방으로 헤엄쳐 올라온 기분이었다. 그런 세상에 얼마나 머물다 왔는지는 그도 잘 몰랐다. 이곳으로 잡혀 온 순간부터 낮과 밤을 보지 못했다. 게다가 그의 기억마저 뚝뚝 끊어져 있었다. 잠잘 때처럼 의식이 완전히 정지해 멍해 있다가 다시 정신이 돌아온 적도 몇 번 있었다. 그러나 멍해 있던 시간이 며칠인지 몇 주인지 아니면 단 몇 초였는지 알 도리가 없었다.

처음 팔꿈치를 얻어맞은 순간부터 악몽이 시작되었다. 나중에야 깨닫고 보니 그때 일어났던 모든 일은 대부분의 죄수가 겪는 일상적인 예비심문에 지나지 않았다. 모든 죄수가 당연히 자백해야만 하는 죄목에는 첩보 활동이나 파괴 공작 등 여러 가지가 있었다. 자백은 형식에 지나지 않았고 진짜 목적은 고문이었다. 매를 몇 대나 맞고 얼마나 오랫동안 계속해서 맞았는지는 기억할 수가 없었다. 항상 검은 제복을 입은 대여섯 명의 남자가 동시에 그를 때렸다. 주먹질은 기본이고 어떤 때는 곤봉이나 쇠몽둥이로 때렸으며 군홧발로 찰 때도 있었다. 때때로 그는 짐승처럼 창피한 줄도 모르고 바닥을 데굴데굴 구르며 이리저리 몸부림치면서 발길질을 피해보려고 헛되이 안간힘을 썼다. 하지만 그럴수록 매만 더 벌어 갈비뼈, 복부, 팔꿈치, 정강이, 사타구니, 불알, 척추

맨 아랫부분의 뼈 등에 마구 발길질을 당했다. 때로는 매질이 끝도 없이 이어지다 보니 가장 잔인하고 사악하며 용서할 수 없는 것은 계속해서 그를 때리는 간수들이 아니라 저절로 정신을 잃지 못하는 자신인 것만 같았다. 어떤 때는 너무 겁에 질린 나머지 때리기도 전에 살려달라고 애원했으며, 또 어떤 때는 때리려고 주먹을 들어 올리는 것만 봐도 진짜든 거짓이든 가리지 않고 자기 죄를 모조리 자백하기도 했다. 반면에 처음부터 아무것도 자백하지 않으리라 단단히 결심할 때도 있었다. 그럴 때면 고통으로 헐떡거릴 때까지 얻어맞고 나서야 겨우 한 마디씩 자백하곤 했다. 또 다른 때에는 무기력하게 타협할 작정으로 "자백은 하겠지만 지금은 아니야. 아파서 더 이상 참을 수 없을 때까지 버텨야 해. 세 대만 더 참아보자. 아니, 두 대만 더 참아보자. 그런 다음에 그들이 원하는 대로 말해주자"라고 혼잣말을 하기도 했다. 때때로 그는 거의 일어설 수도 없을 만큼 얻어맞은 다음 감자 자루처럼 감방의 돌바닥에 내동댕이쳐져 몇 시간 동안이나 방치돼 있다가 기력을 찾으면 다시 끌려가 두들겨 맞았다. 기력을 찾을 때까지 한참 걸릴 때도 있었다. 그럴 때면 주로 잠이 들거나 기절한 상태라서 막상 그때의 기억은 흐릿할 뿐이었다. 그가 비교적 뚜렷하게 기억하는 것들은 감방 벽에서 튀어나온 선반 같던 판자 침대와 양철 세숫대야, 그리고 뜨거운 수프에 빵에 가끔 커피까지 곁들여졌던 식사였다. 퉁명스러운 이발사가 턱수염을 밀어주고 머리를 잘라주던 일도 기억났다. 그리고 흰 가운을 입은 인정머리 없이 생긴 남자가 사무적으로 맥박을 재고, 가볍게 톡톡 두드려 그의 반사작용을 체크해보고, 그의 눈꺼풀을 까뒤집어 보고, 부러진 뼈가 있는지 손가락으로 온몸을 세게 눌러보고, 팔에 수면제를 주사했던 일도 기억하고 있었다.

매질을 당하러 끌려가는 횟수는 조금씩 줄어들었다. 그러나 그의 대답이 만족스럽지 않을 때면 언제든 또 두들겨 맞을 수 있었기 때문에 그렇게 줄어든 것마저 협박이나 공포로 다가왔다. 이제 그를 심문하는 사람들은 검은 제복을 입은 불한당들이 아니라 동작이 잽싸고 번쩍거리는 안경을 썼으며 체구가 작고 땅딸막한 당내 지식인들이었다. 윈스턴이 생각하기에 확실하지는 않지만 그들은 열 시간에서 열두 시간씩 교대로 그를 심문하는 것 같았다. 새로 바뀐 이 심문관들은 지속적이면서도 비교적 가벼운 고통을 주긴 했지만 전적으로 고통에만 초점을 맞춘 것은 아니었다. 그들은 뺨을 때리고, 귀를 비틀거나, 머리카락을 잡아당기거나, 한 발로 서 있게 하거나, 오줌을 못 누게 하거나, 얼굴에 강렬한 빛을 쬐어서 눈물이 나게 했다. 그들이 이런 고문을 하는 목적은 그를 모욕함으로써 그가 자신의 주장을 펴고 논리적으로 생각하는 힘을 없애기 위한 것이었다. 그들의 진짜 무기는 몇 시간이고 계속되는 무자비한 질문 공세였다. 그들은 정신없이 질문을 던져 그가 잘못 말하게 하고 함정을 파놓는가 하면 그가 말하는 것마다 꼬투리를 잡거나 그의 말이 전부 거짓말이거나 자기모순이라고 몰아붙여 끝내 그가 수치심뿐만 아니라 신경쇠약으로 눈물을 흘리게 했다. 오죽하면 한 번 심문하는 동안에 여섯 번이나 눈물을 흘린 때도 있었다. 그들은 심문 시간 대부분을 그에게 욕을 퍼붓거나 그가 대답을 주저할 때마다 간수들에게 다시 넘기겠다고 협박했다. 하지만 갑자기 말투를 바꿔 그를 동지라 부르며 '영사'와 빅 브라더의 이름을 들먹여가면서 그에게 호소하는가 하면, 애석하다는 표정으로 그에게 자신이 저지른 악행을 되돌리고 싶은 마음이 들 만큼 당에 대한 충성심이 아직 남아 있지 않겠냐고 물어보기도 했다. 그렇게 몇 시간이고 계속되는 심문에 시달린 끝에 그의 신경이 완전히 너덜너덜해지고 나면 그 정도의 호소에도 눈물 콧물을 쏟기 마련이었다. 결국 간수들의 발길질이나 주먹질보다 집요하게 잔소리를 늘어놓는 그들의 목소리에 질려 그는 완전히 허물어지고 말았다. 그는 그저 그들이 시키는 대로 입을 벌려 말하고 손을 굴려 서명하는 기계가 돼버렸다. 그의 유일한 관심은 그들이 원하는 내용을 알아내 그들이 다시 못살게 굴기 전에 냉큼 자백해버리는 것이었다. 그는 고위급 당원들 암살, 선동적인 팸플릿 배포, 공금횡령, 군사기밀 판매, 그리고 각종 파괴 공작을 자행했다고 자백했다. 또 오래전 1968년에 동아시아 정부의 돈을 받고 간첩 활동을 벌였다고도 털어놓았다. 그뿐만 아니라 자신은 독실한 종교인이고 자본주의 찬미자이며 성도착자라고도 고백했다. 한술 더 떠 자신의 아내가 멀쩡히 살아 있다는 것은 본인뿐만 아니라 심문자들까지 알고 있을 게 틀림없는데도 아내를 살해했다는 자백을 했다. 그는 지난 수년간 골드스타인과 개인적으로 접촉해왔으며 그가 알고 있는 거의 모든 사람이 가담한 지하조직의 일원이라고 자백했다. 모든 것을 자백하고 모든 사람을 엮어 넣는 것은 더 쉬웠다. 게다가 생각하기에 따라서는 모두 사실이기도 했다. 그가 옛날부터 당의 적이었던 것은 틀림없으니까 당에서 볼 때는 생각뿐이었던 행동으로 옮겼든 그가 죄인인 것만은 변함이 없었다.

종류는 다르지만 또 다른 것들도 기억났다. 마치 암흑천지에서 보는 영화처럼 그 기억들이 두서없이 떠올랐다.

그는 감방 안에 있으면서 그곳이 어두운지 밝은지도 알 수가 없었다. 보이는 것이라고는 두 눈밖에 없었기 때문이다. 제법 가까이에서 어떤 기계 같은 것이 규칙적으로 천천히 째깍거렸다. 그 눈은 점점 커지면서 더욱 빛났다. 갑자기 그는 자리에서 붕 떠올라 그 눈 속으로 뛰어들어 깊이 빨려 들어가는 느낌이 들었다.

그는 눈부신 불빛 아래 사방이 눈금판에 둘러싸인 의자에 앉아 있었다. 흰 가운을 입은 남자가 눈금판을 읽었다. 그때 밖에서 쿵쿵거리는 둔탁한 군홧발 소리가 들렸다. 문이 철커덩하고 열렸다. 밀랍 같은 얼굴의 그 장교가 두 명의 간수를 데리고 들어왔다.

"101호실로."

장교가 명령했다.

흰 가운을 입은 남자는 돌아보지도 않았다. 그는 윈스턴에게도 눈길 한 번 주지 않았다. 오직 그 눈금판만 바라보고 있었다.

윈스턴은 폭이 1킬로미터는 될 것 같은 눈부시게 아름다운 황금빛으로 넘쳐나는 으리으리한 복도를 비쓱거리며 걸어 내려가면서 큰 소리로 껄껄거리다가 고래고래 소리를 지르며 목청껏 죄를 자백했다. 고문을 당하면서도 기어코 불지 않았던 것들까지도 모두 다 털어놓았다. 그는 이미 다 알고 있는 청중에게 자신의 인생사를 전부 풀어내고 있었다. 그와 함께 간수들, 다른 심문관들, 흰 가운을 입은 남자, 오브라이언, 줄리아, 그리고 채링턴 씨까지도 비쓱대며 복도를 걸어 내려가면서 큰 소리로 깔깔 낄낄 웃어댔다. 어찌 된 영문인지 미래에 단단히 도사리고 있던 몇 가지 무시무시한 일들을 겪지 않고 그대로 건너뛰어 버렸다. 별일 없이 무사했고, 더 이상의 고통도 없었으며, 삶의 시시콜콜한 것까지 전부 털어놨고, 이해받았으며 용서받았다.

윈스턴은 긴가민가했지만 오브라이언의 목소리를 들은 것 같아 판자 침대에서 일어나려 했다. 심문받는 내내 그를 한 번도 보지는 못했지만 그가 바로 옆에 있는 것만 같았다. 모든 것을 지시하던 사람이 바로 오브라이언이었다. 윈스턴에게 간수들을 보낸 사람도, 그들이 그를 죽이지 못하게 막아준 사람도 오브라이언이었다. 윈스턴이 언제 고통에 찬 비명을 질러야 하는지, 언제 한숨을 돌려야 하는지, 언제 먹을 것을 받아먹고 언제 잠을 자야 하는지, 그리고 그의 팔에 언제 약물을 주사해야 하는지 결정하는 사람도 바로 오브라이언이었다. 그는 고문자였고, 보호자였으며, 심문관이자, 친구였다. 한번은 약에 취해 잠든 것인지 아니면 정상적으로 잠들어 있던 것인지, 그것도 아니면 깨어 있을 때였는지조차 기억나지 않지만 누군가 그의 귀에 대고 속삭이는 소리를 들었다.

"걱정 말게, 윈스턴. 내가 자넬 지켜주고 있으니까. 난 7년 동안 자넬 지켜봐 왔다네. 이제 전환점이 온 거네. 내가 자네를 구원하고, 자네를 완전한 사람으로 만들어줄 거라네."

그 목소리의 주인공이 오브라이언인지는 확실치 않았다. 하지만 7년 전 어느 꿈에서 "우리는 어둠이 없는 곳에서 만나게 될 거요"라고 말하던 목소리와 똑같은 음성이었다.

윈스턴은 심문이 언제 어떻게 끝났는지 기억나지 않았다. 한동안 암흑 상태가 이어지다가 이윽고 그가 현재 들어와 있는 감방인지 방인지가 차츰 눈에 들어오기 시작했다. 그는 등을 대고 반듯이 누워 있었는데 움직일 수가 없었다. 옴짝달싹도 못하도록 몸의 중요한 부위마다 장치를 해둔 것이다. 심지어 뒤통수까지도 무언가에 단단히 고정돼 있었다. 오브라이언이 근엄하면서도 약간 측은한 눈빛으로 그를 내려다보고 있었다. 밑에서 올려다보니 오브라이언의 얼굴은 꺼칠한 게 지쳐 보였다. 피곤한지 눈 밑 살이 축 처져 있고 코에서 턱까지 주름이 자글자글했다. 그는 윈스턴이 생각했던 것보다 늙어 보였다. 아마 마흔여덟이나 쉰 살쯤 됐지 싶었다. 오브라이언은 꼭대기에 레버가 달려 있고 앞면에는 빙 돌아가며 숫자가 찍혀 있는 눈금판 위에 손을 올려놓고 있었다.

"내가 자네에게 말했지, 우리가 다시 만난다면 여기서 만날 거라고."

오브라이언이 말했다.

"그랬죠."

윈스턴이 대답했다.

어떤 경고도 없이 오직 오브라이언의 손이 살짝 움직였을 뿐인데 고통이 온몸에 물밀듯이 퍼져왔다. 무슨 일이 일어나고 있는지 알 수 없었기에 무서워서 더욱 고통스러웠다. 어딘지 자신의 몸에 치명상을 입히는 것 같았다. 실제로 그런 일이 일어나고 있는지 아니면 전기로 그런 효과를 내는 것인지는 알 수 없었지만 그의 몸이 엉망으로 뒤틀리고 뼈마디가 갈가리 뜯겨 나가는 것 같았다. 고통에 겨워 이마에서 땀이 흘렀다. 그러나 무엇보다 견디기 힘들었던 것은 등뼈가 부러질지도 모른다는 두려움이었다. 그는 이를 악물고 코로 어렵사리 숨을 쉬면서 되도록 비명을 지르지 않으려고 안간힘을 썼다.

"자넨 곧 뭐가 부러질까 봐 두려워하는군."

오브라이언이 그의 표정을 살피면서 말했다.

"특히 등뼈가 부러질까 봐 두렵겠지. 등뼈가 으스러져 척수가 줄줄 흘러내리는 장면이 머릿속에 훤히 그려지겠군. 그렇지 않은가, 윈스턴?"

윈스턴은 대답하지 않았다. 오브라이언이 눈금판의 레버를 되돌려놓았다. 고통이 퍼져 나갈 때와 마찬가지로 순식간에 사라졌다.

"40이었네."

오브라이언이 말했다.

"자네한테도 이 눈금판에 숫자가 100까지 있다는 게 보일 걸세. 우리가 대화를 나누는 내내 언제든 내가 원하는 만큼 자네에게 고통을 줄 수 있다는 걸 명심하게. 자네가 내게 조금이라도 거짓말을 한다거나, 어떤 식으로든 얼버무리려 한다거나, 혹은 자네의 평상시 지적 수준보다 떨어지는 말을 한다면 자넨 그 즉시 고통으로 비명을 지르게 될 걸세. 알겠나?"

"알겠습니다."

윈스턴이 대답했다.

오브라이언의 엄한 태도가 조금 누그러졌다. 그는 생각에 잠긴 듯 안경을 고쳐 쓰고 한두 걸음 왔다 갔다 했다. 말할 때 그의 목소리는 친절하고 차근차근했다. 그는 벌주기보다 설명하고 설득하려 애쓰는 의사나 교사, 심지어 목사 같기도 했다.

"난 자네 때문에 이 고생을 하고 있는 거라네. 물론 자넨 그럴 만한 가치가 있지. 자넨 어쩌다 이렇게까지 됐는지 정확하게 알고 있을 거야. 자넨 애써 모른 척해왔지만 몇 년 동안 그걸 알고 있었다네. 자네는 정신적으로 정상이 아니라네. 기억을 제대로 못 하는 병에 시달리고 있지. 자넨 실제로 일어난 사건들을 기억할 수가 없으니까 대신 일어난 적도 없는 사건들을 기억한다고 확신하고 있는 거라네. 다행히 그 병은 고칠 수 있지. 하지만 자네가 그러려고 하지 않아서 여태 고치질 못했던 거라네. 내가 보기에 자넨 지금까지도 그게 미덕이라도 되는 양 그 병에 집착하고 있네. 지금 이 순간 오세아니아는 어느 열강과 전쟁 중이지?"

"제가 체포될 때 오세아니아는 동아시아와 전쟁 중이었습니다."

"동아시아라. 그래, 좋아. 그럼 오세아니아는 항상 동아시아와 전쟁을 해왔겠군, 안 그런가?"

윈스턴은 숨을 들이쉬었다. 그리고 입을 벌려 말하려다가 곧 다물고 말았다. 그는 눈금판에서 시선을 뗄 수가 없었다.

"어서 진실을 말해보게, 윈스턴. 자네가 알고 있는 진실 말일세. 자네가 기억하는 대로 말해보게."

"제가 기억하기에는 제가 체포되기 일주일 전만 해도 우리는 동아시아와 전쟁을 하고 있지 않았습니다. 우리는 그들과 동맹 관계에 있었습니다. 전쟁은 유라시아와 하고 있었습니다. 4년 동안 계속 그랬습니다. 그 전에는……."

오브라이언이 손짓으로 그의 말을 막았다.

"또 다른 예를 들어보기로 하세. 몇 년 전에 자네는 정말이지 아주 심각한 망상에 빠졌었지. 한때 당원이었던 존스와 에런슨과 러더포드 이 세 남자가 반역죄와 파괴 공작으로 체포돼 자신들의 죄를 낱낱이 자백한 끝에 처형됐는데도 자넨 그들이 그런 죄를 저지르지 않았다고 믿었네. 자넨 그들의 자백이 허위임을 입증하는 확실한 서류상의 증거를 봤다고 믿었던 거지. 자네가 망상에 빠질 만한 어떤 사진이 하나 있긴 했지. 자넨 그 사진을 실제로 손에 들고 있었다고 굳게 믿었네. 이렇게 생긴 사진 말일세."

오브라이언이 손가락으로 직사각형의 신문지 조각을 집어 드는 것이 보였다. 윈스턴은 5초가량 그 사진을 볼 수 있었다. 분명히 그때 보았던 그 사진이었다. 윈스턴이 11년 전에 우연히 보고 곧장 파기했던 사진, 즉 존스와 에런슨과 러더포드가 뉴욕에서 열린 당 행사에 참석했을 때 찍은 사진의 또 다른 복사본이 있었던 것이다. 그 사진은 그의 눈앞에서 아주 잠깐 있다가 다시 사라져버렸다. 그러나 그는 그것을 보았다. 분명히 그 사진을 보았었다! 그는 상체를 비틀어 어떻게든 자유롭게 가져보려고 고통을 참으면서까지 필사적으로 안간힘을 썼다. 그러나 어느 쪽으로든 단 1센티미터도 움직일 수 없었다. 그 순간만큼은 눈금판도 까맣게 잊었다. 그가 바라는 것은 그 사진을 다시 손에 쥐어보거나 그게 안 된다면 최소한 보기라도 하는 것이었다.

"그게 진짜 있군요!"

그가 소리쳤다.

"아니."

오브라이언이 말했다.

그는 방 저편으로 성큼성큼 걸어갔다. 그쪽 벽에 기억구멍이 하나 있었다. 오브라이언이 격자 뚜껑을 열었다. 보이진 않았지만 얇은 종잇조각이 훈기를 타고 빙그르르 빨려 들어가 활활 타는 불길 속으로 사라져버린 걸 알 수 있었다. 오브라이언은 몸을 돌려 벽을 등지고 서서 말했다.

"재가 됐군. 뭔지 알아볼 수조차 없는 재 말일세. 먼지가 된 거지. 이제 그건 존재하지 않네. 존재한 적도 없고."

"하지만 있었잖아요! 존재했었다고요! 기억 속에도 존재하고요. 전 기억합니다. 당신도 기억하고 있어요."

"난 그런 기억 없다네."

오브라이언이 말했다.

윈스턴은 가슴이 철렁 내려앉았다. 그것이 바로 '이중사고'였다. 그는 지독한 무력감에 빠져들었다. 그가 오브라이언이 거짓말을 하고 있음을 확신할 수만 있다면 문제 될 것이 없을 터였다. 그러나 오브라이언이 정말로 그 사진의 존재를 까맣게 잊어버린 것일 수도 있었다. 만약 그렇다면 오브라이언은 자신이 그 사진을 기억하고 있다는 것을 부인한 사실마저 벌써 잊어버렸을 테고 그것을 잊어버린 것까지도 또 잊어버렸을 것이다. 그러니 이중사고가 단순한 속임수라고 어떻게 확신할 수 있겠는가? 어쩌면 자신이 정말로 정신이상이 됐을 수도 있지 않을까? 생각이 여기까지 미치자 좌절감이 밀려왔다.

오브라이언이 생각에 잠긴 표정으로 그를 내려다보고 있었다. 그 순간만큼은 영락없이 제멋대로이지만 장래성이 있는 학생 때문에 고민이 이만저만이 아닌 선생님 같아 보였다.

"과거를 통제하는 내용을 담은 당의 구호가 있지. 그걸 한번 외어보게나."

오브라이언이 지시했다.

"과거를 지배하는 자가 미래를 지배하고, 현재를 지배하는 자가 과거를 지배한다."

윈스턴이 고분고분하게 외었다.

"현재를 지배하는 자가 과거를 지배한다."

오브라이언이 마음에 드는 대답이라는 듯 천천히 고개를 끄덕이며 말했다.

"윈스턴, 자네 견해로는 과거가 실제로 존재한다고 보나?"

윈스턴은 또다시 무력감에 빠져들었다. 그는 재빨리 눈금판 쪽을 쳐다봤다. 그는 고통을 당하지 않으려면 '예'라고 대답해야 할지 '아니요'라고 대답해야 할지 알 수가 없을 뿐만 아니라 자기가 어느 쪽을 진짜 답으로 믿고 있는지조차 알 수 없었다.

오브라이언이 희미하게 웃었다.

"윈스턴, 자넨 형이상학자가 아닐세. 자넨 지금 이 순간까지 존재란 말이 어떤 의미인지 생각해본 적도 없다네. 좀 더 정확히 물어보겠네. 과거란 구체적으로 공간에 존재하는 건가? 어딘가에 과거가 여전히 진행 중인 확실한 객체의 세계가 있는가?"

"아니요."

"그럼 과거는 대체 어디에 존재한다는 건가?"

"기록 속에요. 적혀 있잖아요."

"기록 속이라. 그리고 또?"

"마음속에요. 인간의 기억 속에요."

"기억 속이라. 좋아. 그럼 우리가, 그러니까 당이 모든 기록을 지배하고 모든 기억을 지배한다. 그렇다면 우리가 과거를 지배한다는 말이군, 안 그런가?"

"하지만 사람들이 기억하는 것을 당이 어떻게 막을 수 있죠?"

윈스턴이 또다시 순간적으로 눈금판을 잊어버린 듯 소리쳤다.

"기억이란 자기도 모르게 하게 되는 겁니다. 그건 우리의 힘으로 어찌할 수 없습니다. 당이 어떻게 기억을 지배할 수 있겠습니까? 당신들은 내 기억도 지배하지 못했습니다!"

오브라이언의 태도가 다시 험악해졌다. 그가 눈금판에 손을 올렸다.

"아니, 그 반대일세. 자네가 지배하지 못한 거지. 그래서 여기까지 온 거고 말이야. 자네는 겸손하지 못한 데다 자기훈련도 안돼서 여기 온 걸세. 자넨 온전한 정신으로 살기 위해 치러야 할 대가인 복종을 하지 않았네. 자넨 미친 사람이자 한 사람밖에 없는 소수파가 되는 쪽을 택했지. 윈스턴, 오직 정신을 수양한 사람만이 현실을 볼 수 있다네. 자넨 현실이 객관적이고 외면적이며 그 자체로 존재하는 거라고 믿고 있네. 또 현실의 본질은 따로 설명할 필요가 없이 자명하다고 믿고 있지. 자네는 자신이 무언가 보고 있다고 착각할 때 다른 사람들도 모두 자네와 같은 것을 보고 있다고 생각하네. 그러나 윈스턴, 똑똑히 말해두지만 현실은 외면적이지 않다네. 현실은 인간의 마음속에 있지 어디 다른 데 있는 게 아니네. 그것도 실수할 수도 있고 어떻게든 곧 사라져 없어지게 될 개개인의 마음속이 아니라 집단적이고 영원히 죽지 않을 당의 마음속에 있다네. 당이 진실이라고 주장하는 것은 그게 무엇이든 진실이라네. 당의 눈을 통하지 않고는 진실을 볼 수 없는 거지. 윈스턴, 자넨 바로 이런 사실을 다시 배워야 한다네. 그러려면 자기파괴 행위와 의지력이 필요하지. 자네가 제정신을 찾으려면 먼저 겸손해져야 하네."

오브라이언은 자기가 한 말들을 충분히 이해할 시간을 주려는 듯 잠시 기다렸다.

"혹시 자네 일기에다 썼던 것 기억하나? '둘에 둘을 보태면 넷이 된다고 말할 수 있는 자유, 그것이 자유다'라고 쓴 것 말일세."

"예."

윈스턴이 대답했다.

오브라이언이 자신의 왼손을 들어 윈스턴에게 손등을 보이게 한 다음 엄지손가락은 감추고 나머지 네 손가락을 쫙 폈다.

"윈스턴, 내가 지금 손가락을 몇 개 펴고 있나?"

"네 개요."

"그런데 만약 당이 그건 네 개가 아니라 다섯 개라고 말한다면, 그땐 몇 개지?"

"네 개요."

그 말이 끝나기가 무섭게 고통이 밀려와 숨이 턱 막혔다. 눈금판의 바늘이 55까지 쑥 올라갔다. 윈스턴의 온몸에서 땀이 솟아났다. 호흡이 가빠지고 아무리 이를 악물어도 새된 신음이 터져 나오는 것을 막을 수가 없었다. 오브라이언이 여전히 네 손가락을 쫙 편 채로 그를 내려다보고 있었다. 그가 레버를 제자리로 되돌려놓았다. 그러자 고통이 아주 약간 가라앉았다.

"윈스턴, 손가락이 몇 개지?"

"네 개입니다."

눈금판의 바늘이 60까지 올라갔다.

"네 개, 네 개요! 네 개가 아니면 뭡니까? 네 개라고요!"

바늘이 다시 올라간 게 분명했지만 윈스턴은 더 이상 눈금판을 쳐다보지 못했다. 엄한 표정의 무시무시한 얼굴과 네 개의 손가락이 눈앞을 가로막고 있었다. 거대한 기둥처럼 흐릿하게 흔들거리며 눈앞에 떡하니 버티고 있는 손가락은 틀림없는 네 개였다.

"윈스턴, 손가락이 몇 개지?"

"네 개! 이제 그만, 그만하세요. 계속해봐야 무슨 소용이 있습니까? 네 개라고요, 네 개!"

"윈스턴, 손가락이 몇 개지?"

"다섯요! 다섯! 다섯 개요!"

"아니, 윈스턴, 그래봐야 소용없네. 자넨 거짓말을 하고 있어. 속으로는 여전히 네 개라고 생각하고 있잖은가. 자, 몇 개지?"

"네 개! 다섯 개! 네 개요! 당신 좋을 대로 하세요. 그러니 제발 그만해요, 그만."

그가 갑자기 정신을 차려보니 오브라이언의 팔에 안겨 일어나 앉아 있었다. 아마 몇 초 동안 정신을 잃었던 모양이었다. 그의 사지를 꼼짝 못하게 했던 결박이 느슨해져 있었다. 윈스턴은 한기를 느끼며 걷잡을 수 없이 몸을 떨었다. 이가 딱딱 부딪치고 눈물이 뺨을 타고 흘러내렸다. 그는 한동안 아기처럼 그렇게 오브라이언에게 찰싹 붙어 있었는데, 오브라이언이 듬직한 팔로 자신의 어깨를 감싸주자 이상하게도 편안했다. 오브라이언이 자신의 보호자처럼 느껴지면서 고통의 근원은 외부에 있으며 자신을 그 고통으로부터 구해줄 사람은 바로 오브라이언이라는 생각이 들었다.

"윈스턴, 자넨 배우는 속도가 느리군."

오브라이언이 친절하게 말했다.

"그럼 저보고 어쩌란 말입니까? 눈앞에 보이는 게 네 개인데 어떡하라고요? 둘에 둘을 더하면 넷이잖습니까."

윈스턴이 울면서 말했다.

"윈스턴, 때로는 말이지, 다섯일 때도 있다네. 또 셋일 때도 있고 말이야. 그리고 어떨 때는 한 번에 네 개, 다섯 개, 세 개가 되기도 한다네. 자넨 더 열심히 노력해야 해. 제정신인 사람이 되기란 쉽지 않아서 말이지."

그는 윈스턴을 침대에 눕혔다. 사지가 다시 단단하게 결박됐다. 하지만 고통도 가시고 더 이상 덜덜 떨리지도 않았으며 그저 기운이 없고 추울 뿐이었다. 그동안 내내 꼼짝 않고 서 있던 흰 가운을 입은 사내에게 오브라이언이 고갯짓으로 지시를 내렸다. 흰 가운의 사내가 허리를 숙여 윈스턴의 눈을 자세히 살펴보고, 맥을 짚어보고, 그의 가슴에 귀를 대보며 여기저기를 두드려봤다. 그러고는 오브라이언을 향해 고개를 끄덕였다.

"다시."

오브라이언이 말했다.

고통이 온몸을 휘감았다. 바늘은 틀림없이 70이나 75를 가리키고 있을 터였다. 이번에는 눈을 감았다. 손가락이 여전히 네 개인 채로 눈앞에 있을 게 뻔했다. 경련이 끝날 때까지 어떻게든 버텨 살아남는 게 문제였다. 그는 자신이 비명을 지르고 있는지 아닌지도 더 이상 알 수가 없었다. 고통이 다시 누그러졌다. 그는 눈을 떴다. 오브라이언이 레버를 제자리로 돌려놓았다.

"윈스턴, 손가락이 몇 개지?"

"네 개요. 아니, 네 개인 것 같습니다. 할 수만 있다면 다섯 개로 보고 싶습니다. 다섯 개로 보려고 노력 중입니다."

"어느 쪽을 바라나? 자네가 다섯 개를 본다고 내가 믿어주길 바라나, 아니면 정말로 자네가 다섯 개를 보고 싶은 건가?"

"정말로 그렇게 보고 싶습니다."

"다시."

오브라이언이 또다시 지시를 내렸다.

바늘이 80, 아니 90까지 올라간 모양이었다. 자신이 왜 그런 고통을 당하는지조차 가물가물했다. 꼭 감은 눈꺼풀 위로 수많은 손가락이 춤을 추듯 좌우로 흔들리다가 서로 번갈아가며 사라졌다가 다시 나타나기를 반복했다. 손가락을 세어보려고 애는 썼지만 왜 그래야 하는지는 기억나지 않았다. 그가 아는 것이라고는 손가락을 세기가 불가능하기 때문에 수수께끼처럼 넷과 다섯을 구분하기가 어렵다는 점뿐이었다. 고통이 다시 잦아들었다. 눈을 뜨자 여전히 똑같은 것들만 보였다. 도저히 셀 수 없는 손가락들이 움직이는 나무처럼 제각각 이리저리 흔들리면서 서로 엇갈리고 또다시 엇갈렸다. 그는 다시 눈을 감았다.

"윈스턴, 지금 내가 손가락 몇 개를 들고 있지?"

"모르겠습니다. 모르겠다고요. 계속 이러다간 죽고 말 겁니다.

네 개인지, 다섯 개인지, 아니면 여섯 개인지, 솔직히 정말 모르겠습니다."

"좀 나아졌군."

오브라이언이 말했다.

그들이 윈스턴의 팔에 바늘을 꽂았다. 그러자 순식간에 더없이 행복한 치유의 온기가 온몸에 퍼졌다. 고통은 벌써 반쯤 사라진 것 같았다. 그는 눈을 뜨고 고맙다는 듯 오브라이언을 올려다보았다. 아주 못생겼지만 똑똑해 보이는 그 근엄하고 주름진 얼굴을 보자 심장이 두근거리는 것 같았다. 움직일 수만 있었다면 손을 뻗어 오브라이언의 팔이라도 잡았을 것이다. 윈스턴은 그 순간만큼 오브라이언을 그렇게 깊이 사랑한 적이 없었다. 그가 고통을 멈추게 해주었기 때문만은 아니었다. 속으로 그 사람이 친구이든 적이든 그것은 중대한 문제가 아니라고 생각했던 옛 감정이 되살아난 것이다. 오브라이언에게는 무슨 말이든 할 수 있을 것 같았다. 아마 인간은 사랑받기보다 이해받기를 더 바랄 것이다. 오브라이언은 그를 미치기 직전까지 고문했으며, 분명히 곧 그를 죽일 것이었다. 그래도 상관없었다. 두 사람은 어떤 의미에서 친구보다 더 돈독한 관계였다. 실제로 그런 말을 입에 담을 수야 없겠지만 이 세상 어딘가 그들이 만나서 이야기를 나눌 수 있는 곳이 있을 것 같았다. 오브라이언도 똑같은 생각을 하는 것 같은 표정으로 윈스턴을 내려다보고 있었다. 그가 다시 입을 열었다. 이번에는 편안하게 대화를 나누는 투였다.

"윈스턴, 여기가 어딘지 알겠나?"

"모르겠습니다. 애정부가 아닐까 추측만 할 뿐입니다."

"여기에 얼마나 있었는지 알겠나?"

"모르겠습니다. 며칠인지 몇 주인지 아니면 몇 달인지……, 아마 몇 달인 것 같습니다."

"자넨 우리가 왜 사람들을 여기로 데려온다고 생각하나?"

"자백을 받기 위해서가 아닌가요?"

"아닐세, 그 때문이 아니야. 다시 생각해보게."

"그럼 벌주기 위해서요?"

"아니라니까!"

오브라이언이 버럭 소리를 질렀다. 그의 목소리가 예사롭지 않게 변하면서 별안간 그의 얼굴이 근엄한 표정으로 바뀌더니 생기까지 감돌았다.

"아니야! 그저 자백을 받거나 벌주려는 게 아니란 말이야. 자넬 왜 여기 데려왔는지 말해줄까? 그건 바로 자넬 치료해주기 위해서야! 정신이 온전한 사람으로 말이야! 알아듣겠나, 윈스턴? 이곳을 거쳐 간 사람치고 우리가 치료하지 못한 사람이 없다네. 우린 자네가 저지른 멍청한 범죄 따위에는 관심도 없어. 당은 겉으로 드러난 행위엔 관심이 없단 말일세. 우리가 오로지 관심을 기울이는 것은 생각뿐이네. 우린 적들을 박멸할 뿐만 아니라 그들을 다른 사람으로 바꿔놓는다네. 그게 무슨 뜻인지 알겠나?"

그가 몸을 숙여 윈스턴을 쳐다보았다. 이렇게 가까이서 보니 그의 얼굴이 엄청나게 커 보였고 아래서 올려다봐서 그런지 섬뜩할 정도로 못생긴 것 같았다. 더구나 얼굴 가득 의기양양함을 넘어 강렬한 광기 같은 것이 서려 있었다. 또다시 윈스턴의 심장이 오그라들었다. 할 수만 있다면 몸을 최대한 웅크려 침대 속으로 깊이 숨어버리고 싶었다. 어쩐지 오브라이언이 제 성질에 못 이겨 눈금판을 마구잡이로 돌려댈 것만 같았다. 그러나 바로 그때 오브라이언이 돌아섰다. 그러고는 한두 걸음 왔다 갔다 한 뒤 한층 진정된 말투로 이야기를 계속했다.

"자네가 제일 먼저 알아둬야 할 것은 이곳에는 순교 따위는 없다는 걸세. 자네도 과거의 종교 박해에 대해 읽어봐서 알 거야. 중세시대에는 종교재판이라는 게 있었지. 하지만 그건 실패작일세. 종교재판은 애초에 이단을 뿌리 뽑기 위해 시작됐는데 결국에는 이단을 영구화시킨 꼴이 돼버렸다네. 이단자 한 명을 화형에 처할 때마다 수천 명의 다른 이단자들이 생겨났지. 왜 그랬겠나? 그건 종교재판이 자신들의 적을 공개적으로 죽인 데다 이단자들이 끝까지 회개하지 않고 죽었기 때문이야. 사람들은 자신의 진정한 신념을 버리지 못했기 때문에 죽어간 거였네. 그러니 당연히 죽은 자들에게 모든 영광이 돌아갔고 그들을 화형에 처한 재판관들에게는 모든 불명예가 돌아갔지. 그 후 20세기에 와서는 이른바 전체주의자들이 등장했다네. 독일의 나치와 러시아 공산당이 대표적이지. 러시아 공산당은 종교재판 때보다 더 잔인하게 이단자들을 처형했다네. 그러면서 그들은 과거의 잘못을 교훈 삼아 자기네는 실수하지 않아야겠다고 생각했다네. 그들도 어쨌든 순교자가 나와서는 안 된다는 걸 알고 있었던 거지. 그들은 희생자들을 공개재판에 회부하기 전에 계획적으로 그들의 자존감을 무너뜨리기 시작했네. 희생자들은 고문과 독방 감금으로 몸과 마음이 완전히 지쳐버려 비굴하게 굽실거리는 비참한 존재로 변했지. 그들은 시키는 대로 뭐든 자백했고 자신을 지키기 위해 욕설도 서슴지 않았으며 자기만 살겠다고 서로 비난하며 죄를 떠넘겼고 살려달라고 울면서 애원했네. 그러나 몇 년 후에 다시 똑같은 일이 벌어졌다네. 그렇게 죽은 자들은 순교자가 되면서 비참했던 그들의 모습은 잊히고 말았지. 그때 역시 왜 그랬겠나? 첫 번째 이유는 그들이 했던 자백은 분명히 강요된 것인 데다 사실이 아니었기 때문이네. 우리는 그런 실수를 되풀이하지 않지. 여기서 내뱉는 자백은 모두 다 진실이라네. 우리가 그렇게 만드는 거지. 게다가 무엇보다도 우리는 죽은 자들이 우리에게 맞서 들고일어나지 못하도록 한다네. 윈스턴, 자네도 후세가 자네의 결백을 입증해줄 거라는 생각은 꿈에도 하지 말게. 후세는 자네라는 사람에 대해 아무것도 듣지 못할 걸세. 자넨 역사의 흐름에서 완전히 지워져 버릴 테니까 말이야. 우린 자네를 기체로 만들어 성층권으로 날려버릴 거라네. 자네와 관련된 것들은 아무것도 남지 않게 되겠지. 호적부에도 이름이 없고 살아 있는 사람의 기억에도 없는 그런 존재 말일세. 자네는 미래에서뿐만 아니라 과거에서도 말소될 거라네. 자넨 결코 존재한 적도 없는 사람이 될 거야."

윈스턴은 순간 씁쓸한 기분이 들면서 '그런데 굳이 왜 나를 고문하는 걸까?' 하고 생각했다. 오브라이언은 마치 윈스턴이 큰 소리로 그렇게 묻기라도 한 것처럼 갑자기 걸음을 멈췄다. 눈을 약간 가늘게 뜬 채 그의 커다랗고 못생긴 얼굴이 점점 가까이 다가왔다.

"자네는 그런 생각이 들겠지. 우리가 자네를 완전히 없애버리면 자네가 한 말이나 행동이 전혀 의미가 없을 텐데 뭣 때문에 자네를 고문하느라 사서 고생일까, 라고 말이지. 지금 그렇게 생각하지 않았나?"

"맞습니다."

윈스턴이 대답했다. 그러자 오브라이언이 슬며시 웃었다.

"윈스턴, 자네는 견본에 나타난 결함과 같네. 빼내야 할 얼룩이란 말일세. 내가 방금 우리는 과거의 처형자들과 다르다고 말하지 않던가? 우리는 소극적인 복종도 마음에 안 들지만 아주 비굴한 굴종도 성에 안 찬다네. 자네가 마침내 우리에게 굴복한다면 그건 전적으로 자네의 자유의지에 따른 거라야 하네. 우리는 이단자들이 우리에게 저항하기 때문에 그들을 없애는 게 아니네. 그들이 저항하는 한 우리는 그들을 결코 무너뜨릴 수 없다네. 우린 그들을 전향시키고 그들의 속마음을 사로잡아 그들을 새사람으로 만든다네. 우리는 그들에게서 모든 악과 환상을 불태워 없애버려 그들이 겉으로만이 아니라 마음과 영혼까지 진정으로 우리 편이 되게 한다네. 그들을 죽이기 전에 그들을 우리의 일원으로 만드는 거지. 설령 몰래 숨어 있고 영향력도 없다 해도 이 세상 어딘가에 그릇된 생각이 있다는 건 우리로선 참을 수 없는 일이야. 우리는 죽는 순간까지 조금의 일탈도 허용할 수 없다네. 옛날에는 이단자들이 화형대에 끌려가는 순간까지 이단자임을 자처하며 그렇게 죽는 것을 오히려 기쁘게 생각했지. 러시아에서 숙청당한 희생자들도 총살을 당하러 걸어가면서도 끝까지 반항심을 버리지 않았네. 그러나 우리는 머리를 박살 내기 전에 그것을 완전히 개조한다네. 옛날의 전제국가에서 폭군들이 '무엇을 하지 마라'라고 명령했다면 전체주의자들은 '무엇을 해라'라고 명령했지. 하지만 우리는 '너는 무엇이다'라고 명령한다네. 지금까지 여기 끌려온 사람치고 우리의 명령을 거역한 자는 없었다네. 모두가 깨끗하게 세탁됐다고나 할까? 자네가 한때 무죄라고 믿었던 그 불쌍한 세 사람, 즉 존스와 에런슨과 러더포드조차 결국에는 우리에게 굴복하고 말았지. 나도 그들의 심문관 중 한 명이었네. 그들은 차츰 지쳐 훌쩍거리더니 굽실거리다 못해 눈물을 흘리더군. 그들은 결국 고통이나 두려움 때문이 아니라 참회의 눈물을 흘렸던 거네. 심문이 끝날 즈음에 그들은 이미 산송장에 지나지 않았지. 그들에게는 자신들이 저지른 죄 때문에 슬퍼하는 마음과 빅 브라더를 사랑하는 마음밖에는 남아 있지 않았네. 그들이 빅 브라더를 얼마나 사랑하던지 보는 사람마저 감동스럽더군. 그들은 빨리 총살시켜달라고 애걸했네. 자신들의 마음이 깨끗한 상태에서 죽을 수 있게 해달라고 말이야."

오브라이언의 목소리는 이제 거의 감미롭게 들릴 지경이었다. 그러나 그의 얼굴에는 의기양양함이나 광기 어린 열정이 여전히 남아 있었다. 윈스턴이 생각하기에 오브라이언은 그런 척하는 게 아니었다. 그는 위선자가 아니었다. 그는 자기가 하는 말들을 전부 굳게 믿고 있었다. 윈스턴이 무엇보다 가장 크게 중압감을 느낀 것은 자신이 오브라이언보다 지적으로 열등하다는 의식이었다. 윈스턴은 시야에 들어왔다 나갔다 하며 육중한 체구로 기품 있게 방 안을 거니는 그의 모습을 지켜봤다. 오브라이언은 모든 면에서 윈스턴보다 그릇이 큰 사람이었다. 윈스턴이 지금까지 품어왔거나 앞으로도 품을 수 있는 생각 중에 오브라이언이 오래전에 알아채서 면밀하게 검토한 후 물리치지 않은 것은 하나도 없었다. 윈스턴이 무슨 생각을 하건 오브라이언의 손바닥 안에 있었다. 그런데 어떻게 오브라이언을 미쳤다고 할 수 있을까? 미친 사람은 틀림없이 윈스턴이었다. 이윽고 오브라이언이 걸음을 멈추고 그를 내려다보았다. 그의 목소리는 다시 단호해졌다.

"윈스턴, 자네가 우리한테 완전히 항복했다고 해서 자네 목숨을 부지할 수 있을 것 같은가? 이단자를 살려둔 예는 없다네. 설령 우리가 자네를 제명대로 살게 해준대도 자넨 결코 우리에게서 벗어나지 못할 거야. 자네가 여기서 겪는 일은 영원히 계속되기 때문이지. 그러니 미리 알아두게. 우린 자네가 예전으로 돌아갈 수 없는 지경에 이를 때까지 뭉개버릴 것이네. 설령 자네가 천 년을 산다 해도 자네가 도저히 되돌려놓을 수 없는 일들이 일어날 거라네. 자네 앞으로 두 번 다시 평범한 인간의 감정을 품을 수 없을 거야. 자네 내면에 있는 모든 것이 죽어버리고 말 테니까. 자넨 두 번 다시 사랑이나 우정, 삶의 기쁨, 웃음, 호기심, 용기, 성실함 따위를 지닐 수 없을 거네. 한마디로 속이 텅 빈 사람이 되는 거지. 우린 자네 속에 들어 있는 것들을 모두 짜내 텅 비게 만든 다음 우리가 가지고 있는 것들로 자네 속을 채울 거라네."

오브라이언은 잠시 말을 멈추고 흰 가운을 입은 사내에게 신호를 보냈다. 윈스턴은 머리 뒤쪽으로 무거운 기구 같은 것이 밀어 넣어지고 있음을 알 수 있었다. 오브라이언이 침대 옆에 앉는 통에 그의 얼굴과 윈스턴의 얼굴이 거의 같은 높이가 되었다.

"3천."

오브라이언이 윈스턴의 머리 위쪽에 서 있는 흰 가운의 사내에게 말했다.

그러자 그가 약간 축축한 두 개의 부드러운 거즈를 윈스턴의 관자놀이에 단단하게 붙였다. 순간 윈스턴은 움찔했다. 이제까지 경험해보지 못한 새로운 고통이 밀려왔다. 오브라이언이 안심하라는 듯 윈스턴의 손을 잡아주며 다정스레 말했다.

"이번에는 아프지 않을 걸세. 내 눈만 똑바로 쳐다보고 있으면 되네."

순간 엄청난 폭발, 정확하게 말하자면 폭발 같은 것이 일어났다. 소리가 났는지는 확실치 않지만 틀림없이 눈을 뜰 수 없을 정도로 무언가가 번쩍하고 빛났다. 오브라이언의 말대로 아프지는 않고 그저 기운만 쏙 빠졌다. 그전부터 이미 누워 있었지만 이상하게도 흠씬 두들겨 맞아 기진맥진해져서 그렇게 누워 있는 것만 같았다. 고통은 없지만 무시무시한 일격을 당해 완전히 뻗어버린 것이다. 머릿속에서도 무언가 일이 일어나고 있었다. 눈의 초점을 다시 찾자 자신이 누구인지 그리고 어디에 와 있는지 기억이 날 뿐만 아니라 자신을 쳐다보는 얼굴이 누구인지도 알 것 같았다. 그러나 마치 뇌의 한 조각이 뭉텅 빠진 것처럼 머릿속이 크게 뻥 뚫린 느낌이 들었다.

"오래 걸리지는 않을 걸세. 날 똑바로 보게. 오세아니아는 어느 나라와 전쟁 중이지?"

윈스턴은 생각에 잠겼다. 오세아니아가 어디를 말하는지도 알고 자신이 오세아니아의 시민이라는 것까지도 알고 있었다. 유라시아와 동아시아라는 나라들도 알고 있었다. 하지만 어느 나라와 어느 나라가 전쟁을 하는지는 전혀 알지 못했다. 사실 그는 전쟁이라는 것이 있는지도 몰랐다.

"기억이 안 납니다."

"오세아니아는 동아시아와 전쟁 중이네. 이제 그 사실을 기억할 수 있겠나?"

"예."

"오세아니아는 항상 동아시아와 전쟁을 해왔다네. 자네가 태어난 이후로, 당이 탄생한 이후로, 역사가 시작된 이후로 전쟁은 단 한 번도 중단된 적 없이 언제나 똑같은 형국으로 계속돼왔다네. 이제 기억하겠나?"

"예."

"11년 전에 자네는 반역죄로 사형당한 세 남자와 관련해 전설적인 이야기를 만들었네. 그러고는 마치 자네가 그들의 무죄를 입증하는 종이쪽지를 본 것처럼 굴었지. 그런 종이쪽지는 존재한 적도 없는데 말이지. 자네가 날조해놓고는 나중에 그걸 고스란히 믿어버렸네. 자넨 지금 그걸 처음 날조했던 때를 기억하고 있네, 그렇지?"

"예."

"이제 곧 내가 손가락을 펴 보이겠네. 자넨 아까 손가락 다섯 개를 봤네. 기억나는가?"

"예."

오브라이언이 자신의 왼손을 들어 손가락을 펴 보였다. 물론 엄지는 감춘 채였다.

"여기 손가락 다섯 개가 있네. 다섯 개가 보이나?"

"예."

윈스턴은 자신의 정신 상태가 변하기 전에 그야말로 눈 깜짝할 순간에 그 손가락들을 봤다. 그가 본 것은 분명 손가락 다섯 개였다. 기형인 손가락은 없었다. 그러고 나자 모든 게 정상으로 돌아오면서 아까 느꼈던 두려움과 증오심과 당혹감이 또다시 한껏 밀려들었다. 그러나 정확히는 모르겠지만 한 30초 정도 아주 확실하게 몽매한 정신을 깨우는 순간이 왔다. 그 순간 오브라이언이 새롭게 제시해주는 내용들이 머릿속의 텅 빈 곳을 가득 채우면서 절대적인 진실이 되었다. 그러면서 둘에 둘을 보태면 필요에 따라 얼마든지 다섯도 될 수 있고 셋도 될 수 있다는 생각이 들었다. 그 순간은 오브라이언이 손을 내리기도 전에 사라져버렸다. 그러나 그가 그 순간을 다시 경험할 수 없다 해도 기억할 수는 있었다. 사람이 먼 옛날 지금과 전혀 다른 사람이었을 때 경험한 것들을 지금까지도 생생하게 기억하고 있듯이 말이다.

"이젠 자네도 그런 게 가능하다는 걸 알았겠지?"

오브라이언이 물었다.

"예."

윈스턴이 대답했다.

오브라이언은 흡족한 표정으로 일어섰다. 윈스턴이 왼쪽을 건너다보니 흰 가운을 입은 사내가 주사기에 주사약을 넣고 있었다. 오브라이언이 미소를 지으며 윈스턴 쪽으로 돌아섰다. 그러고는 옛날 버릇 그대로 콧등의 안경을 고쳐 썼다.

"자네 일기장에 썼던 거 기억하나? 내가 적어도 자넬 이해하고 자네와 이야기를 나눌 수 있는 한 내가 친구이건 적이건 상관없다고 썼잖은가. 자네 생각이 옳았네. 난 자네와 얘기하는 게 좋아. 자네의 사고방식이 마음에 든다네. 자네가 정신이 온전치 못하다는 것만 빼면 내 사고방식이랑 닮은 구석이 있거든. 이번 심문을 끝내기 전에 원한다면 내게 몇 가지 질문을 하도록 해주지."

"제가 물어보고 싶은 거 아무거나요?"

"그래, 아무거나."

윈스턴이 눈금판을 흘끔거리는 것을 보고 오브라이언이 말했다.

"그건 껐으니 걱정 말게. 자, 첫 번째 질문은 뭔가?"

"줄리아는 어떻게 됐습니까?"

윈스턴이 물었다.

오브라이언이 다시 미소를 지었다.

"윈스턴, 그 여자는 자넬 배신했다네. 곧바로, 그것도 거리낌 없이 말일세. 그렇게 빨리 우리 쪽으로 넘어올 줄은 몰랐다네. 자네가 그녀를 보면 알아보기도 어려울 걸세. 그녀는 반항심, 사기, 어리석음, 불결한 마음까지 자신이 갖고 있던 나쁜 것들을 모조리 다 태워버렸다네. 그야말로 교과서로 삼을 만큼 완벽한 전향이었지."

"그녀를 고문했겠죠?"

오브라이언은 이 질문에 대답하지 않았다.

"다음 질문은 뭔가?"

"빅 브라더는 존재합니까?"

"물론 존재하지. 당도 존재하고. 빅 브라더는 당의 화신일세."

"그럼 그도 저와 같은 방식으로 존재한다는 겁니까?"

"자넨 존재하지 않는다네."

오브라이언의 그 말을 들으니 또다시 무력감이 밀려왔다. 윈스턴은 자신이 존재하지 않는다는 것을 증명하는 논거를 알고 있었으며 설령 모른다 해도 상상은 할 수 있었다. 그러나 그런 논거들은 엉터리이며 그저 말장난에 불과했다. "자넨 존재하지 않는다네"라는 말이 논리적으로 앞뒤가 맞는단 말인가? 하지만 이렇게 항변해봐야 아무런 소용이 없었다. 대답할 수도 없는 정신 나간 논거로 오브라이언이 자신의 생각을 뒤엎을 것이라고 생각하자 온몸이 움츠러들었다.

"전 제가 존재한다고 생각하는데요. 전 저의 정체성을 잘 알고 있습니다. 전 태어났으며 언젠가는 죽을 겁니다. 제겐 팔도 있고 다리도 있습니다. 전 공간의 특정 부분을 차지하고 있고요. 견고한 어떤 다른 물체도 동시에 같은 지점을 차지할 수는 없습니다. 그런 점에서 볼 때 빅 브라더는 존재합니까?"

"그런 건 전혀 중요하지 않다네. 그분이 존재한다는 게 중요하지."

"빅 브라더도 죽을까요?"

"물론 죽지 않지. 그분이 어떻게 죽겠나? 다음 질문으로 넘어가세."

"형제단은 존재합니까?"

"그건 말일세, 윈스턴. 자넨 결코 알 수 없을 거네. 만약 우리가 자네와 볼일을 다 마치고 자넬 풀어준대도, 그래서 자네가 아흔 살까지 산대도 자넨 그 질문에 대한 답을 얻을 수가 없을 거야. 자네가 죽을 때까지 그 질문은 풀리지 않는 수수께끼로 남을 걸세."

윈스턴은 아무 말 없이 누워 있었다. 가슴이 약간 빠르게 오르락내리락했다. 그는 맨 처음 떠오른 질문을 아직 하지 못했다. 꼭 물어봐야 했지만 혀가 굳어버린 듯 말이 나오지 않았다. 오브라이언의 얼굴에 그 상황을 즐기는 기색이 역력했다. 그가 쓰고 있는 안경까지도 비웃는 듯 번득였다. 문득 이런 생각이 들었다. '오브라이언은 내가 무엇을 물어보려고 하는지 알고 있다, 분명히 알고 있다!' 그러자 순간 말이 저절로 튀어나왔다.

"101호실에는 뭐가 있습니까?"

오브라이언의 표정은 변하지 않았다. 그는 무미건조하게 대답했다.

"윈스턴, 자넨 이미 101호실에 뭐가 있는지 알고 있다네. 모두가 알고 있지."

그는 흰 가운을 입은 사내에게 손가락을 하나 들어 보였다. 아무래도 그 심문은 끝난 모양이었다. 흰 가운의 사내가 윈스턴의 팔에 주삿바늘을 꽂았다. 그는 순식간에 잠이 들었다.

3

"자네가 복원되려면 세 단계를 거쳐야 하네. 학습과 이해 그리고 수용, 이 세 단계 말일세. 자넨 이제 두 번째 단계로 들어갈 차례네."

오브라이언이 말했다.

여태까지 그랬듯 윈스턴은 등을 대고 반듯이 누워 있었다. 그러나 이번 단계에서는 결박이 조금 느슨해졌다. 그들은 여전히 윈스턴을 침대에 눕혀놓았으나 이번에는 무릎을 조금 움직일 수 있었고 고개도 이쪽저쪽으로 돌릴 수 있었으며 팔도 팔꿈치까지는 들어 올릴 수 있었다. 공포의 대상인 눈금판도 조금 전보다는 덜 두려웠다. 이제는 눈치 빠르게 굴면 느닷없이 밀려드는 고통도 피할 수 있었다. 대체로 그가 멍청하게 굴 때 오브라이언이 레버를 돌렸기 때문이다. 어떨 때는 심문이 끝날 때까지 눈금판을 한 번도 사용하지 않기도 했다. 그는 몇 번이나 심문을 받았는지 알 수가 없었다. 심문의 전 과정이 길다 못해 무한정, 어쩌면 몇 주 내내 지속되는 것 같았다. 게다가 한 심문에서 다음 심문으로 넘어가기까지 며칠이 걸릴 때도 있었고 어떤 때는 고작 한두 시간 만에 넘어가기도 했다.

"거기 그렇게 누워 있자니 애정부가 왜 그렇게 많은 시간을 허비하면서까지 자네를 괴롭힐까 궁금할 테지. 오죽했으면 나한테까지 물어봤겠나. 그런데 자네가 여기서 풀려나도 본질적으로 똑같은 질문 때문에 고민깨나 할 것이네. 자넨 자신이 살고 있는 사회가 어떻게 돌아가는지는 알 수 있지만 그 근본적인 동기는 이해하지 못할 거야. 자네가 일기에다 '어떻게인지는 알겠다. 그러나 왜

인지는 모르겠다'라고 썼던 거 기억하나? 자네가 자신이 온전한 정신 상태인지 의심할 때는 바로 그 '왜'에 대해 생각할 때라네. 자넨 전부는 아니지만 골드스타인의 '그 책'을 읽었네. 그런데 그 책이 자네가 여태까지 몰랐던 것들을 뭐라도 알려주던가?"

"당신도 읽었습니까?"

윈스턴이 물었다.

"내가 그 책을 썼지. 더 정확히 말하자면 그 책을 쓰는 데 나도 한몫했다네. 자네도 알다시피 어떤 책이든 개인이 혼자서 만들어낼 수는 없거든."

"그럼 그 책에 나오는 내용이 사실입니까?"

"기술된 것만 따지면 그렇지. 하지만 그 안에 제시된 계획은 순전히 엉터리라네. 비밀리에 지식을 축적하고 차츰 계몽이 확산되어 결국 무산계급의 반란이 일어나면 당이 전복된다는 그 계획 말이네. 그건 전부 헛소리야. 무산계급은 결코 반란을 도모하지 않을 걸세. 천 년이 지나고 백만 년이 지나도 그런 일은 없을 거야. 왜냐, 그들은 그럴 수가 없거든. 내가 자네에게 그 이유까지 말할 필요는 없겠지. 자넨 이미 알고 있으니까. 혹시라도 자네가 언젠가 폭동 같은 게 일어나리라는 꿈을 몰래 품어왔다면 당장 버리게. 당을 전복시킬 방법 같은 건 없네. 당의 통치는 영원히 지속될 거라네. 자네는 바로 이 점을 사고의 출발점으로 삼게나."

오브라이언이 침대에 가까이 왔다.

"영원히 지속될 거라고!"

그가 다시 한 번 되풀이했다.

"자, 그럼 이제 '어떻게'와 '왜'라는 문제로 돌아가 보세. 자넨 당이 어떻게 권력을 유지하는지 아주 잘 알 걸세. 그렇다면 이번에는 우리가 왜 권력에 집착하는지 말해보게나. 우리의 동기는 무엇인가? 우리는 대체 왜 권력을 원하는 거지? 어서 말해보게."

윈스턴이 묵묵부답이자 오브라이언이 채근했다.

그럼에도 윈스턴은 한동안 아무 말도 하지 않았다. 몸과 마음이 완전히 지쳐 있었다. 오브라이언의 얼굴에 어렴풋이 광기 어린 열의가 다시 번득였다. 그는 오브라이언이 뭐라고 말할지 이미 알고 있었다. '당은 당 자체를 위해서가 아니라 대다수 인민을 이롭게 하기 위해 권력을 추구한다. 당이 권력을 추구하는 것은 대부분의 사람이 자유를 견디거나 진실을 대면할 수 없어서 필시 자기들보다 강한 다른 사람들에게 지배당하며, 그러다 보면 조직적으로 기만당하기 마련인 나약하고 비겁한 족속이기 때문이다. 인류는 자유와 행복 중에서 하나를 선택해야 하는데, 대부분 사람에게는 자유보다 행복이 더 좋다. 당은 약자의 영원한 수호자이며 결국 선이 될 수도 있는 악을 행하는 헌신적인 분파로서 다른 사람들의 행복을 위해 자신의 행복을 희생한다.' 그런데 윈스턴이 생각하기에 정작 무서운 것은 오브라이언이 그저 말로만 이렇게 주장하는 것이 아니라 진짜로 그렇게 믿고 있다는 점이었다. 누구든 그의 얼굴을 보면 그렇다는 것을 알 수 있을 것이다. 오브라이언은 모든 것을 알고 있었다. 그는 세상이 실제로 어떠하며, 대다수가 얼마나 비참하게 살고 있는지, 당이 그들에게 어떤 거짓말과 만행으로 그렇게 살게 하는지 윈스턴보다 천 배는 더 잘 알고 있었다. 그는 그런 실정을 전부 이해하고 있었고 전부 다 따져보고 있었으나 달라진 것은 없었다. 왜냐하면 모든 것이 당의 궁극적인 목적으로 정당화됐기 때문이다. 윈스턴은 생각했다. '나보다 훨씬 똑똑하고, 나의 주장을 꽤 진지하게 들어주는 척하다가 결국에는 그저 정신 나간 자

신의 주장만을 밀어붙이는 정신병자를 과연 어떻게 상대할 수 있겠는가?'

"당신들은 우리를 이롭게 하기 위해 우리를 지배하고 있습니다. 당신들은 인간이 스스로를 통치할 그릇이 못 된다고 생각합니다. 그래서……."

윈스턴이 가냘프게 말했다.

순간 그는 깜짝 놀라 하마터면 비명을 지를 뻔했다. 갑작스러운 고통이 그의 몸을 번개같이 뚫고 지나갔다. 오브라이언이 눈금판의 레버를 35까지 올린 것이다.

"윈스턴, 그런 바보 같은 소릴 하다니. 어리석군! 자넨 더 잘 알고 있을 텐데."

그는 레버를 되돌리고 계속해서 말했다.

"이제 내 질문에 내가 답변해주겠네. 잘 듣게. 당은 전적으로 당만을 위해 권력을 추구하지. 우리는 다른 이들의 행복 따위엔 관심이 없다네. 우린 오직 권력에만 관심이 있을 뿐이야. 부, 사치, 장수, 행복 따위가 아니라 오직 권력, 그것도 순수한 권력에만 관심이 있네. 순수한 권력이란 뭘 뜻하는 건지 자네도 곧 이해하게 될걸세. 우리는 우리가 뭘 하고 있는지 잘 알고 있다는 점에서 과거 시대의 다른 모든 과두제와 다르다네. 다른 모든 과두제는, 심지어 우리의 체제와 비슷한 것들까지도 겁쟁이에다 위선자들의 집단이었지. 독일의 나치와 러시아 공산당은 그 방식 면에서는 우리와 아주 흡사했지만 그들에게는 자신들의 동기를 인정할 만한 용기가 전혀 없었다네. 그들은 마지못해 한시적으로만 권력을 잡은 척하며 조만간 인간이 자유롭고 평등하게 살게 될 낙원이 펼쳐질 것처럼 꾸며댔지. 어쩌면 실제로도 그렇게 믿은 건지도 모르지. 하지만 우리는 그렇지 않다네. 우리는 권력을 양도할 의도로 그것을 잡는 사람은 아무도 없다는 걸 잘 아네. 권력은 수단이 아니라 목적이야. 인간은 혁명을 지키기 위해 독재정권을 세우는 게 아니라 독재정권을 세우기 위해 혁명을 일으키지. 박해의 목적은 박해 그 자체인 것이네. 고문의 목적은 고문 그 자체이고, 권력의 목적은 권력 그 자체이지. 이제 내 말이 이해가 좀 가나?"

윈스턴은 전에도 그랬던 것처럼 피로한 기색이 역력한 오브라이언의 얼굴을 보고 놀랐다. 그의 얼굴은 강렬한 인상에 살집이 있었고 사나워 보였으며, 지성과 억제된 열정 같은 것이 가득 서려 있어 그 앞에서 윈스턴은 무력감을 느꼈었다. 그러나 그 얼굴이 이제는 지쳐 보였다. 눈 밑의 살은 축 처졌고 광대뼈 아래도 살이 늘어져 있었다. 오브라이언은 윈스턴 위로 몸을 숙여 그 지친 얼굴을 가까이 들이밀었다.

"자네는 내 얼굴이 늙고 지쳐 보인다고 생각하고 있군. 자넨 내가 권력에 대해 이런저런 말을 늘어놓으면서 정작 자신의 몸이 쇠약해지는 것은 막을 수 없는 모양이라고 생각하고 있겠지. 윈스턴, 자넨 개인이 단지 하나의 세포에 불과하다는 걸 이해하지 못하나? 세포의 피로는 유기체의 활력을 의미하네. 손톱을 깎는다고 죽는 건 아니잖은가?"

오브라이언은 침대에서 몸을 돌리고 한 손을 호주머니에 넣은 채 방 안을 왔다 갔다 하기 시작했다.

"우리는 권력을 받드는 성직자라네. 신이 권력이지. 그러나 현재 자네에게만큼은 권력이 그저 말뿐일 거야. 그러니 이제 자네가 권력의 의미에 대해 몇 가지 생각을 정리해볼 차례네. 제일 먼저 자네가 깨달아야 할 것은 권력이 집단적이라는 걸세. 개인은 오직 더 이상 개인이 아닐 때에만 권력을 갖는 거라네. 자네도 '자유는 속박'이라는 당의 구호를 알 거야. 혹시 그 구호를 거꾸로 바꿔 생각해본 적 있나? '속박은 자유'라고 말일세. 혼자서—자유롭게—있는 인간은 패배하게 마련이지. 모든 인간은 언젠가 죽게 돼 있는데 이 사실이야말로 가장 큰 실패이기 때문에 그렇게 될 수밖에 없다네. 그러나 인간이 완전히 철저하게 복종할 수 있다면, 그리고 자신의 정체성에서 탈피할 수 있다면, 그래서 자신이 곧 당이 되도록 당과 어우러질 수 있다면, 그때야말로 그 사람은 전능하고 영원히 죽지 않는 존재가 된다네. 두 번째로 자네가 깨달아야 할 것은 권력이란 인간을 지배하는 권력을 뜻한다는 점이네. 몸은 물론이고 특히 정신까지 지배한다는 걸세. 자네가 소위 외적 실재라고 하는 물질을 지배하는 권력은 중요하지 않다네. 이미 우리의 물질 장악력은 절대적인 수준에 와 있으니까 말이야."

잠시 윈스턴은 눈금판을 모른 척했다. 그는 일어나 앉아보려고 안간힘을 썼지만 겨우 아픔을 참아가며 몸을 비틀었을 뿐이다.

"도대체 당신들이 어떻게 물질을 지배할 수 있다는 거죠? 기후나 중력의 법칙도 지배하지 못하면서 말이죠. 질병, 고통, 죽음 같은 것들은 또 어떻고요?"

윈스턴이 버럭 소리를 질렀다.

오브라이언이 손을 움직여 그의 말을 막은 뒤 이렇게 말했다.

"우리는 정신을 지배하기 때문에 물질을 지배하는 거라네. 실재는 머릿속에나 있지. 윈스턴, 자네도 차츰 알게 될 걸세. 우리가 할 수 없는 건 없네. 우린 눈에 보이지 않게 할 수도 있고 공중부양도 할 수 있지. 한마디로 뭐든 할 수 있네. 나는 원하면 비눗방울처럼 바다 위를 둥둥 떠다닐 수도 있다네. 하지만 당이 그걸 원하지 않기 때문에 나도 하고 싶지 않을 뿐이네. 자넨 자연의 법칙과 관련해 그런 19세기적인 사고방식에서 벗어나야만 하네. 우리가 자연의 법칙을 만든다네."

"아뇨, 그렇지 않습니다! 당신들은 이 땅의 주인 노릇도 못 하고 있잖습니까. 유라시아와 동아시아를 보세요. 당신들은 아직 그 나라들도 정복하지 못했습니다."

"그게 뭐가 대수라고. 우린 적당한 때에 그 나라들을 정복할 거라네. 그리고 설령 정복하지 않는대도 뭐 어떻단 말인가? 우리는 언제라도 그 나라들을 사라지게 할 수 있네. 오세아니아가 곧 세계라네."

"그러나 세계는 그 자체가 한 점의 먼지에 불과합니다. 그리고 인간은 아주 작고 무력한 존재고요! 인간이 존재하기 시작한 지가 얼마나 됐습니까? 수백만 년 동안 지구에는 인간이 살고 있지도 않았습니다."

"바보 같기는. 지구의 나이는 인간의 나이와 같네. 더 오래된 게 아닐세. 지구가 어떻게 더 오래되었을 수 있겠는가? 인간의 의식을 통하지 않고 존재할 수 있는 건 아무것도 없다네."

"하지만 암석마다 멸종된 동물들의 뼈가 가득하잖습니까. 매머드나 마스토돈 또는 거대한 파충류 등 인류가 생기기 오래전에 살았던 동물들의 뼈가 그대로 화석에 남아 있지 않습니까?"

"윈스턴, 자넨 그런 뼈들을 본 적 있나? 물론 없겠지. 그건 19세기 생물학자들이 날조해낸 걸세. 인간이 등장하기 전에는 아무것도 없었다네. 따라서 인간이 종말을 고하면 아무것도 존재하지 않게 될 거네. 인간을 벗어나서는 그 어떤 것도 존재할 수 없는 거지."

"하지만 우리가 사는 지구 밖에는 우주가 있습니다. 별들을 보세요! 어떤 별들은 지구에서 백만 광년이나 떨어져 있습니다. 그것들은 영원히 우리의 힘이 미치지 않는 영역입니다."

"별이란 게 도대체 뭔가? 몇 킬로미터 떨어진 곳에 있는 불똥들일 뿐이지. 우리는 마음만 먹으면 얼마든지 거기까지 힘을 뻗칠 수 있네. 완전히 없애버릴 수도 있고 말이야. 지구는 우주의 중심일세. 태양과 별은 지구 주위를 돈다네."

윈스턴은 또 한 번 갑작스럽게 움직여봤다. 이번에는 어떤 말도 하지 않았다. 오브라이언이 반론을 듣고 다시 반박하는 사람처럼 계속해서 말을 이어나갔다.

"물론 어떤 특정한 목적에 따라 그게 진실이 아닐 때도 있네. 우리가 바다를 항해할 때나 일식을 예측할 때는 지구가 태양 주위를 돌고 별들은 수백만 킬로미터 떨어져 있다고 가정하면 편리하긴 하지. 하지만 그런 게 뭐 어떻단 말인가? 자넨 천문학의 이중 체계를 만들어내는 게 우리에게 어림없는 일이라고 생각하나? 우리는 필요에 따라 별들을 가까이 있게 할 수도 있고 멀리 있게 할 수도 있다네. 우리의 수학자들이 그만한 일도 할 수 없을 것 같은가? 자네 혹시 이중사고를 까맣게 잊어버린 것 아닌가?"

윈스턴은 침내에 누워 있는데도 뒷걸음질 치듯 움찔했다. 무슨 말을 하건 오브라이언이 재빠르게 받아칠 때마다 그는 곤봉에 얻어맞은 듯 찍소리 못했다. 그러나 윈스턴은 자신이 옳다는 것을 알고 있었다. 인간의 정신을 벗어나서는 어떤 것도 존재하지 않는다는 생각이 허위임을 입증할 방법들이 틀림없이 있었다. 그리고 그것은 오래전에 이미 오류로 밝혀지지 않았던가? 지금은 잊어버려서 생각나지 않지만 그런 오류를 뜻하는 이름까지 있었다. 그를 내려다보는 오브라이언의 입가가 실룩거리면서 엷은 미소가 번졌다.

"윈스턴, 내가 말하지 않았나? 형이상학은 자네의 강점이 아니라고 말이야. 자네가 지금 머리를 쥐어짜면서 생각해내려고 하는 단어는 바로 유아론唯我論이라는 걸세. 하지만 자네가 잘못 알고 있는 거네. 이건 유아론이 아니네. 원한다면 집단적 유아론이라고 불러주지. 하지만 그건 다른 거야. 사실은 정반대라고 할 수 있지. 여담은 이쯤으로 끝내세."

그가 말투를 바꾸더니 덧붙여 말했다.

"진짜 권력, 그러니까 우리가 밤낮으로 차지하려고 싸우는 그 권력은 사물을 지배하는 게 아니라 인간을 지배하는 권력이라네."

오브라이언은 잠시 말을 멈춘 뒤 또다시 촉망받는 학생에게 질문을 던지는 선생님의 태도로 물었다.

"윈스턴, 한 인간이 어떤 방법으로 다른 인간에게 권력을 행사할까?"

윈스턴은 잠시 생각한 끝에 대답했다.

"괴롭히는 방법을 통해서요."

"그래, 정확히 맞았네. 다른 사람을 괴롭히는 방법을 쓰는 거네. 복종만으로는 충분치 않지. 괴롭히지 않는다면 어떻게 권력자의 의지에 확실히 복종하는지 알 수 있겠나? 권력은 고통과 모욕을 줄 때 유지되는 걸세. 권력은 인간의 정신을 산산조각 낸 뒤 권력자가 원하는 형태로 새롭게 그 조각들을 다시 맞추는 거라네. 이제 우리가 어떤 세계를 창조하고 있는 건지 감이 잡히나? 우리가 창조하려는 세계는 그 옛날 개혁가들이 꿈꿨던 어리석고 쾌락적인 유토피아와 정반대라네. 공포와 배반과 고통의 세계이자 짓밟는 자와 짓밟히는 자의 세계이며 개선될수록 좀 더 자비로워지는 것이 아니라 더욱 무자비해지는 세계지. 우리가 창조하는 세계에서 진보란 고통을 더 많이 받는 세계로 나아가는 거라네. 옛날의 문명들은 자기네가 사랑과 정의를 바탕으로 세워졌다고들 떠들어댔지. 하지만 우리의 문명은 증오를 바탕으로 세워졌다네. 우리가 창조하려는 세계에서 감정이라고는 공포, 분노, 승리감, 그리고 자기비하밖에는 없을 거네. 그 외의 감정들은 우리가 모두 없애버릴 거니까. 전부 다 말이지. 우리는 이미 혁명 이전부터 존속되어온 사고의 습관을 무너뜨리기 시작했네. 우리는 부모와 자식, 남자와 남자, 남자와 여자 사이의 유대 관계를 끊어왔다네. 이젠 더 이상 누구도 감히 아내와 자식을 믿지 못하지. 그러나 미래에는 그런 아내와 자식마저 존재하지 않을 거라네. 암탉이 알을 낳으면 사람이 가져가듯 아이들은 태어나자마자 어미와 떨어지게 될 거야. 성 본능 또한 뿌리까지 완전히 없애버릴 것이네. 출산은 배급카드를 재발급 받는 것처럼 공식적인 연례행사가 될 걸세. 우린 오르가슴도 없애버릴 거네. 지금 신경학자들이 그 방법을 연구 중이라네. 당을 향한 충성심만 빼고 충실함이나 성실함 따위도 모두 없애버릴 거라네. 그리고 빅 브라더를 사랑하는 것 외에는 어떤 사랑도 남아 있지 않을 거네. 웃음도 적을 패배시키고 승리했을 때 웃는 웃음 말고는 모두 없애버릴 거라네. 예술도, 문학도, 과학도 없애버릴 거야. 우리가 전능해지면 더 이상 과학은 필요가 없을 테니까 말이지. 아름답고 추한 것의 차이도 사라질 거네. 호기심이나 살아가면서 느끼는 소소한 즐거움도 모두 없애버릴 거라네. 경쟁에서 오는 즐거움들도 모두 파괴해버릴 거라네. 그러나 윈스턴, 항상 잊지 말게. 권력에 도취한 감정만은 앞으로도 늘 존재할 뿐만 아니라 지속적으로 점점 커지고 점점 더 미묘해질 거라는 걸 말이야. 또 승리가 주는 황홀감과 무력한 적을 짓밟을 때의 감동도 언제나, 매 순간 존재할 것이네. 만약 자네가 미래의 모습이 궁금하다면 군홧발로 인간의 얼굴을 짓밟는 장면, 그것도 영원히 그러고 있는 장면을 상상해보게나."

오브라이언은 윈스턴이 말하기를 기다리는 듯 잠시 말을 멈췄다. 윈스턴은 침대가 가로막고 있는데도 또다시 뒷걸음질하려 했다. 그는 어떤 말도 할 수 없었다. 심장이 꽁꽁 얼어붙은 것 같았다. 오브라이언이 다시 말을 이었다.

"다시 한 번 강조하지만 그 군홧발은 영원히 존재할 거란 걸 잊지 말게. 그 얼굴은 항상 그 군홧발 밑에서 짓밟히고 있을 것이네. 사회의 적인 이단자들도 계속해서 영원히 패배당하고 굴욕을 당할 수 있게 언제나 존재할 거라네. 자네가 우리에게 붙잡힌 이후 겪었던 모든 일은 앞으로도 계속될뿐더러 더욱 심해질 거네. 첩보 활동, 배신, 체포, 고문, 처형, 행방불명 등도 절대 없어지지 않을 거야. 세계는 승리의 세상이자 공포의 세상이 될 것이네. 당의 권력이 강해질수록 관용은 더욱 줄어들 테고, 반대 세력의 힘이 약해질수록 독재정치의 횡포는 더욱 거세지겠지. 골드스타인과 그를 따르는 이단자들도 영원히 살아갈 거라네. 매일, 매 순간 그들은 패배하고 불신당하고 조롱받으며 모욕당할 거라네. 하지만 그럼에도 그들은 언제나 살아남게 될 걸세. 7년 동안 내가 자네와 연기한 드라마가 세대를 거쳐가며 더욱더 교묘한 형태로 거듭 되풀이될 거야. 우리는 항상 이단자들을 가까이 두고 우리 마음대로 할 거라네. 그들은 고통으로 비명을 지르고 그들의 조직은 풍비박산이 나고 경멸받는 존재들이 돼서 결국은 참회하고 저절로 우리 발밑에 조아리며 살려달라고 애원하게 되겠지. 윈스턴, 이게 바로 우리가 준비하는 세상이야. 승리만이 계속되고 성공의 기쁨만을 영원히 만끽하며 끊임없이 권력의 대담성을 재촉하는 그런 세상 말이야. 자넨 이제야 우리가 어떤 세계를 창조하려는 건지 깨닫기 시작한 것 같군. 그러나 결국에는 자네도 그런 세상을 이해하는 차원을 넘어 그것을 받아들이고 환영하며 그런 세상의 일원이 될 것이네."

윈스턴은 말을 할 수 있을 만큼 기운을 되찾았다.

"당신들은 그렇게 못 할 겁니다!"

그가 힘없이 말했다.

"그게 무슨 뜻인가, 윈스턴?"

"당신네는 당신이 방금 말한 그런 세상을 창조할 수 없다는 말입니다. 그건 불가능합니다."

"왜 그렇지?"

"공포와 증오와 잔인함을 바탕으로 문명을 건설하기란 불가능하니까요. 그런 문명은 결코 오래가지 못할 겁니다."

"왜 안 되는데?"

"그런 문명에는 생명력이 없을 테니까요. 붕괴하고 말 테니까요. 자멸할 테니까요."

"말도 안 되는 소리. 자넨 증오심이 사랑보다 더 소모적이라고 생각하는 모양이로군. 도대체 왜 증오심이 더 소모적이라는 건가? 설령 그렇다 하더라도 그게 무슨 차이가 있나? 우리가 더 빨리 늙어가기로 했다고 가정해보세. 가령 우리가 서른 살에 노인이 될 만큼 생명의 속도를 촉진시켰다고 생각해보세. 그러나 그렇게 한다고 해서 무슨 차이가 있겠나? 자넨 개인의 죽음은 죽음이 아니라는 걸 이해할 수 없나? 당은 영원히 죽지 않는 존재일세."

이번에도 역시나, 오브라이언의 그런 목소리를 들으니 윈스턴은 무기력해졌다. 더구나 자신이 계속해서 오브라이언의 의견에 반박하면 그가 눈금판을 다시 돌릴까 봐 두려웠다. 하지만 그렇다고 해서 조용히 있을 수만은 없었다. 그는 오브라이언이 말하는 것을 듣고 있자니 경악스러워 뭐라고 표현할 방법이 없는 기분에 못 이겨 논거도 없이 무기력하게 다시 반박에 나섰다.

"전 모르겠습니다. 사실 관심도 없고요. 하여간 당신들은 실패할 겁니다. 무언가가 당신들을 패배시킬 겁니다. 삶이 당신들을 실패하게 할 겁니다."

"윈스턴, 우리는 모든 방면에 걸쳐 삶을 지배한다네. 자넨 이른바 인간성이라는 게 있어서 그것이 우리가 하는 일에 분노해 우리에게서 등을 돌리게 할 거라고 상상하겠지. 하지만 우리는 인간성도 창조한다네. 인간은 무한정 변할 수 있는 존재라네. 자네 설마 무산계급이나 노예들이 들고일어나 우리를 전복시킬 거라는 옛날에 했던 생각을 또다시 하게 된 건 아니겠지? 그런 생각은 아예 머릿속에서 없애버리게. 그들은 짐승처럼 무기력한 존재들일세. 인간성은 당이네. 당을 제외한 다른 사람들은 모두 열외지. 한마디로 관계없는 존재들이란 말일세."

"그렇다 하더라도 결국에는 그들이 당신들을 쳐부술 겁니다. 조만간 그들이 당신들의 정체를 알게 되면 당신들을 갈가리 찢어놓을 겁니다."

"그런 일이 일어나고 있다는 증거라도 본 건가? 그게 아니라면 그렇게 될 수밖에 없는 이유라도 있다는 건가?"

"그런 건 없습니다. 하지만 전 그렇게 되리라 믿습니다. 전 당신들이 실패할 거라는 걸 알고 있어요. 세상에는 당신들이 결코 정복할 수 없는 것들이 있습니다. 정확히는 저도 모르겠지만, 어떤 정신이나 원칙 같은 것 말입니다."

"윈스턴, 자넨 신이 있다고 믿나?"

"믿지 않습니다."

"그렇다면 우리를 패배시킬 원칙이라는 게 도대체 뭔가?"

"모르겠습니다만, 인간의 정신이 아닐까 싶습니다."

"그럼 자네는 자신을 인간이라고 생각하나?"

"그럼요."

"윈스턴, 만약 자네가 인간이라면 자네는 마지막 남은 인간일 걸세. 자네와 같은 인간들은 멸종했다네. 우리는 그 후계자들이지. 자네는 혼자라는 걸 이해하겠나? 자네는 역사 밖에 있으며 존재하지 않는다네."

그는 태도를 바꿔 더욱 가혹하게 말했다.

"자넨 우리가 거짓말을 하고 잔인하다고 해서 자네가 도덕적으로 우리보다 우월한 존재라고 생각하나?"

"네, 전 제 자신이 우월하다고 봅니다."

오브라이언은 아무 말도 하지 않았다. 대신 두 개의 다른 목소리들이 말하고 있었다. 잠시 후 윈스턴은 그중 하나가 자신의 목소리라는 것을 알아챘다. 그 소리는 그가 형제단에 가입했던 날 밤에 오브라이언과 나눴던 대화를 녹음한 것이었다. 윈스턴은 거짓말하고, 훔치고, 위조하고, 살인하고, 마약과 매춘을 장려하고, 성병을 퍼뜨리고, 어린아이의 얼굴에 황산을 뿌리겠다고 맹세하는 자신의 목소리를 들었다. 오브라이언은 그런 증거를 들려주는 것은 소용없는 짓이라는 듯 약간 답답해하는 몸짓을 했다. 곧이어 그가 스위치를 끄자 그 목소리들도 더 이상 들리지 않았다.

"침대에서 일어나."

오브라이언이 명령했다.

결박이 저절로 풀렸다. 윈스턴은 바닥으로 내려와 비틀거리며 섰다.

"자네는 마지막 남은 인간이네. 자넨 인간 정신의 수호자이기도 하지. 자네는 자신이 진짜 어떤 사람인지 보게 될 걸세. 옷을 벗게."

윈스턴은 작업복을 조여 매고 있던 허리끈을 풀었다. 지퍼는 오래전에 떨어져 나갔다. 그는 체포된 이후 언제였든 한 번도 옷을 몽땅 벗어본 기억이 없었다. 작업복 안에는 더럽고 누렇게 찌든 누더기를 입고 있었는데 간신히 속옷이라는 것만 알 수 있었다. 그는 그것들까지 전부 바닥에 벗어버리고 방 한구석에 있는 삼면거울 앞으로 걸어갔다. 그런데 얼마 안 가 그 자리에 딱 멈춰 서고 말았다. 그러고는 자기도 모르게 비명을 질렀다.

"앞으로 더 가. 거울 정중앙에 서. 그래야 옆모습도 잘 보일 테니까."

윈스턴은 흠칫 놀라 또다시 서버리고 말았다. 거울 안에서 허리가 구부정하고 희끄무레한, 해골 같은 것이 그의 앞으로 점점 다가오고 있었다. 정말이지 소름 끼치는 모습이었는데 비단 그것이 자신의 모습이라는 사실을 알았기 때문만은 아니었다. 그는 거울 앞으로 가까이 다가갔다. 구부정한 자세 때문에 얼굴이 툭 튀어나온 것처럼 보였다. 이마가 뒤쪽까지 훤히 벗겨진 데다 구부러진 코와 두들겨 맞은 듯 찌그러진 광대뼈, 그리고 경계심 가득한 사나운 눈까지 영락없는 비참한 죄수의 얼굴이었다. 양쪽 뺨에는 주름살이 잡혀 있었고 입은 안으로 움푹 들어간 듯 보였다. 그의 얼굴이 틀림없었지만 그가 보기에 자신의 내면보다 얼굴이 더 많이 변한 것 같았다. 그의 얼굴에 드러난 감정 또한 그가 느끼는 것과 다를 터였다. 그의 머리는 부분적으로 대머리가 돼 있었다. 처음에는 머리가 희끗해져서 그렇게 보이는 줄 알았지만 희끗한 것은 머리칼이 빠져 두피가 그렇게 보였을 뿐이었다. 양손과 얼굴만 빼고는 몸 전체가 케케묵고 찌든 때로 온통 잿빛이었다. 때 낀 피부 여기저기에는 붉은 상처 자국이 있었고 발목 근처는 정맥류성 궤양으로 살갗이 벗겨지면서 그 부위 전체에 염증이 있었다. 그러나 가장 소름끼치는 것은 비쩍 말라버린 그의 몸뚱이였다. 갈비뼈가 마치 해골의 그것처럼 앙상하게 드러났고 다리는 어찌나 말랐는지 무릎이 허벅지보다 더 두꺼웠다. 그제야 그는 오브라이언이 무슨 의도로 옆모습을 보라고 했는지 알 것 같았다. 척추가 믿기 어려울 만큼 굽어 있었다. 또 야윈 어깨는 가슴이 움푹 들어가 보일 만큼 앞으로 툭 튀어나와 있었고 말라빠진 목은 해골의 무게에 눌려 꺾일 것만 같았다. 언뜻 보면 불치병을 앓는 예순 살의 노인 몸이라고 해도 믿을 정도였다.

"자넨 이따금 내부 당원인 내 얼굴이 늙고 지쳐 보인다고 생각했었지. 그런데 이제 자신의 얼굴을 보니 어떤 생각이 드나?"

오브라이언은 윈스턴이 제 모습을 샅샅이 볼 수 있도록 그의 어깨를 움켜잡고 몸을 빙 돌렸다.

"자네 꼴 좀 보게! 온몸을 뒤덮은 이 더러운 때를 보란 말일세. 발가락 사이의 그 때도 봐. 자네 다리에 난 구역질 나는 상처도 좀 보고. 자네 몸에서 염소한테서나 풍기는 고약한 냄새가 나는 걸 알고 있나? 아마 익숙해져서 못 맡는 거겠지. 비쩍 마른 몰골은 또 어떻고. 자네도 보이지? 내 엄지와 검지만으로도 자네의 팔뚝을 줄 수 있을 거네. 자네 목은 당근 부러뜨리듯 툭 꺾어버릴 수 있다네. 자네가 여기 잡혀 온 이후로 체중이 25킬로그램이나 준 걸 알고 있나? 머리카락까지 뭉텅이로 빠진다네. 자, 보라고!"

오브라이언이 그의 머리에서 머리칼을 한 움큼이나 뽑아냈다.

"입 좀 벌려봐. 아홉, 열, 열하나, 이가 이제 열한 개 남았군. 이곳에 올 때 자네 이가 몇 개였는지 아나? 얼마 안 남은 것들도 죄다 빠지게 생겼어. 이거 보게!"

오브라이언이 엄지와 검지로 윈스턴의 남은 앞니 하나를 꽉 붙잡았다. 곧이어 윈스턴에게 턱이 빠지는 듯한 엄청난 통증이 지나갔다. 오브라이언이 흔들리는 이를 비틀어 뿌리째 뽑은 것이다. 그는 뽑은 이를 감방 저쪽으로 던져버렸다.

"자넨 지금 썩어 없어지고 있네. 산산조각이 나고 있는 거지. 자네 정체는 뭘까? 한마디로 오물 덩어리지. 이제 돌아서서 거울을 다시 들여다보게. 자네 앞에 뭐가 있는지 보이나? 그게 마지막 남은 인간이라네. 자네가 인간이라면 거울에 비친 그 모습이 바로 인간성이라네. 이제 다시 옷을 입게."

윈스턴은 뻣뻣한 몸을 움직여 천천히 옷을 입기 시작했다. 지금까지 그는 자신이 얼마나 야위고 쇠약해졌는지 전혀 알아채지 못하고 있었다. 머릿속에는 오직 한 가지 생각밖에 떠오르지 않았다. 자신이 상상했던 것보다 오래 그곳에 있었던 게 틀림없다는 생각. 그렇게 궁상스런 누더기를 몸에 걸치다가 별안간 만신창이가 돼버린 자신의 몸뚱이가 한없이 가여워지면서 감정이 북받쳤다. 자기도 모르게 그는 침대 곁에 있는 작은 의자에 허물어지듯 주저앉아 서럽게 울었다. 그는 눈이 부실 만큼 새하얀 불빛 아래서 때 전 속옷 차림으로 털썩 주저앉아 울고 있는 비쩍 마른 자신이 얼마나 추하고 볼썽사나울지 잘 알고 있었다. 그러나 울음을 멈출 수가 없었다. 오브라이언이 상냥하다 싶을 만큼 살며시 그의 어깨를 감쌌다.

"영원히 이러지는 않을 거네. 자네가 원하면 언제든지 여기서 벗어날 수 있다네. 모든 건 자네한테 달렸어."

"당신 때문이야! 당신이 날 이 꼴로 만들었어!"

"아니네, 윈스턴. 자넬 그렇게 만든 건 바로 자네 자신이네. 자네가 당에 반대하기 시작했을 때 이미 각오한 일일세. 처음 그런 행동을 한 순간 모두 예견됐던 거네. 자네의 예견에서 벗어난 일은 하나도 없었어."

오브라이언은 잠시 말을 멈췄다가 다시 이어나갔다.

"윈스턴, 우리는 자네를 때리고 쇠약하게 만들었네. 자네 몸이 어떤 지경인지 봐서 잘 알 거네. 자네의 정신 또한 그와 똑같은 상태라네. 자존심도 많이 상했을 테지. 자넨 발길질을 당하고 두드려 맞고 온갖 모욕을 당했다네. 그러면서 고통으로 비명을 지르고 자네 피와 토사물이 흥건한 바닥을 데굴데굴 굴렀지. 어디 그뿐인가? 자넨 살려달라고 울며불며 매달렸고, 모든 사람을 배신했으며 모든 걸 털어놓았다네. 자네가 품위를 지켰다고 할 만한 게 단 한 가지라도 있었다고 생각하나?"

윈스턴은 울음을 그쳤다. 그러나 눈에서는 여전히 눈물이 흘러내렸다. 그는 오브라이언을 올려다보며 말했다.

"전 줄리아를 배신하지 않았습니다."

오브라이언이 생각에 잠긴 표정으로 그를 내려다보았다.

"그렇지, 그래. 그건 정말 맞는 말이네. 자넨 줄리아를 배신하지 않았지."

그 말을 듣자 윈스턴의 가슴속에서 오브라이언을 향해 어떤 것으로도 사라지게 할 수 없을 것 같은 특유의 존경심이 다시 한없이 솟아났다. 윈스턴은 '오브라이언은 얼마나 지적인가. 정말이지 참으로 지적인 사람이구나!'라고 생각했다. 오브라이언은 무슨 말이든 듣고서 이해하지 못하는 법이 없었다. 다른 사람 같았으면 윈스턴의 말이 끝나기 무섭게 그가 줄리아를 배신했다고 반박했을 것이다. 그들이 그런 고문을 하면서 그에게서 자백받지 못한 말이 뭐가 있는가? 윈스턴은 그들에게 줄리아와 관련해 알고 있는 것들을 전부 털어놓았다. 그녀의 습관은 물론 그녀의 성격과 과거 생활까지 모두 다 말이다. 그는 줄리아와 만났을 때 있었던 모든 일과 두 사람이 주고받았던 모든 말을 아주 사소한 것까지 자세하게 털어놓았다. 가령 암시장에서 산 먹을거리에서부터 그들의 간통 행위와 당에 맞서기 위해 막연하게나마 세웠던 음모들에 이르기까지, 안 한 이야기가 없었다. 그러나 그가 생각하는 '배신'의 뜻으로는 줄리아를 배신하지 않았다. 그는 여전히 그녀를 사랑하고 있었으며 그녀를 향한 그의 마음은 예전과 다름이 없었다. 오브라이언은 굳이 설명해주지 않아도 그의 말뜻을 알아들었던 것이다.

"제가 언제 총살될지 말해주십시오."

윈스턴이 말했다.

"한참 있어야 할 걸세. 자네는 힘든 사례라서 말이지. 그러나 희망을 포기하지 말게. 모두 조만간 완치되거든. 결국에는 우리가 자넬 총살하겠지만 말이야."

오브라이언이 말했다.

4

 윈스턴의 몸 상태는 훨씬 좋아졌다. '하루'라고 말하는 게 적절할지 모르겠지만, 하루가 다르게 살이 오르고 건강해졌다.
 새하얀 불빛과 윙윙거리는 소리는 여전했지만 지금 있는 감방은 전에 있었던 곳들보다 좀 더 편했다. 판자 침대에 베개는 물론 매트리스도 깔려 있었고 앉을 만한 의자도 있었다. 그들은 목욕뿐만 아니라 꽤 자주 양철 대야에서 직접 씻을 수 있게도 해줬다. 그들은 심지어 씻을 때 따뜻한 물까지 주고 새 속옷과 깨끗한 작업복도 한 벌 내줬다. 게다가 상처를 가라앉히는 연고를 발라 정맥류성 궤양을 치료해줬으며 남은 이를 모조리 빼버리고 새로 틀니를 끼워주었다.
 틀림없이 몇 주일, 아니 몇 달이 흘렀을 것이다. 이젠 규칙적으로 배식을 받았기 때문에 그가 날짜 세는 일에 조금이라도 관심이 있었다면 며칠이 지났는지 충분히 따져볼 수 있었을 것이다. 그가 판단하기에 24시간 동안 세 번 배식을 받는 것 같았다. 그러나 때때로 배식받을 때 그것이 아침밥인지 저녁밥인지 헷갈렸다. 음식은 세 끼에 한 번씩 고기가 나올 정도로 아주 좋았다. 한번은 담배 한 갑이 나온 적도 있었다. 비록 성냥은 없었지만 결코 말하는 법이 없는 간수가 음식을 가져다주면서 그에게 담뱃불을 붙여주곤 했다. 처음 배급받은 담배를 피웠을 땐 속이 메스꺼웠지만 그래도 꾹 참고 식후에 반 개비씩 피워 한 갑을 가지고도 한참을 피울 수 있었다.
 그들은 몽당연필이 달린 하얀 석판도 넣어주었다. 하지만 처음에 그는 그것을 전혀 사용하지 않았다. 깨어 있을 때도 손 하나

까딱할 수가 없었기 때문이다. 식사를 하고 다음 식사 시간까지 거의 꼼짝도 하지 않고 누워 있을 때가 많았다. 그럴 때마다 잠을 자거나 때로는 깨어 있어도 눈을 뜨는 것조차 너무 힘겨워 멍하니 공상에 빠져 있었다. 그는 감방 생활을 오래 하다 보니 이제는 얼굴에 강렬한 불빛을 받으며 잠을 자는 데에도 익숙해졌다. 예전과 비교하면 꿈이 한층 일관성 있게 전개된다는 것 말고는 달라진 게 없는 것 같았다. 그동안 줄기차게 많은 꿈을 꾸었는데 언제나 행복한 내용이었다. 그가 '황금빛 나라'에 있다든가, 혹은 볕이 잘 드는 거대하고 장엄한 유적지 사이에서 그의 어머니나 줄리아 또는 오브라이언과 앉아서 하는 일 없이 그저 볕을 쬐며 평화롭게 이런저런 이야기를 나누는 꿈이었다. 그가 깨어 있을 때 하는 생각들도 대부분 꿈과 관련된 것들이었다. 이제 더 이상 고통스러운 자극을 안 받아서 그런지 머리를 써서 새로운 것들을 생각할 힘마저 잃어버린 것 같았다. 지루하지도 않고 대화를 하거나 기분 풀이를 하고 싶은 생각도 없었다. 두들겨 맞거나 심문당하지 않고 그저 충분히 먹고 사방이 깨끗한 곳에서 혼자 있는 것만으로도 더할 나위 없이 만족스러웠다.

차츰 잠자는 시간은 줄어들었지만 여전히 침대에서 나가고 싶은 마음은 들지 않았다. 그저 조용히 누워 자신의 몸에 되살아나는 기운을 느끼는 게 가장 좋았다. 그는 손가락으로 자신의 몸을 여기저기 눌러보며 점점 근육이 붙고 피부가 탱탱해지는 것이 꿈인지 생시인지 확인해보곤 했다. 그러다가 마침내 자신의 몸에 점점 살이 오르고 있음을 확신했다. 이제 허벅지가 무릎보다 확실히 굵어진 것이다. 이후, 물론 처음에는 내키지 않았지만, 규칙적으로 운동하기 시작했다. 얼마 지나지 않아 감방 안에서 걸음으로 잰 거리에 따라 3킬로미터를 걸을 수 있었고 구부정하던 어깨도 점차 꼿꼿해졌다. 그는 좀 더 힘든 운동을 시도해봤는데 그가 할 수 없는 동작들이 있다는 것을 깨닫고 놀란 동시에 자존심이 상했다. 그는 걷기 이상은 할 수 없었고 의자를 높이 들어 올릴 수도 없었으며 넘어지지 않고 한 발로 설 수도 없었다. 게다가 쪼그리고 앉으면 허벅지와 장딴지가 땅기면서 몹시 아파서 얼른 일어나 서 있는 자세로 있을 수밖에 없었다. 엎드려서 팔굽혀펴기도 해보았지만 단 1센티미터도 몸을 들어 올릴 수가 없었다. 그러나 음식을 몇 차례 더 먹으며 며칠이 지나자 한 번은 성공할 수 있었다. 그러다가 어느 날부터인가 한 번에 연속으로 여섯 번이나 해냈다. 그는 실제로 자신의 몸에 자부심을 느끼기 시작하면서 긴가민가하긴 했지만 얼굴도 정상으로 돌아가고 있다고 믿었다. 그러나 우연히 대머리가 된 머리를 만져봤을 때는 거울에서 자신을 바라보던 주름투성이의 망가진 그 얼굴이 떠올랐다.

그의 마음도 점점 활기를 찾아갔다. 그는 판자 침대에 앉아 등을 벽에 기댄 채 석판을 무릎 위에 놓고 자신을 재교육하는 일에 돌입했다.

그는 자신이 굴복했다는 데에 이의가 없었다. 그도 이제야 알았듯, 실제로 그는 결정을 내리기 오래전부터 기꺼이 굴복할 용의가 있었다. 애정부 건물 안에 들어선 순간부터, 그리고 줄리아와 함께 텔레스크린에서 나오는 냉혹한 목소리가 시키는 대로 꼼짝없이 서 있던 그 몇 분 동안에도 그는 당의 권력에 대항하려 했던 자신이 얼마나 경솔하고 어리석었는지 알고 있었다. 사상경찰이 7년 동안이나 확대경으로 딱정벌레를 관찰하듯 그를 감시해왔다는 것을 이제야 알았다. 사상경찰은 그가 행한 행동이나 입 밖으로 발설한 말들을 모두 알고 있었으며 옛날부터 어떤 생각을 해왔는지도 전부 추론해낼 수 있었다. 심지어 그가 일기장 표지에 붙여놓았던 희끄무레한 먼지 한 점까지 고스란히 제자리에 돌려놓았다. 그들은 그에게 녹음테이프도 들려주고 사진들도 보여주었다. 그 가운데 줄리아와 그가 함께 있는 사진들도 있었다. 게다가……. 그는 더 이상 당과 맞서 싸울 수 없었다. 더구나 당이 옳았다. 아니, 당은 옳아야만 했다. 영원히 죽지 않는 집단적 두뇌가 어떻게 틀릴 수 있단 말인가? 어떤 외적 기준으로 당의 판단이 옳은지 그른지를 확인할 수 있단 말인가? 온전한 정신 상태는 통계에 근거하는 것이다. 우리는 그저 그들이 생각하는 대로 생각하는 법만 배우면 된다. 오직 그뿐이다!

연필이 두껍고 손에 익지 않았다. 그는 머릿속에 떠오르는 생각들을 적어 내려갔다. 제일 먼저 서툰 글씨체로 다음과 같이 썼다.

자유는 속박

그리고 이어서 바로 밑에 이렇게 썼다.

둘 더하기 둘은 다섯

하지만 여기까지 쓰고 나서 멈칫했다. 마치 무언가가 두려워서 피하는 것처럼 정신을 집중할 수가 없었다. 그는 자신이 다음에 무엇을 쓸지 알고 있다고 생각했는데 그 순간 떠오르지 않았다. 결국 생각해내기는 했지만 저절로 떠오른 게 아니었다. 다음에 올 말을 의식적으로 생각해냈을 뿐이었다. 그 내용은 다음과 같다.

신은 권력

그는 모든 것을 받아들였다. 과거는 변경할 수 있다. 하지만 결코 변경된 적은 없다. 오세아니아는 동아시아와 전쟁 중이다. 오세아니아는 항상 동아시아와 전쟁을 해왔다. 존스와 에런슨과 러더포드는 기소된 내용의 범죄를 저질렀다. 그는 그들이 유죄가 아님을 입증하는 사진을 결코 본 적이 없다. 아예 존재한 적도 없는 사진을 그가 날조해낸 것이다. 그는 자신이 열거한 사실들과 반대되는 내용들을 기억하고 있다는 게 기억났지만 그것들은 자기기만에서 비롯된 그릇된 기억들이었다. 이 모든 게 얼마나 쉬운가! 일단 굴복만 하면 저절로 다 해결될 일이었다. 그것은 마치 물살을 거슬러 헤엄치려고 제아무리 발버둥 쳐도 뒤로 밀려나기만 하다가 별안간 방향을 바꿔 물살을 따라 헤엄치는 것과 같았다. 자신의 태도 외에는 변한 게 아무것도 없었다. 어쨌든 제 운명대로 흘러가기 마련이었다. 그는 왜 자신이 여태까지 반항해왔는지조차 아리송했다. 어려울 게 하나도 없었다. 다만…….

어느 것이든 진실이 될 수 있었다. 이른바 자연의 법칙이란 전부 헛소리였다. 중력의 법칙도 터무니없기는 마찬가지였다. 오브라이언은 "나는 원하면 비눗방울처럼 바다 위를 둥둥 떠다닐 수도 있다네"라고 말했었다. 윈스턴은 그 말을 이렇게 이해했다. '그가 자신이 바다 위를 둥둥 떠다닌다고 생각할 때 나도 동시에 그가 그렇게 하고 있다고 생각하면 정말 그가 바다 위를 둥둥 떠다니게 된다.' 그러나 불쑥 난파선이 수면으로 솟아오르듯 이런 생각이 들었다. '그런 일은 실제로 일어나지 않아. 상상에서나 있는 일이야. 망상일 뿐이야!' 하지만 그는 곧바로 이런 생각을 눌러버렸다. 그릇된 생각인 것이 분명하기 때문이었다. 그런 생각은 자신이 모르는 어딘가에 '진짜' 일이 일어나는 '진짜' 세계가 있다고 전제해야만 가능한 것이었다. 하지만 어떻게 그런 세계가 있을 수 있단 말인가? 자신의 마음을 통하지 않고도 알 수 있는 게 어디 있단 말인가? 모든 일은 마음속에서 일어난다. 따라서 모두의 마음속에서 일어나는 일은 그게 무엇이든 진짜로 일어난다.

윈스턴은 어렵지 않게 그런 그릇된 생각을 없앴기에 다시 그런 생각에 빠질 위험도 없었다. 그럼에도 결코 그런 생각을 하지 말았어야 했다는 것을 깨달았다. 위험한 생각이 들 때마다 마음속에 아무것도 떠오르지 않게 해야만 했다. 더구나 이런 과정은 자동적이고 본능적으로 진행되어야만 했다. 신어로는 이것을 '범죄중단'이라고 했다.

그는 '범죄중단' 연습에 돌입했다. 스스로 "당은 지구가 평평하다고 말한다" 혹은 "당은 얼음이 물보다 무겁다고 말한다"와 같은 명제들을 제시한 다음, 이와 반대되는 주장은 듣지도 이해하려 들지도 않도록 자신을 훈련했다. 쉬운 일이 아니었다. 상당한 수준의 추리력과 임기응변 능력이 필요했다. 가령 "둘 더하기 둘은 다섯"과 같은 발언 때문에 제기되는 수학적 문제들은 그의 지능으로는 이해할 수 없는 것들이었다. 또 마치 마음이 양편으로 나뉘어 운동경기를 치르듯, 어느 순간에는 가장 미묘한 수준까지 논리를 이용하다가도 다음 순간에는 가장 어설픈 논리적 오류마저도 깨닫지 못하는 능력이 필요했다. 지성만큼이나 어리석음도 필요했는데 똑똑해지는 것 못지않게 어리석어지기도 어려웠다.

그러는 동안에도 마음 한구석에서는 그들이 자신을 언제 총살할까 하는 생각이 떠나지 않았다. 오브라이언은 "모든 건 자네한테

달렸어"라고 말했다. 하지만 의식적으로 총살 시기를 앞당길 방법이란 전혀 없다는 것을 그도 잘 알고 있었다. 10분 뒤에 할 수도 있고 10년 뒤에 할 수도 있었다. 또는 그를 독방에 몇 년이고 감금할 수도 있었고 강제노동수용소에 보낼 수도 있었으며 가끔 그러듯 잠깐 풀어줄 수도 있었다. 그를 총살하기 전에 그가 체포돼서 심문을 받았던 전 과정을 다시 한 번 반복할 가능성도 아주 컸다. 그러나 한 가지 확실한 것은 불시에 죽음을 맞게 되리라는 점이었다. 공식적으로 말한 것은 아니라서 그런 이야기를 들어본 사람은 없지만 알음알이로 모두가 알고 있는 관례에 따르면, 그들은 뒤에서 총을 쏠 터였다. 언제나 감방을 차례로 지나치며 복도를 걸어가게 한 다음 난데없이 뒤통수에다 총을 쏘는 것이다.

어느 날 낮에―밤낮을 구분하지 못했으니 '한밤중'이라는 말과 마찬가지로 '어느 날 낮'이라는 것도 맞는 표현이 아닐 듯싶다. 따라서 그냥 '언젠가'가 좋겠다―이상야릇하고 행복한 몽상에 빠져든 적이 있었다. 그는 총알이 발사되길 기다리면서 복도를 걷고 있었다. 다음 순간에 총살되리라는 것을 그도 알고 있었다. 모든 게 해결되고 처리됐으며 조정되었다. 더 이상의 의심도 논쟁도 고통도 두려움도 없었다. 그의 몸은 건강해지고 튼튼해졌다. 그는 움직일 수 있다는 기쁨에 젖어 햇살 아래를 산책하듯 편안하게 걸어가고 있었다. 순간 그가 있는 곳은 더 이상 애정부의 좁고 새하얀 복도가 아니었다. 폭이 1킬로미터나 되는 햇빛이 비치는 넓은 길을 마약에 취한 듯 무아지경에 빠져 걷는 것 같았다. 그는 토끼들이 풀을 뜯어 먹은 오래된 목초지에 구불구불 나 있는 오솔길을 따라 황금빛 나라에 와 있었다. 발밑에 밟히는 짧은 잔디는 폭신했고 얼굴에 와 닿는 햇살은 부드러웠다. 들판 끝자락에서는 느릅나무 잔가지들이 한들거렸고 그 너머 어딘가 버드나무 아래 연못에서는 황어 떼가 헤엄치고 있었다.

윈스턴은 갑자기 소름끼치는 공포감에 화들짝 놀라 일어났다. 등줄기에 땀이 흥건했다. 그는 자신이 크게 잠꼬대하는 소리를 들은 것이다.

"줄리아! 줄리아! 내 사랑, 줄리아!"

윈스턴은 한동안 그녀가 눈앞에 있는 것 같은 환상에 완전히 사로잡혔다. 줄리아가 지금 그와 함께 있을 뿐만 아니라 그의 내부에까지 들어와 있는 것 같았다. 마치 그녀가 그의 피부조직을 뚫고 몸속으로 들어온 것 같았다. 그 순간 그는 줄리아와 자유롭게 함께 지냈을 때보다 훨씬 더 많이 그녀를 사랑했다. 또 그녀가 어딘가에 아직 살아 있어 자신이 도와줘야 한다는 것도 잘 알고 있었다.

그는 침대에 다시 누워 심란한 마음을 가라앉혀 보려 했다. 내가 도대체 무슨 짓을 한 거지? 그 순간 나약하게 군 탓에 얼마나 더 이렇게 노예처럼 지내야 할까?

금방이라도 밖에서 군홧발 소리가 들려올 것 같았다. 그들이 그런 감정의 폭발을 벌하지 않고 가만둘 리 없었다. 전에는 미처 몰랐다 하더라도 이제는 그가 그들과 한 약속을 깨뜨렸다는 것을 알았을 것이다. 그는 당에 복종했지만 여전히 당을 증오했다. 옛날에는 겉으로 복종하는 척하며 속으로 몰래 이단적인 마음을 먹었었다. 이제는 한발 더 후퇴해서 속으로도 굴복한 상태였다. 하지만 마음속 깊은 곳은 더럽혀지지 않고 그대로 남아 있기를 바랐다. 그는 그렇게 하면 안 된다는 것을 잘 알고 있었지만 잘못되더라도 그렇게 하고 싶었다. 그들은 이해해줄 것이다. 아니, 오브라이언만큼은 그런 그의 마음을 이해해줄 것이다. 조금 전 어리석게 외쳐버리고 만 단 한 번의 잠꼬대로 이 모든 것을 다 자백해버린 셈이었다.

그는 처음부터 다시 시작해야만 할 것이다. 이번에는 몇 년이 걸릴 수도 있었다. 그는 손으로 얼굴을 더듬으며 새로 변한 자신의 모습을 익혀보려고 했다. 양쪽 뺨에는 주름살이 깊게 파여 있었고 광대뼈는 더 튀어나온 것 같았으며 코는 전보다 납작해진 듯싶었다. 게다가 거울에서 자신의 모습을 마지막으로 본 이후 완전히 새로 틀니까지 해 넣었다. 자신의 얼굴이 어떻게 생겼는지 모르는 상황에서 남이 헤아릴 수 없는 표정을 유지하기란 쉽지 않은 일이었다. 어떤 경우에든 표정을 통제하는 것만으로는 충분하지 않았다. 윈스턴도 이제야 만약 사람들이 비밀을 지키길 원한다면 스스로에게도 그 비밀을 숨겨야 한다는 것을 알았다. 자신에게 비밀이 있다는 것을 한시도 잊지 말아야 하지만 필요할 때까지는 이름을 붙일 수 있는 어떤 형태로도 결코 의식 속에 떠오르지 않도록 해야 한다. 이제부터 윈스턴은 올바르게 생각해야 할 뿐만 아니라 올바르게 느끼고 올바른 꿈을 꿔야만 했다. 그리고 언제나 그의 증오심을 마치 그의 일부이되 나머지 다른 신체 부분과는 전혀 상관없는 고름 덩어리, 즉 일종의 낭포囊胞처럼 그의 마음속에 꼭꼭 숨겨둬야만 한다.

언젠가 그들은 그를 총살하기로 결정을 내릴 것이다. 누구도 그게 언제가 될지 말할 수 없지만 총살되기 몇 초 전에는 알아챌 수 있으리라. 총살은 항상 뒤에서, 그것도 복도를 따라 걸어갈 때 일어났다. 10초면 끝날 터였다. 그동안 그의 내면세계는 뒤집어질 수 있을 것이다. 그러면 갑자기, 한마디 말도 없이, 한 걸음도 멈추지 않고, 얼굴색 하나 변하지 않은 채 느닷없이 가면이 벗겨질 테고, 쾅 하며 그의 증오심이 폭발할 것이다. 증오심이 활활 타오르는 거대한 불길처럼 그의 내면에 가득 퍼질 것이다. 그리고 그와 거의 동시에 탕 하고 총알이 발사될 것이다. 그러나 총은 너무 늦거나 너무 빨리 발사된 것이리라. 왜냐하면 그들이 그의 뇌를 교정하기 전에 그것을 산산조각 내버린 셈이 될 테니까 말이다. 이단적인 생각은 처벌받지 않고 회개할 필요도 없이 영원히 그들의 힘이 미치지 않는 곳으로 가버릴 테니까. 그들은 결국 자신들의 완벽성에 흠집을 낸 꼴이 될 것이다. 그들을 증오하면서 죽는 것, 그것이 바로 자유다.

윈스턴은 눈을 감았다. 그렇게 죽으리라 마음먹는 게 지적 훈련을 받아들이는 것보다 더 어려웠다. 그렇게 하는 것은 자신을 타락시키고 자신을 불구로 만드는 문제였다. 그는 더러운 진창 중에서도 가장 더러운 곳에 뛰어들어야만 했다. 그런 진창 중에서도 가장 끔찍하고 구역질 나는 것은 무엇일까? 그는 빅 브라더를 떠올렸다. 그 거대한 얼굴(그는 계속해서 포스터 속 빅 브라더의 얼굴을 봐왔기 때문에 항상 그의 얼굴은 폭이 1미터나 된다고 생각했다), 검은 콧수염, 사람들을 이리저리 따라다니는 두 눈이 마음속에 저절로 떠올랐다. 빅 브라더를 향한 그의 진심은 무엇일까?

복도에서 둔탁한 군홧발 소리가 들려왔다. 곧이어 철커덩하고 철문이 열렸다. 오브라이언이 감방 안으로 걸어 들어왔다. 그 뒤로는 밀랍 같은 얼굴의 그 장교와 검은 제복을 입은 간수들이 있었다.

"일어나 이리로 오게."

오브라이언이 말했다.

윈스턴이 그의 앞에 섰다. 오브라이언이 억센 양손으로 윈스턴의 양어깨를 움켜잡고 자세히 들여다봤다.

"자넨 날 속일 생각을 했네. 어리석은 짓을 했어. 더 똑바로 서게. 그리고 내 얼굴을 보게."

그가 잠시 멈췄다가 상냥한 말투로 다시 말을 이어갔다.

"자넨 개선되고 있었네. 지적으로는 잘못한 게 거의 없네. 감정적인 면에서만 별다른 진전을 보이지 못했지. 윈스턴, 내게 말해보게. 거짓말할 생각은 말고. 자넨 내가 거짓말을 족집게처럼 집어낼 수 있다는 걸 알 거야. 자, 말해보게. 빅 브라더를 향한 자네의 진심은 뭔가?"

"그를 증오합니다."

"그를 증오한다, 좋아. 그렇다면 마지막 단계를 밟을 때가 왔군. 자넨 빅 브라더를 사랑해야만 하네. 그에게 복종하는 것만으로는 충분하지 않아. 자넨 그를 사랑해야만 해."

그는 윈스턴의 어깨를 놓아준 뒤 간수들 쪽으로 슬쩍 밀면서 말했다.

"101호실로."

5

윈스턴은 감금되는 방이 바뀔 때마다 자신이 있는 곳이 이 창문 없는 건물의 어디쯤인지 알 수 있었다. 아니, 알 것 같았다. 감방마다 기압이 약간씩 다른 듯했다. 간수들이 그를 때렸던 감방은 지하에 있었고, 오브라이언에게 심문을 받았던 감방은 지붕에서 가까운 고층에 있었다. 지금 들어와 있는 감방은 더 이상 내려갈 수 없을 만큼 지하 깊은 곳에 있었다.

그 방은 그가 지금까지 감금되었던 대부분의 방보다 넓었다. 그러나 주변을 거의 분간할 수 없었다. 그가 알아볼 수 있는 것이라고는 바로 앞에 녹색 모직 천이 깔린 작은 탁자 두 개가 있다는 것뿐이었다. 그중 하나는 겨우 1, 2미터 앞에 있었고 나머지 하나는 좀 더 멀리 떨어져 문 가까이에 있었다. 그는 의자에 똑바로 앉은 채 묶여 있었는데, 어찌나 꽁꽁 묶였는지 꼼짝도 할 수 없는 것은 물론 고개조차 돌릴 수 없었다. 게다가 받침대 같은 것으로 머리를 뒤에서부터 고정해놓았기 때문에 앞만 똑바로 쳐다볼 수밖에 없었다.

한동안 그는 그런 상태로 혼자 있었는데 이윽고 문이 열리더니 오브라이언이 들어왔다.

"자네가 일전에 나에게 101호실에는 뭐가 있냐고 물었지. 난 자네가 이미 대답을 알고 있다고 말했네. 모두가 알고 있다고 말이야. 101호실에는 세상에서 가장 끔찍한 것이 있다네."

문이 다시 열렸다. 간수 한 명이 철사로 만든 상자 같기도 하고 바구니 같기도 한 물건을 들고 들어와 문 가까이에 있는 탁자에 올려놓았다. 오브라이언이 서 있는 위치 때문에 윈스턴은 그게 무엇인지 볼 수 없었다.

"세상에서 가장 끔찍하다고 느끼는 것은 개인마다 다르지. 그게 생매장일 수도 있고 불로 태워 죽이거나 물에 빠뜨려 죽이는 것, 또는 말뚝을 박아 죽이는 것일 수도 있네. 끔찍하게 죽이는 방법은 족히 50가지는 될 걸세. 그런데 사람에 따라서는 전혀 치명적이지 않은 사소한 것인데도 끔찍하게 여기는 게 있지."

그는 윈스턴에게 탁자 위에 있는 것이 더 잘 보일 수 있게 한쪽으로 조금 비켜섰다. 그것은 들고 다닐 수 있도록 맨 위에 손잡이까지 달린 철사로 만든 장방형의 짐승용 우리였다. 우리 정면에는 펜싱 마스크처럼 생긴 것이 오목한 면이 바깥쪽으로 오도록 붙어 있었다. 3, 4미터 떨어진 곳에 있었지만 그 우리가 세로로 두 칸으로 나뉘어 있고 각 칸에는 어떤 동물들이 들어 있다는 것을 알 수 있었다. 그 동물들은 바로 쥐였다.

"자네의 경우에는 세상에서 가장 끔찍한 게 쥐일 걸세."

오브라이언이 말했다.

윈스턴이 처음 그 우리를 얼핏 봤을 때는 그것이 무엇인지 몰라 왠지 두렵고 불길한 예감이 들어 불안했었다. 하지만 지금은 그 우리에 붙어 있는 마스크처럼 생긴 장치가 무엇을 뜻하는지 깨달았다. 윈스턴은 눈앞이 노래지면서 온몸의 기운이 다 빠져나가는 것 같았다.

"안 돼요! 안 돼! 그것만은 제발!"

윈스턴은 목소리가 갈라질 정도로 크게 울부짖었다.

"자네 꿈속에 나타나곤 했던 그 공포의 순간을 기억하나? 눈앞은 온통 시커먼 벽뿐인데 자네 귀에는 맹수 같은 게 으르렁거리는 소리가 들렸지. 그 벽 너머에 무언가 무시무시한 게 있던 거였네. 자네는 그게 뭔지 알면서도 차마 입 밖으로 내뱉을 수가 없었네. 벽 너머에는 바로 쥐들이 있었거든."

"오브라이언! 이렇게까지 할 필요는 없다는 걸 잘 아시잖습니까. 제게 원하는 게 뭡니까?"

윈스턴이 목소리가 떨리지 않도록 안간힘을 쓰면서 말했다.

오브라이언은 즉답을 피했다. 이윽고 입을 열었을 때 가끔 그랬 듯 학생을 타이르는 선생님처럼 말했다. 그는 마치 윈스턴의 등 뒤에 청중이 있어 그들에게 연설하듯이 생각에 잠긴 표정으로 먼 곳을 응시했다.

"그 자체만 놓고 볼 때 고통이 늘 충분한 건 아니라네. 인간은 심지어 죽을 고비에 처해서도 고통을 끝까지 견디는 경우가 있지. 그러나 모든 사람에게는 도저히 견딜 수 없는 게 있네. 생각만 해도 끔찍한 것들 말일세. 이럴 때 용기나 비겁함은 별개의 문제지. 만약 자네가 낭떠러지에서 떨어지는 상황에서 밧줄을 잡는다면 그건 비겁한 게 아니네. 깊은 물속에서 나와 숨을 한가득 들이마신다고 해서 비겁한 게 아니란 말일세. 그건 단지 어쩔 수 없는 본능이니까. 쥐도 마찬가지네. 자네에게는 쥐가 도저히 참을 수 없는 존재지. 그것은 자네가 버티고 싶어도 도저히 버틸 수 없는 압력과 같은 거야. 자네는 우리가 시키는 대로 하게 될 걸세."

"하지만 그게 뭔데요, 뭐냐고요? 그게 뭔지도 모르는데 어떻게 하란 말입니까?"

오브라이언이 우리를 집어 들어 윈스턴 바로 앞에 있는 탁자로 가지고 왔다. 그러고는 녹색 모직 천이 깔린 탁자에 그것을 조심스럽게 내려놓았다. 윈스턴은 피가 거꾸로 솟는 것 같았다. 완전히 혼자 고독하게 앉아 있는 느낌이었다. 햇빛이 작열하는 평평한 사막처럼 광활한 허허벌판 한가운데 서서 아득히 먼 곳에서 들려오는 모든 소리를 듣고 있는 것 같았다. 그러나 쥐 우리는 2미터도 안 되는 거리에 있었다. 엄청나게 큰 쥐들이었다. 나이가 많은 쥐들이라서 그런지 주둥이가 뭉툭하고 아주 사나워 보이는 데다 털도 회색이 아닌 갈색이었다.

오브라이언은 여전히 보이지 않는 청중에게 연설하듯이 말했다.

"쥐는 설치류지만 육식성이기도 하지. 자네도 알고 있을 걸세. 런던의 빈민가에서 일어나는 일들을 들어봤을 거야. 어느 지역에서 가는 여자들이 단 5분도 아기를 혼자 두지 못한다지. 혼자 뒀다가는 십중팔구 쥐들이 달려들 테니까. 쥐들이 한번 달려들었다가는 순식간에 뼈만 남고 말 걸세. 그놈들은 병든 사람이나 죽어가는 사람한테도 달려들지. 인간이 무력할 때를 기가 막히게 알아내는 걸 보면 지능이 여간 높은 게 아니야."

우리에서 갑자기 찍찍대는 소리가 터져 나왔다. 윈스턴에게는 그 소리가 아주 멀리서 들려오는 것처럼 느껴졌다. 쥐들이 싸우고 있었다. 서로 상대 칸으로 넘어가려고 한바탕 소란이 벌어진 모양이었다. 윈스턴은 절망감으로 깊이 한숨을 내쉬었다. 한숨 소리 또한 외부에서 들려오는 것 같았다.

오브라이언이 우리를 집어 들더니 익숙하게 무언가를 우리 안으로 밀어 넣었다. 그러자 찰칵하는 날카로운 소리가 들렸다. 윈스턴은 의자에서 몸을 빼내려고 미친 듯이 몸부림쳤다. 그러나 소용없었다. 어느 한 부분도, 심지어 고개조차 꼼짝할 수 없었다. 오브라이언이 우리를 더 가까이 옮겨놓았다. 이제 우리는 윈스턴의 얼굴에서 채 1미터도 떨어져 있지 않았다.

"첫 번째 레버를 눌렀네. 이 우리의 구조를 잘 알아두게. 이 마스크는 자네 얼굴에 딱 맞아 빠져나갈 구멍 같은 건 없네. 내가 다른 레버를 누르면 우리의 문이 위로 열릴 걸세. 그럼 이 굶주린 짐승들이 총알처럼 튀어나오겠지. 자네 쥐가 공중으로 뛰어오르는 걸 본 적 있나? 이놈들은 자네 얼굴로 뛰어올라 곧장 파먹어 들어갈 거네. 어떤 때는 눈을 제일 먼저 파먹기도 하지. 또 어떤 때는 뺨을 뚫고 들어가 혀를 먹어치우기도 한다네."

우리가 점점 더 가까워지고 있었다. 윈스턴은 연이어 찍찍거리는 날카로운 소리를 들었다. 그 소리는 마치 그의 머리 위쪽 허공에서 나는 것 같았다. 그러나 그는 공포감에 짓눌리지 않으려고 자신과 맹렬히 싸우고 있었다. 아주 짧은 시간밖에 남지 않았다 하더라도 생각하고 생각하자! 그에게는 생각하는 것만이 유일한 희망이었다. 별안간 그 짐승들의 고약하고 퀴퀴한 냄새가 코를 찔렀다. 와락 속이 뒤집혀 욕지기가 치밀면서 거의 정신을 잃을 뻔했다. 눈앞이 캄캄했다. 일순간 그는 제정신이 아닌 듯 짐승처럼 비명을 질러댔다. 그러나 눈앞이 캄캄한 가운데서도 한 가지 생각에 사로잡혀 있었다. 자기 자신을 구하려면 한 가지, 단 한 가지 방법밖에 없었다. 그는 자신과 쥐 사이에 다른 인간을, 다른 인간의 몸뚱이를 방패막이로 놓아야만 했다.

마스크의 테두리가 제법 커서 이제는 다른 것들이 시야에 들어오지 않았다. 우리의 철사 문은 그의 얼굴에서 불과 두 뼘 밖에 떨어져 있지 않았다. 쥐들은 곧 무슨 일이 벌어질지 아는 것 같았다. 한 놈이 날뛰자 무리의 늙고 인색한 할아버지뻘 되는 다른 늙은 놈이 일어서서 분홍색 앞발을 철망에 걸친 채 코를 치켜들고 사납게 킁킁거렸다. 윈스턴은 그놈의 수염과 누런 이빨을 볼 수 있었다. 또다시 암흑 같은 공포가 밀려왔다. 그는 눈앞이 캄캄했고 온몸에 기운이 없었으며 아무 생각이 안 났다.

"제정시대 중국에서는 이런 벌이 흔했다지."

오브라이언이 변함없이 훈계하듯 말했다.

마스크가 얼굴에 점점 더 바싹 다가왔다. 철사가 뺨에 살짝 닿았다. 그 순간, 비록 구원이 아닌 희망이었지만 한 줄기 작은 희망의

빛이 비쳤다. 그러나 너무 늦었다. 아무래도 너무 늦은 것 같았다. 하지만 문득 이 세상을 통틀어 그의 벌을 대신 받아줄 수 있는 딱한 사람, 그가 자신과 쥐 사이로 밀어 넣을 수 있는 단 하나의 몸뚱이가 있다는 사실이 떠올랐다. 그는 미친 듯이 거듭 외쳐댔다.

"줄리아한테 하세요! 줄리아한테 하라고요! 나 말고 줄리아한테요! 그 여자한테 무슨 짓을 하건 난 상관없어요. 얼굴 가죽을 벗겨버리든 뼈를 발라버리든 마음대로 해요. 나 말고요! 줄리아한테 하세요! 나 말고요!"

그는 벌렁 나자빠져 쥐들을 피해 한없이 깊은 곳으로 떨어졌다. 여전히 의자에 묶여 있는 몸이었지만 바닥을 뚫고, 건물의 벽을 뚫고, 땅을 뚫고, 바다를 뚫고, 대기를 뚫고, 우주 공간으로, 별 사이의 심연으로, 쥐들에게서 멀리멀리, 아주 멀리, 한없이 멀어졌다. 그는 몇 광년이나 떨어진 머나먼 곳까지 갔으나 그의 곁에는 여전히 오브라이언이 떡 버티고 서 있었다. 뺨에도 여전히 차가운 철사의 감촉이 느껴졌다. 그러나 암흑 속에 완전히 가려진 상태에서도 그의 귓전에는 찰칵하는 쇳소리가 또다시 들렸다. 순간 윈스턴은 그것이 우리의 문이 열리는 소리가 아니라 닫히는 소리란 걸 알았다.

6

'체스넛트리 카페'는 거의 비어 있었다. 창문으로 비스듬히 비쳐 들어온 햇살이 먼지 앉은 탁자 위에 노랗게 부서졌다. 시계가 15시를 가리키는 호젓한 시간이었다. 텔레스크린에서는 양철통을 두드리는 것 같은 음악이 흘러나왔다.

윈스턴은 늘 앉는 구석에 앉아 빈 잔을 뚫어지게 바라보고 있었다. 이따금 눈을 들어 맞은편 벽에서 그를 노려보는 거대한 얼굴을 흘긋 쳐다보곤 했다. 그 얼굴 밑에는 "빅 브라더가 당신을 지켜보고 있다"라는 글귀가 붙어 있었다. 시키지도 않았는데 웨이터가 와서 빈 잔에 승리주를 가득 채워준 다음 마개에 대롱을 꽂은 다른 병을 기울여 술잔에 내용물을 몇 방울 떨어뜨렸다. 그것은 그 카페의 특제품으로 정향으로 맛을 낸 사카린이었다.

윈스턴은 텔레스크린에 귀를 기울이고 있었다. 지금은 음악만 흘러나오고 있지만 언제 평화부의 특별 보고가 나올지 몰랐다. 아프리카 전선에서 전해 오는 소식들은 극히 우려스러웠다. 그는 온종일 틈날 때마다 그 점이 걱정스러웠다. 유라시아 군대(오세아니아는 유라시아와 전쟁 중이며 오세아니아는 항상 유라시아와 전쟁을 해왔다)는 무시무시한 속도로 남쪽으로 진군하고 있었다. 정오 보고는 어느 특정 지역도 언급하지 않았지만 아무래도 벌써 콩고 강 어귀에서 전투가 벌어지는 모양이었다. 브라자빌과 레오폴드빌이 위험했다. 굳이 지도를 펴보지 않아도 그것이 무슨 의미인지 알 수 있었다. 단지 중앙아프리카 지역을 잃는 문제가 아니었다. 전쟁을 해온 이래 처음으로 오세아니아의 영토 자체가 위협받고 있다는 것을 뜻했다.

정확히 말하자면 공포가 아닌 특성이 없는 흥분 같은 격렬한 감정이 확 불타올랐다가 다시 사그라졌다. 그는 전쟁 생각은 그만하기로 했다. 요사이 한 가지 문제를 한 번에 몇 분 이상 집중해서 생각할 수가 없었다. 그는 잔을 들어 단숨에 마셔버렸다. 늘 그렇듯 승리주를 마시면 치가 떨리다 못해 약간 메슥거렸다. 실로 독한 술이었다. 정향과 사카린은 그 자체만으로도 끈적끈적한 게 구역질이 나는 데다 승리주의 역한 기름 냄새를 없애주지도 못했다. 무엇보다도 가장 견디기 힘든 것은 밤낮으로 그의 몸에 배어 있는 승리주 냄새를 맡으면 영락없이 마음속에서 어떤 것들의 냄새가 떠오른다는 점이었다.

그는 결코 그것들의 이름을 입 밖에 내지 않았을뿐더러 생각조차 하지 않았으며 가능하면 마음에 떠올리지도 않았다. 그것들은 그의 얼굴 가까이에서 맴돌고 있어 그가 어렴풋이 알고 있는 어떤 것이자 그의 콧구멍에 배어 있는 냄새였다. 승리주가 배 속에서 부글거리자 그의 자줏빛 입술 사이로 트림이 나왔다. 그는 석방된 이후 점점 살이 쪘고 예전의 혈색을 되찾았다. 이목구비도 또렷해졌고 콧잔등과 양쪽 뺨도 불그죽죽해졌으며 심지어 대머리도 진한 분홍빛을 띠었다. 또다시 시키지도 않았는데 웨이터가 체스판과 체스 문제가 나온 페이지가 접혀 있는 《타임스》 최신호를 가져다주었다. 그러고 나서 윈스턴의 잔이 빈 것을 보고 승리주를 병째로 들고 와 그의 잔을 채워주었다. 따로 주문할 필요도 없었다. 그는 윈스턴의 습성을 잘 알고 있었다. 체스판이 항상 그를 기다리고 있었고 구석 자리는 늘 그의 지정석이나 다름없었다. 심지어 카페 안이 만원일 때도 그는 그 자리를 독차지할 수 있었다. 그와 가까이 앉아서 눈길을 끌고 싶은 사람은 아무도 없었기 때문이다. 그는 심지어 몇 잔을 마셨는지 셀 필요도 없었다. 카페 사람들은 때때로 계산서라며 더러운 종이쪽지를 내밀었지만 어쩐지 항상 술값을 덜 받는 것 같았다. 설령 더 받는다 해도 상관없었다. 요즘 그의 수중에는 항상 돈이 많았기 때문이다. 비록 한직이긴 하지만 예전 직장보다 보수도 더 많이 받는 새 직장까지 있었다.

텔레스크린에서 음악이 멈추고 목소리가 흘러나왔다. 윈스턴은 고개를 들고 귀를 기울였다. 그러나 전선에서 전해 온 소식이 아니었다. 그저 풍요부의 간단한 발표였다. 지난 4사분기에 제10차 3개년 계획의 구두끈 생산이 할당량보다 98퍼센트나 초과 달성됐다는 발표였다.

그는 체스 문제를 유심히 들여다보고 체스 말을 놓았다. 말을 두 개나 사용하는 까다로운 문제였다. '백 선수 두 수로 외통 장군.' 윈스턴은 빅 브라더의 초상화를 올려다봤다. 백이 언제나 장군을 부른다고 생각하니 막연한 신비감이 들었다. 언제나 예외 없이 그렇게 되기 마련이었다. 이 세상이 생긴 이후 체스 문제에서 이제까지 흑이 이기는 일은 없었다. 이것은 선이 영원히, 변함없이 악을 이긴다는 것을 상징하는 게 아닐까? 빅 브라더의 거대한 얼굴이 냉정한 표정으로 그를 내려다보고 있었다. '백은 항상 장군을 부른다.'

텔레스크린에서 흘러나오던 목소리가 잠시 멈추더니 한층 더 위엄 있는 말투로 덧붙였다.

"15시 30분에 중대 발표가 있을 예정이니 모두 경청 바랍니다. 15시 30분입니다! 아주 중요한 소식이니 놓치지 마십시오. 15시 30분입니다."

뚱땅거리는 음악이 다시 흘러나왔다.

윈스턴의 심장이 벌렁거렸다. 전황 발표였다. 본능적으로 나쁜 소식일 거란 예감이 들었다. 온종일 싱숭생숭한 것이 아프리카에서 치명적인 패배를 당했으리란 생각이 머릿속에서 왔다 갔다 했다. 마치 유라시아 군대가 밀어닥쳐 난공불락의 국경선을 건너 아프리카 일각까지 개미 떼처럼 물밀듯이 내려오는 광경을 실제로 보는 것 같았다. 왜 어떻게든 그들의 허를 찌를 수 없었던 걸까? 서아프리카 연안의 지형이 머리에 선명하게 떠올랐다. 그는 흰 말을 집어 한 수 옮겨놓았다. 바로 거기가 적당한 자리였다. 그가 대군이 새까맣게 남쪽으로 돌진하는 광경을 그려보는 동안에도 기이하다 싶을 만큼 또 다른 군대가 모여들어 갑자기 그들의 후방을 공격해 육지와 바다의 통신망을 끊어놓는 장면이 떠올랐다. 그가 그렇게 되기를 바라면 정말로 그런 군대가 나타나 후방을 칠 것만 같았다. 그러나 빨리 조치를 해야 했다. 적군이 아프리카 전역을 장악한다면, 그리고 케이프타운의 공군과 잠수함 기지까지 그들의 손아귀에 들어가게 된다면 오세아니아는 둘로 분할될 것이다. 그것은 곧 패전과 파멸 그리고 세계의 재분할을 의미하며 결국에는 당의 붕괴를 뜻했다! 그는 숨을 깊이 들이마셨다. 이상하게 뒤죽박죽 섞여 있는 감정들이 그의 내부에서 허우적거렸다. 좀 더 정확히 말하자면 감정들이 켜켜이 쌓여 있어 정작 진심이 무엇인지 알 수 없었다.

감정의 복받침이 지나갔다. 그는 흰 말을 집어 제자리에 돌려놓았으나 당장은 체스 문제를 진지하게 연구하는 데 전념할 수가 없었다. 생각이 다시 산만해졌기 때문이다. 그는 거의 무의식적으로 먼지 쌓인 탁자 위에 손가락으로 이렇게 썼다.

2+2=5

"그들이 당신 마음속까지 지배할 수는 없어요"라고 그녀는 말했었다. 그러나 그들은 그의 마음속까지 파고들었다. 오브라이언은

"자네가 여기서 겪는 일은 '영원히' 계속된다"라고 말했다. 그의 말이 옳았다. 사람에게는 돌이킬 수 없는 것들이 있는데 그건 바로 자기 자신이 한 행위들이었다. 그런 행위들 때문에 가슴속에서 무언가가 죽어버렸다. 한마디로 에너지가 다 소진돼버리고 감정이 마비돼버렸다.

그는 그녀를 만나서 이야기까지 나눴다. 그래도 전혀 위험하지 않았다. 그는 본능적으로 자기가 무슨 일을 하건 이제 그들의 관심 밖이라는 것을 알고 있었다. 그는 둘 중 누구라도 원하기만 했다면 그녀와 다시 만나기로 약속할 수도 있었다. 사실 그들이 만난 것은 우연이었다. 살을 에는 듯 춥고 고약한 3월의 어느 날, 공원에서 우연히 만났다. 그때 땅은 무쇠처럼 단단했고, 잔디는 모두 죽어버린 것 같았으며, 거센 바람에 잘려 나갈 만큼만 겨우 자란 크로커스 몇 송이 외에는 어디에서도 식물의 싹을 볼 수 없었다. 그는 너무나 추워 손도 꽁꽁 얼어버리고 눈물까지 핑 돌아 서둘러 걸음을 재촉하던 중 10미터도 안 되는 거리에서 걸어오는 그녀를 보았다. 딱 꼬집어 말할 수는 없지만 그녀가 변했다는 것을 한눈에 알 수 있었다. 두 사람은 아무런 기척도 없이 서로 지나칠 뻔했다. 그런데 그는 그다지 내키진 않았지만 발길을 돌려 그녀를 뒤따라갔다. 그래봐야 전혀 위험하지도 않고 누구도 그들에게 관심을 갖지 않으리라는 것을 잘 알고 있었다. 그녀는 아무 말도 하지 않았다. 오히려 그를 피하려는 듯 잔디밭을 에둘러서 걸어가더니 나중에는 체념하고 그가 곁에 오도록 내버려 두었다. 이윽고 그들은 이파리가 하나도 없는 앙상하기만 한 나무들이 모여 있어 몸을 감추거나 바람을 피할 수도 없는 덤불숲에서 걸음을 멈췄다. 지독하게 추웠다. 앙상한 나뭇가지 사이로 바람이 쌩쌩 불어와 드문드문 피어 있어 지저분해 보이는 크로커스들이 거칠게 흔들거렸다. 윈스턴이 팔을 돌려 그녀의 허리를 안았다.

텔레스크린은 없었으나 틀림없이 마이크로폰이 어딘가에 숨겨져 있을 터였다. 더구나 사방이 뚫려 있어 그들의 모습은 훤히 다 보였다. 하지만 상관없었다. 문제 될 게 전혀 없었다. 그들이 원했다면 땅바닥에 누워 '그 짓'도 할 수 있었을 것이다. 그런데 그 생각만 해도 윈스턴은 공포감에 온몸이 얼어붙는 것 같았다. 그가 아무리 꽉 끌어안아도 그녀는 아무런 반응도 하지 않았다. 심지어 그의 품에서 벗어나려고도 하지 않았다. 그제야 그녀의 어디가 변했는지 알 수 있었다. 그녀의 낯빛은 더 창백해졌고 머리칼로 일부 가리긴 했지만 이마에서 관자놀이에 이르기까지 기다란 흉터가 나 있었다. 그러나 그 정도는 변한 축에도 못 들었다. 그녀의 허리는 굵어진 데다 믿기지 않을 만큼 뻣뻣해져 있었다. 언젠가 로켓 폭탄이 터지고 나서 사람들을 도와 무너진 건물 더미에서 시체를 끌어낸 적이 있었는데, 그때 시체의 엄청난 무게뿐만 아니라 뻣뻣하고 다루기 힘든 돌덩이 같은 살덩이에 깜짝 놀랐었다. 그녀의 몸이 바로 그때의 시체 같았다. 문득 그녀의 살결도 예전과는 딴판일 것이라는 생각이 들었다.

그는 그녀에게 키스하려고도 하지 않았고 두 사람 모두 아무 말이 없었다. 그들이 잔디밭을 건너 되돌아올 때에야 그녀가 처음으로 그를 똑바로 봤다. 순간적으로 힐끗 한 번 본 것에 지나지 않았지만 그녀의 시선에는 경멸과 혐오가 담뿍 배어 있었다. 윈스턴은 그런 혐오감이 순전히 과거의 일 때문에 생긴 것인지 아니면 부풀어 오른 그의 얼굴과 바람 탓에 질금거리는 눈물 때문인지 알 길이 없었다. 두 사람은 두 개의 철제 의자에 나란히, 그러나 적당히 거리를 두고 앉았다. 이윽고 그녀가 말을 하려는 것 같았다. 그녀는 투박한 구두를 신은 발을 약간 움직이더니 잔가지 하나를 밟아 으스러뜨렸다. 가만 보니 발도 전보다 더 넓적해진 것 같았다.

"전 당신을 배신했어요."

그녀가 거두절미하고 말했다.

"나도 당신을 배신했어."

윈스턴이 말했다.

그녀는 혐오감이 밴 눈빛으로 또 한 번 그를 힐끔 쳐다봤다. 그녀는 마저 말을 이었다.

"때때로 그들이 당신을 무언가로 위협했겠죠. 당신이 도저히 참을 수 없고 생각조차 하고 싶지 않은 어떤 것으로요. 그러면 당신은 이렇게 말했겠죠. '내게 그러지 마세요. 나 말고 다른 사람한테 하세요. 아무개한테 하세요.' 그러고 나서 나중에는 아마 그건 단지 속임수였으며 그자들이 더 이상 괴롭히지 못하게 하려고 한 말이지 실제 뜻은 그게 아니었다고 하려 했겠죠. 그러나 그건 거짓말이에요. 그 말을 할 당시에는 진심이었을 거예요. 거기서 빠져나올 다른 방법이 없을 것 같으니까 당신은 그런 식으로 빨리 자신을 구하기로 한 거죠. 당신은 다른 사람이 대신 그런 고통을 겪길 원했어요. 그자들이 그 사람에게 무슨 짓을 하건 관심이 없었던 거죠. 오직 자기 자신밖에 관심이 없었으니까."

"오직 자기 자신밖에 관심이 없다."

그가 그녀의 말을 그대로 따라 했다.

"일단 그러고 나면 그 사람에게 더 이상 예전과 같은 감정이 안 생기죠."

"그래, 예전과 같은 감정이 안 생기지."

둘 사이에 더 이상 할 말이 없는 것 같았다. 바람 때문에 그들의 얇은 작업복이 자꾸만 몸에 달라붙었다. 문득 그곳에 그렇게 말없이 앉아 있는 게 어색해졌다. 더구나 너무 추워서 가만히 있을 수가 없었다. 그녀는 지하철을 타야 한다던가 뭐라는 말을 하더니 가려고 일어섰다.

"또 만나게 되겠지?"

그가 물었다.

"네, 그렇겠죠."

그녀가 대답했다.

그는 엉거주춤 서 있다가 반걸음 뒤에서 그녀를 따라갔다. 그들은 더 이상 아무 말도 하지 않았다. 그녀는 딱히 그를 떼어버리려고 하지는 않았지만 그가 자기 옆에 와서 걷지는 못할 만큼의 속도로 걸어갔다. 그는 지하철역까지만 뒤따를 작정이었지만 문득 그렇게 추운 날씨에 그렇게 따라가는 것이 무의미하고 참을 수 없는 짓처럼 느껴졌다. 사실 줄리아에게서 벗어나야겠다는 마음보다는 '체스넛트리 카페'로 돌아가고 싶은 생각이 간절했다. 그는 신문과 체스판이 있고 늘 술을 가득 채워주는 그 카페의 구석 자리가 그리웠다. 무엇보다도 그곳에 가면 따뜻할 터였다. 다음 순간, 전적으로 우연 때문만은 아닌 듯, 그와 그녀 사이에 몇몇 사람이 끼어들어 둘 사이가 멀어졌지만 내버려 두었다. 마지못해 다시 따라가는 척하다가 걸음을 늦추고 돌아서서 반대 방향으로 걸었다. 그렇게 50미터쯤 왔을까, 돌아보니 거리는 붐비지 않는데도 벌써 그녀의 모습이 보이지 않았다. 서둘러 걸어가는 여남은 명 가운데 그녀가 있을지도 몰랐다. 어쩌면 그녀의 허리가 굵어지고 뻣뻣해진 탓에 그녀의 뒷모습을 알아보지 못하는 것일 수도 있었다.

"그 말을 할 당시에는 진심이었을 거예요"라고 그녀는 말했다. 그때는 그도 진심이었다. 그는 단지 그렇게 말했을 뿐만 아니라 정말 그러기를 바랐다. 그는 자신이 아닌 그녀가 그런 끔찍한 일을 겪어줬으면 했다.

텔레스크린에서 뚱땅거리며 흘러나오던 음악이 뭔지 모르게 달라졌다. 갈라지는 소리 같기도 하고 비웃음 소리 같기도 한 선정적인 곡조가 흘러나왔다. 그러고는 어쩌면 실제로 텔레스크린에서 흘러나오는 게 아니라 언젠가 들어본 소리와 비슷해 저절로 기억나는 것일지도 모르지만, 다음과 같은 노랫소리가 들려왔다.

우거진 밤나무 아래서
나는 그대를 팔고 그대는 나를 팔았네……

순간 눈물이 차올랐다. 지나가던 웨이터가 술잔이 빈 것을 보고 승리주를 가져왔다.

그는 술잔을 잡고 냄새를 맡아보았다. 승리주를 한 모금씩 마실 때마다 맛은 더 고약했다. 하지만 그런 술이라도 이제는 그에게 없어서는 안 될 존재였다. 그 술은 그의 생명이자 죽음이요, 부활이었다. 밤마다 인사불성이 되게 해주는 것도, 아침마다 그를 되살려내는 것도 바로 그 술이었다. 11시 전에 일어나는 일은 거의 없었지만, 그가 잠에서 깼을 때 눈썹은 끈적끈적 달라붙어 떠지지도 않고 입은 바짝바짝 타들어가며 등은 부러진 듯 쿡쿡 쑤셨다. 그럴 때마다 간밤에 침대 곁에 놓아둔 술병과 술잔이 없었다면 허리조차 일으키지 못했을 것이다. 대낮에도 몇 시간 동안이나 술병을 끼

다시피 한 채 불콰해진 얼굴로 텔레스크린에 귀를 기울이며 앉아 있었다. 15시부터 카페 문을 닫을 때까지 그는 붙박이처럼 '체스넛 트리 카페'에 죽치고 있었다. 이제 그가 무엇을 하건 신경을 쓰는 사람이 없었고 그를 깨우는 호각 소리도 없었으며 텔레스크린도 더는 명령하지 않았다. 간간이 일주일에 두 번 정도 그는 먼지가 수북이 쌓여 아무도 기억하지 않고 방치된 듯 보이는 진리부의 사무실에 나가 일 같지도 않은 일들을 조금씩 했다. 신어사전 제11판을 편찬하면서 발생하는 사소한 문제들을 처리하는 수없이 많은 위원회 가운데 하나에서 갈라져 나온 어느 분과 위원회의 또 다른 분과 위원회에 위원으로 임명되었다. 그가 속한 분과 위원회의 위원들은 이른바 '중간보고서'를 만드는 일에 몸담고 있었으나 윈스턴은 그들이 보고하는 내용이 무엇인지 결코 알 수가 없었다. 구두점을 괄호 안에 찍느냐 아니면 밖에 찍느냐 하는 문제와 관련되어 있다는 것만 알고 있을 뿐이었다. 그 분과 위원회에는 윈스턴 말고도 네 사람이 더 있었는데, 모두가 그와 비슷한 처지의 사람들이었다. 그들은 모였다가도 할 일이 없다는 것을 서로 솔직히 인정하고 곧바로 헤어지는 날들도 많았다. 그러나 세세한 것까지 일일이 써 넣어가며 결코 끝내지 못할 긴 내용의 보고서 초안을 작성하는 등의 엄청나게 대단한 일을 열성적으로 하는 날도 있었다. 그런 날이면 의견을 조율하기 위한 토론이 이상하게 복잡하고 난해해져 결정 사항을 놓고 미묘한 입씨름을 하는가 하면 터무니없이 삼천포로 빠지거나 말다툼을 하다가 급기야는 상부에 호소하겠다는 협박 아닌 협박을 하기도 했다. 그러다가 갑자기 맥이 풀리면 테이블에 빙 둘러앉아 닭 울음소리에 사라지는 귀신들처럼 퀭한 눈으로 서로의 얼굴만 멀뚱멀뚱 쳐다봤다.

텔레스크린이 잠시 조용해졌다. 윈스턴이 다시 고개를 들었다. 순간 '전황 보고다!'라고 생각했다. 그러나 아니었다. 그저 음악이 바뀐 것뿐이었다. 그는 눈을 감고 아프리카 지도를 떠올려봤다. 군대의 이동 경로가 도표처럼 훤히 보였다. 검은색 화살표가 수직으로 남쪽을 향해 뻗어 있고 흰색 화살표는 검은색 화살표의 꼬리를 자르며 동쪽을 향해 수평으로 뻗어 있다. 그는 장담하듯 초상화 속의 냉정한 얼굴을 올려다보며 이렇게 생각했다. '두 번째 화살이 존재하지 않는다는 것을 상상이나 할 수 있을까?'

다시 관심이 시들해졌다. 그는 승리주를 또 한 모금 마신 뒤 흰 말을 집어 임시로 움직여봤다. 장군! 그러나 그것은 분명히 올바른 수가 아니었다. 왜냐하면……

별안간 뜬금없이 한 가지 기억이 떠올랐다. 하얀 침대보를 씌운 커다란 침대가 있고 촛불을 켜놓은 방에서 놀던 기억이었다. 아홉 살이나 열 살쯤 된 그가 방바닥에 앉아 주사위 통을 흔들면서 신이 나서 깔깔 웃고 있었고 맞은편에서는 그의 어머니가 웃고 있었다.

그때는 틀림없이 어머니가 행방불명되기 한 달 전쯤이었다. 그를 괴롭히는 배고픔도 잠시 잊고 아기 때처럼 어머니를 사랑하는 마음이 되살아나는 화기애애한 순간이었다. 그는 그날을 아주 잘 기억하고 있었다. 비가 억수같이 퍼부어 창살 아래로 빗물이 줄줄 흘러내렸으며 방 안이 너무 어두워 책을 읽을 수도 없었다. 어두컴컴하고 비좁은 방에서 두 아이는 참을 수 없을 만큼 심심했다. 윈스턴은 징징대다가 떼를 쓰고, 먹을 것을 달라고 졸라대다가 급기야는 방 안을 설치고 돌아다니며 온갖 것을 내팽개치고 벽판을 걷어차 이웃집에서 벽을 쾅쾅 치며 항의하는 소동까지 벌어졌다. 그러는 사이 어린 여동생은 이따금 흐느껴 울었다. 결국 보다 못한 그의 어머니가 말했다.

"이제부터 얌전하게 굴면 장난감을 사줄게. 네 맘에 쏙 들 멋진 장난감 말이야."

그러고 나서 어머니는 빗속을 뚫고 그때까지도 드문드문 장사를 하고 있던 근처의 작은 잡화점에 가서 '뱀과 사다리'라는 장난감 한 벌이 들어 있는 마분지 상자를 사가지고 돌아왔다. 그때의 축축한 마분지 냄새는 아직도 기억하고 있다. 그 장난감은 볼품없었다. 판에는 금이 가 있었고 엉성하게 깎아 만든 주사위는 제대로 놓이지도 않았다. 윈스턴은 부루퉁한 표정으로 관심 없다는 듯 그 장난감을 쳐다만 볼 뿐이었다. 그러나 그때 그의 어머니가 촛불을 켰고 세 사람은 놀이를 하기 위해 방바닥에 앉았다. 곧이어 윈스턴은 말들이 희망차게 사다리를 타고 올라가면 한껏 들떠 소리를 지르다가, 뱀한테 잡혀 거의 출발점까지 도로 미끄러져 내려오면 깔깔대고 웃으며 아주 재미있어했다. 그들은 총 여덟 게임을 했고 각각 네 번씩 이겼다. 그의 조그만 여동생은 무엇이 어떻게 돌아가는지 알지도 못했지만 베개 위에 올라앉아 엄마와 오빠가 웃으면 덩달아 웃어댔다. 그날 오후 내내 세 식구는 윈스턴이 아주 어렸던 시절처럼 모두 행복했다.

윈스턴은 마음속에서 그때의 기억을 애써 물리쳤다. 그것은 그릇된 기억이었다. 그는 이따금 그런 그릇된 기억들 때문에 골치를 앓았다. 다행히 그릇된 기억들이라는 것을 자신이 알고 있는 이상 문제 될 것은 없었다. 실제로 일어났던 일들이 기억날 때도 있고 일어나지 않았던 일들이 기억날 때도 있었다. 그는 다시 체스판으로 관심을 돌려 흰 말을 집어 들었다. 그리고 거의 동시에 덜그럭 소리를 내며 흰 말을 체스판에 떨어뜨렸다. 순간 윈스턴은 바늘에 찔린 듯 깜짝 놀랐다.

 날카로운 나팔 소리가 허공에 울려 퍼졌다. 전황 보고였다! 뉴스에 앞서 나팔 소리가 들리면 늘 승전보를 뜻했다. 카페 안에 전율 같은 게 흘렀다. 웨이터들도 화들짝 놀라 귀를 쫑긋 세웠다.

 나팔 소리가 엄청난 크기로 시끄럽게 울려 퍼졌다. 텔레스크린에서는 들뜰 대로 들뜬 목소리가 뭐라 뭐라 떠들어대고 있었지만 밖에서 우레와 같이 터져 나오는 환호성에 묻혀 아예 처음부터 제대로 들리지도 않았다. 승전보는 마법처럼 순식간에 곳곳으로 퍼져 나갔다. 윈스턴은 텔레스크린에서 발표하는 내용을 겨우 듣고서야 모든 상황이 그가 예견했던 대로 진행됐다는 것을 알 수 있었다. 거대한 규모의 함대가 바다에서 비밀리에 집결해 있다가 적의 후미를 불시에 습격하면서 흰색 화살표가 검은색 화살표의 꼬리를 끊어버린 것이다. 승리를 알리는 방송이 시끄러운 환호성을 뚫고 토막토막 끊겨서 들려왔다.

 "대규모 기동 작전······완벽한 합동 작전······궤멸······50만 명의 포로······완전한 사기 저하······아프리카 전역을 장악······종전이 눈앞에······승리······인류 역사상 가장 위대한 승리······승리, 승리, 승리!"

 테이블 아래에서 윈스턴의 다리가 발작이 난 듯 후들거렸다. 그는 자리에 그대로 앉아 있었지만 마음속으로는 쏜살같이 달려 나가 바깥의 군중과 합세해 귀가 먹먹해지도록 환호성을 지르고 있었다. 그는 다시 한 번 빅 브라더의 초상화를 올려다보았다. 세상을 지배하는 거인! 아시아인들이 떼로 달려들어도 꿈쩍도 않는 거대한 바위! 그는 10분 전, 정말이지 겨우 10분 전만 해도 전황 보고 내용이 승리일지 패배일지 몰라 속으로 조마조마한 마음을 가졌던 게 생각났다. 아, 궤멸한 것은 유라시아 군대만이 아니었다! 애정부에서 첫날을 보낸 이후 많이 변했지만 이 순간처럼 결정적이고 없어서는 안 될 치유의 변화는 결코 일어나지 않았었다.

텔레스크린에서 흘러나오는 목소리는 여전히 포로들과 전리품과 사상자 따위의 전쟁 관련 이야기를 토해내고 있었다. 하지만 바깥에서 들리는 환호성은 조금 잦아들었다. 웨이터들도 다시 각자 바쁘게 일하기 시작했다. 그들 가운데 한 웨이터가 승리주가 든 술병을 가지고 그에게 다가왔다. 윈스턴은 자기 술잔이 가득 차는 것도 안중에 없을 만큼 행복한 꿈에 젖어 있었다. 그 꿈속에서 그는 더 이상 달리거나 환호성을 지르지 않았다. 그는 애정부로 돌아가 모든 것을 용서받았고 그의 영혼은 눈처럼 새하얗게 정화되었다. 그는 공개재판의 피고석에 앉아 모든 죄를 자백했고 자기가 아는 모든 사람을 공범자로 끌어들였다. 그는 햇빛 속을 걸어가는 기분으로 하얀 타일이 깔린 복도를 걸어가고 있었다. 그때 그의 등 뒤에 무장한 간수가 나타났다. 그리고 오랫동안 기다려왔던 총알이 그의 머릿속을 파고들었다.

그는 거대한 빅 브라더의 얼굴을 쳐다보았다. 그의 검은 콧수염 뒤에 어떤 미소가 감춰져 있는지 알아내기까지 40년이나 걸렸다. 오, 잔인하고 불필요했던 오해의 세월이여! 오, 저 다정한 품을 떠나 고집스럽게 제멋대로 살았던 유배의 세월이여! 술내가 밴 두 줄기 눈물이 그의 코 옆으로 또르르 흘러내렸다. 그러나 그대로도 좋았다. 모든 것이 다 잘되었다. 싸움도 끝났다. 그는 자신과의 싸움에서 이겼다. 그는 빅 브라더를 사랑했다.

|부록|

신어의 원리

　신어Newspeak는 오세아니아의 공용어로서 영사, 즉 영국사회주의의 이념적 필요에 맞춰 고안된 언어다. 1984년만 하더라도 말하기나 쓰기에서 신어를 유일한 의사소통의 수단으로 사용하는 사람은 아직 없었다. 《타임스》의 사설은 신어로 쓰긴 했지만 그런 글은 오직 전문가만이 쓸 수 있는 역작이었다. 2050년 무렵이 되면 마침내 신어가 구어(Oldspeak, 이른바 표준영어)를 대체할 것으로 예상된다. 그동안 신어의 입지는 꾸준히 넓어져서 모든 당원이 일상적인 말하기에서 신어의 단어들과 문법구조를 차츰 더 많이 사용하는 추세다. 1984년에 사용되었으며 제9판과 제10판 신어사전에 수록되어 있는 신어 형태는 임시적인 것이라서 나중에 삭제해야 할 불필요한 단어와 고어古語가 많이 들어 있다. 우리가 여기서 다룰 것은 제11판 신어사전에 수록된 최종적이고 완벽한 신어다.

　신어의 목적은 열성적인 '영사' 추종자들에게 적합한 세계관과 사고 습관을 표현하는 매개체를 제공하려는 것뿐만 아니라 '영사' 이외의 다른 모든 사고방식은 아예 불가능하게 만들려는 데 있다. 신어가 최종 언어로 채택되고 구어가 잊히게 되면 적어도 사상이라는 게 말에 좌우되는 이상 이단적 사상, 즉 영사의 원칙에서 벗어난 사상은 말 그대로 생각할 수도 없게 된다. 신어의 어휘는 당원이 적절히 표현하고 싶어 할 만한 모든 의미를 정확하고 종종 아주 미묘하게 표현할 수 있도록 구성돼 있다. 반면에 그 외의 다른 어떤 의미나 간접적으로 그 의미를 나타낼 수 있는 그 어떤 가능성도 배제했다. 이는 부분적으로 새로운 단어를 창조한 덕분이기도 하지만 바람직하지 않은 말들을 없애버리고 비정통적인 의미가 남아 있거나 조금이라도 이차적인 의미를 띠는 단어들은 무조건 제거했기 때문에 가능한 일이었다. 한 가지 예를 들어보자. '자유로운free'이라는 단어는 신어에 여전히 남아 있긴 하지만 "이 개에게는 이가 없다This dog is free from lice"나 "이 밭에는 잡초가 없다This field is free from weeds"와 같은 표현으로만 사용할 수 있다. 하지만 "정치적으로 자유로운politically free"이나 "지적으로 자유로운intellectually free"과 같은 옛날식 의미로는 사용할 수 없다. '정치적 자유'나 '지적 자유' 같은 말은 더 이상 그 개념조차도 존재하지 않기 때문에 당연히 그런 말 자체도 쓸 필요가 없는 것이다. 이단적인 뜻이 분명하게 드러나는 단어들을 없애는 문제와 완전히 별개로, 어휘의 수를 줄이는 것 자체가 신어를 만든 목적이기도 하다. 따라서 굳이 없어도 말하는 데 지장이 없을 것 같은 단어들은 과감하게 없애버렸다. 신어는 사고의 영역을 넓히기 위해서가 아니라 '줄이기' 위한 목적으로 고안된 것이기 때문에 이런 목적에 간접적으로나마 도움이 되기 위해 선택할 수 있는 단어의 수를 최소한으로 줄였다.

알다시피 신어의 바탕은 영어지만 현재의 영어 사용자들은 새로 만든 단어가 하나도 들어 있지 않다 하더라도 신어로 된 문장을 거의 이해할 수 없을 것이다. 신어의 어휘는 저마다 뚜렷한 특징에 따라 A어군과 B어군(합성어라고도 함), 그리고 C어군으로 나뉜다.

어군별로 따로 설명하면 간단하겠지만 세 어군에 똑같은 원칙이 적용되기 때문에 신어의 문법적 특성은 A어군을 집중적으로 설명하는 부분에서 다룰 예정이다.

A어군

A어군은 먹고 마시고 일하고 옷 입고 계단을 오르내리고 차를 타고 정원을 손질하며 요리하는 등의 일상생활에서 필요한 단어들로 구성되어 있다. 게다가 이미 우리가 쓰는 말인 '치다', '달리다', '개', '나무', '설탕', '집', '들판' 같은 단어들까지 거의 다 포함돼 있다. 하지만 오늘날의 영어 어휘에 비하면 그 수는 턱없이 적은 반면 뜻은 훨씬 더 엄격하게 제한되어 있다. 또 모호한 뜻과 미묘한 뜻의 차이도 전부 제거되었다. 신어가 성공적으로 사용될 수만 있다면 A어군의 신어는 '단 한 가지' 개념만을 정확하게 알아듣게끔 표현하는 단음斷音이 될 수 있을 것이다. 따라서 A어군의 어휘로 문학작품을 쓰거나 정치적·철학적 토론을 하는 것은 불가능할 것이다. A어군의 어휘들은 대개 구체적인 사물이나 물리적인 행위들이 포함된 단순하고 목적이 분명한 사고를 표현할 때만 사용하도록 만든 것이기 때문이다.

신어의 문법에는 눈에 띄는 두 가지 특징이 있다. 첫 번째 특징은 서로 다른 품사를 거의 자유자재로 바꿔 사용할 수 있다는 점이다. 신어의 어떤 단어든(원칙적으로는 '만약[if]'이나 '언제[when]'와 같은 아주 추상적인 단어에도 적용된다) 동사나 명사 또는 형용사나 부사로 얼마든지 사용할 수 있다. 따라서 한 단어의 동사형과 명사형은 어근만 같다면 아무런 변형도 일어나지 않는데, 이런 규칙에 따르다 보면 저절로 많은 고어체가 없어진다. 일례로 신어에는 '사고

thought'라는 단어가 없는 대신 '생각하다think'라는 단어가 동사는 물론 명사로도 쓰인다. 여기에는 어원학에 따른 그 어떤 원칙도 적용되지 않는다. 경우에 따라서 원래 명사였던 단어가 그대로 명사로 사용되는가 하면 동사로 사용되기도 한다. 심지어 뜻이 비슷한 명사와 동사가 어원학적으로 전혀 관련이 없을 경우에도 흔히 두 단어 가운데 한 단어만 쓰고 나머지 한 단어는 폐기된다. 예를 들면 '칼knife'이라는 단어만으로 동사의 뜻까지 충분히 표현할 수 있기 때문에 신어에는 '자르다cut'와 같은 단어가 없다. 형용사는 명사나 동사에 접미사 '-로운-ful'을 붙여서 쓰고 부사는 '-롭게-wise'를 붙여서 쓰면 그만이다. 가령 신어의 '속도로운speedful'은 표준영어의 '빠른rapid'에 해당하고 '속도롭게speedwise'는 '빨리'에 해당한다. 표준영어의 형용사 가운데 '좋은good', '강한strong', '큰big', '검은black', '부드러운soft' 같은 몇 가지 단어들은 아직 쓰이고 있긴 하지만 그 수를 전부 합쳐봐야 얼마 되지 않는다. 명사나 동사에 '-로운'만 붙이면 형용사적 의미를 거의 다 표현할 수 있기 때문에 이런 형용사들이 달리 필요가 없다. 부사의 경우에는 '-롭게'라는 접미사는 바꿀 수가 없는 것이기 때문에 진작부터 단어 끝에 '-롭게'가 붙어 있는 극소수의 단어들을 제외하면 현재 남아 있는 표준영어식 부사는 없다. 이를테면 표준영어로 '잘well'이라는 단어는 '좋다롭게wellwise'라는 신어로 대체되었다.

아울러 어떤 단어든지 접두사 '안un-'을 붙여 부정의 뜻으로 사용할 수 있으며 접두사 '더욱plus-'을 붙여 한층 강한 의미로 쓸 수 있다. 만약 그 뜻을 훨씬 더 강하게 만들려면 '더욱더doubleplus-'를 붙이면 되는데, 이런 원칙은 신어의 모든 단어에 적용된다. 가령 '안 추운uncold'은 '따뜻한warm'을 뜻하며 '더욱 추운pluscold'과 '더욱더 추운doublepluscold'은 각각 '매우 추운very cold'과 '지독히 추운superlatively cold'을 뜻한다. 표준영어에서와 마찬가지로 신어에서도 '전ante-', '후post-', '위up-', '아래down-'와 같은 전치사적 성격을 띤 접두사를 붙여 거의 모든 단어의 뜻을 부분적으로 바꿀 수 있다. 이런 방법을 쓰면 어휘 수를 대폭 줄일 수 있다는 것도 밝혀졌다. 예를 들면 '좋은good'이라는 단어가 있으면 '나쁜bad' 같은 단어는 필요가 없어진다. 그 이유는 '안 좋은ungood'이라는 단어로 '나쁜'이라는 뜻을 충분히 표현할 수 있을 뿐만 아니라 경우에 따라서는 '나쁜'보다 그 쓰임새가 더 많을 수도 있기 때문이다. 이렇게 처음 만들어질 때부터 반대말과 짝을 이루는 단어들은 둘 중 어떤 것을 살리고 없앨지 결정해야 한다. 그 예로 기호에 따라 '어두운dark'은 '밝지 않은unlight'으로 대체될 수 있고 '밝은light'은 '어둡지 않은undark'으로 대체될 수 있다.

신어 문법의 두 번째 특징은 규칙성에 있다. 다음에 제시할 몇 가지 예외적인 경우를 제외하고 모든 어형 변화는 동일한 규칙을 따르는데, 모든 동사의 과거형과 과거분사형은 똑같이 '-ed'로 끝난다. '훔치다steal'의 과거형은 '훔쳤다stealed'이고 '생각하다think'의 과거형은 '생각했다thinked'인 것이다. 모두 이런 식이다 보니 신어에서 'swam(수영했다)', 'gave(주었다)', 'brought(가져왔다)', 'spoke(말했다)', 'taken(가져갔다)' 등과 같은 형태는 전부 폐기돼버렸다. 모든 복수형 역시 단어 끝에 '-s' 혹은 '-es'를 붙여서 만든다. 따라서 'man(남자)', 'ox(소)', 'life(삶)'의 복수형은 각각 'mans', 'oxes', 'lifes'이다. 형용사의 비교형도 예외 없이 단어 끝에 '-er'과 '-est'(good, gooder, goodest)를 붙여 만들므로 불규칙 형태나 'more', 'most'를 붙이는 형태는 없애버렸다.

불규칙 어형 변화가 여전히 허용되는 품사는 대명사와 관계사 그리고 지시형용사와 조동사뿐이다. 이들 품사는 예전의 활용법을 그대로 따르고 있는데, 다만 'whom'은 불필요하다고 해서 폐기되었고 'shall'과 'should'도 없어졌으나 이들 단어를 써야 할 상황에서는 'will'과 'would'가 전부 대신하고 있다. 또 빠르고 쉽게 말할 필요성 때문에 새로 만들어낸 단어들에도 몇 가지 불규칙형태가 있다. 발음하기 어렵거나 잘못 들리기 쉬운 단어는 바로 그 사실 때문에 나쁜 단어로 간주된다. 따라서 간혹 어감을 좋게 하기 위해 한 단어에 특정한 글자를 삽입하거나 표준영어 형태를 그대로 사용하기도 한다. 그러나 이렇게까지 해야 하는 이유에 대해서는 주로 B어군과 관련지어 설명해야 할 듯싶다. 또 발음을 쉽게 하는 것이 왜 그렇게까지 중요한 문제인지는 이 글의 후반부에서 명확하게 밝혀질 것이다.

B어군

 B어군은 정치적 목적에 따라 계획적으로 만들어낸 단어들로 구성되어 있다. 다시 말하면, 어떤 경우에서든 정치적 의미가 내포되어 있을 뿐만 아니라 이들 단어를 사용하는 사람에게 바람직한 정신 자세를 강요하려는 목적으로 만들어진 단어라는 뜻이다. 영사의 원칙을 완전히 이해하지 못하면 B어군의 단어들을 정확하게 쓰기 어렵다. 경우에 따라서 이들 단어는 구어나 심지어 A어군에 속하는 단어들로 번역될 수도 있다. 하지만 그럴 경우에는 대체로 길게 풀어서 설명해야 하거나 원문에 담긴 특정한 뜻을 놓치기 십상이다. B어군의 단어들은 일종의 속기 형태의 말로서 종종 각양각색의 생각을 몇 음절로 압축할 수 있으며 동시에 일상 언어보다 더

욱 정확하고 설득력 있게 들릴 수 있다.

B어군의 단어들은 예외 없이 모두 다 합성어다.[1] 두 개 이상의 단어나 단어의 부분들로 이루어져 있으며 발음하기 쉬운 형태로 결합되어 있다. 이렇게 결합된 합성어는 항상 명사·동사의 형태를 띠며 일반적인 규칙에 따라 어형이 변한다. 일례로 '선사善思, goodthink'라는 단어는 대충 '정설orthodoxy'이라는 뜻으로 통하거나, 동사로 쓸 때는 '정통적으로 생각하다'라는 뜻으로 쓰인다. 또 이 단어의 어형 변화는 다음과 같다. 명사·동사는 'goodthink', 과거와 과거분사는 'goodthinked', 현재분사는 'goodthinking', 형용사는 'goodthinkful', 부사는 'goodthinkwise', 그리고 동명사는 'goodthinker'가 된다.

B어군의 단어들은 어떤 어원학적 설계에 맞춰 만들어진 것이 아니다. 합성어인 B어군의 단어들은 어느 품사로든 쓰일 수 있고 어떤 순서로든 배열될 수 있으며 발음하기 쉽고 무슨 단어에서 파생되었는지만 알면 어떤 식으로든 잘라내거나 떼어낼 수 있다. 가령 '사상범죄crimethink(thoughtcrime)'라는 단어에서는 'think'가 뒤에 오는 반면 '사상경찰thinkpol(Thought Police)'이라는 단어에서는 'think'가 앞에 나오며 뒤에 나오는 'police'에서는 두 번째 음절이 떨어져 나갔다. B어군에서는 어감을 좋게 하기가 더 어렵기 때문에 A어군에서보다 불규칙 형태를 더 많이 쓰는 편이다. 예를 들면 '진부Minitrue', '평부Minipax', '애부Miniluv'의 형용사형으로 '-trueful', '-paxful', '-loveful'을 붙이면 발음하기가 약간 어색하다는 이유 때문에 각각 'Minitruthful', 'Minipeaceful', 'Minilovely'가 되었다. 그러나 원칙

---

[1] '구술기록(speakwrite)'과 같은 합성어는 물론 A어군에서도 발견되지만 이 A어군의 합성어는 단지 편리한 약어일 뿐이라서 특별한 이념적 색채는 전혀 띠고 있지 않다.

적으로 B어군의 모든 단어는 어미가 변하며 그것도 정확히 일반 규칙에 따라 어미변화가 일어난다.

B어군의 단어 중에는 그 뜻이 아주 미묘해서 신어에 완전히 통달한 사람이 아니면 거의 이해할 수 없는 단어들이 있다. 《타임스》의 사설에 나오는 "구사고자는 영사를 불충분감不充分感한다"와 같은 전형적인 문장을 예로 들어보자. 이 문장을 구어로 가장 짧게 번역하면, "혁명 이전에 사고가 형성된 사람들은 영국사회주의의 원칙을 감정적으로 완전히 이해할 수 없다"가 될 것이다. 하지만 이것은 적절한 번역이 아니다. 위에 인용한 신어 문장의 의미를 완전히 이해하려면 제일 먼저 '영사'가 무슨 뜻인지부터 명확하게 알아야만 한다. 아울러 영사의 기초까지 훤히 꿰고 있는 사람만이 오늘날은 상상하기 어려운 맹목적이고 열성적으로 받아들인다는 뜻의 '충분감하다bellyfeel'라는 단어나 사악하고 퇴폐적인 사고방식과 떼려야 뗄 수 없이 얽혀 있는 '구사고oldthink'라는 단어의 위력을 완전히 이해할 수 있다. 그러나 '구사고'처럼 신어의 어떤 단어들은 의미를 표현하기보다는 그 의미를 파괴하는 특별한 기능을 한다. 이런 단어들은 어쩔 수 없이 수가 적을 수밖에 없지만 그 뜻이 확장되어왔다. 덕분에 이들 단어는 단 하나의 포괄적인 용어로 충분히 그 뜻이 표현되기 때문에 지금이라도 폐기되어 잊힐 수 있는 일련의 모든 단어의 뜻을 내포할 수 있게 되었다. 신어사전 편집자들이 부딪히는 가장 큰 어려움은 새로운 단어를 만들어내는 것 자체가 아니라 만들어낸 이후에 그 단어의 의미를 확실하게 지정하는 일이다. 다시 말해서 새로운 단어를 만들어낼 때마다 없애야 할 단어의 범위를 정하는 일이 가장 어렵다.

앞서 '자유로운free'이라는 단어의 사례에서 이미 살펴봤듯, 한때 이단적인 뜻을 나타냈던 단어들인데도 편의상 그대로 남아 있는 경우가 있다. 하지만 이것은 어디까지나 바람직하지 않은 뜻을 완전히 제거했을 때만이 가능한 일이다. 지금까지 '명예', '정의', '도덕성', '국제주의', '민주주의', '과학', 그리고 '종교' 같은 수많은 단어가 사라졌다. 몇몇 포괄적인 단어들로 이들 단어의 뜻을 전부 표현할 수 있게 되다 보니 이런 단어들은 당연히 폐기될 수밖에 없었다. 가령 '자유'와 '평등'의 개념이 들어간 모든 단어는 '사상죄crimethink'라는 하나의 단어에 그 뜻이 모두 들어가 있고 '객관성'과 '합리주의'는 '구사고oldthink'라는 하나의 단어에 그 뜻이 모두 들어가 있다. 이렇게 된 이유는 단어를 한층 더 명확하게 구분해놓으면 위험해질 수 있기 때문이다. 당원은 세상 물정에 어두워 자기네 이외의 다른 모든 민족은 '거짓 신'을 숭배한다고 알고 있었던 고대 히브리인과 비슷한 사고방식을 지녀야만 한다. 히브리인은 이른바 거짓 신들이 '바알', '오시리스', '몰록', '아스타로스' 등으로 불린다는 사실조차 알 필요가 없었다. 아마도 그런 신들에 대해 모를수록 자신들의 종교적 정통성을 더 잘 지킬 수 있었을 것이다. 히브리인들은 여호와와 여호와의 계명을 신봉했기 때문에 다른 이름으로 불리거나 다른 속성을 띤 신들은 모두 '거짓 신'이라고 믿었다. 이와 비슷하게 당원들도 올바른 행위가 무엇인지 알고 있기 때문에 극도로 모호하고 일반화된 용어를 접했을 때도 그 용어가 뜻하는 범위에서 벗어나는 행위가 무엇인지 잘 알고 있다. 가령 당원의 성생활은 '성죄(sexcrime, 성적 부도덕성)'와 '선성(善性, goodsex, 정절)'이라는 두 개의 신어로 철저히 규제된다. '성죄'는 모든 성적 비행을 뜻한다. 따라서 성죄의 범위에는 사통, 간음, 동성애, 성도착은 물론 성교 자체를 위해 행하는 정상적인 성행위까지도 포함된다. 이런 비행들은 모두 똑같이 처벌받아야 할 죄이자 원칙적으로는 사형감이기 때문에 따로 열거할 필요도 없다. 과학 및 기술 용어로 구성된 C어군에서는 특정한 성적 비행을 지칭하는 전문적인 용어가 필요할지 모르겠지만 일반 시민 입장에서는 그럴 필요가 전혀 없다. 일반 시민은 '선성'의 뜻을 잘 알고 있다. 다시 말하면, 아이를 갖겠다는 목적 하나만으로 부부가 정상적인 성관계를 갖되 여자 쪽에서는 아무런 육체적 쾌감도 느끼지 않아야 하며 그 외의 성관계는 모두 '성죄'에 해당한다고 알고 있다. 신어를 쓰면 어떤 사고가 이단적인지는 알고 있지만 정작 이단적인 사고 자체는 거의 불가능하다. 이단적인 사고에 필요한 단어들이 아예 존재하지 않기 때문이다.

B어군의 모든 단어는 이념적으로 중립적이지 않다. 그래서 대다수 단어가 완곡어다. 이를테면 '기쁨수용소(joycamp, 강제노동수용소)', '평부(Minipax, 평화부, 즉 전쟁부)' 같은 단어들은 실제로 정반대의 뜻으로 통한다. 반면에 일부 단어들은 오세아니아 사회의 본성을 솔직하게 보여주다 못해 경멸의 의미마저 담고 있다. 그 대표적인 예가 '무산계급사육prolefeed'이라는 단어다. 이 단어는 당이 일반 대중에게 제공하는 쓰레기 같은 오락거리와 가짜 소식들을 뜻한다. 또 당에 적용할 때는 '선'이 되고 적국에 적용할 때는 '악'이 되는 등 상반되는 뜻을 지닌 단어들도 있다. 그러나 아울러 언뜻 보면 단순한 약어 같지만 뜻이 아니라 구조에서 이념적 색채가 나오는 단어들도 아주 많다.

새로 만들어진 이상 조금이라도 정치적 의미가 있거나 있을지 모르는 단어들은 전부 B어군에 속한다. 모든 조직, 단체, 주의主義, 지방, 제도, 공공건물의 이름은 예외 없이 익숙한 형태로 축약된다. 즉, 본래의 의미에서 벗어나지 않는 한도 내에서 최소한의 음절로 단일하고 쉽게 발음되게 한다는 뜻이다. 가령 진리부에서 윈스턴 스미스가 근무했던 기록국Records Department은 '기국Redep'으로, 창작국Fiction Department은 '창국Ficdep'으로, 그리고 텔레스크린 프로그램국Tele-programs Department은 '텔국Teledep' 등으로 부르는 경우가 이에 해당한다. 이렇게 축약해 부르는 이유는 단지 시간을 절약하기 위해서만은 아니다. 20세기 초반의 몇십 년 동안에도 이런 식의 약어나 축약 어구는 정치 용어의 특색 가운데 하나였다. 게다가 이런 약어를 쓰는 경향은 전체주의 국가와 전체주의 성향의 조직에서 가장 두드러지게 나타났다는 점 또한 주목할 만하다. '나치Nazi', '게슈타포Gestapo', '코민테른Comintern', '인프레코르Inprecor', '아지트프롭Agitprop'[2] 같은 단어들이 대표적인 예다. 처음에는 이런 단어들을 무의식적으로 채택해 썼지만 신어에서는 의식적인 목적에 맞게 사용한다. 이렇게 명칭을 축약해서 나타내면 본래의 명칭에서 연상되는 의미들까지 대부분 제거되기 때문에 그 뜻이 좁아지고 미묘하게 바뀐다는 것을 알게 된 것이다. 가령 '국제 공산당Communist International'이란 명칭은 보편적 인류애, 붉은 깃발, 바리케이드, 카를 마르크스, 그리고 파리 코뮌 등이 등장하는 일종의 합성사진 같은 것을 떠오르게 한다. 반면에 '코민테른'이라는 단어는 단지 유대가 긴밀한 조직과 정의가 잘된 공산주의 단체만을 암시할 뿐이다. 즉, 의자나 탁자처럼 쉽게 알 수 있고 그 목적이 제

---

2) 각각 Nationalsozialist(독일의 국가사회주의자), Geheime Staatspolizei(나치의 비밀 국가 경찰), Communist International(국제 공산당), International Press Correspondence(코민테른의 공식 기관지), Agitation Propaganda(예술 작품 등을 통한 선전 선동)의 축약어. —역주

한된 어떤 것을 나타내는 것이다. '국제 공산당'은 순간적으로나마 머뭇거리게 하는 어구인데 반해 '코민테른'은 거의 생각해볼 필요도 없이 바로 내뱉을 수 있는 단어다. 마찬가지로 '진부'라는 명칭도 '진리부'에 비해 연상되는 범위가 더 좁아 통제하기도 더 쉽다. 이런 이유 때문에 가능하다면 언제든지 습관적으로 축약해 쓰려고 할 뿐만 아니라 모든 단어를 쉽게 발음할 수 있도록 지나치다 싶을 만큼 신경을 쓰는 것이다.

신어에서는 단어가 나타내는 의미의 정확성 다음으로 좋은 어감을 중요한 고려 대상으로 삼는다. 필요하다 싶으면 문법 규칙을 파괴해서라도 항상 좋은 어감을 살린다. 그렇게 하는 것을 당연시하는 이유는 무엇보다 정치적 목적을 위해 빨리 발음할 수 있으면서 화자의 공감을 최대한 적게 불러일으키도록 그 의미가 명백한 단축어들이 필요하기 때문이다. B어군에서는 단어들이 거의 다 아주 비슷하다는 사실이 강점으로 작용한다. 예를 들면 'goodthink', 'Minipax', 'prolefeed', 'sexcrime', 'joycamp', 'Ingsoc', 'bellyfeel', 'thinkpol' 등과 그 외의 수많은 단어는 거의 변함없이 두 음절이나 세 음절로 이루어진 단어로서 모두 동일하게 첫 번째 음절과 마지막 음절 사이에 강세가 온다. 따라서 이런 단어들을 사용하면 단음인 데다 억양이 거의 없는 덕분에 재잘거리듯 말을 아주 빨리 할 수 있다. 바로 이런 점이 B어군을 만든 목적이다. 또 B어군을 만든 의도는 연설하게 하는 것으로서, 특히 이념적으로 중립적이지 않은 주제면 어느 것에 관해서든 가능한 한 의식하지 않고 이야기하게 하려는 것이다. 물론 일상생활에서는 반드시 생각하고 말해야 할 때가 종종 있긴 하지만, 정치적으로나 윤리적으로 판단을 내려야 하는 당원은 기관총이 총탄을 내뿜듯 자동으로 정확한 의견을 내뱉을 수 있어야 한다. 당원이 그렇게 말할 수 있는 훈련을 받을 때 신어는 거의 확실한 도구가 되어주며, 영사의 정신과 일치하도록 어느 정도 일부러 추하게 만든 데다 소리까지 귀에 거슬리게 들리는 B어군 단어들의 어감이야말로 훈련 과정에 더 큰 도움이 된다.

선택할 수 있는 단어의 수가 극히 적다는 사실 또한 이점으로 작용한다. 우리가 쓰는 일반 언어에 비해 신어의 어휘는 그 수가 아주 적은데도 더 줄이기 위한 새로운 방법들이 계속해서 고안되고 있다. 정말이지 신어는 매년 어휘의 수가 늘어나는 것이 아니라 점점 줄어든다는 점에서 다른 모든 언어와 다르다. 어휘를 선택할 수 있는 범위가 점점 줄어들수록 생각하고 싶은 마음이 줄어들기 때문에 어휘를 하나 줄일 때마다 당에는 그만큼 이득이 되는 셈이다. 당은 결국 당원들이 차원이 더 높은 뇌의 중추부는 전혀 쓰지 않고 목구멍으로만 또렷하게 말할 수 있기를 바란다. 이런 목적은 '오리처럼 꽥꽥거리다'라는 뜻의 신어 '오리말duckspeak'에 솔직하게 드러나 있다. B어군의 여러 다른 단어들과 마찬가지로 '오리말'은 상반되는 두 가지 의미를 가지고 있다. 오리처럼 시끄럽게 내뱉는 의견이 정통적인 것이라면 이때의 오리말은 칭찬을 뜻한다. 따라서 《타임스》가 당의 한 연사를 가리켜 "더욱더 좋은 오리말을 하는 자"라고 했을 때는 열렬하고 대단한 호평을 했다고 볼 수 있다.

C어군

C어군은 A어군과 B어군을 보충하는 역할을 하며 전부 과학 용어와 기술 용어로 구성되어 있다. 이들 용어는 오늘날 사용되는 과학 용어와 비슷한데, 같은 어근에서 파생되었기 때문이다. 하지만 C어군의 용어들은 일반적으로 쓰이는 용어들보다 더 엄격하게 정

의되고 바람직하지 않은 의미들이 제거되었다. C어군의 단어들 역시 다른 두 어군의 단어들과 동일한 문법 규칙을 따른다. 그런데 C어군의 단어들은 일상 대화나 정치 연설에서는 거의 사용되지 않는다. 어느 과학자나 기술자도 그들에게 필요한 모든 단어를 그들의 전문 분야 목록에서 전부 찾아볼 수 있지만 다른 분야의 목록에 나오는 단어들은 알아봤자 그저 수박 겉핥기 수준밖에 되지 않는다. 모든 목록에 공통으로 들어가 있는 단어들은 극히 적기 때문에 과학의 기능을 해당 분야와 상관없는 사고의 습성이나 사고방식으로 표현하려 해도 쓸 수 있는 단어가 없다. 사실상 '과학'을 뜻하는 단어도 없는데, 그 이유는 과학이 어떤 뜻으로 쓰이건 이미 '영사'라는 단어로 충분히 그 뜻을 전달할 수 있기 때문이다.

지금까지의 설명으로 신어에서는 아주 수준이 낮게 말하는 것을 제외하고는 비정통적인 견해를 표현하기란 거의 불가능하다는 것을 알았을 것이다. 물론 아주 조잡한 이단적인 말이나 욕설 같은 것들은 쓸 수 있다. 가령 "빅 브라더는 안 좋다Big Brother is ungood"라고 말할 수는 있을 것이다. 그러나 이렇게 말해봐야 정통파의 귀에는 그저 어리석기 짝이 없는 소리로 들리는 데다 논쟁에 필요한 단어조차 들어 있지 않기 때문에 논리 정연한 논쟁 자체가 불가능하다. '영사'에 적대적인 생각을 할 수는 있으나 말로는 표현할 수 없으며 단지 모호한 형태로만 가능하다. 그렇다 보니 그런 적대적인 생각은 모든 이단적 단어를 동원해도 명확히 규정되지 않는 아주 광범위한 의미로밖에 표현할 수 없다. 사실상 신어를 비정통적인 목적으로 사용하려면 불법적으로 몇몇 단어를 구어로 다시 번역하여 쓰는 수밖에 없다. 이를테면 신어로 "모든 인간은 동등하다

All mans are equal"라는 문장을 만들 수 있지만 이는 단지 "모든 인간은 머리카락이 빨간색이다All mens are redhaired"라는 구어 문장과 똑같은 뜻으로 전달될 뿐이다. 이 문장에 문법적 오류는 없지만 모든 인간이 똑같은 체구와 몸무게 또는 힘을 지녔다는 뜻이다 보니 거짓인 게 뻔히 드러난다. 정치적 평등이라는 개념은 더 이상 존재하지 않는다. 따라서 '평등'과 같은 '동등한equal'이라는 단어의 이차적인 의미도 제거돼버린 셈이다. 1984년에는 구어가 여전히 통상적인 의사소통 수단이었던 터라 이론적으로나마 신어를 사용하면서도 본래의 뜻을 기억하고 있을지 몰라 위험한 면이 없지 않았다. 그러나 실제로는 '이중사고'가 기초부터 잘 다져진 사람은 이런 위험성을 어렵지 않게 피할 수 있는 데다 두 세대가 지나면 그런 실수를 저지를 가능성조차 완전히 없어질 것이다. 어려서부터 어른이 될 때까지 신어를 유일한 언어로 익히며 써온 사람들은 한때 '동등한'이라는 단어에 '정치적으로 평등한'이라는, '자유로운'이라는 단어에 '정신적으로 자유로운'이라는 이차적 의미가 있었다는 사실을 모를 것이다. 이는 체스가 무엇인지 들어보지도 못한 사람이 '여왕queen'이나 '성장rook'의 이차적인 의미를 모르는 이치와 같다. 대부분 이름이 없으면 상상할 수도 없기 때문에 저지르기가 불가능한 범죄나 실수도 많아질 것이다. 아울러 시간이 흐르면서 신어의 특징은 더욱 뚜렷해지고 신어의 단어 수는 점점 줄어들 것이며 단어의 의미들은 더욱더 엄격해질 것이기에 결국 신어의 단어들을 잘못 사용할 일은 점차 줄어들 것으로 예측된다.

구어가 완전히 폐기되면 과거와의 마지막 연결 고리도 끊어지게 될 것이다. 역사는 이미 다시 쓰였지만 과거의 문학작품들은 불완전한 검열 덕분에 여기저기에 단편적으로나마 남아 있어서 구어를 알고 있는 한 어떻게든 그런 작품들을 읽을 수 있었다. 그러나 미래에는 그렇게 단편적인 작품들마저 어딘가에 살아남아 있다고 해도 알아볼 수도 없거니와 번역할 수도 없게 될 것이다. 어떤 기술적 과정이나 아주 단순한 일상 행위를 뜻하는 말, 혹은 (신어의 '선사로운〔goodthinkful〕처럼) 성향 면에서 이미 정통으로 굳어진 어휘가 아닌 이상 구어의 어느 구절이라도 신어로 번역하기는 불가능하다. 이 말은 대략 1960년 이전에 쓰인 책은 어느 것 하나 번역될 수 없다는 뜻이다. 혁명 이전 시기의 문학작품은 단지 이념적 번역, 즉 언어뿐만 아니라 의미까지 바뀐 것으로만 접할 수 있게 될 것이다. 미국 독립선언문에 나오는 유명한 구절을 예로 들어보자.

우리는 다음의 사실을 자명한 진리로 주장한다. 모든 인간은 평등하게 태어났고, 창조주로부터 남에게 양도할 수 없는, 생명과 자유와 행복을 추구할 권리를 부여받았다. 우리는 바로 이러한 권리를 보장하기 위해 정부를 수립하며, 정부의 권력은 국민의 동의로부터 나온다. 어떤 형태의 정부든 이러한 목적을 파괴한다면 국민은 즉시 그 정부를 바꾸거나 폐지하고 새로운 정부를 수립할 권리가 있다……

이 글의 원뜻을 그대로 살리면서 신어로 번역하기란 전적으로 불가능하다. 설령 원뜻에 가장 가깝게 옮길 수 있다고 해도 '사상죄'라는 단 하나의 단어로 구절 전체의 뜻을 가려버릴 것이다. 완전한 번역이란 단지 이념적 번역에 지나지 않기 때문에 제퍼슨의 말은 절대 권력을 휘두르는 정부를 찬양하는 내용으로 바뀔 것이다.

사실 과거의 대다수 문학작품이 이미 이런 식으로 변질되고 있다. 명망을 고려해 몇몇 역사적 인물들은 기억하게 하는 것이 바람직한 경우에도 그들의 업적을 '영사'의 철학적 노선과 일치시키는 것에는 예외가 없었다. 그에 따라 셰익스피어, 밀턴, 스위프트, 바이런, 디킨스 같은 여러 다양한 작가들의 작품들도 번역되고 있는데, 번역본이 완성되면 지금까지 살아남은 과거의 다른 모든 문학 작품과 함께 폐기될 것이다. 이들 작품의 번역 작업은 속도도 더디고 품도 많이 들기 때문에 2010년이나 2020년 전에는 끝내기 어려울 것으로 예상된다. 아울러 기술 계통의 필수 입문서처럼 수많은 순수 실용서들 또한 문학작품과 똑같은 방식으로 다뤄야만 한다. 신어의 최종 채택 시점을 2050년으로 늦춰 잡은 주된 이유도 바로 시간을 넉넉히 두고 이와 같은 번역의 예비 작업을 하기 위해서다.